IRON CUTTER

DAVID ACHORD

DIE GEHEIMNISSE DER TOTEN

This Translation is published by arrangement with SEVERED PRESS,
www.severedpress.com
Title: WILDCAT.

LUZIFER VERLAG

Deutsche Erstausgabe
Titel der Originalausgabe: WILDCAT

www.luzifer.press

Umschlaggestaltung: Michael Schubert | Luzifer-Verlag
Übersetzung: Peter Mehler
Lektorat: Astrid Pfister

ISBN: 978-3-95835-362-6

Dieses Buch wurde nach Dudenempfehlung (Stand 2018) lektoriert.

Bibliografische Information der Deutschen Nationalbibliothek:
Die Deutsche Nationalbibliothek verzeichnet diese Publikation in der Deutschen Nationalbibliografie; detaillierte bibliografische Daten sind im Internet über *http://dnb.d-nb.de* abrufbar.

KAPITEL 1

Ich hatte mir das ganz genau überlegt. Wirklich, kein Witz. Der Plan war brillant.

Ich holte den Klappstuhl aus meinem Kofferraum, lief über den Parkplatz und pflanzte meinen Hintern auf ein Stück Parkplatz, auf dem mit roter Farbe sorgfältig »Reserviert« auf dem Asphalt stand.

Dann machte ich es mir gemütlich, was bedeutete, dass ich einen Schluck aus meinem Flachmann nahm, mir eine Zigarre anzündete, und mich in Ruhe umsah. Schließlich blieb mein Blick an dem Neonschild über dem Eingang hängen. Das Einzige, was mir dazu einfiel, war: Gentlemans Club, *dass ich nicht lache.* Das war ein Tittenlokal ... einer dieser Orte, wo Männer ihre Kohle aus dem Fenster warfen und dabei zusahen, wie nackte Mädchen aufreizend für sie tanzten. Nicht, dass ich jemals darauf hereingefallen wäre. *Das glauben Sie mir doch, oder?*

Der Laden hatte in den letzten Jahren ein paar Mal seinen Namen geändert. Derzeit nannte er sich das *Red Lynx*. Damals, als ich meinen allerersten Mordfall untersucht hatte, hieß er noch das *Cutie Cats*. Um genau zu sein, hatte sich dieser Mord genau hier auf diesem Parkplatz, nur unweit von dem Platz, an dem ich nun saß, ereignet. Die Erinnerung ließ mich kurz in mich hineinlachen und mit halbem Auge bemerkte ich, dass meine Zigarre mittlerweile fast heruntergebrannt war.

Ich sah auf die Uhr und dann wieder zu der Leuchtreklame zurück. Laut der Anzeige würde der Klub um sechzehn Uhr öffnen, also in fünfzehn Minuten. Eigentlich sollte man annehmen, dass mittlerweile zumindest schon ein paar der Angestellten hier aufgekreuzt wären. Sie wissen schon, um das Licht anzumachen und so etwas, aber offensichtlich galten für dieses Lokal derlei ausgefeilte Geschäftspraktiken nicht. Ich zwang mich, geduldig zu sein. Schließlich ist Geduld nicht die schlechteste Eigenschaft für einen Privatschnüffler.

Ich blickte noch einmal auf die Uhr.

Während ich mich umsah, fiel mir plötzlich auf, wie sauber der Parkplatz war. Nicht eine einzige Zigarettenkippe war zu sehen. Die Geschäftsleitung musste dafür wohl eines von diesen enervierend lauten Saugfahrzeugen eingesetzt haben, die einen um vier Uhr in der Früh aufweckten. Ich schnippte meinen Zigarrenstummel im hohen Bogen davon und sah zu, wie er direkt in der Mitte dieses tadellos sauberen Parkplatzes landete. Na bitte, so sah das schon viel besser aus.

Schließlich bog ein würfelförmiger blauer Kleinwagen auf den Parkplatz ein und hielt drei Plätze neben mir. Die dünne Aluminiumverkleidung des Wagens erzitterte förmlich unter den Bässen der vollkommen überdimensionierten Stereoanlage, was mich wieder daran erinnerte, wie sehr ich doch die Optik der meisten neumodischen Wagen hasste.

Neugierig beobachtete ich die Fahrerin. Sie blieb noch ein paar Minuten mit geschlossenen Augen in ihrem Wagen sitzen und wiegte sich zum Takt irgendeines geistlosen Rap-Songs hin und her, bevor sie ausstieg. Sie war Anfang zwanzig, etwas größer als der Durchschnitt, hatte hellbraune Haare, die nicht ganz auf ihre Schultern herab reichten und zwei schlanke Beine, die aus einem Paar abgewetzter Shorts herausragten. Ein pinkfarbenes knappes Shirt gab den Blick auf ihren flachen, trainierten Bauch frei. Kein BH. Sehr süß und sehr jung.

Zuerst tat sie so, als wäre ich unsichtbar, als sie mit ihrer riesigen Umhängetasche an mir vorbeilief, doch dann hörte ich, wie sie anhielt. Ich drehte den Kopf zu ihr um und sah, dass sie mich fragend anstarrte. Vielleicht, weil ich hier auf einem Klappstuhl mitten auf dem Parkplatz saß, oder weil ich an einem so heißen Nachmittag im Juni ein Sakko trug, oder, noch besser, sie starrte mich einfach nur deshalb an, weil ich so verdammt gut aussah.

»Guten Tag«, begrüßte ich sie höflich.

»Hey, Sportsfreund, ich habe keine Ahnung, was Sie da treiben, aber Sie sitzen auf Bulls Parkplatz.«

»Bull?«, fragte ich unschuldig.

»Ja, er ist einer der Türsteher hier, und keiner, mit dem man sich anlegen will«, antwortete sie.

»Sie wissen nicht zufällig seinen vollen Namen?«, fragte ich.

Jetzt musterte sie mich argwöhnisch. »Wer zum Teufel sind Sie?«

Ich legte die flache Aktenmappe, die ich bei mir hatte, ab und griff in meine Jackentasche, aus der ich ein paar Zwanziger hervorkramte und gut sichtbar in die Luft hielt. Sie starrte mich eine Weile an und ich versuchte, so zu tun, als würde ich nicht bemerken, dass sich ihre Nippel mittlerweile durch den Stoff ihres Shirts bohrten. Ich schätzte, dass dies eine natürliche Reaktion von Stripperinnen war, wenn sie einen Mann sahen, der mit Geld herumfuchtelte. Nach einem kurzen Moment der Unentschlossenheit siegte schließlich die Verlockung über die Vorsicht. Sie blickte sich um, kam zu mir und streckte ihre Hand nach dem Geld aus. Ich umklammerte es daraufhin fester.

»Den Namen, bitte«, erinnerte ich sie höflich.

Ihre Hand blieb auf meiner Hand liegen.

»Sein Name ist Robert Turnbull und er dürfte jeden Moment hier sein.«

Bingo, da hatte ich meine Bestätigung. Ich lockerte meinen Griff und sie zog mir langsam die Geldscheine aus der Hand.

»Sind Sie ein Cop oder so was?«, fragte sie und sah mich mit einer Mischung aus Neugier und Vorsicht an.

Ich schüttelte den Kopf. »Nein, ich bin kein Cop.« *Nicht mehr*, wie ich in Gedanken hinzufügte.

Sie musterte mich weiter. »Sie sehen aber wie ein Cop aus.«

»Wie heißen Sie? Ihr richtiger Name, meine ich.« Den Zusatz hielt ich für wichtig, denn die meisten Stripperinnen benutzten ein Pseudonym.

Sie schenkte mir ein kleines schüchternes Lächeln, bevor sie antwortete: »Ich heiße Anna und Sie?«

»Thomas.« Aber bevor ich noch etwas hinzufügen konnte, schnitt mir das kehlige Auspuffbrummen mehrerer Motorräder, die die Straße herunterkamen, das Wort ab.

Sie sah in die Richtung, aus der der Lärm kam. »Hören Sie, ich will nicht dabei gesehen werden, wie ich mich mit Ihnen unterhalte.« Da war plötzlich ein Anflug von Unruhe in ihrer Stimme, als sie die Straße hinuntersah. »Seien Sie vorsichtig. Bull ist groß und gemein und er hat gute Freunde.«

Ich verstand. Ich zog noch schnell meine Visitenkarte aus meiner Jackentasche und reichte sie ihr. »Danke«, sagte ich. »Vielleicht kann ich Ihnen ja eines Tages mal einen Gefallen tun.«

Sie zögerte einen Moment, bevor sie sich die Karte schnappte und in das Lokal eilte. Die Tür war nicht verschlossen. Also war vielleicht doch schon jemand darin. Wenn ich nicht anderweitig beschäftigt gewesen wäre, hätte ich ihnen gesagt, dass sie endlich das verdammte Schild anschalten sollten.

Ich drehte mich wieder um, als drei Biker auf aufgemotzten Harleys auf den Parkplatz bogen. Alle drei trugen die typischen Biker-Klamotten, schmutzige Jeanswesten mit ihrem Klubnamen und eine Reihe weiterer Aufnäher mit kryptischen Symbolen. Diese Typen zählten sich zu den stolzen *Onepercentern*. Sie verachteten traditionelle Gesellschaftsformen und besaßen einen ausgeprägten Hass auf Gesetzeshüter.

Die Sorte kannte ich gut.

Die drei brachten ihre Maschinen nur wenige Zentimeter vor mir zum Stehen und drehten provokativ noch ein paar Mal die Motoren auf. Ich vermutete, der Lärm sollte mich einschüchtern. Ich blieb aber trotzdem ruhig sitzen und wartete. Nach ein paar Sekunden hörten sie mit dem Unsinn auf. Der Älteste von ihnen würgte seinen Motor ab und gab den anderen beiden ein Zeichen, seinem Beispiel zu folgen.

Einer von ihnen war dünn, drahtig, hatte einen langen schmierigen Kinnbart und die dunklen Augen eines Wiesels. Die anderen beiden waren etwas stämmiger. Der Ältere war vielleicht noch ein paar Zentimeter größer und ungefähr so alt wie ich, wog aber um einiges mehr. Etwas davon waren Muskeln, der Rest aber Fett. Wie die meisten älteren Biker schmückte ihn der standardmäßige Bierbauch. Spinnenweben-Tätowierungen zierten beide Ellenbogen, die in dicken, fleischigen Oberarmen mündeten. Auf einem davon zeichnete sich eine lange Narbe quer über dem Bizeps ab. Er trug einen breiten walross-artigen Schnurrbart, wie dieser Typ aus dem Fernsehen, der immer seine Söhne anschreit. Seine krumme Nase kündete von einigen Schlägereien, in die er in der Vergangenheit involviert gewesen war. Zumindest war das der Grund, warum meine schief war. Er schien derjenige zu sein, der hier das Sagen hatte, aber er war nicht der Grund, wieso ich hier war. Zumindest nicht der Hauptgrund.

Der, nach dem ich suchte, Bull, war der Größte von den Dreien. Knapp zwei Meter groß, gute hundertsechzig Kilo schwer und gebaut wie ein Football-Spieler. Irgendwie hatte ich so eine Vermutung, dass seine Persönlichkeit ihn davon abhielt, einen Mannschaftssport zu betreiben. Seine Arme waren mit Tätowierungen übersät und ausgehend von deren Umfang mussten dafür bestimmt vier Liter Tinte draufgegangen sein. Seine Beine erinnerten an Baumstämme und seine Biker-Stiefel mussten Übergröße haben. Ich warf einen schnellen Blick über den Parkplatz zu meinem Auto, um sicherzugehen, dass meine Verstärkung auch zusah.

Bull ließ sein Vorderrad gegen die blank gewienerte Spitze meines schwarzen Lackschuhes rollen. »Was zur Hölle hast du auf meinem Parkplatz verloren?«, knurrte er mich an.

Ich ergriff die Aktenmappe, setzte meinen besten entschuldigenden Gesichtsausdruck auf und erhob mich mit gespielter Nervosität von meinem Stuhl. »Ach du meine Güte, bitte entschuldigen Sie, aber ich war der Meinung, dass dieser Parkplatz für einen gewissen Robert Turnbull reserviert sei.« Der Älteste der drei Biker kniff misstrauisch die Augen zusammen. Wahrscheinlich hatte ihn meine Verwendung von Bulls bürgerlichen Namen alarmiert, aber bevor er etwas entgegnen konnte, meldete sich Bull schon wieder zu Wort.

»Das bin ich, du Arschloch«, krähte er. »Also beweg sofort deinen Arsch zur Seite.«

Ich nickte einsichtig. »Sofort, Sir«, antwortete ich und machte mich daran, nach meinem Klappstuhl zu greifen, dann aber zeigte ich ihnen den Aktenordner, wegen dessen ich nicht beide Hände benutzen konnte. Ich tat so, als wäre ich selbst davon genervt, wie ungeschickt ich auf andere wirken musste, und warf ihm beiläufig die Aktenmappe zu.

»Wenn Sie die bitte kurz halten könnten, Sir.« Er fing die Mappe ohne nachzudenken auf. Ich klappte den Stuhl zusammen, hob ihn auf und lief los.

»Hey, du Blödmann, du hast deine Mappe vergessen.« Er warf sie mir hinterher und die Dokumente wirbelten durch die Luft.

Das Wiesel begann daraufhin zu lachen. Ich spähte zu dem Älteren hinüber. Dieser starrte mich durchdringend an. Er wusste genau, dass ich irgendetwas im Schilde führte. Ich ließ den Blick wieder zu Turnbull zurückwandern.

»Oh, die werde ich jetzt nicht mehr brauchen, Bull. Die ist für dich. Ordnungsgemäß zugestellt.« Ich beobachtete die anderen beiden. Genauer gesagt achtete ich auf ihre Körpersprache, um sicherzugehen, dass keiner von ihnen nach einer verborgenen Waffe griff.

»*Was?*«, brüllte Bull, der von seiner Maschine gestiegen war und mir hinterherlief. Ich hob warnend einen Finger und schob dann mein Jackett zur Seite, um ihm mein Baby zu zeigen. Eine umgebaute .45 Springfield Armory Modell XD, Halbautomatik, die in dem Holster an meinem Gürtel steckte.

»Bull!«, rief der Ältere. Bull blieb unwillkürlich stehen und drehte sich um.

»Hör dir an, was der Mann zu sagen hat«, riet ihm der Ältere.

Bull starrte mich an. »Glaubst du etwa, ich hätte Angst vor deinem dürren Arsch?«

»Vielleicht nicht vor mir, aber du solltest mit Sicherheit vor dem alten Mann da drüben Angst haben.« Ich deutete mit dem Daumen über meine Schulter, wo mein Onkel Mike, ein Polizei-Captain im Ruhestand, in meinem Auto saß. In einem 1961er Eldorado Kabriolett. Ein tiefschwarz glänzender Cadillac mit jeder Menge Chrom, Gangster-Weißwandreifen und einem weißen Verdeck. Hatte mich beinahe ein Jahr gekostet, ihn wieder vollständig zu restaurieren, aber es war jede Minute davon wert gewesen. Mein Onkel hatte eine Schrotflinte aus dem geöffneten Fenster geschoben, die in unsere ungefähre Richtung zeigte. Eine Zigarette hing aus seinem Mundwinkel und er starrte mit dunkelbraunen durchdringenden Augen zu uns hinüber.

»Bull, geh rein!«, brüllte der Ältere. Bull warf mir noch einen langen bösen Blick zu, als wollte er mich stillschweigend wissen lassen, dass wir beiden noch nicht miteinander fertig waren, bevor er schließlich das Lokal betrat. Der Ältere stieg von seiner Maschine und hob ein paar der Dokumente auf. Er überflog sie flüchtig und sah dann zu mir hinüber.

»Was soll diese Scheiße?«, blaffte er mich an.

Ich wollte schon antworten, dass er die verdammten Dokumente einfach lesen sollte, wenn er es wissen wollte, aber dann hielt ich mich zurück. Er hatte mir einen Gefallen getan, als er die Situation entschärft hatte, und außerdem konnte er wahrscheinlich nicht einmal lesen.

»So, wie es aussieht, hat Ihr Kumpel vor ein paar Monaten die Scheiße aus einem Mann herausgeprügelt, und dieser verklagt Bull und den Laden jetzt.«

Er starrte für einen Moment auf die Papiere hinunter und warf mir dann einen Blick zu, in dem eine Menge unverhohlener Feindseligkeit zu erkennen war. »Ich erinnere mich an diesen Idioten. Er ging bei einem der Mädchen zu weit. Als man ihn hinausbegleitete, verpasste er Bull einen Schlag. Er hat nur bekommen, was er verdiente.«

Ich zuckte mit den Schultern und lief zu meinem Auto. Wahrscheinlich hatte er sogar recht damit, dass der Typ es womöglich verdient hatte, aber es war nicht meine Aufgabe, das zu bewerten. Mein Job endete in dem Moment, wenn ich die Unterlagen übergeben hatte. Ich verstaute den Klappstuhl im Kofferraum und mein Onkel rutschte auf den Beifahrersitz hinüber.

»Du hast es echt drauf, dir Freunde zu machen«, meinte er, als ich einstieg. Ich zündete mir eine neue Zigarre an und er sich eine Zigarette. Das war unsere Art, mit der Nervosität umzugehen. Die Schrotflinte behielt er zur Sicherheit weiterhin auf dem Schoß. Nachdem er sein Feuerzeug eingesteckt hatte, hielt er mir die Hand in stiller Erwartung entgegen. Ich zog den Flachmann aus meinem Jackett, nahm einen langen Schluck und gab ihm die Flasche dann.

»Wir müssen noch einem Zwischenstopp einlegen. Liegt aber auf dem Nachhauseweg«, sagte ich, während ich den Cadillac auf die Division Street bugsierte, auf grünes Licht wartete und mich dann auf die I-40 einfädelte.

»Ich glaube, mich daran zu erinnern, dass du hier einmal an einem Mordfall gearbeitet hast«, meinte er. Ich warf ihm einen Blick zu. Das Alter nagte auch an ihm, aber sein Erinnerungsvermögen war immer noch intakt. Im Licht der Nachmittagssonne traten die Falten in seinem Gesicht besonders hervor.

»Ja, war mein allererster Fall. So ein Kerl war eifersüchtig auf seine Stripper-Freundin. Er tolerierte die Sache mit dem Strippen zwar, aber sie hatte noch ein kleines Nebengewerbe am Laufen. Mit diesen Freizeitaktivitäten schien er offenbar ein Problem gehabt zu haben. Eines Nachts lauerte er ihr nach der Arbeit auf und erschoss sie auf dem Parkplatz.«

»Was für eine Art von Nebengewerbe war das denn?«, fragte er interessiert.

»Prostitution.«

Er prustete und nahm einen Zug von seiner Zigarette. »Dann hat die Nutte es nicht anders verdient«, meinte er. Ich schwieg. Ich hatte keine Ahnung, ob sie es verdient hatte oder nicht. Für einen kurzen Moment überlegte ich, ihm zu sagen, dass das vielleicht ein etwas hartes Urteil sei, aber dann kam ich zu der Einsicht, dass es sich nicht lohnte, mit ihm darüber zu streiten.

»Was wurde denn aus ihrem Freund?«

»Er ging nach Hause und schoss sich den Kopf weg«, antwortete ich.

Mein Onkel nickte leicht, als wollte er damit sagen, dass er das für das einzig Richtige hielt. Er nahm noch einen letzten langen Zug von seiner Zigarette und schnippte sie dann auf die Interstate. »Brauchen wir die Schrotflinte noch?«

»Nope. Dieses Mal ist es ein Klient«, sagte ich, während ich die Fahrspur wechselte und schnell auf achtzig Meilen beschleunigte. Er nickte zufrieden und nahm noch einen Schluck aus dem Flachmann, bevor er ihn mir zurückgab. Fünfzehn Minuten später parkte ich den Wagen vor einem Starbucks in einer Ladenzeile am südlichen Ende der Stadt.

»Wer ist es dieses Mal?«, fragte er.

»Ein Mann mit mehr Geld als Verstand«, antwortete ich.

Onkel Mike grunzte. »Von denen laufen offenbar eine ganze Menge herum.«

Almose Larkins, der es vorzog, Al genannt zu werden, war ein unscheinbarer, pummeliger Mann mit kurzen dunklen Haaren, einem festgeklebten Grinsen und einer unbekümmerten Art. Er arbeitete als erfolgreicher Vertreter einer Handelskette für Getränke und lernte, zumindest seinem Äußeren nach zu urteilen, seine weiblichen Bekanntschaften vornehmlich im Internet oder in dunklen Bars kennen. Mit einer dieser Damen war er derzeit auch liiert, und sie war der Grund, warum er mich angeheuert hatte. Er saß an einem der Außentische und lächelte, als ich mich ihm näherte.

»Hi, Thomas«, begrüßte er mich überschwänglich, während ich mich setzte. Ich seufzte innerlich. Ich wusste, in ein paar Minuten würde er nicht mehr lächeln.

»Hi, Al.« Ich schüttelte ihm die Hand. »Okay, ich habe deine Informationen, zusammen mit der Rechnung. Das Ganze beläuft sich auf tausenddreihundertunddrei Dollar. Für dich glatte Tausenddreihundert.« Ich hatte ihm einen Nachlass gegeben, weil ich ihn als Freund ansah, aber ich musste trotzdem irgendwie meine Rechnungen bezahlen.

Al nickte, zückte sein Scheckbuch und füllte eilig einen der Schecks aus. Ich wartete geduldig. Als er ihn mir hinüberreichte, warf ich einen schnellen prüfenden Blick darauf, faltete ihn dann zusammen und steckte ihn in meine Tasche.

»In Ordnung, dann fassen wir deinen Fall noch einmal kurz zusammen.« Ich langte in den Aktenordner und kramte ein Porträtfoto einer atemberaubenden arabischen Schönheit mit wallendem rabenschwarzem Haar und mandelbraunen Augen hervor.

»Ja, das ist mein Mädchen«, sagte Al stolz. Ich nickte bestätigend und fuhr fort.

»Seit etwa einem Monat habt ihr beide verschiedene obszöne und bedrohende Textnachrichten erhalten. Alle richteten sich gegen sie.«

Al seufzte. »Richtig, und die Cops haben nichts dagegen unternommen«, nörgelte er. Ich legte eine kurze Pause ein, um im Kopf nach den richtigen Worten zu suchen, mit denen ich ihm erklären konnte, wieso die Cops nichts unternommen hatten.

»Das hier sind die Kopien der Berichte aus den Unterlagen des zuständigen Detectives.« Ich zog die betreffenden Papiere aus dem Ordner und schob sie ihm über den Tisch zu. »Wie du daraus ersehen kannst, hat der Detective die Herausgabe der Telefonaufzeichnungen erwirkt.«

Ich blätterte durch die Unterlagen und zog das entsprechende Dokument hervor. »Dieser Bericht des Mobilfunkbetreibers zeigt alle Telefonaufzeichnungen an. Du kannst sie gern in Ruhe studieren, aber im Moment möchte ich erst einmal auf den abschließenden Bericht des Detectives eingehen.« Ich schob ihm den Bericht zu und ließ ihn das Dokument überfliegen. Ganz besonders jene Sätze, die ich vorher mit einem gelben Textmarker gekennzeichnet hatte. »In ihrer Zusammenfassung kommt der Polizeibeamte zu dem Schluss, dass sämtliche Textnachrichten von einer getürkten Telefonnummer aus abgeschickt wurden«, sagte ich.

»Und was bedeutet das?«, fragte er.

»Das ist eine von diesen Handy-Apps, die man herunterladen kann, um seine eigene Nummer zu verschleiern und beim Angerufenen eine andere Nummer anzuzeigen. Das ist illegal, wird aber nur in den seltensten Fällen strafrechtlich verfolgt. Ich möchte allerdings besonders auf einen Satz des Detectives hinweisen. Er bezieht sich dort auf die Vergangenheit deiner Verlobten.«

Ich deutete auf den farbig hervorgehobenen Satz. »Das ist der Grund, warum sie den Fall zu den Akten gelegt haben.« Al las den Satz langsam, dann las er ihn noch einmal und sah mich schließlich an. Seine Verwirrung war ihm deutlich anzusehen.

»Ich fand den Satz recht interessant, also habe ich ein paar kleine Ermittlungen angestellt.« Ich griff erneut in meine Mappe und holte einen Stapel mit etwa zwölf Berichten hervor, die von einer Büroklammer zusammengehalten wurden.

»Was ist das alles?«, fragte er.

»Dies sind Polizeiberichte, die deine Verlobte in den vergangenen drei Jahren angehäuft hat. Wenn du sie liest, wirst du feststellen, dass es sich dabei um verschiedene Berichte über Stalking, Belästigungen, Drohungen und Ähnliches handelt. Die Ermittler, die mit diesen Fällen betraut waren, haben schließlich jeden einzelnen der Fälle aufgrund mangelnder Kooperation des Opfers eingestellt.«

Ich schwieg und ließ ihn für eine Minute die Berichte durchsehen. »Ich habe mich außerdem noch etwas näher mit den Textnachrichten beschäftigt«, sagte ich und zog den letzten Bericht hervor. »Sowohl die getürkte Nummer als auch die Handynummer deiner Verlobten sind stets zeitgleich am entsprechenden Funkmast eingetroffen.« Ich breitete den Bericht vor ihm aus. »*Sie* ist diejenige, die diese Nachrichten verschickt hat«, schloss ich mit leiser Stimme.

Al starrte mich ungläubig an. »Hat sie das? Aber wieso?«, fragte er verwirrt. Seine Stimme klang zweifelnd und beinahe kindlich.

»Manchmal ist es nicht leicht, das Verhalten anderer Menschen zu erklären, Al. Manche Ärzte würden vielleicht den Begriff Verfolgungswahn verwenden. Du hast mir mal erzählt, dass sie eine traumatische Kindheit hatte. Vielleicht hat das Spuren bei ihr hinterlassen, die erst jetzt zutage treten. Ich bin kein Psychiater, also kann ich nur raten. Alles, was ich sagen kann, ist, dass du, wenn du diese Frau liebst, an noch ein paar mehr Problemen zu knabbern haben wirst. Du solltest sie dringend überreden, einen Therapeuten aufzusuchen.«

Al wusste nicht, was er darauf antworten sollte, und studierte stattdessen noch einmal die Berichte. Das Schweigen, das folgte, begann langsam unangenehm zu werden, also stand ich auf und machte mich leise vom Acker. Mein Onkel streckte mir den Flachmann entgegen, als ich in den Wagen stieg. Er war beinahe leer.

»Musst du noch irgendwohin, bevor ich dich absetze?«, fragte ich ihn. Er schüttelte den Kopf und zündete sich eine Zigarette an. Ich tippte auf ein Symbol auf meinem Telefon. »Die Vorladung für Turnbull wurde übergeben«, sprach ich in das Gerät.

»Mit wem sprichst du da?«

»Ich schicke eine Nachricht an William«, antwortete ich ihm. William, war William Goldman, ein frischgebackener Anwalt, der fest entschlossen dazu schien, jedermann in Nashville zu verklagen. Nicht, dass ich mich darüber beklagen will – schließlich verdiente ich eine beachtliche Summe an jeder Vorladung, die ich auslieferte.

»Eine Nachricht?« Mein Onkel war ein typischer Mittsechziger und hatte es nicht für nötig gehalten, mit den technischen Errungenschaften Schritt zu halten. Er grunzte angewidert: »Die meisten normalen Menschen reden am Telefon, mit einem lebenden Menschen am anderen Ende«, murmelte er.

Ich lächelte. »Klar, wenn es Sherman wäre, würde ich persönlich mit ihm telefonieren, aber das ist sein Enkel, und mit dem kommuniziere ich hauptsächlich über Nachrichten.« Sherman war Williams Großvater. Ihn bewunderte und verehrte ich. Mit William kam ich einfach nur irgendwie klar.

Ich setzte Onkel Mike an seinem Haus an der Vine Road Ridge ab und fuhr dann nach Hause.

KAPITEL 2

Mein Morgen begann mit einem Becher Kaffee, dann zwang ich mich zu einer erschöpfenden Trainingseinheit. Ich war in letzter Zeit ein wenig nachlässig geworden, aber die Begegnung mit den Bikern hatte mich dazu gebracht, meine Faulheit noch einmal zu überdenken.

Als ich damit fertig war, auf den Sandsack einzudreschen, taten mir die Fäuste weh und ich keuchte wie ein alter Staubsauger. Ich zog die Boxhandschuhe aus und verzog schmerzhaft das Gesicht, als ich danach versuchte, meine Finger zu bewegen. Der Muskelkater schien stärker zu sein, als ich ihn aus jüngeren Tagen in Erinnerung hatte.

Nachdem ich wieder normal atmen konnte, setzte ich mich hin und zündete mir eine Zigarre an. Meiner Ansicht nach hatte ich sie mir nach diesem Training redlich verdient. Ich genoss ihr Aroma und sah mich in dem metallenen Fertigbauhaus um. Es diente mir sowohl als Fitnessraum als auch als Garage und als Aufbewahrungsort für all die Dinge, die die meisten anderen Menschen als Ramsch angesehen hätten. Neben meinem ganzen Stolz, dem schwarzen Cabrio, parkten dort auch noch zwei weitere Fahrzeuge in unterschiedlichen Stadien der Verwahrlosung.

Mein einziger anderer fahrbarer Untersatz war ein Ford F150 Pick-up Truck, Baujahr 2010. Den hatte ich gebraucht gekauft, doch außer einem Satz neuer Reifen, Bremsen und einer neuen Batterie hatte mir der Wagen seither nie irgendwelche Probleme gemacht. Die anderen beiden Autos waren zwei Muscle-Cars aus den Sechzigern, ein 1968er Dodge Challenger und ein 1971er Chevy Camaro SS. Ich hatte beide zu einem fairen Preis erstehen können und hatte eigentlich vorgehabt, sie aufzuarbeiten und dann teuer weiterzuverkaufen, aber mein chronischer Geldmangel hatte mich bislang von diesem Unterfangen abgehalten. Ich hatte mich stattdessen dafür entschieden, die beiden Wagen bei Craigslist einzustellen, und machte mir in Gedanken eine Notiz, es endlich zu tun. Es tat mir zwar in der Seele weh, aber derzeit war ich wirklich knapp bei Kasse. Wenn sich das nicht schleunigst änderte, würde ich womöglich sogar auf meine teuren Zigarren verzichten müssen.

Mein Hund schaute mich nun an. Er war ein hässlicher gescheckter Köter um die siebzig Pfund, der die meiste Zeit über ein ziemlich unbeherrschtes Wesen an den Tag legte. »Was meinst du, Henry?«, fragte ich ihn. Er schien jedoch keine Meinung zu diesem Thema zu haben und trottete kommentarlos davon.

Bis ich meine Zigarre aufgeraucht hatte, vertrödelte ich meine Zeit in der Garage. Danach füllte ich Henrys Futterschale mit etwas von dem überteuerten Hundefutter, zu dem mir mein Tierarzt geraten hatte, und nahm anschließend eine lange heiße Dusche, bevor ich mich meinem Tagwerk widmete. Ich zog mich an, schnappte mir mein Telefon und starrte es für vielleicht zehn Sekunden an. Ein schickes iPhone, die neueste Version.

Ich hasste das Teil.

Die Leute waren inzwischen von den Dingern abhängig geworden, mich eingeschlossen. Schon oft hatte ich einfach mit einem Hammer darauf eindreschen oder es aus dem Fenster werfen wollen, wenn ich auf der Interstate fuhr, aber ohne das Ding hätte ich mein Geschäft auch gleich dichtmachen können.

»Dann wollen wir mal«, murmelte ich und schaltete das Telefon ein. Ich hatte vier Sprachnachrichten und eine SMS bekommen.

Die Sprachnachrichten stammten von Anrufern, die mich dafür einstellen wollten, Beweise zu finden, dass sie von ihren Ehepartnern betrogen wurden. Obwohl ich das Geld gut hätte gebrauchen konnte, löschte ich diese Nachrichten sofort. Hinter untreuen Eheleuten hinterherzujagen ging mir ungeheuer auf den Sack und außerdem war es schwer, hinterher an sein Geld zu kommen.

Die Textnachricht stammte von William, jenem Anwalt, für den ich die Papiere an Turnbull übergeben hatte sollen. Stirnrunzelnd überflog ich die Nachricht. Er antwortete damit auf meine Nachricht vom Abend zuvor und meinte, dass er noch vier weitere Vorladungen herumliegen hätte und sich fragte, ob ich mich nicht ASAP darum kümmern könnte.

»Du elender kleiner Scheißer hast es nicht für nötig gehalten, mir zu verraten, dass der Typ zu einer Motorradgang gehörte.« Ja, ich rede oft mit mir selbst. Ich denke, das ist normal für jemanden um die vierzig, der allein lebt. Ich stand also in meiner Küche, dachte kurz darüber nach, tippte dann auf das entsprechende Symbol und sagte: »Du schuldest mir noch das Geld für die letzten vier. Also bezahle mich – oder leck mich am Arsch – Ausrufungszeichen.« Zu meiner Verärgerung schrieb die App das Wort »Ausrufungszeichen« aus, anstatt das Satzzeichen einzufügen.

»Dieser beschissene Elektronikkram«, murmelte ich, schickte die Nachricht aber trotzdem ab. Weniger als dreißig Sekunden später klingelte mein Telefon. *Anwaltskanzlei Goldman.*

»Na, das ging ja flott«, murmelte ich, bevor ich ranging.

»Hallo Thomas, hier ist Sherman. Wie geht es dir?«

Er hätte sich nicht extra vorstellen brauchen, denn ich erkannte ihn sofort an seiner Stimme. Sherman Goldman war ein alter Freund von mir. Er arbeitete als Senior-Partner in einer der angeseheneren Anwaltsfirmen der Stadt. Wir hatten uns vor ein paar Jahren kennengelernt, als ich gerade als Officer angefangen hatte. Eines Tages, nach einem Gerichtstermin, hatte er sich mir vorgestellt und mich zu meiner Haltung im Zeugenstand beglückwünscht.

»Hallo Sherman«, antwortete ich. »Alles bestens. Noch besser wäre es allerdings, wenn dein Enkelsohn mich mal bezahlen würde. Wie geht's dir?« Sein Enkel hielt sich selbst für einen Spitzenanwalt. Keine drei Monate nach Beendigung seines Jurastudiums hatte er bereits sieben oder acht Prozesse am Laufen, was sein Wesen finde ich, ganz gut beschreibt. Aus Gefälligkeit für seinen Großvater griff ich ihm ein wenig unter die Arme, aber der kleine Scheißer hatte mir noch keinen einzigen Scheck ausgestellt.

»Oh wirklich? Über wie viel Geld reden wir denn?«

»So um die zweitausend«, antwortete ich. Ich wusste natürlich, dass das für Sherman Kleingeld war, aber wie gesagt, um mein Einkommen war es in diesen Tagen nicht sonderlich gut bestellt. Sherman musste meinen … sagen wir mal … stockenden Geldfluss wohl gerochen haben.

»Nun, dann sollten wir sehen, wie wir das schnell in Ordnung bringen können. Wieso kommst du nicht einfach in meinem

Büro vorbei? Ich lasse dir einen Scheck ausstellen und dann reden wir noch über einen anderen Job.«

»Das wäre großartig.«

»Okay, dann sehen wir uns in einer Stunde.« Er legte auf, noch bevor ich eine andere Zeit vorschlagen konnte. So ist Sherman eben. Sofort klingelte mein Telefon wieder. Die Nummer sagte mir nichts, aber das war nicht ungewöhnlich. Ich meldete mich mit meinem Standardspruch: »Ironcutter Investigations?«

»Hallo, sind Sie der … äh … Privatdetektiv?« Das hörte sich nach einer verknöcherten alten Schachtel an.

»Das bin ich. Mein Name ist Thomas Ironcutter. Was kann ich für Sie tun?«

»Ah, sehr gut. Ich möchte Sie für einen Nachforschungsauftrag engagieren«, sagte sie.

»Sehr gern, Ma'am. Meine Preise sind Ihnen bekannt? Ich veranschlage tausend Dollar pro Woche, für mindestens eine Woche, plus Spesen. Die Bezahlung für die erste Woche muss im Voraus geleistet werden.«

»Eintausend Dollar pro Woche? Das ist ja ungeheuerlich«, rief sie entrüstet.

Ich seufzte. Diese Reaktion bekam ich leider öfter zu hören. Ich habe keine Ahnung, warum die Leute sich stets genötigt sahen, sich darüber zu beklagen. Wenn ihnen mein Gehalt nicht passte, konnten sie doch einfach auflegen, aber nein, so lief das nicht. Ich schätzte, die Leute glaubten, dass sie, wenn sie nur lange genug herumnörgelten und sich beschwerten, das Ganze so ausgehen würde: »Oh mein Gott, es tut mir ja unendlich leid, Ma'am. Bitte erlauben Sie mir, meinen abscheulichen Fehltritt wiedergutzumachen. Ich werde Ihren Fall selbstverständlich umsonst bearbeiten. Oh, nein, noch viel besser, ich bezahle *Ihnen* Geld dafür!«

Oder so etwas in der Art. In der Vergangenheit habe ich stets versucht, mich professionell zu verhalten, zu erklären, wie sich der Betrag zusammensetzte, aber das hatte nie funktioniert. Also hatte ich eine geniale und absolut sichere Methode für Leute wie diese Dame entwickelt: Ich legte einfach auf. Für gewöhnlich funktionierte das … für gewöhnlich. … dieses Mal jedoch nicht.

Sie rief sofort zurück. »Mister Ironcutter, haben Sie etwa gerade aufgelegt?«, wollte sie scheinbar ernsthaft entrüstet von mir wissen.

»Ja, natürlich. Wieso um alles in der Welt rufen Sie mich denn noch einmal an?«

Eine ganze Weile herrschte Schweigen am anderen Ende. Ich schätzte, meine Frage musste sie verwirrt haben. Ich war kurz davor, das Gespräch erneut zu beenden.

»Ich weiß ja nicht, für wen Sie sich halten, aber man legt nicht einfach auf, wenn man einen potenziellen Klienten in der Leitung hat. Als kompetenter Geschäftsmann sollten Sie so etwas eigentlich wissen«, antwortete sie.

»Meine Teuerste, als ich Ihnen meinen Preis nannte, verriet mir Ihre Reaktion bereits alles, was ich wissen muss. Sie können sich mich nicht leisten und werden deshalb versuchen, mich herunterzuhandeln.« Wieder folgte ein Moment perplexen Schweigens. Ich goss mir in der Zwischenzeit ein Glas Wasser ein und wartete auf eine einfallsreiche Antwort von ihr.

»Junger Mann, Sie wissen gar nichts über mich«, antwortete sie eisig. Das war alles andere als einfallsreich, eher langweilig. Ich hatte wirklich Wichtigeres zu tun.

»Sie haben recht, ich weiß überhaupt nichts über Sie. Wollen wir es nicht einfach dabei belassen?« Das war nicht die erste Antwort, die mir auf der Zunge gelegen hatte, aber ich versuchte, weiterhin höflich zu bleiben.

»Ganz sicher nicht. Wir werden jetzt meinen Fall besprechen«, forderte sie.

»Ich hoffe inständig, dass es nichts mit Ihrem untreuen Ehegatten zu tun hat, denn bei Seitensprüngen ermittle ich nicht«, log ich, denn mich beschlich langsam das Gefühl, dass es genau damit zu tun hatte.

»Und wieso nicht?«, wollte sie daraufhin wissen.

Ich nahm das Telefon vom Ohr und starrte es einen Moment lang ungläubig an. Meine Güte, diese Frau wollte einfach nicht lockerlassen. Ich musste tief durchatmen, um nicht ein paar Dinge zu sagen, die ich hinterher bereuen würde.

»Madam, ich schulde Ihnen bestimmt keine Erklärung. Wenn ich jemanden um mich haben wollte, dem ich den ganzen Tag über Rechenschaft ablegen müsste, wäre ich verheiratet oder wieder bei meiner Mutter eingezogen.« Jetzt legte ich wieder auf, ohne ihre Antwort abzuwarten.

»Verdammt, das wird offenbar wieder *so* ein Tag.« Ich kümmerte mich noch schnell um ein paar Dinge, unter anderem, dass mein Flachmann mit Scotch gefüllt war, und fuhr dann in die Stadt.

Zwanzig Minuten später saß ich im Empfangsbereich der Goldman Anwaltskanzlei. Es war ein modernes Büro, welches das gesamte zwanzigste Stockwerk in einem Wolkenkratzer in Nashville einnahm.

Mein Hintern hatte sich kaum an das teuer aussehende Ledersofa gewöhnt, als auch schon eine überaus attraktive Frau aus einer der schwarzen Türen trat. Sie musterte mich mit ihren strahlend grünen Augen durch eine nerdig aussehende Brille hindurch, und ich tat das Gleiche, nur mit braunen Augen und ohne Brille. Ich schätzte sie auf Ende dreißig. Sie war schlank und trug ihre langen dunklen Haare zu einem unordentlichen Knoten zusammengesteckt, der von etwas zusammengehalten wurde, das wie zwei chinesische Essstäbchen aussah. Mit der kessen Brille, die auf ihrer Nase ruhte, sah sie verdammt süß aus.

»Mister Ironcutter?«, erkundigte sie sich mit einer angenehmen Stimme, in der ein Hauch von Südstaatenakzent mitschwang. Sofort stand ich auf. Sie lächelte mich freundlich an. »Ich bin Simone Carson, Shermans persönliche Assistentin.« Sie streckte mir die Hand entgegen, die ich offenbar etwas zu lange schüttelte. Sie wartete jedoch geduldig, bis ich damit fertig war, so als wäre sie es schon gewöhnt, dass sich die Männer in ihrer Gegenwart zum Affen machten.

»Wenn Sie mir bitte folgen würden?«

Und ob ich das wollte! Sie machte eine äußerst gute Figur in ihrem Sekretärinnen-Outfit. Es schmiegte sich genau an den richtigen Stellen an ihre Kurven. Ich wäre ihr überall hin gefolgt. Sie führte mich in ein Eckbüro, von dem aus man einen wundervollen Blick auf das Stadion der *Titans* hatte. Sherman saß hinter einem großen und mit Schnitzereien verzierten Walnuss-Schreibtisch und sprach mit einem etwa gleichaltrigen Mann. Als ich das Büro betrat, sah er auf und lächelte mich an.

»Thomas«, begrüßte er mich warmherzig. Er war ein älterer Mann, der so langsam auf die Achtzig zuging, mit einem Engelsgesicht und kahlem Kopf. Nur an den Seiten klammerten sich noch ein paar Büschel weißer Haare. Er lächelte und kniff die Augen zusammen. »Schön, dich zu sehen.« Wir schüttelten uns die Hände und er deutete auf seinen Gast.

»Das ist Richter Barrett Conway.« Richter Conway schien wie Sherman in den Siebzigern zu sein. Sein Gesicht war glattrasiert, sein kurzes graues Haar lichtete sich oben auf dem Kopf ein wenig, und er sah mich mit strahlend-blauen Augen durch eine Gleitsichtbrille mit Drahtgestell an. Auch er gab mir die Hand, während Sherman erklärte: »Wir beide kennen uns schon ewig, wir waren damals zusammen auf der juristischen Fakultät.«

Ich nickte. Sherman Goldman war seit mehr als fünfzig Jahren als Anwalt tätig, also musste ihre Freundschaft wirklich schon eine ganze Weile bestehen. Nach der Begrüßung deutete Sherman auf einen Sessel. Simone, die kurz hinausgegangen war, kam nur wenige Augenblicke später mit einer Tasse und einer Kanne zurück.

»Etwas Kaffee, Thomas?«, fragte sie. Ich nickte dankbar, sah ihr dabei zu, wie sie mir anmutig Kaffee einschenkte, und musste feststellen, dass ich sie von Sekunde zu Sekunde mehr mochte. Als sie fertig war, nahm sie neben Sherman Platz.

»Thomas, Barrett ist Richter am Konkursgericht im mittleren Bezirk von Tennessee.« Richter Conway nickte und erhob sich. Erst jetzt fiel mir auf, dass er einen Gehstock benutzte, aber es war kein gewöhnlicher Gehstock. Ich hatte schon Stöcke wie diesen gesehen. Er war aus dem Hartholz einer Esche gefertigt und ich rechnete förmlich damit, dass eine kleine Drehung am Griff eine spitze Waffe zutage fördern würde. *Man konnte nie vorsichtig genug sein*, dachte ich.

»Ich lasse euch dann mal allein«, sagte er und warf mir einen ernsten Blick zu. »Sie haben mich hier nicht gesehen, Thomas.« Ich nickte langsam, so als wüsste ich ganz genau, was er von mir wollte, dann gab er Sherman die Hand und ging.

»Ich habe ihm versichert, dass du die Sache diskret behandeln würdest«, erklärte mir Sherman, nachdem Richter Conway uns verlassen hatte.

»Was geht hier vor, Sherman?«, fragte ich.

»Barrett bat ich mich um einen persönlichen Gefallen und ernannte mich im Zuge dessen zum Treuhänder in einer Insolvenz Sache. Ein Chapter-Eleven-Fall.«

Simone beugte sich nach vorn und reichte mir eine dicke Akte. Der Kartenreiter wies die betroffene Firma als *Robard Trucking* aus – eine Speditionsfirma. Ich überflog die erste Seite, bei der es sich um eine grobe Zusammenfassung handelte. Während ich die Akte anschließend flüchtig durchblätterte, sagte ich: »Wenn ich mich recht erinnere, ist Chapter-Eleven eine Möglichkeit für Firmen, ihre Verbindlichkeiten auf Vordermann zu bringen, während die Geldgeber gleichzeitig daran gehindert werden, zu klagen.«

Sherman lächelte. »Sehr gut, Thomas.«

»Aber ich schätze, da gibt es ein Problem.«

»Für Barrett ist an der ganzen Sache etwas faul, und nachdem ich die Akte gelesen habe, muss ich ihm recht geben. Wir haben den Fall ausführlich diskutiert und dann entschieden, dich mit ins Boot zu holen.«

»Ich kann gern ein paar Vorladungen überbringen, wenn du das willst«, sagte ich.

Sherman lehnte sich in seinem Sessel nach vorn. »Vielleicht sollte ich es dir genauer erklären: Wenn eine Firma den Antrag stellt, nach Chapter-Eleven bemessen zu werden, müssen ein paar bestimmte Auflagen eingehalten werden. Dazu gehört unter anderem, dass der Hauptschuldner binnen einhundertzwanzig Tagen einen Sanierungsplan aufzustellen hat. Im Klartext heißt das: Die Firma muss einen serösen Plan ausarbeiten, wie sie die Schulden abzuarbeiten gedenkt. Die Vorsitzenden von *Robard Trucking* haben das jedoch bisher versäumt. Erschwerend kommt noch hinzu, dass wir glauben, dass die Direktoren der Firma bereits vor Antragstellung einige Zahlungen abgewickelt haben.«

»Und deshalb entschied der Richter, einen Treuhänder einzusetzen«, vermutete ich. Sherman nickte. »Aber, wieso dich?«

»Wie ich bereits sagte, wir kennen uns schon ewig. Wir haben einiges miteinander erlebt.« Er sagte dies auf eine Art, die deutlich machte, dass er nicht vorhatte, näher ins Detail zu gehen, und ich beließ es dabei. Ich meine, Sherman hätte die Sache auch ohne Weiteres einem seiner Junior-Partner übertragen können, aber aus irgendeinem Grund hatte er sich dagegen entschieden, und dieser ging mich offensichtlich nichts an.

Sherman wechselte nun das Thema, indem er auf seine bezaubernde Assistentin zeigte. »Miss Carson hat alle nötigen Unterlagen für dich zusammengestellt.«

Ich sah zu Simone hinüber, nicht ohne zu bemerken, dass er sie ›Miss‹ und nicht ›Missus‹ genannt hatte. Ich gab mir Mühe, möglichst unauffällig nach ihrem linken Ringfinger zu schielen. Kein Ring! Ein gutes Zeichen, zumindest für mich.

»Ich bin immer noch nicht ganz sicher, wie ich dir dabei helfen kann«, sagte ich.

»Ich denke, deine unkonventionelle Herangehensweise ist für diesen Fall wie geschaffen.« Ich sah zu Simone hinüber. Sie blickte mich mit ihren wunderschönen grünen Augen an, jedoch ohne irgendeine erkennbare Gefühlsregung. Ich hatte keine Vorstellung, wie gut sie über mich Bescheid wusste oder was sie in diesem Moment dachte.

»Du willst, dass ich das Geld finde?«

Sherman nickte kaum merklich. »Und alle anderen etwaigen Vermögenswerte.«

»Ich schätze mal, den Vertrag dazu hast du bereits vorbereitet?« Die Frage erübrigte sich. Sherman war die Korrektheit in Person und Verträge gehörten zu seinem Leben. Simone beugte sich zu mir hinüber, angelte sich die Akte aus meinem Schoß und öffnete sie. Direkt auf der ersten Seite befand sich der Vertrag.

»Ja, das dachte ich mir schon«, murmelte ich. Es war ein Standardvertrag, zusammen mit einer umfangreichen Verschwiegenheitserklärung. Simone reichte mir einen Kugelschreiber und ich unterschrieb.

»Ich mache Ihnen eine Kopie davon«, sagte sie und verließ danach das Büro. Wieder ertappte ich mich dabei, wie ich ihr hinterher starrte, und zwang mich dazu, schnell wegzuschauen, bevor Sherman mich dabei erwischte.

»In der Akte findest du Informationen über William und Leona Spieth, der Vorsitzende der Firma und die Vize-Präsidentin, die zufälligerweise auch noch Eheleute sind«, erklärte er. Ich sah in der Akte nach und fand die beiden. Schnell überflog ich ihre Daten, bevor ich Sherman wieder ansah.

»Du glaubst also, die beiden schaffen Vermögen beiseite?«

»Es scheint ganz so, und das ist der Punkt, bei dem ich denke, dass sich deine unkonventionellen Ermittlungsmethoden auszahlen könnten.«

Ich grinste ihn an. Seine Andeutung bezog sich auf einen Freund von mir, Roland. Einem introvertierten jungen Mann, der immer ein wenig so aussah, als würde er an beginnender Magersucht leiden und außerdem, wie es der Zufall so wollte, ein absolutes Computergenie war. Sherman ließ mich damit stillschweigend wissen, dass er sich Resultate erhoffte … aber falls man meinen Aktivitäten auf die Schliche kommen und diese strafrechtlich verfolgen würde, wäre er natürlich komplett unschuldig und hätte keinerlei Kenntnisse über derlei schändliches Vorgehen gehabt.

»Okay«, sagte ich. »Dann habe ich ja einiges zu tun. Doch reden wir jetzt noch mal über deinen Enkelsohn.«

Sherman hob den Zeigefinger und griff nach seinem Telefon. »Schicken Sie ihn rein.«

Eine Minute später schlenderte William Goldman in das Büro. Der gut aussehende, fünfundzwanzigjährige Mann stolzierte herein, als hätte er diese Kanzlei ganz allein zu der Bastion gemacht, die sie heute war. Als er mich sah, blieb er kurz stehen, dann setzte er ein Lächeln auf und streckte mir die Hand entgegen.

»Hey, Thomas, alter Junge, schön dich zu sehen! Ich hoffe, du bist wegen ein paar Jobs hier. Ich habe noch einige Vorladungen, die zugestellt werden müssten«, meinte er. William war das absolute Abbild des jüngeren Sherman. Der junge Mann und Absolvent der juristischen Fakultät Vanderbilt trug einen teuren, maßgeschneiderten Anzug und an seinem linken Handgelenk eine diamantene Rolex. Sein braunes Haar wurde von Unmengen an Haarfestiger und Gel in Form gebracht und er gehörte zu den Stammgästen in den angesagten Nachtklubs in der Gulch und der Music Row.

Sherman reckte den Zeigefinger in die Luft und gab William damit zu verstehen, dass er den Mund halten und zuhören sollte.

»Er ist hier, um überfällige Rechnungen einzufordern, William. Gibt es ein Problem, von dem ich wissen sollte?« Sherman blieb gelassen, doch der Unterton in seiner Stimme war nicht zu überhören.

William nestelte nervös an seiner Krawatte herum. »Nein Sir, überhaupt nicht.« Er sah mich an. »Es tut mir wirklich furchtbar leid, Thomas, es gab da eine Verwechslung, was die Rechnungen angeht. Ich werde mich aber jetzt persönlich darum kümmern, dass man dir deinen Scheck ausstellt.«

»Kümmere dich bitte sofort darum, William. Ich erwarte, dass Thomas bezahlt wird, bevor er das Büro verlässt.«

»Aber die Buchhaltung gibt erst in zwei Wochen wieder Schecks aus«, antwortete er verärgert.

»Ist es etwas Thomas schuld, dass du die Überweisungen nicht rechtzeitig eingeleitet hast?«, hakte Sherman nach. William schwieg. »Dann musst du ihn eben aus deiner eigenen Tasche bezahlen.«

William lief rot an. »Natürlich, Sir«, murmelte er und eilte hinaus.

Shermans Lächeln kehrte nun in sein Gesicht zurück. »Dann ist die einzige Sache, über die wir noch nicht gesprochen haben, wohl die Frage, wann wir uns wieder einmal zum Golfspielen treffen.«

Ich war neugierig, was William und Leona Spieth anbetraf, und deshalb suchte ich ihre Wohnadresse aus der Akte heraus und diktierte sie in mein iPhone. Das Anwesen der Spieths war eine einstöckige Villa im Stil einer Ranch und befand sich in West Meade, einer bekannten Wohngegend in Nashville. Die Häuser waren nicht allzu riesig, hatten zumeist einen großen Vorgarten und waren gut in Schuss. Ich fuhr ein paar Mal um den Block, bemerkte hinter dem Haus noch einen Garten mit Pool, drumherum einen schmiedeeisernen Zaun, aber ansonsten nichts Auffälliges. In der Einfahrt standen auch keine Autos.

»*Robard Trucking Company*«, sprach ich in mein iPhone und schlug nun die Route ein, die mir die körperlose Stimme ansagte. Zwischendurch musste ich fünf Mal anhalten, um mir die Namen und Adressen der Banken entlang der Fahrt zu notieren.

»Könnte ja vielleicht später wichtig sein«, murmelte ich.

Eine Stunde später fand ich mich an meinem Lieblingsort wieder, einem Zigarrenladen am südlichen Ende der Stadt, ganz in der Nähe der I-65. Als ich den Wagen einparkte, vibrierte mein Handy. Eine Textnachricht, mit derselben Vorwahl wie die Nummer dieser verrückten alten Schachtel von heute Vormittag. Die restlichen vier Ziffern hatte ich bereits wieder vergessen, aber die SMS stammte definitiv von ihr. Ich schaltete den Motor aus und las die Nachricht.

Wir müssen uns unterhalten!

Ich stöhnte, kramte meinen Flachmann hervor und nahm einen großen Schluck. Diese Frau trieb mich so langsam in den Wahnsinn, aber vielleicht besaß sie ja doch genügend Geld, denn immerhin musste ich irgendwie meine Rechnungen bezahlen. Also antwortete ich ihr, dieses Mal ebenfalls als geschriebene Nachricht.

Wenn Sie sich wirklich mit mir unterhalten wollen, schlage ich vor, dass wir uns persönlich treffen und Ihre Situation besprechen. In der nächsten Stunde finden Sie mich in einem Laden namens Mick's Place.

Ich schrieb ihr die Adresse, tippte auf Senden und betrat den Laden.

Mick O'Hara, der Eigentümer, saß auf einer dick gepolsterten Ledercouch – einer weitaus bequemeren Version als der im Empfangsbereich von Shermans Kanzlei – und las in der Tageszeitung. Er machte sich nicht einmal die Mühe, von seiner Lektüre aufzusehen.

»Gehst du in den Humidor?«

»Zufälligerweise ja.«

»Dann sei ein braver Kerl und bringe mir eine *Padron* mit. Du weißt schon welche«, sagte er und blätterte seine Zeitung um. So spielte sich das bei ihm immer ab, für gewöhnlich wartete er jedoch, bis ich mich gesetzt hatte, um mir dann zu sagen, dass ich ihm bei der Gelegenheit auch gleich einen neuen Kaffee hätte bringen können. Dieses Mal kam ich ihm allerdings zuvor und füllte gleich beide Tassen, bevor ich mich auf der angrenzenden Couch neben ihm niederließ. Erst dann schien er mich überhaupt richtig wahrzunehmen. Wir holten unsere Zigarren hervor und zündeten sie uns gegenseitig an. Dann zog ich meinen Flachmann aus der Tasche, um meinen Kaffee damit zu verfeinern.

»Na, na, jetzt sei mal nicht so ein knausriger Spaghettifresser.« Erwartungsfroh hielt er mir seine Tasse hin. Ich goss ihm einen reichlichen Schuss ein. »So ist's recht. Hey, Kim ist gerade losgegangen, um etwas zum Mittagessen zu holen. Soll ich sie anrufen und ihr sagen, dass sie dir auch etwas mitbringen soll?«

»Sie holt aber doch nicht etwa Sushi, oder?« Ich aß nur selten Sushi. Kim, seine koreanische Frau, konnte das aber offenbar den ganzen Tag lang essen.

»Ach was«, spottete Mick. »Heute gibt es ein gutes Südstaaten-Barbecue, mit Krautsalat und Maisbrot.«

Okay, immer noch besser als Sushi, aber Sodbrennen würde ich davon trotzdem bekommen. Ich nickte und er griff nach seinem Telefon.

Mick war irischer Abstammung in vierter Generation und ich war in vierter Generation Amerikaner mit italienischen Wurzeln. Er liebte es, sich zu streiten, was den Iren meiner Ansicht nach in den Genen lag, war aber der Ansicht, dass die Iren den Italienern weitaus überlegen waren und allen anderen eigentlich auch. Nach dreißig Jahren als Feuerwehrmann hatte er seinen Job an den Nagel gehängt und einen Zigarrenladen eröffnet. Ich war damals sein erster Kunde gewesen.

Ich genoss meine Zigarre und machte mich dann widerwillig daran, meine Sprachnachrichten abzuhören. Das meiste war Mist, aber eine stammte von einem alten Freund von mir, Harvey Wilson. Wilson war Sheriff im Ruhestand und er hatte mir über die Jahre hinweg schon öfter unter die Arme gegriffen. Nach dem zweiten Klingeln nahm er bereits ab.

»Ich versuche jetzt schon seit zwei Tagen, dich zu erreichen. Wo zur Hölle hast du denn bloß gesteckt?«

»Was für eine nette Begrüßung, du Saftsack«, antwortete ich.

»Okay, genug mit dem Gesülze. Du musst mir einen Gefallen tun.«

»Hallo, bist du noch dran? Ich verstehe dich kaum.« Ergänzend machte ich ein paar zischende Geräusche.

»Was? Ach, hör mit dem Scheiß auf. Das ist echt wichtig. Also, nicht wirklich wichtig, aber mir hängt meine Frau unentwegt damit in den Ohren, also ist es wichtig genug.«

Ich grunzte. »Okay, schieß los.«

»Der Pfarrer meiner Frau hat eine Cousine zweiten oder dritten Grades. Ihr Ehemann ist kürzlich gestorben. Als Todesursache hat man Selbstmord angegeben, aber die verrückte Frau ist absolut überzeugt davon, dass es ein Mord gewesen ist.«

»Oh Scheiße, Mann, Harvey, nicht einer von *diesen* Fällen«, stöhnte ich laut auf. »Hast du eine Ahnung, wie oft ich mit so etwas zu tun hatte, als ich noch bei der Mordkommission gewesen bin? Ich verrate es dir … nahezu immer! Und in jedem dieser Fälle gab es einen Freund oder einen Verwandten, der behauptet hat, dass es Mord gewesen wäre. Die gingen einem so was von auf die Nerven. Ich kann gar nicht zählen, wie viele Stunden ich damit verplempert habe, idiotischen Hinweisen nachzugehen, nur damit sich am Ende genau das herausstellte, was wir ohnehin schon die ganze Zeit über gewusst hatten.«

Harvey brummte zustimmend. »Nichtsdestotrotz schuldest du mir noch so viele Gefallen, dass ich kaum noch hinterherkomme. Also verrate ich dir, wie du einen oder zwei davon zurückzahlen kannst: Rede mit der Frau.«

Wir stritten uns noch eine ganze Weile, aber dann stimmte ich widerwillig zu. Harvey war all die Jahre ein guter Freund gewesen und hatte mich sogar mit einigen Klienten bekannt gemacht, als ich anfing, als Privatschnüffler zu arbeiten.

»Ich schätze mal, ich kann ihr einen Besuch abstatten«, versprach ich ihm schließlich, hörte mich dabei aber alles andere als enthusiastisch an.

»Ausgezeichnet. Ich habe ihr bereits gesagt, dass du heute Nachmittag gegen fünf vorbeikommst.«

Na großartig, dachte ich. *Dann muss ich mich heute nicht nur mit einer, sondern gleich mit zwei verrückten Weibern herumärgern.* Ich kramte daraufhin meinen Flachmann hervor und reicherte meinen Kaffee noch ein weiteres Mal an.

»Schick mir bitte eine Nachricht mit ihrem Namen und ihrer Adresse.«

Harvey ließ mich wissen, dass er das tun würde, und legte dann auf. Die Nachricht kam bereits eine Minute später herein. Nachdem ich die Adresse studiert hatte, lehnte ich mich auf meiner Couch zurück und starrte Mick an, während ich meine Zigarre rauchte. Er schien zu bemerken, dass ich ihn anstarrte, und sah deshalb auf.

»Was ist los?«, fragte er.

»Ich musste gerade über deinen Nachnamen nachdenken. O'Hara. Ich bin mir ziemlich sicher, dass das irisch für potthässlich ist.«

Micks Blick schien mich nun durchbohren zu wollen. »Nur, weil du keinen mehr weggesteckt bekommst, musst du das noch lange nicht an mir auslassen.« Er deutete mit seiner Zigarre auf mich. »Dein Name ist noch nicht mal italienisch.« Gespannt wartete er auf eine klugscheißerische Antwort von mir.

»Ich habe es dir doch schon einmal erklärt«, erwiderte ich.

»Daran kann ich mich mehr erinnern. Da musst du wohl betrunken gewesen sein.«

Seinem Gedächtnisschwund nach zu urteilen, war vielmehr er derjenige, der betrunken gewesen sein musste. Aber ich kannte ihn gut genug, um zu wissen, dass er nicht eher lockerlassen würde, mich zu triezen, bis ich ihm die Geschichte noch einmal erzählt hatte.

»Als mein Ur-Urgroßvater damals nach Amerika kam, sprach er kein Wort Englisch und musste sich daher auf andere Immigranten als Übersetzer verlassen. Einer von ihnen sagte zu ihm: »Sie wollen wissen, wie du mit Nachnamen heißt.« Er antwortete: »Taliferro«, was übersetzt so viel bedeutet wie Eisenschneider, also Ironcutter. Der Beamte bei der Einwanderungsbehörde schrieb das auf, und seitdem ist das unser Name.«

Mick nickte, als wäre das die Riesengeschichte schlechthin. Während er seinen Kaffee austrank, fuhr draußen ein Wagen vor.

»Wo wir gerade beim Thema wegstecken waren … du bist doch nur neidisch, dass du nicht jeden Tag neben einer Frau wie meiner aufwachen kannst.« Er sah zum Fenster hinaus. »Da ist meine großbusige Schönheit ja schon.«

Ich sah ebenfalls hinaus. Micks Frau hatte den Wagen abgestellt und stieg gerade mit einer großen Tüte in der Hand aus. »Eigentlich träumt sie von mir, weißt du?«, sagte ich. »Das hat sie mir erzählt.« Ich stand schnell auf, damit Mick nicht mit irgendetwas nach mir werfen konnte, eilte zur Tür und hielt sie für sie auf.

Kim und Mick hatten sich während seiner Zeit beim Militär kennengelernt, als er in Korea stationiert gewesen war. Sie hatten nach einer stürmischen Romanze geheiratet, und seitdem waren die beiden zusammen. Nachdem Mick genug Geld gespart hatte, hatte er sie dazu überredet, sich Brustimplantate einsetzen zu lassen. Er hatte die größten gewollt, die ein Arzt in sie hineinquetschen konnte. Sie war kaum anderthalb Meter groß, was die beiden Doppel-D-Körbchen nur noch mehr herausstechen ließ. Sie lächelte, als sie den Laden betrat, und gab mir einen flüchtigen Kuss auf die Wange.

»Alles Gute zum Geburtstag, mein Hübscher«, sagte sie, dann lief sie zum Couchtisch hinüber und begann, das Essen darauf zu verteilen.

Mick starrte mich an. »Du hast heute Geburtstag?«, fragte er. Ich nickte unverbindlich. »Wieso sagst du denn nichts?«

»Weißt du, warum man Geburtstag hat? Das ist Gottes Art, dich daran zu erinnern, dass du dem Tod nun ein Jahr nähergekommen bist.«

Mick runzelte verwirrt die Stirn. »Für diese Art von Einstellung gibt es ein Wort. Das nennt man … äh …«

»Fatalistisch«, sagte ich.

Er schnippte mit den Fingern. »Genau, das ist es. Du bist fatalistisch.« Wahrscheinlich hätte er gern noch weiter mit mir darüber gestritten, aber das Essen lenkte ihn davon ab. Mir war das ganz recht, denn ich hatte keine Lust, über mein Alter zu reden. Vierundvierzig war ich übrigens geworden, falls es jemanden interessieren sollte.

Nach dem Essen, als ich mir gerade eine Zigarre anzünden wollte, kam Anna, die Stripperin, durch die Tür. Nun wurde mir klar, dass sie es gewesen war, die mir die Nachricht geschrieben hatte, und nicht die alte Dame. Sie trug eine abgetragene weite Jeans, die aussah, als würde sie jeden Moment von ihr herunterrutschen, und ein weißes T-Shirt. Aber irgendwie schaffte sie es, selbst dieses Outfit sexy aussehen zu lassen. Sie kam zu uns hinüber und setzte sich.

»Hi«.

»Hallo«, antwortete ich, und nach einer gefühlten Ewigkeit, in der ich sie wie ein notgeiler Teenager angegafft hatte, deutete ich auf Mick und Kim. »Mick, Kim, das ist Anna. Anna, das sind Mick und seine reizende Frau Kim.« Sie sagten einander kurz Hallo und dann herrschte unangenehmes Schweigen.

Kim bemerkte es und scheuchte ihren Ehemann von dem Sofa. »Komm schon, du Fettsack, die beiden müssen offenbar etwas besprechen.«

Sie erhoben sich, aber bevor er verschwand, sah Mick noch einmal Anna an. »Ich bin nicht wirklich fett, ich habe nur schwere Knochen.«

Kim rief noch einmal nach ihm und dann eilte er endlich hinaus.

Anna sah mich finster an. »Wir müssen reden.«

Ich nickte. Ich hatte die Bedeutung dieser drei Worte auch schon in Textform verstanden, auch wenn sie dort ohne diesen Klugscheißer-Unterton hatten auskommen müssen.

»Duke weiß, wer Sie sind.«

Ich nickte und tat so, als wüsste ich genau, wovon sie redete, doch dann fragte ich: »Wer ist Duke?«

Ihre Kinnlade fiel hinunter. »Er ist der Chef des *Baroque Biker Clubs*. Sie haben gestern mit ihm gesprochen.« *Ah, der Alte. Hatte ich mir doch gedacht, dass er das Sagen hatte.* Anna fuhr fort: »Der Stripklub gehört ihm ebenfalls. Letzte Nacht saßen sie in meiner Ecke und führten ein langes Gespräch, über den Prozess, hauptsächlich aber über Sie.«

Ich legte die Stirn in Falten. »Wieso? Ich habe doch nur diese dämlichen Dokumente überbracht. Das heißt doch nichts.« Na ja, eigentlich schon. Dieser Duke konnte froh sein, wenn er wegen der Prozesskosten nicht seinen Stripklub verkaufen musste.

»Bull glaubt, dass Sie ihn beschimpft haben, und konnte auch ein paar der anderen Biker davon überzeugen. Duke meinte, dass er sich darum kümmern würde, aber fragen Sie mich nicht, was das bedeuten soll.« Sie zuckte mit den Achseln. »Das könnte alles Mögliche heißen.«

Als ich dieses Mal nickte, verstand ich es tatsächlich. Manche Leute haben ein dünnes Fell und sehr fragile Egos. »Ich weiß es zu schätzen, dass Sie mir das erzählen. Das hätten Sie nicht tun müssen, wissen Sie?«

»Doch, das musste ich«, antwortete sie. Ich warf ihr einen fragenden Blick zu.

Anna lächelte, aber auf eine ganz spezielle Weise, war es ein sehr trauriges Lächeln. »Als ich zwölf Jahre alt war, wurde mein Vater ermordet. Sie waren damals der Detective, dem man unseren Fall zuwiesen hatte. Sie schnappten die Kerle, die dafür verantwortlich waren, und sperrten sie ein. Ich dachte mir schon, dass Sie mir irgendwie bekannt vorkamen, und als ich mir dann Ihre Visitenkarte ansah und Ihren Namen las, konnte ich schließlich eins und eins zusammenzählen.«

Ich sah sie mir daraufhin genauer an, und erst jetzt erkannte ich in ihr das zwölfjährige hagere Mädchen mit der Akne und der Zahnspange wieder. Ihr Vater hatte Marihuana und Ecstasy von Zuhause aus vertickt. Dann kamen irgendwann zwei Dreckskerle auf die glorreiche Idee, ihn auszurauben. Er wehrte sich, wurde angeschossen und verblutete schließlich vor den Augen seiner Familie auf dem Küchenboden. Das Ganze war jetzt zehn Jahre her … damals, als ich noch der absolute Überflieger gewesen war.

»Jetzt erinnere ich mich wieder. Sie hatten eine Mutter und eine ältere Schwester. Wie geht es den beiden?« Anna sah hastig weg und ihr Gesicht verdunkelte sich. »Ach, die sind scheiße.«

Ich musste wohl einen wunden Punkt bei ihr getroffen haben, also bohrte ich nicht weiter nach. Stattdessen zog ich meinen Flachmann hervor und nahm einen Schluck daraus, bevor ich ihn ihr anbot. Sie schüttelte höflich den Kopf. Ich sah auf die Uhr.

»Okay, ich weiß es wirklich zu schätzen, dass Sie mich warnen wollten, aber ich habe um fünf Uhr eine Verabredung im idyllischen Rockvale.« Anna nickte verständnisvoll, als ich mich erhob, aber ihre Enttäuschung war nicht zu übersehen. Ich bekam den Eindruck, dass sie meine Gesellschaft bewusst gesucht hatte, und an weiblicher Gesellschaft mangelte es mir seit einiger Zeit. Also traf ich eine blitzschnelle Entscheidung, als sie ebenfalls aufstand.

»Wollen Sie mich vielleicht begleiten?«, bot ich ihr an und zeigte zu meinem Auto hinaus. »Es ist ein sonniger Tag und ich habe ein Cabrio. Wir könnten uns doch während der Fahrt auf den neuesten Stand bringen.« Sie zögerte für einen Moment, bevor sie meine Einladung mit einem freundlichen Lächeln annahm.

Unterwegs erzählte mir Anna, wie ihr Leben seit damals verlaufen war. Wenn sie mich ansah, wirbelte der Fahrtwind ihre Haare in die Höhe. Ich ertappte mich bei dem Gedanken daran, mir vorzustellen, wie sie auf mir saß und ihre Haare auf die gleiche Weise um ihren Kopf peitschten, während sie sich in Ekstase wand. Ich versuchte, die Bilder schnell wieder zu verdrängen, und beobachtete, wie sie an meinem Radio herumdrehte.

»Funktioniert es?«, fragte sie.

»Klar doch. Ist ein Standard-Mittelwellen-Radio.« Sie sah mich verwirrt an, also erklärte ich es ihr. »Damals gab es solche Radios nur auf Wunsch.«

»Oh, dann hörten die Leute damals wohl nicht so gern Musik«, antwortete sie. Ich musste lachen. Ich persönlich hielt die Musik der Fünfziger und Sechziger immer noch für die beste Musik überhaupt, aber anstatt mit ihr darüber zu diskutieren, wechselte ich lieber das Thema.

»Wie sind Sie eigentlich Stripperin geworden?«, fragte ich sie. Sie zögerte kurz, bevor sie die Frage beantwortete.

»Ich hatte eine Freundin, die strippte. Sie verdiente gutes Geld damit und ich dachte mir, wieso sollte ich es nicht selbst ausprobieren?«

»Da würden mir sofort ein Dutzend Gründe einfallen«, spottete ich.

»Sie werden mir jetzt aber keine Lektion erteilen, oder?«

»Nope«, warf ich schnell ein und mir wurde bewusst, dass ich wohl besser meine Klappe gehalten hätte.

»Gut.« Ein paar Meilen fuhren wir schweigend dahin und dann redete sie weiter. »Es ist ja nicht so, als ob ich vorhätte, eine Karriere damit zu machen, aber es ist gutes Geld. Ich hatte innerhalb weniger Monate mein Auto abbezahlt und gerade erst war ich mit Freunden in Vegas. Alles bar bezahlt. Das könnte ich mir mit einem Drecksjob als Kellnerin oder etwas Ähnlichem niemals leisten.«

Ich nickte, sagte aber nichts dazu.

»Sie verurteilen mich doch«, rief sie.

»Überhaupt nicht.«

»Aber Sie sagen nichts dazu.«

»Sie haben mich doch nicht nach meiner Meinung gefragt.« Über die Jahre hinweg hatte ich gelernt, dass es seinen Grund hatte, wenn die Leute einen nicht nach seiner Meinung fragten. Meistens wollten sie diese nämlich gar nicht hören.

Ich wechselte daraufhin das Thema. »Haben Sie einen Freund?«

»Ja, das hatte ich, aber er ist durchgedreht, als ich ohne ihn nach Vegas gefahren bin, also habe ich ihn abgeschossen«, erklärte sie mir und grinste hämisch. »Er ist ein Cop. Vielleicht kennen Sie ihn sogar.«

»Arbeitet er hier in Nashville?«, fragte ich. Sie nickte. Ich zuckte mit den Schultern. »Ich kenne nicht mehr viele von den jüngeren Cops. Ich arbeite schon seit einer ganzen Weile nicht mehr dort.«

Anna sah mich fragend an. »Habe ich irgendetwas nicht mitbekommen? Sie sind gar kein Cop mehr?« Ich schüttelte langsam den Kopf. »Wieso nicht? Sind Sie im Ruhestand?«

»Ich habe den Job an den Nagel gehängt.«

»Wieso?«

Ich warf ihr einen Seitenblick zu und fuhr weiter. »Ist eine lange Geschichte.«

Sie hob ihre Hände und wackelte mit den Fingern, als würde sie mich mit einem Fluch belegen wollen. »Ooh, der Detective macht einen auf geheimnisvoll«, sagte sie mit einem sarkastischen Grinsen.

Okay, sie wollte es offenbar nicht anders. »Meinetwegen. Also, die Geschichte geht ungefähr so: Ich lernte meine Frau kennen, da war ich ungefähr in Ihrem Alter. Ihr Name war Marcia. Wir heirateten und ein paar Jahre später wurde sie schwanger. Ungeplant, denn sie wollte gar keine Kinder. Sie brachte sich deshalb um, zusammen mit unserem ungeborenen Kind, und ich geriet in den Verdacht, sie umgebracht zu haben. Seither wird gegen mich ermittelt, hauptsächlich von einem Assistant Chief, der mich sowieso schon auf dem Kieker hatte. Es würde mich nicht überraschen, wenn sie mich eines Tages doch noch einbuchten würden.« Ich sah sie an. Jetzt grinste sie nicht mehr. Die GPS-App auf meinem iPhone piepste und ließ uns durch seine körperlose Stimme wissen, dass wir unseren Zielort erreicht hatten.

»Wir sind da«, sagte ich und bog in die Einfahrt.

KAPITEL 3

Der lang gezogene Weg aus Kies erinnerte mich an meine eigene Einfahrt: kurvig und von Bäumen gesäumt. Sie führte zu einem älteren, entzückenden, einstöckigen Farmhaus, das sich an den Fuß eines Berges schmiegte. Die Holzverkleidung hatte schon seit ein paar Jahren einen frischen Anstrich nötig und der von Unkraut überwucherte Rasen schrie förmlich nach einem Landschaftsgärtner.

»Wollen Sie im Wagen warten?«, fragte ich. Anna war wesensverändert, seit ich ihr vom viel zu frühen Ableben meiner Frau erzählt hatte. Sie nickte schweigend und zündete sich eine Zigarette an. Ich verstand sie durchaus.

Rhoda Gwinette, der ebenfalls eine Zigarette aus dem Mundwinkel hing, erwartete mich bereits an der Haustür. Die Tür stand offen, doch das Fliegengitter war mit einem billigen Schloss gesichert. Eines von der Sorte, die eher dafür gemacht waren, die Tür am Herausfallen zu hindern, als Eindringlinge fernzuhalten.

Wirklich attraktiv konnte man sie nicht nennen. Wahrscheinlich war sie das auch niemals gewesen. Sie war Ende fünfzig und hatte feuerrotes Haar, das sie mit jeder Menge Haarspray zu einer dieser Alte-Frauen-Frisuren zurechttoupiert hatte. Krähenfüße hatten sich tief um ihre Augen eingegraben und ihr Doppelkinn ließ sie noch weitere zehn Jahre älter aussehen. Die herabhängenden, mürrisch wirkenden Mundwinkel rundeten den Gesamteindruck ab. Ihre Körperform glich einer übergroßen Birne, die sie mit einer rostfarbenen Bluse und einer von diesen komischen dehnbaren Hosen verhüllte, die von fetten Frauen auf der ganzen Welt getragen wurden.

»Wer sind Sie?«, fragte sie gereizt.

»Ms. Gwinette? Ich bin Thomas Ironcutter. Ich bin ein Freund von Sheriff Harvey Wilson. Er bat mich, mit Ihnen über Ihren verstorbenen Ehemann zu reden.« Ich versuchte, ein nettes Gesicht aufzusetzen, aber ein richtiges Lächeln wollte mir einfach nicht gelingen. Eigentlich wollte ich nämlich gar nicht hier sein.

»Woher soll ich denn wissen, dass Sie mir die Wahrheit sagen?«, fragte sie mich ängstlich.

Ich schaffte es, die Augen nicht zu verdrehen, zog meine Brieftasche hervor und zeigte ihr meinen Ausweis. »Ich kann gern so lange hier draußen warten, während sie Harvey anrufen und sich das Ganze bestätigen lassen.«

Sie sah mich noch einen Moment lang an, dann entriegelte sie die Fliegengittertür. »Wollen Sie nicht hereinkommen?«, fragte sie mich. Ich nickte und folgte ihr in eine Küche, die wie es schien, seit den Sechzigern nicht mehr renoviert worden war. Arbeitsplatten und Geräte erstrahlten in einem matten Erbsengrün. Ein Hipster wäre beim Anblick des in die Jahre gekommenen Retro-Dekors bestimmt vollkommen von den Socken gewesen. Eine orange getigerte Katze hockte auf der Anrichte, wedelte mit dem Schwanz und starrte mich an. Rhoda bot mir einen Platz am Esstisch an.

»Das ist Tommy Boy«, sagte sie und deutete auf die Katze. »Er ist eine einzige Katastrophe, aber er ist alles, was ich noch habe.« Ich nickte verständnisvoll, während der Kater mich anstarrte – sie wissen schon, so wie Katzen einen eben anstarren, während sie Pläne schmieden, einen umzubringen.

»Ich wollte gerade frischen Kaffee aufsetzen. Hätten Sie gern einen?«

»Das wäre sehr nett.« Hoffentlich bekam ich nicht auch noch eine Handvoll Katzenhaare dazu. Sie nahm die gebrauchte Filtertüte voller Kaffeesatz aus der viel genutzten Mr. Coffee-Maschine, warf sie in einen übervollen Mülleimer und bereitete eine neue Kanne zu. »Mein Mann mochte ihn immer stark. Sie wahrscheinlich auch.«

Dieses Mal lächelte sie mich freundlich an. Das Spiel kannte ich schon. Sie war die Art von Person, die einem erst einmal eine Geschichte erzählen würde, bevor sie endlich zur Sache kam. Ich erinnerte mich an ein Interview in einer Talkshow im Fernsehen. Zu Gast war Anne Rule, eine bekannte Krimi-Autorin von wahren Verbrechensfällen gewesen. Sie hatte über Mörderinnen gesprochen und in diesem Zusammenhang angemerkt, dass Frauen in allem, was sie taten, immer ein Vorspiel benötigten. Eine treffende Beobachtung, die bei mir hängen geblieben war.

Während der Kaffee durch die Maschine lief, setzte sich Rhoda zu mir, zündete sich eine neue Zigarette an, inhalierte tief und blies den Rauch über unsere Köpfe hinweg. »Die glauben alle, ich sei vor lauter Trauer durchgedreht, aber mein Mann wurde ermordet, Detective. Wenn es sein muss, nehme ich die Gewissheit mit ins Grab.«

»Erzählen Sie mir von ihm«, ermunterte ich sie. Ich hatte so ein Gefühl, dass sie mit einer sehr langen Hintergrundgeschichte aufwarten würde, also wollte ich es möglichst schnell hinter mich bringen. Schließlich wollte ich vor Mitternacht wieder zu Hause sein.

»Lester und ich lernten uns 1980 am Weihnachtsabend kennen. Ich arbeitete als Kellnerin in einem Truck Stop. Es war eine kalte Nacht und das Restaurant war so gut wie ausgestorben. Er war schon den ganzen Tag und die ganze Nacht unterwegs gewesen, als er schließlich bei mir eine Pause einlegte.« Eine plötzliche witzige Erinnerung ließ sie auflachen. »Er war wirklich ein großer Redner gewesen … was er alles für Dinge zu mir gesagt hatte. Nach meiner Schicht nahm ich ihn mit zu mir nach Hause, und von da an waren wir zusammen.«

Ihre Augen funkelten, als die Erinnerungen zu ihr zurückkehrten. Während der Kaffee kochte, durchlebte sie schweigend noch einmal die letzten sechsunddreißig Jahre. Ich schwieg, widerstand dem Drang, auf die Uhr zu sehen, und wartete stumm. Dann füllte sie zwei Tassen und schien sich gar nicht daran zu stören, dass ich meine Tasse mit dem Inhalt meines Flachmanns auffüllte. Nach einem tiefen Zug aus ihrer Zigarette fuhr sie fort:

»Die letzten zehn Jahre hat er als Selbstständiger für die *Robard Trucking Company* gearbeitet.«

Na, wenn mir das mal nicht bekannt vorkam. Ich glaubte nicht unbedingt an Schicksal, aber hier ging definitiv etwas vor sich. »Die *Robard Trucking Company*?«, versicherte ich mich.

»Jawohl, Sir. Er sprach hin und wieder über die Firma, aber es interessierte mich nicht allzu sehr. Er schien die meiste Zeit über zufrieden mit seiner Arbeit zu sein.« Sie verstummte und neigte ihren Kopf zur Seite.

»In den letzten Jahren begann er allerdings, sich eigenartig zu verhalten. Er erzählte mir immer, wenn er auf eine längere Tour ging, und verriet mir auch, wohin sie ging, außer, wenn er nach Kanada fuhr. Hin und wieder erledigte er nämlich auch Fuhren nach Kanada, hin und zurück. Das waren allerdings keine regelmäßigen Fahrten, und wenn diese an der Reihe waren, erzählte er mir nichts davon. Er sagte dann nur, dass er in ein paar Tagen wieder zurück sein würde. Ich fragte mich immer, warum er so geheimnisvoll tat.« Ein leises Klopfen unterbrach uns. Anna stand plötzlich draußen vor dem Fliegengitter.

»Darf ich reinkommen?«, fragte sie. Rhoda wurde plötzlich nervös.

»Das ist schon okay, Rhoda, sie gehört zu mir.« Rhoda wirkte schlagartig erleichtert und öffnete ihr die Tür. Anna nahm zögernd Platz und Rhoda goss ihr ungefragt einen Kaffee ein.

»Was glauben Sie, warum er Kanada nie erwähnt hat?«, fragte ich Rhoda, als sie wieder am Tisch saß.

»Ich schätze mal, die Kanada-Transporte waren irgendwie illegal, und aus diesem Grund wollte er mir nichts darüber sagen, Detective Ironcutter. Das war seine Art, mich zu beschützen, und vielleicht schämte er sich auch ein wenig, in so einer Sache drinzustecken.«

Erneut folgte eine Pause des Schweigens. Ich bemerkte, wie Anna mich fragend ansah, so als ob sie etwas fragen wollte. Ich schüttelte kaum merklich den Kopf. Rhoda sollte mir ihre Geschichte auf ihre Weise erzählen.

»In der letzten Woche seines Lebens veränderte sich dann noch etwas. Er wirkte auf einmal besorgt. Ständig lief er im Haus auf und ab, zündete sich eine Zigarette nach der anderen an, auch wenn die andere noch gar nicht ganz aufgeraucht war. Manchmal wachte er auch mitten in der Nacht auf, lief im Dunkeln durch das Haus und starrte aus dem Fenster. Dann, ein paar Tage vor seinem Tod, kam er plötzlich gut gelaunt von der Arbeit zurück. Er grinste von einem Ohr zum anderen und erklärte mir, dass er sich bald zur Ruhe setzen und wir nach Florida ziehen würden.«

»Besaß er einen Rentenfond, ein Sparbuch oder irgendetwas in der Art?«, erkundigte ich mich.

Sie nickte bedächtig. »Ja, aber das war nicht viel. Lester hatte sein Geld immer in irgendwelche Geschichten gesteckt, bei denen man angeblich schnell reich werden würde, aber das funktionierte natürlich nie.« Sie seufzte. »Aber er schien wirklich aufgeregt zu sein und gab mir das Gefühl, als würde er sehr bald eine Stange Geld verdienen.«

»Besaß er eine Lebensversicherung, Rhoda?« Ich machte mir so meine Gedanken über den guten alten Lester. *Hatte er sich umgebracht, damit seine Frau das Geld ausgezahlt bekam?*

»Die hatte er, doch sie belief sich nur auf zehntausend Dollar.« Sie sah mich an. Sie wusste ganz genau, worauf ich hinauswollte. »Lester hätte so etwas nicht getan, Detective Ironcutter. Wegen läppischer zehntausend Dollar hätte er sich nicht das Leben genommen. Der Versicherungsvertreter hatte gemeint, dass sie bei einem Selbstmord normalerweise nicht auszahlen würden, aber da Lester schon so lange Kunde bei ihnen gewesen sei, wäre er von dieser Neuregelung ausgenommen. Ich denke aber, sie wollten einfach nur nett sein.«

Ich nickte, aber es war langsam an der Zeit, auf den Punkt zu kommen. »Verraten Sie mir, warum Sie glauben, dass er ermordet worden ist?«

Sie hob die Tasse an ihren Mund, um einen Schluck von dem Kaffee zu trinken, doch der war mittlerweile kalt geworden. Traurig sah sie auf ihn hinunter und stand auf. »Mein Vater nahm sich das Leben, als ich noch jünger war«, sagte sie, schnappte sich ihre Tasse und goss sich Kaffee nach. »Er war ein sehr depressiver Mann. Lester war niemals depressiv. Er mochte es, Laster zu fahren, und er mochte mich. Wir wären nicht über fünfunddreißig Jahre zusammen gewesen, wenn das anders gewesen wäre.«

Da hatte sie nicht ganz Unrecht, aber ich blieb trotzdem skeptisch. »Wie ist er denn gestorben?«

»Durch einen Kopfschuss. Und das ist die andere Sache«, sagte sie. »Ich weiß nicht, wem die Waffe gehört. Ich habe sie noch nie zuvor gesehen. Lester hatte eine Pistole bei sich, wenn er fuhr, und er besaß auch eine Schrotflinte, mit der er auf Hasenjagd ging. Die Waffe, die er angeblich benutzt hat, war jedoch keine von beiden.«

Ich trank meinen Kaffee aus und unterdrückte mein Verlangen, mir eine Zigarre anzuzünden. »Das Sheriffs Department hat den Fall untersucht, nicht wahr?« Sie nickte. »Und sie kamen zu dem Schluss, dass es sich dabei um Selbstmord handelte?« Sie nickte erneut. »Gab es denn irgendwelche Zeugen?«

»Nein, Sir.« Sie klang traurig, so als wüsste sie bereits, dass ich ihr nicht glauben würde. »Ich kam nach der Kirche nach Hause und fand ihn.« Sie deutete mit dem Kopf in die Richtung, wo Anna jetzt saß. »Er lag auf dem Boden. Genau dort.« Anna wurde etwas unruhig. Ich versuchte, keine Miene zu verziehen.

»Noch etwas Kaffee, meine Liebe?«, fragte Rhoda.

»Oh, nein danke«, antwortete Anna, der man ihr Unbehagen darüber, dass sie auf dem gleichen Stuhl saß wie der gute alte Lester, als er sich eine Kugel einfing, deutlich anmerkte. Ich wette, sie wünschte sich in diesem Moment, doch lieber im Wagen geblieben zu sein.

»Da ist noch etwas anderes, Detective Ironcutter«, sagte Rhoda. »Während der Beerdigung brach jemand in unser Haus ein.«

Ich zuckte nonchalant mit den Schultern. »Das kommt leider häufig vor. Man wird während der Trauerzeit von skrupellosen Nachbarn oder Familienmitgliedern bestohlen.«

»Das ist aber gerade das Seltsame daran, Detective. Ich besitze ein paar teure Schmuckstücke, aber davon fehlte nichts. Das ganze Haus wurde durchwühlt, aber augenscheinlich nichts mitgenommen.« Um ihre Aussage zu unterstreichen, drückte sie ihre Zigarette in dem vollen Aschenbecher aus und zündete sich sogleich eine neue an. Ich rieb mir geistesabwesend über das Gesicht und dachte über diese arme alte Frau nach, die einfach nicht akzeptieren konnte, dass sich ihr Ehemann das Leben genommen hatte.

Der nächste Teil würde nicht leicht werden. »Es gibt da noch etwas, worüber wir sprechen müssten, bevor ich weitere Schritte unternehmen kann.«

»Ihr Gehalt«, erwiderte sie trocken.

Ich nickte. »Es gibt Leute, die es für recht hoch halten.«

»Ich habe leider nicht viel. Harvey erwähnte aber, dass Sie alte Autos mögen. Lester besaß einen alten Buick, der seit ein paar Jahren draußen in einer Hütte steht.«

»Und was stimmt damit nicht?«, fragte ich verwundert.

»Soweit ich weiß, ist damit alles in Ordnung. Eines Tages kam er damit an, stellte ihn in der Hütte ab und fuhr ihn seitdem nie wieder.« Für einen kurzen Moment runzelte sie die Stirn. »Irgendetwas an dem Wagen schien ihn zu beunruhigen, aber er sprach nie darüber. Sie können ihn haben, und wenn ich das Haus verkauft habe, sollte ich auch in der Lage sein, Ihnen den Rest bezahlen zu können.« Sie legte ihre Zigarette im Aschenbecher ab und legte zaghaft ihre Hand auf meine. »Manche Leute waren der Ansicht, dass Lester nur ein elender Dummschwätzer war, und vielleicht hatten sie damit sogar recht, aber er war gut zu mir, Detective. Er war gut zu mir.« Ihre Augen füllten sich mit Tränen. Sie stand auf und tat so, als würde sie sich dringend um das schmutzige Geschirr in der Spüle kümmern müssen.

Ich sah Anna an und deutete zur Tür. Gemeinsam liefen wir leise hinaus. Draußen fand ich die Hütte, ein hölzernes Überbleibsel aus alten Zeiten. Bereits ein wenig windschief, sodass sie jeden Augenblick zusammenzufallen drohte. Die Torflügel gingen nach draußen auf. Die Angeln waren stark eingerostet und quietschten protestierend, als ich an ihnen zog, bis die Türen nach einem kurzen Kampf schließlich nachgaben.

Ich lief hinein. Und dann blieb ich wie angewurzelt stehen. Meine Nackenhaare stellten sich auf. Anna prallte gegen mich und grunzte etwas.

Der Wagen war von einer dicken Staubschicht überzogen, aber ich erkannte ihn trotzdem sofort wieder. Es war ein 1967er Buick Wildcat. Nachdem ich einen Moment lang einfach nur entgeistert dagestanden hatte, lief ich langsam um den Wagen herum. Es wurde bereits dunkel, weshalb ich die Taschenlampe meines iPhones benutzte, um ihn mir genauer ansehen zu können. Ich fand die gespachtelten Stellen, die ich vor Jahren nicht überschliffen bekommen hatte. Ich lief einmal um das Auto herum und kauerte mich dann auf den Boden. Der linke Heckscheinwerfer war kaputt und die beiden runden Löcher darin deutlich zu erkennen.

Langsam richtete ich mich auf, als würde das ganze Gewicht der Welt auf mir lasten. Ich hatte schon vor langer Zeit die Hoffnung aufgegeben, dieses Auto je wiederzusehen, und jetzt stand ich hier und starrte es durch das Halbdunkel hindurch an.

Anna riss mich aus meinen Gedanken. »Sie sehen aus, als hätten Sie einen Geist gesehen«, sagte sie vorsichtig.

Damit hatte sie durchaus recht. Ich starrte wirklich einen Geist an. Meine Hand fand ihren Weg in die Tasche meines Jacketts, zog den Flachmann heraus und führte ihn nach oben. Meine andere Hand nestelte an ihm herum, und nachdem sie ihn erfolgreich aufgeschraubt hatte, trank ich den Inhalt der Flasche mit zwei schnellen Schlucken aus.

»Kommen Sie«, sagte ich mit belegter Stimme. »Ich fahre Sie zu Ihrem Wagen zurück.«

Während wir die Hütte verließen, sah ich Rhoda hinter dem Schutz des Fliegengitters stehen, wartend, wie ein kleines Kind, das ängstlich darauf hofft, dass seine Eltern nach Hause kommen.

»Ich übernehme den Fall«, ließ ich sie wissen, dann liefen wir zu meinem Wagen. »Fahren wir«, sagte ich zu Anna und stieg ein. Hastig folgte sie mir.

KAPITEL 4

Die Fahrt zurück verlief ruhig. Sehr ruhig. Anna hatte nicht viel zu erzählen und mir war nicht zum Reden zumute. Während sie sich eine Zigarette anzündete, trieben meine Gedanken zurück zu den Tagen, als ich gerade mal achtzehn Jahre alt gewesen war.

Ich war in meinem vierten Jahr an der Highschool gewesen und hatte für meinen Vater, nachdem ich benannt worden war, in dessen Autowerkstatt gearbeitet. Er war ein starker, herrischer Bulle von einem Mann gewesen, der zu Wutausbrüchen neigte und Meinungsverschiedenheiten gern mit dem Handrücken klärte, oder auch mit seinen Fäusten, besonders dann, wenn er schon einen getankt hatte.

Als jüngerer Mann war er Boxer gewesen, und das ließ er einen auch niemals vergessen. Oft zwang er mich, mit ihm in den Ring zu steigen, verzichtete aber auf moderne Boxhandschuhe und bestand stattdessen auf seine alten Ledergriffel, die – wie Sie sich vorstellen können – kaum etwas von seinen Schlägen abschwächten. Nicht selten trug ich eine Platzwunde oder ein geschwollenes Gesicht davon. Er war auch derjenige, der mir meine erste gebrochene Nase beschert hatte. Ich hatte das alles stillschweigend ertragen und hatte versucht, das Beste daraus zu machen. Schließlich hatte ich ja nirgendwohin gekonnt. Wenigstens bezahlte er mich.

Kurz nach dem Beginn meines vierten Highschool-Jahres fand ich einen alten, verlassenen Buick Wildcat im Dickicht hinter einem Farmhaus. Die Besitzerin, eine alte Witwe, verkaufte ihn mir für zwanzig Dollar, unter der Bedingung, dass ich ihn selbst abschleppte. Ich versprach es ihr und benutzte Paps Abschleppwagen, um ihn nach Hause zu bringen. Wenn die Werkstatt geschlossen war, verbrachte ich Stunden damit, ihn Stück für Stück zu restaurieren, und nicht selten gingen meine mageren Gehaltschecks für die Ersatzteile drauf.

Es geschah eine Woche vor dem Abschlussball. Ich war mit dem schönsten Mädchen der Schule verabredet, Lana Hudson, und unglaublich in sie verknallt. Der Plan war es, alle damit zu überraschen, dass ich sie mit meinem vollständig restaurierten Wahnsinns-Wildcat abholte. Ich musste nur noch ein paar kleinere Arbeiten an der Karosse vornehmen und ein paar Lagen Farbe darüber pinseln. Noch war er grau von der Grundierung, aber ich hatte vor, ihn in einem wunderschönen Knallrot zu lackieren. An einem Freitagnachmittag kam ich in die Werkstatt, um ihn über das Wochenende fertigzustellen, aber er stand nicht an seinem üblichen Fleck.

Ich erinnere mich noch, wie ich meinen Vater fragte: »Hey Paps, wo ist mein Auto?«

»Was meinst du mit *dein Auto*?«, antwortete er schroff. »Dir gehört hier kein Scheißauto.«

Einen Moment lang ignorierte er mich, aber nachdem ich nicht aufhörte, ihn anzustarren, fuhr er fort: »Aber falls du die Schrottkiste von einem Buick meinst, die hier den Platz weggenommen hat – die habe ich verkauft, um ein paar Rechnungen bezahlen zu können.« Zuerst dachte ich, er würde sich einen Spaß erlauben, auch wenn mein Vater eigentlich niemals Witze machte. Nachdem meine Mutter davongelaufen war, als ich zehn war, hatte er sich in einen noch übellaunigeren Zeitgenossen verwandelt.

Das Gute an einem Vater, dessen Temperament stets am seidenen Faden hing, war, dass ich lernte, auf Eierschalen zu laufen und meine Worte sorgfältig zu wählen … niemals impulsiv oder unüberlegt zu reden. Ich wurde wirklich gut darin. Damals war ich es jedoch noch nicht.

»Du verdammter Mistkerl!«, schoss es aus mir heraus, bevor ich mich versah. Zuerst schien er geschockt zu sein, doch dann verwandelte sich sein Blick schnell in bösartige Wut. Er kam auf mich zu und verpasste mir einen Schlag mit dem Rücken seiner großen, fleischigen Hand. War nicht das erste Mal. Ich hatte mich nie gewehrt … bis zu jenem Tag.

Adrenalin schoss durch meinen Körper, als ich es ihm mit einem wilden linken Haken heimzahlte. Der Schlag holte ihn von den Füßen und ließ ihn hart auf den Rücken knallen. Für einen Moment hielt er sich fassungslos den Mund und funkelte mich an, als wollte er mich umbringen. Ich starrte zurück. Ich hatte zwar eine Scheißangst, aber zugleich flossen all die angestauten

Emotionen wie geschmolzenes Metall durch meine Venen. Das war es. Alles oder nichts. Dieses Mal würde ich zurückschlagen.

»Wenn es das ist, was du willst, Junge!« Unter Mühen rappelte er sich langsam auf, doch dann ging er urplötzlich geduckt auf mich los. Für einen großen Mann war er wirklich schnell, aber ich war vorbereitet. Vor nicht allzu langer Zeit hatte er die gleiche Taktik nämlich in einer Kneipenschlägerei angewandt. Ich wehrte seinen Versuch, mich von den Beinen zu holen, ab, tänzelte stattdessen um ihn herum und holte zu einem weiteren Schlag aus, den er abwehrte und mit ein paar eigenen Schlägen beantwortete.

Unser Kampf in der schmutzigen Werkstattgarage war lang und hart. Er drosch wie mit Vorschlaghämmern zu und seine Schläge taten verdammt weh, aber ich gab jeden Treffer zurück, so gut ich konnte, und außerdem konnte ich mit meiner Jugend punkten. Er hingegen hatte die besten Jahre längst hinter sich. Jetzt rächten sich seine unzähligen Zigaretten und seine Sauferei und nach wenigen Minuten ging ihm die Puste aus.

Ich sprang weiter um ihn herum, hielt Abstand, so wie er es mir selbst beigebracht hatte, und deckte ihn mit Schlägen und Kombinationen ein, wenn er versuchte, auf mich loszugehen. Meine Fäuste trafen immer wieder und setzten ihm langsam zu.

»Ich werde dich umbringen, Junge«, knurrte er, als er zu einem Schwinger ansetzte. Er versuchte, bedrohlich zu klingen, doch stattdessen japste er nach Luft.

»Einen Scheiß wirst du«, gab ich wütend zurück. Das war das zweite Mal in ebenso vielen Minuten, dass ich ihn beschimpfte, und das ließ mich unwillkürlich lächeln. Er versuchte einen weiteren Schwinger, ich duckte mich darunter hinweg und erwiderte seine Attacke mit einem Schlag in seine Achselhöhle. Er grunzte vor Schmerz und ließ die Rechte fallen. Diese Chance ließ ich mir nicht entgehen und landete einen ganzen Hagel von Schlägen.

Sein Kinn war hart wie Stein. Jeder einzelne Schlag sandte Schockwellen durch meine Hände und meine Arme, aber ich hörte nicht auf. Ich genoss die eigenen Schmerzen und die, die ich ihm zufügte, denn jeder Schlag war angetrieben von den Jahren der Wut und der Anfeindungen.

Ich glaube, zu diesem Zeitpunkt war meine Nase erneut gebrochen, aber ich hatte endlich meinen Rhythmus gefunden und mein Atem ging gleichmäßig. Paps hingegen blutete und eines seiner Augen schwoll zu. Er beschimpfte nun mich und meine Mutter. Das machte mich nur noch wütender und entschlossener. Ich hieb weiter auf ihn ein, härter und schneller … rief mir seine Lektionen in Erinnerung und blieb in Bewegung. Er versuchte mehr als einmal, mich umzureißen, aber dafür war er mittlerweile zu schwach. Ich hielt ihn mir vom Leib, schlug ihm abwechselnd in die Rippen oder in den Magen und ließ ihn spüren, wer nun der Boss war.

Die Wut in seinen Augen wich langsam der Angst. Er hatte seit Jahren keinen Kampf mehr verloren, aber diesen würde er verlieren, und das wusste er. Er sah die unbändige Wut in meinen Augen und wusste es instinktiv. Er spürte, dass ihn seine Jahre als Peiniger an diesem schicksalhaften Abend nun um ein Vielfaches einholen würden.

In seiner Verzweiflung griff er schließlich nach einem Kugelhammer und schwang ihn gegen meinen Kopf. Ich fing ihn ab, und für einen Moment rangen wir um das Werkzeug. Sein Atem war nur noch ein verzweifeltes Keuchen. Er war fertig. Unsere Blicke trafen sich.

»Jetzt bringe ich dich um«, knurrte ich, drehte die Hüfte und warf ihn auf den Boden. Ich schmiss den Hammer davon, sprang auf ihn und begann, ihn gnadenlos mit Schlägen einzudecken. Wahrscheinlich hätte ich ihn tatsächlich totgeschlagen, wenn ich nicht plötzlich gepackt und zurückgezogen worden wäre. Es war mein Onkel Mike, ein Sergeant beim örtlichen Polizeirevier.

»Was ist denn hier los?«, fragte er besorgt.

Ich zeigte mit einem blutigen Zeigefinger auf meinen Vater hinunter, der nun jämmerlich und kaum noch bei Bewusstsein auf dem verdreckten Boden lag. Sein Gesicht war so geschwollen und blutig, dass man ihn kaum noch erkennen konnte.

»Er hat mich das letzte Mal geschlagen«, spie ich aus. »Er hat mich zum letzten Mal wie ein Stück Dreck behandelt.« Meine Hände zitterten, und ich merkte, dass ich weinte.

Ich riss mich von Onkel Mike los und stürmte aus der Werkstatt. Er wäre mir bestimmt nachgelaufen, aber sein kleiner Bruder, mein Vater, brauchte dringend medizinische Versorgung.

Am nächsten Morgen fand mich der Sergeant der Rekrutierungsstelle für die Armee zusammengerollt und schlafend vor seinem Büro. Mein Gesicht und meine Fäuste waren blutig geschlagen und geschwollen, und alles, was ich noch besaß, stand in einer Einkaufstüte aus Papier gestopft neben mir. Er grinste wissend – offenbar war ich nicht die erste geschundene Seele, die er vor seiner Tür gefunden hatte. Beim Frühstück fragte er mich aus. Nachdem er sich davon überzeugt hatte, dass ich einen geeigneten Kandidaten für die glorreiche United States Army abgeben würde, nahm er mich mit zu sich nach Hause. Während die Formalitäten geklärt wurden, teilte ich mir das Zimmer mit seinem jüngsten Sohn. Eine Woche später war ich bereits in Fort Benning, Georgia, bekam den Schädel rasiert und lernte die hohe Kunst, zur Schnecke gemacht zu werden.

Anna riss mich aus meinem Tagtraum. »Sie haben kaum ein Wort gesagt, seit wir losgefahren sind.«

Ich warf ihr einen Blick zu, und dabei bemerkte ich, dass wir bereits wieder bei *Mick's Place* angekommen waren. Ich hielt neben ihrem Wagen an und sah durch das Schaufenster. Kim stand hinter dem Tresen und goss gerade einem Kunden ein Bier ein, Mick hielt auf dem Sofa ein Nickerchen. Ich räusperte mich.

»Ja, tut mir leid. Ich hätte Sie nicht einladen sollen. Wir kennen uns schließlich kaum, und ich bin mir sicher, dass Sie niemals zu mir ins Auto gestiegen wären, wenn Sie vom Tod meiner Frau gewusst hätten.«

»Das ist schon okay«, antwortete sie. »Kam nur etwas überraschend. Dieses Auto, hat Erinnerungen zurückgebracht, oder?«

»Ja«, gestand ich leise.

Sie sah mich an. »Eine Sache verstehe ich aber nicht. Wieso verdächtigt man Sie, sie umgebracht zu haben? Ihre Frau, meine ich. Wieso glaubt man, dass Sie der Mörder Ihrer Frau gewesen sind?«

Zuerst wollte ich ihr nicht antworten, doch dann beugte ich mich zu ihr hinüber. Uns trennten nur noch wenige Zentimeter, und wenn sie unsere plötzliche Nähe zueinander nervös machte, ließ sie es sich zumindest nicht anmerken. Wir sahen einander für einen Moment tief in die Augen und dann holte ich eine Zigarre aus meinem Handschuhfach. Ich lehnte mich zurück, knipste das Ende ab, und antwortete ihr, bevor ich sie anzündete.

»Die Ermittlungen in einer Todesursache beginnen immer mit der Grundannahme, dass jeder Tod ein potenzieller Mord sein könnte. Die Detectives, die auf den Fall angesetzt wurden, waren Freunde von mir. Man könnte sagen, dass sie deshalb die Standardvorgehensweise ignorierten und den Fall stattdessen ohne Tatverdacht abwickelten. Sie befragten Nachbarn, die bestätigen konnten, dass sie mich aus dem Haus hatten gehen sehen und nur einen einzigen Schuss etwa eine halbe Stunde später gehört hatten. Sie testeten mich auf Schmauchspuren, was negativ war. Das Gleiche bei ihr, dort waren sie natürlich positiv.

Der Fall war ziemlich klar, doch dann ging etwa einen Monat später plötzlich bei der *Crime Stoppers* Hotline ein anonymer Anruf von einer Person ein, die behauptete, ich hätte meine Frau umgebracht. Der Fall wurde daraufhin wieder aufgerollt und sie fanden heraus, dass mein Alibi nicht wasserdicht war.«

»Moment mal, *was*?«, rief sie.

»Mein Alibi. Es war frei erfunden, ausgedacht, gelogen«, sagte ich. Mit weit aufgerissenen Augen sah sie mir dabei zu, wie ich mir meine Zigarre anzündete. Als das Ende schließlich rötlich glühte, drehte ich mich zu ihr um.

»Jetzt werden Sie mich fragen, warum ich das getan habe. Der Tod meiner Frau war ein Selbstmord, kein Mord, wieso hätte ich also wegen meines Alibis lügen sollen? Geben Sie sich keine Mühe, denn ich werde Ihnen keine Antwort darauf geben.«

»Okay«, sagte sie leise.

»Nachdem sich das Alibi als getürkt herausgestellt hatte, war ich natürlich geliefert. Sie nahmen mir meine Dienstmarke und meine Waffe ab und dann wurde ich an einen Schreibtischjob zwangsversetzt. Außerdem musste ich einen Lügendetektortest über mich ergehen lassen, während man parallel meine gesamte Laufbahn auseinandernahm. Egal, wie die Sache am Ende ausgehen würde – meine Karriere war damit im Grunde bereits am

Ende. Mir wurde deshalb klar, dass ich eine Entscheidung fällen musste, und ich entschloss mich dazu, den Dienst zu quittieren.«

Ich hatte die Geschichte in den letzten zwei Jahren schon ein paar Mal erzählt und fragte mich, wieso ich sie eigentlich ständig wiederholte. So langsam wurde es langweilig. Entweder glaubte man mir oder man ging davon aus, dass ich ein Mörder war. Mich interessierte das alles nicht mehr.

»Ich denke, ich werde noch in einem Schnapsladen vorbeischauen, bevor die dichtmachen. Würden Sie mir einen Gefallen tun und diesem Duke ausrichten, dass er mich einfach anrufen soll, wenn er mit mir reden will?«

Anna nickte. »Klar. Ich denke, es wäre am besten, wenn sie beide sich einfach mal aussprechen. Er ist eigentlich ganz vernünftig.« Anna stieg aus dem Wagen und schloss die Tür, dann blieb sie noch einen Moment lang stehen. »Werden Sie Rhoda helfen?«, fragte sie.

»Ich werde mir den Fall mal genauer ansehen«, antwortete ich, »aber ich habe keine Ahnung, ob ich ihr helfen kann, ihn zu einem Abschluss zu bringen.«

»Sie ist eine sehr traurige alte Lady, und Sie sind ein sehr trauriger Mann.« Sie lief davon, bevor ich etwas darauf erwidern konnte.

Ich sah zu, wie sie in ihr Auto stieg und davonfuhr, dann kramte ich mein Telefon hervor. Ich wählte die Sprachsteuerung und sagte den Namen Ronald. Nachdem es ein paar Mal geklingelt hatte, nahm er ab.

»Was gibt es denn?«, meldete er sich.

»Ich habe zwei Namen für dich: Lester Gwinnette und Duke Holland. Lester arbeitete als Fahrer für *Robard Trucking*, bevor er sich umbrachte. Duke ist ein Rocker und ihm gehört ein Stripklub im Erwachsenenviertel. Er heißt *Red Lynx*, die Geschäftslizenz läuft aber vermutlich über einen anderen Namen.« Ich hörte, wie er im Hintergrund ein paar Sekunden lang auf der Tastatur herumtippte, dann sagte Ronald: »Es gibt von beiden eine Polizeiakte. So wie es aussieht, wurde Lester in den Achtzigern einmal wegen bewaffnetem Raubüberfall verhaftet, aber das scheint alles zu sein. Duke hingegen saß schon wegen einer ganzen Reihe von Delikten. Mal sehen … Waffen, Drogen, Körperverletzung. Bis vor einem Jahr war er auf Bewährung draußen. Seitdem nichts mehr.«

Ich grunzte. Ronald war auf seine Weise ein echtes Genie, aber leider vollkommen unfähig darin, Menschen zu verstehen. Vielleicht, weil er die meiste Zeit seines Lebens im Keller seiner Eltern verbracht hatte, wo ihm nur seine Computer Gesellschaft geleistet hatten.

»Nur weil man sie nicht eingebuchtet hat, heißt es noch lange nicht, dass sie keinen Dreck am Stecken haben. Stell mir bitte mal über jeden einen Bericht zusammen.«

»Wird gemacht. Du solltest sie morgen früh haben«, sagte Ronald. »Oh, übrigens: Ich habe einen Plan.«

»Ach wirklich?«

»Ja. Ich will eine Reihe von Optionsscheinen bei *Russell 2000* erwerben. So etwa zehntausend von dir würden genügen. Innerhalb eines Monats sollten wir damit um die fünfzehn Prozent Gewinn gemacht haben.« Ronald war ein Computergenie und extrem introvertiert. Er liebte es, zwischen seinen Online-Spielen an der Börse zu spekulieren. Zehntausend war aber so ziemlich alles, was ich mir im Laufe der Jahre zusammengespart hatte.

»Ich weiß nicht, Ronald. Ich muss zum Monatsende noch Rechnungen bezahlen, und ich weiß noch nicht, wann ich für den *Robard*-Fall bezahlt werde.«

»Bis dahin habe ich das Geld doch wieder reingekriegt«, versprach er.

Ich zögerte, doch dann traf ich eine Entscheidung. »Meinetwegen, okay. Aber verliere nicht mein ganzes Geld.« Ronald kicherte und legte ohne eine Antwort auf.

Ich machte mich auf den Weg zum Schnapsladen.

KAPITEL 5

Wenn auch schweigend, genossen Henry und ich unser Frühstück. Er hatte es vorgezogen, sich dieses Mal nicht um das Geschirr zu kümmern, sondern stattdessen nach draußen zu gehen und mir ein nettes Geschenk auf dem Rasen zu hinterlassen.

»Okay, dann mal los.« Es war an der Zeit, mit der Arbeit an dem *Robard*-Fall zu beginnen. Ich fuhr meinen Rechner hoch und öffnete die E-Mails von Ronald. Als ich sie ausdruckte, klingelte mein Telefon.

»Was machst du gerade?«, fragte mich Ronald, bevor ich überhaupt Hallo sagen konnte.

»Ich sehe mir Kleinwüchsigen-Pornos im Internet an.«

Ronald gluckste wie ein kleiner Junge. »Du siehst dir doch nie Pornos an.«

»Ich sitze an dem *Robard*-Fall. Was machst du?«

»Ich beobachte dich durch deine Überwachungskamera.«

Ich sah zu der Kamera hinauf, die an der Decke befestigt war. Mein Sicherheitssystem war auf dem allerneuesten Stand. Ronald hatte mir geholfen, es zu installieren, und hatte es in dem Zusammenhang gleich so manipuliert, dass er auch darauf zugreifen konnte.

»Du bist echt pervers.«

»Das bin ich nicht«, antwortete er und kicherte wieder, was mich daran erinnerte, dass er auf vielerlei Art und Weise noch ein Kind war.

»Okay, genug herumspioniert. Wie ist es denn derzeit um deine Hacker-Fähigkeiten bestellt?«

Ronald schnaubte verächtlich. »So gut wie eh und je. Wieso?«

»Ich muss wissen, ob die Spieths bei einer dieser Banken ein Konto haben.« Ich gab ihm daraufhin die Namen der Banken durch, die ich mir gestern notiert hatte. Ronald schwieg. Ohne das Klappern der Tasten im Hintergrund hätte man denken können, er hätte bereits aufgelegt. »Aha«, sagte er ein- oder zweimal, und hin und wieder schob er auch ein »Ah ja«, dazwischen, aber das war alles, woraus unser Gespräch für die nächsten fünfzehn Minuten bestand.

»Okay, ich bin fündig geworden.«

»Lass hören«, sagte ich und trank meinen Kaffee zu Ende.

»So wie es aussieht, haben sie in jeder der fünf Banken Konten eröffnet. Im Moment komme ich allerdings nur an die Kontonummern heran. Ich kann dir nicht sagen, wie viel auf welchem Konto liegt, zumindest noch nicht.«

»Wieso nicht?«, tadelte ich ihn.

»Weil jedes einzelne Konto passwortgeschützt ist. Ich kann dir jedes knacken, aber das dauert eben seine Zeit.«

»Nein, das ist nicht nötig. Die Kontonummern genügen mir erst mal.«

»Okay«, sagte er. »Dann geh mal auf *Duck-Duck*.« *Duck-Duck* war unser Codewort für eine Website im Darknet, die Ronald betreute. Keine Ahnung, weshalb wir das über eine Website im Darknet abwickeln mussten, anstatt über eine, die mein Anbieter mir bereitstellte, aber Ronald hatte bestimmt seine Gründe dafür, also spielte ich das Spiel eben mit, und sich in Bankkonten zu hacken war schließlich immer noch ein Verbrechen. Ich druckte mir die Informationen aus und benutzte dann die Shred-Funktion, um meine digitalen Spuren zu verwischen. Ronald tat bei sich gerade garantiert das Gleiche.

»Worum geht es da eigentlich?«, fragte mich Ronald.

»Es hat den Anschein, als würden sie Gelder verstecken, aber ich vermute, dass noch mehr dahintersteckt.«

»Und deshalb die ganzen Konten? Zweigen die was ab?«

»Ich glaube schon, aber wir sollten noch keine voreiligen Schlüsse ziehen. Ich muss mir das alles erst noch genauer ansehen.«

»Okay, cool.«

Ich wechselte nun das Thema. »Wie sieht es bei dir mit dem Essen aus?«, fragte ich.

»Oh, ganz okay.«

»Und mit den Medikamenten?« Mein Freund litt nämlich an gelegentlichen Panikattacken. Der Doktor hatte ihm deshalb etwas verschrieben. Ich versuchte immer noch, ihm diverse

Selbsthilfegruppen schmackhaft zu machen, aber damit wollte er nichts zu tun haben.

»Die Valium gehen mir langsam aus«, antwortete er.

»Okay, dann lasse dir neue verschreiben und gib mir Bescheid, wenn sie da sind. Ich bringe sie dir dann vorbei.«

»Danke, Thomas.«

Nachdem ich aufgelegt hatte, widmete ich mich den Bankauszügen, mit denen Sherman mich versorgt hatte. Diese dokumentierten den angeblichen Geldfluss der Firma: eingehende Zahlungen, ausgehende Zahlungen. Ich begann, indem ich Zeile für Zeile die Zahlungen verglich. Der Großteil des Geldes ließ sich leicht nachverfolgen. Benzinkosten, Wartungskosten und andere Mehraufwände waren absolut in Ordnung. Aber vor drei Jahren etwa fingen die ungewöhnlichen Kontobewegungen an. Interessanterweise zu dem gleichen Zeitpunkt, als die Firma ihre lokalen Konten aufgelöst hatte und zu einer obskuren Bank in Detroit gewechselt war.

»Wieso zum Henker haben sie das gemacht?«, fragte ich mich laut. Ich suchte die Bank im Internet, doch die Domain war nicht mehr vergeben. Aber ich fand eine Telefonnummer auf der *Better-Business-Bureau*-Website. Neugierig rief ich dort an, allerdings nicht, ohne vorher die spezielle App zu aktivieren, die Ronald mir installiert hatte und mit deren Hilfe ich es so drehen konnte, dass auf der anderen Seite die Telefonnummer von *Robards* angezeigt wurde.

Nachdem es unzählige Male geklingelt hatte, meldete sich schließlich ein schroff klingender Mann. »Bank.«

Tja, dachte ich, *so meldet sich aber ganz sicher kein professioneller Bankangestellter am Telefon.* »Äh, ja, ich müsste mit Tony sprechen.«

»Tony ist nicht hier. Wer spricht da?«

»Ski, unten bei *Robards*«, erwiderte ich und gab mir redliche Mühe, wie ein vierschrötiger Trucker zu klingen.

»Ski?«

»Ja.«

»Ich habe noch nie von Ihnen gehört.«

»Ist auch besser für dich, Kumpel. Sag Tony, dass ich wieder anrufen werde.« Ich legte auf und musste lachen. Bei diesen

Gangstern aus dem Norden gibt es nämlich immer einen Tony oder einen Sal.

Ich notierte mir alles, und kaum, dass ich damit fertig war, hörte ich das unverkennbare kehlige Dröhnen von Motorrad-Auspuffen. Die Dreizimmer-Blockhütte, mein bescheidenes Domizil, lag ein gutes Stück abseits der Straße, und vor meiner Einfahrt hing deutlich sichtbar ein Schild, welches einen darüber informierte, dass Unbefugten der Zutritt verboten war.

Demnach fuhren also nicht einfach nur ein paar Motorräder zufällig auf der Straße vorbei. Ich bekam offenbar Besuch. Schnell überprüfte ich sicherheitshalber noch einmal meine Pistole, bevor ich sie mir in den Hosenbund steckte. Ich schnappte mir mein iPhone und rief die App meiner Sicherheitskamera auf. Zwei Motorräder kamen in dieser Sekunde die Einfahrt heraufgefahren. Ich ging hinaus, blieb auf der Veranda stehen und wartete. Es waren Duke und dieses Wiesel.

Sie hielten ihre Motorräder vor dem Fußweg an, der zu meinem Haus hinaufführte. Duke setzte lässig seinen Helm ab, der so aussah, als hätte er schon das eine oder andere Mal den Asphalt geküsst, hängte ihn an seinen Lenker und sah sich dann um, als würde er die Landschaft bewundern.

»Schöne Gegend. Schön abgelegen, aber leicht zu finden, wenn man Google bedienen kann«, sagte er und grinste über beide Ohren angesichts des kolossalen Sieges, den er über mich errungen hatte.

»Ja, ich mag es hier ... bis auf die überheblichen Arschlöcher, die alle nasenlang unangemeldet auftauchen.« Ich deutete auf eine der Sicherheitskameras, die vom Dach meines Hauses hingen. »Zum Glück habe ich dieses Überwachungssystem, das alles aufzeichnet. Ich habe über ein Dutzend von diesen Dingern verkabelt. Die Aufnahmen gehen direkt zu einem Server, oder in die Cloud, oder irgend so etwas. Wird alles extern gespeichert. Natürlich wird da manchmal auch etwas aufgenommen, von dem man nicht will, dass es andere Leute zu Gesicht bekommen, doch das lässt sich ohne Weiteres löschen, wenn man die Zugangsdaten kennt.«

Als mich die beiden böse anfunkelten, sah ich noch einmal auf mein iPhone. »Yup, ihr beide werdet aufgenommen, genau in diesem Moment. Wollt ihr mal sehen?« Ich lief zu Duke hinunter und zeigte ihm den Live-Feed auf dem kleinen Display meines Telefons.

»Hey, die Funktion hier solltest du sehen.« Ich zog meine Fingerspitze über einen Regler und nahm eine kleine Feinjustierung vor. Nun sah man eine Nahaufnahme von Dukes Gesicht. »Ist das nicht irre? Was die Technik heutzutage alles möglich macht … wow, kann ich da nur sagen.« Duke saß weiter nur auf seinem Motorrad und sein Gesichtsausdruck verfinsterte sich zusehends.

»Ja, wirklich klasse«, sagte ich und sah dann die beiden eisig an. »Okay, was zur Hölle wollt ihr beiden Arschlöcher hier?«

»Du hast einen unserer Brüder beleidigt«, erklärte er in strengem Tonfall und wedelte mit seiner Hand zwischen sich und seinem Freund hin und her. Ich warf seinem Kumpel, einem Möchtegern-Schläger um die zwanzig, der sich alle Mühe gab, einschüchternd auf mich zu wirken, einen Blick zu.

»Du meinst Bull?«, fragte ich. Duke nickte. »Weil ich ihm die Papiere gebracht habe?«

»Ja, und ihn mit einer Waffe bedroht hast«, antwortete er.

»Die Papiere waren etwas Geschäftliches und die Kanone war rein zum Selbstschutz. Würdest du es etwa unbewaffnet mit Bull aufnehmen? Der Typ ist immerhin verdammt groß.«

Duke grunzte nur etwas Unverbindliches und deutete dann mit dem Finger auf mich. »Der Prozess richtet sich auch gegen meinen Laden. Das könnte mich eine ganze Stange Geld kosten.«

Ja, damit hatte er womöglich recht. Immerhin vertrat William diesen bedauernswerten Nichtsnutz, und obwohl er nicht ganz das Format seines Großvaters hatte, war er doch ein ganz anständiger Anwalt. Mein erster Gedanke war, den beiden zu sagen, dass sie sich verpissen sollten, bevor ich ihnen eine Kugel verpassen würde, aber stattdessen wählte ich eine etwas diplomatischere Herangehensweise.

»Habt ihr zufällig ein Überwachungsvideo, auf dem man sehen kann, wie dieser Typ Bull eine reinhaut?«

Duke schüttelte den Kopf. »Die Aufnahmen werden alle dreißig Tage überschrieben.«

»Und die Sache ist vor beinahe einem Jahr passiert«, sagte ich. »Das ist echt Pech.«

»Ja, verdammtes Pech. Man hört dir förmlich an, wie sehr dich das Ganze mitnimmt«, sagte er mit kalter Stimme.

Ich zuckte mit den Schultern. »Ist schließlich nicht mein Problem, mein Großer. Wenn du möchtest, bringe ich deiner Crew gern bei, innerhalb welcher Richtlinien Gewaltanwendung erlaubt ist, und wie man sofort eine CD brennt, wenn sich ein Zwischenfall im Klub ereignet hat. Mein Honorar ist auch recht fair.«

Dieses Mal war es der kleine Steigbügelhalter, der höhnisch auflachte.

»Klar, ich denke darüber nach«, antwortete Duke. »In der Zwischenzeit ist unser Sergeant-at-arms aber weiterhin ziemlich angepisst.«

»Ich sage dir mal etwas. Falls es irgendetwas nutzt, dann übermittle ihm doch bitte meine ausdrückliche Entschuldigung, und dass ich glaube, dass ich es wiedergutmachen kann.«

Argwöhnisch hob Duke eine Augenbraue. »Und wie willst du das tun?«, fragte er.

»Als ich Nachforschungen über ihn angestellt habe, bin ich auf einen Wohnwagen gestoßen, und ich nahm an, dass er dort auch wohnte. Ich denke, du weißt, von welchem Wohnwagen ich spreche – dem oben in Joelton.« Duke versteifte sich ein wenig, ließ mich aber nicht aus den Augen. Ich fuhr fort: »Nun, ich hatte versucht, mich unauffällig zu verhalten und mir den Wohnwagen mal näher anzusehen. Du weißt schon, um ihm die Papiere zu Hause zu überreichen, anstatt auf seiner Arbeit. Um ihm die Peinlichkeit zu ersparen. Aber da gab es leider ein kleines Problem.«

»Was denn für ein Problem?«, fragte Duke argwöhnisch. Seine Augen hatte er mittlerweile zu Schlitzen zusammengekniffen, beinahe so wie vor ein paar Tagen schon.

Ich beugte mich vertraulich zu ihm. »Zu meiner Überraschung gab es noch andere Leute, die den bereits erwähnten Wohnwagen beobachteten, wenn du weißt, was ich meine. Es gab sogar eine Überwachungskamera, die an einem Strommast gleich neben der Einfahrt angebracht war. Hier, ich habe sogar Fotos davon gemacht.« Ich tippte auf mein iPhone, fand das betreffende Bild und zeigte es ihm. Dann sah ich zu, wie er das Foto ganz genau betrachtete. Sein Gesichtsausdruck spiegelte zuerst Unsicherheit und Argwohn wider, doch als ich durch die Bilder blätterte, erkannte er die Gegend. Schließlich sah er wieder zu mir hoch, nunmehr sichtlich besorgt.

»Die *Narcs*?«, fragte er. Ich zuckte nur mit den Achseln. Duke spulte daraufhin eine Reihe von Kraftausdrücken ab. Außerdem murmelte er etwas über die Sorglosigkeit seiner Biker-Kumpane und dass man zumindest einen von ihnen kastrieren sollte. Nachdem er sich wieder halbwegs in der Gewalt hatte, sah er mich erneut an.

»Was meinst du, wie schlimm es ist?«, fragte er zähneknirschend.

Ich zuckte mit den Achseln. »Wenn du meinen Rat hören willst, würde ich sagen: Vergesst die Sache und geht nicht mehr dorthin.« Er fluchte erneut und seine Hände umklammerten den Lenker seiner Harley fester.

Mein Telefon klingelte. Es war Ronald. »Würden die Herren mich bitte für einen Moment entschuldigen?« Ich lief zurück zur Veranda, ohne ihre Antwort abzuwarten. »Hey, Ronald«, sagte ich leise.

»Ist das etwa Duke? Was macht der denn vor deinem Haus?« Er klang außer Atem. Das einzige Problem mit einem Computerfreak, der dein Überwachungssystem wartet, ist, dass er einem wirklich die ganze Zeit über zusieht.

»Ja, er und sein Freund, der sich nicht die Mühe gemacht hat, sich vorzustellen. Mache ein Standbild von ihm, vielleicht müssen wir später herausfinden, wer es ist.«

»Okay, das mache ich. Ist denn alles in Ordnung?«

»Ich denke schon, aber sieh lieber weiter zu, sicherheitshalber.«

»Okay«, antwortete er und legte auf.

Während ich mit Ronald sprach, hatte ich Duke und seinen Biker-Bruder beobachtet. Sie hatten die Köpfe zusammengesteckt und diskutierten aufgeregt miteinander. Der andere hing nun an seinem Telefon. Als ich zu ihnen zurückkam, hörten sie sofort auf zu reden.

»Nun, meine Herren, das war ein wirklich interessantes Gespräch, aber ich habe noch zu tun. Ich schätze, ihr habt euch jetzt auch um einiges zu kümmern.« Duke rieb sich die Hände, und für einen Moment dachte ich schon, er würde mir die Hand geben, doch stattdessen griff er nach seinem Helm.

Der jüngere Thomas Ironcutter, der Hitzkopf, der vor Feuereifer beinahe geplatzt wäre, hätte Duke jetzt noch vor den fatalen Folgen gewarnt, wenn er die Sache nicht einfach links liegen ließ, doch der ältere und weisere Thomas, also ich, suchte stattdessen nach einer erwachseneren Lösung.

»Hör zu, Duke, es gibt keinen Grund, dass wir uns miteinander anlegen müssen. Vielleicht unterhalten wir uns einfach bald noch einmal.« Ich kramte eine Visitenkarte aus meiner Brieftasche. »Es wird mir eine Ehre sein, mich zuerst bei euch zu melden. Vielleicht kann man sich das nächste Mal ja im Guten treffen.« Duke nahm die Karte an sich und nickte kurz, dann warfen sie ihre Böcke an und rasten davon.

Ich sah ihnen hinterher und rief anschließend Harvey an. »Wie geht es dir, Sheriff?«

»Ich bin kein Sheriff mehr, eher so eine Art Gärtner und Mädchen für alles, für meine herrische Frau. Was hältst du von der Sache mit Gwinnette?«

»Oh, das ist sicher ein Selbstmord, aber ich sehe mir das trotzdem mal genauer an. Weißt du, wer den Fall bearbeitet hat?«

Ich hörte, wie er Rotz durch die Nase sog und ihn ausspuckte. »Nope. Nachdem der neue Sheriff gewählt wurde, hat er meine Leute komplett rausgeschmissen und seine eigenen eingestellt. Nein, warte mal … erinnerst du dich noch an Jerry Herndon? Der arbeitet noch da. Hat aber jetzt einen Schreibtischjob, glaube ich. Was hast du vor?«

»Ich würde mich gern mit dem ermittelnden Detective unterhalten und mir vielleicht eine Kopie der Akte geben lassen«, erklärte ich.

»Ich rufe Jerry mal an und melde mich dann wieder bei dir«, sagte er und legte auf.

KAPITEL 6

Ich stand zeitig auf und aß ein schnelles Frühstück mit Henry.

»Heute habe ich viel vor. Wie steht's mit dir?«, fragte ich ihn. Seine einzige Antwort bestand darin, zur Tür zu trotten und dort erwartungsfroh stehenzubleiben. Wir gingen hinaus, und nachdem er sein Geschäft verrichtet hatte, sah er mir dabei zu, wie ich den Transportanhänger mit dem Truck verband.

»Ich werde mir heute den Wagen zurückholen, den mein Vater mir damals geklaut hat. Aber vorher treffe ich mich noch mit dem Detective, der in Lesters angeblichem Selbstmord ermittelt hat.«

Henry schnaubte, oder nieste, oder wie man das bei Hunden nannte.

»Ja, da hast du sicher recht, aber ich muss es zumindest versuchen.«

Der Verkehr war halb so wild und nach etwas weniger als dreißig Minuten traf ich bereits am Rutherford County Sheriffs Department ein. Ich hatte einige Schwierigkeiten, einen geeigneten Parkplatz zu finden, und entschloss mich letzten Endes, am Rand der Straße zu parken, die zu dem Parkplatz führte. Ich hoffte nur, dass kein übereifriger Deputy auf den Gedanken kam, dass das Parken am Randstein eine Verkehrswidrigkeit darstellte.

Nachdem ich mit einer Dame hinter kugelsicherem Glas gesprochen hatte, setzte ich mich geduldig in die Lobby und wartete. Natürlich hätte ich die Lady auch beackern können, warum es so lange dauerte, aber das hätte garantiert nichts gebracht. So vergingen deshalb ganze vierzig Minuten, bis sich eine Hintertür öffnete. Ein Mann ungefähr in meinem Alter trat heraus. Korpulent, mit Glatze, Brille und einem kantigen Kiefer mit einem leichten Unterbiss. Auf seiner Krawatte waren frische Flecken seiner letzten Mahlzeit zu erkennen.

»Sind Sie Ironcruddy?«, fragte er mit einer Mischung aus Unfreundlichkeit und Desinteresse.

Ich stand auf. »Ironcutter«, berichtigte ich ihn. »Thomas Ironcutter.« Ich streckte ihm die Hand entgegen. Der Detective schien sich für eine Weile in einem inneren Widerstreit zu befinden, ob er mir die Hand geben sollte oder nicht, aber dann griff er schließlich nach meiner Rechten.

»Ich bin Detective Thompson. Die Rezeptionistin meinte, Sie hätten Fragen zu dem Gwinnette-Selbstmord.« Sein Tonfall ließ keinen Zweifel daran zu, dass er sich maßgeblich durch mich gestört fühlte und ich ihn von etwas ungeheuer Wichtigem abhielt. Wie etwa seinem Morgen-Nickerchen.

Ich tat einfach so, als hätte ich es nicht bemerkt. »Das ist richtig. Die Witwe hat mich engagiert. Sie tut sich schwer damit, den Tod ihres Mannes zu akzeptieren. Ich würde Ihnen deshalb gern ein paar Fragen stellen, wenn Sie nichts dagegen haben. Können wir uns irgendwo unterhalten?«

Detective Thompson ließ kurz seine fleischige Pranke durch die Lobby kreisen. »Da das nicht lange dauern wird, können wir es auch gleich hier erledigen.« Ganz offensichtlich hatte er keine besonders gute Meinung von mir und beabsichtigte deshalb, sich nicht mehr als nur ein paar Minuten in meiner Gegenwart aufzuhalten.

Ich ignorierte die Unhöflichkeit und fuhr fort. »Okay. Könnten Sie mir vielleicht einen kurzen Eindruck verschaffen, wie Sie darauf gekommen sind, dass es sich bei diesem Fall um einen Selbstmord handelte?«

Er schnaubte verächtlich und wischte sich mit der Hand, die ich eben noch geschüttelt hatte, über die Nase. *Sehr anständig. Tat er wahrscheinlich öfter. Hoffentlich lag im Truck noch Desinfektionsmittel.* »Der Mann war allein zu Haus. Er presste sich eine Waffe an den Kopf und drückte ab. Seine Frau fand ihn, als sie nach der Kirche nach Hause kam. Die Waffe hielt er noch in der Hand, als der Krankenwagen dort eintraf.«

Er beugte sich ein wenig nach vorn. »Und bevor Sie mir jetzt mit irgendwelchem Mist kommen, den Sie mal bei CSI oder einer anderen Polizeiserie gesehen haben: Unsere Ballistik-Abteilung hat die Kugel untersucht. Sie passt zu der Waffe.«

Ich nickte, als wären seine Worte voll tiefster Weisheit. »Gab es denn eine Autopsie?«

»Natürlich. Wie hätten wir denn sonst die Kugel aus seinem Kopf bekommen sollen?«, antwortete er und sah dann mit einer übertrieben ausholenden Geste auf seine falsche Rolex. Ich war mir sicher, dass er überall herumposaunte, dass sie echt sei, aber die mattierte Aufzugswelle verriet ihn.

»Und woher stammte die Waffe?«, fragte ich ihn.

»Was meinen Sie damit?«

»Haben Sie die Seriennummer über das ATF nachverfolgen lassen?«

Erneut schnaubte Detective Thompson. »Das war gar nicht nötig. Welche Rolle spielt es denn, woher die Waffe kam?«

Ich ignorierte die Frage. Ein kompetenter Detective hätte die Antwort darauf gewusst.

»Wäre es vielleicht möglich, eine Kopie der Akte zu bekommen?«

»Auf gar keinen Fall«, erwiderte er hastig. »Ermittlungsakten sind vertraulich.«

»Also ist der Fall noch nicht abgeschlossen?«

Er schüttelte den Kopf und sah mich an, als wäre ich ein Idiot. »Doch, der Fall ist natürlich abgeschlossen.« Er betonte sorgfältig jedes einzelne Wort, als würde er sich mit einem Kind unterhalten. »Es war Selbstmord. Das sagte ich Ihnen doch bereits.«

»Sind Sie sich darüber im Klaren, dass dem Gesetz nach, alle Akten eines geschlossenen Falls öffentlich zugänglich gemacht werden müssen?«

Er verdrehte die Augen. »Dann verklagen Sie mich doch. Sind wir hier fertig?« Er sah wieder auf die Uhr. Mir war klar, dass es zwecklos war, ihm noch weitere Fragen zu stellen. Das war, als würde man mit einer Wand reden.

»Ja, natürlich. Bitte entschuldigen Sie, dass ich Ihnen Ihre wertvolle Zeit geraubt habe.« Er wandte sich schon zum Gehen um, doch dann fiel mir noch etwas ein. »Oh, eine Frage hätte ich aber noch, wenn es Ihnen nichts ausmacht, dann bin ich auch schon weg.« Er hielt auf halbem Wege inne und funkelte mich giftig an. »Ich bin überzeugt davon, dass Sie hier ganz ausgezeichnete Ermittlungsarbeit geleistet und die richtigen Schlüsse gezogen haben, aber falls ich dennoch auf Beweise stoßen sollte, die möglicherweise einen anderen Schluss zulassen, würden Sie mir dann zuhören?«

Detective Thompson starrte mich kurz an, als wäre ich etwas ganz und gar Widerwärtiges, das an seinem Schuh klebte, doch dann lächelte er mich von oben herab an. »Aber sicher doch, Mister Privatdetektiv. Wenn Sie etwas herausbekommen sollten, dann lassen Sie es mich ruhig wissen.«

Reichlich frustriert kehrte ich zu meinem Truck zurück. Wenn ich an die Akte heranwollte, musste ich zuerst bei Gericht einen Antrag stellen. Das würde allerdings etwas kosten, und Rhoda Gwinnette war eine Frau mit eingeschränkten finanziellen Mitteln. Nun steckte ich in einer Zwickmühle. Ich glaubte immer noch, dass es ein Selbstmord war, aber dieser sogenannte Detective hatte mich verärgert und ich würde ihn deshalb nur zu gern in seine Schranken weisen.

Als ich mich meinem Truck näherte, sah ich plötzlich etwas auf der Ladefläche liegen. Es war einer von diesen braunen Ziehharmonikaordnern, die mehrere Dokumente fassten. Ich hob ihn beiläufig auf und stieg ein. Auf dem Ordner klebte ein Post-it, auf dem stand, dass ich dem wahren Sheriff von Rutherford County schöne Grüße bestellen und die Akte zurückbringen solle, wenn ich damit fertig war.

Vorsichtig spähte ich hinein. Es schien sich um die Stammakte der Ermittlungen im Fall Lester Gwinnette zu handeln. Dieses Mal war das Glück wohl ausnahmsweise auf meiner Seite. Ich zündete mir eine Zigarre an, sah für mehrere Minuten die Akten durch, dann steuerte ich meinen Truck in Richtung Rockvale.

KAPITEL 7

So sehr ich mich auch bemühte, schaffte ich es jedoch nicht, den Buick aus der Hütte zu bekommen. Die Reifen waren platt und die Bremsen hatten sich festgefressen, was typisch war für Wagen, die längere Zeit nicht bewegt worden waren. Mehrere Minuten lang zerrte ich nun schon an dem Wagen herum, doch das Einzige, was ich damit erreichte, waren ein schweißgetränktes Hemd und beginnende Kopfschmerzen. Rhoda sah mir rauchend und hinter dem Fliegengitter stehend dabei zu. Ich gab es irgendwann auf und lief zu ihr hinauf. Nur das Fliegengitter trennte uns.

»Ich werde einen Abschleppwagen mit einer Seilwinde brauchen. Könnte ein paar Tage dauern, bis ich wieder herkomme.«

Ihr Gesichtsausdruck wurde daraufhin noch einmal ein gutes Stück trauriger, obwohl ich hätte schwören können, dass das eigentlich unmöglich war. »Muss ich die Rechnung für den Abschleppdienst auch übernehmen?«, fragte sie.

»Oh, natürlich nicht«, erwiderte ich und sah sie aufmunternd an. »Machen Sie sich deswegen keine Sorgen. Ich kümmere mich schon darum.« Aus meiner Gesäßtasche kramte ich ein Taschentuch hervor und wischte mir den Schweiß vom Gesicht. Ich sehnte mich danach, nach Hause zu kommen und eine erfrischende kalte Dusche zu nehmen, aber ich war noch nicht ganz fertig hier.

»Bevor ich gehe, würde ich gern noch ein paar Dinge mit Ihnen durchgehen. Ich habe die Akte und würde Ihnen gern ein paar Fotos von Lester zeigen. Glauben Sie, dass Sie das schaffen?«

»Natürlich«, antwortete sie mit ihrer typischen, verbittert klingenden Stimme und entriegelte die Tür. Drinnen wartete bereits eine Tasse Kaffee auf mich. Ich nahm sie dankend an und unterzog sie meinem gewohnten Anreicherungsprozess, dann griff ich in den Ziehharmonikaordner, holte einen Stapel Fotografien hervor und breitete sie auf dem Küchentisch aus.

»Das wird jetzt nicht ganz leicht für Sie sein, aber ich muss Sie trotzdem bitten, sich die Aufnahmen aufmerksam anzusehen«, sagte ich. Sie nickte zaghaft.

Die Fotografien waren farbig, aber auf billigem Kopierpapier anstatt auf hochwertigem Fotopapier ausgedruckt worden. Ich hatte keine Ahnung, wieso. Entweder war das Polizeirevier zu knauserig gewesen, oder es war Detective Thompson schlichtweg egal gewesen, als er die Akte angelegt hatte. Ich hatte mir die Akte vor der Fahrt hierher nur kurz angesehen, aber sie wirkte dürftig und unorganisiert auf mich. Ein äußerst schlechtes Zeichen. Rhoda zündete sich mit zitternden Händen eine weitere Zigarette an, bevor sie einen Blick auf die Aufnahmen warf. Nach einer Weile nahm sie eine davon in die Hand, untersuchte sie sorgfältig und reichte sie mir.

»Mit dem hier stimmt etwas nicht.«

Ich sah mir das Bild genauer an. Es zeigte Lester, der halb auf der Seite und halb auf dem Bauch auf dem Boden lag. Auf der rechten Seite in seinem Kopf klaffte eine Schusswunde, direkt hinter seinem Ohr. Unter seiner rechten Hand lugte ein billiger, stahlblauer Revolver hervor. Ich deutete auf die Waffe.

»Ist das der Revolver, von dem Sie mir erzählt haben? Den Sie noch nie zuvor gesehen hatten?«

Sie nickte. »Und da ist noch etwas anderes … Lester hält die Waffe mit der rechten Hand, was wirklich seltsam ist, denn Lester ist Linkshänder. Vor zwei Jahren brach er sich außerdem den Zeigefinger an der rechten Hand. Er weigerte sich, deswegen zu einem Arzt zu gehen, und der Finger heilte deshalb nie wirklich. Er war seitdem immer leicht gebogen und Lester konnte ihn nicht mehr ganz strecken und meinte, dass er auch keine Kraft mehr darin hätte. Mit dieser Hand kann er also nicht geschossen haben.« Während sie mir das erzählte, hatte ich die Tasse an die Lippen gehoben und gerade einen Schluck von ihrem grauenhaften Kaffee genommen, deshalb prustete ich nun ein wenig davon über den Tisch.

»Sind Sie ganz sicher?«, fragte ich, ohne nachzudenken. *Was für eine dumme Frage! Sie war mehr als dreißig Jahre mit diesem Mann zusammen gewesen, natürlich wusste sie, dass er Linkshänder gewesen war!*

»Ja, Sir«, antwortete sie und stand eilig auf. Sie riss ein paar Papiertücher ab und begann, meine Sauerei aufzuwischen.

»Okay«, erwiderte ich leise und wartete, bis sie fertig war und sich wieder setzte. »Rhoda, haben Sie seit Lesters Tod mit einem Ihrer Nachbarn gesprochen?«

»Ja, die waren alle sehr liebenswürdig zu mir. Eine von ihnen machte sogar einen Auflauf für mich und meine Familie, aber von denen tauchte hier keiner auf.« Ihre Lippen begannen zu zittern. Wahrscheinlich würde sie gleich anfangen, zu weinen.

»Wissen Sie, ob irgendjemand von denen von den Detectives befragt worden ist? Ich hatte noch nicht die Gelegenheit, die ganze Akte zu lesen, aber es scheint keinen Bericht darüber zu geben, dass man mit ihnen gesprochen hat.«

Sie schüttelte den Kopf. »Nein, nicht, dass ich wüsste, Detective.«

Während sich Rhoda weiter die Aufnahmen vom Tatort ansah, widmete ich mich den Nahaufnahmen der Schusswunde. Ein Schuss aus nächster Nähe und eine Waffe, die in direktem Kontakt mit der Haut stand, hinterlassen immer einen ringförmigen Abdruck. An Lesters Kopf gab es zwar Schmauchspuren, aber keinen Abdruck. Der Lauf der Waffe hatte sich demnach zwar recht nah an seinem Kopf befunden, aber doch in einiger Entfernung. Das ließ für mich nur einen Schluss zu: Es war doch Mord!

Mein Hemd war immer noch feucht und wahrscheinlich sah ich aus, als hätte ich eine Herde Kühe zusammengetrieben, aber ich musste trotzdem noch unbedingt bei ein paar Leuten vorbeischauen. Damals, als ich noch ein echter Detective gewesen war, nannten wir das Klinkenputzen. Eine Vorgehensweise, die Detective Thompson offensichtlich unbekannt war.

Doch ich hatte kein Glück. Direkt auf der anderen Straßenseite stand ein Mann, ein wenig älter als ich und angezogen wie ein Hippie. Er hatte sich offenbar seit Jahren nicht mehr rasiert und sah mich die ganze Zeit über an, als ob ich jeden Moment seine Marihuana-Plantage auffliegen lassen wollte. Das Einzige, was aus ihm herauszubekommen war, war, dass er ein dunkles Auto die Auffahrt hatte hinunterfahren sehen, wenige Minuten bevor Rhoda nach Hause gekommen war. Doch dann schweifte er ab und kam auf die Verschwörung rund um 9/11 zu sprechen, und ich entschuldigte mich daraufhin höflich.

Ich kehrte zu Rhoda zurück, bat sie um Glas Eiswasser anstatt eines weiteren Kaffees, redete noch eine Weile mit ihr und ließ sie dann wissen, dass ich mich wieder bei ihr melden würde, bevor ich nach Hause fuhr.

Ich musste dringend ein paar Telefonate führen. Das Erste mit Onkel Mike. Doch die Mailbox meldete sich sofort.

»Hör zu, ich muss etwas Wichtiges mit dir besprechen. Ruf mich morgen früh an.« Das war kryptisch genug, um seine Neugier zu wecken und dafür zu sorgen, dass er mich tatsächlich sofort anrufen würde, nachdem er aufgestanden war. Ich war nämlich gerade dabei, dem rätselhaften Verschwinden meines Wildcats auf die Spur zu kommen und wie er seinen Weg in die Hütte eines Lasterfahrers in Rockvale, Tennessee gefunden hatte.

In dem Moment, als ich Ronald anrufen wollte, klingelte mein Telefon. Der Anruf kam von Micks Zigarren-Bar. Ich tippte auf das Icon, um den Anruf anzunehmen.

»Liebling, du sollst mich doch nicht mehr anrufen. Ich glaube, Mick wird langsam misstrauisch.«

»Sehr witzig, du Klugscheißer«, knurrte Mick. »Ich weiß eigentlich gar nicht, wieso ich dich deswegen anrufe, aber ich habe hier eine sehr attraktive junge Dame in meinem Laden sitzen.«

Oh Mann, das musste Anna sein, dachte ich.

»Zuerst trank sie nur Kaffee, aber jetzt ist sie schon bei ihrem dritten Bier angelangt und starrt die ganze Zeit zum Fenster hinaus. Ich glaube, sie wartet auf dich, was bedeutet, dass sie ein wenig zurückgeblieben sein muss.«

Seine Bemerkung ließ mich unwillkürlich grinsen. »Du weißt schon, dass es eine Menge Leute gibt, die diesen Ausdruck für beleidigend und diskriminierend halten, oder?« Mick prustete nur.

»Ist mir egal. Der ganze Kaffee und das Bier machen sich aber offenbar so langsam bemerkbar. Sie war jetzt bestimmt schon zum zwanzigsten oder dreißigsten Mal auf dem Damenklo. Du musst etwas unternehmen, bevor meine Wasserrechnung unbezahlbar wird.«

»Oh mein Gott, das ist das Ende der Welt.«

»Kommst du jetzt vorbei oder nicht?«

Na ja, die Zigarren waren mir sowieso bereits wieder ausgegangen. »Klar, ich bin in einer halben Stunde da. Mach mir schon einmal eine Kiste von diesen *Rocky Patels* fertig.«

Mick murmelte irgendetwas Unverständliches und legte auf.

Ich roch nicht besonders gut, aber ich glaubte, dass das nicht weiter auffallen würde. Als ich vor dem Laden vorfuhr, erkannte ich sie sofort im Schaufenster. Selbst vom Parkplatz aus konnte ich sehen, dass sie lächelte und mir sogar zuwinkte. Ich musterte mich noch einmal hastig im Rückspiegel.

»Hi«, begrüßte sie mich, als ich den Laden betrat. »Ich hatte mich schon gefragt, ob Sie noch kommen würden oder nicht.« Sie trug kakifarbene Cargo-Shorts, die kaum ihre Pobacken bedeckten, und ein engsitzendes Poloshirt, das in den Farben der Tennessee *Titans* gehalten war und auch, deren Logo zeigte. Viele von den Stammgästen gafften sie ganz unverfroren an, aber sie tat so, als würde sie es gar nicht bemerken.

Ich zuckte mit den Schultern. »Ich kam auf einen Abstecher vorbei, um eine Kiste Zigarren zu besorgen, ich bin den ganzen Tag draußen in der Hitze herumgefahren und rieche wahrscheinlich im Moment nicht allzu gut.«

»Das stimmt«, rief Mick dazwischen. »Außerdem stinkst du nach abgestandenen Zigaretten.« Er schnappte sich die Kreditkarte aus meiner Hand und rechnete meinen Einkauf ab.

Ich ignorierte ihn. »Wie auch immer, ich bin eigentlich gerade auf dem Weg nach Hause. Was haben Sie denn heute noch vor?«

Sie zögerte. »Können wir uns draußen unterhalten?«

»Aber sicher doch, kleine Lady«, sagte Mick und gab mir meine Karte und die Kiste mit Zigarren. »Und machen Sie sich keine Sorgen wegen der Rechnung. Die hat der Spaghettifresser hier übernommen.«

Ich sah ihn mit einem missbilligenden Blick an, der ihm sagen sollte, dass ich ihm das bei Gelegenheit noch heimzahlen würde. Mick grinste mich jedoch nur vergnügt an.

Ich lief mit Anna zu ihrem Wagen und sah ihn mir etwas genauer an. Es war ein Nissan Cube.

»Sieht interessant aus«, kommentierte ich.

»Ich liebe ihn. Er ist mein Baby«, sagte sie mit einem stolzen Grinsen. »In der Stadt komme ich mit einer Gallone fünfundzwanzig Meilen weit, und ich habe mir außerdem noch eine tierische Anlage einbauen lassen.«

»Sehr schön.«

»Sie mögen ihn nicht.«

»Das wäre kein Auto, das ich mir kaufen würde, nein, aber ich stehe eher auf ältere Wagen. Also, worüber wollten Sie sich mit mir unterhalten?«

Sie sog die Luft ein und lächelte vorsichtig. »Die Sache ist die: Ich war nicht ganz ehrlich zu Ihnen.«

»Oh, inwiefern?«, fragte ich.

»Meine ältere Schwester heißt Alicia. Wir beiden standen uns nie besonders nahe. Kurz nachdem unser Vater umgebracht worden war, zog sie aus und geriet in die falschen Kreise. Jedenfalls wird sie jetzt schon seit über einem Jahr vermisst. Der letzte Ort, an dem sie gearbeitet hat, war das *Red Lynx*.«

»Deshalb arbeiten sie also dort«, schlussfolgerte ich. Das war natürlich auch eine Möglichkeit, herauszufinden, was mit ihrer Schwester passiert war.

Sie nickte. »Ich dachte, ich freunde mich mit den anderen Mädchen an und sehe mal, ob ich etwas herausfinden kann. Das Problem ist nur, dass keines der Mädchen dort gearbeitet hat, als Alicia noch da war.« Ich nickte verstehend. »Aber egal, ich war schon immer fasziniert von der Polizeiarbeit, und daran sind nur Sie schuld. Seit sie den Mord an meinem Vater gelöst haben, frage ich mich, wie es wohl sein muss, als Detective zu arbeiten.«

Ich musste kichern. »Na ja, es ist nicht ganz so wie im Fernsehen, und die meisten Leute würden es wahrscheinlich ziemlich langweilig finden.«

Sie nickte, blieb von meiner Bemerkung aber unbeeindruckt. »Okay, was ich eigentlich sagen will, ist … ich frage mich, ob Sie mir vielleicht helfen könnten, meine Schwester zu finden.«

Ich blinzelte, nahm meine Krawatte ab und öffnete den obersten Knopf meines Hemdes.

»Also, ich weiß nicht, Anna.«

Anna ergriff meine Hand und drückte sie innig. »Ich kann Sie bezahlen und ich kann Ihnen sogar bei Ihren Nachforschungen helfen. Ich könnte Ihre Assistentin werden.« So sehr es mein müdes Hirn erlaubte, dachte ich darüber nach.

»Haben Sie ihr Verschwinden denn der Polizei gemeldet?«, fragte ich.

»Ja, natürlich. Ich habe meine Mutter überredet, es zu melden, aber der Fall schien irgendwann im Sande zu verlaufen. Ich glaube, die Cops haben sich keine große Mühe damit gegeben.«

Mein erster Impuls riet mir, den Fall abzulehnen. Klar, vielleicht konnte sie sich mich leisten, aber ich wusste, dass ich von ihr niemals Geld annehmen würde, und das wären dann schon zwei Fälle, für die ich keine Kohle sehen würde. Keine gute Idee. Aber anstatt einfach Nein zu sagen …

»Nun, darüber lässt sich reden, denke ich.«

Ihre Augen leuchteten auf und ein breites Lächeln erstrahlte in ihrem Gesicht. Die Zahnspange hatte sich gelohnt, denn ihre Zähne waren auf perfekte Weise gerade. Sie erinnerte mich ein wenig an eine junge Reese Witherspoon.

»Fantastisch«, rief sie überglücklich. »Dann lassen Sie uns doch alles Weitere bei Ihnen zu Hause besprechen. Ich hole nur schnell meine Reisetasche und dann komme ich mit. Ich habe schon zu viel getrunken und sollte besser nicht mehr Autofahren.«

»Moment mal, was?«, fragte ich, aber Anna hatte bereits ihren Wagen aufgesperrt und holte etwas von ihrem Rücksitz. Eigentlich wollte ich ihr widersprechen, aber sie beugte sich gerade nach vorn, und diese Shorts, die wirklich außerordentlich knapp waren … na ja, sagen wir einfach, dass es mir schwerfiel, mich zu konzentrieren.

Ich drehte mich um und sah zu Mick, der uns durch das Schaufenster beobachtete. Sein breites, feistes Grinsen war nicht zu übersehen. Dafür würde ich noch eine Menge Scheiße einstecken müssen, das war mir klar, und er würde auch so lange es ging, darauf herumreiten. Anna stieg auf der Beifahrerseite in meinen Wagen und klaubte dabei den Ziehharmonikaordner vom Sitz.

»Was ist das?«, fragte sie.

»Die Lester-Gwinnette-Akte.«

Ihre Augen wurden größer. »Kein Scheiß?«

»Nein, kein Scheiß.«

»Darf ich sie mir mal ansehen?«, fragte sie neugierig.

»Wenn wir bei mir zu Hause angekommen sind, können wir sie gern gemeinsam durchgehen. Übrigens … sind Sie sich sicher, dass Sie das tun wollen? Sie kennen mich ja kaum.« *Und ich dich auch nicht*, fügte ich in Gedanken hinzu. Jener Teil meines Gehirns, der mich mit Paranoia fütterte, fragte sich, ob sie mir vielleicht gerade eine Falle stellte. Schließlich war sie eine Stripperin, die in einem Laden arbeitete, der dem Anführer einer berüchtigten Motorrad-Gang gehörte.

Sie sah mich an und grinste. »Oh, Sie sind ein guter Mann, Thomas. Das weiß ich.« Doch dann verschwand ihr Lächeln. »Außerdem habe ich gerade gleichzeitig Stress auf der Arbeit und mit meiner Zimmergenossin. Ich wollte sowieso ein wenig Abstand gewinnen.«

Während der Fahrt wurde sie schweigsamer, und ich ebenfalls. Ich weiß nicht, worüber sie nachdachte, aber meine Gedanken waren eine Mischung aus dem Mord an Lester, Sex, meinem alten Buick, Sex, der *Robard Trucking Company*, Sex, Anna und Sex. Mein Telefon klingelte. Es war ein Alarm, der durchgestellt wurde.

Anna hörte es und sah mich neugierig an. »Eine Textnachricht?«, fragte sie. Ich machte mir gar nicht erst die Mühe, es ihr umständlich zu erklären. Mein Überwachungssystem besaß Bewegungssensoren. Meistens schlugen diese Alarm, wenn sich ein Reh auf meinen Hof verirrte, deshalb wollte ich es eigentlich zuerst ignorieren, aber dann siegte schließlich doch mein Verfolgungswahn. Ich fuhr an den Straßenrand und hielt an. *Waren Duke und seine Jungs vielleicht gerade vor meinem Haus und warteten dort auf mich?*

»Stimmt etwas nicht?«, fragte Anna.

Ich tippte auf meinen Handybildschirm. In der Auffahrt stand ein vertrautes weißes Auto und auf der Veranda saß ein Mann und rauchte eine Zigarette. Ich wechselte zu der Kamera, die meine Veranda überwachte, und vergrößerte den Bildausschnitt. Es war Onkel Mike.

Erleichtert atmete ich aus. »Oh, alles in Ordnung. Ich versuche nur, während der Fahrt nicht zu tippen.«

Sie grinste schelmisch. »Wartet eine eifersüchtige Freundin auf Sie?«

»Darüber hätten Sie nachdenken sollen, bevor Sie einfach zu mir in den Truck gesprungen sind«, sagte ich, sah in den Rückspiegel und fädelte mich wieder in den Verkehr ein.

Ihr Grinsen verschwand. »Ich hoffe, das war nur ein Witz.«

Zehn Minuten später waren wir da.

»Dieser verdammte Köter knurrt mich die ganze Zeit an«, beschwerte sich Onkel Mike mürrisch, als Anna und ich hinauf zur Veranda liefen. »Er kennt mich, seit du ihn hast, und kann mich immer noch nicht leiden.«

»Er kann niemanden leiden. Er mag nicht einmal mich, und dabei bin ich derjenige, der ihn immer füttert.« Onkel Mikes Augen wanderten zwischen mir und Anna hin und her.

»Anna, das ist Onkel Mike.«

»Hi«, begrüßte sie ihn. Mike schüttelte ihr die Hand. Anna bemerkte das Zittern und warf mir einen fragenden Blick zu, der ihm aber nicht entging.

»Machen Sie sich deswegen keine Sorgen, Missy«, sagte er. »Ich habe Parkinson.«

»Oh.« Anna war die Sache sichtlich unangenehm. Die Diagnose hatte Onkel Mike schon vor ein paar Jahren bekommen, doch in letzter Zeit war es deutlich schlimmer geworden. Was nun folgte, war ein unangenehmes Schweigen.

»Ist schön hier«, sagte Anna schließlich. Dabei war es dunkel und man konnte kaum etwas sehen. Ich schätzte, sie versuchte einfach nur, höflich zu sein.

»Missy, könnten Sie vielleicht kurz drinnen warten? Ich müsste etwas Vertrauliches mit meinem Neffen besprechen.«

»Klar. Sie können mich aber gern Anna nennen.« Ich sperrte ihr die Tür auf, schaltete den Alarm ab, und sie ging hinein. Drinnen sah ich ein paar Lichter angehen und fragte mich kurz, ob ich irgendwo schmutzige Unterwäsche herumliegen hatte.

Nach dem frühen Tod meiner Frau hatte ich nicht mehr in dem Haus leben können, in dem sie umgebracht worden war.

Ich hatte es deshalb verkauft und stattdessen jenes, in dem ich nun lebte, erworben. Das Haus war eine einfache Blockhütte aus einem Bausatzsystem; klein, was die Quadratmeter anbelangte, aber für einen alleinstehen Mann mehr als ausreichend. Die Vordertür führte in ein Foyer und von da in die Küche. Die einzige Abgrenzung zwischen der Küche und dem restlichen Wohnraum bestand aus einem freistehenden Küchentresen. Auf beiden Seiten des Hauses gab es ein Schlafzimmer mit einem eigenen Badezimmer. Hinter dem Blockhaus stand noch das Fertigteilhaus aus Metall, welches beinahe so groß war wie das Haupthaus selber. Ich vermutete, dass ich darin mehr Zeit, als in meinem eigentlichen Wohnhaus verbrachte.

Ich zog meinen Flachmann hervor, befeuchtete mir die Kehle und reichte ihn dann an Onkel Mike weiter. Dieser sah zu, wie sie ins Haus spazierte. »Ein süßes Ding«, sagte er. Mit einem Taschentuch wischte er die Öffnung ab und trank.

»Schön, dass wir uns da einig sind. Hast du meine Nachricht bekommen?«, fragte ich.

Er schüttelte den Kopf. »Ich hatte mein Handy nicht an.«

»Ah, okay. Was führt dich dann hierher?«

»Ich habe deinen Vater besucht.« Ich starrte ihn durch das Halbdunkel hindurch an. Mein Vater, sein Bruder, war normalerweise bei uns kein Thema. »Ihm geht es nicht so gut in letzter Zeit und er hat heute nach dir gefragt.«

Der bloße Gedanke an ihn ließ mich verkrampfen. »Der kann mir gestohlen bleiben. Wie geht es dir?«

Er nahm einen weiteren Schluck, bevor er antwortete: »Die Medikamente schlagen nicht mehr so gut an.«

Ich nickte wortlos. Diese Krankheit würde ihn langsam aber sicher umbringen.

Er zog an seiner Zigarette. »Bevor ich sterbe, muss ich aber noch für einige Sünden Abbitte leisten. Ich denke deshalb, es ist an der Zeit, dir die Wahrheit über jene Nacht zu erzählen. Father Anthony ist der gleichen Ansicht.«

Ah, natürlich, Father Anthony. Er musste mittlerweile achtzig oder neunzig Jahre alt sein, doch ich war seit Jahren nicht mehr in der Kirche gewesen.

»Das ist doch Schnee von gestern, Onkel Mike.« Ich versuchte, die Erinnerungen an jene Nacht, von der er sprach, zu verdrängen, und wechselte deshalb rasch das Thema. »Du musst doch so spät nicht mehr zurückfahren. Wieso bleibst du nicht einfach hier? Es gibt da ein paar Dinge, die ich dir gern zeigen und über die ich mich mit dir unterhalten würde.«

Eigentlich rechnete ich damit, dass er starrsinnig sein und ablehnen würde, aber zu meiner Überraschung willigte er ein. Er beendete seine Zigarette und gemeinsam gingen wir ins Haus. Anna saß auf der Couch, hatte ein Bein untergeschlagen und trank ein Bier. Den Inhalt der Akte hatte sie fein säuberlich auf dem Couchtisch ausgebreitet, und als Krönung lag Henry absolut friedlich neben ihr, mit seinem Kopf in ihrem Schoß. Sie lächelte uns an.

»Wie heißt denn der Hund?«, fragte sie.

»Henry«, antwortete ich. »Normalerweise kann er nicht so gut mit anderen Leuten.«

Anna kraulte ihm den Kopf. »Er ist doch ganz brav. Wieso haben Sie ihn denn Henry genannt?«

Ich lief in die Küche, um uns noch ein paar Biere zu holen. Onkel Mike setzte sich in meinen gemütlichen Sessel und sah sich ein paar der Fotos an. Seine alten Polizeiinstinkte hatten ihn unweigerlich neugierig werden lassen.

»Ich habe ihm den Namen nicht gegeben. Er gehörte einer Nachbarin, einer älteren Witwe. Sie war davon überzeugt, dass der Hund die Reinkarnation ihres verstorbenen Ehemannes Henry war. Eines Tages kam er zu mir herüber, um mir zu sagen, dass sein Frauchen verstorben war, und seitdem lebt er bei mir.«

Verwirrt blickte sie zuerst Henry und dann mich an. »Was meinen Sie damit, er hat es Ihnen *gesagt*?«

Ich war mittlerweile wieder im Wohnbereich angelangt und fragte mich, wo ich mich hinsetzen sollte, während ich auf Henry deutete. »Hunde haben ihre ganz eigene Art zu kommunizieren. Eines Tages saß er auf einmal draußen vor meiner Tür. Als ich hinausging, lief er ein Stück, doch dann hielt er an und drehte sich zu mir um, als wollte er, dass ich ihm folgte. Was ich dann irgendwann auch tat. Zusammen liefen wir zurück zu seinem

Haus. Dort fand ich die Besitzerin tot auf dem Boden. Sie war an einem Herzschlag gestorben.«

Ich reichte Onkel Mike ein Bier und wollte mich gerade neben Anna setzen, als mir bewusst wurde, wie ich roch. »Ich gehe mal eben unter die Dusche. Ihr beide könnt euch ja in der Zwischenzeit unterhalten.«

Ich lief ins Badezimmer, zog mich aus und nahm mir die Zeit, mich ausgiebig im Spiegel zu betrachten. Ich war 1,90 groß und knapp hundert Kilo schwer. Okay, vielleicht auch etwas mehr. Ich war zwar immer noch muskulös, aber längst nicht mehr so wie als junger Mann. Auch mein Gesicht war nicht mehr so scharf geschnitten wie früher, aber ich hatte immer noch die samtigen dunkelbraunen Augen, ein Beleg für meine italienischen Wurzeln. Meine Haare, einschließlich die auf meiner Brust, waren sehr viel grauer geworden, als es mir lieb war. Womit sich mir die Frage stellte: *Wieso sollte sich ein zweiundzwanzigjähriges Mädchen auch nur ansatzweise zu mir hingezogen fühlen?* Mir fiel darauf keine halbwegs logische Antwort ein, also seufzte ich nur und stellte mich unter die Dusche.

Frisch geduscht und mit kurzen blauen Shorts und einem frischen T-Shirt bekleidet, kehrte ich zu den beiden zurück. Sie plapperten wie zwei alte Freunde, und ihre Unterhaltung schien hauptsächlich um meine Wenigkeit zu kreisen.

»Als er seine Polizeimarke bekam, war ich unendlich stolz auf ihn«, sagte Onkel Mike mit einem Grinsen.

Anna lächelte ebenfalls und deutete auf einen großen Teller auf dem Couchtisch. »Ich habe uns ein paar Truthahn-Sandwiches gemacht«, sagte sie und tätschelte die Couch neben sich. »Setzen Sie sich doch und essen Sie was.«

Henry saß auf der anderen Seite neben ihr und musterte mich aus den Augenwinkeln. Erst jetzt bemerkte ich, was ich für einen Kohldampf hatte, deshalb nahm ich mir ein Sandwich und setzte mich.

Anna sah zurück zu Onkel Mike. »Und wie hat er es geschafft, so schnell befördert zu werden?«, fragte sie.

»Ich wurde im Dienst angeschossen«, warf ich kauend ein, »und es war keine Beförderung, sondern eher eine Versetzung.«

Anna erschrak. »Sie wurden angeschossen? Wie ist das denn passiert?«

»Ich erzähle Ihnen, was passiert ist«, meldete sich Onkel Mike zu Wort. »Er hatte einen Verdächtigen bei einem Raubüberfall verfolgt, und der Kerl zog plötzlich eine Pistole und gab ein paar Kugeln auf ihn ab. Er wäre beinahe draufgegangen, aber seine kugelsichere Weste hat ihm das Leben gerettet.«

Anna sah mich verwundert an. »Ja, ich hatte wohl einfach Glück«, bestätigte ich seine Geschichte. »Eine Kugel hat mich dennoch in der Schulter erwischt.« Ich zog mein T-Shirt hoch und zeigte ihr die Narbe. »War keine schwere Verletzung, aber es blutete wie verrückt.«

»Oh, wow, und was ist dann passiert?«, wollte sie wissen.

»Ha, Thomas hat ihn umgerissen, ihm die Waffe abgenommen und dann die Scheiße aus ihm rausgeprügelt«, erzählte ihr Onkel Mike mit einem fetten Grinsen. »Er bekam eine Auszeichnung und wurde anschließend ins Morddezernat versetzt.«

Anna kippte den Rest ihres Bieres hinunter und lächelte. »Es gibt so vieles an Ihnen, was ich einfach nur erstaunlich finde«, sagte sie mit großen Augen. Ich spürte, wie ich rot wurde. Sie kicherte und stand auf. »Ich nehme mir noch ein Bier. Wie ist es mit Ihnen, Onkel Mike?«

»Klar gern«, antwortete er. Wenig später kam sie mit drei kalten Bieren zurück und ließ sich auf die Couch fallen.

»Lasst uns mal das Thema wechseln«, schlug ich vor. »Habt ihr euch mal die Akte angesehen?«

»Ein wenig«, antwortete Anna.

Ich nickte und sah Onkel Mike an. »Kommt dir Lesters Name irgendwie bekannt vor?« Er war gerade dabei, von seinem Bier zu trinken, doch dann stutzte er und sah mich misstrauisch an. »Sollte er denn?« Das war die Art, wie Onkel Mike reagierte, wenn er einer Sache absichtlich auswich. Er beantwortete dann grundsätzlich jede Frage mit einer Gegenfrage.

»Ja, sollte er. Kriege ich eine Antwort?«

Er sah an mir vorbei, nahm einen tiefen Schluck von seinem Bier und stellte es ab. »War ein langer Tag für mich. Ich denke, ich haue mich mal hin.« Dann stand er auf und verschwand wortlos in dem ungenutzten Schlafzimmer. Ich hörte, wie er leise die Tür hinter sich schloss. Anna wartete, bis er uns nicht mehr hören konnte, bevor sie fragte: »Irgendetwas kriege ich hier gerade nicht mit, oder?«

Ich nickte langsam. »Ja, aber das ist im Moment nicht so wichtig. Konzentrieren wir uns lieber auf Lesters Tod. Oh, und bevor ich es vergesse, sollte ich zuallererst ein paar grundlegende Regeln erwähnen.«

»Okay«, sagte sie bereitwillig.

»Der Tod eines Menschen, unabhängig von den Umständen, ist ein sehr sensibles Thema. Wir, und damit meine ich Sie, werden deshalb mit niemandem über diesen Fall sprechen. Nicht mit Ihren Stripper-Freundinnen und nicht mit Ihren Biker-Freunden. Mit niemandem. Haben Sie das verstanden?«

Sie nickte.

»Dann geben Sie mir Ihr Wort darauf.«

Sie sah mich an und zog die Schultern nach hinten, oder vielleicht reckte sie auch nur ihre Brüste nach vorn. »Ich gebe Ihnen mein Wort, dass ich kein Scheißwort darüber verlieren werde«, sagte sie mit einem fetten Grinsen.

Ich knurrte. »Ich denke, es wäre mir lieber, wenn Sie wie ein anständiger Privatermittler reden könnten, und nicht wie der Abschaum, mit dem Sie auf Arbeit täglich zu tun haben.«

Jetzt sah sie mich komisch an und reckte sich noch einmal. »Okay, wie wäre es damit: Ich verspreche Ihnen, dass ich keinerlei vertrauliche Informationen preisgeben werde.«

»Das ist schon viel besser.« Ich nickte. »Ich hoffe, ich kann mich auch darauf verlassen.«

»Natürlich können Sie das«, entgegnete sie gekränkt.

»Okay. Ich hatte allerdings noch gar keine Gelegenheit, das alles zu lesen, und außerdem muss ich Ronald anrufen.«

»Wer ist Ronald?«

»Ein Freund von mir. Er kann verdammt gut mit Computern umgehen.« Ich tippte auf eine Taste und sprach Ronalds Namen in mein Telefon.

Nachdem es ein paar Mal bei ihm geklingelt hatte, nahm er ab. »Ich bin gerade mitten in einem Krieg!«, rief er aufgeregt.

»Ich kann jetzt nicht reden.« Dann legte er einfach auf.

Anna hatte das kurze Gespräch mit angehört und runzelte die Stirn. »Ihr Freund steckt mitten in einem Krieg?«

Ich seufzte und versuchte, es ihr zu erklären: »Ronald lebt in seiner ganz eigenen Welt. Er begibt sich nur selten unter Leute. Er wohnt noch in dem Haus, in dem er aufgewachsen ist, seine Eltern leben aber mittlerweile nicht mehr. Sie wurden von einem Geisterfahrer mit seinem Truck auf der Interstate getötet. Er wohnt dennoch immer noch unten im Keller und hat bisher noch nicht einmal die Kleidungsstücke seiner Eltern weggeräumt. Er isst ausschließlich Suppe, Cracker und Brot, und trinkt nur Wasser oder Gemüsesäfte. Mit dem Krieg, den er erwähnt hat, meint er garantiert eines von diesen Computerspielen, die er die ganze Zeit über spielt. Eines davon heißt *Eve* oder so ähnlich.«

»Ah, dann ist er also ein Metagamer«, meinte sie.

Ich starrte sie verwirrt an. »Was zur Hölle ist ein Metagamer?«

»Das Internet ist voll von diesen Spielen, den sogenannten *Massive-Multiplayer-Online-Role-Playing-Games.* Die sind sehr beliebt, können einen aber auch schnell abhängig machen.«

Ah, das erklärte natürlich einiges. »Ich schätze, damit haben Sie den Nagel auf den Kopf getroffen, denn er ist definitiv süchtig danach.« Ich deutete auf die Akte. »Also, Sie haben mehr davon gelesen als ich. Sagen Sie mir, was Sie darüber denken.«

Anna sah noch einmal auf den Papierkram und die Fotografien hinunter und rümpfte dann die Nase. »Die Berichte sagen eigentlich kaum etwas aus. Im Prinzip ist es nur eine Ansammlung von: *Ich wurde zum Tatort gerufen, fand eine Leiche, und dann übernahm der Detective alles Weitere.* Und der Bericht des Detectives sagt dann im Grunde nur: *Ich wurde zum Tatort gerufen, fand eine Leiche, eine Waffe lag daneben, also hat er sich selbst umgebracht.*«

Ich kicherte amüsiert. »Ja, das dachte ich mir schon. Sehen wir uns doch noch einmal die Fotos an.« Ich ging sie nacheinander durch und erklärte ihr, was man darauf sehen konnte, insbesondere bei den Nahaufnahmen der Schusswunde. Anschließend berichtete ich ihr, was Rhoda mir erzählt hatte.

Sie sah mich mit großen Augen an und nahm einen Schluck von ihrem Bier. »Dann war es also doch Mord?«, fragte sie gespannt.

»Sieht ganz danach aus. Nun, wenn ich der Inspektor der Mordkommission wäre, der auf den Fall angesetzt wurde, würde ich herausfinden wollen, wer ihn umgebracht hat und warum.«

»Und wie finden *wir* es heraus?«

Sie stürzte sich gerade Hals über Kopf in den Fall. Ich war mir nicht ganz sicher, ob das so eine gute Idee war, und fragte mich unwillkürlich, ob ich sie nur deshalb nicht zurückhielt, weil ich hoffte, auf diese Art schneller an ihre Unterwäsche zu kommen. Vielleicht sollte ich besser versuchen, mich nicht wie ein Perverser aufzuführen.

»Wenn wir die Mordkommission wären, würden wir damit anfangen, herauszufinden, was für ein Mann Lester wirklich war, wie sein Leben aussah und wem er lange genug ans Bein gepinkelt hatte, damit dieser ihn umbringen ließ oder selber umgebracht hat. Der Fachbegriff dafür lautet Viktimologie. Opferwissenschaft.«

Sie starrte mich noch immer fasziniert an. »Sie sagten, dass ihn jemand unter Umständen umbringen ließ. Meinen Sie damit einen Auftragsmord?«

»Das ist durchaus möglich. Wenn er ermordet wurde, hat sich allerdings jemand eine Menge Mühe damit gegeben, es wie einen Selbstmord aussehen zu lassen. Die meisten Mörder kümmert das nämlich nicht. Die nehmen sich nicht extra die Zeit, ihre Tat zu verschleiern.« Ich setzte mich an meinen Schreibtisch, öffnete meinen Laptop und wartete darauf, dass er hochfuhr.

»Okay, ich sage Ihnen, was ich denke: Wenn ich dem Detective und dem Sheriff beweisen kann, dass es ein Mord war, werden sie den Fall wieder aufrollen müssen. Soweit es mich angeht, ist die Sache damit für mich erledigt.«

»Wirklich?«, fragte sie.

»Ja.« Ich überlegte, ob ich noch hinzufügen sollte, dass ich vielleicht weiter ermitteln würde, wenn Rhoda mich bezahlen könnte. Da meine einzige Bezahlung vorerst aber nur in der Rückgabe eines Autos bestand, das man mir vor unzähligen Jahren weggenommen hatte, sah ich keinen Grund dafür, warum ich meine Verpflichtungen ihr gegenüber weiter ausdehnen sollte.

»Ich muss das hier erst erledigt haben, bevor ich mit dem Fall Ihrer Schwester beginnen kann. Das verstehen Sie doch, oder?«

Annas Blick durchbohrte mich eine Weile, doch dann nickte sie. »Okay, gut.«

Nachdem mein Laptop mich darüber informierte, dass er einsatzbereit war und mich dieses Mal nicht wieder aussperren würde, öffnete ich ein neues Word-Dokument. Es handelte sich dabei um ein Template, welches ich mir für Notizen angelegt hatte. Anna nahm meine leere Flasche und trug sie in die Küche. Wenig später kam sie mit einem frischen Bier für mich zurück.

»Danke«, sagte ich mit einem anerkennenden Kopfnicken. »Ich werde mich jetzt erst einmal durch eine Menge Text arbeiten müssen, also fühlen Sie sich ganz wie zu Hause. Ich habe übrigens Satellitenfernsehen.« Sie nickte, machte es sich auf der Couch gemütlich und griff nach der Fernbedienung. Ich begann damit, die Akte zu lesen, und nach nur zehn Minuten hatte ich bereits einige Seiten an Notizen zusammen.

Die folgende Stunde verbrachte ich damit, die verschiedenen Berichte durchzusehen und mir Stichpunkte zu machen. Anna hatte recht. Es hatte wirklich den Anschein, als wäre Detective Thompson bereits mit der Erwartung zum Tatort gekommen, einen Selbstmord vorzufinden. Er hatte nichts getan, um sich vom Gegenteil zu überzeugen, und der lästige Papierkram enthielt wirklich nur das Allernötigste.

Anna hatte sich derweil auf der Couch ausgestreckt und war eingeschlafen, noch bevor der Abendfilm vorbei war. Sie lag in Embryonalhaltung zusammengerollt da, ihr Hintern zeigte in meine Richtung, und ich muss zugeben, dass ich ihn länger anstarrte, als es sich gehörte. Henry lag neben der Couch auf dem Boden. Hin und wieder zuckten seine Pfoten, so als würde davon träumen, hinter jemandem herzujagen und ihn zu beißen.

Ich war ebenfalls ziemlich müde. Ich sah auf die Uhr und erschrak, als ich feststellte, dass es bereits drei Uhr morgens war. Vorsichtig legte ich eine Decke über Anna, schaltete das Licht aus und ging ins Bett.

Ich erinnere mich nicht daran, eingeschlafen zu sein, dafür aber, wie ich aufwachte. Jemand benutzte nämlich gerade meine

Dusche. Dank meiner kombinatorischen Fähigkeiten schlussfolgerte ich, dass es Anna sein musste. Dummerweise musste ich aber ziemlich dringend pinkeln. Henry lag neben der halb geöffneten Badezimmertür und bewachte sie. Also würde ich wohl warten müssen. Zum Glück ging das Wasser wenig später aus und kurz darauf erschien Anna. Sie war in ein Handtuch gewickelt und bürstete gerade ihr Haar.

Lächelnd sah sie mich an. »Ich hoffe, ich habe Sie nicht aufgeweckt.«

»Oh, nein«, log ich und warf einen Blick auf die Uhr auf dem Nachttisch. Es war bereits nach neun. »Zeit, aufzustehen.« Ich unterdrückte ein Gähnen. Ich hätte noch eine ganze weitere Stunde Schlaf brauchen können. »Wissen Sie, ob mein Onkel noch da ist?«

Sie schüttelte den Kopf, wobei ihr beinahe das Handtuch hinuntergerutscht wäre. »Nein. Er ist vor ein paar Minuten gegangen. Als ich aufgewacht bin, habe ich gesehen, wie er Ihre Notizen gelesen hat. Als er mich bemerkt hat, ist er gegangen.«

Ich nickte. »Sind Sie fertig im Bad?«

Sie grinste. »Mehr oder weniger. Gehen Sie nur.«

»Es gibt noch ein Badezimmer in dem anderen Schlafzimmer, wissen Sie?«

»Ja, aber dort steht weder Shampoo noch Zahnpasta.« Sie ging hinaus, hielt dann aber noch einmal inne. »Haben Sie vielleicht etwas Tee im Haus? Ich trinke nämlich eigentlich keinen Kaffee.« Ich schüttelte bedauernd den Kopf.

»Okay. Ah, und bevor ich es vergesse – Ihr Telefon hat ununterbrochen geklingelt. Ich bin aber nicht rangegangen.«

»Normalerweise schalte ich es vor dem Schlafengehen immer aus und stelle es meistens auch erst mittags wieder an. Muss ich wohl vergessen haben.« Ich wartete, bis sie das Zimmer verließ, dann eilte ich zur Toilette. Anschließend stellte ich mich unter die Dusche und hielt gerade meinen Kopf unter das heiße Wasser, als Anna die Tür der Duschkabine öffnete und den Kopf hindurchsteckte.

»Wow, sieh mal einer an. Man sollte sie nur noch den *Italian Stallion* nennen.« Ich zuckte zusammen und drehte mich hastig von ihr weg. Anna kicherte und sah in den angelaufenen Spiegel. »Was machen wir denn heute?«

»Müssen Sie denn nicht nach Hause oder zur Arbeit?«, fragte ich.

»Ich lebe mit zwei Tänzerinnen zusammen und da geht mir derzeit zu viel Talkshow-Drama ab. Ich brauche dringend mal ein wenig Abstand. Also, was machen wir heute?«

»Na ja, zuerst einmal gehen Sie zurück ins Wohnzimmer und gönnen mir ein wenig Privatsphäre«, sagte ich, was Anna mit einem Kichern quittierte, aber sie verschwand trotzdem.

Ein paar Minuten später kam ich hinterher. Ich hatte mir Cargo-Shorts angezogen, die einige Zentimeter länger waren als Annas kurze Hose und eines von meinen alten Golfshirts.

Anna trug eine frische kurze Hose, die jedoch genauso knapp war wie die vorherige, und ein schwarzes Tank-Top. Als ich ins Wohnzimmer kam, sah sie von meinen Notizen auf. »Kein Mantel und keine Krawatte heute?«, fragte sie. Ich setzte mich zu ihr.

»Nope, heute bin ich eher lässig. Ich habe Hunger. Was halten Sie davon, wenn ich Sie zurück zu Ihrem Auto bringe und wir dann irgendwo frühstücken gehen?« Anna willigte erfreut ein, und wenig später waren wir auch schon unterwegs. Ich entschied mich für den Truck. Draußen war es zwar schwül, aber es sah nach Regen aus. Als wir vor *Mick's Shop* parkten, schnappte Anna nach Luft.

»Oh nein«, jammerte sie. Dann sah ich es auch. Jemand hatte ihren Wagen demoliert.

KAPITEL 8

»Wer würde denn so etwas tun?«, fragte ich, allerdings eher rhetorisch. Jemand hatte mit einem spitzen Gegenstand und in Großbuchstaben das Wort »Hure« einmal quer über die Fahrertür eingeritzt. Ich stieg aus und sah mir den Schaden genauer an. In Gedanken überlegte ich bereits, dass ich das richtige Werkzeug dafür besaß, um die Kratzer abzuschleifen und die Tür ohne größere Probleme neu lackieren zu können. Der Wagen war noch so neu, dass sich die weitere Schicht Farbe beinahe ohne Spuren mit der bereits existierenden Lackschicht verbinden würde. Die Frage war nur: *Sollte ich das tun?*

»Das kann nur Doug gewesen sein«, sagte sie und kämpfte mit den Tränen.

»Wer ist Doug?«

»Mein Ex-Freund. Was soll ich denn jetzt machen?«

»Zuerst einmal sollten Sie bei der Polizei Anzeige erstatten«, riet ich ihr. »Danach sehen wir, wie sich die Sache entwickelt.« Während wir herumstanden und den Schaden begutachteten, fuhr auch Mick vor. Er stieg aus und kam zu uns hinüber.

»Was zur Hölle ist denn hier passiert?«, fragte er.

»Na ja, es gibt eigentlich nur zwei Möglichkeiten«, antwortete ich. »Entweder hat Anna einen sehr wütenden Ex-Freund oder Kim Lee ist eifersüchtig.«

Mick machte ein gequältes Gesicht. »Fängst du schon wieder damit an?«

Ich nickte langsam. »Nein, du hast recht. Kim würde so etwas nicht tun. Sie hat bestimmt kein Problem damit, mich mit jemand anderem zu teilen.«

Mick warf angewidert die Hände in die Höhe. »Komm schon, du dämlicher Itaker, lass uns einen Blick auf das Überwachungsvideo werfen. Ich habe gleich dort eine Kamera hängen.« Er deutete nach oben, als wir in den Laden gingen. An der Außenseite des Hauses waren vier Kameras befestigt. Eine von ihnen zeigte genau zu der Stelle, an der Annas Wagen stand.

Ein paar Minuten später hatte er die Aufnahmen gefunden. Die Kameras nahmen bei Tag farbig auf, nachts jedoch schalteten sie auf Schwarzweiß um. Trotzdem waren die Aufnahmen deutlich genug, um erkennen zu können, dass der Verdächtige ein Polizeiauto fuhr. Die Aufnahmen zeigten, dass der Officer binnen einer Stunde mehrfach über den Parkplatz gekurvt war.

Schließlich hatte er angehalten, war ausgestiegen und hatte sich vor Annas Wagentür gekauert. Er hatte zu seinem Gürtel gegriffen und kurz darauf ein nicht näher zu erkennendes Objekt in der Hand gehalten. Als er fertig gewesen war, war er zurück zu seinem Wagen geeilt und davongerast. Sein Kunstwerk war klar und deutlich zu erkennen.

Anna betrachtete die Aufnahmen zusammen mit uns und bestätigte, dass es sich bei der Person in dem Video um ihren Ex-Freund handelte. Ich erinnerte sie noch einmal vorsichtig daran, die Polizei zu informieren. Das tat sie dann schließlich auch. Nach ein paar Minuten legte sie wieder auf.

»Die Dispatcherin sagte, es könne durchaus eine Stunde dauern, bis jemand vorbeikommt«, erklärte sie. »Sie fragte mich, ob ich eine Ahnung hätte, wer es getan haben könnte.«

»Und, haben Sie es ihr verraten?«, fragte ich. Sie nickte. »Gut, denn wir haben unwiderlegbare Beweise gegen diesen Idioten.«

Ich vermied es, ihr etwas über die Regeln der Polizei bei häuslicher Gewalt zu erzählen. Der junge Mann konnte froh sein, wenn er überhaupt noch irgendeinen Job im Department ausüben durfte, wenn die Untersuchung erst einmal beendet war. Ich befürchtete, dass Anna den Vorfall nicht gemeldet hätte, wenn sie davon gewusst hätte.

»Was soll eigentlich dieses ganze *Wir*-Geschwafel?«, fragte Mick. »Ich bin hier der derjenige mit den Beweisen und ich brenne dir auch gern noch ein paar CDs davon.« Mit dem Daumen auf mich gerichtet fügte er hinzu: »Der blöde Spaghettifresser hat doch keine Ahnung, wie man so was macht.«

Um genau zu sein, waren es Ronald und ich gewesen, die das System überhaupt erst bei ihm installiert hatten, und Ronald hatte ihm beigebracht, wie man es bediente. Ich unterließ es jedoch, ihn auf seinen Irrtum hinzuweisen, und bestellte uns stattdessen etwas zu Mittag bei einem der Restaurants in der Gegend, die auch lieferten.

Während wir etwas später unserer Sandwiches mit Lammfleisch aßen und sie mit Mineralwasser hinunterspülten, bog ein Polizeiwagen auf dem Parkplatz ein. Na ja, zumindest Mick und ich aßen. Anna klaubte an ihrem nur herum. Ein Sergeant stieg aus und untersuchte den Vandalismus, bevor er anschließend den Laden betrat. Anna und ich saßen an einem der kleineren Tische. Der Sergeant sah sich um und erstarrte kurz, als er mich erblickte. Wir kannten uns. Jetzt kam er zu uns hinüber.

»Hallo, Thomas, dich habe ich ja schon eine ganze Weile nicht mehr gesehen«, sagte er leise. Die Hand zur Begrüßung wollte er mir aber offenbar nicht geben.

»Hallo, Jim. Bist du wegen der Sachbeschädigung hier?«, fragte ich ihn. Er nickte. Ich deutete auf Anna. »Sie ist die Betroffene. Anna Davies. Anna, das ist Sergeant Jim Ozment.«

Er sah Anna einen Moment lang an und warf mir dann einen Blick zu, der ziemlich deutlich sagte: *Klar, für dich können sie ja nicht jung genug sein.* »Freut mich, Sie kennenzulernen, Ma'am. Wenn ich es richtig verstanden habe, behaupten Sie, ein Police Officer wäre dafür verantwortlich?«

Anna nickte zögerlich. »Ja, Officer Doug Eastlin. Er ist mein Ex-Freund. Wir waren etwa einen Monat lang zusammen.«

»Aber woher wissen Sie denn, dass er es war?«, fragte Jim. »Haben Sie Beweise dafür? Einen Zeugen vielleicht?«

Ich schob ihm eine der CDs zu. »Das ist eine Videoaufnahme, die ihn bei der Tat zeigt. Es ist gestern Nacht passiert, während er auf Streife war, nehme ich mal an.« Ich warf Anna einen Blick zu. Sie war nicht länger traurig, sondern wütend. *Gut für sie*, dachte ich.

Jim beäugte die CD und legte die Stirn in Falten. »Scheiße«, murmelte er. Ich zuckte bestätigend mit den Achseln und zündete mir eine Zigarre an. »Besteht die Möglichkeit, dass ich es mir hier ansehen kann, oder muss ich sie erst ins Büro mitnehmen?«

Mick schnappte sich die CD und gab dem Sergeant ein Zeichen, ihn hinter den Tresen zu begleiten. »Haben Sie und Thomas früher zusammengearbeitet?«, fragte er.

Jim nickte verhalten, als wäre es ihm nicht recht, wenn zu viele Leute davon erfuhren.

Mick schien es jedoch nicht zu bemerken. »Sind Sie auch einer von diesen bekloppten Italienern?«

Jims Blick verfinsterte sich und er sah zu mir hinüber. Ich zuckte wieder nur mit den Schultern und paffte meine Zigarre.

Schweigend, das Gesicht missbilligend zu einer Landschaft aus Furchen zusammengezogen, betrachtete er das Video, dann nahm er Mick die CD ab und lief zurück zu unserem Tisch. »Darf ich diese CD als Beweismaterial behalten, Ma'am?«

Anna warf mir sicherheitshalber einen Blick zu. Ich nickte.

»Ausgezeichnet«, sagte er. »Dann werde ich jetzt einen Bericht anfertigen.« Daraufhin sah er mich noch einmal an. »Mittlerweile müssen wir unsere Berichte nämlich am Computer verfassen. Nicht so wie in den guten alten Tagen. Die nennen das Fortschritt, aber mir geht es einfach nur auf die Nerven.«

»Wie lange dauert es denn noch bis zum Ruhestand?«, fragte ich ihn.

Er rieb sich über das Gesicht. »Mein Jüngster fängt in diesem Herbst auf dem College an. Sind also noch ein paar Jahre.« Sein Gesicht verfinsterte sich dabei. Das Alter machte sich langsam aber sicher bei ihm bemerkbar und er spürte die Auswirkungen, seit über zwei Jahrzehnten als Cop gearbeitet zu haben. Man sah es ihm förmlich an.

»Wie auch immer, der Computer ist im Wagen«, fuhr er fort. »Ms. Davies, wenn ich mir kurz Ihren Führerschein ausleihen dürfte, würde Ihnen das einen ganzen Haufen Fragen ersparen. Außerdem muss ich den Chef der Polizeiwache anrufen und ihn darüber in Kenntnis setzen und auch noch das OPA verständigen.«

Anna kramte ihren Führerschein aus der Brieftasche und gab ihn an ihn weiter. »OPA? Was ist denn das?«, fragte sie ihn verwirrt.

»Das ist die Abkürzung für das *Office of Professional Accountability*«, antwortete Jim. »Die werden nun in dieser Sache ermitteln.«

Sie runzelte die Stirn. »Werden sie das?«

»Ja, Ma'am. Wir haben strikte Richtlinien, wie verfahren werden muss, wenn es Anschuldigungen bezüglich eines Fehlverhaltens eines Officers gibt. Besonders in Beziehungsfragen. In der letzten Zeit haben sich solche Vorkommnisse leider gehäuft und das Department nimmt diese Dinge deshalb mittlerweile peinlich genau.« Dann wurde ihm klar, wie sich das für mich anhören musste, und er wurde etwas verlegen.

»Wie auch immer, ich bin draußen in meinem Wagen. Geben Sie mir ein paar Minuten.« Danach eilte er hinaus.

Anna war zuerst ein wenig verwirrt, bevor sie offenbar dahinterkam. »Er sprach von Ihnen.«

»Das sind alte Geschichten«, wiegelte ich ab. Ich war gerade nicht in der Stimmung für Gespräche über meine verstorbene Frau.

Während wir auf Sergeant Ozment warteten, hörte ich meine Nachrichten ab. Ein paar potenzielle Klienten, Ronald hatte mich zurückgerufen, und ein Anruf von Rhoda. Sie hinterließ eine Nachricht, in der sie sich äußerst verzweifelt anhörte. Ich rief sie deshalb umgehend zurück.

»Detective«, rief sie beinahe panisch. »Das FBI ist hier!«

KAPITEL 9

Mick fand etwas Klebeband und ich klebte mit ein paar Streifen davon das Schimpfwort ab. Die anderen drei sahen mir stumm dabei zu. Als ich damit fertig war, richtete ich mich wieder auf, streckte den Rücken und spürte, wie sich ein paar meiner Rückenwirbel knackend wieder einrenkten. Es hatte Zeiten gegeben, als ich noch ohne Probleme wieder aus der Hüfte gekommen war.

»Es ist nur vorübergehend, aber fürs Erste sollte es reichen«, sagte ich. Anna nickte, sagte aber nichts weiter dazu.

Jim räusperte sich. »Ich habe gerade mit dem Chef der OPA gesprochen. Er bittet Ms. Davies darum, in sein Büro zu kommen und eine Aussage zu machen.«

Anna sah mich fragend an. »Was soll ich tun?«

»Wenn Sie meinen Ratschlag hören wollen, dann empfehle ich Ihnen, sich an der Untersuchung zu beteiligen und sich mit den Detectives der OPA zu treffen.«

»Begleiten Sie mich?«

Ich schüttelte den Kopf. »Rhoda ist momentan ziemlich durcheinander. Ich habe ihr versprochen, sofort bei ihr vorbeizufahren.« Sie nickte wieder. »Alles wird gut«, schob ich noch hinterher, um sie ein wenig aufzumuntern.

»Wenn Sie mögen, können Sie mit mir zu OPA fahren«, bot Jim ihr an.

Wieder suchte Anna bei mir nach einer Rückversicherung. Ich nickte leicht. Geräuschvoll sog sie die Luft ein. »Okay, dann folge ich Ihnen mit meinem Wagen.« Jetzt sah sie wieder zu mir. »Ich rufe Sie an, wenn ich fertig bin, okay?«

»Klar«, antwortete ich und sah ihr hinterher, wie sie zu ihrem Wagen lief.

Jim räusperte sich erneut. So langsam begann es zu nerven. »Hey, hör mal, ich wollte da vorhin nichts andeuten, als ich über häusliche Gewalt gesprochen habe.«

»Kein Problem«, versicherte ich ihm und musterte ihn

aufmerksam. Seit unserem ersten Aufeinandertreffen war er sichtlich gealtert. Sein Haarschopf war mittlerweile komplett ergraut und er sah abgespannt aus. Wir waren einmal Freunde gewesen. Gute Freunde.

»Wie ist es dir so ergangen, Thomas? Arbeitest du immer noch als Privatdetektiv?«

»Ja, das tue ich. Das Leben war soweit ganz anständig zu mir. Kann mich nicht beklagen. Wie geht es dir?«

»Ach, ich kann mich auch nicht beschweren, denke ich. Vor anderthalb Jahren hatte ich Kehlkopfkrebs. Dachte schon fast, dass ich es nicht mehr lange machen würde, aber die Ärzte waren in der Lage, ihn zu behandeln. Die Kinder sind mittlerweile alle erwachsen – der Jüngste ist letzten Monat achtzehn geworden. Du würdest sie nicht wiedererkennen.«

Ich nickte. Wir waren zusammen Streife gefahren, hatten uns aber aus den Augen verloren, als man mich zur Mordkommission versetzt hatte. Wahrscheinlich hätten wir uns mehrere Stunden über die alten Zeiten unterhalten können, doch im Moment fiel mir irgendwie so gar nichts ein, was ich sagen könnte. Die Nähe zu jemandem, der früher einmal ein enger Freund gewesen war, fühlte sich seltsam an.

Ich entschloss mich deshalb, das unangenehme Schweigen zu unterbrechen. »Schätze mal, du bringst sie jetzt besser zur OPA. Ich habe eine Klientin, die gerade durchdreht, also sollte ich besser mal nach ihr sehen.«

Er nickte, vielleicht lag eine gewisse Traurigkeit in der Geste, keine Ahnung.

Ich wies mit dem Daumen über die Schulter hinter mich. »Normalerweise hänge ich viel hier rum. Wenn du mal wieder in der Gegend bist, dann schau doch mal rein. Dann können wir uns bei einem Bier ein wenig unterhalten.«

»Ja, das würde mir gefallen. Wir werden schließlich alle nicht jünger, nicht wahr?« Damit trottete er zu seinem Wagen zurück und fuhr davon. Anna folgte ihm pflichtschuldig.

In Rhodas Auffahrt stand ein dunkelblauer Ford Crown Victoria mit stark getönten Scheiben. Ich parkte meinen Truck direkt daneben und stieg aus. Ein Mann und eine Frau mit

Schutzwesten, auf denen groß die Buchstaben FBI prangten, empfingen mich bereits auf dem Weg zur Hintertür.

Die Agentin war überaus attraktiv, hatte einen blonden Pferdeschwanz und nussbraune Augen. Der männliche Agent war ebenfalls durchaus als gut aussehend zu bezeichnen. Ein scharfer Blick, kurz geschorene Haare, glattrasiert. Auch er hatte braune Augen. Beide trugen kakifarbene Hosen, schwarze Polo-Shirts und bequeme Schuhe. Zusammen sahen sie aus wie Barbie und Ken. Die Frau sprach mich als Erste an.

»Ich bin Special Agent Ridgeway, und das ist Special Agent Jeffreys. Ms. Gwinnette hat uns erklärt, dass Sie ein Police Detective sind. Ist das korrekt?«, fragte sie mich rundheraus und mit strengem Blick.

Ich schüttelte den Kopf. »Ich war Detective bei der Metro Nashville Police, arbeite mittlerweile aber als privater Ermittler.«

Sie nickte verstehend.

»Darf ich fragen, wieso Ms. Gwinnette vom FBI verhört wird?«

Der Mann, Special Agent Jeffreys, beantwortete meine Frage. »Ich fürchte, die Untersuchung ist geheim.«

Ich wollte schon etwas darauf erwidern, doch Special Agent Ridgeway kam mir zuvor. »Mark, sie wird ihm die Kopie des Durchsuchungsbefehls sowieso sofort zeigen, wenn wir zur Tür hinaus sind. Von daher können wir es ihm auch gleich sagen.« Er legte die Stirn in Falten, widersprach ihr aber nicht.

Sie sah mich wieder an. »Wir stellen Ermittlungen über das Fuhrunternehmen an, für das der verstorbene Mister Gwinnette gearbeitet hat. Wir suchen nach gewissen Dokumenten. Mrs. Gwinnette wird derzeit aber nicht einer Straftat verdächtigt.«

»Oh, was für Dokumente wären das denn?«, fragte ich neugierig.

Sie lächelte mich höflich an. Ich war mir nicht sicher, wie ehrlich es gemeint war, aber so oder so war es ein hübsches Lächeln. »In diesem Punkt muss ich meinem Kollegen leider zustimmen. Die Einzelheiten dieser Dokumente sind vertraulich. Nehmen Sie es nicht persönlich, aber wir wollen nur ungern den korrekten Ablauf der Ermittlungen aufs Spiel setzen. Als ehemaliger Detective verstehen Sie das doch sicher.« Sie war sehr diplomatisch und offensichtlich nicht dumm. Ihr Kollege bedachte mich mit einem kurzen, arroganten Lächeln.

Ich lächelte zurück. »Ich verstehe. Darf ich dann vielleicht fragen, ob Sie beide dabei auch Lesters Tod untersuchen?«

Special Agent Jeffreys runzelte erneut die Stirn. »Sie meinen, ob wir seinen Selbstmord untersuchen? Natürlich nicht«, sagte er in einem Tonfall, der einem zu verstehen gab, dass es unter der Würde des FBI war, in einem Selbstmord zu ermitteln. Oder aber, und noch viel wichtiger, unter seiner persönlichen Würde.

Ich nickte. »Ich verstehe. Darf ich dann jetzt mit Rhoda sprechen? Sie hörte sich am Telefon recht aufgelöst an.«

»Sicher, wir sind hier fertig«, sagte sie. »Wir wollten gerade los.«

»Nun, dann bin ich froh, dass ich noch rechtzeitig hier war. War mir ein Vergnügen, Sie kennengelernt zu haben. Lassen Sie uns doch schnell noch unsere Visitenkarten austauschen, wenn Sie nichts dagegen haben.« Um nicht unhöflich zu wirken, ließen sie sich darauf ein, obwohl ich mir sicher war, dass sie meine Karte allerhöchstens als Lesezeichen oder um sich etwas Tofu aus ihren im Dunkeln leuchtenden Zähnen zu pulen missbrauchen würden. Ich warf einen Blick auf beide Karten und stellte fest, dass sie von einem Büro in Nashville aus operierten.

Auf dem Weg zu ihrem Wagen blieb Special Agent Jeffreys noch einmal stehen und drehte sich um. »Sie sagten Tod … als Sie über Lester Gwinnette sprachen, sagten Sie Tod, nicht Selbstmord«, stellte er fest.

Ich nickte und tippte mir mit dem Zeigefinger gegen die Schläfe. »Hier drin geistern noch ein paar Fragen herum, auf die ich eine Antwort haben will, bevor ich es guten Gewissens einen Selbstmord nennen kann.« Er dachte kurz über meine Worte nach, behielt seine Meinung darüber aber für sich. Special Agent Ridgeway lächelte höflich aber knapp, bevor die beiden sich auf den Weg machten.

Rhoda hatte unsere Unterhaltung durch die Fliegengittertür hindurch beobachtet. Sie hielt mir sofort die Kopie des Durchsuchungsbefehls hin. Die allgegenwärtige Zigarette hing ihr dabei im Mundwinkel. Ich las das Schriftstück aufmerksam durch. Ein

Verzeichnis der Gegenstände, die konfisziert worden waren, fehlte allerdings.

Fragend sah ich Rhoda an. »Was haben sie denn alles mitgenommen?«

»Überhaupt nichts.« Rhoda schüttelte den Kopf. »Sie haben das gesamte Haus durchsucht, mir ein paar Fragen gestellt, einige Fotos gemacht, aber das war auch schon alles. Ich habe ihnen Kaffee angeboten, aber den haben sie abgelehnt.«

»Tja, das war äußerst dumm von ihnen. Die wissen ja nicht, was sie da verpasst haben.« Zum ersten Mal sah ich Rhoda tatsächlich lächeln. »Wieso machen Sie uns beiden nicht eine Tasse und erzählen mir, welche Fragen man Ihnen genau gestellt hat?«

Rhoda goss uns eifrig zwei Tassen ihres brackigen Gebräus ein, dann setzte sie sich und zündete sich eine weitere Zigarette an. Zumindest was das anging, war sie ein Gewohnheitstier. Sie sog den Rauch tief ein und blies ihn dann in Richtung Decke, bevor sie mit ihrer Erzählung begann.

»Sie haben mich gefragt, wo Lester seinen Papierkram aufbewahrt hat. Ich zeigte ihnen daraufhin seinen Aktenschrank. Darin befinden sich aber nur die üblichen Dinge – ein paar Quittungen, Versicherungspapiere und unsere Steuerbelege. Sie haben Fotos davon gemacht, dann aber alles wieder zurück an seinen Platz gelegt.« Wieder zog sie an ihrer Zigarette.

»Anschließend haben sie nach unseren Bankkonten gefragt und sich die Kontonummern aufgeschrieben. Wir besitzen aber nur ein Girokonto und ein Sparbuch. Oh, und sie wollten wissen, ob mich kürzlich jemand besuchen gekommen ist. Daraufhin habe ich ihnen von Ihnen und Ihrer Freundin erzählt.«

»Kam in den letzten Monaten noch irgendjemand anderes vorbei, Rhoda?«, fragte ich sie. Sie schüttelte den Kopf. Es war offensichtlich, dass Rhoda und Lester nicht viele Freunde besaßen. Nun war sie wirklich ganz allein.

»Eine letzte Frage noch, Rhoda: Wo befinden sich Lesters Fahrtenbücher?«

»Die für seine Transportfahrten?« Ich nickte.

»Die bewahrte er die meiste Zeit im Schuppen auf. Er führte sie immer in zweifacher Ausfertigung. Ich fragte ihn einmal, wieso er das tat, und er meinte, das würden alle Lasterfahrer so handhaben.«

Ich hielt bewusst mein Pokerface aufrecht. »Wissen Sie, ob sie noch da sind?«

Sie zuckte unsicher mit den Achseln.

»Waren die Agenten auch dort draußen?«, fragte ich.

»Ich sah, wie einer seinen Kopf hineinsteckte, aber es muss ihm wohl zu dreckig gewesen sein, um hineinzugehen.« Sie beugte sich vor. »Lester hätte ihn bestimmt einen Schönling genannt.« Ich lächelte und musste ihm im Stillen beipflichten.

Ich zwang mich, meinen Kaffee auszutrinken, und legte noch einen Zwischenstopp an dem Schuppen ein, um einen Blick auf meinen Buick zu werfen. Nun, da ich neugierig geworden war, sah ich mich etwas genauer in dem Schuppen um, fand aber keine Spur von den Fahrtenbüchern. Nach einem letzten langen Blick auf den Buick wollte ich mich schon zum Gehen wenden, blieb aber dann urplötzlich stehen.

Einer Eingebung folgend, öffnete ich den Kofferraum, und siehe da, da waren sie, eingewickelt in ein Stück Abdeckplane und unter das Reserverad gestopft. Ich spähte kurz aus dem Schuppen hinaus, ob mich jemand beobachtete, schnappte mir die Bücher und nahm sie mit.

Wieder auf der Straße rief ich sofort Ronald an. »Wie ist der Krieg gelaufen?«, begrüßte ich ihn.

»Oh Mann, das war der Wahnsinn. Ich war der FC einer Zweihundert-Mann-Flotte. Wir hatten genau die richtige Anzahl an DPS, ECM und Logis dabei. Mein Späher aktivierte dann ein Cyno tief im feindlichen Gebiet und …«

»Ronald«, unterbrach ich ihn, »ich habe keine Ahnung, wovon du da gerade redest.«

»Oh, sorry. Ich verzettele mich da gern mal. Also, wie geht es dir? Wer war das atemberaubende Mädchen bei dir?«

»Das ist Anna, und wenn du schön brav bist, stelle ich dich ihr irgendwann vor.«

Er kicherte nervös.

»Wo steckst du gerade? Laut GPS von deinem Telefon bist du in Rockvale.«

Ich seufzte. Dieser kleine Scheißer hatte über seine Computer auch Zugang zu meinem iPhone und wusste deshalb immer ganz genau, wo ich mich befand. Er hatte es eingerichtet, ohne mich um Erlaubnis zu fragen. Als ich dahintergekommen war, war ich ein wenig verärgert gewesen, aber dann hatte ich mir gesagt, dass Ronald harmlos war. Außerdem würde er so meine Leiche finden, falls mich eines Tages mal jemand entführen und umbringen würde … oder zumindest mein Telefon.

»Ich komme gerade von Rhodas Haus. Das FBI war mit einem Durchsuchungsbefehl bei ihr«, erklärte ich ihm.

»Oh wow, wonach haben die denn gesucht?«

»Ich bin mir nicht ganz sicher. Laut richterlicher Anordnung bezog sich die Durchsuchung auf eine laufende Ermittlung bei der *Robard Trucking Company*. Der Wortlaut war recht vage, wahrscheinlich absichtlich. Im Prinzip heißt es darin nur, dass man nach Dokumentationen, Aufzeichnungen und Fahrtberichten im Zusammenhang mit seiner Anstellung bei der Firma gesucht hat. Bei den Fahrtberichten handelt es sich wohl um eine subtile Umschreibung von Lesters Fahrtenbüchern.«

»Okay, und was wirst du jetzt tun?«

»Ich werde versuchen herauszufinden, weshalb das FBI in der ganzen Sache drinsteckt, und werde mir seine Fahrtenbücher mal genauer ansehen. Würdest du in der Zwischenzeit ein wenig bei seiner Bank in Detroit herumschnüffeln?«

»Sicher, aber das könnte ein oder zwei Tage dauern. Meine Allianz ist nämlich gerade in einen heftigen Krieg verwickelt.«

Ich biss mir auf die Zunge. Ronald verlor sich hin und wieder ganz und gar in den Fantasiewelten seiner Computerspiele. Außerdem war er, was seine sozialen Kompetenzen anbelangte, viel zu unbeholfen, um sich mit anderen Menschen irgendwo anders als im Cyberspace treffen zu können. In der Vergangenheit hatte ich versucht, ihn hin und wieder dazu zu bewegen, mehr unter Leute zu gehen, aber das war ein absolut nutzloses Unterfangen gewesen.

»Okay, Kumpel, wie du Zeit hast«, sagte ich und legte auf. Mein nächster Anruf galt einer Nummer, die mir mittlerweile nicht mehr unbekannt war.

»Hallo, hier spricht Thomas Ironcutter. Ich wollte mich ja wieder bei Ihnen melden.« Es war die ältere Dame, die wegen meiner Gage ein Riesenfass aufgemacht hatte.

»Hallo, hier spricht Esther Braxton«, antwortete sie in einem Tonfall, dem anzuhören war, dass es ihr unangenehm war, sich selbst zu erkennen zu geben. »Wir hatten bereits eine kurze Unterredung, etwas zu kurz für meinen Geschmack.«

»Ja, Ma'am. Ich erinnere mich. Bevor wir dieses Gespräch weiterführen, habe ich allerdings zwei Fragen an Sie.«

Sie atmete geräuschvoll aus, was zweifellos verdeutlichen sollte, dass sie weder die Zeit noch die Geduld für triviale Fragen hatte. »Was sind das denn für Fragen, Mr. Ironcutter?«

»Zuerst einmal … meine Gage ist nicht verhandelbar, deshalb lautet meine erste Frage: Können Sie sich mich leisten? Bevor Sie antworten, möchte ich Sie noch einmal darauf hinweisen, dass ich meine Zeit nicht mit Fällen ehelicher Untreue oder dergleichen verschwende. Ich vermute nämlich, dass dies genau der Grund ist, weshalb sie mich engagieren wollen. Weshalb meine zweite Frage lautet: Glauben Sie, Sie können mich überreden, meine Grundsätze diesbezüglich zu ändern?«

»Sie wurden mir von jemandem empfohlen, der Ihnen vertraut. Ich werde den Namen dieser Person nicht preisgeben, aber sie hat offenbar eine sehr hohe Meinung von Ihnen. Man sagte mir, Sie seien überaus kompetent und würden mit einem Höchstmaß an Diskretion zu Werke gehen. Nun, um Ihre erste Frage zu beantworten … ich kann Sie mir sehr wohl leisten, auch wenn ich Ihre Gage für geradezu unverschämt hoch halte. Die Beantwortung Ihrer zweiten Frage gestaltet sich etwas komplizierter. Ich würde diesen Punkt lieber mit Ihnen persönlich besprechen.« Sie wartete auf meine Antwort. Demnach war es also tatsächlich ein Seitensprung. Ich holte Luft, um etwas zu entgegnen, doch dann fuhr sie fort: »Ich bin bereit, Ihnen hundert Dollar dafür zu bezahlen, dass Sie sich mit mir treffen und meine … Situation mit mir besprechen. Aber nur in bar. Ich pflege nämlich sämtliche meiner Transaktionen bar abzuwickeln.« Ich nahm unwillkürlich Haltung an. Nur Bares ist Wahres, das war schon immer meine Devise gewesen. »Sehr gut«, sagte ich. »Es ist schon spät.

Vielleicht können wir uns gleich morgen früh treffen? Haben Sie einen speziellen Ort dafür im Sinn?«

»Könnten wir uns vielleicht am Belle-Meade-Eingang des Percy-Wagner-Parks treffen? Oben auf dem Hügel gibt es einen Picknicktisch, von dem aus man einen wundervollen Blick über diesen hübschen Golfplatz hat. Wie wäre es dort, morgen Vormittag, um zehn Uhr?«

»Ich würde sagen, wir haben eine Verabredung. Sie erkennen mich an meinem Auto, ein ziemlich elegantes schwarzes Cadillac Cabriolet aus dem Jahre 1961. Das großartigste Gefährt in ganz Nashville. Oh, und möglicherweise ist eine meiner Angestellten bei dem Gespräch dabei.«

»Wie Sie wünschen, Mr. Ironcutter. Alles, worum ich Sie bitte, ist Diskretion. Diskretion ist hierbei unerlässlich.« Sie legte auf. Den Rest meiner Nachrichten ignorierte ich erst einmal und ließ mich auf der Heimfahrt nur von meinen eigenen Gedanken in Beschlag nehmen.

KAPITEL 10

Anna wartete bereits auf mich, als ich die Auffahrt hinauffuhr. Sie saß mit untergeschlagenen Beinen in einem der Schaukelstühle und Henry leistete ihr Gesellschaft. Davon war ich gleichermaßen erfreut wie unangenehm berührt. Ich parkte meinen Truck, lief zur Veranda hinauf und ließ mich kurz darauf in einen der anderen Stühle fallen. Ihre Augen waren vom Weinen ganz rot und geschwollen.

»Ich mag diese Stühle. Sie wirken als wären sie direkt für einen angefertigt worden. Sind die von IKEA?«

Ich schnaubte verächtlich. »Ich habe sie von einem Amish-Handwerker gekauft. Die sind handgemacht und für die Ewigkeit gebaut.«

»Ja, das sind sie wohl«, erwiderte sie.

»Wie lief es denn?«, fragte ich vorsichtig.

»Es war furchtbar. Sie haben mich über alles ausgefragt. Ich meine, wir waren nur ganz kurz zusammen, aber sie wollten alles Mögliche wissen. Ich sollte ihnen jede Art von illegaler Aktivität beschreiben, in die wir je verwickelt gewesen waren. Sie wollten wissen, ob noch jemand in unsere Beziehung involviert war, ob die Möglichkeit besteht, dass ich schwanger bin … einfach alles. Es war sehr unangenehm und sogar unanständig, um ehrlich zu sein. Anschließend haben sie mich gefragt, ob es einen sicheren Ort gäbe, an dem ich mich aufhalten könne, und da musste ich sofort an Sie denken. Ich hoffe, es macht Ihnen nichts aus.« Ich zuckte mit den Achseln und verspürte den Wunsch nach einem Drink.

»Wie auch immer. Zwei Detectives begleiteten mich daraufhin in die Stadt, um dort einen Haftbefehl und eine Schutzanordnung ausstellen zu lassen, und dann fuhren wir in mein Appartement, damit ich meine Sachen zusammenpacken konnte … natürlich war *er* gerade dort.«

»Was ist passiert?« Eigentlich kannte ich die Antwort bereits, aber ich fragte trotzdem nach.

»Sie legten ihm Handschellen an und führten ihn ab.« Sie versuchte, sich eine Zigarette anzuzünden, doch ihre Hände zitterten dafür zu sehr. Ich zog mein Feuerzeug hervor und half ihr. Sie nahm dankbar einen tiefen Zug.

»Sie sagten, sie würden mich anrufen, falls ich vor Gericht erscheinen müsse«, sagte sie schluchzend. Dann rauchte sie minutenlang, bevor sie weitersprach.

»Die ganze Sache mit ihm ist einfach so passiert, Thomas. Eines Tages tauchte er im Klub auf und wir lernten uns kennen. Ich dachte, er wäre ganz süß. Wir redeten, ich gab ihm meine Telefonnummer und wir gingen zusammen aus. Es war nichts Ernstes … zumindest nicht für mich. Ich meine, ich mochte ihn, aber es war nichts Ernstes.« Sie beendete ihre erste Zigarette, und als sie feststellte, dass sich ihr Zittern davon etwas beruhigt hatte, zündete sie sich direkt eine weitere an.

»Also, an jenem Abend war ich mit meinen Freundinnen aus, und wir sprachen darüber, einen Ausflug zu machen. Wir gingen ins Netz und buchten uns kurzerhand Flugtickets und ein Zimmer in Vegas. Das war so eine ganz spontane Idee, wissen Sie? Als ich zurückkam, wartete er in meinem Appartement auf mich. Er besaß gar keinen Schlüssel, also kann ich nicht sagen, wie er hereingekommen ist. Er flippte total aus und beschuldigte mich, ich sei ihm untreu gewesen. Ich hatte daraufhin nur gesagt: *Ist das dein Ernst, Kumpel?* Haben Sie vielleicht ihren Flachmann dabei?«

»Ich dachte, Sie mögen keinen Scotch?«, sagte ich, während ich in meine Jackentasche griff und ihr die Flasche reichte. Sie nahm einen kleinen Schluck daraus und verzog das Gesicht.

»Jedenfalls haben wir uns gestritten, und schließlich habe ich ihm gesagt, dass er sich verpissen solle. Das schien ihm überhaupt nicht zu gefallen. Tja, und hier bin ich nun.« Sie sah mich mit einem Blick an, in dem nicht wenig Angst zu lesen war. »Als sie ihn abgeführt haben, hat er sich noch einmal zu mir umgedreht und mir gedroht, mich umzubringen. Diese beiden Detectives standen direkt neben ihm und es schien sie überhaupt nicht zu stören, und um dem Ganzen noch eines draufzusetzen, kam eine meiner Mitbewohnerinnen nach Hause, als ich gerade meine Klamotten zusammenpackte, und erzählte mir, dass er mit einer anderen Mitbewohnerin geschlafen hatte, während ich in Vegas war.«

Ich hörte ihr schweigend zu. Zuhören war meine große Stärke. Sie nahm noch einen Schluck, dieses Mal einen großen, hustete und gab mir die Flasche zurück. Ich hatte meinen kleinen schweigsamen Freund schon den ganzen Tag über schmählich vernachlässigt und nahm deshalb selbst einen großen Schluck.

»Ich war Ihnen gegenüber sehr unfair, Thomas. Ich habe mich letzte Nacht praktisch selbst eingeladen und Sie auf diese Weise in meine blöden Probleme hineingezogen. Ich möchte, dass Sie wissen, dass es mir sehr leidtut.«

»Ist schon okay«, sagte ich.

»Ich habe beschlossen, ganz aus meinem Appartement auszuziehen, und ich denke, ich höre auch mit dem Strippen auf. Ich meine, es ist zwar leicht verdientes Geld, aber der Hauptgrund, warum ich diesen Job damals angenommen habe, war, etwas über meine Schwester herausfinden, und das hat überhaupt nicht funktioniert. Ich dachte schon die ganze Zeit daran, aber das, was jetzt passiert ist, hat das Fass zum Überlaufen gebracht. Wenn Sie so freundlich wären, mich heute noch einmal hier übernachten zu lassen, verspreche ich Ihnen auch, dass ich mir morgen eine neue Bleibe suchen werde und Sie mich los sind.«

Wahrscheinlich war mir der großzügige Schluck Scotch auf leeren Magen zu Kopf gestiegen, aber ich fällte eine spontane Entscheidung. »Machen Sie sich nicht lächerlich. Das zweite Schlafzimmer steht sowieso leer. Wenn Sie möchten, können Sie bei mir einziehen.«

Sie sah mich überrascht an, so als würde ich mir einen schlechten Scherz erlauben. »Meinen Sie das ernst?«

»Natürlich meine ich das ernst. Aber es gibt Regeln«, sagte ich.

»Okay.« Schnell nahm sie noch einen kleinen Schluck aus meinem Flachmann. »Was für Regeln wären das denn?«

Ich grunzte. »Keine Ahnung, aber es gibt welche, und ich erwarte, dass Sie sie befolgen.« Anna kicherte. Ich musste ebenfalls lachen. Manchmal konnte ich ein echter Blödmann sein. »Wie viel haben Sie denn zusammenpacken können?«, fragte ich.

»Das meiste meiner Klamotten und meiner Frauensachen. Ein paar Möbel und meinen Fernseher musste ich leider dalassen, weil mein Auto nicht groß genug ist, um alles auf einmal hineinzubekommen.«

»Kein Problem. Wir holen den Rest morgen zusammen ab und bringen dann alles hier her.«

»Das wäre wundervoll.«

»Wir kümmern uns am Nachmittag darum, vorher muss ich mich noch mit einer potenziellen neuen Klientin treffen. Mein Gefühl sagt mir, dass sie bereit ist, Geld auszugeben, also werde ich mir anhören, was sie zu sagen hat. Sie können mich gern begleiten, aber dafür müssten Sie sich etwas züchtiger anziehen. Haben Sie so etwas?«

»Züchtige Kleidung?«, fragte sie lachend. »Ja, ich denke, das kriege ich hin.«

»Ausgezeichnet. Dann ist es beschlossene Sache: Sie sind nun offiziell meine Mitbewohnerin und Assistentin.«

»Moment mal, bin ich nicht Ihre Partnerin?«, fragte sie. Ich leerte meinen Flachmann, bevor ich ihr darauf antwortete und kicherte.

»Sie müssen sich zuerst als kompetente Privatermittlerin bewähren, bevor ich Sie zur Partnerin befördern kann.«

Anna quiekte vor Begeisterung, sprang auf und umarmte mich fest. »Machen Sie sich keine Sorgen. Ich lerne schnell«, rief sie. »Wir beide sind in Nullkommanichts Partner.«

Ich entgegnete irgendetwas, aber ich hatte keinen blassen Dunst mehr, was es war. Alles, worauf ich mich konzentrieren konnte, waren ihre Brüste, die sich gegen meinen Körper drückten.

KAPITEL 11

Um genau zehn Uhr am nächsten Vormittag kam ein älterer, aber absolut makelloser schwarzer Rolls-Royce langsam den Hang hinaufgefahren und hielt neben meinem Cadillac an. Ein Chauffeur stieg aus und öffnete die Hintertür. Ich erkannte die Dame sofort.

Nach unserem Telefonat hatte ich ein paar schnelle Erkundigungen über Esther Braxton eingeholt. Sie war die Ehefrau von Theopolis Braxton dem Dritten. Die Braxtons waren alter Geldadel. Sie entstieg ihrem Wagen mit nur einer Spur von altersbedingter Starre und musterte uns so, wie Marie Antoinette früher wohl das einfache Volk begutachtet hatte. Ich stand neben meinem Wagen, trug einen Anzug, der frisch aus der Reinigung kam und eine Krawatte mit einem einfachen Windsor-Knoten. Anna hatte die ganze Fahrt über geplappert, aber nun saß sie schweigend auf dem Beifahrersitz. Sie trug eine dunkelgraue Hose, eine weiße Bluse, und ihr Haar war zu einem Knoten zusammengefasst. Ich war der Ansicht, dass sie so sehr attraktiv und zugleich züchtig aussah.

Mrs. Braxton sah mir in die Augen, bevor sie ihrem Chauffeur leise etwas zuraunte. Sein Gesichtsausdruck deutete an, dass er von dem Gesagten nicht sonderlich begeistert war, aber er quittierte ihren Befehl mit einem knappen Nicken und stieg wieder in den Wagen.

Ich wartete geduldig, dass sie zu uns herüberkam und sich vorstellte. Sie war eine würdevolle Frau Mitte sechzig. Ihr mittellanges Haar war in einem nüchternen Braunton gefärbt, aus dem hier und da, in genau dem richtigen Maß ein paar hellere Strähnen herausstachen. Ich vermutete, dass sich ihr Stammsalon irgendwo in Belle Meade befand und daher besonders chic und hochpreisig war. Ihr Outfit bestand aus einem elfenbeinfarbenen Hosenanzug mit einem Hauch Safran und einer schwarzen Bluse unter dem Jackett. Alles wirkte sehr teuer und elegant. Für ihr Alter war sie eine sehr gut aussehende Frau. Wahrscheinlich würde sie niemals einen Schönheitswettbewerb gewinnen, aber ich hegte keinen Zweifel daran, dass sie sich ganz wunderbar in die blaublütige Elite einfügte.

Sie warf einen Blick auf Anna und runzelte die Stirn. »Wer ist denn dieses Flittchen?«, fragte sie mit einem leichten Südstaatenakzent, den sie wahrscheinlich mühsam auszumerzen versuchte, was ihr aber nie ganz gelang. Die Art, wie sie sprach, ließ mich vermuten, dass sie es gewohnt war, andere Leute stets von oben herab abzuurteilen.

Da das Verdeck des Cadillacs geöffnet war, konnte Anna die Bemerkung laut und deutlich hören. Ich warf ihr einen Blick zu und konnte sehen, wie sie rot wurde.

»Wo ist das Geld, das Sie erwähnt haben?«, fragte ich kurz angebunden. Sie starrte mich einen Moment lang über den Rücken ihrer scharf geschnittenen Nase hinweg an, bevor sie einen Hundertdollar-Schein aus ihrer Brieftasche nahm. Ich fischte ihn ihr aus der Hand und deutete auf Anna.

»Das ist Anna Davies, meine Partnerin. Sollten Sie weiterhin darauf bestehen, Schimpfworte zu benutzen, wenn Sie sich auf sie beziehen, werde ich das Geld nehmen und sofort wieder verschwinden. Wenn Sie daran interessiert sein sollten, dieses Gespräch weiterzuführen, wird der erste Punkt unserer Geschäftsbeziehung eine Entschuldigung sein. Von Ihnen an Miss Davies.«

Esther Braxton war ganz eindeutig keine Frau, die sich für irgendetwas entschuldigte. Sie war eher die Art von Frau, die im Country Klub eine Bedienung anrempelte und dann erwartete, dass die Bedienung sich bei ihr entschuldigte. Die Muskeln in ihrem Gesicht verspannten sich und ich drehte mich demonstrativ um.

»Warten Sie«, sagte sie hastig und sah zu Anna hinüber. Ich konnte sehen, wie sie sich zusammenreißen musste. »Ich entschuldige mich für meine unangemessene Wortwahl, Liebes. Ich stehe in letzter Zeit unter ziemlichem Stress. Ich hoffe, Sie verstehen das.«

»Ist schon okay«, erwiderte Anna leise, beinahe flüsternd. Ich lächelte sie aufmunternd an und sie lächelte schwach zurück.

»Sehr gut«, sagte ich. »Wie wäre es, wenn wir drei uns an den Picknicktisch dort drüben setzen und Ihren Fall besprechen?«

Miss Braxton war kurz davor, zu widersprechen. Es war offensichtlich, dass sie den Fall ausschließlich mit mir bereden wollte. Normalerweise hätte ich diesem Wunsch auch entsprochen, aber dieses Mal entschied ich mich dagegen. Es gefiel mir ganz und gar nicht, wie sie Anna beleidigt hatte. Daher war das meine Art, sie ein wenig von ihrem hohen Ross herunterzuholen.

»Ich nehme mal an, Sie haben den Namen Braxton schon gehört«, begann sie, als wir Platz genommen hatten.

Ich nickte. Nach unserem Telefonat hatte ich ihren Namen bei *Bing* eingegeben. Damit hatte ich sie dann wohl *gebingt*. Das klang irgendwie noch seltsamer als *jemanden zu googeln*.

Wie auch immer. Die Braxtons waren wahrscheinlich die reichste Familie in ganz Tennessee. Theopolis Braxton Senior war als Bergarbeiter sozusagen vom Tellerwäscher zum Millionär geworden. Mit einem Auge für Geologie war er auf ein Anwesen gestoßen, das zwangsversteigert worden war. Mit einem gefälschten Darlehen hatte er eine Anzahlung geleistet, sich etwas Bergbau-Equipment geliehen und das Ganze in ein Millionengeschäft verwandelt.

Theopolis Braxton Junior war sechsmaliger Senator, der mit verschiedenen Investitionen aus seinen Millionen Hunderte Millionen gemacht hatte.

Theopolis Braxton der Dritte hingegen hatte überhaupt nichts geleistet. Er war Harvard-Absolvent, der keinen einzigen Tag in seinem Leben gearbeitet hatte, oder zumindest nicht in einem Metier, in dem er ins Schwitzen gekommen wäre. Das Einzige, worin er erfolgreich war, war, nicht das gesamte Familienvermögen zu verprassen. Einmal hatte ich einen Artikel in einem Lokalmagazin gelesen, in dem der Autor darüber spekuliert hatte, dass Theo in den nächsten zwanzig Jahren schon über einhunderttausend Dollar pro Tag ausgeben müsste, um das Familienvermögen aufbrauchen zu können. Ich nahm an, dass die beiden Kinder hatten, wusste aber nicht genau, ob es auch einen Nummer Vier gab. Ich sah Mrs. Braxton an und wartete.

»Ja, er war und ist immer noch untreu«, sagte sie schließlich. Ich ließ den Kopf hängen. Nicht schon wieder ein Seitensprung. Sie bemerkte meine Reaktion und legte die Stirn in Falten.

»Mister Ironcutter, gestatten Sie mir die Frage, warum sie Fälle von Untreue derart verabscheuen?«, fragte sie und starrte mich dabei eindringlich an.

»Weil Untreue vor Gericht quasi wertlos ist, besonders dann, wenn Sie keine minderjährigen Kinder haben. Sie wollen sich von ihm scheiden lassen? Bitte … in den meisten Staaten, Tennessee eingeschlossen, brauchen sie dafür noch nicht einmal einen Grund. Sie füllen einfach die notwendigen Papiere aus und lassen den Dingen ihren Lauf. Ihnen stehen mindestens fünfzig Prozent allen Eigentums zu. Jeder halbwegs anständige Scheidungsanwalt wird Ihnen das erklären können.« Als ich mit meiner Ansprache fertig war, sah sie mich an, als wäre sie kurz davor, einen entscheidenden Sieg zu erringen.

»Ja, da ist etwas dran. Unter normalen Umständen mögen Sie damit durchaus recht haben, aber in diesem Fall liegen Sie absolut falsch, Mr. Ironcutter.«

»Warum?«, erkundigte ich mich verwirrt. Meine Neugier war geweckt worden.

»Wir haben es hier mit einer vorehelichen Übereinkunft zu tun. Einer Art Ehevertrag. Ich habe diesen unterschrieben, bevor ich Theo geheiratet habe, allerdings nicht, bevor ich ihn einem Anwalt zur Prüfung gab und eigene Bedingungen hinzufügen ließ. Nach einigem Verhandeln einigten wir uns schließlich auf die gemeinsamen Vereinbarungen und Bedingungen in der Übereinkunft. Eine dieser lästigen kleinen Bedingungen bezieht sich auch auf den Fall von Untreue. Ich möchte Sie jetzt nur ungern mit juristischen Details langweilen, die über mehrere Abschnitte hinweg sehr ausführlich darlegen, was genau geschehen muss, damit der Vertrag null und nichtig wird. Letzten Endes aber besagt die Vereinbarung folgendes: Wenn Untreue nachgewiesen werden kann, steht mir ein weitaus größerer Ausgleich zu, als er auf anderem Wege möglich wäre.«

Ich nickte, auch wenn ich nur einen Teil davon wirklich verstand. Ich war nie auf einer Anwaltsschule gewesen. Ich hatte zwar eine Menge Erfahrung im Strafgericht und, wie ich glaubte, ein ziemlich gutes Verständnis von der Rechtstheorie in diesem Bereich, aber wenn es um Scheidungsrecht ging, war ich ziemlich verloren, ganz besonders dann, wenn es mit Eheverträgen und Millionen Dollar zu tun hatte.

»Haben Sie jemand Speziellen im Verdacht, mit dem er eine Affäre haben könnte?«, fragte ich.

Sie hatte dem Abschlag eines älteren Mannes zugesehen, aber nun drehte sie sich wieder zu mir um und sah mir fest in die Augen. »Ja, meine frühere Schwiegertochter. Tatsächlich bin ich mir sogar ziemlich sicher, dass sie ein Kind von ihm bekommen hat.«

Ich sah sie verwundert an.

»Also, übernehmen Sie den Fall nun?«, fragte sie. Ich musste erst für ein oder zwei Sekunden verdauen, was sie mir da gerade anvertraut hatte, bevor ich antwortete.

»Kein weiteres Gejammere mehr über meine Gage. Sind wir uns da einig?« Vielleicht hatte sie zustimmend genickt, aber wenn, dann war es mir entgangen. »In Ordnung«, sagte ich schließlich und deutete auf Anna. »Anna wird alles Nötige notieren.«

Die Unterhaltung dauerte weitere dreißig Minuten, bis sich ihr Chauffeur durch ein Räuspern bemerkbar machte. Mrs. Braxton sah zu ihm hinüber und stand dann auf.

»Ich muss gehen«, sagte sie. »Im Country Klub gibt es einen Empfang, zu dem ich nicht zu spät kommen darf.«

Ich erhob mich ebenfalls, und damit blieb auch Anna nichts anderes übrig. »Wir werden sofort mit unseren Vorermittlungen beginnen und uns in ein paar Tagen bei Ihnen melden.«

Mrs. Braxton musterte mich noch einmal ausgiebig, bevor sie wortlos zu ihrem Auto lief und die beiden davonfuhren.

Auf der Fahrt zu Micks Zigarrenladen war ich noch immer fassungslos. Anna erging es offenbar ähnlich.

»Oh mein Gott, sie glaubt, dass ihr Ehemann mit ihrer Ex-Schwiegertochter schläft. Das ist schon ziemlich abgefahren.«

»Das erinnert mich an diesen alten Jack-Nicholson-Film … Chinatown.« Anna sah mich fragend an. Ich erklärte es ihr. »Das war ein Film, in dem es um Mord, Intrigen und eine inzestuöse Beziehung zwischen Vater und Tochter ging.« Ihrem Gesichtsausdruck nach zu urteilen hatte sie den Film nie gesehen.

Ich zuckte mit den Schultern. »Ist ja auch egal«, murmelte ich.

Als wir den Laden betraten, saß Duke drinnen auf einem Barstuhl und unterhielt sich mit Kim. Als er uns hereinkommen sah, sagte er: »Na, sieh mal einer an. Sie haben sich ja schnell angefreundet.«

Ich ignorierte seinen Kommentar und setzte mich zu ihm. Kim gab mir ein Bier und ich bereitete eine Zigarre vor. Nachdem ich sie angezündet hatte, blickte ich ihn an. »Sie sehen mir nicht wie ein Mann aus, der sich mit albernen Wortklaubereien aufhält, sondern wie jemand, der geradeaus ist und direkt zum Punkt kommt.«

»Das kann man so sagen«, antwortete er monoton.

»Gut. Sie scheinen in den letzten Tagen ein gewisses Interesse an mir entwickelt zu haben. Sie haben sich die Zeit genommen, herauszufinden, wo ich wohne, und nun finde ich Sie an einem Ort, wo ich mich gemeinhin gern aufhalte. Ich komme seit zwei Jahren regelmäßig hierher und habe Sie noch nie zuvor hier gesehen.«

Duke zog eine Augenbraue in die Höhe und nahm einen Zug von seiner Zigarre, dann deutete er auf Kim. »Die Dame hier scheint eine ziemlich hohe Meinung von Ihnen zu haben, und mein Anwalt kennt Sie ebenfalls. Auch er scheint einige Stücke auf Sie zu halten, meinte allerdings auch, dass man Sie des Mordes an Ihrer Frau verdächtigt.« Er warf mir einen vielsagenden Blick zu. »Unter uns, ich verstehe vollkommen, wenn eine Schlampe den Tod verdient. Wirklich.«

Ich sah ihm fest in die Augen. »Duke Holland. Präsident des *Baroques* Motorradclubs und Eigentümer des *Red Lynx*. Sie haben eine stattliche kriminelle Vorgeschichte, wurden aber seit einiger Zeit nicht mehr eingebuchtet. Das sagt mir, dass Sie über die Jahre hinweg cleverer geworden sind. Clever genug, um nicht mehr mit meinen ehemaligen Kollegen aneinanderzugeraten. Also, müssen wir uns jetzt irgendwohin zurückziehen, wo uns keiner zusehen kann, und Ihr Problem dort klären … warum auch immer Sie mich auf dem Kieker haben. Wir können das Ganze auch gleich hier erledigen – kein Grund, es auf morgen zu verschieben, und nur fürs Protokoll: Meine Frau mochte vielleicht ein wenig exzentrisch gewesen sein, aber sie war keine Schlampe.«

Duke musterte mich eingehend von oben bis unten. »Da sitze ich hier ganz friedlich und umgänglich, und Sie fordern mich zu einem Duell oder irgend so einer Scheiße heraus.«

Jetzt war es an mir, mit den Schultern zu zucken. »Weichen Sie mir aus oder bin ich einfach nur begriffsstutzig? Erklären Sie es mir. Sind wir Feinde? Definieren Sie doch mal den Grad unserer Beziehung in für Laien verständlichen Worten, wenn es Ihnen nichts ausmacht. Ich wüsste gern, wo ich gerade stehe.«

Jetzt musste Duke lachen. »Ich bin hauptsächlich hier, um ein Bier und eine gute Zigarre zu genießen. Oh, und ich schätze, ich bin außerdem hier, um mich bei Ihnen zu bedanken. Der Ratschlag, den Sie mir gegeben haben, war ziemlich hilfreich. Wie wäre es übrigens, wenn Sie hin und wieder mal an Ihr Telefon gehen würden?«

»Ich schalte es die meiste Zeit über aus«, antwortete ich. »Sie hätten aber eine Nachricht hinterlassen können.«

»Ja, sicher«, antwortete er, wohl wissend, dass das kaum einen Unterschied gemacht hätte.

Für eine Weile tranken und rauchten wir schweigend. Anna vertrieb sich die Zeit mit einem Gespräch mit Kim und Mick, schielte aber ständig zu uns herüber.

»Wären Sie vielleicht daran interessiert, Nachforschungen über Interessenten anzustellen?«, frage Duke plötzlich offen. »Ich würde Sie auch bar bezahlen.«

»Mit *Interessenten* meinen Sie Personen, die versuchen, Ihrem Motorradklub beizutreten?« Duke nickte. »Dann lautet die Antwort Nein.«

»Wieso nicht? Ist das etwa unter Ihrer Würde oder so was?«

»Sie wissen genau, warum. Sie wollen auf diesem Weg herausfinden, ob die Cops möglicherweise versuchen, Ihren Klub zu unterwandern. Ich mag vielleicht selbst kein Cop mehr sein, aber einen von ihnen auffliegen zu lassen, wäre dennoch Verrat an meinem früheren Beruf. Würde ich aber einen Drogenfahnder aufspüren, der undercover bei Ihnen auftaucht, und es Ihnen verschweigen, würde ich wiederum Sie verraten. Von daher versuche ich gar nicht erst, in eine solche Zwickmühle zu geraten.«

»Immerhin haben Sie mir von der kleinen Sache in Joelton erzählt«, knurrte Duke leise. Da hatte er recht. Die Überwachungskameras hatten einer Vollzugsbehörde gehört, auch wenn ich nicht genau sagen konnte, welcher.

»Stimmt«, erwiderte ich. »Aber das war lediglich ein Gefallen … ein Friedensangebot. Soweit es mich betrifft, sind wir damit quitt. Ich schulde Ihnen oder Ihren Kumpeln nichts mehr.«

Duke starrte mich kurz an, bevor er sagte: »Ich schätze, ich wusste die Antwort schon, bevor ich die Frage gestellt habe.« Dann saß er einfach nur da, trank sein Bier und gab mir Rätsel auf, wieso er hier immer noch herumhing. Immerhin bestand der einzige Grund für ihn, an diesen Ort zu kommen, darin, zu versuchen, mich anzuheuern, und ich hatte ihn kalt abblitzen lassen.

»Ich hatte keine Zeit, es mir näher anzusehen, aber mir fiel das ziemlich große metallene Gebäude hinter Ihrem Haus auf«, sagte Duke und bestellte sich noch ein Bier.

»Das ist meine Garage und meine Werkstatt. Da hänge ich die meiste Zeit über rum.«

»Das dachte ich mir schon. Sie schrauben an Autos herum?«

Ich nickte. »Ja, die meiste Zeit zumindest.«

»Ist ein ziemlich nett aussehender Cadillac, den Sie da fahren. Haben Sie den selber restauriert?« Ich nickte erneut. »Nicht schlecht«, sagte er. »Haben Sie sich auch schon mal an Motorrädern versucht?«

»Vor einer Weile habe ich mal eine 48er Panhead für einen Freund aufgearbeitet. Ich bin aber kein Experte.«

»Eine 48er?« Ich nickte. »FL?« Damit bezog er sich auf die Variante mit dem größeren Motor.

»Natürlich«, erwiderte ich.

»Nicht schlecht«, sagte Duke erneut und trank einen Schluck von seinem Bier. Mick schnappte sich die Fernbedienung und fand ein Baseballspiel. Für ein paar Minuten sahen wir schweigend zu.

»Wieso sind Sie eigentlich Cop geworden?«, fragte er mich schließlich.

»Ich war fast noch ein Kind, als ich zur Army ging. Dort wurde mir klar, dass ich es nicht leiden konnte, wenn man mich den ganzen Tag über herumkommandierte, also verpflichtete ich mich nicht weiter. Mein Onkel war ein Cop und überredete mich schließlich, mich dort zu bewerben.« Grinsend sah ich ihn an. »Das war der alte Mistkerl mit der Schrotflinte.«

»Ich verstehe«, knurrte Duke. »Die meisten jungen Deppen unterschätzen die alten Knacker, aber die sollte man definitiv im Auge behalten. Mochten Sie es? Den Job, meine ich. Haben Sie ihn gern gemacht?«

Ich runzelte die Stirn, nahm einen langen Schluck und bearbeitete für eine Weile meine Zigarre. Um ehrlich zu sein, hatte ich bis zum Tod meiner Frau einen Höhenflug gehabt. Ich war der Meinung gewesen, gute Arbeit zu leisten, und hatte wirklich das Gefühl gehabt, etwas bewirken zu können. Doch nachdem meine Frau gestorben war, ging irgendwie alles den Bach runter. Ich entschied mich, seine Frage mit einem unverbindlichen Schulterzucken zu beantworten.

Duke grunzte und trommelte mit seinen Fingern auf den Tresen herum. »Ich hatte da diesen Stiefvater«, sagte er. »Der konnte verdammt gemein werden, besonders, wenn er betrunken gewesen war.« Das kam mir durchaus bekannt vor. »Er ließ es dann gern an meiner Mutter, mir und meiner kleinen Schwester aus.«

Verwundert über die Gemeinsamkeiten sah ich ihn an.

»Eines Nachts hatte er meine Mutter noch ein wenig mehr als sonst verprügelt, und ich beschloss, dass ich endgültig genug davon hatte. Mit einem Küchenmesser stach ich daraufhin ein paar Mal auf ihn ein. Er überlebte es und ich landete im Jugendknast.« Er lachte bitter.

»Sie waren wahrscheinlich nie im Jugendknast«, sagte er, »aber ich kann Ihnen verraten, dass es kein Zuckerschlecken ist. Es gab da deutlich mehr schwarze Jungs als Weiße und sie hassten uns wie die Pest. Wir mussten zusammenhalten, um überhaupt überleben zu können. Der Anführer unserer Gruppe war der Sohn eines Bikers. Als ich wieder rauskam, durfte ich bei ihnen einziehen. Die Art zu leben wurde schließlich auch zu meiner, und seither bin ich ein *Onepercenter*.«

»Das ist verständlich, denke ich«, sagte ich. »Mein alter Herr war auch gewalttätig, wenn er trank. Wir haben uns oft geprügelt.«

»Haben Sie je gewonnen?«, fragte Duke.

Ich schnaubte verächtlich. »Gewonnen? Ich habe immer verloren, bis auf den letzten Kampf. Der war allerdings der Hammer. Danach lief ich aus dem Haus und kehrte nie wieder zurück. Wenn mein Onkel nicht gewesen wäre, hätten sie mich bestimmt auch eingebuchtet. Stattdessen verpasste ich nur meinen Highschool-Abschluss und ging dafür zur Army.« Mir fiel auf einmal Lana wieder ein. Ich hatte sie beim Abschlussball sitzen lassen und hatte sie seither auch nicht mehr gesehen. Ich fragte mich, was wohl aus ihr geworden war. Das Letzte, was ich gehört hatte, war, dass sie geheiratet hatte und nach Kalifornien gezogen war.

»Dann sind wir beide ja vielleicht gar nicht so verschieden, Sie und ich«, sagte Duke. Ich dachte intensiv darüber nach.

»Da könnten Sie recht haben«, gab ich schließlich zu. Duke hob sein Bier und ich stieß mit ihm an. Kim schien das für ein Stichwort zu halten und kam nun mit zwei frischen Bieren zu uns hinüber. Ich sah zu Anna und zwinkerte ihr zu.

»Okay Duke, was hast du heute Nachmittag noch so vor?«

KAPITEL 12

Wir tauschten daraufhin den Cadillac gegen meinen Truck mit dem Anhänger und fuhren zu Annas Appartement. Zusammen mit Duke waren Annas Möbel im Handumdrehen verladen. Ihre beiden Mitbewohnerinnen sahen uns schweigend dabei zu, hin und wieder tuschelten sie miteinander, machten sich jedoch nicht die Mühe, uns zu helfen. Auf eine nuttige Art sahen sie durchaus gut aus. Beide waren Blondinen mit riesigen Brustimplantaten. Der einzige nennenswerte Unterschied zwischen ihnen bestand darin, dass eines der Mädchen komplett tätowierte Arme besaß. Die Tattoos waren gute Arbeit, und auch wenn ich Tätowierungen nicht mochte, musste ich durchaus zugeben, dass es gut zu ihrem schlampig-verruchten Äußeren passte.

»Typisch Frauen«, murmelte Duke. »Stinkend faul.« Ich grunzte zustimmend. Ich würde nicht sagen, dass dies für alle Frauen galt, aber zumindest diese beiden machten keinerlei Anstalten, uns zu helfen.

Anna kam jetzt aus dem Büro des Appartement-Komplexes zurück. »Ist alles geregelt«, erklärte sie ihren Mitbewohnerinnen. »Ich habe meinen Anteil der Miete für die nächsten zwei Monate im Voraus bezahlt und bin damit raus.«

»Wo ziehst du denn hin?«, fragte das Mädchen mit den Tätowierungen.

»Das geht dich einen Scheiß an«, knurrte Duke sie an, bevor Anna die Frage beantworten konnte. Das Tattoo-Mädchen verzog die Lippen, hielt aber den Mund. Anna ignorierte sie und umarmte die andere, was mich vermuten ließ, dass das Tattoo-Mädchen diejenige gewesen war, die mit Annas Typen geschlafen hatte. Der Abschied war tränenreich, was mir ein wenig seltsam vorkam, aber was wusste ich andererseits schon von Frauen.

Der Verkehr war dicht, weshalb wir beinahe eine Dreiviertelstunde bis zu meinem Haus benötigten. Anna hielt sich wesentlich besser, als ich gedacht hatte. Sie hatte aufgehört zu weinen, war aber ungewohnt schweigsam.

»Wir haben jetzt zwei Möglichkeiten«, erklärte ich, um das Schweigen zu brechen. »Wir können Ihre Möbel in der Werkstatt unterstellen, oder, wenn Ihnen das lieber ist, meine Möbel aus dem Schlafzimmer entfernen und dafür Ihre hineinstellen.«

»Das ist mir egal«, sagte sie leise. Ich sah Duke an, der gleichgültig mit den Schultern zuckte. Also entschied ich mich dafür, meine Möbel an Ort und Stelle stehenzulassen und ihre dafür in der Werkstatt zu verstauen. Wenn sie irgendwann wieder auszog, musste ich so zumindest nicht erst wieder mein ganzes Mobiliar zurücktragen. Auf diese Art war es leichter. Nachdem alles geklärt war, machten wir Mittagspause.

»Was genau war jetzt eigentlich mit diesem verrückten Ex-Freund los?«, wollte Duke wissen. Wir saßen an meinem Küchentisch und aßen Spaghetti, die Anna gekocht hatte, nachdem wir den Anhänger ausgeladen hatten.

»Die Detectives haben ihn wegen Vandalismus festgenommen und außerdem ein Kontaktverbot verhängt. Das schien ihn aber nicht großartig zu kümmern, denn er bedrohte mich keine zehn Sekunden später. Also verklagten sie ihn, weil er die Auflage verletzt hatte. Der Gerichtstermin ist morgen«, erklärte sie ihm. »Würden Sie mich begleiten?«

Ich sah von meinem Teller auf und mir wurde klar, dass sie mich damit meinte. Ich schüttelte den Kopf. »Ich habe leider zu tun. Ich habe noch keine Fortschritte im Fall Lester gemacht, und nun haben wir auch noch den Braxton-Fall dazu bekommen.«

Tatsächlich wollte ich nur ein wenig für mich allein sein und fragte mich, welcher Teufel mich geritten hatte, sie überhaupt bei mir einziehen zu lassen.

Sie sah mich mit ihren großen blauen Augen flehend an. »Oh, bitte kommen Sie mit mir mit«, bettelte sie. »Das alles ist schon nervenaufreibend genug. Ich will da nicht allein hin.« Sie griff nach meiner Hand.

Ich wollte es nicht. Ich wollte nicht mehr in einen Gerichtssaal, denn wann immer ich dort aufkreuzte, traf ich auf Personen, mit denen ich früher einmal zusammengearbeitet hatte. Die meisten von ihnen ignorierten mich geflissentlich, doch die anderen sahen mich an, als wäre ich mit einem Mord davongekommen. Ich war kurz davor, ihr zu sagen, dass sie sich doch einfach zusammenreißen sollte, doch sie sah mich weiterhin mit diesem traurigen Hundeblick an und daraufhin knickte ich ein.

»Meinetwegen«, hörte ich mich sagen. Anna quiekte vor Freude und umarmte mich fest. Duke grunzte nur und aß weiter seine Spaghetti.

Dann schnippte ich mit den Fingern. »Ich muss Sherman anrufen!« Ich war unschlüssig, ob Duke die Details des Falles hören sollte, ganz besonders, da ich eine Verschwiegenheitserklärung unterzeichnet hatte, also ging ich nach draußen, bevor ich anrief. Das Gespräch dauerte etwa zehn Minuten, und in diesen berichtete ich ihm von dem Besuch des FBI bei Rhoda und von den Informationen, die Ronald ausgegraben hatte.

Nach dem Essen bekam Duke ein paar Textnachrichten, bedankte sich bei uns für die Mahlzeit und verschwand. Anna half mir dabei, die Küche sauber zu machen.

»Danke«, sagte ich und belohnte sie mit einem kalten Bier, während ich mir selbst drei Fingerbreit Scotch einschenkte.

»Ist Duke verheiratet?«, fragte ich sie.

»Geschieden«, lautete Annas Antwort. »Er hat was mit einer der Tänzerinnen, und ich glaube, er sieht auch noch hin und wieder seine Ex.«

»Oh, wie schön.«

»Wollen Sie irgendetwas Bestimmtes sehen?«, fragte sie mich und schaltete den Fernseher ein.

»Nope«, antwortete ich und deutete zu meinem Schreibtisch am hinteren Ende des Zimmers. »Ich werde noch ein wenig an dem Konkursfall arbeiten.«

Ich loggte mich an meinem Laptop ein, studierte alles, was mir Ronald per E-Mail geschickt hatte, brannte es auf eine CD und benutzte anschließend das Programm, um alle Spuren dieser Daten von meinem Computer zu entfernen.

Anna saß währenddessen auf der Couch und schaltete durch die Programme, war aber offensichtlich schnell davon gelangweilt. Sie stand auf und kam zum Schreibtisch hinüber. »Was ist das denn für ein Fall?«

»Der Konkurs eines Transportunternehmens. Offenbar wurden dabei Gelder und andere Wertanlagen verschleiert. Mein Job ist es, das alles zu beweisen.«

»Woher hätten sie denn Geld gehabt, wenn sie bankrott sind?«, fragte sie. Ich versuchte, ihr die Feinheiten des Chapter-Eleven zu erklären.

»Demnach sind sie also gar nicht pleite?«

»Chapter-Eleven ist ein Teilbereich im Konkursrecht, der speziell für Unternehmen geschaffen wurde, die in Zahlungsschwierigkeiten geraten sind, aber immer noch genug Einnahmen generieren und solvent genug sind, die Schulden allein abarbeiten zu können.«

»Ich verstehe. Glaube ich zumindest«, sagte Anna.

»Bis vor Kurzem florierte das Geschäft noch, aber dann haben sie sich übernommen und es liefen beträchtliche Forderungen auf.«

»Aber wie?«, fragte sie.

»Das ist die große Frage. Nach allem, was ich bis jetzt gesehen habe, scheint es so, als wären Gelder aus dem Unternehmen abgezweigt worden.«

Anna runzelte die Stirn und versuchte, mir zu folgen.

»Jedenfalls stellten sie daraufhin den Antrag, nach Chapter-Eleven behandelt zu werden, um die Gläubiger hinzuhalten, während sie in der Zwischenzeit ihre Angelegenheiten in Ordnung bringen und einen Plan aufstellen wollten, wie sie sich neu strukturieren könnten. Am Anfang lief auch alles ganz wunderbar, doch dann bauten die Eigentümer von *Robard Trucking* offenbar Mist, und nun ist Sherman für ihre Geschäfte verantwortlich.«

»Ich denke, jetzt verstehe ich es«, sagte sie. »Ihr Job ist es also, das Geld aufzuspüren?«

»Yep«, antwortete ich.

»Und Rhodas Ehemann wurde deswegen ermordet?«

Ich sah sie an und überlegte, was ich ihr darauf antworten sollte. »Am Anfang hätte ich diese Frage mit Nein beantwortet, aber nachdem ich mir Lesters Fahrtenbücher und seine anderen Aufzeichnungen angesehen habe, mache ich mir so langsam meine Gedanken.«

»Wie denn das?«

Ich runzelte die Stirn. »Ich bin mir nicht sicher, ob ich die Frage jetzt schon beantworten kann.« Ich deutete auf den Stapel Papierkram vor mir. »Ich muss mir das alles noch einmal in Ruhe ansehen, ohne von anderen Dingen abgelenkt zu werden.« Anna konnte meinen Worten entnehmen, dass ich mich damit auf ihre Probleme bezog, was auch stimmte, aber ich wollte ihr deswegen auf keinen Fall die Schuld geben.

»Oh«, antwortete sie. »Nun, dann halte ich wohl besser meine Klappe und lasse Sie in Ruhe arbeiten.«

Ich schätzte, das war der Moment, wo ich eigentlich hätte antworten sollen, dass ich natürlich viel mehr daran interessiert war, mich mit ihr zu beschäftigen, anstatt mich dem nervtötenden Papierkram zu widmen, aber ich wollte auf keinen Fall mit meinem Schwanz denken. Zumindest nicht schon wieder. Also murmelte ich ein Dankeschön, und sie kehrte zur Couch zurück, um weiter durch die Programme zu zappen.

Ich brütete bis spät in die Nacht hinein über den Ausdrucken, markierte mir bestimmte Bereiche und glich sie mit Google-Suchen ab. Als mir irgendwann die Augen zufielen, sah ich auf die Uhr. Es war bereits kurz nach Mitternacht. Ich legte eine Decke über Anna, löschte das Licht und schlurfte ins Bett.

KAPITEL 13

Ich saß mit Anna auf einer dieser unbequemen Holzbänke, die es scheinbar in allen Gerichtssälen zu geben schien, und wartete darauf, dass die Verhandlung begann. Anna trug eine hübsche dunkelblaue Hose mit einer eng anliegenden weißen Bluse, und ich einen meiner besseren maßgeschneiderten Anzüge, grau mit Nadelstreifen, und dazu eine rote Krawatte mit passenden grauen Akzenten. Ich würde nicht aussagen müssen, aber ich trug ihn trotzdem. Eine alte Gewohnheit, schätzte ich.

Hin und wieder warf ich einen Blick zu den Polizeibeamten hinüber, für die eigens ein paar Reihen reserviert worden waren. Ich erkannte allerdings nur wenige von ihnen wieder. Der Rest von ihnen schien zu jung zu sein, um überhaupt eine Dienstmarke tragen zu dürfen. Ein paar von ihnen, die scheinbar über mehr Testosteron als gesunden Menschenverstand zu verfügen schienen, starrten unentwegt den attraktiveren Frauen in dem Gerichtssaal hinterher. Ich bekam ebenfalls einige Seitenblicke ab, war mir aber ziemlich sicher, dass diese nichts mit meinem überaus attraktiven Äußeren zu tun hatten.

Plötzlich fiel mir ein besonders großspurig auftretender Officer auf. Er trug ein Sportjackett, eine Krawatte und eine dazu passende Hose. Gemeinsam mit den anderen Polizisten lachte er und hin und wieder warf er vernichtende Blicke in unsere Richtung.

»Das ist Doug«, flüsterte mir Anna zu. Das war also der gefürchtete Doug Eastlin. Ein gut aussehender Mann Ende dreißig, mit kurzen braunen Haaren. Als er bemerkte, dass ich ihn ansah, antwortete er mit einem eisigen Blick.

»Einer von der großspurigen Sorte«, meinte ich.

»Oh ja«, antwortete sie. »Ich hielt das zuerst für eine liebenswerte Eigenschaft, aber dann kam ich irgendwann zur Vernunft.«

Nachdem wir mindestens eine weitere halbe Stunde ausharren mussten, betrat die Assistentin des Staatsanwaltes den Gerichtssaal und näherte sich uns mit einem Klemmbrett in der Hand.

»Ms. Davis? Anna Davis?«, erkundigte sie sich. Anna blickte sich um, bevor ihr klar wurde, dass die Dame gerade ihren Namen rief. Sie hob die Hand.

»Ich heiße Davies«, meldete sie sich. »Anna Davies.«

Die Assistentin sah zuerst auf den Vordruck ihrer Prozessliste und dann mit einem Stirnrunzeln wieder zu Anna, so als würde sie es ihr übel nehmen, korrigiert worden zu sein. »Oh. Wie auch immer. Der stellvertretende Staatsanwalt in diesem Fall ist Mister Reichman. Er hat mich angewiesen, Sie zu informieren, dass bis zum jetzigen Zeitpunkt nicht genügend Beweismaterial vorliegt, um diesen Fall weiter verfolgen zu können.«

Anna sah mich verwirrt an. »Was soll das heißen?«

Ich sah der Assistentin unverwandt ins Gesicht. »Es bedeutet, dass Diff es offenbar nicht für nötig gehalten hat, die eidesstattliche Erklärung zu lesen. Hätte er das nämlich, wäre ihm aufgefallen, dass es ein Überwachungsvideo des gesamten Vorfalls gibt, welches den Angeklagten klar und deutlich beim Begehen der Straftat zeigt, und das Ganze noch dazu während seiner Dienstzeit und in Uniform, und dass er Anna im Beisein von zwei Metro-Officers körperliche Gewalt angedroht hat. Wenn Sie bitte so nett wären, sich das von ADA Reichman bestätigen zu lassen? Es wäre nämlich zu traurig, wenn er davon überrascht werden würde, dass der Fall sich nicht einfach in Luft auflöst. Vielleicht interessiert sich ja auch die Presse dafür, zu erfahren, warum er sich weigert, einen überführten Polizeibeamten strafrechtlich zu verfolgen.«

Die Assistentin, eine dicke rothaarige Frau Mitte dreißig, musterte mich einen Moment lang gleichgültig, bevor sie sich wieder entfernte. Ich sah ihr zu, wie sie zu dem Tisch mit den beiden Anwälten lief, die sich gegenseitig gerade etwas über die Fülle ihrer zu bearbeiteten Fälle vorjammerten. Sie beugte sich nun dicht zu einem der Anwälte hinunter und begann, ihm etwas zuzuflüstern.

»Diff? Wer oder was ist Diff?«, wollte Anna wissen.

»Diff ist sein Name. Diff Reichman. Eigentlich heißt er Dilford, aber er ist anscheinend etwas empfindlich, was diesen Namen angeht, und zieht es daher vor, Diff genannt zu werden.«

Ich sah zu, wie die Assistentin mit ihm sprach und dann zu uns hinüber deutete. Er schob sich seine Brille auf die Nase, blätterte durch ein paar Dokumente und als er den richtigen Fall gefunden hatte, begann er darin zu lesen. Ein wenig später hob er überrascht die Augenbrauen. Obwohl erst Anfang dreißig, war er bereits stark übergewichtig und begann kahl zu werden. Es bereitete ihm einige Mühe, sich aus seinem Stuhl zu erheben, dann stand er mit sichtlichem Unbehagen auf, kam zu uns hinüber und stellte sich uns vor.

»Wir haben ein kleines Besprechungszimmer nebenan. Wenn Sie mich bitte kurz dorthin begleiten würden?« Wir folgten ihm, und nachdem wir alle Platz genommen hatten, begann er: »Erlauben Sie mir zuerst einmal, mich bei Ihnen zu entschuldigen. Ich habe den Fall mit einem anderen verwechselt. Ich möchte Ihnen versichern, Ms. Davies, dass die Staatsanwaltschaft sehr daran interessiert ist, diesem Fall nachzugehen.« Er wurde von ein paar OPA-Detectives unterbrochen, die nun ebenfalls den Raum betraten. Ihren Blicken nach zu urteilen, erkannten sie mich sofort. Einer von ihnen zeigte aufgebracht mit dem Finger auf mich.

»Was zur Hölle hat der denn hier verloren?«, wollte er wissen. Verwirrt ließ Diff seinen Blick zuerst zu mir und dann wieder zu den beiden Detectives wandern. Ich wollte schon eine spitze Bemerkung machen, aber Anna kam mir zuvor.

»Er gehört zu mir, und ich würde es begrüßen, wenn Sie ihm etwas Respekt entgegenbringen könnten.« Ich musste ein Kichern unterdrücken, als ich sah, wie der Detective mit den Zähnen knirschte, aber nichts weiter dazu sagte. Der Jüngere von beiden stieß seinen Partner an und deutete auf zwei freie Stühle. Wortlos nahmen sie darauf Platz.

Diff verbrachte die nächsten zehn Minuten damit, den Fall zu besprechen, doch ein Großteil der Unterhaltung lief zwischen ihm und den beiden Detectives ab. Ich sah ihnen schweigend dabei zu. Die Diskussion wurde jäh unterbrochen, als es auf einmal an der Tür klopfte, und ein Mann, ohne auf eine Antwort zu warten, hineinpolterte. Er schloss die Tür hinter sich, dann musterte er jeden von uns mit selbstgefälliger Arroganz, bevor er sich an Diff wandte.

»Guten Morgen, Diff«, begrüßte er ihn gespielt freundlich.

»Guten Morgen, Fletcher. Darf ich vorstellen, das ist Fletcher Wheeling. Er vertritt Officer Eastlin.«

Fletcher hielt es nicht für nötig, uns die Hand zu geben, starrte Anna aber etwas länger an, als es mir persönlich lieb war. Er war ein kleiner Mann, kaum einen Meter siebzig groß, mit dem Gesicht eines Wiesels, das hoffnungslos dem Junkfood verfallen war. Für seinen Auftritt trug er einen Anzug, der direkt von der Stange zu stammen schien und ihm daher nicht richtig passte und dazu eine lächerlich aussehende burgunderrote Fliege mit Blümchen. Fletcher war in Gerichtskreisen gut bekannt. Er war etwa so alt wie ich und sehr von sich eingenommen. Ihm eilte der Ruf voraus, Cops zu hassen, weshalb ich nicht so recht verstand, wieso er jetzt ausgerechnet einen von ihnen vertrat.

Er zog eine Riesenshow ab und tippte genervt auf seine Armbanduhr. »Ich habe heute noch einen vollen Terminkalender bis weit nach sechs, Diff, von daher werde ich den Richter wissen lassen, dass wir den Fall abweisen werden.«

Diff hob eine Hand. »Na ja, was das angeht, lag ich wohl falsch, Fletcher. Die Klage wird nicht abgewiesen werden können.«

Fletcher verzog schmerzerfüllt das Gesicht. »Ach komm schon, Diff, das ist doch wirklich albern.«

»Wieso, Fletcher?«

»Simples Einmaleins der Anwaltskunde, Diff. Man braucht einen Beweis, aber ihr habt keinen«, erklärte er herablassend. »Nichts gegen die junge Dame hier und die beiden Detectives, aber hier steht deren Aussage gegen die meines Klienten. Im Zeugenstand mache ich Hackfleisch aus denen.« Geringschätzig sah er sich um, während er seine Worte sacken ließ. Mich sah er allerdings etwas länger an, so als würde ich ihm bekannt vorkommen, er aber nicht genau wissen, woher. Dann sah er zu Diff hinüber und wartete darauf, dass dieser zugab, verloren zu haben.

Diff konnte sich ein süffisantes Grinsen nicht verkneifen. »Fletcher, wir haben ein Überwachungsvideo, welches Officer Eastlin bei der Tat zeigt, außerdem drohte er Ms. Davies Gewalt an, und das vor mehreren Zeugen, darunter diesen beiden Detectives hier.«

Fletcher wollte etwas entgegnen, doch Diff schnitt ihm das Wort ab.

»Nimm es einfach als gegeben hin, Fletcher.«

»Vielleicht sollten wir das besser unter vier Augen besprechen«, sagte Fletcher, der sich wahrscheinlich Hoffnungen machte, das Ruder doch noch herumreißen zu können, wenn er mit Diff allein war.

Doch Diff schüttelte den Kopf. »Das wird nicht nötig sein.«

Fletcher knetete seine Fliege, als würde diese über magische Fähigkeiten verfügen. »Nun, wenn das so ist, dann beantrage ich hiermit einen Aufschub. Wer weiß, was sich in der Zwischenzeit noch alles ergibt?« Er besaß noch immer dieses arrogante Auftreten, aber jetzt spürte ich eine gewisse Unsicherheit hinter dieser Fassade. Man musste Diff zugutehalten, dass er Fletchers Auftritt ganz gut verdaut hatte – ich schätzte, das war einer der Vorteile, wenn man einen Bauchumfang von anderthalb Metern aufweisen konnte …

»Der Richter und du haben bislang nicht die besten Erfahrungen miteinander gemacht, nicht wahr?«, fragte ihn Diff.

Fletcher legte die Stirn in Falten, antwortete ihm aber nicht.

»Ich denke, ich werde deinem Antrag auf Aufschub widersprechen und stattdessen um eine erste Vorprüfung heute Morgen bitten. Oh, ich werde außerdem sofort beantragen, dass dein Klient aufgrund seiner jüngsten Gewaltandrohungen gegenüber dem Opfer nicht gegen Kaution freigelassen wird, und vielleicht sogar noch ein Bußgeld wegen Bedrohung einer Zeugin verhängen. Du kannst deinen Klienten ja mal fragen, ob er gern ein paar Monate im Gefängnis verbringen und dort auf seinen Prozess warten will.«

Fletcher Wheeling war das Grinsen nun gründlich vergangen. Stattdessen machte er ein finsteres Gesicht. »Willst du das wirklich auf diese Art durchziehen, Diff?«

Diff nickte bedächtig.

»Okay, meinetwegen, dann wird die Sache eben verhandelt. Ich brauche eine Kopie dieses Videos«, sagte er schnippisch, machte auf der Stelle kehrt und verließ das Büro.

Diff strahlte zufrieden. »Das wollte ich schon längst einmal tun. Wie schön, dass ich nun sogar ein Publikum dabei hatte.« Er beugte sich nach vorn und stemmte sich auf den Armlehnen aus seinem Stuhl heraus. »Okay, Sie können jetzt gehen. Ms. Davies, bitte geben Sie der Assistentin Ihre korrekten Daten, damit wir Sie erreichen können, falls Sie vor Gericht gebraucht werden.«

Anna und ich liefen gerade zu den Fahrstühlen, als ich plötzlich eine Hand auf meiner Schulter spürte. Ich wirbelte herum und hob instinktiv die Faust, um einen Angriff abzuwehren, doch es waren nur die beiden OPA-Detectives.

»Wir sollten uns mal unterhalten. Kommen Sie mit«, sagte einer von ihnen. Er war ein paar Zentimeter kleiner als ich, Ende dreißig und hatte kurze, gegelte braune Haare. Damit sahen seine Haare so aus, als hätten sie schon seit einiger Zeit kein Shampoo mehr gesehen.

»Ich erinnere mich an Sie. Vor ein paar Jahren waren sie betrunken in einer Bar auf der *Music Row* und haben den Arsch aufgerissen bekommen. Sie haben versucht, es so hinzudrehen, dass Sie von einer Gang aufgemischt wurden, aber ich kannte zufällig den Barkeeper. Er erzählte mir später, dass Sie sich mit einem Typen angelegt hatten, der kleiner war als Sie, Ihnen aber trotzdem eine tüchtige Abreibung verpasst hat. Sie haben damals einen Fehler gemacht, und so wie es aussieht, sind Sie kurz davor, schon wieder einen zu machen.«

Er lief puterrot an, hatte sich jedoch schnell wieder in der Gewalt. »Sie kommen jetzt mit uns mit«, wiederholte er. »Ob freiwillig oder in Handschellen liegt ganz bei Ihnen.« Er schlug sein Jackett zurück, um mir ein Paar Handschellen zu zeigen, die er an seinem Gürtel trug. Ich denke, das sollte mir Angst einjagen, doch stattdessen lachte ich ihn aus.

»Falls ich tatsächlich verhaftet bin, sollten Sie besser Ihren Job machen und mir Handschellen anlegen«, antwortete ich ihm laut genug, dass es auch alle Umstehenden hören konnten. Einige Leute liefen an uns vorbei und drehten sich neugierig zu uns um. Das bemerkten auch die beiden Detectives, auch wenn es das Großmaul nicht weiter zu stören schien.

Dem anderen OPA-Detective, einem glattrasierten Mann Anfang dreißig, schien die ungewollte Aufmerksamkeit allerdings tatsächlich alles andere als recht zu sein. Er hob die Hand zu einer beschwichtigenden Geste und sprach mit leiserer Stimme: »Bitte entschuldigen Sie meinen Partner, Thomas. Er ist eine

Typ-A-Persönlichkeit und reagiert hin und wieder leider etwas heftig. Wir wollen uns nur mit Ihnen unterhalten. Es betrifft einige Entwicklungen im Zusammenhang mit dem Tod Ihrer Frau, und dafür benötigen wir Ihre Mithilfe.«

Ich sah Anna an und wies mit dem Finger auf die beiden. »Das hier ist ein typischer Fall von Guter-Bulle, Böser-Bulle.« Dann wandte ich mich wieder den beiden zu. »Wenn Sie wirklich über neue Informationen verfügen sollten, dann schicken Sie mir doch eine E-Mail. Vielleicht antworte ich sogar darauf.«

»Na ja, Thomas, Sie wissen, dass das nicht so läuft«, sagte der Zweite.

Ich sah ihm fest in die Augen. »Ich habe ganz sicher nicht vor, mich mit euch beiden Arschlöchern in ein Vernehmungszimmer zu setzen, damit ihr mir dort ein falsches Geständnis entlocken könnt. Es wird der Tag kommen, da wird einem von euch klar werden, dass ein ganz bestimmter stellvertretender Polizeichef meine persönliche Tragödie für einen Rachefeldzug gegen mich missbraucht hat.« Ich senkte die Stimme. »Dieser Mann hegt aus irgendeinem Grund einen Groll gegen mich und benutzt euch beide dabei als Gehilfen.«

Der gute Bulle schaffte es, sein Pokerface aufrechtzuerhalten, der böse Bulle hingegen funkelte mich böse an.

Ich drückte den Rücken durch. »Meine Herren, sofern ich nicht verhaftet bin, würde ich mich an dieser Stelle gern entschuldigen und mich auf den Weg machen.«

Ich wartete einen Moment lang, während sie mich schweigend anstarrten. Das bestätigte mir, dass sie keinen Haftbefehl besaßen, also streckte ich Anna meinen Arm entgegen und zusammen verließen wir das Gerichtsgebäude. Die beiden Detectives ließen uns ohne Einwände ziehen.

Sherman Goldman saß gerade an seinem Schreibtisch, jener handgefertigten Monstrosität aus Walnussholz, und grinste uns beide an, als wir sein Büro betraten.

»Sherman, ich habe dich das noch nie zuvor gefragt, aber bist du wirklich überzeugt davon, dass dein Schreibtisch groß genug ist? Meine Güte, darauf könnte ja fast ein Flugzeug landen.«

Sherman kicherte. »Er ist wirklich recht groß, zugegeben, aber er war ein Geschenk meiner Frau. Du weißt ja, was das bedeutet.«

»Es bedeutet, dass er damit das schönste Geschenk ist, das du je bekommen hast«, antwortete ich.

Er zielte mit seinem Zeigefinger auf mich, als wäre er eine Pistole. »Bingo. Wer ist denn deine bezaubernde Assistentin hier?«, fragte er, während er aufstand und mit ausgestreckter Hand seinen Tisch umrundete. Ich stellte die beiden einander vor.

»Ich freue mich sehr, Sie kennenzulernen, junge Dame«, begrüßte er sie herzlich. »Wenn ihr mich kurz entschuldigen würdet? Ich mache mich eben frisch und dann können wir beginnen.« Ohne ein weiteres Wort eilte er davon und verschwand hinter einer Tür am Ende seines Büros. Ich nahm an, dass er dort seine eigene Toilette besaß.

»Dieses Büro ist ja riesig«, raunte mir Anna zu und ließ ihren Blick fassungslos umherwandern.

Ich nickte zustimmend. »Sherman hat wirklich etwas aus sich gemacht. Er ist der Sohn jüdischer Einwanderer, die ein Konzentrationslager überlebt haben. Er bekam ein Stipendium an der Vanderbilt, und der Rest ist Geschichte.« Natürlich gab es noch sehr viel mehr über Shermans Leben zu erzählen, aber es hätte mehrere Stunden gedauert, diesem Mann wirklich gerecht zu werden.

»Oh, wow«, antwortete Anna. Wir unterhielten uns noch eine Weile weiter, bis ich ganz schwach das Geräusch einer Toilettenspülung hörte. Kurze Zeit später erschien Sherman, der nun wesentlich entspannter wirkte. Wenn Anna nicht gewesen wäre, hätte ich bestimmt eine trockene Bemerkung über seine Verdauung gemacht. Sherman führte uns zu einem Konferenztisch. Dabei fiel sein Blick auf meinen Ziehharmonikaordner.

»Ich nehme an, du hast Fortschritte gemacht?«

Ich nickte. »Ja, ich denke schon.« Die Vorfreude ließ sein Gesicht noch mehr erstrahlen. Ich wollte gerade etwas hinzufügen, als uns das Klingeln seines Telefons unterbrach.

Er unterhielt sich für eine Minute mit dem Anrufer und legte dann auf. »Das war Miss Carson. Sie ließ mich wissen, dass unten im Empfangsbereich zwei FBI-Agenten sehnsüchtig darauf warten, mit mir über die *Robard Trucking Company* sprechen zu können.« Ah, dann war Simone also auch da. Sie hatte uns nicht in Empfang genommen, als wir hier eingetroffen waren, und ich bekam schon langsam Entzugserscheinungen. »Ich schätze mal, das sind dieselben Agenten, mit denen du gestern gesprochen hast«, mutmaßte Sherman.

»Ja, ziemlich sicher. Dann hören wir uns doch einmal an, was sie zu sagen haben«, schlug ich vor. Simone musste unsere Gedanken gelesen haben, denn kaum, dass ich meinen Mund wieder geschlossen hatte, öffnete sich auch schon die Tür und sie führte die beiden herein.

Die Special Agents Jeffreys und Ridgeway wirkten überrascht, mich hier anzutreffen, verkniffen sich jedoch jeglichen Kommentar, während ich mir die Freiheit nahm, uns gegenseitig vorzustellen. Simone beachtete mich nicht weiter und verließ kurz darauf das Büro. Das war etwas schmerzhaft. Zumindest so lange, bis sie einen Moment später mit der Vorzimmerdame zurückkehrte, die einen Servierwagen mit einer Kaffeekanne, Tassen und Donuts vor sich herschob. Ohne zu fragen, schenkte mir Simone einen Kaffee ein.

»Sie sind eine ganz wunderbare Frau, Miss Carson«, sagte ich mit einem Lächeln. Dieses Mal trug sie ein schwarzes Kleid. Dünne Goldfäden waren darin eingewebt und der Saum endete knapp über ihren Knien. Ich schwöre, dass ich nicht ihre schlanken, wohlgeformten Waden anstarrte. Sie sah mich kommentarlos an und wandte sich dann Anna zu.

»Hätten Sie auch gern etwas Kaffee?«, fragte sie.

»Oh, nein danke«, erwiderte Anna. Simone wiederholte die Frage bei den beiden Agents, die aber ebenfalls ablehnten. Nachdem sie mit dem Kaffee fertig war, nahm sie neben Sherman Platz.

»Nun, was kann ich für das FBI tun?«, fragte Sherman.

»Wie wir gehört haben, hat man Sie zum Treuhänder der *Robard Trucking Company* ernannt.«

»Das ist richtig«, antwortete Sherman. »Vor vier Monaten stellte *Robard* einen Antrag auf Behandlung nach Chapter-Eleven. Damit verpflichteten sie sich, innerhalb von einhundertzwanzig Tagen bestimmten Regularien nachzukommen, doch das taten sie nicht.«

»Sie arbeiteten keinen Sanierungsplan aus?«, fragte Jeffreys.

Sherman lächelte. »Nein, das taten sie nicht.« Er musterte die beiden Agenten. »Wenn die Frage gestattet ist: Wieso interessiert sich das FBI für einen Konkursfall?«

Special Agent Ridgeway ergriff nun das Wort: »Ich kann nicht zu sehr ins Detail gehen, aber die Firma wird verdächtigt, in kriminelle Aktivitäten verwickelt zu sein. Unsere Ermittlungen diesbezüglich dauern noch an, sind aber streng vertraulich.«

Daraufhin sah sie zu mir hinüber und lächelte freundlich. »Wir wissen natürlich, dass Mister Ironcutter den Tod von Lester Gwinnette untersucht, und so tragisch dieser Vorfall auch sein mag, ist dieser nicht Gegenstand unserer Untersuchung, weshalb wir darum bitten möchten, dass er und seine Kollegin den Raum verlassen, bevor wir uns in dieser Sache weiter unterhalten.« Dann sah sie zu Simone hinüber. »Das gilt leider auch für Ihre Assistentin.«

Sherman ließ sich mit seiner Antwort Zeit und sah sie währenddessen durchdringend an. »Ihre Einwände die Anwesenden betreffend wurden zur Kenntnis genommen, Agent Ridgeway. Aber lassen Sie mich eine Sache klarstellen. So lange Sie sich auf meinem Besitz befinden, bin ich derjenige, der darüber befindet, wer bleibt und wer gehen muss. Wenn Ihnen das missfällt, steht es Ihnen gern frei, zu gehen.« Ridgeway lief daraufhin rot an, und für einen Moment fürchtete ich schon, dass sie etwas Schroffes antworten würde.

»Wir sind nur vorsichtig«, beschwichtigte Agent Jeffreys nun. »Wir würden gern einige heikle Informationen besprechen, und würden uns wohler fühlen, wenn wir dies nicht im Beisein unautorisierter Personen tun müssten.«

Sherman tat überrascht. »Miss Carson ist meine persönliche Assistentin und genießt mein volles Vertrauen. Thomas und ich sind seit vielen Jahren befreundet. Er ist über jeden Zweifel erhaben, und obwohl ich Miss Davies gerade erst kennengelernt habe, genügt es mir, zu wissen, dass Thomas ihr vertraut. Der Grund, wieso die beiden gerade hier sind, ist, weil ich Thomas angeheuert habe, mir im Falle der *Robard Trucking Company* zu assistieren. Dabei fällt mir ein ...« Er sah zu Simone hinüber. »Bereiten Sie doch bitte eine Verschwiegenheitserklärung für Thomas neue Assistentin vor.«

Simone stand auf, lief zu Shermans Computer hinüber und begann, etwas zu tippen. Nach einer Minute surrte der Drucker. Sie entnahm ihm den Ausdruck und reichte ihn Anna.

»Wenn Sie hier bitte Ihren vollen Namen eintragen und hier unten unterschreiben würden, können wir den Fall in Ihrem Beisein besprechen«, erklärte sie flüchtig.

Anna sah mich fragend an. Ich nickte, und sie unterschrieb das Dokument wortlos.

Sherman wartete, bis die Tinte auf dem Papier war, dann fuhr er fort: »Wie ich bereits sagte, wurde Thomas eingestellt, um mir bei diesem Fall behilflich zu sein, und gerade, als Sie bei uns eintrafen, wollten wir die Ergebnisse seiner ersten Untersuchungen besprechen. Sie können unserer Besprechung gern beiwohnen, obwohl …« Er verstummte und sah mich mit gespielter Ernsthaftigkeit an. »Thomas, wir werden gleich einige heikle Informationen besprechen. Glaubst du, es wäre besser, wenn wir die beiden FBI-Beamten ebenfalls eine Verschwiegenheitserklärung ausfüllen lassen?«

»Das wird nicht nötig sein«, meldete sich Agent Ridgeway zu Wort. »Das FBI ist den Umgang mit vertraulichen Informationen durchaus gewohnt.«

»Oh, na dann. Auf das FBI ist also Verlass«, sagte ich, nicht ohne eine Spur von Sarkasmus in der Stimme. Simone hob eine Augenbraue. Ich vermutete, sie machte sich nichts aus meinem trockenen Humor.

»Ich denke, die beiden können bleiben«, fuhr ich fort, »denn es gibt tatsächlich ein paar Dinge, die sie vielleicht gern hören würden.«

»Ausgezeichnet«, sagte Sherman. »Wenn es also keine weiteren Einwände gibt, dann sollten wir jetzt beginnen.« Er nickte mir auffordernd zu. »Thomas, wenn du so freundlich wärst?«

Simone zückte ihren Steno-Block, während mich alle anderen erwartungsfroh ansahen. Ich zog einen Notizblock aus meinem Aktenordner, warf noch einmal einen Blick auf meine Notizen, atmete tief durch und begann dann mit meiner Präsentation.

»Seit mindestens drei Jahren ist die *Robard Trucking Company* in den illegalen Transport von Heroin verwickelt, von Kanada in diverse amerikanische Bundesstaaten, angefangen von Michigan bis nach Tennessee. Ich denke, ich kann ihnen außerdem Betrug nach 18USC152 nachweisen. Der derzeitige Firmenvorsitzende und seine Frau haben in der jüngeren Vergangenheit und binnen sechzig Tagen nach Antragstellung auf Chapter-Eleven mindestens achtzehn neue Bankkonten eröffnet. Außerdem wurden neunzig Tage vor Antragstellung Schulden an mehrere Scheinfirmen ausbezahlt.« Ich blickte zu Sherman hinüber, der mir zunickte. Sein freundliches Grinsen war zurückgekehrt.

Ich blickte zu den beiden Agenten hinüber. »Ich glaube, man spricht hier juristisch von einer begünstigten Übertragung, was jedoch eine Verletzung der Bestimmungen des Chapter-Eleven darstellt.«

Simone unterbrach ihre Notizen und hob erneut eine Augenbraue. Ich wusste allerdings nicht, ob das ein gutes Zeichen war. Sie wissen schon, so wie mit Spock, der eine Augenbraue gehoben hat, wenn jemand etwas äußerst Interessantes von sich gegeben hat oder ob sie eher dachte, ich hätte endgültig den Verstand verloren, wie Spock es tat, wenn einer der niederen Menschen etwas Lächerliches äußerte.

Daher legte ich eine kurze Pause ein und musterte Special Agent Ridgeway. Sie trug eine marineblaue Hose, die der von Anna ähnelte, eine Bluse, deren Farbe ich mit nussbraun umschreiben würde und die ihr außerordentlich gut stand, und ein Jackett passend zu ihrer Hose. Das Jackett diente wahrscheinlich hauptsächlich dazu, ihre Dienstwaffe zu verbergen, die ich darunter hervorstehen sah. Ihr langes blondes Haar trug sie dieses Mal offen. Es fiel ihr über die Schultern und brachte ihre Gesichtsform positiv zur Geltung. Von Shermans Ermahnung hatte sie sich offenbar wieder erholt, und sie sah mich aufmerksam an. Ich bemerkte aus den Augenwinkeln, dass Anna deswegen die Stirn runzelte.

Ich riss mich wieder zusammen und fuhr fort: »Und ich glaube außerdem, dass Lester Gwinnette ermordet wurde, weil er hinter das Geheimnis dieser Transporte gekommen ist und daraufhin versucht hat, jemanden innerhalb der *Robard Trucking Company* zu erpressen.«

KAPITEL 14

Nun schwiegen alle und ich hatte ihre ungeteilte Aufmerksamkeit. Sie sahen mich fragend an, mit Ausnahme von Simone, die sich eifrig Notizen machte. Ich blieb noch eine Weile entspannt sitzen und genoss meinen Kaffee, bevor ich das Ganze erklärte.

»Ich kann alles Schritt für Schritt für Sie durchgehen, falls das nötig sein sollte.«

»Können Sie auch irgendetwas davon beweisen?«, fragte Special Agent Ridgeway interessiert.

»Macht es Ihnen etwas aus, wenn wir uns duzen?«, fragte ich sie.

»Überhaupt nicht«, sagte sie und lächelte mich an. »Ich heiße Teresa«, fügte sie hinzu.

»Teresa, ich glaube, ich kann es tatsächlich beweisen.« Ich stand auf, leerte den Inhalt meines Ziehharmonikaordners auf den Konferenztisch aus und sortierte sorgfältig meine Ausdrucke und Notizen.

»In Ordnung, ich fange am besten ganz von vorn an. Falls euch einige der Informationen also bekannt vorkommen, dann seht es mir bitte nach. Ich mache auch schnell.

1990 gründen vier Brüder die *Robard Trucking Company.*« Ich hob eine Kopie des originalen Gründungsvertrages hoch. »Allem Anschein nach führten die Brüder ein ehrliches Unternehmen und waren sehr wohlhabend. 2010 starb dann der Älteste der Brüder an einem Herzinfarkt. Die verbliebenen Brüder beschlossen daraufhin, das Unternehmen zu veräußern. Ein Gentleman namens William Spieth erwarb das Unternehmen, mit Geldern aus einer Erbschaft und einem gerichtlichen Vergleich.«

»Worum ging es bei diesem Vergleich?«, wollte Teresa wissen.

»Er kaufte sich bei einem örtlichen Autohändler einen neuen Wagen und bezahlte für eine Garantieverlängerung«, erklärte ich. »Der Autohändler strich das Geld dafür ein, machte sich aber nicht die Mühe, die entsprechenden Unterlagen auszustellen, und siehe da, kurz nach Ablauf der normalen Garantiezeit tauchte an Mister Spieths nagelneuem Wagen plötzlich ein Problem auf. Auf diese Art fand er heraus, dass er überhaupt keine verlängerte Garantie besaß. Offenbar tauchte er daraufhin eines Tages bei dem Autohändler auf und machte dort eine Riesenszene. Dem Eigentümer und ein paar von seinen Verkäufern war sein Standpunkt allerdings ziemlich egal, weshalb sie ihm eine tüchtige Tracht Prügel verabreichten. Er verbrachte daraufhin einige Tage im Krankenhaus. Um das Ganze abzukürzen … ihm wurde eine sechsstellige Abfindung zugesprochen.«

»Und wieso ausgerechnet ein Transportunternehmen?«, fragte sie.

»Er arbeitete zu dieser Zeit selbst bei einer Speditionsfirma. Ich schätze mal, er entschloss sich dazu, sein eigenes Ding aufzuziehen«, erwiderte ich. Sie nickte verstehend. »Mister Spieth setzte seine Frau als Vizepräsidentin ein, und alles in allem, ausgenommen der Fahrer selbst, belief sich die Zahl ihrer Mitarbeiter auf vier.«

»Dann war es also nur ein kleines Unternehmen«, meinte Agent Jeffreys und spähte zu seiner Kollegin hinüber. Diese erwiderte rasch seinen Blickkontakt. Offenbar wussten sie mehr über diese Operation, als sie vor uns zugeben wollten.

»Ja, zumindest bis vor ein paar Jahren, denn dann schien das Geschäft auf einmal zu florieren.« Ich warf noch einmal einen Blick auf meine Unterlagen.

»Mal sehen, es war etwa im Oktober 2013, als sie mit der Kanada-Route begannen. Im Übrigen handelte es sich dabei um einen sogenannten *Trip Lease*. Soweit ich herausfinden konnte, war dies das erste Mal, dass *Robard* Geschäfte über einen Trip-Lease-Vertrag abwickelte. Noch dazu handelte es hierbei um eine Route, die von den vorherigen Besitzern nie befahren worden war.« Bevor ich meine Erklärungen weiter ausführen konnte, wurde ich von Teresa unterbrochen.

»Entschuldige, aber was ist der Unterschied zwischen diesem *Trip-Lease* und einem normalen Vertrag?«

»Einen *Trip-Lease* schließt man für nur eine spezifische Fahrt oder Fracht ab, und es gibt auch keine Speditionsfirma, die die Fuhren koordiniert«, erklärte ich. »Für *Robards* war das ziemlich ungewöhnlich, denn normalerweise benutzten sie Spediteure, und obwohl es mehrere dieser Fahrten über das Jahr verteilt gab, wurden sie alle als Einzelfahrten ausgewiesen.« Sie nickte und machte sich eilig Notizen. Ich wartete, bis sie damit fertig war, bis ich fortfuhr.

»Lester Gwinnette war einer der Fahrer, die regelmäßig die Kanada-Touren fuhr und irgendwann neugierig wurde, wieso die doppelten Anhänger nur auf dieser speziellen Route eingesetzt wurden. Außerdem machte es ihn stutzig, dass die Anhänger auf der Hinfahrt mit den gleichen Paletten voller Kisten beladen waren wie auf der Rückfahrt. Auf einer der Touren siegte dann schließlich seine Neugier. Er fuhr irgendwohin, wahrscheinlich auf ein Lade-Dock, wo er den Typen kannte, der dort die Nachtschicht hatte, und verbrachte etwa eine Stunde damit, die Paletten zu entladen. Wisst ihr, diese Paletten waren eigentlich dafür gedacht, neugierige Blicke davon abzuhalten, unter deren Unterseite zu schauen, aber Lester war schon jahrelang Trucker und kannte deshalb alle Tricks. Er fand daraufhin mehrere Kilo Heroin in den Bodenfächern unter den Paletten.« Ich griff nach einem Stapel von Berichten und suchte ein paar gescannte Kopien der Fotografien heraus.

»Das sind die Kopien der Fotos, die Lester von den Drogen gemacht hat.« Alle rückten näher an den Tisch heran und warfen einen Blick darauf.

»Nicht die beste Qualität«, bemängelte Jeffreys.

»Das stimmt, sie wurden mit einer Digitalkamera im JPEG-Format gemacht«, erläuterte ich.

Jeffreys sah mich verwirrt an. »Ist das von Bedeutung?«

»JPEG ist ein weitverbreitetes Datenformat. Für normale Aufnahmen absolut ausreichend, aber es ist auch bekannt dafür, ein verlustbehaftetes Bildformat zu sein. Wenn man versucht, diese Bilder zu vergrößern, werden sie schnell schwammig. Welches Dateiformat benutzt ihr, wenn ihr Aufnahmen von Beweismaterial macht?«

»Ich bin mir nicht sicher«, antwortete er zögernd.

»Nun, dann würde ich euch empfehlen, ein *Tagged-Image-File*-Format zu benutzen. Die Bilder benötigen zwar mehr Speicherplatz, enthalten aber viel mehr Informationen.« Der Agent sah mich an, als würde er von mir ganz sicher keine Lehrstunde in digitaler Fotografie benötigen. Also redete ich weiter.

»Die Fotos zeigen ziegelgroße Pakete Heroin in den Bodenfächern.« Ich wies mit dem Finger auf die Aufnahmen. »Außerdem benutzte Lester die Titelseite einer Tageszeitung als eine Art Zeitstempel, um die Fotos damit markieren zu können.«

»Clever«, murmelte Jeffreys.

Ja, Lester war clever gewesen, aber leider nicht clever genug, um nicht umgebracht zu werden. Diese Meinung behielt ich jedoch für mich.

»Außerdem behielt er Kopien sämtlicher Frachtbriefe. Wie ihr sehen könnt, weisen sie eine Firma namens *Tag First Distribution* aus. Die Adresse unter dem Firmenlogo gehört zu einem privaten Postfach in Detroit. Sehr viel mehr war über diese Firma allerdings nicht herauszubekommen.« Hauptsächlich deshalb, weil ich angeheuert worden war, das Geld zu finden. Ich breitete noch ein paar weitere Dokumente aus und leitete sie auf diese Weise durch die verschiedenen Einzelfahrten, bei denen wahrscheinlich immer Heroin geschmuggelt worden war.

»Wenn man es sich im Detail ansieht, ist es eine ziemlich ausgeklügelte Operation. Denkt nur mal darüber nach, wie viel Planung, Organisation und Augenmerk für die Details nötig waren, um das alles möglich zu machen.« Ich lehnte mich zurück. »Ziemlich beeindruckend, wenn ihr mich fragt.«

»Wie bist du denn an all das herangekommen?«, fragte Teresa und fuhr mit der Hand über die Dokumente. Ich lächelte und zuckte mit gespielter Unwissenheit mit den Schultern. Sie sah zu ihrem Partner hinüber, der sich jedoch nichts anmerken ließ.

»Okay, darauf kommen wir später noch zu sprechen«, sagte sie. »Welche Fakten bringen dich zu dem Schluss, dass Lesters Tod ein Mord und kein Selbstmord war?«

Bevor ich ihr darauf antworten konnte, stand Simone plötzlich auf und begann damit, mir noch einen weiteren Kaffee einzuschenken. Ich lächelte sie dankbar an und dieses Mal erwiderte sie das Lächeln.

»In diesem Fall deutet die Beweislage deutlich auf einen Mord und nicht auf Selbstmord hin. Der ermittelnde Detective des

Sheriff Departements kam bereits mit der vorgefertigten Meinung zum Tatort, dass es sich bei der ganzen Sache nur um einen Selbstmord handeln konnte, und weigerte sich deshalb auch, alle Beweise zur Kenntnis zu nehmen, die möglicherweise das Gegenteil beweisen konnten. Ich werde mich heute noch mit dem zuständigen Sheriff treffen, vielleicht möchtet ihr beide mich ja begleiten.«

Special Agent Jeffreys beugte sich ruckartig nach vorn und funkelte mich an. »Versuchst du etwa, dir mit der Kohle aus der Lebensversicherung der Witwe die Taschen vollzumachen? Wenn es ein Mord ist und kein Selbstmord, wird die Auszahlung um einiges höher ausfallen, nicht wahr?«

Ich nippte an meinem Kaffee und erwiderte seinen Blick ruhig. »Als ihr beide euren Durchsuchungsbefehl überreicht habt, ist euch sicher der alte Wagen in dem Schuppen hinter dem Haus aufgefallen, oder? Das Auto ist meine Bezahlung, nicht mehr und nicht weniger.« Ich zog ein Gesicht, als wäre mir gerade etwas eingefallen. »Oh, im Übrigen, was hat zwei Agenten wie euch eigentlich überhaupt dazu veranlasst, das Haus eines Lasterfahrers zu durchsuchen? Ich meine, er war ein niederer Angestellter bei einem Transportunternehmen. Welche Beweise könnte er schon gehabt haben?«, fragte ich rhetorisch. »Gibt es vielleicht einen geheimen Informanten, der euch von dem Erpressungsversuch erzählt hat? Vielleicht galt eure Suche ja viel eher dem, womit Lester sie erpressen wollte?«

Überrascht sah Teresa ihren Partner an. Special Agent Jeffreys ignorierte meine Frage.

»Du verlangst keine Bezahlung, sondern nur diese alte Rostlaube?«, fragte er mit gespieltem Entsetzen. Ich nickte. Ganz offensichtlich hatte er keine Ahnung von Autos, und meine Frage würde er wohl auch nicht beantworten. Also ließ ich es fürs Erste dabei bewenden.

»Thomas, wie willst du denn beweisen, dass es sich um einen Mord gehandelt hat?«, fragte Sherman.

»Nachzuweisen, dass Lester ermordet wurde, wird nicht allzu schwer sein. Den Mörder zu finden, könnte jedoch eine Herausforderung darstellen. Ich hatte vor zwei Tagen eine kurze

Unterhaltung mit dem ermittelnden Detective. Unglücklicherweise schien er nicht sonderlich viel von mir zu halten und behandelte mich ziemlich herablassend.«

»Was wirst du jetzt tun?«, fragte Sherman.

»Mich mit dem Sheriff treffen und versuchen, ihn davon zu überzeugen, dass sein Detective es gründlich vermasselt hat. Sofern die geschätzten Mitarbeiter des FBI sich bereit erklären würden, dem Treffen beizuwohnen, bestünde wahrscheinlich die Chance, dass man uns etwas aufgeschlossener gegenübertreten würde.« Ich sah die beiden Agenten herausfordernd an. »Vielleicht ergeben sich ja sogar noch ein paar Hintergründe, die euch bei euren Ermittlungen helfen könnten.« Letzteres bezweifelte ich zwar stark, aber ich versuchte alles, um sie mit in die Sache hineinzuziehen.

Ridgeway und Jeffreys sahen einander kurz an, dann schenkte Teresa Sherman das gleiche strahlende Lächeln, mit dem ich vor ein paar Minuten beehrt worden war. »Sherman, gibt es hier irgendwo eine Möglichkeit, mich mit meinem Partner kurz allein zu unterhalten?«

Auf sein Zeichen hin führte Simone die beiden Agenten in einen angrenzenden Raum. Ich nutzte den Moment, zog hastig ein paar Ausdrucke aus meiner Akte und schob sie Sherman zu.

»Wenn sich die jemand ansehen würde, könnte er darin womöglich alle nötigen Informationen für eine Geldsuche bei bestimmten Banken finden«, sagte ich leise. Sherman nahm die Ausdrucke schweigend entgegen, lief zu seinem titanic-artigen Schreibtisch und schob sie in eine der Schubladen. »Danach sollte sie jemand aber vielleicht schreddern«, ergänzte ich. Dieser Erklärung hätte es nicht bedurft, denn Sherman wusste, wie damit zu verfahren war. Anna sah mich fragend an, aber ich hielt sie mit einem ermahnenden Blick davon ab, unnötige Fragen zu stellen.

Es dauerte vielleicht fünf Minuten, bis die beiden Agenten unseren Raum wieder betraten. Sie setzten sich und Teresa machte ein freundliches Gesicht. Ich nahm an, dass die verbale Ohrfeige von Sherman zu Anfang der Unterhaltung mittlerweile vergessen war.

»Ich möchte zuerst festhalten, dass wir eure Mitarbeit sehr zu schätzen wissen«, sagte Teresa, »und wir würden gern mit euch zusammen an diesem Fall arbeiten.«

Ich lächelte anerkennend und Sherman bedankte sich bei ihnen. In Wirklichkeit wusste ich natürlich genau, wie das FBI arbeitete. Die Jungs und Mädels waren grundsätzlich nur an ihren eigenen Fällen interessiert. Wenn es ihnen nützte, uns zu helfen, waren sie natürlich sofort dabei, aber wenn sie ehrlich zu uns wären, würden sie mit der Sprache rausrücken und uns wissen lassen, dass ihnen unser Fall eigentlich ziemlich am Arsch vorbei ging.

Ich trank meinen Kaffee aus und stand auf. »Das ist ja großartig. Wollen wir dann dem Sheriff von Rutherford County mal einen Besuch abstatten?«

KAPITEL 15

Anna hatte die ganze Zeit über immer wieder Andeutungen gemacht, wie gern sie meinen Wagen fahren würde, also überließ ich ihr das Steuer und überprüfte in der Zwischenzeit mein Telefon. Es gab eine Nachricht von Mrs. Braxton, eine von Duke und eine von Ronald. Der Rest war unwichtig.

»Du hast sie da drinnen echt umgehauen. Das hast du dir doch nicht alles nur ausgedacht, oder?«, fragte Anna.

»Ich hoffe nicht«, antwortete ich kichernd.

»Tja, auf jeden Fall hast du echt Eindruck gemacht.«

»Danke.«

»Was waren das denn für Ausdrucke, die Sherman schreddern soll, wenn er sie gelesen hat?«

Ich warf ihr einen kurzen Blick zu. »Nur irgendwelche Daten«, antwortete ich.

»Das ist aber ziemlich vage.«

»Yep.«

»Demnach wohl Daten, von denen ich nichts wissen soll, nehme ich mal an.«

»Yep.«

»Wieso denn nicht?«, fragte sie.

Ich sah sie an. »Als kleines Kind hast du die Erwachsenen bestimmt konstant mit Fragen gelöchert, und wenn sie dir eine Antwort gegeben haben, reichte sie dir nicht und du hast immer weiter gefragt.«

»Wieso denkst du das?«, fragte sie.

»Yep, das dachte ich mir.«

Anna rümpfte die Nase, dann schwieg sie ein paar Minuten, sehr viel länger hielt sie es aber nicht aus, dass ich das letzte Wort hatte.

»Die FBI-Agentin hat dir anscheinend gefallen«, sagte sie.

»Welche? Mark?«

»Sehr witzig.«

»Ah, du meinst Teresa. Ja, sie scheint nett zu sein. Special Agent Jeffreys hingegen ist offenbar nicht allzu gut auf uns zu sprechen.«

»Wieso nicht?«, fragte Anna. Ich zuckte mit den Achseln.

»Gesetzeshüter mögen es oft nicht, wenn sich Zivilisten in ihre Ermittlungen hineinhängen. Sie betrachten das als ungewollte Einmischung.«

»Blondie scheint deine Gegenwart jedenfalls nicht sonderlich zu stören«, bemerkte Anna schnippisch. Ich kicherte. »Sie ist bestimmt schon über dreißig.« Sie quittierte die Feststellung mit einem Geräusch, das verdeutlichen sollte, dass man mit über dreißig schon sehr alt war.

»Ja, ich denke, das kommt hin«, antwortete ich.

»Sie ist ein Miststück. Sie benutzt ihr Aussehen, um das zu bekommen, was sie will.«

»Tun Stripperinnen das nicht auch?«, fragte ich unschuldig. Anna funkelte mich zornig an.

Wieder fuhren wir ein paar Meilen schweigend dahin, bevor sie erneut anfing: »Aber Shermans Assistentin schien nett zu sein.«

»Ja, das ist sie.«

»Du hast sie ziemlich oft angesehen«, meinte sie mit dem gleichen schnippischen Unterton wie zuvor. »Du hast beide ziemlich oft angesehen. Um ehrlich zu sein, würde ich sogar behaupten, dass du sie wie ein notgeiler Teenager angegafft hast.« Ich verkniff mir einen Kommentar, sah stattdessen in den Rückspiegel und vergewisserte mich, dass die beiden Agenten uns weiterhin auf der Interstate folgten.

»Keine Sorge, Blondie ist direkt hinter uns«, sagte sie.

»Ah, sehr gut. Ich hatte schon Sorge, dass du sie abgehängt hast«, antwortete ich sarkastisch.

»Mach dich ja nicht lustig über mich, nur weil ich mich an das Tempolimit halte. Ich bin eine sehr gute Fahrerin.« Sie musterte mich eindringlich, als würde sie auf einen bösen Kommentar warten. Ich lächelte sie jedoch nur an.

»Also, was jetzt?«, fragte sie.

»Wenn der Sheriff mir glaubt, wird der Fall neu aufgerollt werden.«

»Und wenn nicht?«

»Dann werde ich wohl allein weiter ermitteln müssen, obwohl ich darauf eigentlich wenig Lust habe.«

»Wieso?«

Ich seufzte entnervt. »Grundgütiger, du stellst wirklich eine Menge Fragen.«

Anna verzog die Lippen, sagte aber nichts weiter. Nach ein oder zwei Minuten, in denen sie mich mit eisigem Schweigen bestraft hatte, gab ich es auf.

»In einem Mordfall zu ermitteln ist sehr zeitaufwendig, und Rhoda hat nicht genügend Geld, um mich zu bezahlen. Deshalb habe ich keine Lust, länger an dem Fall arbeiten zu müssen als unbedingt nötig.«

»Aber ist dir nicht auch daran gelegen, dass der Gerechtigkeit zum Sieg verholfen wird?«

»Gerechtigkeit bezahlt mir aber nicht meine Rechnungen«, entgegnete ich trocken.

Wieder herrschte lange Funkstille zwischen uns, bis Anna schließlich ein neues Thema anschnitt: »Können wir über uns reden?«

Ich sah sie an. »Klar, was willst du wissen?«

»Bin ich so etwas wie eine Übergangslösung? Muss ich mir bald einen neuen Job und eine neue Bleibe suchen?« In ihren Augen sah ich die gleiche Ängstlichkeit wie vorhin bei Gericht. Ja, sie hatte nicht ganz unrecht. Ich hatte mich bislang um dieses Thema herumgedrückt.

»Ich würde es nicht unbedingt eine Übergangslösung nennen«, sagte ich. »Ich sehe uns eher als Freunde.«

»Natürlich sind wir Freunde, aber schmeißt du mich trotzdem am Ende des Monats raus? Du hast mir nie gesagt, was du an Miete haben willst.«

»Der Braxton und der *Robard-Trucking*-Fall decken für diesen Monat unsere Rechnungen ab, von daher geht das schon in Ordnung.«

»Über ein Gehalt haben wir auch noch nicht gesprochen«, warf sie zögerlich ein.

»Nein, das haben wir in der Tat nicht. Nun, ich denke, der beste Weg wäre es, dir einen Anteil für die Fälle zu bezahlen, an denen du beteiligt bist, aber das wird nicht sonderlich viel sein.«

»Oh«, kommentierte sie nur.

»Ich werde keine Miete von dir verlangen, aber wenn du dich noch nach einem Zweitjob umsehen möchtest, verstehe ich das natürlich.« Ich machte eine kurze Pause. »So lange es nicht wieder mit Strippen zu tun hat.«

»Mach dir keine Gedanken, damit bin ich endgültig fertig.«

»Gut, denn für so eine Arbeit bist du nämlich echt zu schade.«

Sie kicherte. »Es ist echt witzig. Ich habe drei Phasen dabei durchgemacht. Zuerst war es ziemlich peinlich, aber dann wurde es aufregend.«

»Aufregend?«, fragte ich.

»Ja, ich muss wirklich sagen, dass ich es aufregend fand, wenn mich die Männer angafften.«

»Oh.«

»Und sogar Frauen.« Ich sah sie fragend an und sie klärte mich auf: »Es kommen auch immer wieder Frauen vorbei und versuchen, bei den Tänzerinnen zu landen.«

»Wow, das wusste ich nicht.«

»So war es. Aber wie ich schon sagte, zuerst war es noch ganz aufregend, aber dann wurde es langweilig und manchmal sogar nervig. Von daher, ja, ich bin fertig damit.«

»Okay, gut. Da ist aber noch etwas anderes, über das ich nachdenke. Ich glaube, ich kann deine Autotür reparieren. Du brauchst es also nicht der Versicherung zu melden.«

Anna starrte mich kurz mit offenem Mund an, dann verzog sie ihn zu einem breiten, glücklichen Grinsen. »Wirklich? Das wäre ja großartig! Wann kannst du denn damit anfangen?«

»Wir haben noch viel Arbeit zu erledigen. Aber nach den beiden Fällen lege ich sofort los. Wird aber vielleicht ein paar Wochen dauern.« Schon wich ihr Lächeln wieder einem düsteren Blick, aber sie schwieg. Ich seufzte. »Ich werde sehen, was sich machen lässt, okay? Außerdem müssen wir uns ja auch noch um den Fall deiner Schwester kümmern«, sagte ich. Nun wirkte Anna dankbarer.

Der neue Sheriff, Dustin Hatcliff, wirkte überraschend jung auf mich. Es war kaum zu glauben, dass er schon über dreißig war. Er besaß ein jungenhaftes Gesicht und seine kurzen Haare waren zu kleinen Stacheln gestylt. Die jungen Leute heutzutage schienen sich alle irgendwelches Zeug in ihre Haare schmieren zu müssen. Damals, als ich noch ein Kind war, taten das nur die Rednecks, und jeder nannte sie deswegen *Greaser … Schmierlappen.* Ich war immer der Meinung gewesen, dass sich ein echter Mann keinen Schaumfestiger oder irgendetwas anderes ins Haar schmieren sollte.

Er erwartete uns bereits im Eingangsbereich und stellte sich mit einem lümmelhaften Grinsen und einem stark ausgeprägten Südstaatenakzent vor. Anders als Detective Thompson führte er uns jedoch bereitwillig an den Sicherheitstüren vorbei in sein Büro.

Das Heiligtum des Sheriffs war nicht ganz das, was ich eigentlich erwartet hatte. Eine ganze Reihe von Spielzeug-Polizeiautos pflasterten seinen Schreibtisch zu, und selbst die Bücherregale, in denen eigentlich wichtig aussehende Sheriff-Bücher stehen sollten, enthielten weitere Modellautos. Von der Decke hingen außerdem an Angelsehnen ein paar Modellhubschrauber herab. Es erinnerte mich irgendwie an das Zimmer eines vorpubertären Jungen. An Mobiliar gab es noch einige Stühle sowie eine Couch. Ich nahm an, dass er die für sein Mittagsschläfchen nutzte.

»Setzen Sie sich doch. Mag jemand vielleicht ein kaltes Getränk?«, fragte er, entschied dann aber sogleich: »Ich lasse uns eine Kanne Eistee bringen.« Dann rief er jemanden an und bestellte uns Tee. Nach einer kurzen Unterhaltung legte er auf.

»Jemand hat heute Kekse mit Schokosplittern gebacken!«, verkündete er begeistert. »Tee und Kekse sind also auf dem Weg. Okay, was kann ich für Sie tun?«, fragte er. Für einen Moment herrschte Schweigen und der Sheriff sah uns nacheinander erwartungsvoll an, wer von uns wohl den Anfang machen würde.

Ich ergriff schließlich die Initiative: »Sheriff, die Agenten Jeffreys und Ridgeway hier ermitteln gegen eine Firma namens *Robard Trucking.* Ich wurde angeheuert, um den Tod eines gewissen Lester Gwinnette zu untersuchen, einem Angestellten jenes Fuhrunternehmens. Zum Zeitpunkt seines Todes befand er sich in Ihrem Zuständigkeitsbereich.«

»Okay«, sagte der Sheriff unbeeindruckt. Ich sah zu den beiden Agenten, die ebenfalls ratlos darüber schienen, wieso er sich so benahm, als wüsste er nicht, wovon wir sprachen.

»Detective George Thompson …«

»Der arbeitet hier«, fuhr der Sheriff sofort dazwischen.

»Äh, ja. Ja, das ist richtig, aber das Interessanteste kommt erst noch: Er ist der Detective, der Lester Gwinnettes Tod untersucht hat.«

»Hat er das?«, fragte Sheriff Hatcliff.

»Das hat er tatsächlich«, bestätigte ich, nahm die Fallakte aus meinem Schoß und legte sie auf den Tisch des Sheriffs. »Das hier ist die Akte. Hatten Sie schon Gelegenheit, sie anzusehen?«

Er schüttelte langsam den Kopf. »Stimmt etwas damit nicht? Hat Georgie etwas falsch gemacht?«

»Sheriff, ist *Georgie* vielleicht gerade im Dienst, und wäre es möglich, ihn zu uns zu bitten? Vielleicht kann er uns ja noch etwas mehr Einsicht in den Fall gewähren«, hakte ich hoffnungsvoll nach.

Der Sheriff schnippte mit den Fingern. »Das ist eine gute Idee!«, rief er und griff nach seinem Telefon. Während er sein zweites Gespräch führte, tauschte ich mit meinen drei Begleitern ratlose Blicke aus. Ihren Gesichtsausdrücken nach zu urteilen, machten auch sie sich Sorgen um die geistige Gesundheit des amtierenden Sheriffs.

Eine Minute später erschien Detective Thompson, zusammen mit einer Angestellten, die eine Schale mit Keksen, Plastikbecher und einen Krug hereinbrachte, im Büro. George trug den gleichen Mantel und die gleiche Krawatte wie bei unserem ersten Treffen, und ich erspähte auch noch die blassen Rückstände des gleichen Fleckes darauf. Er erkannte mich offenbar wieder, denn er legte die Stirn in Falten, und als sein Blick auf den Ziehharmonikaordner fiel, verwandelte sich sein Gesicht sofort in eine finstere Grimasse.

Der Sheriff hieß seinen Detective freundlich willkommen. »Hi, Georgie«, rief er und schnappte sich dann schnell einen der Kekse, während die Angestellte noch dabei war, die Becher zu füllen.

»Hallo Sheriff«, antwortete der Detective. »Worum geht es denn?« Unentschlossen, ob er sich setzen sollte, blieb er hinter der Tür stehen.

Sheriff Hatcliff stellte uns kurz vor. »Das hier sind zwei FBI-Agenten und das dort sind Thomas und Anna. Was weißt du über einen Toten namens Lester?«

George schien sich unwillkürlich ein wenig zu verkrampfen. »Lester Gwinnette hat sich vor Kurzem umgebracht. Ich habe den Fall bearbeitet.« Dann erst bemerkte er die Fallakte auf dem Tisch des Sheriffs und deutete mit dem Finger darauf. »Das ist die Akte, Sheriff. Vor ein paar Tagen ist sie auf einmal spurlos verschwunden. Wo haben Sie sie denn gefunden?«. Der Sheriff zeigte kurz mit dem Finger auf mich.

George kochte nun vor Wut. »Wie sind Sie daran gekommen?«, wollte er aufgebracht wissen.

»Ich ließ sie austragen, so wie Sie es mir geraten haben«, antwortete ich mit einem netten, leicht spöttischen Lächeln. Er wollte Einwände erheben, doch ich fiel ihm rechtzeitig ins Wort.

»Machen Sie sich keine Sorgen, es fehlt nichts, und ich habe sie auch heil wieder zurückgebracht.«

»Das will ich Ihnen auch geraten haben«, knurrte er und wühlte darin herum. »Was geht hier vor sich, Sheriff?«, wollte er noch einmal wissen.

»Ich habe um ein Treffen gebeten, und der Sheriff war so nett, uns zu empfangen«, erklärte ich. Er sah mich weiterhin böse an.

»Weshalb?«, fragte er.

»Wir würden gern noch einmal Lester Gwinnettes Tod mit Ihnen durchgehen. Wenn es Ihnen gerade passt, würde ich Ihnen gern einige Ergebnisse meiner Ermittlungen aufzeigen.«

»Sicher doch«, willigte Sheriff Hatcliff sofort freundlich ein.

»Das könnte interessant werden«, murmelte Agent Jeffreys. Agent Ridgeway versuchte, sich ein Lächeln zu verkneifen, was ihr aber kaum gelang. Georgie ließ sich daraufhin langsam auf einen der Stühle sinken. Ich griff in die Akte hinein und holte die Fotografien des Tatorts und des Leichenschauhauses hervor.

»Diese Bilder hier, Sheriff, stammen vom Tatort. Wie Sie sehen können, liegt Lester auf dem Boden seiner Küche. In seiner rechten Hand befindet sich eine Pistole und hinter seinem rechten Ohr klafft eine Wunde, offenbar von einem Schuss«, erklärte ich. Er betrachtete die Aufnahmen aufmerksam.

»Stimmen Sie meiner Beschreibung soweit zu, Detective Thompson?«, erkundigte ich mich.

Er sah zuerst mich und dann den Sheriff an. »Das ist richtig. Das Opfer wurde auf dem Boden vorgefunden, genau wie es auf den Aufnahmen zu sehen ist.«

Ich blickte ihn kurz an, dann fuhr ich fort: »Nebenbei bemerkt, Sheriff, ist Ihr Tatortsfotograf wirklich sehr talentiert und hat einige sehr detailreiche Nahaufnahmen gemacht. Sehen Sie sich beispielsweise diese Nahaufnahme der Wunde an. Die korrekte Bezeichnung für eine Schussverletzung dieser Art lautet wohl Einschusswunde, nicht wahr, Detective?« Georgie schwieg, aber ich bemerkte, wie sein linkes Augenlid leicht zu zucken begann.

»Wie Sie wissen, Sheriff, muss eine Schussverletzung nicht durch den gesamten Körper gehen, wie das bei einem Durchschuss der Fall ist. Nun, in diesem Fall steckt das Projektil noch in der Leiche des Opfers.«

»Projektil?«, fragte der Sheriff.

»Ja. Die meisten Leute sagen Kugel dazu, aber der korrekte Begriff lautet Projektil. Eine Kugel findet man eher auf der Bowlingbahn.« Agent Ridgeway kicherte, was auch die anderen Männer zum Lachen brachte. Annas Blick schien mir sagen zu wollen … siehst du, genau das meinte ich.

»Wenn ein Detective eine Schussverletzung untersucht, kann er oder sie durch Betrachtung der Wunde ein paar erste Feststellungen treffen.«

»Wirklich?«, fragte der Sheriff erstaunt. »Zum Beispiel?«

»Dinge wie den Eintrittswinkel und der geschätzte Abstand zwischen Waffe und Körper, als der Schuss abgegeben wurde.« »Das alles kann man anhand dieser Bilder ablesen?« Er steckte voller Fragen, was ein gutes Zeichen war, mir andererseits aber auch bestätigte, dass er noch niemals an einer strafrechtlichen Untersuchung mitgewirkt hatte. Was für mich die Frage aufwarf, wie er es geschafft hatte, anstelle eines Mannes mit über vierzigjähriger Erfahrung in das Amt des Sheriffs gewählt zu werden. Ich werde wohl niemals verstehen, wieso die Leute so wählen, wie sie es eben tun.

»Ja, das kann man, Sheriff«, antwortete ich und griff nach einigen der Fotos. »Was Sie hier sehen, sind Aufnahmen, die während der Autopsie gemacht wurden. Der Gerichtsmediziner rasierte, wie Sie sehen können, Lesters Kopf zuerst um die Schusswunde herum und schoss dann einen ganzen Haufen Bilder.«

»Das kann man wohl sagen«, sagte er anerkennend. Ich verteilte die Bilder auf seinem Tisch. »Sehen Sie sie sich genauer an.«

»Wonach suche ich denn?«, fragte er. Auf diese Frage hatte ich gewartet.

»Auf diesen Fotos suchen wir nach einem Hinweis, der uns den Abstand der Waffe bei dem Schuss verrät.« Ich sah wieder zu Georgie hinüber. Er war genauso überfordert wie sein Boss und das nervöse Zucken seines Auges war nun noch ausgeprägter.

»Welchen Hinweis denn?«, erkundigte sich Sheriff Hatcliff.

»Sheriff, der Mündungsabstand zu einem Ziel lässt sich in vier generelle Gruppen einteilen: direkter Kontakt, unmittelbare Nähe, mittlerer Abstand und Distanzschuss. Ein Blick auf die Wunde und der geschätzte Winkel der Mündung zu dem Opfer lassen bereits einige Rückschlüsse zu. Werfen Sie doch einmal einen Blick auf diese Fotos, Detective. Können Sie dem Sheriff verraten, welchen Abstand die Mündung der Waffe zu Lesters Kopf hatte, als die Waffe abgefeuert wurde?«

Er warf mir einen vernichtenden Blick zu, bevor er mir die Fotografie aus der Hand riss und sie eingehend studierte. Nach ein paar Sekunden schnaubte er verächtlich. »Diese Fotos verraten einem eigentlich gar nichts. Lester hat sich die Kanone an den Kopf gehalten und den Abzug durchgezogen. Das Extraloch in seinem Kopf ist bestimmt nicht von allein dort hingekommen. Wenn Sie jemals selbst in einem Mordfall ermittelt hätten, wüssten Sie das«, verkündete er, während er die Augen verdrehte und das Foto zurück auf den Schreibtisch warf.

Ich ignorierte seine Mätzchen und wandte mich stattdessen wieder dem Sheriff zu. »Eine Kontaktwunde, oder wie Detective Thompson es so schön formulierte, dass Lester sich die Kanone an den Kopf hielt und den Abzug drückte, würde die Haut versengen und außerdem noch dazu führen, dass sich Ruß in die Wunde einbrennt. Der eingebrannte Ruß lässt sich später auch nicht wegwischen oder abwaschen. Wenn Sie sich diese Schusswunde hier genauer ansehen, werden Sie feststellen, dass es keine Rußspuren und Verbrennungen um die Wunde herum gibt.« Alle sahen mich verwirrt an, studierten die Fotos und schauten dann wieder zurück zu mir.

»Mit dieser Information kann ein Detective ausschließen, dass es sich um eine Kontaktwunde handelt. Lester hielt sich die Kanone also nicht selbst an den Kopf.« Jetzt sahen sich alle die Fotografien noch einmal genauer an.

»Aber da ist doch Ruß. Sehen Sie sich doch mal seine Haare an«, rief George mit wachsender Feindseligkeit.

»Ja, da haben Sie recht, Detective. In den Haaren des Opfers findet sich etwas Ruß. Er klebt am unteren Rand der Wunde und breitet sich von dort in einem leichten Winkel aus. Das lässt sich auch auf dem Foto vom Tatort deutlich erkennen. Aber wie man ebenfalls sehen kann, findet sich keiner auf der Kopfhaut des Opfers. Werfen Sie bitte mal einen Blick auf die Aufnahmen des Revolvers. Ein .39er mit einem vier Zoll langen Lauf. Sehen Sie sich das Foto des rasierten Kopfes an. Dort finden sich keine der rotbraunen Flecken, nur ein paar Rückstände von Ruß, und diese auch nur auf der Hautoberfläche. Ausgehend von den Beweisen kann man also den Schluss ziehen, dass die Waffe ungefähr einen Abstand zwischen sieben und fünfundzwanzig Zentimetern aufwies, als sie abgefeuert wurde.«

Während die anderen still dasaßen, auf die Fotos hinunterstarrten und versuchten, zu verdauen, was ich ihnen gerade erzählt hatte, wühlte ich mich weiter durch ein paar der Aufnahmen. »Okay, und jetzt sehen Sie sich dieses Foto hier an«, wies ich den Sheriff an. Der junge Mann nahm es mir aus der Hand und studierte es eingehend.

»Dort ragt ein Stahlstab aus dem Kopf des Toten«, sagte er und kicherte über seinen eigenen Witz. Doch außer ihm lachte niemand.

»Ja, das ist richtig. Der Gerichtsmediziner hat das getan, um den Eintrittswinkel des Projektils zu verdeutlichen, als es in den Kopf des armen Lesters einschlug. Was halten Sie davon?«

Er sah sich das Foto an und untersuchte es wirklich gründlich. Er hielt es sich sogar dicht vor sein Gesicht und drehte es auf den Kopf. Schließlich dämmerte es ihm irgendwann.

»Die Kugel flog ein wenig nach unten, oder?«

Ich nickte. »Das ist richtig, Sheriff. Die fragliche Pistole wurde in einem gewissen Abstand zu Lesters Kopf gehalten und dann leicht nach unten gerichtet abgefeuert.«

Erneut grunzte Detective Thompson. »Das beweist aber alles noch keinen Mord«, verkündete er stur.

Anstatt ihm etwas Geistreiches zu antworten, zum Beispiel ihn einen Vollpfosten zu nennen, fuhr ich mit weiteren Beweisstücken fort. »Ich bin mir sicher, dass Sie alle das Foto gesehen haben, in dem Lester die Pistole in der rechten Hand hielt. Haben Sie ihn genauso vorgefunden, Detective?« Georgie musterte mich mit einem plötzlich aufkeimenden Verdacht, bevor er antwortete. »Ja«, sagte er leise und beinahe verteidigend.

Ich blätterte durch die Akte und fand daraufhin zwei handgeschriebene Aussagen. »Ja, das medizinische Personal schrieb das Gleiche. Die Handfeuerwaffe befand sich locker in Lesters rechter Hand. Nun haben wir es mit einem kleinen Rätsel zu tun, denn Rhoda Gwinnette, Lesters Ehefrau, sagte aus, dass Lester Linkshänder gewesen war und außerdem an einer alten Verletzung an seinem rechten Zeigefinger litt, die nie wirklich verheilt war. Kurz gesagt, war es ihm unmöglich, mit diesem rechten Zeigefinger den Abzug eines Revolvers zu bedienen.«

Ich zog einen letzten Bericht aus der Akte hervor und reichte ihn Detective George. »Das hier ist der Testbericht auf Schmauchspuren des *Tennessee Bureau of Investigation*. Zusammengefasst heißt es dort, dass der Test auf Schmauchspuren negativ ausfiel.« Dann schob ich dem Sheriff einen anderen Bericht zu. »Und das hier ist Detective Thompsons Bericht. In dem heißt es, der Test hätte positive Schmauchspuren nachgewiesen.«

Ich ließ mich in meinen Stuhl zurückfallen und wartete, dass der Sheriff und sein inkompetenter Lakai, das Gehörte sacken ließen. Als sie mich schließlich wieder ansahen, lächelte ich sie freundlich an.

»Sheriff, die Beweislage vor Ihnen sollte mehr als genügen, um nachzuweisen, dass sich Lester Gwinnette nicht selbst umgebracht hat. Sie haben es hier eindeutig mit einem Mordfall zu tun.«

KAPITEL 16

Nach meiner Präsentation und der Verkündung, dass es sich um einen Mord handelte, ließ Sheriff Hatcliff uns wissen, dass er nun über einiges nachzudenken hatte, und bat uns deshalb, zu gehen. Zu viert verließen wir daraufhin sein Büro und trafen uns draußen auf dem Parkplatz.

Special Agent Jeffreys begann als Erster: »Ich muss schon zugeben, dich heute in Aktion erleben zu dürfen, war recht amüsant.«

Zum ersten Mal seit unserem ersten Zusammentreffen sah ich ihn wieder sein Zahnpasta-Lächeln aufsetzen, genau wie Teresa. Barbie und Ken in Person.

Ich zuckte mit den Schultern. »Du solltest erst mal meine Elmar-Fudd-Imitation sehen.« Sie lachten ausgiebig.

»Da muss ich ihm recht geben«, sagte Teresa mit ihrem eigenen Neonlächeln. »Es war wirklich ein Genuss, dir bei der Arbeit zuzusehen, Thomas, und ich glaube, wir haben erst die Spitze des Eisberges gesehen.« Sie warf einen Blick auf ihr Handy und sah dann zu ihrem Partner. »Wir müssen jetzt wirklich ins Büro zurück. So wie es aussieht, müssen Mark und ich noch einige Zwangsvorladungen verfassen.«

Wir gaben uns die Hände. Sie machten noch hastig einige falsche Versprechungen, dass sie die nächsten Informationen mit uns teilen würden, und ich sagte ihnen, dass ich ihren Anruf sehnsüchtig erwarten würde. Dann waren sie verschwunden.

Auf dem Weg zu meinem Wagen hörte ich plötzlich eine schroffe Stimme nach mir rufen.

»Hey, Sie da, ich will mit Ihnen sprechen!« Ich drehte mich um und erblickte die Quelle des Rufs. Es war Detective Thompson, auch bekannt als Georgie. Mit unverhohlen wütendem Gesicht lief er quer über den Parkplatz auf mich zu, wie jemand mit wundgeriebenen Schenkeln und einem üblen Fall von Hämorrhoiden. Außerdem bemerkte ich ein paar Leute, die uns aus den Bürofenstern heraus zusahen. Ich griff beiläufig nach meinem

Telefon und tippte ein paar Mal auf dem Bildschirm herum, als würde ich eine Nachricht schreiben.

Nur wenige Zentimeter vor mir hielt er schließlich an. »Was sollte diese Show, die Sie da drin abgezogen haben, Sie Arschloch?«, wollte er wutentbrannt wissen.

»Na ja, Georgie, war das denn nicht offensichtlich? Ich konnte nachweisen, dass Sie eine halbärschige Untersuchung geleitet und fälschlicherweise einen Mord als Selbstmord ausgegeben haben. Wie viel klarer soll ich es Ihnen denn noch machen?«

Er kochte jetzt vor Wut und drohte mir mit einem seiner pummeligen Finger. Er war nur Millimeter von meinem Gesicht entfernt.

Wenn es nicht so viele Zeugen um uns herum gegeben hätte, hätte ich ihm das sicher nicht durchgehen lassen. So aber tat ich erst einmal gar nichts.

»Leute wie Sie habe ich gefressen«, ließ er mich wissen. »Sie haben ein paar schlaue Bücher gelesen, ein paar Polizeiserien gesehen, und schon glauben Sie, Sie wären ein richtiger Detective.« Anna empfand Georgies Beleidigungen offenbar nicht als sonderlich angebracht und kam mir deshalb zu Hilfe.

»Er *ist* ein Detective, Sie Idiot. Er hat schon Morde aufgeklärt, als Sie noch bei der Metro waren und … was weiß ich, Strafzettel verteilend Donuts gefuttert haben.«

Der Detective funkelte sie wütend an und wollte schon seinen fetten Finger auf sie richten, doch ich trat einen Schritt zur Seite und schob mich zwischen die beiden.

»Georgie, Sie können mich gern beleidigen, so viel Sie wollen, aber Sie sollten vorsichtig sein, dass Sie auch nur ein abwertendes Wort ihr gegenüber verlieren«, warnte ich ihn und deutete auf mein iPhone. »Ich schneide nämlich gerade unsere gesamte Unterhaltung mit.« Er blickte auf mein Telefon hinunter und starrte mich dann noch wütender an. Er setzte bereits zu einer wütenden Antwort an, hielt sich dann aber zurück.

»Wenn Sie Ihr Ego wieder ein wenig runtergekühlt haben und über die Verdrängungsphase hinaus sind, rufen Sie mich doch an, und wir besprechen den Fall weiter. Sie sollten sich aber nicht zu viel Zeit damit lassen«, sagte ich.

Er holte tief Luft. »Was soll das denn heißen? Ist das etwa eine Drohung?«, fragte er mit leiser, feindseliger Stimme.

»Vielleicht ist es Ihnen ja entgangen, aber diese beiden FBI-Agenten haben ebenfalls ein Interesse an diesem Fall entwickelt. Falls sie die Ermittlungen übernehmen werden, werde ich dafür sorgen, dass die Medien davon erfahren, wie Sie das Ganze zuvor vermasselt haben. Das könnte ziemlich unangenehm für Sie und Ihren Sheriff werden.« Okay, in Wirklichkeit interessierte das FBI Lesters Tod nicht die Bohne, aber das wusste er ja nicht. Er starrte mich weiter an, schnaufte wie ein Ochse, der jeden Moment auf mich losgehen würde, drehte sich stattdessen aber um und watschelte wieder in das Gebäude.

Ich wartete, bis wir wieder im Auto saßen, bevor ich meinen Flachmann hervorholte. Der Scotch brannte auf angenehme Weise auf seinem Weg nach unten. Anna sah mich kurz an, während sie fuhr. »Sie hatten den ganzen Tag noch keinen Drink«, stellte sie überrascht fest. Ich nickte. »Wohin jetzt?«, fragte sie.

»Zurück nach Nashville. Crieve Hall, um genau zu sein. Ich muss dort ein paar Sachen für Ronald einkaufen.«

»Dann lerne ich heute also endlich den mysteriösen Ronald kennen? Wieso gehen wir denn für ihn einkaufen? Kann er das nicht selbst?«

»Ja und Nein. Er hat ein Problem mit Orten mit vielen Menschen, also bringen wir ihm ein paar Suppen und statten ihm einen Besuch ab. Da fällt mir ein …«, sagte ich und schrieb Ronald eine kurze Nachricht: *Wir sind auf den Weg in den Supermarkt und gleich bei dir. Wasch dich, Anna ist bei mir.* Ich schickte die Nachricht ab, dann hieb ich mir auf den Oberschenkel, weil ich vergessen hatte, Duke anzurufen.

»Scheiße«, murmelte ich, rief mir seine Nummer ins Gedächtnis und wählte.

»Du hältst wirklich nichts davon, Leute direkt zurückzurufen, oder?«, meldete er sich knurrend.

»Ich wurde aufgehalten.« Ich hielt es nicht für nötig, ihm meinen kurzzeitigen Gedächtnisverlust zu erklären.

»Bist du nachher noch bei *Mick's*? Du müsstest mir nämlich einen Gefallen tun.«

Ich schaue zu Anna hinüber. Duke hatte so laut gesprochen, dass sie unsere Unterhaltung mitgehört hatte. Sie zuckte mit den Schultern und nickte.

»Ja, wir sind in ein paar Stunden da.« Duke grunzte und legte auf.

Ich ebenfalls. »Erinnere mich doch daran, morgen früh Mrs. Braxton anzurufen. Wir müssen endlich mit ihrem Fall anfangen.«

Ronald stand bereits im Türrahmen, als wir vor dem Haus einparkten. Er war frisch geduscht, was man an seinen noch nassen Haaren erkennen konnte, und schien sogar frische Klamotten am Leib zu tragen. Er half mir, die Einkäufe auszuladen, während Anna uns dabei zu sah.

Im Gehen flüsterte ich ihm zu: »Sei nicht so schüchtern, stelle dich ihr vor.«

Anna musste mich gehört haben, denn sie lächelte und kam ihm zuvor. »Hi, Ronald, ich bin Anna. Thomas schwärmt ja in den höchsten Tönen von dir.«

Ronald tat sich schwer damit, sie überhaupt anzusehen, murmelte etwas Unverständliches, und zu dritt liefen wir ins Haus. Er war mehr als nur nervös und fühlte sich sichtlich unwohl dabei, eine Fremde im Haus zu haben, noch dazu ein sexy Mädchen in seinem Alter. Ich zog ihn jedoch nicht damit auf, so sehr es mich auch in den Fingern juckte.

»Okay, Kumpel, ich habe dir genug Lebensmittel für ein paar Wochen mitgebracht. Brauchst du sonst noch etwas?« Sein Blick schnellte kurz zu Anna, dann galt seine ungeteilte Aufmerksamkeit wieder mir. Er schüttelte den Kopf.

»Okay, wir müssen leider auch schon wieder los. Oh, der *Robards*-Fall scheint doch komplizierter zu sein, als wir zuerst gedacht haben.«

Seine Augen leuchteten auf. »Oh, wirklich?« Er liebte es, über das Internet im Privatleben anderer Leute herumzuschnüffeln. Mich brauchte er hauptsächlich nur dazu, ihm eine bestimmte Richtung aufzuzeigen.

»Sieh mal nach, ob du eine komplette Angestelltenliste finden kannst, wo steht, wo sie wohnen, und dann ruf mich morgen

Nachmittag kurz an«, sagte ich und machte mich wieder auf den Weg nach draußen.

Anna lief zu ihm und umarmte ihn kurz. »Bye, Ronald«, sagte sie liebenswürdig. Ronald schien kurz davorzustehen, sich in die Hosen zu machen. Auf dem Weg zum Wagen musste sie kichern.

»Du hast ihn in Verlegenheit gebracht«, sagte ich. »Das hast du doch mit Absicht gemacht.«

Daraufhin musste sie noch mehr kichern. »Er ist so schüchtern! Ich wette, er ist noch Jungfrau.« Ich lachte nun ebenfalls, denn damit lag sie wohl richtig.

»Wie habt ihr zwei euch denn kennengelernt?«, fragte sie neugierig.

»Das ist keine schöne Geschichte, fürchte ich.«

»Was ist passiert?«

»Ronald war ein Einzelkind, und wie du gesehen hast, ist er sehr introvertiert.«

»Da sagst du was.«

»Ja, er hat das *Asperger* Syndrom oder wie immer man das heutzutage nennt, aber er ist ziemlich intelligent. Er wurde zu Hause unterrichtet und konnte deshalb nie so richtig soziale Fähigkeiten erlernen. Für ihn gab es immer nur seine Eltern und seinen Computer. Eines Abends besuchten seine Eltern ein paar Freunde drüben in Lebanon. Auf der Heimfahrt kam ihnen dann auf der Interstate 40 ein betrunkener Geisterfahrer entgegen und prallte frontal mit ihnen zusammen.«

»Oh, wie furchtbar«, rief Anna.

»Ja. Ich hatte schließlich die Aufgabe, die Nachricht ihres Todes zu überbringen. Er rannte vor mir weg und schloss sich in einem Schrank im Keller ein. Dort saß ich dann für mehrere Stunden und versuchte ihn zu überreden, wieder herauszukommen, bis er das dann schließlich auch tat. Seitdem sind wir Freunde.«

»Also bist du für ihn so eine Art Vaterfigur«, mutmaßte Anna.

»Eher so etwas wie ein großer Bruder. So verdammt alt bin ich nämlich noch nicht«, antwortete ich empört. Anna kicherte wieder.

Duke saß auf dem gleichen Stuhl an der Bar wie beim letzten Mal. Auf beiden Seiten von ihm war noch genügend Platz. Mit seinen knapp zwei Metern und bestimmt fast hundertvierzig Kilo schien niemand sonderlich darauf erpicht zu sein, neben ihm zu sitzen. Ich schnappte mir ein paar Stühle und zog sie zu ihm hinüber. Anna setzte sich neben mich.

Mit seiner frisch angezündeten Zigarre deutete er auf mich. »Mick hat mir gerade erzählt, dass du Italiener bist.«

»Hat er dir auch erzählt, dass er mit einem ungewöhnlich kleinen Penis geschlagen ist?«

Duke sah zu Mick hinüber und verfiel in brüllendes Gelächter. Mick winkte nur ab und trottete davon.

»Du musst mir einen Gefallen tun, aber du musst mich erst einmal zu Ende anhören, bevor du irgendetwas dazu sagst.«

»Okaayy«, antwortete ich gedehnt.

»Du müsstest einen Typen für mich überprüfen. Nachsehen, ob er in Ordnung ist.« Ich sah ihn schief an und Duke hob sofort abwehrend die Hand und schüttelte den Kopf. »Ich weiß ganz sicher, dass er kein Bulle ist, also zerbrich dir darüber nicht den Kopf.« Er schob mir ein gelbes Blatt Notizpapier zu. »Das hier sind die Informationen, die ich über ihn habe.« Ich sah ihn einfach nur weiter an.

»Er hat meiner Tochter gestern Abend einen Heiratsantrag gemacht«, klärte er die Sache schließlich auf. »Doch ich tue mich ehrlich gesagt schwer, damit klarzukommen. Ich weiß nicht so recht, ob er für mein kleines Mädchen wirklich gut genug ist.«

»Wie alt ist sie denn?«, fragte ich ihn.

»Sie ist neunzehn«, lautete seine Antwort. »Er ist einundzwanzig und kein Biker.« Duke leerte sein Bier und wedelte Mick mit der leeren Flasche zu. »Er geht noch zur Schule und will später mal Grundstücksmakler werden, so wie sein Vater.«

»Klingt doch ganz so, als wüsstest du bereits alles über ihn«, sagte ich. Duke hob die Schultern und Mike brachte ihm ein neues Bier.

Ich dachte kurz darüber nach, dann fällte ich eine Entscheidung. »Na gut. Hört sich für mich jetzt aber nicht so an, als ob ich eine komplette Hintergrundüberprüfung auf Vorstrafen machen müsste. Ich kann ja eine Bonitätsprüfung anleiern, nachsehen, ob es irgendwelche Gerichtsurteile gegen ihn gibt oder ob er Unterhaltszahlungen zu leisten hat, solche Sachen eben. Reicht dir das?«

»Ich schätze schon«, sagte Duke.

»Ich kenne ihn«, warf Anna plötzlich ein. »Er ist ein wirklich netter Kerl.« Duke verzog das Gesicht und grunzte vor sich hin.

»Hast du schon einmal darüber nachgedacht, dass es dir gar nicht so sehr um den Ruf des jungen Mannes geht, sondern eher darum, dass du Angst davor hast, deine Tochter gehen zu lassen?«, fragte ich ihn nun.

Duke starrte mich finster an. »Wenn er nicht gut genug für mein kleines Mädchen ist, wird er sie auch nicht heiraten. Das kann ich dir versichern.« Mick war mittlerweile an unser Ende der Bar zurückgekehrt und hörte unserer Unterhaltung gebannt zu. Er nickte verständnisvoll, aber ich runzelte die Stirn.

»Was ist denn los, Spaghetti?«, fragte Mick. »Was denkst du gerade?« Die beiden Männer sahen mich neugierig an.

»Oh, ich musste gerade daran denken, wie ich als Kind jeden Mittwochabend zur Bibelstunde musste. Es gibt da ein oder zwei Stellen, die auf diese Situation ganz gut passen würden.« Mir wurde auf einmal bewusst, dass ich noch gar keine Zigarre hatte, deshalb stand ich auf und lief zu dem Humidor hinüber. Mick verfügte über eine ansehnliche Auswahl und liebte es außerdem, ständig neue Marken auszuprobieren. Ich hatte meine Favoriten, entschied mich aber dafür, dieses Mal etwas Neues zu versuchen. Meine Wahl fiel auf eine *Rocky Patel Century*. Ich lief zurück zur Bar, wo Mick bereits ein neues Bier für mich geköpft hatte.

»Jetzt lasse uns nicht einfach mitten in der Geschichte hängen, du dämlicher Dago«, sagte Mick gereizt. »Sage schon, worauf du hinauswillst.«

»In Ordnung.« Ich setzte mich. »Im Evangelium nach Matthäus gibt es seine Version der Bergpredigt. Ein Teil davon beschreibt die Taufe Jesu.« Die drei anderen sahen mich weiterhin gespannt an.

»In einigen Religionen gilt die Taufe als ein Sakrament, ein symbolisches Ritual der Reinigung, bei dem der Körper und der Geist von den Sünden befreit werden. Noch wichtiger aber ist es, dass eine Person bei einer Taufe eine Art Nahtoderlebnis durchläuft. Der Gedanke dahinter ist, dass eine solche Nahtoderfahrung den Getauften dazu bringen soll, das Leben mehr zu schätzen zu wissen und auf diese Weise rechtschaffener zu leben. Zu Jesus Zeiten gab es einen Mann, den wir alle als Johannes den Täufer kennen. Er lebte in einer kleinen Oase in der Wüste. Er war als Täufer recht beliebt, weil er ein guter Entertainer war und außerdem ein Händchen dafür hatte, seine Helfer eine Person lange genug unter Wasser halten zu lassen, dass sie tatsächlich beinahe starben, bevor er ihre Köpfe wieder aus dem Wasser zog. Wenn Johannes sie eintauchte, starb kaum jemand.«

Ich nahm einen Schluck von meinem Bier. »Okay, das nur als Einführung. Jetzt kommt die Geschichte: Eines Tages ist Johannes also da draußen in seinem Leinengewand und hält seine kleine Show ab, als plötzlich Jesus vorbeikommt. Sie sagen sich Hallo, quatschen ein wenig, und dann meint Jesus, dass es auch für ihn an der Zeit wäre, getauft zu werden, und dass Johannes ihn taufen soll. Johannes ist auf einmal sehr verunsichert, denn er hat Angst, weil er sich für unwürdig hält, Jesus zu taufen. Jesus aber beruhigt Johannes. Er erklärt ihm, dass er die Angst einfach nur ertragen müsse, und dies allein ihn würdig genug machen würde.«

Ich sah zu Duke hinüber. »Siehst du, in deinen Augen mag dieser junge Mann nicht würdig sein, deine Tochter zu heiraten, aber ist es nicht vielleicht möglich, dass ihn die Tat an sich würdig machen könnte?«

Mick kicherte. »Höre auf ihn, Duke. Er mag vielleicht ein blöder Itaker sein, aber zumindest kennt er die Bibel.« Duke sah mich einfach nur stumm an, dann grunzte er einmal, oder vielleicht rülpste er auch, und trank schweigend sein Bier aus.

Ich sah zu Mick hinüber. »Kennst du jemanden, von dem ich mir einen Abschleppwagen borgen könnte? Ich brauche nämlich einen Rollbock mit einer Winde.«

Mick legte die Stirn in Falten und kratzte sich nachdenklich am Kinn. »Ich glaube nicht, Thomas. Wofür brauchst du den Abschleppwagen denn?«

»Ich muss ein altes Auto nach Hause transportieren. Die Reifen sind leider hin, die Bremsen festgefressen, und ich kriege ihn nicht auf meinen Anhänger.« Ich zuckte mit den Schultern. »Tja, dann muss ich wohl einen Abschleppdienst bezahlen, um ihn abholen zu lassen. Ich hatte gehofft, mir das Geld sparen zu können. Das wird garantiert ganz schön was kosten.«

Duke leerte sein Bier und bezahlte. Er murmelte etwas Unverständliches und lief dann hinaus.

Mick kicherte. »Das hast du ihm ja etwas zum Grübeln gegeben, du Spaghettifresser.«

KAPITEL 17

Ich hatte gehofft, dass die Schäden nur oberflächlich wären, aber als ich sie näher in Augenschein nahm, konnte ich sehen, dass die Kratzer tatsächlich bis in das Aluminium eingedrungen waren.

»Okay, das macht die Sache leider ein wenig schwieriger«, murmelte ich und begann, die Tür bis hinunter auf das blanke Metall abzuschmirgeln. Ich verbrauchte nur wenig Schleifpapier, und bis zum Mittag hatte ich bereits die erste Schicht Grundierung aufgetragen. Ich saß gedankenversunken auf einem Hocker und bewunderte mein Tagwerk, als Anna hereinkam.

»Wo warst du den ganzen Tag?«, fragte ich. Sie und Henry waren bereits verschwunden gewesen, bevor ich aufgestanden war, und darüber war ich so verärgert gewesen, dass ich gleich zwei oder drei Tassen Kaffee allein getrunken hatte.

»Henry und ich waren joggen.« Henry stand neben ihr und hechelte zufrieden. Er war ein mieser Köter, aber sie schien ihm tatsächlich zu gefallen. Er schlief sogar bei ihr im Zimmer. Ich vermutete, dass er mir den Arsch aufreißen würde, wenn ich versuchen würde, mich nachts heimlich zu ihr hineinzuschleichen.

»Ich habe gerade einen deiner Nachbarn getroffen. Einen alten Sack namens Buford. Er trug einen schmutzigen Overall und kaute auf einem Stück Kautabak herum, das so groß wie ein Apfel war. Er hörte gar nicht mehr auf, mir auf die Brüste zu starren.« Sie trug heute kurze Shorts und ein eng anliegendes, leuchtend grünes Tanktop ohne BH darunter, was nur noch sehr wenig der Fantasie überließ. Kein Wunder, dass Buford sie angestarrt hatte, auch wenn er bereits über achtzig war. Anna ging neben mir in die Hocke und begutachtete mein Werk.

»Ich habe da mal eine Frage: Wenn du nur meine Tür neu lackieren willst, wieso hast du dann meinen gesamten Wagen in Zeitungspapier eingewickelt?«

»Sprühnebel«, erklärte ich ihr. »Wenn ich den Rest nicht abdecken würde, könnte der Sprühnebel schnell alles versauen, und dann müsste ich womöglich doch das ganze Auto neu lackieren.

Das wäre eine Menge nutzloser Arbeit, die sich leicht vermeiden lässt, wenn man sich gut vorbereitet. Deshalb stehen mein Cadillac und der Truck auch draußen.« Ich warf ihr einen Blick zu. »Du solltest dir einen von diesen Sport-BHs zulegen, wenn du nicht von irgendwelchen alten Säcken angegafft werden willst, oder wenigstens ein Sweatshirt tragen.«

Grinsend sah sie mich an. »Ja, wahrscheinlich sollte ich das tun.«

»Okay, während ihr draußen herumgerannt seid, habe ich nachgedacht, und mich dazu entschieden, dass du den Braxton-Fall übernehmen darfst.«

Sie riss erstaunt die Augen auf. »Wirklich?«

»Yep. Also schnapp dir mein Telefon und rufe Ronald an. Frag ihn, ob er schon irgendetwas über den perversen Theopolis herausgefunden hat, und danach rufst du Mrs. Braxton an und machst einen Termin mit ihr aus.«

Als ich ihr sagte, sie solle Ronald anrufen, grinste sie mich noch breiter an, aber nachdem ich Mrs. Braxton erwähnt hatte, wurde sie prompt kreidebleich. »Ich kann nicht mit ihr reden«, sagte sie ängstlich. »Sie hält mich für Abschaum.«

Ich sah sie an. Sie hatte sich neben mich auf den Boden gesetzt und machte den Eindruck, als würde sie jeden Moment zu weinen anfangen. Ich berührte sanft ihr Kinn und drehte ihren Kopf zu mir.

»Ich schätze, es ist Zeit für eine kleine Geschichte«, sagte ich. »Es war einmal ein verheiratetes Pärchen, die hatten zwei Kinder. Einen kleinen Jungen und ein kleines Mädchen. Jedes Mal, wenn der kleine Junge hinfiel oder sich einen Kratzer zuzog, erklärten ihm seine Eltern, dass er die Zähne zusammenbeißen sollte, weil er ein tapferer kleiner Junge sei. Jedes Mal, wenn das kleine Mädchen hinfiel, hoben die Eltern sie hoch, knuddelten sie, gaben ihr Küsschen auf das Aua und dieser ganze alberne Mist.«

Sie sah mich fragend und verwirrt an. »Was willst du mir damit sagen?«

»Was glaubst du, welches der beiden Kinder wurde zu einem starken, selbstbewussten Menschen? Deshalb werde ich dich jetzt auch nicht knuddeln und dir Küsschen auf dein Aua geben. Du bist ein guter Mensch und ich mag dich. Verdammt noch mal, selbst Henry mag dich, und der mag sonst niemanden. Es wird immer jemanden geben, der dich aus dem einen oder anderen Grund nicht leiden kann, und du wirst einfach lernen müssen, damit umzugehen. Wenn du hier noch eine Weile herumhängen und dir einen Gehaltsscheck verdienen willst, höre auf, dich selbst zu bemitleiden, und reiße dich gefälligst zusammen.«

Ich nahm die Hand von ihrem Kinn, stupste ihr auf die Nasenspitze und deutete dann auf das Telefon. Zögernd folgte sie mit ihren Augen meinem Finger.

Plötzlich begann Henry zu bellen und rannte aus der Garage. Wir standen beide auf und liefen nach draußen, wo gerade ein roter Abschlepptruck die Einfahrt hinaufgefahren kam. Am Steuer saß Duke. Er stieg aus und zündete sich den Stummel einer Zigarre an, bevor er zu uns hinübergelaufen kam. Henry knurrte ihn bedrohlich an und Anna streichelte dem Hund beruhigend über den Kopf.

»Eine Parabel«, sagte er und lief an uns vorbei in die Garage. Wir folgten ihm. Er bemerkte Annas Wagen, kauerte sich vor die frisch grundierte Tür und begann, meine Arbeit zu mustern.

Anna sah mich fragend an. Ich zuckte mit den Schultern. Alles, woran ich im Moment denken konnte, war das Aroma von Dukes Zigarre, das mir das Wasser im Mund zusammenlaufen ließ, wie ein pawlowscher Reflex.

Stirnrunzelnd sah sie zu Duke hinüber. »Was meinst du damit, dass es eine Parabel ist?«, fragte sie ihn verwirrt.

Er stand auf und gestikulierte mit seiner Zigarre. »Das, was er letztes Mal über die Taufe von Jesus Christus erzählt hat und darüber, dass es der Akt selbst ist, der die Sache lohnend macht. Das war eine Parabel … ein Gleichnis, aus dem man gewisse Gemeinsamkeiten ableiten kann.« Er wedelte noch mehr mit seiner Zigarre. »Du bist übrigens nicht der Einzige, der die Bibel gelesen hat«, sagte er verächtlich und dann deutete er vage in die Richtung, in der der Abschleppwagen stand.

»Okay, ich habe dir einen Wagen besorgt. Wo geht es denn hin?«

Anna blickte mich lächelnd an. »Eine Parabel also«, sagte sie leise, starrte noch kurz das Telefon an, und schaltete es schließlich ein.

Ich füllte meinen Flachmann auf und schnappte mir eine Handvoll Zigarren, bevor ich auf den Beifahrersitz kletterte. Dann warf ich Duke einen Seitenblick zu. »Bevor wir losfahren, muss ich aber noch eines wissen. Bitte sage mir, dass dieser Truck nicht gestohlen ist.«

Duke sah mich unschuldig an. »Ich habe ihn mir ausgeliehen.«

»Genau das, habe ich befürchtet«, jammerte ich, dann reichte ich ihm eine frische Zigarre und zündete mir selbst eine an.

Bevor wir losfuhren, kam Anna mit ihren wohlgeformten Beinen und den unter ihrem Shirt fröhlich hüpfenden Brüsten aus dem Haus gerannt. Ich kurbelte das Fenster hinunter, während sie auf das Auto zulief. Als sie bei mir ankam, war sie ein wenig außer Atem. »Ich habe gerade mit Mrs. Braxton telefoniert. Sie hat mir den Namen und die Adresse ihrer Schwiegertochter gegeben und gemeint, dass ihr Ehemann sie immer noch jeden Tag nach dem Mittagessen besucht.«

»Okay, und was wirst du jetzt machen?«, fragte ich.

»Ich werde mich auf die Lauer legen und versuchen, ihn zu schnappen«, erwiderte sie grinsend.

Ich nickte. »Das war doch gar nicht so schwer, oder?«, antwortete ich. »Ich habe eine Videokamera in meiner Schreibtischschublade. Die Batterie müsste aber aufgeladen werden. Nimm meinen Truck. Oh, und denke daran, die Uhrzeiten zu dokumentieren. Ich zeige dir später, wie man einen richtigen Bericht schreibt.«

Anna nickte enthusiastisch und gab mir mein Telefon zurück. »Du hattest recht, es war gar nicht so schlimm. Trotzdem wäre es schön, wenn du hin und wieder mein Aua küssen könntest.« Sie kicherte und rannte davon, bevor ich etwas erwidern konnte. Duke runzelte zwar die Stirn, hielt aber die Klappe.

»Eine weitere Parabel«, erklärte ich kleinlaut.

Dann rief ich Rhoda an und ließ sie wissen, dass wir in einer halben Stunde bei ihr sein würden, sofern kein Unglück geschehen würde. Sie japste erschrocken auf und fragte mich, was ich damit meinte, aber ich legte einfach auf.

Nach einigem Ächzen und Grunzen hatten Duke und ich meinen Buick aufgeladen und angekettet. Nachdem wir damit fertig waren, zückte ich meinen Flachmann und streckte ihn ihm entgegen. Er nahm einen kleinen Probeschluck, um sich anschließend ordentlich einen hinter die Binde zu gießen.

»Das ist echt guter Stoff. Was ist das?«, fragte er anerkennend.

»*Balvenie* Scotch«, erklärte ich. Was ich ihm nicht verriet, war, wie oft ich diesen in meinen Kaffee mixte, etwas, wofür mich die Scotch-Liebhaber auf der ganzen Welt bestimmt lynchen würden. Duke nahm noch einen Schluck und nickte anerkennend, dann rieb er den Flaschenhals mit seinem Hemd ab und gab mir die Flasche zurück. Ich sah zu dem Haus hinüber. Rhoda beobachtete uns durch das Fliegengitter hindurch. Als sie sah, dass ich zu ihr hinüberschaute, hob sie einladend die Kaffeetasse in ihrer Hand.

Ich warf Duke einen Blick zu. »Duke, mein Freund, magst du deinen Kaffee gern so dick, dass der Löffel drin stehen bleibt?«

Es war bereits spät. Ich befand mich auf einem metallenen Klappstuhl in meiner Garage. Seit wir den Wildcat hierher gebracht hatten, saß ich da, sah ihn mir an und trank Scotch … viel zu viel Scotch. Ich konnte nicht aufhören, ihn anzustarren, denn er brachte mich dazu, an früher zu denken. Überhaupt musste ich viel an alte Zeiten denken, seit der Wagen wieder in mein Leben getreten war. Es war klar, dass ich wegen ihm viel an meinen Vater denken musste, aber aus einem mir unbekannten Grund musste ich genauso viel an meine Frau denken. Manchmal hatte ich es geschafft, einen ganzen Tag lang in Gedanken nicht bei ihr zu sein und darüber nachzugrübeln, wie sehr ich sie vermisste.

Die Gegenwart von jemanden neben mir riss mich abrupt aus meinen Tagträumen. Es war Anna. Ihre Haare waren ein wenig zerzaust, und ich hatte keinen Schimmer, ob sie etwas unter der Decke trug, die sie sich um den Körper gewickelt hatte. Henry trottete hinter ihr her, schnaubte mich kurz an, und lief dann wieder hinaus.

»Es ist schon spät«, sagte sie nur.

»Ja. Wie lief die Überwachung?«

»Alles, was ich bekommen konnte, war ein Video von ihm, wie er kam und ging. Morgen versuche ich es aber noch einmal. Vielleicht steckt er ihr dann ja die Zunge in den Hals oder so etwas.« Ich nickte gedankenverloren.

»Was hat es eigentlich mit diesem Auto auf sich?«, wollte sie wissen.

»Ist eine lange Geschichte, und wie du schon sagtest, es ist bereits spät.«

Anna sah mich an. Das flackernde Licht betonte ihr kindliches Gesicht und ihre blauen Augen. »Erzähl es mir, bitte«, sagte sie nur.

»Meinetwegen, aber dann solltest du dir besser einen Stuhl holen.« Annas Wahl fiel auf einen kleinen Arbeitshocker. Als sie sich daraufsetzte, teilte sich die Decke und ließ einen Großteil ihrer Beine darunter hervorlugen.

»Erzähl es mir«, forderte sie mich ein weiteres Mal auf.

Ich seufzte und deutete auf den Buick. »Mit diesem Wagen fing alles an.« Dann erzählte ich ihr von den Ereignissen, die in der verhängnisvollen Schlägerei gemündet hatten.

»Oh mein Gott, es muss furchtbar gewesen sein, bei ihm aufzuwachsen«, sagte sie, als ich mit meiner Geschichte fertig war.

Ich nickte. »Er konnte sehr ungemütlich werden. Nachdem meine Mutter sich aus dem Staub gemacht hatte, entwickelte er die schlechte Angewohnheit, seinen Ärger an mir auszulassen.«

»Was hast du nach der Schlägerei gemacht?«, fragte sie mich.

»Ich bin weggelaufen und der Armee beigetreten«, erzählte ich ihr und musste unwillkürlich an den rekrutierenden Unteroffizier denken, Sergeant First Class Harold Darlington. Er war ein schlaksiger, hoch aufgeschossener Mann mit kohlrabenschwarzer Haut, und seine Frau fast genauso groß wie er gewesen. Ich hatte mir das Zimmer mit ihrem dreijährigen Sohn geteilt. Mrs. Darlington war eine fantastische Köchin gewesen. Ich bedauerte es beinahe ein wenig, sie irgendwann verlassen zu müssen.

»Ich blieb so lange bei dem Musterungsoffizier, bis ich alt genug war, um überprüft werden zu können, woraufhin man mich zum Grundwehrdienst geschickt hat.«

»Wie meinst du das, *überprüft*?«

»Wenn man sich bei der Army verpflichten will, durchläuft man zuerst ein paar Hintergrund-Checks und Tests, plus ein paar physische und psychische Untersuchungen, damit sichergestellt werden kann, dass man auch qualifiziert genug ist. Das dauert ein paar Tage. Man kann nicht einfach in ein Rekrutierungsbüro reinspazieren und am selben Tag irgendwo stationiert werden.«

»Oh«, sagte sie.

»Egal. Nach Hause wollte ich auf keinen Fall zurück, also blieb ich bei dem Sergeant und seiner Familie, während man mich überprüfte. Am ersten Abend sahen wir zusammen die Abendnachrichten, und der Reporter berichtete, dass ein Cop ermordet worden war, als dieser einen Raubüberfall verhindern wollte. Ich bekam nur ein paar Bruchstücke der Geschichte mit, aber die Polizei erklärte, dass die Verdächtigen in einem älteren, nur mit Grundierung angestrichenem Wagen geflohen waren, der möglicherweise am Heck Einschusslöcher aufwies.«

Ich deutete auf den Wagen. »Als ich die Nachrichten sah, wusste ich irgendwie instinktiv, dass mein Vater da mit drin steckte und dass es mein Auto war. Frag mich nicht, woher ich es wusste – ich wusste es einfach. Jetzt, nach all den Jahren, hat mich das Schicksal auf einmal wieder mit ihm vereint.«

Ich leerte meinen Flachmann, bevor ich fortfuhr: »Mein Vater war tatsächlich in den Mord an diesem Polizeibeamten verwickelt. Das ist ein Ding, oder was?«

Wir beide schwiegen eine Weile. Ich dachte daran, wie mein Leben stattdessen hätte verlaufen können, und Anna dachte wahrscheinlich an ihre eigene Kindheit und wie sie tatenlos dabei hatte zusehen müssen, wie ihr Vater ermordet worden war.

»Erzähl mir auch von deiner Frau«, bat sie mich nun leise.

»Du versuchst, das Thema zu wechseln«, sagte ich. Sie nickte. Ich seufzte, dieses Mal noch etwas schwerer. »Nette Geste, aber die Sache mit meiner Frau ist ein weiterer wunder Punkt bei mir.«

Sie ließ einen Arm unter der Decke hervorgleiten und fand meine Hand. Sanft drückte sie diese.

»Bitte!«

»Okay. Ich lernte sie vor etwa fünf Jahren kennen. Ich war neununddreißig und sie etwa in deinem Alter.« Ich bemerkte, dass sie mich komisch ansah.

»Ja, ich weiß, ein riesiger Altersunterschied. Sie war wunderschön. Blonde Haare, blaue Augen, toller Körper und fantastische Brüste, die sie gern zur Schau stellte. Als ich sie das erste Mal sah, sang sie in einem Nachtklub. Ich musste sie einfach die ganze Zeit über anstarren. Wir waren beinahe ein Jahr zusammen, als wir geheiratet haben.«

»War es eine große Hochzeit?«, fragte sie.

»Ach was, wir sind durchgebrannt und in eine dieser Kapellen gegangen.«

»Alkohol hatte bestimmt auch etwas damit zu tun«, vermutete sie.

»Da könntest du recht haben.«

»War es denn eine glückliche Ehe?«

»Wir hatten natürlich unsere Höhen und Tiefen. Sie hatte diese kleinen Eigenheiten, die mich zugleich wahnsinnig und total verrückt nach ihr gemacht haben.«

»Zum Beispiel?«, fragte sie neugierig.

»Lass mich mal nachdenken. Einmal waren wir unterwegs, ein paar Besorgungen machen. Sie saß am Steuer und musste an einer Ampel anhalten. Aus irgendeinem Grund dachte sie offenbar, dass es eine prima Gelegenheit wäre, sich ihre Beine einzucremen. Ich telefonierte gerade und bekam das gar nicht so wirklich mit, bis es hinter uns auf einmal unablässig hupte. Die Ampel hatte längst auf Grün umgeschaltet und Marcia saß da, rieb sich in Seelenruhe Lotion auf ihre Beine und interessierte sich kein bisschen für die Ampel oder das Hupkonzert hinter ihr.« Die Erinnerung daran ließ mich ein wenig auflachen.

»Sie war immer ein wenig zerstreut, schätze ich, aber das machte sie auch unfassbar liebenswert.« Ich schwieg einen Moment lang. »Wir wollten keine Kinder haben, weshalb ihre Schwangerschaft ein wenig überraschend für uns kam«, erklärte ich. Dann legte ich eine weitere Pause ein und ließ die Erinnerungen bewusst an die Oberfläche kommen. »Sie wartete über einen Monat, bevor sie mir davon erzählte. Ich war überglücklich, aber aus irgendeinem

Grund schien sie … wütend darüber zu sein, oder besorgt, irgendetwas in der Art. Ich kann nicht wirklich beschreiben, wie sie sich verhalten hat, aber sie war definitiv nicht glücklich darüber. Das schien gar nicht zu ihr zu passen.

Wie auch immer, eines Nachts bekam ich plötzlich einen Anruf und musste weg. Das passierte häufiger und war nichts Außergewöhnliches, aber aus irgendeinem Grund war Marcia in dieser Nacht sehr verärgert deswegen. Ich entschuldigte mich mehrmals und versprach ihr, so schnell wie möglich wieder nach Hause zu kommen. Na ja, und den Rest der Geschichte kennst du ja.« Ich sog langsam die Luft ein und erinnerte mich wieder an jenen schicksalhaften Tag zurück.

»Ich war hoffnungslos in sie verliebt und vermisse sie immer noch unendlich.«

»Und seither warst du mit niemandem mehr zusammen?«, fragte sie mich.

Ich zuckte mit den Schultern. »Niemand, der eine Erwähnung wert wäre.«

»Ach jetzt komm schon, jetzt musst du es mir erzählen«, bettelte Anna.

»Na ja, ein paar Monate nach Marcias Tod traf ich mich ein paar Mal mit einer Kollegin. Sie war damals frisch geschieden und nicht an einer ernsthaften Beziehung interessiert, genau wie ich.«

»Also wart ihr Sexfreunde.«

»Ja, ich schätze, so kann man das auch nennen.«

»Was ist passiert?«

»Es war eine dumme Geschichte. Wir sahen uns zusammen irgendein Spiel im Fernsehen an und tranken. Irgendwann fühlte sie sich offenbar von einer besonders schlauen Bemerkung von mir angegriffen, und wir fingen an, uns deswegen zu streiten. Das Ganze eskalierte ziemlich schnell, weil wir beide schon sehr betrunken waren … dann nannte sie mich plötzlich einen Ehefrauenmörder.«

»Autsch.«

»Ja, autsch. Am nächsten Tag rief sie mich an und entschuldigte sich bei mir, aber da war das Kind schon in den Brunnen gefallen.« Außer diesem kurzen Zwischenspiel hatte es nur noch ein paar One-Night-Stands gegeben, die ich alle beinahe sofort bereut hatte und ihr deshalb auch nichts davon erzählte.

Ich sah auf die Uhr. »Es ist schon spät«, sagte ich noch einmal. Sie stand auf und zog mich aus meinem Klappstuhl. Zusammen gingen wir ins Haus.

KAPITEL 18

Jemand musste gewusst haben, dass ich vergessen hatte, mein Telefon auszuschalten, und jagte es mir deshalb nun um die Ohren. Ich versuchte den Trick mit dem Kissen über dem Kopf, aber das funktionierte nicht. Irgendwann hörte es endlich auf, zu klingeln, aber ich wusste instinktiv, dass es jeden Moment von Neuem anfangen würde. Ich wollte eigentlich noch ein paar Stunden schlafen, aber daraus würde natürlich nichts werden, so lange das Telefon angeschaltet blieb.

Deshalb kroch ich widerwillig aus dem Bett, setzte mich auf die Bettkante und rieb mir den Schlaf aus den Augen. Mein Herz klopfte wie wild und ich hatte einen Geschmack im Mund, als hätte Henry mir im Schlaf hineingekackt. Als könnte ich hellsehen, begann das Telefon tatsächlich wieder zu klingeln. Es brauchte ein paar Sekunden wilder Sucherei, bis ich es unter einem Stapel Klamotten fand. Der Anrufer war Harvey. Ich rief ihn sofort zurück.

»Schläfst du etwa noch, Hoss? Es ist bereits elf Uhr!«

»Ich hatte gestern eine lange Nacht. Was gibt es denn?«

»Hatcliff, dieser Idiot, hat heute Morgen eine Presse-Konferenz abgehalten. Sie rollen Lester Gwinettes Fall wieder auf und ermitteln jetzt offiziell in einer Mordsache.«

Ich rieb mir die Stirn, um den pochenden Schmerz dahinter zu vertreiben. »Lass mich raten. Er hat irgendeinen Bullshit erzählt, dass sie neue Beweise gefunden hätten.«

»Natürlich, und er heimst gerade den ganzen Ruhm dafür ein. Kommt wenig überraschend, oder?«

»Na ja, Rhoda wird sich zumindest darüber freuen. Ich rufe sie nachher an.«

»Ich habe schon mit ihr gesprochen. Sie sagte, ich soll dir schon mal ihren Dank ausrichten, und du bist immer gern auf einen Kaffee bei ihr gesehen.« Er lachte, und dann verabschiedete er sich.

Ich legte auf, rieb mir über das Gesicht und sah mich um. Es war ziemlich eindeutig, dass ich die einzige Person gewesen war, die letzte Nacht in meinem Bett geschlafen hatte. Ein Teil von mir war darüber enttäuscht, doch der andere war heilfroh. Immerhin war ich alt genug, um ihr Vater sein zu können. Ich stand auf, streckte den Rücken, und nahm eine Dusche. Ich hatte gestern Bier mit Scotch gemischt, und das ging bekanntlich immer in die Hose. War nämlich nicht das erste Mal, dass ich das getan hatte, und hinterher hatte ich noch jedes Mal geschworen, es nie wieder zu versuchen. Diese Versprechen schienen sich bei der nächstbesten genusssüchtigen Versuchung allerdings sofort wieder zu verflüchtigen.

Nach der Dusche ging es mir zum Glück ein wenig besser. Ich zog mir etwas Frisches an, kakifarbene Cargo-Shorts und eines von meinen Lieblings-Golf-Shirts, das mit dem Masters-Logo, und ging in die Küche. Dort wartete bereits ein Frühstück auf mich, zusammen mit einem Pott Kaffee und einer Post-it-Nachricht von Anna. Sie informierte mich darüber, dass sie pflichtbewusst ihre Überwachung von Theopolis Braxton dem Dritten fortgesetzte, und ich sie anrufen sollte, wenn ich sie brauchte.

Sehr schön, dachte ich. Ich schaltete den Fernseher ein und erwischte noch die zweite Hälfte der mittäglichen Nachrichten, während ich mein Frühstück aß und meine zweite Tasse Kaffee genoss, dann klingelte das Telefon. Dieses Mal erkannte ich aber sofort an dem Geräusch, dass die Bewegungssensoren in der Einfahrt aktiviert worden waren. Henry sprang daraufhin auf und rannte knurrend zur Tür.

Ich schloss mich ihm an, allerdings ohne zu knurren. »Alles gut alter Junge, es ist bestimmt nur Anna«, sagte ich zu ihm. Er sah mich kurz von der Seite an, dann öffnete ich die Tür. Ich spähte hinaus und sah zwei Fahrzeuge in der Einfahrt stehen. Keines davon gehörte Anna, aber ich erkannte das Erste davon. Es gehörte Special Agent Ridgeway und Jeffrey. Der Wagen dahinter war ebenfalls ein Zivilfahrzeug. Zwei Männer saßen darin.

»Ich frage mich, was die von mir wollen«, murmelte ich. Ich war gerade überhaupt nicht in der Stimmung für Besuch, aber dennoch ganz froh darüber, zumindest geduscht zu haben. Sie wirkten allesamt freundlich, als sie zur Haustür hinaufliefen, und ich begrüßte sie deshalb ebenso freundlich.

»Dies ist unser direkter Vorgesetzter, Special Agent in Charge Reuben Chandler, und das ist Special Agent Enrique Hernandez.«

Ich bat sie herein, was Henry dazu veranlasste, sich mit einem leisen Knurren in Annas Zimmer zurückzuziehen. Ich bat meine Gäste, am Küchentisch Platz zu nehmen, und goss allen einen Kaffee ein. In diesem Moment fühlte mich auf einmal wie Rhoda. Alles, was mir noch fehlte, war ihre Stretchhose und eine Zigarette, die mir von der Unterlippe hing. Sie nickten mir dankbar zu und ich warf einen neugierigen Blick in die Runde.

Reuben Chandler sah eher wie ein Anwalt und weniger wie ein Cop aus, was er wahrscheinlich auch war. Wenn man beim FBI die Karriereleiter hinaufklettern wollte, stach Bildung noch immer das Know-how auf der Straße aus. Ich schätzte ihn auf Mitte fünfzig. Sein grau meliertes Haar war kurz, sah aber nach einem dieser Fünfzig-Dollar-Haarschnitte aus, dazu trug er einen sauteuren Anzug und blank gewienerte Lederschuhe.

Enrique war jünger als ich, vielleicht Ende dreißig. Er hatte das gute Aussehen eines Latinos, rabenschwarze Haare, dunkelbraune Augen, einen Dreitagebart und verströmte, wie es ein bekannter Wrestler einmal formulierte, reine Männlichkeit. Er trug einen offenbar teuren italienischen Anzug am Leib, sein Hemd war leicht aufgeknöpft, und statt einer Krawatte hing eine kitschige Goldkette um seinen Hals. Der einzige Schönheitsfehler an ihm waren wohl seine Zähne. Sie waren nämlich nicht so blütenweiß wie die von Mark und Teresa, sondern gelblich verfärbt. Ich vermutete, dass er starker Raucher war, und leider noch nichts von Zahn-Aufhellern gehört hatte.

»Okay, da wir ja nun alle Formalitäten hinter uns gebracht haben … was verschafft mir denn die Ehre Ihres Besuches?«, fragte ich.

Teresa sah heute ganz besonders gut aus. Sie trug einen Hosenanzug, der am Rücken ein klein wenig spannte … nicht dass ich mich beklagen wollte … und sie lächelte noch liebenswürdiger als sonst, aber ich war im Moment nicht gerade in der besten Stimmung. Mein Kopf dröhnte zwar nicht mehr, aber da war immer noch ein dumpfes Pochen, und mein Magen rebellierte gegen das späte Frühstück.

Reuben, der Boss, nahm meine Einleitung zum Anlass und begann das Gespräch. »Agent Hernandez hat undercover bei *Robard Trucking* gearbeitet«, erklärte er rundheraus, als wäre das keine große Sache. Ich sah mit einiger Verwunderung zu ihm hinüber und er beantwortete meinen fragenden Blick mit einem breiten Grinsen.

»Der Schwerpunkt seines Einsatzes lag auf der Ermittlung in einem Fall von Drogenschmuggel in und um Detroit herum und ganz speziell auf der Rolle, die *Robard Trucking* dabei spielte.«

Ich nickte langsam. »Ich verstehe. Lester Gwinnette war also tatsächlich dahintergekommen.«

»Ganz richtig, Thomas«, bestätigte Enrique mit einem unverkennbaren Dialekt. Er klang wie eine jüngere Ausgabe von Ricardo Montalban. Ich vermutete, dass ihm die Frauen von Kanada bis nach Mexiko hinterherliefen. Außerdem fiel mir auf, dass Teresa förmlich an seinen Lippen klebte. Ich konnte ihn schon jetzt nicht leiden.

»Okay, ich habe eine Frage: Wieso ermittelt das FBI gegen einen Drogenring? Ich meine, fällt das nicht eher in den Aufgabenbereich der DEA?«

Enrique lächelte. »Das FBI setzt sich aus sieben Ermittlungsbereichen zusammen: Zivilrecht, investigative Unterstützung, organisiertes Verbrechen, Gewaltverbrechen, Wirtschaftskriminalität, Spionageabwehr und Drogenfahndung. Ich gehöre Letzterer an.«

»Oh«, sagte ich. »Dann stammt das Heroin also aus Kanada?«

»Nicht unbedingt«, antwortete Enrique und klärte mich auf. »Das Rohopium kommt aus dem Goldenen Dreieck. Das meiste davon wird mithilfe von Sklavenarbeit zu Heroin verarbeitet und dann über den Luft- oder Seeweg nach Kanada geschmuggelt. Dort nutzte man dann die Dienste von *Robard Trucking*, um das Heroin an verschiedene Verteilungspunkte in den Staaten zu transportieren.«

Plötzlich wurde mir alles klar. »Sie sind der Spitzel gewesen«, sagte ich und deutete auf die FBI-Agenten. »Sie haben die anderen mit Informationen über Lester versorgt.« Ich sah zu Reuben hinüber, der meine Vermutung mit einem leichten Nicken bestätigte. »Dann war mein Verdacht also korrekt. Er hat tatsächlich versucht, jemanden zu erpressen.«

»Ja, das ist richtig«, sagte Enrique. »Ungefähr vier Tage vor seinem Tod hat er sich an den Vorsitzenden von *Robard Trucking* gewandt und versucht, eine beträchtliche Summe Geld von ihm zu erpressen.« Er wischte sich nun eine unsichtbare Staubfluse von seinem Revers. »Und das bringt uns zu dem Grund unseres Besuches. Ich fürchte, ich habe schlechte Neuigkeiten für Sie.«

Ich wartete darauf, dass er weiterredete, doch stattdessen kostete er den Moment sichtlich aus und trank schweigend seinen Kaffee. Normalerweise hätte mich das nicht gestört, aber mein Kater machte mich heute etwas reizbar. Nun vibrierte auch noch mein Telefon. Ich warf einen Blick darauf. Ronald hatte mir eine Textnachricht gesandt.

Alles OK?

»Entschuldigen Sie mich bitte einen Moment«, sagte ich und ging hinaus.

»Okay, du musst endlich aufhören, mich auf Schritt und Tritt zu beobachten«, erklärte ich Ronald, als er den Anruf annahm. Er hatte nämlich die schlechte Angewohnheit, ständig meine Überwachungskameras anzuzapfen. Aus diesem Grund hatte ich auch keine Kameras in den Schlafzimmern installieren lassen.

»Ich habe mir nur Sorgen gemacht«, antwortete er kleinlaut.

Ich seufzte. »Okay, wenn du schon einmal davor sitzt, dann schaue doch bitte mal, ob du Nahaufnahmen von jedem Einzelnen machen kannst.«

»Das habe ich bereits«, antwortete er. »Wer sind die?«

Ich sah zu der Kamera über der Veranda hinauf. »Na ja, auch wenn es dich nichts angeht, aber das sind Bundesagenten. Schick mir die Fotos bitte per E-Mail«, sagte ich und legte auf. Dann lief ich wieder in das Haus hinein. Ronalds Herumschnüffelei hatte mich endgültig die Geduld verlieren lassen.

»Okay, wo waren wir stehen geblieben?«

Enrique hob die Hand. Ich bemerkte, dass seine Fingernägel frisch manikürt waren. Das war definitiv kein Mann, der an Autos herumschraubte. »Zunächst einmal habe ich leider keine Informationen, die es Ihnen ermöglichen würden, den Mörder zu identifizieren. Ich saß mit dem Chef der Firma und seinen Kollegen in dessen Büro, als Lesters Name erwähnt wurde. Er hatte dem Chef einen Brief geschickt, zusammen mit Kopien seiner Papiere und ein paar Fotografien. Er forderte darin eine Million, wenn er weiterhin den Mund halten sollte.«

»Und wie war die Reaktion darauf?«, fragte ich.

»Der Chef las den Brief laut vor, und dann brachen alle in schallendes Gelächter aus«, berichtete er. »Wir machten anschließend einige schmutzige Witze auf Lesters Kosten.« Er leerte seinen Kaffee und sah sehnsüchtig auf seine leere Tasse hinunter. Zögerlich stand ich auf, nahm seine Tasse und schenkte ihm nach. Er lächelte dankbar. Ich schätzte, das war der einzige Weg, um ihn bei Laune zu halten.

Er blies in seinen Kaffee hinein und nahm dann vorsichtig einen Schluck, bevor er mit seinen Ausführungen fortfuhr. »Danach wurde einstimmig beschlossen, den Schwachkopf einfach zu ignorieren, und ich meldete mich freiwillig, ihm einen Besuch abzustatten und ihm einen Scheitel zu ziehen, falls er die Sache nicht auf sich beruhen lassen würde.« Er beugte sich nach vorn.

»Doch dazu ist es nie gekommen, Thomas. Ein paar Tage später kam ich in das Büro des Chefs, und mit einem fetten Grinsen berichtete mir der Vorsitzende von *Robard Trucking* von dem unglücklichen Selbstmord von Lester Gwinnette. Ich kann Ihnen versichern, dass jeder dort davon überzeugt war, dass er sich selbst umgebracht hat. Es gab keinen Befehl, ihn umzubringen.«

Er lehnte sich wieder zurück und seufzte. »Aber ich fürchte, ich habe noch mehr schlechte Nachrichten für Sie, mein Freund. Wir haben einen Durchsuchungsbefehl für Ihr Anwesen.« Special Agent in Charge Reuben Chandler griff daraufhin in sein Jackett und zog den Durchsuchungsbefehl hervor. Kommentarlos reichte er ihn an mich weiter.

Ich kramte meine Lesebrille hervor und las ihn aufmerksam. Kurz darauf sah ich hoch. »Okay, Leute, verstehe ich das richtig, dass sich der Durchsuchungsbefehl auf Lesters Fotografien und seine Fahrtenbücher bezieht?«

»Jawohl, mein Freund«, bestätigte Enrique liebenswürdig. Mir war gar nicht bewusst gewesen, dass wir in den wenigen Minuten, seit wir uns kannten, bereits Freunde geworden waren, aber wie auch immer … Ich nahm die Brille ab.

»Tja, die Mühe mit dem Papierkram hätten Sie sich gar nicht machen müssen. Es liegt alles da drüben.« Ich drehte mich um und deutete zu meinem Schreibtisch hinüber. Gut sichtbar lagen dort die Logbücher und Fotos darauf verteilt. Alle sahen zu dem Tisch hinüber. Teresa blieb sogar der Mund offenstehen.

Enrique japste vor Freude. Mit der Hand deutete er auf die Unterlagen. »Darf ich?«, fragte er.

»Natürlich«, antwortete ich. Er stand auf und lief zu dem Schreibtisch hinüber. Ich musterte in der Zwischenzeit die drei verbliebenen FBI-Agenten, die steif am Tisch saßen und denen wahrscheinlich gerade bewusst wurde, dass sie einige Stunden damit verschwendet hatten, einen Durchsuchungsbefehl aufzusetzen und von einem Richter unterzeichnen zu lassen.

Ich hob daraufhin meine Tasse. »Noch jemand Kaffee?« Sie schüttelten gleichzeitig die Köpfe. Ich hob die Schultern und goss mir noch etwas ein. Enrique hatte alle Unterlagen eingesammelt, brachte sie an den Küchentisch und setzte sich wieder.

»Das ist wirklich ausgezeichnet, Thomas. Ich glaube, das werden wertvolle Beweismittel in einem Prozess werden.« Er griff in seine Jackentasche und holte ein Päckchen Zigaretten hervor.

Ich hob die Hand. »Warten Sie … hier im Haus wird nicht geraucht.«

Nun huschte ein kurzes Zucken über sein Gesicht, das, was man auch Mikroexpressionen nennt. Ein Ausdruck von Verachtung, vielleicht auch Wut. So als fragte er sich, was ich mir erlauben würde, ihm zu sagen, was er zu tun und zu lassen hatte. Aber es dauerte nur eine Millisekunde, dann veränderte es sich zu einem entschuldigenden Lächeln.

»Natürlich, mein Freund. Wo sind nur meine Manieren geblieben?«

Ich erwiderte das Lächeln. »Wieso gehen wir nicht gemeinsam hinaus auf die Veranda? Mich juckt es auch schon die ganze Zeit nach einer neuen Dosis Nikotin.«

Als ich das Haus damals bezog, habe ich mir in den Kopf gesetzt, dass die vordere Veranda unbedingt ein paar von diesen guten alten Schaukelstühlen benötigen würde. Irgendwann fand ich dann diesen Amish-Möbelladen in Murfreesboro. Ich wollte ursprünglich nur einen oder zwei kaufen, aber aus irgendeinem Grund wurden dann vier daraus. Der Amish, der sie mir verkaufte, war ein griesgrämiger alter Mann mit beklagenswerten Umgangsformen und schlechtem Atem, dessen ungepflegter Bart eine Mischung aus Sägespänen und Essensresten zierte. Keine Ahnung, wieso ich mich noch an so etwas erinnern konnte.

Wie dem auch sei, für unsere Zusammensetzung erwies sich diese Kaufentscheidung als Glücksfall, denn jeder konnte seinen Hintern in einen Schaukelstuhl pflanzen. Na ja, alle außer ich selbst. Ich holte mir von drinnen einen Stuhl und trug ihn hinaus. Enrique und ich zündeten uns unsere Glimmstängel an – er seine stinkende Zigarette, ich meine delikate, aromatische Zigarre.

»Testet das FBI seine Angestellten eigentlich immer noch auf Marihuana-Konsum?«, fragte ich.

»Natürlich«, antwortete Reuben. »Wieso fragen Sie?«

»Oh, ich war nur neugierig. Nach allem, was wir heutzutage über Marihuana wissen, erscheint es mir ein wenig albern.« Reuben nickte. Ob nachdenklich oder abweisend konnte ich nicht genau sagen. Tja, so viel zu dem Versuch, wahllos eine Frage in den Raum zu werfen, um ihn damit ein wenig aus der Reserve zu locken.

Enrique blätterte durch die Unterlagen, während er seine Zigarette rauchte, und der Rest von uns vertrieb sich die Zeit mit Small Talk. Hin und wieder gab er ein »Sehr schön« zum Besten. Er ließ sich für die Lektüre volle zehn Minuten Zeit, dann drückte er seine Zigarette im Aschenbecher aus, zündete sich eine neue an, und sah mich an.

»Was halten Sie davon, Thomas?«

»Jemand hat eine Stange Geld damit verdient«, antwortete ich. »Aber ich glaube nicht, dass es einer der Spieths gewesen ist.«

»Was bringt Sie zu dieser Annahme?«

»Die Zahlen stimmen nicht. Ich konnte bisher eine Dreiviertelmillion davon ausfindig machen. Wenn Sie sich Lesters Fotografien ansehen, dürfte jede dieser Fuhren etwa hunderttausend Piepen wert gewesen sein, oder sogar noch mehr. Wie lange geht das schon so … drei Jahre? Ein paar Routen pro Woche, multipliziert mit … na, sagen wir jeweils hundertfünfzigtausend, ergibt irgendetwas um die dreißig Millionen.«

»Auf der Bank in Detroit liegen ein paar Millionen«, wandte Teresa ein. Reuben warf ihr einen bösen Blick zu, als wäre es ihm nicht recht, dass sie diese Information mit mir teilte.

Ich zuckte gleichgültig mit den Schultern. »Und wenn schon.« Ich fragte mich, woher sie wussten, wie viel Geld auf der Bank in Detroit lag, bohrte aber nicht weiter nach.

Enrique drückte nun seine Zigarette aus. »Gibt es sonst noch etwas, weshalb wir Thomas noch länger belästigen müssten?«, fragte er in die Runde. Die anderen drei Agenten schüttelten übereinstimmend die Köpfe. »Können wir denn noch etwas für Sie tun, Thomas?«, fragte er.

»Schon irgendwelche Vermutungen, wer Lester umgebracht haben könnte?«, fragte ich hoffnungsvoll.

Er hob beide Hände und schüttelte den Kopf. »Ich habe keine Ahnung, Thomas. Ich glaube ehrlich gesagt nicht, dass es jemand aus der Führungsriege der Organisation war. Vielleicht hatte er sich ja unter den Angestellten Feinde gemacht, einer seiner Trucker-Kollegen vielleicht, aber darauf gibt es bislang auch keine Hinweise. Wenn Sie wollen, höre ich mich aber diskret ein wenig um, und rufe Sie an, sobald ich etwas weiß.«

»Sie arbeiten immer noch unentdeckt in der Firma?«, fragte ich überrascht.

Enrique nickte feierlich. »Wir haben schließlich noch keine Anklage erhoben. Auch wenn das Transportunternehmen Bankrott angemeldet hat, gehen die Geschäfte erst einmal ganz normal weiter, so wie sie das immer tun, nicht wahr?«

Da musste ich ihm recht geben.

Für vielleicht zehn Sekunden führten wir noch etwas Small Talk, dann erhob sich Chef Chandler abrupt und gab den anderen damit zu verstehen, dass der Besuch bei mir beendet war. Ich erhob keine Einwände, denn alles, was ich im Moment wollte, war in Ruhe auf meiner Veranda zu sitzen und meine Zigarre zu Ende rauchen. Sie überließen mir noch eine Kopie des Durchsuchungsbescheids, auf dem ordnungsgemäß die Herausgabe der

Fahrtenbücher, Fotos und des restlichen Papierkrams quittiert wurde. Als ihre Wagen aus der Ausfahrt fuhren, kam Henry zu mir auf die Veranda getrottet.

»Was für ein Glück, dass ich bereits von allem Kopien gemacht habe, was?«

Er warf mir einen anerkennenden Blick zu, dann streckte er sich auf der Veranda aus und schloss die Augen.

Nachdem das Ibuprofen endlich zu wirken angefangen hatte, entschied ich mich dazu, etwas Produktives zu tun, und arbeitete weiter an Annas Wagen. Damit verbrachte ich ein paar Stunden, bis zu dem Punkt, an dem ich warten musste, bis die Farbe getrocknet war, bevor ich die letzte Lackschicht auftragen konnte. Also schaute ich in der Zwischenzeit mal nach dem Buick.

»Sehen wir uns doch mal die Bremsen an.« Ich bockte den Wagen auf und nahm die Räder ab. Wie befürchtet, waren die Bremsbacken bereits mit den Trommeln zusammengerostet. Ich würde sie also komplett ersetzen müssen, zusammen mit allem, was aus Gummi war, denn der war bereits seit Jahren ausgetrocknet, und bröckelte vor sich hin. Ich wechselte das Öl, ließ das alte Benzin ab und versuchte, ihn mit einer neuen Batterie zu starten. Nach ein paar wiederbelebenden Schüssen erwachte der Motor auch tatsächlich zum Leben. Ich hatte ihn vor Jahren restauriert, aber anscheinend einen ganz guten Job gemacht. Denn nach ein paar Fehlzündungen schnurrte der Wagen wie ein Kätzchen. Ich ließ ihn eine Weile warmlaufen, dann schaltete ich ihn wieder aus. Ich hatte mir nicht die Mühe gemacht, Kühlflüssigkeit nachzufüllen, und wollte verhindern, dass er mir überhitzte.

Danach sah ich mir den Wagen genauer an und machte mir in Gedanken eine Liste mit all den Dingen, die ich brauchen würde, um ihn wieder vollständig auf Vordermann zu bringen. Anschließend traf ich eine Entscheidung. Ich griff nach meinem iPhone und scrollte durch meine Kontakte, bis ich eine ganz bestimmte Nummer fand.

Nachdem es ein paar Mal geklingelt hatte, ging Sammy Wu ran. »Thomas?«, fragte er überrascht.

»Sammy, wie geht es dir?« Es war schon eine Ewigkeit her, seit ich das letzte Mal mit meinem Freund gesprochen hatte. Wir waren gemeinsam auf der Akademie gewesen. Einige von uns waren daraufhin dicke Freunde geworden, und nicht selten hatten wir als Rookies in den miesen Vierteln der Stadt zusammen Nachtdienste schieben müssen. Wir hatten uns gegenseitig den Rücken freigehalten, während wir uns unsere ersten Sporen verdient hatten.

»Mir geht es gut«, antwortete er. »Aber ich zähle die Tage bis zur Pensionierung. Und du?«

»Nicht so übel. Ich arbeite momentan ein wenig als Privatermittler und genieße das Leben«, erwiderte ich.

»Oh? Bist du gerade an etwas Interessantem dran?«, erkundigte er sich. Sammy hatte damals schon Detective werden wollen, aber interne Prozesse hatten das zu verhindern gewusst. Schuld daran waren wohl ein paar saudumme Anfängerfehler gewesen, mit denen er es sich mit den falschen Leuten verscherzt hatte. Als Retourkutsche wurde daraufhin jede Bewerbung von ihm auf eine spezialisierte Stelle kommentarlos abgelehnt. Schließlich versetzten sie ihn in die Verwahrstelle. Er beklagte sich oft darüber, was für ein dumpfer und langweiliger Job das sei, aber im Hinblick auf seine Karriere war es wohl das Beste gewesen, was ihm hatte passieren können.

»Ich habe da einen alten Fall, den ich mir wohl noch einmal genauer ansehen werde«, erklärte ich ihm, »aber dafür könnte ich einen Gefallen von dir gebrauchen.«

»Kein Problem, Thomas, schieß los. Ich werde sehen, was ich tun kann.«

»Ich brauche eine Kopie von einem alten ungelösten Mordfall, die *Rick-Martin*-Sache.« Ich hörte, wie Sammy leise vor sich hin pfiff und etwas auf Chinesisch murmelte.

»Ich habe die Akte gesehen, Thomas. Die ist ziemlich dick.« Er schien einen Moment lang nachzudenken. »Ich denke, das kriege ich hin. Ich mache mich sofort an die Arbeit und rufe dich an, wenn ich sie habe, okay?«

»Besser als okay, Sammy. Ich hätte da aber noch einen anderen Fall, auf den ich einen Blick werfen müsste. Ich weiß nicht, ob du Zugang dazu hast … es handelt sich um eine vermisste Person namens …«

»Nee, da kannst du gleich aufhören. Trotter hat alle Vermisstenfälle in einem Aktenschrank bei der Mordkommission weggeschlossen. Komme ja nicht auf die Idee, mich zu bitten, ihn nach einer Kopie zu fragen. Du weißt ja genau, wie er ist.«

Und ob ich das wusste. Detective Percy Trotter und ich hatten eine gemeinsame Vorgeschichte. Trotzdem war er für mich und jeden anderen immer noch ein Rätsel. Ich beließ es dabei und wir unterhielten uns die nächsten Minuten nur noch über belanglose Dinge, bis Sammy auf einmal mit etwas anderem um die Ecke kam.

»Das hätte ich ja beinahe vergessen! Ich wollte dich schon anrufen deswegen. Letzte Woche kamen hier ein paar Typen vom Innendienst angetrabt und haben alle Beweisstücke im Fall deiner Frau mitgenommen.«

Ich runzelte die Stirn. »Was denn für Beweise?«

»Na, sehen wir doch mal nach.« Ich hörte, wie er zu tippen begann. Einen Augenblick später ratterte er die Liste der Beweisstücke herunter, die ich bereits kannte, mit Ausnahme von einer DVD.

»Du sagtest, es gab *drei* davon?«, fragte ich Sammy verblüfft, was dieser bestätigte. Ich runzelte erneut die Stirn. Eine DVD war meine erste Vernehmung, und dann gab es noch die zweite, wo man mich mit meinem falschen Alibi konfrontierte, aber ich hatte keinen Schimmer, was die dritte DVD enthielt.

»Kannst du ersehen, wann die DVDs das erste Mal gelistet wurden?«, fragte ich aufgeregt.

»Klar. Alle Beweisstücke wurden am selben Tag eingetragen, bis auf eines. Das kam erst zwei Wochen später hinzu.«

»Sammy, du musst mir doch noch einen Gefallen tun. Gibt es irgendeine Möglichkeit, mir eine Kopie davon zu machen, wenn sie diese wieder zurückbringen?«

»Klar, Boss. Gib mir ein oder zwei Tage, dann sollte ich sie haben.«

»Danke, Sammy. Ich schulde dir was.«

»Nein, nein. Du bist derjenige, der meinem Sohn das Leben gerettet hat. Er wird übrigens im Dezember mit dem College fertig sein. Dafür stehe ich auf ewig in deiner Schuld. Wir hören uns später«, sagte er und legte auf. Ich sah auf mein Telefon hinunter und versuchte mich zu erinnern, wovon er sprach. Damals, als sein Sohn noch zur Highschool ging, hatte ihn ein Mädchen sitzen lassen, in das er unsterblich verschossen gewesen war. Er nahm die Sache ziemlich schwer und versuchte daraufhin, sich umzubringen. Ich fand ihn schließlich im Percy Warner Park, kaum noch am Leben. Er hatte ein paar Pillen geschluckt und sie mit Alkohol hinuntergespült. Als Sammy mich im Krankenhaus gesehen hatte, erklärte er mir, dass er dafür, dass ich das Leben seines Sohnes gerettet hatte, für immer in meiner Schuld stehen würde.

Die Erinnerung daran, die ja eigentlich eine gute sein sollte, machte mich depressiv. Meine Hände waren von der Arbeit am Buick ganz ölverschmiert. Ich entschied mich deshalb für eine weitere Dusche.

KAPITEL 19

Ich versuchte Onkel Mike anzurufen, doch sofort ging die Mailbox an und die Roboterstimme erklärte mir, dass der Teilnehmer derzeit keine Nachrichten annahm. Dann versuchte ich es bei Rhoda, aber auch dort hatte ich kein Glück. Es war erst zwei Uhr nachmittags und es juckte mir schon in den Fingern, rauszugehen und etwas zu tun. Ich widerstand dem Drang, Anna anzurufen und mich zu erkundigen, wie es bei ihr so lief. Sie war schon den ganzen Tag unterwegs, und obwohl ich ihre Gesellschaft vermisste, machte ich mir doch Sorgen, dass ich mich letzte Nacht irgendwie ungehörig verhalten haben könnte und mich nur nicht mehr daran erinnerte.

»In Ordnung, was willst du heute Nachmittag mit dir anstellen?«, fragte ich mich selbst. »Bei Mick abhängen?« Ich schüttelte den Kopf. Dort trieb ich mich sowieso schon viel zu oft herum. Ich dachte eine Minute darüber nach und entschied mich dann dazu, Rhoda einen Besuch abzustatten. Wahrscheinlich wusste sie es nicht, aber in Tennessee gab es einen Entschädigungsfond für Opfer. Nachdem man Lesters Tod nun offiziell als Mord einstufte, stand ihr dieser zu. Außerdem war es ein schöner Tag, um das Cabrio zu nehmen. Meinen Flachmann ließ ich absichtlich auf der Küchenanrichte zurück, schloss das Haus ab und machte mich auf den Weg.

Obwohl es ein schöner Tag war, war auf den Straßen nur wenig los. Das ließ mich beinahe den furchtbaren Kaffee vergessen, der auf mich wartete. Als ich an einem Lebensmittelgeschäft vorbeifuhr, kam mir plötzlich eine Idee, und ich wechselte schnell die Fahrspur.

»Ich werde ihr mal einen anständigen Kaffee besorgen«, sagte ich zu mir selbst, während ich den Wagen einparkte. Drinnen strebte ich direkt auf die Regale mit dem Kaffee zu und griff mir ein paar Päckchen von *Seattles Best, Blend Number Ten*. Dann rief ich sie noch einmal an, weil ich dachte, dass sie vielleicht noch etwas aus dem Laden gebrauchen könnte, aber sie ging wieder nicht an ihr Telefon.

Die Tür zu ihrer Küche stand offen, als ich die Einfahrt hinauffuhr, aber Rhoda war nirgendwo zu sehen, auch dann nicht, als ich auf die Hupe drückte. Meine Instinkte als Cop schalteten sich unwillkürlich ein und ich stellte unbewusst die dünne Plastiktüte mit dem Kaffee auf den Boden und griff stattdessen nach der Pistole in meinem Holster.

»Rhoda?«, rief ich laut, während ich gleichzeitig an den Rahmen der Fliegengittertür klopfte. Keine Antwort. Ich zog an dem Hebel und stellte fest, dass die Tür nicht verriegelt war.

»Rhoda, ich bin es, Thomas«, rief ich laut. Vielleicht hockte sie ja auch nur auf dem Thron, und das war ein Anblick, auf den ich gern verzichten würde. Ich hatte schließlich schon genug Albträume. Aber sie antwortete immer noch nicht. Ich hob meine Waffe und durchkämmte langsam und vorsichtig, wie es mir seit meiner Ausbildung auf der Akademie in Fleisch und Blut übergegangen war, nacheinander jeden einzelnen Raum des kleinen Hauses.

Nichts. Nicht einmal die Katze war da.

Möglicherweise machte sie nur einen Spaziergang oder vielleicht besuchte sie auch ihren Hippie-Nachbarn, bei dem sie dann nackt beieinandersaßen und kifften, aber meine Intuition sagte mir etwas anderes. Während ich das Haus sicherte, roch ich etwas Verbranntes. Zurück in der Küche fand ich schnell die Ursache dafür. Die Kaffeekanne stand noch immer auf der heißen Platte und verbrühte den restlichen Kaffee, der mittlerweile eine braune, rauchende Masse am Boden der Kanne gebildet hatte.

Als ich wieder hinausgehen wollte, blieb ich plötzlich an der Tür stehen und musterte das Fliegengitter. Ein kleiner Schnitt klaffte darin, etwa dort, wo sich der Riegel befand. Da kam mir eine Idee. Ich sah mich noch einmal um, und da immer noch niemand zu sehen war, kramte ich mein eigenes Taschenmesser hervor, trat nach draußen und probierte, ob es tatsächlich möglich war.

»Yep«, murmelte ich. Jemand hatte die Gaze durchgeschnitten und mithilfe des Messers die Tür entriegelt. »Und es gibt nur einen Grund, wieso jemand so etwas tun sollte, anstatt einfach die Tür aufzureißen, nicht wahr, Thomas?«

Draußen untersuchte ich daraufhin ihren Wagen. Die Motorhaube fühlte sich kühl an und auch sonst erschien mir nichts ungewöhnlich. Während ich mich fragte, wo sie wohl steckte, sah ich aus dem Augenwinkel die Hütte. Einer der Türflügel stand leicht offen. Nur ein wenig, aber das genügte mir schon.

Dort fand ich sie dann auch, von einem Holzbalken hängend. Tommy Boy saß zusammengekauert in einer Ecke und miaute mich leise an. Der kleine Bastard klang traurig … als ob eine blöde Katze traurig sein könnte.

Ich überzeugte mich davon, allein zu sein, außer Rhoda natürlich, bevor ich mein Telefon hervorkramte und ein paar Fotos machte. Dann verstaute ich meine Pistole im Kofferraum meines Cadillacs und rief die Cops. Der Deputy, der als Erstes am Tatort eintraf, war ein babygesichtiger, aber athletischer junger Mann, dessen Namensschild ihn als Trimble auswies, und die kleine Kennzeichnung darunter verriet mir, dass er erst seit einem Jahr seinen Dienst tat. Ein echter Anfänger also. Ich stellte mich ihm vor und führte ihn dann zu Rhoda.

»Heilige Scheiße«, stieß er erschrocken hervor. »Sollten wir sie da runterholen?«

»Nein, Sir«, antwortete ich. »Wir sollten nichts anrühren. Dafür ist die Spurensicherung zuständig.«

»Okay.« Er sah sich um und schüttelte den Kopf. »Wissen Sie was? Ich wurde auch schon hierher gerufen, als ihr Ehemann sich umgebracht hat. Jetzt heißt es plötzlich, es war Mord.«

»Oh, wirklich?«, erwiderte ich gespielt ahnungslos, während ich von Weitem schon die Sirenen hörte. »Was halten Sie denn von der ganzen Geschichte?«, fragte ich und sah ihn von der Seite an.

»Es war verdammt bizarr«, sagte er, und fügte dann ein wenig verlegen hinzu. »Unter uns gesagt, das war meine erste Leiche.«

»Machen Sie sich keine Sorgen. Wenn Sie lange genug bei der Truppe sind, kriegen Sie davon noch genug zu sehen.«

»Klingt ganz so, als hätten Sie da Erfahrung.« Ich nickte und erzählte ihm von meinem früheren Beruf. Die Sirenen wurden währenddessen immer lauter.

»Okay, das Haus habe ich bereits überprüft, aber ich würde Ihnen gern etwas zeigen.« Ich führte ihn zur Küchentür und zeigte ihm dem Schnitt im Fliegengitter.

»Ist das wichtig?«, fragte er.

»Ja, ich schätze schon. Ich glaube nämlich nicht, dass sie sich selbst umgebracht hat, Deputy. Vielmehr denke ich, dass sie ebenfalls jemand ermordet hat.«

»Und dann hat er versucht, es wie einen Selbstmord aussehen zu lassen.«

»Genau, aber ein paar von ihren Kollegen werden vielleicht einen anderen Schluss ziehen. Behalten Sie das deshalb im Hinterkopf.«

Er sah mich neugierig an, während die anderen Polizeibeamten die Einfahrt hinaufgeprescht kamen. Eines der Fahrzeuge war tatsächlich so schnell, dass es nur schlitternd zum Stehen kam und dabei Kies in alle Richtungen fliegen ließ. Der Fahrer sprang mit einer Pistole in der Hand aus dem Wagen und gestikulierte wild damit herum.

Schon bald war die Einfahrt mit Polizeiwagen und Zivilfahrzeugen zuparkt. Ich selbst hielt mich abseits und sah dabei zu, wie sich das Riesendurcheinander entwickelte. Dann erspähte ich Georgie, und er mich. Er sprach kurz mit zwei anderen Männern in Anzügen und zu dritt kamen sie schließlich zu mir herüber.

»Was zur Hölle machen Sie denn hier?«, brüllte er mich an.

»Ist das wirklich die Art, wie Sie dieses Gespräch beginnen wollen?«, fragte ich ihn betont ruhig. Georgie war gerade schon dabei, sich wie ein Ochsenfrosch aufzuplustern, doch bevor er etwas erwidern konnte, schob sich einer der anderen Detectives zwischen uns.

»Ich glaube, wir kennen uns noch nicht«, sagte er und streckte mir die Hand entgegen. »Mein Name ist Virgil Smallwood.«

Im Gegensatz zu seinem Namen war so gar nichts klein an ihm. Er war mindestens so groß wie ich und wog locker über dreihundert Pfund. Sein fleischiger Handschlag war fest, wie der eines Mannes, der ganz genau wusste, dass er einem die Hand brechen konnte, wenn er das gewollt hätte.

Mit seinen knittrigen Kakihosen, den abgewetzten braunen Tretern und seinem blauen Polo-Shirt wirkte er nicht unbedingt wie der modebewussteste Mann der Welt. Dieses Bild wurde von seiner beigefarbenen Angelweste Größe XXXL noch abgerundet. Die Weste schien unendlich viele Taschen zu besitzen, und es hatte den Anschein, als hätte er auch tatsächlich in jede davon etwas hineingestopft. Er hatte einen Bürstenschnitt, lächelte unbeschwert. Ich schätzte ihn auf etwa Ende dreißig.

»Thomas Ironcutter«, stellte ich mich vor.

»Thomas, wenn es Ihnen nichts ausmacht, hätte ich gern eine Aussage von Ihnen.« Er deutete auf seine Kollegen. »Wir können uns dazu gern in meinen Wagen setzen, aber dann müssten Sie alles noch einmal vor meinen Kollegen hier wiederholen.« Er zog ein kleines Diktiergerät aus einer seiner Westentaschen und sah mich erwartungsfroh an, wie ein übergewichtiger Hund einen anstarrt, wenn man einen saftigen Cheeseburger verspeiste.

»Kein Problem«, erwiderte ich und erzählte ihnen anschließend, dass ich Rhoda einen Besuch hatte abstatten wollen und sie stattdessen erhängt in der Hütte gefunden hatte. Georgie war drauf und dran, mich zu unterbrechen und seine Meinung kundzutun, weshalb ich wirklich hier war, aber ein einziger Blick von Virgil brachte ihn zum Schweigen. Ich schätzte, dass die beiden schon bei anderen Gelegenheiten aneinandergeraten waren, und Virgil sah mir nach dem Typ Mann aus, der kein Problem damit hatte, die eine oder andere Sache auch mal eben draußen zu regeln.

»Wie ich hörte, waren Sie mal ein Cop«, sagte Virgil, nachdem ich meine Aussage gemacht hatte.

»Das ist richtig.«

»Was halten Sie von der ganzen Sache?«, fragte er mich.

»Ich schätze, Sie haben es hier mit einem weiteren Mord zu tun«, lautete meine Antwort.

Georgie konnte nun einfach nicht mehr an sich halten. Er schnaubte verächtlich und spie auf den Boden. »Woher wollen Sie das denn so genau wissen?«

Virgil sah mich eindringlich an.

»Das ist eine gute Frage, Thomas.«

Ich zuckte mit den Schultern. »Na ja, Virgil, wie Georgie Ihnen gern bestätigen wird, bin ich kein Cop mehr. Nennen Sie es einfach eine Ahnung. Wenn Sie sich die Fakten angesehen haben, kommen Sie vielleicht zu dem gleichen Ergebnis wie ich. Wäre das dann alles?«

Virgil musterte mich ausgiebig, so als wäre er noch nicht damit fertig, mich auszuquetschen, schien aber ernsthaft über meine Worte nachzudenken. »Ich denke, Sie können gehen. Vielleicht können wir beide ja später noch einmal über die ganze Sache quatschen«, sagte er. Ich nickte, dann tauschten wir unsere Visitenkarten aus.

Anschließend lief ich zu meinem Wagen zurück und fragte mich, wie ich von hier wegkommen sollte, solange die ganzen anderen Wagen die Straße blockierten. Also entschied ich mich letzten Endes dafür, mich einfach nur in den Cadillac zu setzen und eine Zigarre zu rauchen. Es dauerte noch über eine Stunde, bis den ersten Deputies langweilig wurde und sie Hunger bekamen. Drei von ihnen fuhren davon und schufen somit eine kleine Lücke. Ich hatte gerade den Motor angelassen, als Georgie noch einmal zu mir hinüberkam. Einer der beiden anderen Detectives – der, der die ganze Zeit über geschwiegen hatte – folgte ihm.

»Ich schätze mal, Sie haben bereits gehört, dass wir den Lester-Gwinnette-Fall neu aufgerollt haben«, meinte er. Ich nickte nur, denn ich sah keinen Grund, jetzt noch auf der ganzen Sache herumzureiten.

»Ich brauche deshalb alles, was Sie über den Fall haben«, sagte er, als wäre das ein polizeilicher Befehl.

»Alles, was ich hatte, haben Sie auch. Den Rest hat das FBI.« Ich gab ihm einen kurzen Abriss über die Fahrtenbücher und die Fotografien. »Die haben aber ganz sicher kein Problem damit, Ihnen ein paar Kopien zu machen.«

»Oh, ich bin Ihnen bereits einen Schritt voraus. Ich habe schon mit ihnen gesprochen. Sie haben mir erzählt, dass Sie ein Auto von Rhoda angenommen hätten.«

Ich antwortete nicht darauf, sondern rauchte einfach weiter meine Zigarre. Ich konnte mir schon denken, worauf das Ganze jetzt hinauslaufen würde. Georgie streckte mir wieder seinen pummeligen Zeigefinger entgegen. Langsam konnte ich das nicht mehr sehen.

»Sie haben sich den Wagen widerrechtlich angeeignet. Sie können ihn also entweder zurückgeben oder müssen mit einer Anklage rechnen.«

»Viel Glück damit.« Ich wollte schon die Ausfahrt hinunterpreschen und ihn dabei vielleicht sogar noch ein wenig mit Kies eindecken, aber dann hielt ich mich doch zurück.

»Ich werde Ihnen helfen, Detective George. Dieses Auto wurde mir vor einigen Jahren gestohlen. Tatsächlich bin ich sogar noch immer als rechtmäßiger Besitzer eingetragen. Wenn Sie also irgendwelchen Unsinn verzapfen wollen, kann das ganz schön schnell nach hinten losgehen.« Daraufhin starrte er mich nur finster an, blieb mir aber eine Antwort schuldig und ich fuhr endlich davon.

Ich rief Harvey an, bekam aber wieder nur die Mailbox ran und hinterließ ihm, Rhoda betreffend, eine Nachricht, dann meldete ich mich bei Anna und brachte sie auf den neuesten Stand.

»Oh mein Gott«, sagte sie entsetzt.

»Ja, es ist schrecklich.« Ich wusste, dass ihr Hirn bereits dreihunderteinundsiebzig Fragen ausformulierte, mit denen sie mich jetzt löchern würde, und ergriff deshalb schnell Vorsichtsmaßnahmen. »Oh, ich fürchte, ich habe gleich kein Signal mehr. Wir reden später weiter, wenn ich wieder zu Hause bin.« Dann tippte ich hastig auf das Auflegen-Icon.

Ich war bereits zehn Meilen die Straße runter, als ich das Gefühl hatte, beobachtet zu werden. Ich sah deshalb in den Rückspiegel und anschließend auf den Rücksitz. Dort lag Tommy Boy und starrte mich an.

»Scheiße!« Ich brauchte und wollte keine Katze. Bevor meine Mutter uns verlassen hatte, hatten wir eine Katze besessen. Tagsüber hatte sie nur geschlafen, nachts aber war sie durchs Haus gerannt, hatte Mäuse gejagt und dabei so viel Lärm wie nur möglich gemacht. Als Mom ihre Siebensachen gepackt und verschwunden war, verschwand auch die Katze. Ich war immer davon ausgegangen, dass Paps etwas damit zu tun gehabt hatte, aber es hatte mich ehrlich gesagt, nicht sonderlich gekümmert.

Mein erster Impuls war es, ihn wieder zurückzufahren, aber ich war nicht in der Stimmung, Georgie noch einmal über den

Weg zu laufen. Mein zweiter Gedanke war, einfach rechts ran zu fahren und ihn in den Straßengraben zu werfen, aber ich wusste natürlich, dass ich das nicht übers Herz bringen würde. Seufzend steuerte ich daher den nächsten Walmart an.

»Ich kaufe nur Futter für dich. Kein Katzenklo und kein Spielzeug«, ließ ich ihn wissen. Tommy Boy starrte nur schweigend zurück.

KAPITEL 20

Meine Kehle brannte. Ich keuchte und das Seitenstechen brachte mich fast um. Es war eine schmerzhafte Erinnerung daran, wie schlecht ich mittlerweile in Form war. Nichtsdestotrotz legte ich die drei Meilen in einer ganz respektablen Zeit zurück, zumindest für einen Achtzigjährigen. Für zwei oder drei Sekunden machte ich noch ein paar oberflächliche Dehnungsübungen, bevor ich entkräftet auf der Veranda zusammensackte. Anna setzte sich neben mich, dicht gefolgt von Tommy Boy und Henry.

»Du bist ja schweißnass«, stellte sie fest.

»Hättest du vielleicht eine Zigarre für mich?«, fragte ich. Sie gab mir einen scherzhaften Klaps auf den Arm.

Bis spät in die Nacht hinein unterhielten wir uns über Lesters und Rhodas verfrühtes Ableben, doch trotz mehrerer Flaschen Bier kamen wir auf keine vernünftige Lösung des Falls.

»Oh, du wirst nie erraten, was gestern passiert ist. Theo der Perversling, hat sie zusammen mit ihrem Baby zum Essen ausgeführt. Sie hat die Babytasse im Restaurant vergessen und Ronald hat sie prompt mitgehen lassen.«

»Ronald war mit dir zusammen dort?« Sie grinste und nickte.

»Nachdem ich gestern Morgen das Haus verlassen habe, bin ich zu ihm rübergefahren und habe ihn mit Engelszungen überredet, mich zu begleiten.«

Ich kicherte. Es war beinahe ausgeschlossen, Ronald zu irgendwelchen sozialen Unternehmungen zu überreden. »Und wo ist die Babytasse jetzt?«

»Ich habe sie in einer Papiertüte verstaut. Ronald meinte, du hättest jemanden, bei dem man DNS-Analysen machen könnte.«

»Schon, aber dazu bräuchten wir auch etwas, womit wir die DNS vergleichen könnten.«

Sie grinste. »Ich bin dir bereits eine Nasenlänge voraus. Nachdem wir das Restaurant verlassen hatten, rief ich Mrs. Braxton an und erklärte es ihr. Um es kurzzumachen – sie traf sich daraufhin mit uns im Park und gab mir eine Haarbürste von ihm. Sie sagte, dass nur Theo der Perversling sie benutzt, also haben wir nun Haarproben von ihm.«

»Das sollte genügen.«

»Danach sind wir zurück zu Ronald gefahren und haben Videospiele gespielt, bis du angerufen hast.«

Jetzt musste ich lachen.

»Was denn?«, fragte Anna verwirrt.

»Ich bin froh, dass ihr beiden euch so gut versteht. Ronald braucht dringend ein paar Freunde in seinem Alter.«

»Er ist zwar ein Nerd, wie er im Buche steht, aber ansonsten echt ein netter Kerl.« Sie stand auf und reckte sich. »Was hast du denn für heute geplant?«

»Ich werde zuerst dein Auto begutachten, dann werden wir zu FedEx fahren und unsere Beweise ins Labor schicken.« Ich stand ebenfalls auf, allerdings etwas zu schnell, denn mir wurde schwindlig.

Anna bemerkte es sofort. »Zigarren und Jogging vertragen sich nicht so gut miteinander, was, alter Junge?«

Ich ignorierte ihren Seitenhieb und deutete zur Garage hinüber. »Komm mit, sehen wir uns dein Baby mal an.«

Zufrieden ließ ich den Blick über mein Werk gleiten und löste danach vorsichtig das Klebeband und das Papier von den Stellen um die Tür herum ab.

»Okay, dann bringen wir ihn mal zurück ins Tageslicht«, sagte ich. Nachdem das geschafft war, zeigte ich auf die Tür. »Und, was denkst du? Kannst du einen Unterschied erkennen?« Wir beide nahmen die Tür noch einmal genau unter die Lupe.

»Sieht für mich vollkommen gleich aus«, sagte sie nach einer Minute.

»Ja, ich denke, du hast recht. Okay, dann ist es jetzt Zeit für den Klarlack. Fahr ihn bitte wieder zurück in die Garage und klebe alles erneut mit Zeitung ab, während ich die Lackierpistole bereitmache. Auf der Werkbank liegt auch noch mehr Klebeband, falls du welches brauchen solltest.«

Anna grinste. »Okay.«

»Was fehlt jetzt noch?«, fragte sie, als sie begann, die Tür abzukleben.

»Zwei Lagen Lack. Die Erste wird nur dünn aufgetragen, bis alles ein wenig feucht schimmert. Dann warten wir, bis es getrocknet ist, und bringen anschließend eine zweite, dickere Schicht auf.« Ich schnappte mir einen Lappen und wischte über die Oberfläche, um den Staub zu entfernen.

»Wie lang wird das ungefähr dauern?«

»Ein paar Stunden«, sagte ich. »Aber ich würde den Lack gern über Nacht vollständig trocknen lassen, bevor ich dich wieder damit fahren lasse.« Sie sah mich an und biss sich auf die Unterlippe, als hätte ich ihr gerade verboten, ihre Lieblingshose anzuziehen.

»Ich weiß, dass du deinen Wagen wieder zurückhaben willst, aber du musst noch ein wenig Geduld haben. Der Lack soll schließlich gut ausgehärtet sein, bevor du damit die Straßen unsicher machst.«

Anna nickte verstehend, dann sah sie mir dabei zu, wie ich die erste Lackschicht auftrug.

»In Ordnung, jetzt müssen wir etwa eine halbe Stunde warten, bevor wir die zweite Schicht aufsprühen können«, erklärte ich und nahm die Maske ab.

Anna setzte ihren Mundschutz ebenfalls ab und inspizierte meine Arbeit. »Werden wir zu Rhodas Beerdigung gehen?«, fragte sie mich auf einmal.

»Wenn es eine geben sollte, vielleicht«, erwiderte ich und fragte mich, ob ihre Familie sich das wohl antun würde.

»Ich denke, wir sollten unsere eigenen Ermittlungen anstellen«, sagte sie.

Ich nickte nachdenklich. Vielleicht hatte sie damit recht. Vielleicht sollte ich Rhodas und Lesters Mord genauer untersuchen. Die beiden Morde mussten einfach in Zusammenhang stehen, und ich hatte keinerlei Vertrauen in die Ermittlungsarbeit von Georgie. Vielleicht würde der riesige Junge vom Land, Detective Smallwood, ja einen besseren Job machen.

»Ja, vielleicht sollten wir das. Ich werde darüber nachdenken.«

Ich lief jetzt ins Haus, trank ein großes Glas Wasser und schaltete mein Telefon ein. Ich hatte nur eine Nachricht von Sammy bekommen. Ich rief ihn sofort zurück. Bereits nach dem ersten Klingeln meldete er sich.

»Bleib kurz dran, Liebling«, sagte er. Ich hörte ein dumpfes Geräusch, als würde er seine Hand auf das Mikrofon seines Handys legen, und dann ein gedämpftes Gespräch. »Es ist meine Frau, Sergeant. Scheint wichtig zu sein. Ich bin kurz draußen, wenn Sie mich brauchen sollten.« Ich hörte, wie er sich in Bewegung setzte, und dann das Geräusch einer Sicherheitstür, die sich öffnete und schloss, bevor Sammy endlich zu sprechen anfing.

»Hey Kumpel, hier ist die Kacke echt am Dampfen«, meinte er. Er wirkte verängstigt und in seiner Stimme lag eine gewisse Anspannung.

Ich spürte, dass ich mich unfreiwillig versteifte. »Was ist denn los, Sammy? Ich habe dich doch nicht etwa in Schwierigkeiten gebracht, oder?«

»Mir geht es gut, Thomas, aber du bist hier derjenige, der mächtig in Schwierigkeiten steckt. Die beiden Typen vom Innendienst waren heute Morgen wieder hier. Sie haben die Beweise zurückgebracht und ich konnte sie ein wenig belauschen. Die haben offenbar einen Haftbefehl auf dich ausgestellt, Thomas. Die wollen dich wegen Mordes anklagen!«

Oh Scheiße! In meiner Brust zog sich etwas zusammen. Obwohl ich gewusst hatte, dass das eines Tages passieren könnte, machte das die ganze Sache auch nicht besser. Ich räusperte mich und versuchte kurz, nachzudenken. »Hattest du denn eine Chance, einen Blick auf das Video zu werfen?«, fragte ich.

»Ja. Es handelt sich dabei um die Vernehmung einer Frau, die vorgibt, mit dir zusammen gewesen zu sein und die dir angeblich bei dem Mord an Marcia geholfen hat. Sie sagte, ihr beide wärt verliebt gewesen und du hättest sie deshalb dazu überredet, dir zu helfen und das Ganze wie einen Selbstmord aussehen zu lassen. Anschließend gibt sie noch eine detaillierte Beschreibung eures Hauses ab.«

»Wer zur Hölle ist diese Frau?«, fragte ich ihn fassungslos.

»Ihr Name ist Brittany Long. Ich habe sie überprüft, aber sie ist zumindest in Nashville noch nicht verhaftet worden. Die ganze Sache stinkt zum Himmel, Thomas«, sagte Sammy leise.

»Da hast du wohl recht, Kumpel.« Meine Gedanken rasten wild umher. »Wann hast du die Beamten zuletzt gesehen?«

»Vor etwa zwei Stunden. Als sie aufbrachen, hörte ich noch, wie einer von ihnen den SWAT-Einsatzleiter anrief.«

Verdammt, mir blieb also nicht mehr viel Zeit. Das war ein gutes Argument, welches dafürsprach, sein Telefon öfter angeschaltet zu lassen. »Okay, lasse mich kurz nachdenken. Hast du Kopien dieser Vernehmungen machen können?«

»Ich habe alles da, Thomas, aber die kommen dich gleich holen. Ich wüsste nicht, wie wir das Zeug rechtzeitig zu dir kriegen könnten.«

Ich schnippte mit den Fingern nach Anna und winkte sie hektisch heran, während ich auf mein Handy tippte. »Sammy, ich lege dich jetzt auf Lautsprecher. Eine Freundin von mir ist hier, ihr Name ist Anna.«

»Hi, Anna«, begrüßte Sammy sie sorgenvoll. Anna sah mich fragend an.

»Okay, hör zu. Du kannst Anna alles anvertrauen. Sie wird ab sofort mein Telefon bei sich haben, also kannst du sie jederzeit anrufen. Falls du sie mal nicht erreichen solltest, rufe meinen Anwalt, Sherman Goldmann, an.«

»Okay, Großer. Ich muss jetzt zurück an die Arbeit. Ich rufe Anna nach meiner Schicht an und dann treffe ich mich mit ihr. Ich will dir helfen, wenn ich kann, Thomas.«

»Das weiß ich sehr zu schätzen, Kumpel, aber ich will nicht, dass irgendjemand herausfindet, dass wir beide befreundet sind. Verhalte dich lieber unauffällig, und wenn du etwas über diese Brittany Long herausfindest, dann ruf Anna oder Sherman an.«

»Verstanden, Kumpel. Du hast wahrscheinlich nicht mehr viel Zeit, also lasse ich dich jetzt besser in Ruhe.« Ich dankte ihm und legte auf.

»Thomas, was geht hier vor sich?«, fragte Anna verwirrt.

»Lasse mich schnell Ronald anrufen, dann erkläre ich es euch beiden direkt zusammen«, sagte ich. Ich tippte auf eines der Icons auf dem Display und sprach seinen Namen ins Telefon. Ronald nahm beinahe sofort ab.

»Ronald, bitte keine Fragen, hör einfach nur zu. Die Polizei wird jeden Moment hier aufkreuzen und mich wegen Mordes an meiner Frau festnehmen. Wahrscheinlich ein richtiges SWAT-Team.

Klemme dich deshalb bitte hinter das Überwachungssystem und nimm alles auf. Ich will von allen Nahaufnahmen haben, und schalte auch auf Audio. Ich will, dass wirklich alles aufgezeichnet wird, was gesagt wird.« Ronald begann schwer zu atmen. Er schien offenbar kurz vor einer Panikattacke zu stehen. Ich versuchte, ihn zu beruhigen.

»Nicht durchdrehen, Kumpel, ich brauche dich jetzt. Also hör mir genau zu. Es wird alles gut werden, aber es wird nicht leicht. Du und Anna, ihr müsst zusammenhalten, okay?«

»Okay«, sagte er kraftlos. Ich hörte ihn an irgendetwas herumfummeln. »Okay, ich habe jetzt Zugriff auf alle Kameras. Oh, Thomas, da parkt gerade ein schwarzer SUV am Rand der Straße nahe deiner Einfahrt. Ich kann aber nicht sehen, wer drinsitzt. Die Fenster sind getönt, und außerdem ist er zu weit weg.«

»Okay, dann sind sie also bereits hier. Sie werden sich irgendwo in der Nähe sammeln und dann hier aufkreuzen.« Ich versuchte, einen kühlen Kopf zu bewahren. Ich war schmutzig und verschwitzt, aber für eine Dusche war eindeutig keine Zeit mehr. Mein Verbrecherfoto würde nicht besonders glamourös aussehen, und ich hatte keine Ahnung, wieso ich in diesem Moment an so etwas Unwichtiges dachte.

»Okay, Ronald, ich werde das Telefon jetzt an Anna weitergeben, und sie wird damit ins Haus gehen und alle Türen verschließen.« Ich sah Anna an. »Versucht, Sherman mit einer Konferenzschaltung zu bekommen, und erklärt ihm alles. Wenn er nicht rangehen sollte, schickt ihm eine Nachricht und ruft dann William an. Verstanden?«

Anna nickte nervös.

»Gut. Jetzt geh ins Haus und verriegele die Türen.«

Anna eilte hinein.

Mir blieb nichts mehr zu tun. Ich ging vor dem Haus auf und ab, bis ich einen geeigneten Platz fand, den Henry in letzter Zeit nicht besucht hatte, dann setzte ich mich und wartete. Es dauerte nicht lange.

Ein Hubschrauber flog nun langsam und nur knapp über den Baumwipfeln heran, dicht gefolgt von dem gepanzerten Fahrzeug des SWAT-Teams, das die Einfahrt hinaufgerumpelt kam. Ich legte mich auf den Bauch und streckte Arme und Beine aus. Ich hoffte, dass Ronald die Kameras richtig bediente, denn irgendwie hatte ich ein verdammt schlechtes Gefühl bei der ganzen Sache.

Die Polizisten stürmten nun aus der Hecktür des gepanzerten Fahrzeugs, während eine körperlose Stimme aus den Lautsprechern auf dessen Dach schallte. »Hier spricht die Polizei! Keine Bewegung! Sie stehen unter Arrest. Leisten Sie keinen Widerstand!« Das Mantra wiederholte er immer und immer wieder. Ich bewegte mich nicht, denn ich wollte vermeiden, dass mir irgendetwas als Widerstand gegen die Staatsgewalt ausgelegt werden würde. Aber wie sich herausstellen sollte, war das auch egal.

Der erste SWAT-Officer rannte bis auf einen halben Meter zu mir und zielte mit seinem M4-Sturmgewehr genau auf meinen Kopf, während er mich anschrie, ich solle mich nicht bewegen. Das klang sicherlich ganz schön beeindruckend, aber jeder mit nur halbwegs Grips im Hirn, konnte sehen, dass ich mich keinen Hauch mehr gerührt hatte, seit sie die Einfahrt hinaufgefahren gekommen waren.

Ein zweiter Polizist stürmte nun heran, ließ sich neben mir auf den Boden nieder und rammte mir ein Knie ins Kreuz. Ich stieß ein unfreiwilliges Keuchen aus. Sein Knieschoner aus Hartplastik ließ ein schmerzhaftes Stechen durch mich hindurchfahren. Ich musste mich zwingen, weiterhin regungslos dazuliegen.

»Das ist für meinen Kumpel Doug, du Stück Scheiße«, knurrte er, bevor er mir Handschellen anlegte. Ich nahm an, dass er von Officer Eastlin sprach, Annas durchgeknalltem Ex-Freund. Der Kerl über mir schien ein Hitzkopf zu sein, also war es sicher ein Leichtes, ihn auf die Palme zu bringen.

»Doug Eastlin? Seid ihr beiden etwa ein Pärchen? Bist du deshalb so wütend?«

Seine Antwort bestand aus weiteren Kraftausdrücken und mehreren Schlägen gegen meinen Hinterkopf. Er hielt sich wahrscheinlich für clever, mir nicht direkt ins Gesicht zu schlagen, weil das sichtbare Verletzungen bedeutet hätte, und seine Handschuhe schützten seine Hände vor meinem harten Hinterkopf. Er schlug mich zwar nicht bewusstlos, aber ich spürte, dass sich massive Kopfschmerzen anbahnten.

»Wow, Junge«, rief ich. »Du schlägst ja echt wie ein Mädchen. Du musst wohl der weibliche Part in eurer Beziehung sein.« Er antwortete mit weiteren Schlägen.

»Acevedo! Das reicht!« Sie zogen mich nun auf die Beine, und ich sah mich neugierig um. Jeder von ihnen trug schwarze Skimasken, aber ich erkannte den Sergeant, der Acevedo ermahnt hatte.

»Sergeant Trent, schön, Sie wiederzusehen. Ich hoffe, Sie werden sich der ungerechtfertigten Gewaltanwendung entsprechend verhalten«, sagte ich.

»Sie hätten sich Ihrer Verhaftung eben nicht widersetzen dürfen, Ironcutter«, gab er unverhohlen feindselig zurück. »Was glauben Sie denn, auf wessen Seite ich stehe? Auf der meiner Kollegen, oder auf der, eines armseligen Exemplars von einem Mann, der seine Frau und sein ungeborenes Kind umgebracht hat?« Ich schätzte mal, dass es sich dabei eher um rhetorische Fragen handelte und machte mir daher nicht die Mühe, zu antworten. Die Kamera, die auf den Vorplatz ausgerichtet war, war ebenfalls mit einem Mikrofon ausgerüstet. Ich hoffte nur, wir waren nahe genug, damit das Gespräch auch aufgezeichnet werden konnte. Als sie mich herumrollten und auf die Beine zerrten, fiel mir als Erstes die Kamera an seiner taktischen Weste auf. Acevedo sah, wie mein Blick darauf fiel, und grinste unter seiner Maske.

»Ich fürchte leider, die Batterien sind leer. Dumm gelaufen, du elender Mistkerl.« Ich sah zu Trent hinüber. Doch er sah mir nur flüchtig in die Augen und drehte sich um.

KAPITEL 21

Nachdem mich das SWAT-Team in Gewahrsam genommen hatte, wurde ich kurzerhand in einen der Transporter verfrachtet und in die Stadt abtransportiert. Mein zwischenzeitliches Wachpersonal bestand aus zwei Streifenpolizisten, einer Ausbilderin und ihrem Rookie. Ich kannte sie beide nicht. Der Rookie sah mich immer wieder neugierig an, als suche er nach Charakteristiken, die ihm zukünftig dabei helfen würden, Mörder zu identifizieren. Ich ignorierte ihn, versuchte eine halbwegs bequeme Sitzposition zu finden, die die geringsten Schmerzen in meinem Brustkorb verursachen würde, und versuchte vergeblich, die Aussicht zu genießen, während wir nach Nashville fuhren.

Wie ich schon sagte, ich hatte gewusst, dass das irgendwann passieren könnte, und hatte mich deshalb mental bereits darauf vorbereitet. Trotzdem fühlte ich mich gedemütigt.

Die Medien und ihre Kameras waren bereits vor Ort, als wir eintrafen. Anstatt direkt bis zur Anmeldung vorzufahren, parkten die Beamten bewusst auf der Third Avenue South, direkt an dem Ort, wo die ganzen Medienvertreter lauerten. Irgendjemand hatte da wohl jemanden angerufen.

»So wie es aussieht, werden Sie heute in den Abendnachrichten zu sehen sein«, sagte der Senior Officer grinsend, der das alles offensichtlich sehr genoss. Der Rookie schenkte mir ein mitleidloses Grinsen.

»Schadenfreude …«, ließ ich ihn wissen. Sein Grinsen wurde nun etwas misstrauischer, als hätte ich gerade seine Mutter beleidigt. Ich erklärte es ihm. »… bedeutet, Vergnügen bei dem Unglück anderer zu empfinden. Ein Charakterzug, den ein guter Polizist niemals haben sollte.« Der Senior Officer kommentierte dies mit einem verächtlichen Schnauben.

Als wir anhielten, schaute ich mich kurz um und erblickte den Urheber des Rummels. Assistant Chief Raymond Perry stand in Rührt-euch-Stellung am Straßenrand, seine Class-A-Uniform sorgfältig gebügelt, und versuchte, so streng auszusehen, wie es sein weibisches Gesicht nur erlaubte. Er war stets ein Widersacher von Onkel Mike gewesen.

Unter seinen wachsamen Augen halfen mir die zwei Polizisten aus dem Einsatzwagen heraus, dann führten sie mich die Treppenstufen zum Seiteneingang des *Criminal Justice Centers* hinauf. Perry hob seine Hand, woraufhin sie anhielten. Die Medienvertreter sahen in andächtigem Schweigen dabei zu, wie der Assistant Chief auf mich zukam und mir intensiv in die Augen sah. Dazu musste er allerdings den Kopf in den Nacken legen, denn er war einige Zentimeter kleiner als ich.

Mit achtundsechzig hätte er sich eigentlich schon vor Jahren zur Ruhe setzen können. Onkel Mike war noch ein paar Jahre älter als er und einmal sein Sergeant gewesen. Er hatte meinen Onkel gehasst und empfand daher offenbar dasselbe für mich.

Er wartete, bis alle schwiegen, bevor er das Wort ergriff: »Heute wird der Gerechtigkeit, für den abscheulichen Mord an Marcia Ironcutter, Genüge getan. Eine Frau, die Sie bedingungslos geliebt hat und doch kaltblütig von Ihnen umgebracht wurde. Ein absolut feiges und verabscheuungswürdiges Verbrechen. Ich werde mich persönlich darum bemühen, dass Sie die volle Härte des Gesetzes zu spüren bekommen.« Er sprach betont laut und deutlich. Ich konnte ihn förmlich vor mir sehen, wie er seine Ansprache den ganzen Morgen geprobt hatte, damit sie sich in der Dauerschleife in den Abendnachrichten auch wirklich gut anhörte.

»Hey, Ironcutter«, rief plötzlich jemand aus der Menge. »Was haben Sie zu dem Mord an Ihrer Ehefrau zu sagen?« Ich reagierte gar nicht erst darauf. Denn egal, was ich auch erwidert hätte, es wäre im darauffolgenden Ansturm von Fragen der restlichen Journalisten ohnehin untergegangen.

Ich gab Perry noch einen Moment, um mich unheilvoll anzustarren, bevor ich die Initiative ergriff und die Treppenstufen hinaufzulaufen begann. Die beiden Officer eilten schnell hinter mir her. Oben auf dem Treppenabsatz hatten sich bereits ein paar Detectives der Tagesschicht versammelt und starrten mich unterkühlt und wortlos an. Einer von ihnen benutzte seine Keycard, um die Tür zu öffnen, und dann hielt er sie für mich auf.

»Bringt ihn in Vernehmungsraum Eins«, wies er die Streifenpolizisten an. Sie sahen ihn verwirrt an. Offenbar hatten sie keine Ahnung, wo sich die Vernehmungsräume befanden.

Ich räusperte mich daraufhin. »Folgen Sie mir einfach«, sagte ich, und lief voran.

Der Raum war mir nur allzu gut vertraut, denn ich hatte unzählige Stunden darin verbracht, um Verdächtige und Zeugen zu vernehmen. Er sah aus wie jedes Vernehmungszimmer der Welt und war recht klein, nicht einmal dreieinhalb mal drei Meter groß. Die Wände waren in einem matten Blau gestrichen, der Fußbodenbelag von einer undefinierbaren Farbe, und in der Mitte stand ein leerer Tisch mit vier Stühlen drumherum. Die Kamera war in einem Kästchen versteckt, das wie ein Thermostat aussehen sollte, aber wohl nur Betrunkene und Vollidioten täuschen würde. Die Aufnahmegeräte befanden sich in einem anderen Raum, etwas weiter den Gang hinunter.

Ich nahm mir einen Stuhl, versuchte, mich halbwegs bequem hinzusetzen, damit mir die Rippen nicht zu sehr schmerzten, und wartete geduldig.

Es vergingen einige Minuten, bis meine beiden Freunde von der OPA den Raum betraten. Mich warten zu lassen, war pure Absicht, ein psychologischer Trick, der dafür gedacht war, Verdächtige unter Druck zu setzen. Mit sorgenvoller Miene schritten die beiden jetzt durch die Tür.

»Hallo, Thomas«, sagte Jay und setzte sich neben mich, während Oscar einen der Stühle auf der gegenüberliegenden Seite des Tisches wählte. Dies war die übliche Vorgehensweise. Jay würde demnach die Rolle des besorgten Detectives übernehmen.

»Thomas, da wir wissen, dass Sie die Vernehmungsprozedur kennen, werden wir nicht so tun, als würde man uns nicht abhören.« Er sah auf die Uhr. »Fürs Protokoll, es ist jetzt dreizehn Uhr. Wir befinden uns in einem Vernehmungsraum des *Criminal Justice Centers*, zusammen mit Thomas Ironcutter. Mein Name ist Detective Jay Sansing, und ebenfalls anwesend ist Detective Oscar Marson.« Dann machte er eine Pause und öffnete seine Akte. Ich erhaschte einen Blick auf die Kopie meines Haftbefehls.

Jay sah zu Oscar hinüber und dieser nickte ihm zu. Sie hatten diesen Moment offenbar geprobt und wollten die Sache so fehlerfrei wie nur möglich durchziehen. Das verstand ich. Detectives sollten sich immer vorbereiten und sich absprechen, bevor sie eine formelle Befragung durchführten. Trotzdem fand ich das Ganze amüsant. Wenn ich keine Handschellen getragen hätte, hätte ich ihnen applaudiert.

»Thomas, ich habe hier die Kopie des Haftbefehls gegen Sie. Ich werde Ihnen die Erklärung vorlesen, allerdings nicht, bevor ich Sie formell über Ihre Rechte belehrt habe.« Ich nickte schweigend. Ich kannte den Spruch schon seit vielen Jahren auswendig, aber er wollte das hier eben streng nach Vorschrift durchziehen. Es bestand kein Grund, ihn zu unterbrechen.

»Sie haben das Recht zu schweigen. Alles, was Sie sagen, kann und wird vor Gericht gegen Sie verwendet werden. Sie haben das Recht, zu jeder Vernehmung einen Anwalt hinzuzuziehen. Wenn Sie sich keinen Anwalt leisten können, wird Ihnen einer gestellt. Wenn Sie sich während der Befragung dazu entschließen, zu schweigen, wird das Verhör sofort abgebrochen.« Jay warf mir einen ernsten Blick zu. »Haben Sie die Rechte verstanden, Thomas?«

»Ja, das habe ich«, antwortete ich. Zufrieden fuhr Jay damit fort, mir die Anklage in meinem Fall vorzutragen. Sie war klar und auf den Punkt genau formuliert. Es wurde behauptet, dass es einen Augenzeugen für den angeblichen Mord an meiner Frau gab. Das machte mich neugierig und ich hätte gern mehr über diesen Augenzeugen erfahren, aber das musste erst einmal warten. Nachdem er die Erklärung verlesen hatte, machte er eine bedeutungsschwangere Pause, bevor Detective Marson übernahm. Mit zerknirschter und ehrlicher Miene beugte er sich nach vorn.

»Thomas, ich möchte mich zuerst für mein Verhalten im Gerichtssaal entschuldigen. Es war sehr unprofessionell von mir, meine Gefühle die Oberhand gewinnen zu lassen.«

Demnach versuchte er es also mit der Guter-Cop-Attitüde, aber es hörte sich leider gespielt und schmierig an. Er klang wie ein Gebrauchtwagenverkäufer, der einem versicherte, dass der Wagen bestens in Schuss sei, obwohl der Verkäufer genau wusste, dass der Motor bereits aus dem letzten Loch pfiff.

»Wir würden sehr gern deine Version der Geschichte hören. Vielleicht ist das Ganze nur ein dummes Missverständnis, aber der einzige Weg, das herauszufinden und der Sache auf den Grund zu gehen, ist der, dass du mit uns redest und vielleicht ein paar Fragen beantwortest.«

Ich ließ den Kopf hängen, als wäre ich tief in Gedanken versunken und drauf und dran, meine Sünden zu gestehen. »Ich schätze, das ergibt Sinn«, sagte ich leise.

Plötzlich sprang Jay auf.

»Oh, wo bleiben meine Manieren? Sie waren immerhin mal einer von uns.« Er bedeutete mir, aufzustehen. Als ich das tat, nahm er mir die Handschellen ab. Ich lächelte pflichtschuldig und rieb mir die Handgelenke, so wie es jeder Verdächtige getan hatte, den ich je verhaftet hatte. Meine Rippen hingegen bereiteten mir wirklich höllische Schmerzen und ich hätte gerade alles für ein extrastarkes Schmerzmittel getan … und meinen Flachmann.

Nun stand auch Oscar auf. »Ich bin ein wenig durstig. Jay, Thomas, hättet ihr beiden gern einen Kaffee?«

»Ich würde einen nehmen«, antwortete Jay sofort. »Was ist mit Ihnen, Thomas?«

»Ja, ich denke, ich nehme auch einen. Heiß und schwarz, bitte, Oscar.« Er rang sich ein Lächeln ab, bevor er hinauslief.

Jay streckte seinen Rücken durch und seufzte. »Wissen Sie, Thomas, der Job kann manchmal echt hart sein, aber ich bin mir sicher, Sie hatten selbst genug harte Tage, als Sie noch bei der Mordkommission waren, nicht wahr?« Ich nickte schweigend. Das war der Teil, wo er versuchte, eine Verbindung zu mir aufzubauen, und so meine Zurückhaltung aufzuweichen. Oscar war wahrscheinlich gerade im Aufnahmeraum, sah uns zu und wartete auf sein Stichwort, wieder zurückzukommen.

»Wie viele Fälle in Ihrer Karriere waren derart chancenlos, dass Ihnen nichts weiter übrig geblieben ist, als Ihren Job einfach so gut wie möglich zu machen?«

»Oh, verdammt, Jay, von denen gab es so einige. Aber wie Sie schon sagten, man versucht halt, seinen Job so gut wie nur möglich zu machen, und hofft das Beste.«

»Ja, diesen Eindruck machen Sie auf mich auch. Ich habe Ihre Akte bestimmt ein dutzend Mal gelesen. Sie haben wirklich eine beispiellose Karriere hingelegt. Ich bin fast ein wenig neidisch auf Sie, muss ich zugeben. Sie haben echt ein paar harte Fälle geknackt und können mit einer beeindruckenden Verhaftungsquote aufwarten.«

Es brauchte einiges an Selbstbeherrschung, um ihn nicht geradewegs auszulachen. Wenn er so weitermachte, würde er bald Vaseline und ein paar Papiertücher brauchen.

»Danke, Sir«, erwiderte ich demütig. Mir lagen noch ein paar andere, geistreichere Antworten auf der Zunge, aber ich rief mir immer wieder die Videokamera ins Gedächtnis.

Ich rieb meine Handflächen aneinander und atmete tief aus, ganz so, als hätte ich eine Entscheidung gefällt. »Jay … ich meine Detective Sansing«, begann ich und seufzte kurz. »Ich habe Sie und Detective Marson einfach mit Ihren Vornamen angesprochen, was vielleicht etwas ungehörig war. Dafür möchte ich mich entschuldigen.«

Jay hob seine Hand. »Machen Sie sich deshalb keine Sorgen, Thomas. Wir reden uns hier alle mit Vornamen an«, erklärte er mit einem gütigen Lächeln. Ich erwiderte es mit einem schüchternen und hoffnungsvollen Lächeln.

»Okay, wunderbar.« Ich räusperte mich wieder. »Bevor wir anfangen, würde ich Ihnen und Oscar gern ein paar Fragen stellen, wenn es Ihnen nichts ausmacht.«

»Natürlich nicht«, sagte Jay versöhnlich. »Wäre es okay, wenn wir noch kurz auf Oscar warten würden? Dann können wir sie gemeinsam beantworten.« Ich nickte zustimmend und begann in Gedanken von zehn rückwärts zu zählen. Als ich bei Eins angekommen war, kam Oscar mit drei Styroporbechern Kaffee herein.

»Tut mir leid, dass es so lange gedauert hat, aber ich musste noch ein paar Becher auftreiben«, entschuldigte er sich und reichte mir einen davon. Ich nippte daran und hielt plötzlich inne.

»Stimmt etwas nicht, Thomas?«, fragte Jay besorgt.

»Ihr habt mir aber nicht irgendwelche K.O.-Tropfen dort reingemischt, oder?« Eigentlich machte ich mehr Sorgen, dass Oscar mir in den Kaffee gespuckt hatte. Ich ertappte ihn dabei, wie er die Stirn runzelte, bevor er herablassend grinste, als wäre ich paranoid geworden.

»Hier, tauschen wir doch einfach«, sagte Jay. Ich lächelte dankbar und tauschte daraufhin meinen Kaffee mit ihm. Nun trank ich langsam und ließ mir dabei Zeit. Hin und wieder hielt ich kurz inne und tat so, als würde ich eine Frage stellen wollen, trank dann aber weiter. Das ganze Schauspiel untermalte ich noch mit der meisterhaften Zurschaustellung eines gequält wirkenden Stirnrunzelns.

»Lassen Sie sich ruhig Zeit, Thomas, wir haben es nicht eilig«, sagte Jay. Mit einer Geste ließ ich ihn wissen, dass ich das zu schätzen wüsste, trank meinen Kaffee etwa bis zur Hälfte aus, und ergriff dann erst das Wort.

»Ich weiß, dass Sie beide der OPA angehören und kürzlich damit beauftragt wurden, im Fall meiner verstorbenen Frau zu ermitteln. Ich frage mich, wieso die Mordkommission nicht zuständig ist?«

»Nun, da Sie einmal der Mordkommission angehört haben, wurde entschieden, die OPA in diesem Fall mit einzubeziehen, um von vornherein jeden Verdacht auf Voreingenommenheit auszuschließen zu können«, erklärte Oscar.

Ich nickte. »Ja, das macht Sinn. Bitte sehen Sie es mir nach, wenn ich das sage, aber ich weiß nur sehr wenig über Sie beide und über die Qualität Ihrer Arbeit.« Dann tippte ich mir zwei oder drei Mal gegen die Schläfe. »Moment mal, das stimmt nicht ganz. Ich erinnere mich noch an ein paar von Ihren Fällen. Da war doch dieser Sergeant, der Minderjährige über irgendeinen Online-Chatroom zum Sex anbot … an dem waren Sie doch dran, oder?«

»Ja, das ist richtig, Thomas«, sagte Jay. »Der Fall war recht emotional, aber wir haben ihn vorschriftsmäßig abgewickelt.«

»Oh, da bin ich mir sicher. Oh, und dann war da noch die Sache mit diesem Rookie, der während eines Staus die Scheiße aus einem Klugscheißer-Kind herausgeprügelt hat.« Jay nickte erneut.

»Ein anderer wichtiger Fall«, bestätigte Oscar. Ich nickte nachdenklich, dann starrte ich für volle zwei Minuten einen Fleck an der Wand an, bevor einer der beiden das Wort ergriff.

»Thomas?«, fragte Jay. »Wollen Sie noch über irgendetwas mit uns sprechen, bevor wir beginnen?«

»Oh, tut mir leid, ich muss wohl kurz weggenickt sein. Ich fürchte, ich habe eine Gehirnerschütterung.«

Jay biss die Zähne aufeinander und drehte sich langsam auf seinem Stuhl zu mir herum. »Wovon reden Sie?«, fragte er argwöhnisch.

»Als man mich in Gewahrsam nahm, wurde ich von einem Officer namens Acevedo brutal zusammengeschlagen. Ich fürchte, ich habe dabei eine Gehirnerschütterung und ein paar gebrochene Rippen davongetragen. Wäre es vielleicht möglich, mich in ein Krankenhaus zu bringen? Ich fühle mich nämlich nicht so gut.«

KAPITEL 22

Zwei andere Officer transportierten mich daraufhin in eine der örtlichen Notaufnahmen. Das Röntgenbild offenbarte tatsächlich zwei gebrochene Rippen. Die Computertomografie konnte dank meines Betonschädels allerdings keine ernsthaften Gehirntraumata nachweisen, aber die Ärztin, eine ernst wirkende Afroamerikanerin, stellte mehrere Knoten an meinem Hinterkopf fest. Ich bat sie, diese in ihren Bericht aufzunehmen, und sie kam dem kommentarlos nach.

»Dürfte ich Sie vielleicht noch um einen anderen Gefallen bitten?«, fragte ich sie. »Es könnte sich aber seltsam anhören.« Sie hob fragend eine Augenbraue. »Wäre es vielleicht möglich, einen Bluttest auf Drogen und Alkohol bei mir zu machen?«

Sie starrte mich einige Sekunden lang wortlos an, bevor sie antwortete: »Was versuchen Sie hier zu beweisen, Mister Ironcutter?«

Ich versuchte, mein freundlichstes Lächeln aufzusetzen. »Gewisse Leute behaupten gern Dinge, die nicht der Wahrheit entsprechen. Dinge, wie zum Beispiel, dass der Verdächtige unter dem Einfluss von Drogen stand und deshalb sehr aggressiv auftrat. Solche Dinge.« Sie starrte mich noch eine Weile an und verließ dann den kleinen Raum. Einer der Officer hatte unser Gespräch mitangehört. Ich erinnerte mich an ihn, aber wir kannten uns nur flüchtig. Er bemerkte, dass ich ihn ansah, und zwinkerte mir zu. Das sollte wohl bedeuten, dass mein Geheimnis bei ihm sicher war. Eine Minute später kam eine Schwester herein und nahm mir Blut ab.

Es war ein typischer Besuch in einer Notaufnahme: zwei Stunden Wartezeit, um dann für zehn Minuten den Doktor zu sehen. Als man mich schließlich entließ, wurde ich direkt wieder zur Wache gebracht. Der Medienauflauf war mittlerweile aber zum Glück verschwunden. Sie hatten offenbar das Interesse verloren und sich auf die nächste Story gestürzt.

»Ich wundere mich, dass die beiden Detectives nicht auf mich gewartet haben«, rief ich laut. Einer der Officer kicherte daraufhin.

»Ihr Anwalt hat bereits mit ihnen gesprochen. Es gibt im Moment kein Verhör. Wir nehmen den Haftbefehl auf und sperren Sie ein.« Ich nickte.

Meine Kaution belief sich auf eine Million Dollar. Das erschien mir geradezu lächerlich hoch, so als hätte jemand extra den Richter angerufen und ihn um einen Gefallen gebeten. Die Streifenpolizisten überstellten mich den Deputies von Davidson County, die das Gefängnis leiteten. Diese machten ein Sträflingsfoto von mir, nahmen meine Fingerabdrücke ab und ließen mich dann duschen, was wirklich sehr nett war. Na ja, abgesehen von der Tatsache, dass mir zwei von ihnen beim Einseifen zusahen. Danach händigte mir einer der Angestellten ein viel zu großes orangefarbenes Outfit aus, zusammen mit dazu passenden Schuhen. Ich sah absolut lächerlich aus. Ein Deputy, dessen Streifen an seinem Revers ihn als Sergeant auswiesen, näherte sich mir, als man mich mit einer Decke, einem Kissen, einem Handtuch, Zahnpasta und einer Zahnbürste in Kindergröße ausstattete.

»Aufgrund Ihrer Verletzungen und Ihrer vorherigen Anstellung werden wir Sie in Isolationshaft unterbringen. Wir lassen Sie täglich für dreißig Minuten raus, damit Sie duschen und sich rasieren können.«

»Das klingt gut, Sergeant«, sagte ich.

Er schnaubte. »Nach ein paar Tagen wird Ihnen garantiert die Decke auf den Kopf fallen.«

»Dann werfen Sie mir doch einfach ein Taschenbuch rein, wenn Sie so freundlich wären, und ich verspreche Ihnen, dass Sie keinen Mucks von mir hören werden.« Er musterte mich kurz und führte mich dann in mein vorübergehendes Zuhause, eine sehr kleine Zelle mit einer Waschbecken-Toiletten-Kombination aus Edelstahl und einem Betonquader mit einer Schaumstoffmatratze darauf.

»Nummer Vier schließen!«, rief er. Eine Sekunde später fuhr die Panzertür mit einer großen schwarzen 4 darauf ratternd zu und schloss sich mit einem lauten Knall. Ich legte die Decke und das Kissen ab und ließ mich erschöpft auf dem Sockel nieder. Ich würde unmöglich so viel Geld für meine Kaution auftreiben können, also saß ich hier erst einmal fest, zumindest bis zu meinem Prozess, der ohne Weiteres erst in einem Jahr stattfinden könnte.

»Okay, das ist echt scheiße«, murmelte ich und sah mich in meinem neuen Zuhause um. Während ich über meine aktuelle Situation nachgrübelte, hörte ich Schritte auf dem Gang vor meiner Zellentür. In Augenhöhe befand sich ein kleines rechteckiges Guckloch aus Panzerglas, aber ich machte mir nicht die Mühe, nachzusehen, wer es war. Kurze Zeit später schob jemand ein Taschenbuch durch den Schlitz der Tür. Ich stand auf und sah, wie mich der Sergeant durch das dicke Glas hindurch ansah. Ich nickte ihm dankbar zu.

Ich nahm das Buch zur Hand und las den Titel. *Eine Geschichte aus zwei Städten.* Ich hatte es vor vielen, vielen Jahren schon einmal gelesen, aber viel war nicht davon hängen geblieben. Aber in der Not frisst der Teufel bekanntlich Fliegen. Ich machte es mir bequem und blätterte zur ersten Seite.

Nach einer Weile stand ich auf und streckte mich. Schmerzen rasten mir durch die Seite und ich verzog gequält das Gesicht. Der Zustand meiner Rippen könnte sich als schwerer Nachteil erweisen, wenn ich in die Verlegenheit kommen sollte, mich hier verteidigen zu müssen. Vielleicht hegte einer meiner Mithäftlinge ja einen besonderen Groll gegen mich. Sehr viel wahrscheinlicher würde ich aber mit einem von diesen Ganoven aneinandergeraten, die generell nicht gut auf Cops zu sprechen waren und der seinen Ruf mit mir aufbessern wollte. Ich konnte nur hoffen, dass man mich nicht so schnell in den Gemeinschaftstrakt verlegen würde.

Nach etwa einer Stunde an meinem ersten Tag im Knast hörte ich einen Summer. Zu diesem Zeitpunkt ahnte ich noch nicht, wie oft ich in den nächsten Jahren von diesem verdammten Summer träumen würde, aber in jenem Moment hatte ich keinen Schimmer, was er bedeutete. Ich stand auf und sah zu dem kleinen Sichtfenster hinaus. Ein drahtiger Gefängnisinsasse mit jeder Menge Tätowierungen, strähnigen langen Haaren und mindestens ebenso langem Bart schob einen Speisewagen über den Gang und hielt vor jeder Zellentür an, um ein Tablett durch den Schlitz zu schieben. Als er an meiner Zelle ankam, sah er mich für einen langen Moment an, bevor er mein Tablett hereinschob. Meine Mahlzeit bestand aus einem Sandwich, ein paar Kartoffelchips und einem Milchkarton. Ich bemerkte, dass der Häftling mich weiterhin anstarrte. Er sah ein wenig wie Charles Manson aus, nur ohne das idiotische Hakenkreuz auf der Stirn. Er deutete auf den Türschlitz. Vorsichtig kauerte ich mich vor der Öffnung nieder, um zu sehen, was er von mir wollte.

»Duke sagt, ihr beide seid befreundet. Stimmt das?«, fragte er mich durch die Öffnung.

»Ja, ich denke schon«, antwortete ich. Ich hatte mir schon gedacht, dass Duke Bekannte im Knast hatte und auch, dass er bereits von meiner Verhaftung wusste.

»Mit den Gefangenen wird nicht gesprochen, Flaky«, wies ein Deputy, der die Essensausgabe überwachte, den Häftling zurecht. Flaky richtete sich daraufhin auf, sah mich noch einmal an und steuerte dann die nächste Zellentür an. Nach ein paar Minuten kam er noch einmal zurück und schob einen Extrakarton Milch durch den Türschlitz.

Erst am nächsten Morgen bekam ich Besuch. Doch es war nicht Sherman, sondern William. Dabei wollte ich unbedingt mit Sherman reden und nicht mit seinem Enkel.

»Wie geht's, alter Junge?«, fragte er mich.

»Es würde mir noch viel besser gehen, wenn du und der alte Mann mich hier rausholen würdet«, antwortete ich, aber ein Blick in sein Gesicht verriet mir, dass das wohl nicht so schnell passieren würde.

»Der Richter hat unseren Antrag auf Verringerung der Kaution leider abgelehnt. Die Voruntersuchung ist aber für übermorgen anberaumt.«

»Das ging aber schnell«, bemerkte ich. William nickte.

»Normalerweise dauert es viel länger, aber Anna und dieser kleine Nerd haben jede Menge Zeug ausgegraben. Wusstest du, dass sie eine Kopie der ursprünglichen Mordakte besessen haben?« Ich nickte, gab aber keine Erklärung dafür zum Besten. »Und das ist nur ein Teil. Sie sind auf wirklich bedeutsame Informationen gestoßen. Opa ist sehr zuversichtlich.«

»Wieso ist er dann nicht hier?«

William zuckte entschuldigend mit den Achseln. »Als er das letzte Mal einen Insassen besucht hat, bekam er eine Lungenentzündung. Seitdem meidet er Gefängnisse. Er meinte, du würdest das bestimmt verstehen.« Er wartete auf eine Antwort von mir. Ich tat stattdessen so, als müsste ich niesen. Das Spiel hätte ich auch noch weitergetrieben, wenn nicht jede plötzliche Bewegung meine Rippen in Brand gesetzt hätte.

William starrte mich argwöhnisch an. »Wie dem auch sei, ich muss dir unbedingt ein Bild zeigen.« Er griff in seine Akte und zog ein Gefangenenfoto hervor. Es zeigte eine grobschlächtig aussehende Frau, in meinem Alter. »Kennst du sie?« Ich schüttelte den Kopf. »Ganz sicher?«, bohrte er nach.

»Vielleicht bin ich ihr damals während meiner Dienstzeit mal begegnet, als ich noch ein Cop war, aber ich könnte es nicht beschwören.«

»Du hattest auch keine Beziehung mit ihr?«, fragte William.

»Guter Gott, nein«, antwortete ich entsetzt. Sichtlich zufrieden schob er das Foto wieder zurück in die Akte.

»Okay. Opa lässt ausrichten, dass du niemandem von dem Foto erzählen sollst. Soll eine Überraschung werden«, sagte er mit einem kryptischen Lächeln im Gesicht.

»Ist das etwa die mysteriöse Zeugin?«

»Ja, aber mach dir deswegen keine Sorgen. Aus der machen wir Hackfleisch.« Er kicherte, als wäre das irgendeine Art von Insiderwitz.

»Erzähl mir von Anna«, sagte er dann unvermittelt.

»Ähm, da gibt es nicht viel zu erzählen. Sie ist wie jedes andere Mädchen um die zwanzig. Ein wenig ziellos momentan, aber ich denke, das wird sich geben.«

»Sie meinte, sie hätte einigen Ärger mit einem Ex-Freund gehabt.«

»Ja, den hat man verhaftet. Keine Ahnung, wann das vor Gericht geht.«

»Ist sie Single? Du hast doch nichts mit ihr am Laufen, oder?«

»Ich habe nichts mit ihr am Laufen, und nein, ich schlafe auch nicht mit ihr. Könnten wir uns jetzt vielleicht wieder auf meinen

Fall konzentrieren?«, erkundigte ich mich mit wachsender Verärgerung.

William beantwortete meine Frage, indem er seinen Koffer zuschnappen ließ. »Der alte Herr hat sich alles schon genau überlegt«, erklärte er und stand auf.

»Und deswegen soll ich mich jetzt besser fühlen?«

»Wir kümmern uns um die Sache«, meinte William grinsend. »Vertraue mir.« Er wollte mir die Hand geben, doch dann verschwand auf einmal sein Grinsen, und er zog sie schnell wieder zurück. Wahrscheinlich hatte er urplötzlich an die Keime und an eine Lungenentzündung denken müssen.

KAPITEL 23

Sherman Goldman war in der Rechtsgemeinschaft alles andere als ein Unbekannter. Er war schon Jurist gewesen, als die meisten seiner Kollegen noch in die Windeln gemacht hatten. Mittlerweile erschien er nur noch selten vor Gericht, aber zu seiner Zeit war er für seine tief gehende Rechtskenntnis und sein sicheres Auftreten im Gerichtssaal hoch angesehen gewesen. Seine Karriere hatte als einfacher Strafverteidiger begonnen, dann hatte ihn eine gut etablierte Kanzlei abgeworben, die hauptsächlich auf Vertragsrecht spezialisiert gewesen war, aber jemanden wie Sherman dringend gebraucht hatte, um ihr Portfolio abzurunden. Binnen fünf Jahren war Sherman bei ihnen zum Seniorpartner aufgestiegen.

Von seinen Kindern hatte keines den Anwaltsberuf gewählt. Sie hatten sich alle anderen Berufsfeldern zugewandt. Einer war Neurochirurg geworden, ein anderer arbeitete an der Wall Street, und Williams Mutter hatte, soweit ich wusste, sofort mit dem Arbeiten aufgehört, als sie geheiratet hatte. William war das einzige Enkelkind, welches seinen Fußstapfen gefolgt war und damit Shermans leuchtendes Erbe antrat. Er war gut, hin und wieder zwar ein wenig zu arrogant, aber schlau genug, seinem Großvater zuzuhören, wenn dieser etwas erklärte.

Drei Tage saß ich nun schon ein. Der Sergeant, der diesen Teil des Gefängnisses leitete, hatte Mitleid und ließ mir noch ein anderes Taschenbuch zukommen, einen alten Sherlock-Holmes-Roman. Er erlaubte Flaky sogar, sich mit mir zu unterhalten, was echt nett von ihm war. In Einzelhaft zu sitzen, konnte einen nämlich schnell in den Wahnsinn treiben.

Am Morgen des dritten Tages öffnete sich schließlich ratternd meine Tür und ein Deputy ließ mich wissen, dass ich nun einen Termin vor Gericht hätte und deshalb meinen Arsch bewegen sollte. Mehrere Häftlinge waren bereits auf dem Gang aufgereiht und nun liefen wir durch mehrere Sicherheitsschleusen und über einen Korridor bis zu einem abgesicherten Warteraum neben dem Gerichtssaal. Ich bekam einige Blicke zugeworfen, manche davon neugierig, andere feindselig, aber ich ignorierte sie alle. Ich stellte keinen Blickkontakt zu den anderen her, beobachtete aber jeden einzelnen ganz genau und machte mich innerlich auf einen möglichen Angriff gefasst.

»Heute ist volles Haus hier, Leute«, ließ uns einer der Deputies wissen, der aus der Sicherheitstür des Gerichtssaals kam. Medienvertretern war die Anwesenheit während der ersten Anhörung gestattet, deshalb hatte William einen Antrag gestellt, der es mir gestattete, während meiner Vernehmung einen Anzug zu tragen. Da es keinen Umkleideraum gab, war ich leider gezwungen, mich vor meinen Zellengenossen umzuziehen. Das wurde mit einigen abfälligen Bemerkungen bedacht, die ich aber geflissentlich ignorierte.

Der Richter betrat um Punkt neun den Gerichtssaal. Im Warteraum herrschte hektischer Trubel, aber als der Gerichtsdiener den Saal um Ruhe bat, wurde es unter den Häftlingen schlagartig still. Wir alle hörten zu, wie die Prozessliste abgearbeitet wurde. Häftlinge schlurften hinein und wieder hinaus, wenn ihr Fall an der Reihe war. Einige Fälle konnten mit einem Vergleich beigelegt werden, in anderen Fällen beantragte die Verteidigung eine Vertagung. Damit zwang man sowohl die Opfer als auch die Zeugen, sich einen weiteren Tag freinehmen zu müssen, um vor Gericht erscheinen zu können. Wenn man das Spiel weit genug trieb, blieben die Leute den Gerichtsterminen irgendwann fern, und der Fall wurde abgewiesen. Eine miese Taktik, aber jeder machte mal davon Gebrauch, und die Richter ließen es zu.

Kurz nach zehn wurde ich von zwei korpulenten Deputies in den Gerichtssaal geführt. Alle Anwesenden drehten sich zu mir um. Ich stellte mir vor, den Windhauch zu spüren, als alle gemeinsam ausatmeten, und musste an Charles Darnay denken, einer Figur aus einem Roman von Dickens, als man diesem wegen Hochverrats den Prozess gemacht hatte.

Ich war angenehm überrascht, zu sehen, dass William und Sherman ebenfalls anwesend waren. Ursprünglich war ich davon ausgegangen, dass nur William mich vertreten würde. Er wäre der Aufgabe durchaus gewachsen gewesen, aber den alten Mann hier zu sehen, machte mir zusätzlich Mut.

Ich ignorierte die anwesende Menschenmenge so gut es ging und warf nur einen flüchtigen Blick auf die Kläger, während ich mich setzte. Am Tisch saß der stellvertretende Bezirksstaatsanwalt persönlich, zusammen mit zwei Untergebenen, von denen einer dieser fette Kerl war, ADA Diff Reichman. Er warf mir einen kurzen Blick zu, aber als er bemerkte, dass ich ihn ansah, steckte er seine Nase sofort wieder in seine Unterlagen. Ich fragte mich, wer von beiden die Anklage vertreten würde.

»Hallo Thomas, wie geht es dir?«, fragte mich Sherman mit einem warmherzigen Lächeln und schüttelte mir die Hand. William begrüßte mich als Nächstes. Ich wusste, dass sie das hauptsächlich für die Kameras taten, die gerade auf uns gerichtet waren, also spielte ich mit.

»Mir geht es gut«, antwortete ich und lächelte zuversichtlich.

Nun hörte ich, wie sich hinter mir jemand lautstark räusperte, und drehte mich um. Es waren Anna und Ronald. Sie mussten schon früh da gewesen sein, um Plätze in der ersten Reihe ergattern zu können. Anna trug ein hübsches Kleid, und selbst Ronald steckte in einem gut sitzenden Anzug. Dieser sah nagelneu aus, doch er trug eine von meinen Krawatten dazu. Anna hatte einen wirklich guten Job gemacht, ihn einzukleiden. Er war allerdings leichenblass und sah so nervös aus wie eine langschwänzige Katze in einem Raum voller Schaukelstühle. Ich hatte mich schon beinahe wieder herumgedreht, als ich Simone erblickte, die schweigend in der hintersten Reihe saß. Sie winkte mir kurz und ermutigend zu, und ich musste zugeben, dass ich davon Schmetterlinge im Bauch bekam.

Zögerlich wandte ich mich wieder Sherman zu. »Wie sieht es aus?«, erkundigte ich mich möglichst leise.

Sherman sah sich im Gerichtssaal um und winkte freundlich ein paar Leuten zu, bevor er mir mit ebenso gesenkter Stimme antwortete: »Jetzt sieh dir mal die drei dort drüben an. Ganz schön aufgeblasen, nicht wahr?«, fragte er, ohne eine Antwort zu erwarten. Dann nickte er unbemerkt in Richtung des Bezirksstaatsanwaltes. »Ich kann mich noch gut daran erinnern, wie dieser Anfänger sich durch die juristische Fakultät gequält hat.« Er drehte sich wieder zu mir um und gab mir einen aufmunternden Klaps auf den Rücken.

»Deine beiden Partner haben wirklich herausragende Recherchearbeit geleistet«, sagte er mit einem Hauch von Bewunderung in der Stimme und beugte sich zu mir. »Jetzt lehne dich zurück, entspann dich und sieh dem Meister bei der Arbeit zu.« Er zwinkerte und grinste mich wie ein spitzbübischer Schuljunge an, dann wurde unsere Unterhaltung von dem Gerichtsdiener unterbrochen, der laut bellend unseren Fall ankündigte.

»Fall Nummer Fünfzehn Schrägstrich Vier Null Null Sieben. In der Sache des Bundesstaates Tennessee gegen Thomas Ironcutter lautet die Anklage auf Mord. Alle Zeugen, die eine Aussage machen wollen, werden gebeten, vorzutreten, um sich vereidigen zu lassen.«

Ich sah zu, wie sich vier der Anwesenden erhoben und nach vorn traten. Zwei von ihnen waren Oscar und Jay. Die Dritte war eine Frau in einem Arztkittel. Doctor Holly Gross, eine bleiche rothaarige Frau in meinem Alter, die so aussah, als würde sie nur selten in die Sonne gehen. Sie arbeitete seit zehn Jahren für das gerichtsmedizinische Institut. Wir beide kannten uns gut, doch heute vermied sie es, mich anzusehen.

Die letzte Person war die Frau, die ich von dem Foto kannte. Sie war fast so alt wie ich, vielleicht ein wenig jünger, aber die Jahre hatten es nicht gut mit ihr gemeint. Ihre schwarz gefärbten Haare waren auf dem Hinterkopf zu einem Knoten frisiert, was sie zusammen mit dem neuen Kleid, das sie trug, wohl prüde und unschuldig wirken lassen sollte. Doch es sah nicht echt aus, so als würde selbst das Kleid wissen, dass es an ihr nichts verloren hatte. Früher war sie vielleicht einmal attraktiv gewesen, aber diese Zeiten waren schon lange vorbei.

Ich wusste sofort, dass dies Brittany Long sein musste, die Kronzeugin, und genauso sicher wusste ich, dass ich sie noch nie zuvor im Leben gesehen hatte.

Holly wurde als erste Zeugin aufgerufen. Unter der Anleitung von Diff sagte sie aus, dass sie diejenige gewesen war, die die Autopsie an Marcia vorgenommen und festgestellt hatte, dass diese durch einen Schuss in den Kopf getötet und der Fötus daraufhin an Sauerstoffmangel gestorben war. Ihre Aussage dauerte weniger als zehn Minuten und Sherman verzichtete darauf, sie ins Kreuzverhör zu nehmen. Dann erhob sie sich wieder und lief hinaus, ohne mich auch nur einmal anzusehen.

Detective Oscar Marson war als Nächster an der Reihe. Als er saß, holte Diff tief Luft. Er warf mir einen hastigen Blick zu, sammelte sich und versuchte dann, eine würdevolle Haltung anzunehmen, bevor er schließlich mit seinen Fragen begann.

»Bitte nennen Sie uns Ihren Namen und Ihren Beruf.«

»Mein Name ist Oscar Marson. Ich arbeite beim *Metropolitan Nashville Police Department* und bin derzeit als Detective beim *Office of Professional Accountability* beschäftigt.«

»Detective, Sie wurden im Mai dieses Jahres damit betraut, den Tod von Marcia Breedlove Ironcutter zu untersuchen?«, erkundigte sich Diff.

»Das ist korrekt«, antwortete Oscar.

»Würden Sie dem Gericht bitte die genauen Umstände des Falls schildern? Fangen Sie dabei doch bitte ganz von vorn an.«

»Es begann damit, dass die Polizei in der Nacht des ersten Februars 2014 zu einem Tatort gerufen wurde. Es handelte sich dabei um ein Wohnhaus auf der Front Runner Road Nummer 4779. Das Gebäude war ein zweistöckiges Einfamilienhaus in einer ruhigen Wohngegend. Das Opfer wurde im Wohnzimmer des Hauses aufgefunden. Sie hatte eine Schussverletzung im Kopf erlitten. Das Opfer wurde als Marcia Breedlove Ironcutter identifiziert, die Ehefrau des Beklagten, Thomas Ironcutter Junior. Die Mordkommission stellte daraufhin Ermittlungen an und kam zu dem Schluss, dass die Todesursache Selbstmord gewesen sei.«

»Ich habe hier eine Reihe von Aufnahmen vom Tatort. Könnten Sie diese bitte für uns identifizieren?« Der Bezirksstaatsanwalt übergab Sherman daraufhin Kopien der Fotografien und trat dann nach vorn, um die Originale vor Richter Watling auszubreiten. Watling warf einen kurzen Blick darauf und nickte. Diff händigte sie daraufhin Oscar aus.

»Ja, das sind die Originalaufnahmen. Die Kriminaltechniker und Detectives hatten auf der Rückseite der Aufnahmen unterschrieben. Darüber hinaus wurden sie am zweiten Februar 2014 um drei Uhr elektronisch aufbereitet und in die Datenbank eingespeist.« Die Befragung wurde nun kurz unterbrochen, während man die Fotografien in die Asservatenkammer des Gerichts überführte. Diff wartete geduldig, bis der Gerichtsdiener seine Arbeit beendet hatte, bevor er fortfuhr.

»Die ursprünglichen Ermittler kamen also zu dem Schluss, dass es sich bei dem Tod des Opfers um Selbstmord handelte.«

»Ja.«

»Und was genau hat sich nun geändert?«, erkundigte er sich.

»Etwa einen Monat später erreichte uns ein anonymer Hinweis über die *Crime Stoppers* Hotline. Der Anrufer erklärte, dass es sich bei diesem Selbstmord in Wirklichkeit um einen Mord handelte.« Daraufhin grinste mich Oscar süffisant an. »Zufällig war ich derjenige, der an diesem Tag die Hotline besetzt hat. Ich war es, der den Anruf entgegennahm.«

Diff nahm ein Schriftstück von seinem Tisch. »Ich habe hier den originalen *Crime Stoppers* Fragebogen vorliegen. Würden Sie bitte kurz einen Blick darauf werfen und bestätigen, dass es sich dabei um den von Ihnen ausgefüllten Fragebogen handelt?« Diff näherte sich erneut dem Zeugenstand und es folgte die gleiche Prozedur wie auch schon bei der Vorlage der Fotografien. Der andere stellvertretende Bezirksstaatsanwalt übergab eine Kopie des Fragebogens an William. Sherman saß mit verschränkten Fingern an seinem Platz und würdigte das Schreiben kaum eines Blickes.

»Das ist der Fragebogen, den ich damals ausgefüllt habe.« Auch dieses Schriftstück wurde als Beweisstück übergeben.

»Detective Marson, was passierte, nachdem dieser Anruf bei Ihnen einging?«

»Der Fall wurde daraufhin aufgerollt und eine neue Ermittlung eingeleitet«, sagte Oscar.

Diff fuhr mit seiner Befragung fort: »Kamen während dieser Ermittlung irgendwelche neuen Erkenntnisse ans Licht?«

»Ja. Während der ersten Untersuchung gab Thomas Ironcutter an, zum Todeszeitpunkt seiner Frau in seinem Büro gewesen zu sein.« Das war Hörensagen, und ich wunderte mich, wieso Sherman oder William deshalb keinen Einspruch einlegten. Ich widerstand dem Drang, einem von ihnen gegen das Schienbein zu treten.

»Während der zweiten Untersuchung konnte dann bewiesen werden, dass sich Thomas Ironcutter zum geschätzten Todeszeitpunkt gar nicht in seinem Büro befunden hatte. Er hatte also eine Falschaussage abgegeben, sein Alibi betreffend.« Ein Raunen ging daraufhin durch die Menge.

»Tatsächlich hatte Thomas Ironcutter überhaupt kein Alibi, welches erklärte, wo er sich in jener Nacht und zum Zeitpunkt des Todes seiner Frau aufhielt. Ist das korrekt, Detective?«

»Das ist es«, erwiderte Oscar.

»Hat Thomas Ironcutter seitdem ein zuverlässiges Alibi für seinen Aufenthalt während jener Nacht und des Zeitpunktes des Todes seiner Frau vorlegen können?«, fragte Diff.

»Nicht, dass ich wüsste, Sir«, antwortete Oscar.

»Welchen Verlauf nahmen die Ermittlungen nach dieser Enthüllung?«

»Detective Ironcutter ist suspendiert worden. Als man ihn gebeten hat, sich einer formellen Anhörung und einem Lügendetektortest zu unterziehen …«

William sprang auf. »Einspruch, Euer Ehren, die Anklage versucht, unüberprüfbare Beweise und Aussagen mit diesem Verfahren zu vermischen.« Er warf einen eindringlichen Blick zur Gegenseite hinüber. »Das ist Effekthascherei, Euer Ehren.«

»Dem Einspruch wird stattgegeben.« Richter Watling spähte ADA Reichman über seine Brille hinweg an. »Seien Sie in Zukunft vorsichtiger, was Ihre Fragen anbelangt, Sir. Ich erwarte absolute Professionalität von Ihnen.«

»Es tut mir leid, Euer Ehren«, erwiderte Diff schlagfertig. »Ich werde die Frage anders formulieren: Detective, hat sich Thomas Ironcutter bei den anhaltenden Ermittlungen kooperativ gezeigt?«

»Nein, Sir«, antwortete Oscar sofort und sah mich durchdringend an.

»Tatsächlich hat er sich, um weiteren Fragen zu entgehen, aus dem aktiven Polizeidienst zurückgezogen. Ist das korrekt?«, bohrte Diff nach.

»Einspruch!«, meldete sich William erneut zu Wort. »Sofern Detective Marson nicht beweisen kann, ein Gedankenleser zu sein, dürfte seine Antwort die Geisteshaltung unseres Mandanten betreffend reine Spekulation sein.«

»Stattgegeben«, willigte Richter Watling barsch ein.

Diff tat so, als hätte er die Frage überhaupt nicht gestellt. »Detective, was geschah als Nächstes?«

»Unglücklicherweise nur sehr wenig. Den Hinweisen, die uns zur Verfügung standen, wurde nachgegangen, aber jeder einzelne stellte sich leider irgendwann als Sackgasse heraus. Die Ermittlungen kamen daraufhin zum Erliegen.«

»Ich verstehe. Aber in letzter Zeit hat es wieder Fortschritte gegeben? Irgendwelche Ereignisse, die Sie dazu gebracht haben, einen Haftbefehl für Thomas Ironcutter ausstellen zu lassen?«

»Ja«, antwortete Oscar.

Diff hob die Hand. »Erklären Sie uns das bitte genauer.«

»Eine Person trat an uns heran und gab zu, dabei gewesen zu sein, als Thomas Ironcutter seine Frau ermordet hat.« Man konnte förmlich hören, wie es auf einmal allen Anwesenden in dem Gerichtssaal den Atem verschlug, dann wurde das Murmeln lauter. Richter Watling musste schließlich mit seinem Hammer Ruhe einfordern.

»Nach meinem Kenntnisstand haben Sie zusammen mit Detective Jay Sansing die Zeugin ausführlich befragt, ist das korrekt?«

»Das ist korrekt«, bestätigte Oscar.

»Konnten Sie anhand Ihrer Befragungen herausfinden, woher sie den Angeklagten kannte?«

»Ja.«

»Und woher kannte sie ihn?«, hakte Diff nach.

»Die beiden hatten sich eines Abends in einer Bar getroffen, sich angefreundet, und diese Freundschaft mündete irgendwann in einer Affäre.«

Das war eine wirklich clevere Art, die Regeln in Bezug auf Zeugenaussagen, die auf Hörensagen beruhten, zu umgehen. William wollte schon aufstehen und erneut Einspruch erheben, aber Sherman legte seine Hand auf Williams Arm. Aus irgendeinem Grund wollte Sherman, dass diese Information ans Tageslicht kam. Ich hatte nur keine Ahnung, wieso, denn sie war gelogen. Der alte Mann führte definitiv etwas im Schilde.

»Ich verstehe. Nun, Detective, haben Sie im Zuge Ihrer Ermittlungen irgendetwas unternommen, um die Glaubwürdigkeit dieser Zeugin und ihrer Aussage zu überprüfen?«

»Ja. Ein fachkundiger Detective würde alles tun, um die Informationen einer Person zu überprüfen, die behauptet, Augenzeugin eines Verbrechens gewesen zu sein, ganz besonders, wenn es sich dabei um einen Mord handelt.«

»So sind Sie auch bei dieser Dame vorgegangen?«

»Das sind wir«, bekräftigte Oscar.

»Inwiefern?«

»Unter anderem haben wir sie gebeten, ihre Aussage schriftlich niederzulegen, zusammen mit einer detaillierten Beschreibung des Ironcutter-Anwesens. Wir baten sie außerdem, ein Schaubild des Hauses aufzuzeichnen. Wir hielten das, neben anderen Dingen, für wichtig, um die Richtigkeit ihrer Aussagen zu überprüfen. Jedes von ihr beschriebene Detail entsprach der Wahrheit, bis hin zu der Farbe der Bettbezüge. Ich habe ihre handgeschriebene Aussage hier bei mir. Sie wurde von der Zeugin persönlich unterzeichnet und notariell beglaubigt.« Detective Oscar Marson zog mehrere linierte Blätter aus seiner Akte.

»Mit der Erlaubnis des hohen Gerichts würde ich besagte Person nun gern in den Zeugenstand rufen. Miss Brittany Long.« Diff drehte sich zu den Anwesenden und insbesondere den Kameras um, umgeben von einer Aura der Selbstgefälligkeit. Oscar stand auf und wollte den Zeugenstand gerade verlassen.

»Setzen Sie sich wieder hin, Detective«, donnerte Richter Watling. Er besaß eine tiefe, dröhnende Stimme, mit der er sich wie James Earl Jones mit Südstaateneinschlag anhörte. »General Reichman, wenn Sie mit der Befragung Ihres Zeugen fertig sind, steht er der Verteidigung für ein Kreuzverhör zur Verfügung. Erst danach, und wenn *ich* den Zeugen entlassen habe, dürfen Sie einen anderen Zeugen aufrufen.«

Diff lief puterrot an. Er räusperte sich. »Bitte entschuldigen Sie, Euer Ehren.« Dann drehte er sich eilig zu uns um. »Ihr Zeuge«, sagte er leise.

Sherman stand auf und lief zu dem Podium, welches sich zwischen den beiden gegnerischen Parteien befand.

»Guten Morgen, Detective, mein Name ist Sherman Goldman. Ich vertrete Thomas Ironcutter.«

Oscar machte sich nicht die Mühe, ihn ebenfalls zu grüßen, sondern starrte Sherman einfach nur an. Etwas verblüfft hob Sherman einen Finger.

»Ich würde gern ein wenig zurückgehen. Sie waren an den ursprünglichen Ermittlungen gar nicht beteiligt, ist das korrekt?«

»Ja«, antwortete Oscar mit einem Tonfall, der deutlich machen sollte, dass Sherman nur seine Zeit verschwendete.

»Die beiden damals ermittelnden Detectives sind bereits im Ruhestand, ist das ebenfalls korrekt?«

»Ja, einer von ihnen lebt jetzt in Belize, der andere ist bereits verstorben.«

»Ich verstehe. Demnach führen nun Sie und Detective Jay Sansing die Ermittlungen weiter?«

»Ja, das ist korrekt«, erwiderte Oscar.

»Bitte beschreiben Sie dem hohen Gericht doch jenes Objekt, das Sie mit in den Zeugenstand gebracht haben.«

Oscar sah kurz ein wenig verwirrt aus, bis ihm klar wurde, dass sich Sherman auf die dicke Akte bezog, welche vor ihm auf der Ablage lag.

»Meinen Sie diese hier?«, fragte Oscar und hielt die Akte hoch.

»Ja, genau.«

»Das ist eine Kopie der Fallakte.«

»Ausgezeichnet«, sagte Sherman und dachte einen Moment lang nach. »Sie haben vorhin die einzelnen Handlungen erwähnt, die ein kompetenter Detective vornehmen würde. Als kompetenter Detective haben Sie die Akte doch bestimmt aufmerksam studiert, oder?«

»Ja, das habe ich. Mehrere Male sogar«, antwortete Oscar.

»Ausgezeichnet. Bevor ich fortfahre, möchte ich Sie etwas fragen, Detective, da Sie ja das Thema Kompetenz ins Spiel gebracht haben: Würde ein kompetenter Detective, dem man einen derart wichtigen Fall überträgt, nicht detaillierte Aufzeichnungen über alle Dinge führen, die der Untersuchung sachdienlich sein könnten?«, fragte Sherman.

Oscar zögerte, starrte vor sich hin und überlegte offenbar, worauf Sherman hinauswollte.

»Ja, wenn es für den Fall relevant ist.« Er sah zu dem Richter hinüber. »Aber man kann von einem Detective nicht erwarten, sich bei seinen Notizen in nebensächlichen Einzelheiten zu verlieren.«

»Ich verstehe, Detective, deshalb möchte ich Sie auch nicht mit Nebensächlichkeiten langweilen, sondern mich an die wichtigen Informationen halten. Wie Sie vorhin ausgesagt haben, waren tatsächlich Sie es, der den anonymen Anruf bei der *Crime Stoppers* Hotline vor zwei Jahren entgegengenommen hat. Wie gut ist Ihre Erinnerung den Anruf betreffend?«

»Ziemlich gut. Ich habe mir alles notiert, was gesagt wurde. Alles, was der Anrufer gesagt hat.«

»Oh, damit haben Sie bereits meine nächste Frage beantwortet: Der Anrufer war männlich?«

»Ohm, ja. Aber die Richtlinien besagen, dass wir keine Fragen stellen dürfen, mit denen sich der Anrufer identifizieren ließe, und wir auch nichts niederschreiben dürfen, mit dem sich die Identität des Anrufers bestimmen ließe.«

»Ich verstehe. Sehr gut. Auf diesen männlichen Anrufer werden wir später noch einmal zu sprechen kommen. Konzentrieren wir uns stattdessen erst einmal auf Ihre Aussage von vorhin. Sie sagten aus, dass sich eine Person bei Ihnen gemeldet hat, die vorgab, über Informationen aus erster Hand den Tod von Marcia Ironcutter betreffend zu verfügen, ist das richtig?«

»Ja.«

»Wie lautet ihr Name?«

»Ihr Name ist Brittany Long.«

»Bitte suchen Sie doch uns den ersten Bericht heraus, der Ms. Brittany Long betrifft.« Sherman wartete, bis Detective Marson den Bericht gefunden hatte und ihn gespannt den Anwesenden zeigte.

»Sind Ihre Untersuchungsberichte für gewöhnlich detailliert und akkurat, Detective?«, fragte Sherman.

»Ich denke schon«, erwiderte Oscar.

»Ausgezeichnet. Dann lesen Sie dem Gericht doch bitte laut aus Ihrem Bericht vor, auf welche Art Sie oder Detective Sansing von der Existenz Brittany Longs erfahren haben«, wies ihn Sherman an.

Oscar wirkte auf einmal ein wenig besorgt und blätterte beinahe eine Minute lang durch seine Akten. »Ich fürchte, diese Information habe ich nicht dabei«, antwortete er dann ein wenig kleinlauter.

»Wieso nicht, Detective? Diese Information ist doch wichtig, oder etwa nicht? Sie ist ja bestimmt nicht einfach so aus dem Nichts aufgetaucht! Oder etwa doch? Haben Sie sie vielleicht nur erfunden, Detective?«, erkundigte sich Sherman scherzhaft.

»Ich kann Ihnen versichern, dass sie sehr real ist«, sagte Oscar.

»Aber ist sie auch vertrauenswürdig?«, fragte Sherman, hob daraufhin aber schnell die Hand. »Warten Sie noch einen Moment mit Ihrer Antwort. Kommen wir doch noch einmal zu meiner ursprünglichen Frage zurück. Wir beide haben uns darauf einigen können, dass ein kompetenter Detective alle Informationen und Handlungen einer Untersuchung gründlich dokumentieren würde, und doch haben Sie darauf verzichtet, ob nun vorsätzlich oder aus reiner Unfähigkeit heraus, festzuhalten, wie Sie von jener Frau, die sich selbst als Brittany Long vorgestellt hat und intime Fakten in einem möglichen Mordfall zu besitzen schien, überhaupt Kenntnis erlangt haben.« Sherman sah Oscar durchdringend an. Diesem blieb nichts anderes übrig, als schweigend zurück zu starren.

»Nun gut, wenn Sie diese wichtige Information schon nicht dokumentiert haben, dann erzählen Sie dem Gericht doch bitte aus Ihrer Erinnerung, wie Sie von Brittany Long erfahren haben.«

»Brittany Long hat sich bei unseren Kollegen der Polizei gemeldet und angegeben, Informationen über den Mord an Marcia Breedlove Ironcutter zu besitzen«, erklärte Oscar. »Wir stellten daraufhin den Kontakt zu ihr her und führten eine Reihe formeller Befragungen durch. Aus diesen erfuhren wir, dass sie nicht nur in einer intimen Beziehung mit dem Angeklagten stand, sondern selbst anwesend war, als dieser seine Frau umbrachte.«

»Welche Kollegen waren es, bei denen sie ursprünglich vorsprach? Wie lauten deren Namen?«, fragte Sherman.

Detective Marson zögerte kurz und sah dann hilfesuchend zur Seite der Ankläger hinüber.

Diff erhob sich pflichtschuldig. »Euer Ehren, ich muss Einspruch erheben. Das ist für diesen Fall nicht von Belang.«

Richter Watling sah Sherman an. Sherman hob verteidigend die Hände. »Euer Ehren, es ist sogar sehr relevant. Ich versuche hier, die Glaubwürdigkeit einer Augenzeugin zu untermauern oder das Fehlen einer solchen zu verdeutlichen. Das sollte nicht nur der Glaubwürdigkeit der Aussagen von Detective Marson, sondern der gesamten Anklage dienen.«

»Der Einspruch wird abgewiesen«, entschied Richter Watling daraufhin ungerührt.

Sherman sah wieder zu Oscar hinüber. »Bitte beantworten Sie die Frage, Detective.«

»Wir wurden vom Leiter der OPA auf die Zeugin aufmerksam gemacht, ein Commander Bartlett.«

»Und wie hatte er von ihr erfahren?«

»Was meinen Sie damit?«, fragte Oscar.

»Hat Ms. Long den direkten Kontakt zu Commander Bartlett hergestellt oder hat sich jemand anderes in ihrem Auftrag bei ihm gemeldet? Bitte vergeuden Sie doch nicht unsere wertvolle Zeit, Detective. Sie wissen doch ganz genau, worauf ich hinauswill. Wie sind Sie auf Ms. Long gestoßen und auf welchem Wege wurde sie Teil dieser Ermittlungen?«

Oscar atmete einmal tief durch, bevor er die Frage beantwortete: »Commander Bartlett, der mein direkter Vorgesetzter ist, setzte sich mit mir und Detective Sansing in Verbindung. Er berichtete uns von der Existenz von Brittany Long. Wir übernahmen von diesem Punkt an.«

»Ah ja, und basierend auf Ihrer Unterredung mit Commander Bartlett, berichten Sie dem Gericht doch bitte, auf welche Weise dieser von der angeblichen Zeugin erfuhr.«

»Counselor, darüber liegen mir leider keine Informationen aus erster Hand vor, weshalb meine Antwort nur auf Hörensagen basieren würde.« Ich war mir sicher, dass Oscar seine Antwort für verdammt clever hielt, aber eigentlich war er vollkommen ratlos.

»Ah, ich verstehe. Dann sehen Sie doch bitte in Ihre Akte nach und suchen Sie uns den Bericht von Commander Bartlett heraus, in dem die Hintergründe festgehalten worden sind, wie er von Miss Long erfuhr.«

»Es gibt keinen solchen Bericht«, sagte Oscar irritiert.

»Oh? Commander Bartlett hat darüber keinen Bericht verfasst?«

»Nein.«

»Ich verstehe«, sagte Sherman und wandte sich seinem Enkelsohn zu.

William überreichte ihm daraufhin ein paar Ausdrucke. »Detective, ich halte hier in meinen Händen eine Kopie der Verfahrensordnung siebenundneunzig Schrägstrich eins. Darin ist festgehalten, welche Richtlinien für das Verfassen von Berichten bei der Metro Police gelten. Ich nehme an, Sie sind mit diesen Richtlinien vertraut?«

»Ja«, antwortete Oscar.

Diff erhob sich erneut. »Relevanz?«, warf er ein.

»Glaubwürdigkeit der Zeugin«, erwiderte Sherman knapp.

»Abgewiesen«, entschied Richter Watling.

»Ich kann Ihnen gern eine Kopie dieses Regelwerks aushändigen«, sagte Sherman, »aber ich denke, Sie dürften damit vertraut genug sein, um mir diese Frage zu beantworten: Hat Commander Bartlett gegen die Richtlinien des Departments verstoßen, indem er nicht dokumentiert hat, auf welche Art und Weise er von einer möglichen Augenzeugin in einem Mordfall erfahren hat? Ja oder nein, Detective?«

Shermans Stimme hatte sich verändert. Die Freundlichkeit darin war nun komplett verschwunden.

»Ich weiß nicht, wie ich diese Frage angemessen beantworten soll. Er ist immerhin mein vorgesetzter Officer.«

»Sie sind Detective der OPA. Sie ermitteln gegen Polizeibeamte, wenn der Verdacht besteht, dass sie gegen Richtlinien des Departments verstoßen haben, korrekt?«, setzte Sherman ihn unter Druck.

»Das hängt von der Art des Vergehens ab.«

Sherman nickte William zu, der ihm daraufhin weitere Dokumente überreichte.

»Detective, ich habe hier eine Disziplinarstrafe, die aufgrund einer Ihrer vorangegangenen Untersuchungen ausgesprochen wurde. Es handelt sich dabei um Ermittlungen gegen Officer Craig Schmittou. Offenbar hatte er vergessen, einen kompletten Zusatzbericht in einem Fall zu vollenden. Erinnern Sie sich noch daran?«

»Ja«, erwiderte Oscar und rieb sich über sein Gesicht.

»Als Ergebnis dieser Untersuchung wurde dieser Officer für fünf Tage, ohne Bezahlung, suspendiert. Ist das korrekt?«

»Ich denke, das ist korrekt«, sagte Oscar nach einem Moment des Zögerns.

»Wurde Commander Bartlett ebenfalls mit einer Disziplinarstrafe für sein Vergehen belangt, welches exakt dem gleichen Fehlverhalten entsprach, für das Officer Schmittou für fünf Tage seines Dienstes enthoben wurde?«

»Nein, nicht, dass ich wüsste.«

»Nein, natürlich nicht, denn das würde ja das wackelige Gerüst Ihrer kleinen Verschwörung zum Einsturz bringen, nicht wahr?«

»Einspruch!«, rief Diff, der so schnell von seinem Stuhl aufgesprungen war, wie es sein massiger Körper erlaubte.

»Ich ziehe die Frage zurück, Euer Ehren. Vielleicht stelle ich sie aber zur gegebenen Zeit noch einmal.« Sherman war wieder zu seiner freundlichen Ausstrahlung zurückgekehrt.

»Detective, ich würde Sie nun gern zu dieser Person befragen, die sich selbst als Brittany Long vorgestellt hat. Meine erste Frage lautet: Haben Sie ihre Angaben überprüft?«

»Ja, natürlich«, versicherte ihm Oscar hastig.

»Ist Brittany Long ihr wirklicher Name?«, fragte Sherman.

Bislang hatte sich Oscar während Shermans Kreuzverhör ganz gut gehalten, aber nun fiel ihm die Kinnlade herunter. »Ich glaube, sie war einmal verheiratet, aber so heißt sie jetzt.«

»Wie lautet denn ihr Geburtsname?«, hakte Sherman nach.

»Ihr Mädchenname lautete Simpson, aber dies liegt schon viele Jahre zurück. Sie behielt nach ihrer Scheidung den Namen ihres Ex-Mannes.«

»Wurde sie jemals verhaftet?«, fragte Sherman.

Oscar schüttelte den Kopf. »Negativ. Wir haben sie überprüft, sie hat keinerlei Vorstrafen in den Vereinigten Staaten und wurde kein einziges Mal verhaftet.«

»Unter dem Namen Brittany Long, meinen Sie«, warf Sherman ein.

»Weder als Brittany Long, noch als Brittany Simpson. Ich habe das persönlich überprüft«, versicherte ihm Oscar entschieden. Es wirkte so, als würde er langsam die Beherrschung zurückgewinnen. Ich sah zu den Anklägern hinüber. Sie tuschelten jetzt miteinander und versuchten, dahinterzukommen, welches Ass Sherman noch im Ärmel hatte.

»Haben Sie auch ihre Fingerabdrücke abgenommen?«, fragte Sherman.

»Natürlich nicht, dazu bestand schließlich kein Grund«, antwortete Oscar. Er schien die Falle nicht zu bemerken, die Sherman gerade sorgfältig vor ihm ausbreitete. Ich fragte mich, ob das überhaupt jemand hier tat.

Sherman lächelte liebenswürdig. »Sowohl Sie, als auch Detective Sansing haben Brittany Long befragt, richtig?«

»Richtig.«

»Sie erwähnten vorhin die Maßnahmen, die Sie getroffen haben, um ihre Aussagen und Anschuldigungen zu erhärten, korrekt?«

»Korrekt.«

»Ich glaube, Sie erwähnten in diesem Zusammenhang auch, dass Sie sie baten, eine detaillierte Beschreibung der Inneneinrichtung des Ironcutter-Anwesens anzufertigen, und gingen sogar soweit, sie einen Lageplan des Hauses zeichnen zu lassen, ist das korrekt?«

»Ja, das stimmt«, sagte Oscar. Er schien nun wieder vollkommen in seinem Element zu sein.

»Wären Sie so freundlich, die betreffende Stelle in Ihrer Akte aufzuschlagen, Detective?«

Oscar blätterte ein paar Seiten um. »Okay, hier ist es.«

Sherman blieb vor dem Podium stehen. Er hatte keinerlei Notizen vor sich liegen. Ich kannte ihn nun schon seit Jahren und war immer wieder beeindruckt von seinem Gedächtnis und seiner Konzentrationsfähigkeit.

»Sehr gut, Sir. Werfen Sie doch bitte einen Blick auf das Tatortfoto der Hintertür.« Oscar sah zuerst ihn an, doch dann suchte er herum, bis er schließlich das Foto fand. »Legen Sie das Bild bitte auf das Gerät neben sich, damit das Gericht es ebenfalls sehen kann.«

Oscar folgte seiner Aufforderung. Die Fotografie war nun auf einer Leinwand des Gerichtssaals zu sehen. Es zeigte den hinteren Eingang zu meinem früheren Haus. Die Tür führte in die Küche. Auf dem Boden lag ein zerbrochener Übertopf mit etwas verstreuter Erde drum herum.

»Richten Sie doch bitte Ihr Augenmerk auf die Vase, die offensichtlich umgestoßen wurde, und beschreiben Sie uns, was wir hier sehen«, wies ihn Sherman an. Oscar versuchte, betont lässig zu wirken, als er sich die Aufnahme ansah.

»Okay«, sagte er. »Wir erblicken hier einen gewöhnlichen Blumentopf aus Keramik. Sieht aus, als wäre irgendeine Pflanze darin gewesen. Scheinbar wurde sie umgeworfen, und es liegt auch etwas Erde am Boden, die wahrscheinlich verstreut wurde, als der Blumentopf umgestoßen wurde.« Er starrte die Aufnahme noch eine Weile an und wandte sich dann fragend Sherman zu.

»Detective, lassen Sie das Foto auf dem Bildschirm und richten Sie Ihre Aufmerksamkeit auf die Mitschrift von Brittany Longs erster Aussage. Blättern Sie doch bitte auf Seite vier und lesen Sie dem Gericht den Satz vor, in dem Ms. Long den Blumentopf beschreibt.«

Oscar suchte die entsprechende Stelle heraus und begann, sie laut vorzulesen. »Nachdem Thomas seine Frau erschossen hatte, eilten wir zur Hintertür hinaus. Ich schätze, Thomas war dabei etwas unachtsam, denn er trat aus Versehen einen Blumentopf um, der neben der Tür stand. Ich achtete daraufhin, wo ich hintrat, weil ich in der Erde keine Schuhabdrücke hinterlassen wollte.« Oscar wollte noch weiterlesen, aber Sherman unterbrach ihn.

»Detective, jetzt sehen Sie sich noch einmal die Fotografie an, und ganz besonders die Art, wie sich die Erde auf dem Boden verteilt hat, nachdem der Blumentopf umgestoßen wurde. In welche Richtung ist die Erde verteilt?«, fragte Sherman. Mit bleichem Gesicht wurde Oscar klar, was er hier vor sich sah.

»Die Erde aus dem Blumentopf scheint in die Küche hinein verstreut zu sein.«

»Jemand hat den Blumentopf beim *Betreten* des Hauses umgestoßen, Detective, und nicht beim Verlassen. Würden Sie mit dieser Behauptung übereinstimmen?«

Oscar schüttelte energisch den Kopf. »Nicht notwendigerweise«, konterte er. »Es hätten auch andere Variablen dazu führen können.«

Sherman legte die Stirn in Falten und fasste sich nachdenklich ans Kinn, bevor er fortfuhr: »Wie wäre es denn mit folgendem Szenario: Ein Officer wird zum Haus eines Kollegen gerufen, wo eine Frau verstorben ist. In seiner Eile, das Anwesen zu betreten, stößt er dabei versehentlich einen Blumentopf um, den man neben die Tür gestellt hatte, damit die Pflanzen ein wenig von der Nachmittagssonne abbekommen. Wäre das ein glaubhaftes Szenario?«

Ein paar Schweißperlen waren nun auf Oscars Stirn aufgetaucht. Seine Lippen bewegten sich, als würde er eine Antwort ausformulieren, aber die Worte wollten offenbar nicht herauskommen.

Diff stand auf. »Euer Ehren, die Frage zielt auf reine Spekulation ab«, sagte er.

»Stattgegeben«, erwiderte Richter Watling.

Sherman runzelte die Stirn. »Ja, ich glaube, Sie haben recht, das war eine spekulative Frage, aber vielleicht kann ich Detective Marson ja auf die Sprünge helfen, damit er nicht spekulieren muss.« Er drehte sich um und wandte sich an das Publikum.

»Officer Boone, sind Sie anwesend?« Officer Boone, der auf einer der Seitenbänke saß, die für die Officer reserviert waren, stand auf und winkte kurz. In seiner Hand befand sich ein zusammengefaltetes Stück Papier.

Sherman richtete seine Aufmerksamkeit wieder auf Oscar. »Detective, sehen Sie Officer Boone dort drüben?«

»Ja.«

»Wie Ihnen sicherlich bekannt ist, war Officer Boone einer der ersten Polizeibeamten, die in jener schicksalhaften Nacht auf den Notruf reagiert haben. Entspricht das der Wahrheit?« Oscar wirkte verwirrt.

»Ich bin mir nicht sicher.«

»Nun, tatsächlich schrieb Officer Boone einen detaillierten Bericht, seinen Einsatz und seine Handlungen vor Ort betreffend. In seinem Bericht dokumentierte er sogar seinen Fauxpas, in seiner Eile, das Haus betreten zu wollen, einen Blumentopf umgetreten zu haben. Eine Kopie des Berichtes sollte sich eigentlich in Ihrer Akte befinden. Würden Sie ihn bitte herausholen, Sir?«

Oscar blätterte hastig durch die Papiere. Schließlich sah er besorgt zu den Bezirksanwälten hinüber, bevor er antwortete.

»Ich kann ihn nicht finden.«

»Hat ihn vielleicht jemand entfernt?«, erkundigte sich Sherman. Oscar gab keine Antwort.

»Von wem haben Sie die Akte erhalten, Detective?«, fragte Sherman.

Oscar nestelte an seiner Krawatte herum und räusperte sich. »Ich habe Kopien des Originals angefertigt, welches ich mir von Commander Bartlett ausgeliehen habe.«

Im Gerichtssaal brach daraufhin erneut ein lautes Murmeln aus. Richter Watling klopfte ein paar Mal mit seinem Richterhammer auf den Tisch und der Gerichtsdiener musste um Ruhe bitten.

Diff erhob sich erneut. Wenn er so weitermachte, würde er am Ende des Tages ein paar Pfunde verloren haben. »Euer Ehren, wir erheben Einspruch unter Berücksichtigung der Zeugenregelung. Officer Boone befand sich bereits während der gesamten Anhörung im Gerichtssaal.«

Sherman hörte Diffs Einspruch aufmerksam zu und wandte sich dann ebenfalls dem Richter zu. »Euer Ehren, wir haben darauf verzichtet, Officer Boone offiziell vorzuladen. Ich habe seine Anwesenheit nur als möglichen Gegenzeugen erwähnt.«

Richter Watling deutete auf die Anwälte. »Kommen Sie zu mir.« Das Goldman-Duo und die drei Bezirksstaatsanwälte näherten sich nun dem Richtertisch. Es dauerte mehrere Minuten gedämpfter Diskussion, bis die Herren wieder an ihre Plätze zurückkehrten. Sherman trat erneut hinter das Podium. Er drehte sich um und sah Officer Boone an.

»Officer, Sie wurden gerade zum Zeugen ernannt. Wären Sie deshalb so freundlich und würden in der Halle warten, Sir?« Boone nickte, zwinkerte mir zu, und lief hinaus.

Sherman wartete, bis er den Gerichtssaal verlassen hatte, bevor er mit seinem Kreuzverhör fortfuhr. »Detective Marson, ich möchte, dass Sie jetzt Ihre Aufmerksamkeit auf Seite sechzehn der Mitschrift lenken.«

Oscar warf dem Bezirksstaatsanwalt einen ernsten Blick zu, dann schlug er die betreffende Seite auf.

»Es gibt hier eine Reihe von Fragen an Ms. Long, wieso sie so lange gewartet hat, mit ihrer Aussage an die Öffentlichkeit zu treten«, sagte Sherman. »Sehen Sie die Stelle, die ich meine?«

»Ja«, antwortete Oscar. Er hörte sich misstrauisch an. Er rechnete offensichtlich damit, dass eine weitere Diskrepanz enthüllt wurde. Ich hoffte nur, dass Sherman ihm so die Hölle heißmachte, dass ihm der Schweiß bis in die Arschfalte rann.

»Was konnten Sie als Ergebnis Ihrer Befragung in Erfahrung bringen, was ihre Gründe dafür waren, ihre Informationen so lange zurückzuhalten und erst jetzt damit herauszurücken?«, fragte Sherman.

»Einspruch, Euer Ehren. Das ist nur Hörensagen«, rief Diff.

»Ich frage nur nach Informationen aus dem Untersuchungsbericht, Euer Ehren. Der Akte, die Detective Marson mit in den Zeugenstand gebracht hat.«

»Abgewiesen.«

»Bitte beantworten Sie die Frage, Detective.«

»Sie schien Angst um ihr Leben zu haben. Sie glaubte, dass Thomas ihr Gewalt antun würde, wenn sie die Wahrheit sagte, doch schließlich folgte sie ihrem Gewissen.«

Sherman nickte. »Ich verstehe. Weitere Erklärungen gab sie dazu nicht ab?«

»Nein Sir, das genügte mir als Erklärung vollauf«, meinte Oscar.

»Okay, dann lenken Sie Ihre Aufmerksamkeit doch auf die nächste Seite …«, sagte Sherman, wurde aber direkt von Oscar unterbrochen.

»Entschuldigen Sie bitte, aber woher wissen Sie eigentlich, was genau in dieser Akte steht? Sie haben noch nicht einmal

Akteneinsicht beantragt und diese Akten sind streng vertraulich.«

Oscar schien fassungslos zu sein. Er wollte offensichtlich nicht glauben, dass einer seiner Kollegen mir gegenüber loyaler eingestellt sein könnte als ihm oder dem Department eingestellt.

Sherman wackelte tadelnd mit dem Finger hin und her. »Na na, Detective. Sie sollten es besser wissen, aus dem Zeugenstand heraus keine Fragen zu stellen. Sie sind hier, um Fragen zu beantworten. Nun, wo waren wir stehen geblieben? Ah ja, die nächste Seite der Mitschrift. Sie sprachen Ms. Long direkt darauf an, ob sie noch jemand anderem von dem erzählt hatte, was sie angeblich in der Nacht des 1. Februars 2014 bezeugt haben will, ist das korrekt?«

»Das habe ich«, antwortete Oscar knapp.

»Das war eine wirklich ausgezeichnete Frage, Detective. Wie lautete Ms. Longs Antwort?«

»Einspruch, Hörensagen«, rief Diff und sprang wieder auf. »Ms. Long wurde noch nicht angehört. Vielleicht kann Mister Goldman sich diese Fragen besser für sie aufheben.«

»Euer Ehren, während seiner Befragung hat ADA Reichman des Öfteren Gerüchte statt Informationen aus diesem Detective herausgekitzelt. Also entweder gilt diese Ausnahme für uns beide oder sie gilt gar nicht.«

»Ich lasse es Ihnen durchgehen«, sagte Richter Watling. »Aber bitte beschränken Sie es auf ein Minimum. Und mit Minimum meine ich, dass es besser das letzte Mal war.«

Sherman nickte und konzentrierte sich wieder auf Oscar.

»Sie gab an, es für sich behalten zu haben.«

»Aber letzten Endes hat sie diese Informationen doch jemandem anvertraut, richtig?«

»Ja.«

»Wer war der erste Polizeibeamte, dem sie davon erzählt hat?«, fragte Sherman schnell hinterher.

»Meines Wissens nach, ist sie mit Assistant Chief Perry befreundet.«

»Ich verstehe. Demnach war es also Assistant Chief Perry, der Brittany Long als Zeugin in diesem Fall identifiziert hat?«

Schlagartig wurde Oscar klar, dass ihn Sherman gerade aufs Kreuz gelegt hatte. Er hatte sich sehr viel Mühe gegeben, Perrys Namen aus dem Spiel zu lassen. Ich verwettete meinen Arsch darauf, dass man ihm genau das aufgetragen hatte, aber er hatte es gründlich vermasselt. Zwischen seinen Arschbacken musste es sich mittlerweile wahrscheinlich wie die Niagarafälle anfühlen.

»So würde ich es verstehen«, gab er zögernd zu.

»Okay, möglicherweise müssen wir darauf noch einmal an späterer Stelle zu sprechen kommen, aber ich muss sagen, dass sie mich verwirren, Detective«, meinte Sherman. »Vorhin haben Sie noch ausgesagt, dass ein Mann vor etwas mehr als zwei Jahren bei der *Crime Stoppers* Hotline angerufen hatte, jener Anruf, den Sie persönlich entgegennahmen, und doch sagte Ms. Long während der formalen Anhörung aus, dass sie niemandem erzählt hatte, was sie angeblich beobachtet hatte. Da Sie nach eigenen Angaben ein kompetenter Detective sind, muss Ihnen diese kleine Diskrepanz doch ganz sicher aufgefallen sein. Die Frage, die ich nun an Sie habe, lautet: Wie haben Sie diesen offensichtlichen Widerspruch gelöst?« Erwartungsfroh blickte Sherman Oscar an.

Die Menge an Schweiß auf Oscars Stirn nahm immer mehr zu, ebenso wie sein nervöses Herumrutschen. »Vielleicht hat sie es ja doch jemandem erzählt, es aber wieder vergessen«, antwortete er schließlich.

»Sind oder sind Sie nicht dieser Diskrepanz nachgegangen, Detective?«

Oscar beantwortete die Frage nicht sofort. Seine Augen appellierten an den Bezirksstaatsanwalt, ihm zu helfen, doch von dieser Seite aus war offenbar keine Hilfe zu erwarten.

»Nein«, gab er schließlich zu. *Natürlich nicht, du inkompetenter Bastard!*

»Wer wies Sie denn an, den Haftbefehl gegen den Angeklagten auszustellen?«, legte Sherman schnell nach.

»Nach einem Meeting bekam ich von Commander Bartlett den Befehl, ihn auszustellen.«

»War Assistant Chief Perry bei diesem Meeting ebenfalls anwesend?«, bohrte Sherman nach.

»Ja.«

Sherman schwieg für bestimmt zehn Sekunden. Seine Hände hielt er auf dem Rücken verschränkt. Schließlich räusperte sich Richter Watling. Sherman sah ihn an und lächelte.

»Euer Ehren, ich habe vorerst keine weiteren Fragen an den Zeugen.« Dann verließ er das Podium und setzte sich.

Richter Watling wandte sich an die Anklage. »Ein ergänzendes Verhör?«

Sie steckten die Köpfe zusammen und berieten sich für über zehn Sekunden, bis Diff schließlich aufstand.

»Keine weiteren Fragen.«

Der Richter wollte Oscar schon entlassen, als Sherman plötzlich wieder aufstand. »Euer Ehren, aufgrund der Sachlage würde ich darum bitten, dass der Zeuge für mögliche weitere Fragen zur Verfügung steht.«

»Mit welcher Begründung?«, erkundigte sich Richter Watling.

»Nach einer kleinen Pause beabsichtige ich möglicherweise, Detective Marson noch einmal in den Zeugenstand zu rufen.« Oscar sah ihn zuerst fassungslos an, konnte sich dann aber einen finsteren Blick kaum verkneifen.

Der Richter nickte. »Detective, halten Sie sich für eventuelle spätere Befragungen bereit. Sie können aber gern im Gerichtssaal verbleiben, wenn Sie das möchten.«

Die Ankläger warfen sich ratlose Blicke zu und überlegten, was Sherman wohl vorhatte. Ich denke, sie kannten ihn gut genug, um zu wissen, dass er keine Spielchen trieb, sondern ein Ass im Ärmel haben musste.

KAPITEL 24

Nach Oscars Aussage berief Richter Watling eine dreißigminütige Mittagspause ein und kehrte um Punkt zwölf auf die Richterbank zurück.

Nachdem der Saal zur Ruhe gerufen worden war, sah der Richter ADA Reichman an. »Sofern es keine anderen Angelegenheiten zu klären gibt, dürfen Sie jetzt Ihren nächsten Zeugen aufrufen.«

Diff drehte sich zu dem Gerichtsdiener um. »Wir rufen Brittany Long in den Zeugenstand.«

Ich hatte damit gerechnet, dass Jay Sansing als Nächstes aussagen würde, aber sie hatten sich wohl dagegen entschieden. Vielleicht wollten sie ihn ja in Reserve halten, je nachdem, was Sherman mit Oscar vorhatte.

In dem Gerichtssaal, in dem es nun noch voller als vor der Mittagspause war, herrschte augenblicklich Totenstille, als Brittany durch eine Seitentür hereinkam und im Zeugenstand Platz nahm. Ich musterte sie eindringlich, während sie auf ihren Platz zulief. Sie hatte frischen Lippenstift aufgetragen, aber mir stieg ein starker Hauch von Zigarettenrauch in die Nase, als sie an mir vorbeilief. Ich konnte mich immer noch nicht an sie erinnern und war mir ziemlich sicher, ihr noch nie unter welchen Bedingungen auch immer, begegnet zu sein.

Die einleitenden Fragen glichen im Prinzip denen an Detective Oscar Marson. Er bat sie, ihren Namen zu nennen, ihr Alter, wo sie wohnte, und wechselte dann zu den wichtigen Fragen über.

»Ms. Long, darf ich Sie bitten, einen Blick auf den Beklagten zu werfen?« Er machte eine kleine Pause und zeigte mit dem Finger auf mich. »Kennen Sie ihn?«, fragte er.

»Oh, ja«, antwortete sie. »Wir waren mal ein Paar. Ich kenne ihn ziemlich gut.«

Diff legte erneut eine kleine Pause ein, um diese Enthüllung sacken zu lassen. Ich wusste, dass ich von vielen Leuten im Publikum oder zumindest von den Kameras angestarrt wurde, und wahrte daher die Fassung, aber in Gedanken fragte ich mich, wieso diese Frau log. Ich hatte mich bestimmt schon an einigen Abenden mit Leuten unterhalten, wenn ich tüchtig einen im Tee hatte, und mich später nicht mehr daran erinnert, aber ich erinnerte mich ganz sicher noch an jede Frau, mit der ich eine Beziehung gehabt hatte. So viele waren es nämlich nicht gewesen, und sie war definitiv keine von ihnen. Da war ich mir sicher.

Die Befragung ging weiter.

»Gut. Erinnern Sie sich an die Ereignisse der Nacht des 1. Februars 2014?«

»Selbstverständlich«, antwortete Brittany eifrig und zog dann eine Riesenshow ab, so zu tun, als würde sie vor Angst zittern. Einen Oscar würde sie für diese Vorstellung allerdings nicht gewinnen.

»Erzählen Sie dem Gericht doch Ihre Erinnerungen an jene Nacht.«

Sie holte tief Luft. »Also, er war ziemlich sauer auf seine Frau und erzählte mir jede Menge gemeiner Dinge über sie. Eines Nachts lag er neben mir im Bett und begann wieder, darauf herumzureiten, was sie doch für eine bösartige Schlampe sei. Ich sagte zu ihm, dass er sich doch scheiden lassen solle, aber er antwortete, dass ihn das zu viel Geld kosten würde. Also redeten wir weiter, und dann sagte er, dass er sie umbringen wolle, aber meine Hilfe dabei benötigte, damit es wie ein Selbstmord aussah.«

Auch das war Hörensagen und natürlich komplett gelogen, aber vernichtend. Ich fragte mich, wieso Sherman es zuließ.

»Wann trug sich diese Unterhaltung zu?«, fragte Diff.

»Das war eine Woche, bevor er sie umbrachte«, antwortete Brittany. Ich sah zu Sherman hinüber. Er saß regungslos an seinem Platz. Ich begann, etwas auf seinen Notizblock zu schreiben, aber er legte seine Hand auf meine und tätschelte sie sanft. Ich hatte keine Ahnung, was in seinem Kopf vorging, aber ich hoffte, dass er wusste, was er tat.

»Okay, und wie konnte er Sie dazu überreden, ihm bei seinem Plan zu helfen?«

»Er sagte, er würde mich brauchen, weil das der einzige Weg sei, wie er damit davonkommen würde. Er wollte seinen Wagen ein paar Meilen entfernt abstellen und ich sollte ihn hin- und zurückfahren und ihm helfen, falls etwas schieflief.« Sie gab sich alle Mühe, so zu tun, als würden sie die Erinnerungen aufwühlen, goss sich ein Glas Wasser ein und trank etwas davon, bevor sie weiterredete.

»Ich wollte das nicht tun und das sagte ich ihm auch, doch dann meinte er, dass er mich auch umbringen würde, wenn ich ihm nicht helfen würde.« Brittany rundete den Satz mit einem weiteren dramatischen Zittern ab und tupfte sich danach die Augen mit einem Taschentuch ab.

Diff fuhr fort: »Und was ist dann passiert, in jener furchtbaren Nacht?«

»Na ja, ich sollte mich mit ihm auf einem Walmart-Parkplatz treffen, ein paar Meilen von seinem Haus entfernt. Um acht Uhr abends kam er dann angefahren. Er sprang in meinen Wagen und befahl mir, die Straße entlangzufahren, wo sich ein Haus befand, in dem keine Lichter brannten. Er erklärte mir daraufhin, dass er die Leute kannte, die hier wohnten, und niemand zu Hause sei. Also hielten wir an, stiegen aus und liefen durch den Garten und zur Hintertür seines Hauses. Als wir hineingingen, saß seine Frau in einem Sessel im Wohnzimmer. Sie sah uns und war sehr erschrocken. Sie musste wohl instinktiv gespürt haben, dass etwas nicht stimmte. Sie stand hastig auf und wollte weglaufen, doch Thomas rannte ihr hinterher und hielt sie fest. Sie musste ohnmächtig geworden sein, denn sie sackte auf einmal zusammen. Er setzte sie daraufhin in den Sessel zurück. Mit der einen Hand hielt er sie fest und mit der anderen zog er seine Waffe.« Sie kniff die Augen zusammen, als wären die Erinnerungen zu schmerzhaft für sie. »Dann schoss er ihr in den Kopf!«

»Was passierte als Nächstes?«, fragte Diff mitfühlend.

Das Zittern war auf einmal so urplötzlich verschwunden, wie es gekommen war. Sie schien ihre Fassung sehr schnell wiedergewonnen zu haben, als sie seine Frage beantwortete. »Er drückte ihr seine Waffe in die Hand, dann nahm er sein Holster ab und ließ es neben ihrem Sessel zu Boden fallen.«

Diff gab dem Gerichtsdiener das Zeichen, eine Fotografie auf den Projektor zu legen. Es zeigte meine wunderschöne Frau, wie sie in einem unserer gemütlichen Sessel saß, und Blut und Gehirnmasse aus ihrem Kopf sickerten. In ihrer Hand hing lose eine Pistole und das Holster lag direkt neben ihrem Sessel auf dem Boden. Das war das erste Mal, dass ich irgendwelche Aufnahmen vom Tatort sah. Als ich damals meine Frau so vorgefunden hatte, war ich sofort in einen Schockzustand verfallen. Ich hatte mich geweigert, sie anzusehen, und war stattdessen hinausgelaufen und hatte die Polizei gerufen. Die Fotos hatte ich mir niemals angesehen.

Bis heute.

Wie eine Motte, die auf eine Flamme zuflog, beugte ich mich unwillkürlich nach vorn und näher an die Aufnahme heran. Die Leinwand vergrößerte alles auf enorme Weise. Es vergrößerte die Waffe, in der Hand meiner Frau. Ich hatte immer angenommen, dass man mich irgendwann fragen würde, wieso ich meine Dienstwaffe zu Hause gelassen hatte, wenn ich doch angeblich in einer Dienstsache unterwegs gewesen war. Ich war froh, dass bis jetzt niemand auf diesen Gedanken gekommen war. Das nächste Foto zeigte überlebensgroß meine verstorbene Frau. Ich sah aufmerksam dabei zu, wie Diff die Fotografien präsentierte und die Zeugin fragte, ob die Aufnahmen dem entsprachen, was sie in jener Nacht gesehen hatte.

Während ich mir die Darstellungen genauer ansah, spürte ich, wie etwas in mir drin explodierte, doch ich versuchte, ruhig zu bleiben, während mir bewusst wurde, wie unrecht ich gehabt hatte – es war ein Gefühl, als würde sich ein ätzendes Gift langsam durch meine Seele und meinen Körper fressen. Ich zog langsam meine Hand in meinen Schoß zurück, damit niemand sah, wie sehr ich zitterte. Ich hatte das Gefühl, davonzutreiben und diese Nacht noch einmal durchleben zu müssen.

»Was ist danach passiert?«, fragte Diff und riss mich damit zurück in die Realität. Keine Ahnung, ob er ihr davor noch andere Fragen gestellt hatte.

»Nun, die darauffolgenden Tage erlebte ich wie durch einen Nebel hindurch. Er sagte, wenn sich die Dinge beruhigt hätten, würden wir zusammen einen Trip nach Vegas machen und dort heiraten. Wir trafen uns anschließend noch ein paar Mal, doch dann, als er seinen Job bei der Polizei kündigte, sah ich ihn immer seltener.«

»Wann haben Sie ihn zuletzt gesehen, vor dem heutigen Tag?«, fragte Diff.

»Ich schätze mal, das muss etwa drei Monate, nachdem er seine Frau umgebracht hat, gewesen sein. Er reagierte irgendwann nicht mehr auf meine Anrufe, also fuhr ich eines Abends bei ihm vorbei. Eine andere Frau war bei ihm. Er sagte zu mir, ich solle verdammt noch mal aus seinem Leben verschwinden, entschuldigen Sie meine Ausdrucksweise, und dass er mich umbringen würde, wenn ich irgendwem erzählen würde, was wir getan hatten. Deshalb verlor ich lange Zeit kein Sterbenswort darüber.« Sie sah den Richter an. »Ich habe versucht, meinen Weg zu Gott zu finden, damit er mir den richtigen Weg weist.« Dabei setzte sie das engelhafteste Gesicht auf, zu dem sie fähig war. Es hörte sich beinahe glaubwürdig an … zumindest für komplette Vollidioten.

»Das muss sehr schwer für Sie gewesen sein«, meinte Diff tröstend. Sie nickte.

»Haben Sie jemals jemandem davon erzählt?«, fragte Diff.

Sie nickte. »Ja.«

Diff wartete, weil es so schien, als würde sie darüber nachdenken, doch dann starrte sie ihn nur ausdruckslos an. Schließlich gab er ihr das erhoffte Stichwort: »Wem haben Sie von diesem fürchterlichen Verbrechen berichtet?«

»Vor ein paar Jahren traf ich mich mit Raymond.«

»Damit beziehen Sie sich auf Assistant Chief of Police Raymond Perry?«, fragte Diff.

»Genau. Er schien mir ein guter Mann zu sein, und als ich mich entschied, mich jemandem anzuvertrauen, musste ich sofort an ihn denken, also rief ich ihn an«, sagte sie.

»Haben Sie es sonst noch jemandem erzählt?«

»Es ist möglich, dass ich es aus Versehen einmal erzählt habe. Ich kann Ihnen nicht sagen, wem oder wann ich es vielleicht gesagt habe, aber es ist möglich«, gab sie zu.

Jemand hatte sie während der Mittagspause gut instruiert. Ich sah zu Oscar hinüber. Er starrte einfach nur geradeaus. Sie hatten also tatsächlich eine Zeugin dazu gebracht, wissentlich zu lügen. Was für eine Scheiße. Alle wohlwollenden Überzeugungen, die ich bis dahin über diesen Mann, der einfach nur versuchte, seinen

Job so gut wie möglich zu machen, gehabt haben mochte, waren damit aus dem Fenster geweht worden. Dieser Mann hatte sich eindeutig schuldig gemacht.

Diff besprach sich nun kurz mit seinen Kollegen. »Ihr Zeuge«, ließ er uns dann zuversichtlich wissen.

Sherman erhob sich steif, was jedoch nicht untypisch für einen Mann seines Alters war, der zu lange auf einem unbequemen Stuhl hatte sitzen müssen, und lief zu dem Podium. »Als ADA Reichman Sie nach Ihrem Namen fragte, antworteten Sie Brittany Long. Darf ich Sie Brittany nennen?«

»Wenn Sie wollen«, antwortete sie.

»Ist Brittany Long Ihr richtiger Name? Ihr Geburtsname?«

Ein mürrischer Blick huschte über ihr Gesicht. »Ja, das ist er. Wieso?«

»Bitte, Madam, ich weiß, Sie wurden ausgiebig instruiert, aber ich hoffe, man hat Ihnen auch erklärt, dass Sie nicht im Zeugenstand sitzen, um Fragen zu stellen, sondern um sie zu beantworten.«

Auch Diff richtete sich steif auf, so wie Sherman, nur, dass er mindestens dreißig Jahre jünger war als Sherman. »Euer Ehren, wer spielt denn jetzt mit den Kameras?«

»Ich bin mir sicher, Sie können es während Ihrer nachträglichen Befragung wieder gut machen. Fahren Sie fort, Counselor«, sagte Richter Watling.

»Wurden Sie jemals verhaftet?«, fragte Sherman.

»Nein«, antwortete sie eine Spur zu schnell. Ihr misstrauischer böser Blick war wieder da und trug nicht unbedingt dazu bei, sie attraktiver aussehen zu lassen.

»Ihnen ist doch bewusst, dass Sie hier unter Eid stehen, oder?«

»Natürlich. Wieso?« Jetzt sah sie ihn noch finsterer an.

»Weil Sie in der kurzen Zeit, in der Sie hier im Zeugenstand sitzen, beinahe ausnahmslos Falschaussagen abgegeben haben. Fangen wir doch mit den einfachen Dingen an. Wie lautet ihr gebürtiger Name?«

Diff stand erneut auf. »Euer Ehren, die Verteidigung setzt der Zeugin zu. Er hat seine Frage gestellt und sie hat diese beantwortet.«

Richter Watling sah Sherman an. »Counselor?«, fragte er.
»Vielleicht sollte ich die Frage anders stellen«, antwortete Sherman und sah zu Diff hinüber. »Danke für Ihre Hilfe.« Dann drehte er sich zu William um, der ihm zwei Aktenordner aushändigte.
»Darf ich vortreten?«, fragte Sherman.
»Sie auch«, erwiderte der Richter und gab Diff damit zu verstehen, ebenfalls vor die Richterbank zu treten. Sherman wisperte etwas und überreichte Richter Watling eine Akte. Der Richter überflog diese und reichte sie an Diff weiter. Die drei flüsterten noch etwas weiter, und dann liefen die beiden Männer an ihre Plätze zurück.
»Für das Protokoll – ich habe ADA Reichman soeben eine Akte mit dem Strafregister einer Frau namens Sherry Ann Simpson übergeben.«
Ich sah zur Anklagebank hinüber. Alle drei waren in die Akte vertieft.
Sherman widmete sich nun wieder Brittany Long. »Das ist Ihr Vorstrafenregister«, erklärte er. »So viel dazu, Miss Simpson … Miss Sherry Ann Simpson.«
Sie runzelte die Stirn, als wäre sie verwirrt.
»Wollen Sie immer noch abstreiten, dass Ihr eigentlicher Name Sherry Ann Simpson lautet? Ich habe Polizeifotos von Ihnen hier, zusammen mit Ihren Fingerabdrücken. Es dürfte ein Leichtes sein, das Ganze zu beweisen, wenn Sie es wünschen. Wir können auch gern einen Fingerabdruckspezialisten einberufen. Dieser wird Ihre Abdrücke dann mit denen in der Akte vergleichen und schnell eine Antwort parat haben.«
»Das bin ich nicht mehr«, stritt sie ab.
Sherman war nicht nach Scherzen zumute. »Wirklich? Welchen Namen tragen Sie denn aktuell? Sherry Ann Colemont vielleicht?« Sherman sah durch seine Brille auf die Akte hinunter und danach wieder Sherry an. »Das scheint nur einer der vielen verschiedenen Namen zu sein, unter denen Sie verhaftet worden sind.«
Dann blickte Sherman erneut in die Akte. »Das ist eine ganz schöne Liste an Vorstrafen. Drogenbesitz, Prostitution, Diebstahl und so weiter und so weiter. Also, Sherry, bitte klären Sie

uns auf. Nennen Sie uns zuerst doch einmal Ihren vollständigen Namen.«

»Okay, *früher* lautete er Sherry Simpson, aber ich habe ihn offiziell ändern lassen. Ich habe mein Leben geändert, nachdem ich errettet worden bin und Jesus als meinen Erlöser akzeptiert habe«, antwortete sie. Von irgendwo aus dem Publikum war unterdrücktes Gelächter zu hören.

»Wo haben Sie Ihren Namen offiziell ändern lassen? Darüber gibt es nämlich keine Aufzeichnungen. Um genau zu sein, sind die einzigen Angaben, die sich finden ließen, diese hier.« Sherman wies zu den Dokumenten, die William bereits wartend in der Hand bereithielt.

»Ich habe hier eine Geburtsurkunde und eine Heiratsurkunde, ausgestellt auf Brittany Ann Simpson. Aus der Heiratsurkunde geht hervor, dass Sie einen Mann mit dem Nachnamen Long geheiratet haben. Und …« Er blätterte zur letzten Seite weiter. »Hier habe ich eine Sterbeurkunde von Brittany Ann Simpson Long. Sie scheint offenbar das Opfer eines verhängnisvollen Autounfalls geworden zu sein.« Sherman warf der Frau im Zeugenstand nun einen eisernen Blick zu. »Wie lange benutzen Sie nun schon illegalerweise den Namen Ihrer verstorbenen Schwester, Miss Simpson?«

»Ich weiß nicht, eine Weile. Aber es ist nicht illegal, immerhin ist sie tot«, erwiderte sie.

»Ja, und man merkt Ihnen an, wie sehr Sie ihr Tod mitnimmt«, witzelte Sherman. Er drehte sich zur Anklage um, was den Nachrichtenkameras gleichzeitig die Gelegenheit für einige gute Profilaufnahmen von ihm gab.

»Wir haben jetzt bereits zwei Lügen aufdecken können, Ms. Simpson. Sie logen, was Ihren Namen anbelangte, und Sie logen, was Ihre Vorstrafen anging. Kommen wir jetzt zu einer anderen Aussage von Ihnen. Sie sagten aus, eine Woche vor dem Tod von Marcia Ironcutter mit Thomas im Bett gelegen zu haben, wo sie beide die Ermordung seiner Frau geplant haben. Ist das korrekt?«

»Ja, aber wir planten ihn nicht zusammen. Thomas dachte sich das alles aus und zwang mich dazu, ihm zu helfen.« Wieder war ein Kichern aus den hinteren Reihen des Gerichtssaals zu hören. Richter Watling warf dem Urheber einen warnenden Blick zu.

Sherman fuhr fort. »Wenn ich es richtig verstanden habe, sagten Sie während Ihrer Vernehmung durch Detective Marson und Sansing aus, dass Sie um Ihr Leben fürchteten und aus diesem Grund keiner Menschenseele etwas darüber erzählten, bis zu Ihrem Treffen mit Assistant Chief of Police Raymond Perry.«

»Ich sagte, ich glaube, es niemand anderem erzählt zu haben«, erwiderte sie.

Sherman schüttelte vorwurfsvoll den Kopf. »Die Vernehmung wurde aufgezeichnet, Madam. Sie sagten explizit aus, es keiner Menschenseele verraten zu haben. Aber wie dem auch sei. Man bat Sie, im Zuge Ihrer Aussage das Haus zu beschreiben und einen Lageplan zu skizzieren.«

»Ja, und was den Blumentopf angeht, muss ich mich wohl geirrt haben«, platzte sie ungefragt heraus. Jetzt warf Richter Watling Oscar einen tadelnden Blick zu, der zwar Haltung bewahrte, aber auf dessen Stirn sich wie auf wundersame Weise erneut Schweißperlen bildeten.

»Entschuldigen Sie bitte, Madam, aber von welchem Blumentopf sprechen Sie bitte?«, erkundigte sich Sherman unschuldig.

»Der Blumentopf, der umgestoßen wurde. Ich dachte, Tim hätte ihn umgeworfen, aber ich glaube, ich habe doch nur gehört, wie jemand davon erzählte, dass er umgestoßen worden war, und schloss automatisch daraus, dass er es gewesen sein musste, als er hinausrannte.«

»Ich verstehe. Ihnen ist aber schon bewusst, dass der Name des Angeklagten Thomas und nicht Tim lautet?«, fragte Sherman grinsend. Wieder brach unter den Anwesenden Gelächter aus, doch ihre einzige Reaktion darauf bestand aus einem verwirrten Blick, als hätte Sherman ihr gerade offenbart, dass die Erde keine Scheibe sei.

»Detective Marson war bereits der Ansicht, Sie könnten in dieser Hinsicht etwas verwirrt gewesen sein. Ich bin deshalb froh, dass er Ihnen behilflich sein konnte, das Ganze aufzuklären«, fügte Sherman schlagfertig hinzu.

Sie nickte.

»Sie haben den beiden außerdem versichert, keine Vorstrafen zu haben. Sie haben die Detectives also angelogen und das Gericht ebenso. Ich würde gern wissen, warum. Welchen Unterschied hätte das für Sie gemacht?«

»Er sagte, dass mir sonst niemand glauben würde«, sprudelte es aus ihr hervor.

»Wer sagte das, meine Liebe?«, erkundigte sich Sherman.

»Na Raymond. Chief Perry, meine ich.« Sie legte die Stirn in Falten und wies mit dem Finger auf Sherman. »Sie versuchen doch nur, mich zu verwirren und mir die Worte im Mund herumzudrehen.«

»Mitnichten, Madam. Ich versuche lediglich, die Wahrheit herauszufinden«, konterte Sherman.

»Ich sage die Wahrheit«, sagte sie nachdrücklich.

»Ist das so? Darf ich fragen, Sherry, in welchem Bett sie zusammen mit Thomas Ironcutter gelegen haben, in der Nacht, an der sie beide angeblich den Mord an seiner Frau geplant haben?«

»Wir lagen in meinem Bett«, sagte sie.

Sherman ließ nicht locker. »Wo wohnten Sie denn zu der Zeit?«

»Ich wohnte auf der … ich weiß es gar nicht mehr so genau. Ich bin über die Jahre oft umgezogen.«

»Aber es war irgendwo in Nashville?«, hakte er nach.

»Ja«, sagte sie und sah dann fragend zu Oscar, als ob dieser ihr verraten würde, was sie als Nächstes antworten sollte.

»Das war exakt eine Woche, bevor sich der Mord ereignete?«

Sie nickte. »Ja, daran erinnere ich mich noch ganz genau.«

»Hmm, dann bin ich ein wenig verwirrt, Madam. Vielleicht können Sie mir das erklären. Wie können Sie eine Woche vor dem Tod seiner Frau mit Thomas Ironcutter in Nashville im Bett gelegen haben, wenn sich dieser zu diesem Zeitpunkt in Miami, Florida befand, um dort einen Mordverdächtigen zu vernehmen?«

Während sie halb benommen, halb verwirrt vor sich hinstarrte, drehte sich Sherman zu den Bezirksstaatsanwälten um. »Mein überaus kompetenter Enkelsohn kann Ihnen gern ein Video zeigen, in dem unser Klient bei der Befragung eines jungen Mannes im Dade County Gefängnis zu sehen ist, falls Sie dies überprüfen wollen. Datum und Zeitstempel sind bei der Aufnahme eingeblendet.«

Er wartete gar nicht erst auf eine Antwort, sondern wandte sich wieder Sherry Simpson, Brittany Long, oder wie immer sie auch heißen mochte, zu. »Bitte beantworten Sie die Frage, Madam.«

Sie sah erneut zu Oscar hinüber. Er starrte auf einen Punkt an der Wand hinter ihr und weigerte sich, sie direkt anzusehen. »Vielleicht habe ich mich ja ein wenig im Datum geirrt«, stammelte sie.

»Ah, noch mehr Verwirrung, wenn man Sie mit der Wahrheit konfrontiert.« Sherman musterte Oscar eindringlich. »Vielleicht ließ Ihr Coaching in diesem kleinen Punkt ja zu wünschen übrig.« Daraufhin war ein leises Murmeln im Publikum zu hören, was mich hoffen ließ, dass dieses nun auf meiner Seite stand.

Sherman zögerte. Er sah sich um, warf auch mir einen Blick zu und lächelte mich dann auf väterliche Art an. In diesem Moment wünschte ich mir wirklich, er wäre mein Vater gewesen. Dann galt seine Aufmerksamkeit wieder der Zeugin. Sie zitterte nun ein wenig.

»Ich möchte außerdem noch einmal zu Ihrer Behauptung zurückkommen, die Sie am Anfang Ihrer Aussage geäußert haben. Sie berichteten, dass Sie etwa drei Monate nach dem Tod von Marcia Ironcutter zum Haus des Beklagten gefahren sind und ihn dort zur Rede gestellt haben. Sie wollten wissen, wieso er Sie ignorierte.«

»Ja, das war in derselben Nacht, in der er mir drohte, mich umzubringen.« Sie starrte mich an, als wäre sie eine verschmähte Frau. »Und es war eine andere Frau bei ihm.«

»Waren Sie in seinem Haus oder in Ihrem Appartement?«, fragte er.

»In seinem Haus, dem gleichen Haus, wo er seine Frau umgebracht hat. Das sagte ich doch schon.«

»Madam, dann dürfte es Sie vielleicht interessieren, dass Thomas sein Haus zwei Wochen nach dem Tod seiner Frau verkauft hat. Zu dem Zeitpunkt, an dem Sie ihn dort angeblich zur Rede gestellt haben, wohnte er schon längst nicht mehr dort.« Sherman starrte die Frau eine ganze Weile lang nur an. Sie starrte trotzig zurück, auch wenn ich sehen konnte, wie sich ihr Hals langsam rot färbte.

»Madam, Sie haben gerade unter Eid ausgesagt, in einen Mordfall verwickelt zu sein, der sich nie ereignet hat. Wieso?«

Ihre Entschlossenheit schwand nun mehr und mehr. »Weil es das Richtige ist«, sagte sie mit einem leichten Zittern in ihrer Stimme.

»Sie schworen unter Eid, Komplizin in einem angeblichen Mord gewesen zu sein. Ist Ihnen bewusst, dass Sie deshalb ins Gefängnis kommen könnten?«, fragte er sie.

Daraufhin schüttete sie vehement den Kopf. »Oh nein, er hat einen Deal mit mir gemacht«, rief sie und deutete auf den Bezirksstaatsanwalt.

Sherman schüttelte bedächtig den Kopf. »Sie wurden gerade mehrerer Lügen überführt, Madam. Sie sind eidbrüchig geworden, angefangen damit, dass Sie uns einen falschen Namen genannt haben. Er ist nun in keiner Weise mehr verpflichtet, sich an irgendwelche Versprechen zu halten, die er Ihnen im Vorfeld gegeben hat. Vielleicht ist Ihnen ja aufgefallen, dass er nicht einmal aus Protest aufgesprungen ist.« Sherman seufzte. »Meine Liebe, erklären Sie uns doch bitte, warum Sie uns diese wilde Lügengeschichte aufgetischt haben, und sagen Sie uns jetzt ausnahmsweise mal die Wahrheit.«

Gehetzt sah sie sich um. Als ihr klar wurde, dass niemand sie retten würde, sprang sie auf und kippte dabei ihr Wasserglas um. »Ich möchte die Aussage verweigern!«, platzte es aus ihr heraus.

Sherman musterte sie für ein paar Sekunden, senkte dann den Kopf und wandte sich an den Richter.

»Mit Verlaub, Euer Ehren, auch hier sollte die Maxime ›Betrug macht alle Absprachen zunichte‹ gelten, nach der alle vorprozesslichen Vereinbarungen mit dem Bezirksstaatsanwalt bezüglich aller beweiskräftigen Aussagen, die von dieser Zeugin in jener Sache vorgebracht worden sind, aufgehoben werden.

Außerdem berief sich diese Zeugin erst *nach* ihrer Aussage auf ihr Recht gemäß des 5. Zusatzartikels, ihre Aussage zu verweigern.«

Der Richter hörte Sherman aufmerksam zu, dann wandte er sich den Klägern zu. »Was sagt die Anklage?«

Diff erhob sich hastig. »Könnten wir uns einen Moment beraten?«

Richter Watling nickte. »Fünf Minuten Unterbrechung«, sagte er, hieb mit seinem Richterhammer auf den Tisch und verließ den Gerichtssaal.

Nach der Pause, die genau genommen über zehn Minuten dauerte, kehrte Richter Watling auf die Richterbank zurück. Der Gerichtsdiener rief die Anwesenden zur Ruhe. Der Richter schwieg und sah die Kläger an.

Diff erhob sich langsam von seinem Stuhl. »Keine weiteren Fragen«, sagte er nur.

Richter Watling nickte und fragte: »Counselor, möchte die Verteidigung noch weitere Zeugen aufrufen?«

Sherman schien dankbar für das Stichwort zu sein. Er stand auf, warf den Anwälten der Gegenseite einen schnellen Blick zu, und erklärte Richter Watling daraufhin: »Ich würde gern noch einmal Detective Marson befragen.«

Diff hatte seinen fetten Hintern gerade erst auf seinen Stuhl gepflanzt, als er wieder hochfuhr. »Mit welcher Begründung?«, wollte er angespannt wissen.

»Ich denke, das habe ich vorhin bereits deutlich gemacht: Ich beabsichtige, aufzuzeigen, dass Sherry Ann Simpsons Aussage der vorherigen Aussage von Detective Marson abträglich ist.«

»Wir erheben Einspruch.«

»Was beabsichtigen Sie denn, uns darzulegen?«, wollte Richter Watling von Sherman wissen.

»Ich bin zuversichtlich, erhebliche Widersprüche in Detective Marsons erster Aussage aufzeigen zu können.«

»Ich werde es erlauben, aber bitte seien Sie vorsichtig, Counselor«, entschied Richter Watling, bevor Diff widersprechen konnte.

»Das Gericht ruft noch einmal Detective Marson in den Zeugenstand«, rief der Gerichtsdiener. Oscar erhob sich und kehrte auf den Vernehmungsplatz zurück. »Ich darf Sie noch einmal daran erinnern, dass Sie noch unter Eid stehen«, klärte der Gerichtsdiener Oscar auf. Oscar quittierte den Hinweis mit einem irritiert wirkenden Nicken.

»Detective«, begann Sherman. »Nehmen wir uns doch kurz die Zeit und zählen die Unstimmigkeiten zusammen, die während dieser ersten Anhörung aufgedeckt wurden.« Er hob einen Finger. »Nummer Eins: Die sogenannte Augenzeugin benutzte wissentlich und vorsätzlich einen falschen Namen.

Nummer Zwei: Ihre sogenannte Augenzeugin behauptete, niemandem etwas über die Vorgänge erzählt zu haben, bis sie sich schließlich mit Assistant Chief of Police Raymond Perry traf, und doch gab vor zwei Jahren ein Mann einen entsprechenden Hinweis über die *Crime Stoppers* Hotline ab.

Nummer Drei: Diese sogenannte Augenzeugin behauptete in dem Versuch, ihre Geschichte glaubhafter klingen zu lassen, dass Thomas Ironcutter direkt, nachdem er seine Frau erschossen hatte, einen Blumentopf umgetreten habe, als er in aller Eile das Haus verließ.

Nummer Vier: Mehrere Männer innerhalb Ihrer Befehlskette haben sich in diesen Fall eingebracht, aber dabei auf unverfrorene Art und Weise die polizeilichen Vorschriften missachtet, indem sie es unter anderem versäumt haben, ihre Handlungen angemessen zu dokumentieren.«

Sherman wurde nun von Diff unterbrochen, der empört aufgestanden war. »Euer Ehren, stellt die Verteidigung Fragen oder hält sie bereits ihr Schlussplädoyer?«

»Ihre Antwort?«, erkundigte sich Richter Watling.

Sherman nickte nachdenklich. »General Reichman hat recht, deshalb werde ich eine Frage stellen.« Er sah Oscar in die Augen. »Detective Marson, wieso sind Sie diesen Hinweisen nicht nachgegangen?«

Oscar rutschte nervös auf seinem Stuhl hin und her. Er war verloren. Hilflos sah er zu dem Bezirksstaatsanwalt hinüber und flehte ihn stumm an, ihm aus der Patsche zu helfen.

»Haben Sie darauf eine Antwort, Detective?«, fragte Sherman.

»Die Untersuchung hält ja noch an«, sagte er schließlich. William, der neben mir saß, prustete lautstark los. Der Richter funkelte ihn böse an.

»In Ordnung, Detective, das mag für Sie vielleicht eine befriedigende Erklärung sein. Vielleicht hielten Sie es ja sogar für absolut akzeptabel, dass Sherry Ann Simpson eine falsche Identität benutzt, und unter diesem falschen Namen vor Gericht einen Meineid geleistet hat, könnte man das so stehenlassen?«

»Ich hatte bis zum heutigen Tag keine Ahnung, dass sie einen falschen Namen benutzt«, antwortete er tonlos.

»Okay, haken wir das einmal als Versehen und nicht als Inkompetenz ab, oder noch schlimmer als Verschwörung, um den Ruf eines Mannes zu ruinieren.« Sherman legte eine kurze Pause ein, um seine Worte sacken zu lassen.

»Als Sherry Simpson angab, exakt eine Woche vor dem Tod des Opfers mit Thomas Ironcutter zusammen gewesen zu sein, wieso haben Sie da nichts unternommen, um diese Angabe zu überprüfen? Denn dann wäre Ihnen zumindest *ein* Widerspruch in Ms. Simpsons Aussage aufgefallen.«

»Das hätten wir natürlich tun können, aber genauso gut könnte sie auch einfach nur die zeitlichen Abläufe durcheinandergebracht haben. Wie Sie selbst sagten, hatte sie eine Drogenkarriere hinter sich. Drogenabhängige haben oft Schwierigkeiten, sich an genaue Daten oder Uhrzeiten zu erinnern.«

Sherman reckte den Zeigefinger in die Höhe. »Das, Detective, ist ein ausgezeichneter Hinweis. Eine Person mit einer Drogenvergangenheit neigt in der Tat dazu, Daten und Uhrzeiten zu vergessen, manchmal sogar ganze Begebenheiten.« Er sah zu Richter Watling hinüber. »Euer Ehren, wir haben dem Gericht bereits eine Kopie von Sherry Simpsons Vorstrafenregister zukommen lassen. Gestatten Sie mir, dem Zeugen eine identische Kopie dieser Akte von Sherry Ann Simpson, später als Brittany Long bekannt, zu übergeben?«

Richter Watling antwortete mit einem kurzen Kopfnicken. »Sie dürfen vortreten.«

»Danke, Euer Ehren.« Sherman ging zu Oscar, reichte ihm die Kopie und trat wieder zurück an sein Podium.

»Detective, wir sind uns doch darüber einig, dass Marcia Ironcutter in der Nacht des ersten Februars 2014 starb, oder?«

»Ja, das sind wir«, entgegnete Oscar.

Seine Skepsis und Unsicherheit waren ihm nun deutlich anzumerken. Sherman fuhr fort.

»Und diese Zeugin, die vor Gericht bestätigt hat, dass ihr wahrer Name Sherry Ann Simpson lautet, sagte aus, dass sie anwesend war, als Marcia Ironcutter starb, ist das auch korrekt?«

»Ja, Counselor, so lautete ihre Aussage.«

»Dann werfen Sie doch einmal einen genauen Blick auf Ihre Verhaftungsberichte, Detective. Ich schätze mal, das dürfte Sie einigermaßen schockieren.« Sherman verschränkte die Hände auf dem Rücken und wartete geduldig, während Oscar auf das Schriftstück hinuntersah. Nach einer Weile fuhr er sich mit dem Handrücken über die Stirn und wischte sich die Hand gedankenverloren an seiner Anzugjacke ab. Als er wieder aufblickte, war sein Gesicht blass geworden.

»Detective, Sie sehen ja aus, als hätten Sie einen Geist gesehen. Was ist denn los? Was haben Sie gerade gelesen?«

»Es hat den Anschein, als wäre Sherry Ann Simpson, auch bekannt als Brittany Long, in der Zeit vom 28. Januar bis zum 15. Februar 2014 im Davidson Staatsgefängnis inhaftiert gewesen«, stotterte Oscar.

»Demnach konnte sich Ms. Simpson zum Zeitpunkt von Marcia Ironcutters Tod also unmöglich auch nur in der Nähe der Front Runner Road Nummer 4779 befunden haben, nicht wahr?«, erklärte Sherman laut und vernehmlich.

Oscar sah hilfesuchend zu den Anklägern.

»Ist das korrekt?«, erkundige sich Sherman noch einmal, dieses Mal lauter.

»Das scheint korrekt zu sein, ja«, erwiderte Oscar resigniert.

Sherman nickte kurz und kehrte dann zu seiner normalen Gerichtsstimme zurück, auch wenn seine vorherige Freundlichkeit nun verschwunden war.

»Detective, hat es zwischen Ihnen und irgendeinem Vorgesetzten beim Metro Police Department irgendeine Form der Unterhaltung darüber gegeben, wie Sie bei dieser Ermittlung zu verfahren haben?«

»Ja«, antwortete Oscar kaum hörbar.

Er tat mir fast ein wenig leid … fast.

»Tatsächlich ist dies nichts weiter als eine Verschwörung, um Thomas Ironcutter zu zerstören, nicht wahr?«

Jetzt schnaubte Oscar verächtlich. »Es gibt keine Verschwörung, Counselor«, ließ er kalt verlauten.

»Detective, kehren wir doch noch einmal zur Verhaftung von Thomas Ironcutter zurück. Ist Ihnen bekannt, dass Thomas Ironcutter von Mitgliedern des SWAT-Teams brutal zusammengeschlagen wurde und dringend medizinischer Versorgung bedurft hätte?«

»Einspruch, Relevanz«, rief Diff, ohne sich die Mühe zu machen, sich zu erheben.

Der Richter notierte sich nun hektisch etwas, aber ich hatte keine Ahnung, was es war. Er machte sich ebenfalls nicht die Mühe, aufzusehen, als er antwortete: »Der Detective hat dafür die Tür geöffnet, als er eingangs über die Verhaftung aussagte. Abgewiesen.«

»Bitte beantworten Sie die Frage, Detective«, setzte Sherman erneut an.

Oscar riss sich zusammen und starrte Sherman und mich finster an. »Ich denke, Sie übertreiben. Wie ich bereits vorhin schon erwähnte, war Thomas, der Beklagte, betrunken und kampflustig. Er widersetzte sich aktiv seiner Verhaftung und musste deshalb überwältigt werden. Unglücklicherweise trug er dabei ein paar kleinere Verletzungen davon. Die Officer, die die Verhaftung vorgenommen hatten, klärten uns darüber auf, dass der Angeklagte zum Zeitpunkt der Festnahme unter der Wirkung von Rauschmitteln stand.«

Sherman funkelte den Detective unverwandt an. »Wollen Sie diese Lügen wirklich weiterhin wiederholen, Detective?«

»Das ist die reine Wahrheit«, ereiferte sich Oscar.

Für weitere fünf Sekunden starrte ihn Sherman an. »Wie Sie wollen. Haben Sie und Detective Sansing Thomas Ironcutter unmittelbar nach seiner Verhaftung verhört?«

»Ja«, erwiderte Oscar.

»Können Sie sich daran noch gut erinnern?«

»Absolut.«

»Können Sie den Ablauf des Verhörs in irgendeiner Weise eruieren?«, fragte Sherman.

»Ja, das Verhör wurde aufgenommen, und Detective Sansing schrieb darüber hinaus einen detaillierten Bericht.«

»Wunderbar, dann suchen Sie doch bitte diese beiden Berichte aus Ihrer Akte heraus.« Sherman wartete, bis Oscar sich durch die betreffenden Seiten geblättert hatte.

»Okay«, sagte er schließlich. »Hier sind sie.«

»Bitte lesen Sie dem Gericht doch bitte die Stelle vor, an der Sie Thomas Ironcutters Rauschzustand festhielten.«

Oscars Gesicht wirkte plötzlich wie versteinert. »Das habe ich nicht vermerkt«, antwortete er überheblich. »Ich wollte ihm einen Gefallen tun und seinen offensichtlichen Alkoholismus nicht noch gesondert erwähnen.«

»Ich verstehe. Wie nett von Ihnen. Gab Thomas Ironcutter während des versuchten Verhörs irgendwelche belastenden Aussagen ab?«

Oscar schüttelte den Kopf. »Nein. Er unterhielt sich für ein paar Minuten mit uns und wollte dann in ein Krankenhaus gebracht werden.«

»Und der Grund, warum er ins Krankenhaus gebracht werden wollte, war der Umstand, dass man ihn, während seiner Verhaftung zusammengeschlagen hatte, nicht wahr?«, fragte Sherman.

Jetzt konnte sich Oscar ein hämisches Grinsen nicht mehr verkneifen, als er antwortete: »Wie ich gerade schon erwähnt habe, war ihr Klient betrunken oder high. Er hielt es für eine kluge Idee, sich mit den Männern des SWAT-Teams anzulegen, anstatt ihren Aufforderungen einfach nachzukommen.«

»Sagen Sie, Detective, haben Sie mit den Mitgliedern des SWAT-Teams gesprochen, um herauszufinden, ob Thomas Ironcutter irgendwelche beleidigenden Äußerungen von sich gab?«

»Ich habe mit ihnen gesprochen, und sie bestätigten mir, dass Ihr Klient sich überaus streitlustig verhielt, Beleidigungen von sich gab, und handgreiflich wurde.«

Sherman warf ihm einen eisigen Blick zu. »Detective, sind Sie sicher, Ihre Antwort nicht noch einmal überdenken zu wollen?«

»Das ist die Wahrheit.«

»Meinetwegen, ganz wie Sie wollen«, sagte Sherman und kehrte an seinen Platz zurück.

»Euer Ehren, mit Erlaubnis des Gerichts würde ich gern ein Video abspielen, welches die Verhaftung meines Klienten zeigt.

Aus diesem wird deutlich, dass Detective Marson absichtlich gelogen hat, was die Umstände der Verhaftung angeht, und er weiterhin versucht, die Verschwörung gegen Thomas Ironcutter voranzutreiben.«

Diff wollte sich schon erheben und gegen die Zulässigkeit des Videos Einspruch erheben. Richter Watling wartete, aber Sherman hob die Hand.

»Ich denke, ich weiß, was ADA Reichman gleich sagen will. Er will die Glaubwürdigkeit dieser Aufnahmen infrage stellen. Ich habe hier im Gerichtssaal zwei Zeugen sitzen, die bereit sind, die Echtheit der Aufnahmen zu bestätigen …« Sherman lächelte überaus freundlich. »Die Kläger können die Sache aber auch erheblich beschleunigen, indem sie sich einverstanden erklären, der Glaubhaftigkeit des Videos aus Gründen der Beweisführung zuzustimmen.«

Der fette Mann sah ratsuchend zu seinem Boss, der zögernd nickte. »Kein Einspruch«, sagte Diff schließlich und ließ sich schwerfällig nieder. Ich schwöre bei Gott, dass sich dabei die Stuhlbeine ein wenig bogen.

William übergab dem Gerichtsdiener daraufhin die DVD. Kurz darauf erwachte die Leinwand zum Leben. In einer hübschen Nahaufnahme war dieser Idiot von Acevedo zu sehen, wie er auf meinem Brustkorb saß und mir wiederholt gegen den Kopf schlug. Die begleitende Unterhaltung war glasklar zu vernehmen, was mich vermuten ließ, dass Ronald hier ein wenig mit seinen Skills gezaubert hatte, um diese noch ein wenig aufzupolieren. Das Video endete damit, dass man mich in eines der Patrouillenfahrzeuge schob.

Das Publikum unterhielt sich jetzt wieder lauter miteinander und der Gerichtsdiener musste erneut einschreiten und die Anwesenden ermahnen.

»Ich habe hier außerdem die Kopie von Mister Ironcutters medizinischer Untersuchung vom Tage seiner Verhaftung, Euer Ehren«, erklärte Sherman, während William ihm das entsprechende Dokument überreichte. »Aus diesem ist klar ersichtlich, dass unser Klient an diesem Tag stocknüchtern gewesen ist.« Sherman übergab jeweils eine Kopie der Untersuchung an den

Richter und an die Kläger. Dieses Mal nahmen sie davon kaum Notiz. Mit der Erlaubnis von Richter Watling händigte Sherman auch Oscar eine Kopie davon aus.

»Verraten Sie mir eines, Detective«, sagte Sherman. »Wie wollen Sie sich aus dieser Lüge wieder herausmogeln?«

Diff stand auf und legte Einspruch ein.

»Keine weiteren Fragen«, sagte Sherman zufrieden. Er nahm auf seinem Stuhl Platz und wartete.

Die Schlussplädoyers waren kurz. Um genau zu sein, machte sich Diff gar nicht erst die Mühe, überhaupt eines abzuhalten. Shermans Zusammenfassung war kurz, aber sehr eloquent. Er wusste genau, dass er gewonnen hatte, und zog es vor, nicht darauf herumzureiten. Er forderte die Abweisung aller Anklagepunkte.

Richter Watling sah finster auf alle anwesenden Parteien. »Ich kann keinen Grund finden, der eine Anklage wegen Mordes rechtfertigen würde. Die Klage wird daher abgewiesen. Die Sitzung ist beendet.« Der Hammer fiel und im Gerichtssaal brach Tumult aus. Richter Watling verließ eilig den Gerichtssaal, ebenso wie Detective Marson und die Bezirksstaatsanwälte.

KAPITEL 25

»Ich hatte während der Mittagspause ein kleines Gespräch mit den Leuten von der Presse«, sagte Sherman. »Wir werden draußen gleich eine Pressekonferenz abhalten.«

»Hast du ein paar von diesen Trotteln zu einer Wette überreden können, ob du einen Freispruch schaffst?«, fragte ich ihn.

Sherman grinste mich wie ein gerissener Schuljunge an. »Um ehrlich zu sein, habe ich das tatsächlich, und drei von ihnen schulden mir noch jeweils zwanzig Dollar.«

Ich schüttelte den Kopf, obwohl es mich nicht überraschte.

»Wahrscheinlich wäre es klüger, wenn ich das Reden übernehme«, fügte er hinzu.

Ich lächelte und nickte verstehend.

»Entschuldigen Sie bitte, Mister Ironcutter.«

Ich drehte mich um und sah, dass mich einer der Deputies angesprochen hatte.

»Sie müssten mich kurz für die Abwicklung Ihrer Entlassung begleiten.«

»Sie wissen schon, wohin Sie sich Ihre Abwicklung stecken können, oder?«, erwiderte ich und fixierte ihn mit einem starren Blick.

Der Deputy schüttelte den Kopf. »Das ist nun mal Vorschrift. Sie müssen nur den Erhalt Ihres Eigentums quittieren. Sie wissen schon, die Kleidung, die Sie, während Ihrer Verhaftung getragen haben.«

»Ihre Vorschriften können mir gestohlen bleiben. Soweit es mich betrifft, können Sie das Zeug gern wegwerfen. Wenn Sie glauben, dass ich Sie noch einmal freiwillig in diese stinkende Aufbewahrungskammer begleite, sollten Sie sich auf eine Schlägerei gefasst machen.«

Der Deputy hielt meinem Blick noch zwei oder drei Sekunden lang stand, bevor er sich umdrehte und unverrichteter Dinge wieder davonging.

Sherman hatte unsere Unterredung amüsiert verfolgt und sah mich vielsagend an. »Wie gesagt, überlasse das Reden besser mir.«

Wahrscheinlich dachte er, dass ich ein paar unpassende Kommentare ablassen würde. Keine Ahnung, wie er auf so etwas kam.

William hatte sich währenddessen mit dem Protokollführer unterhalten und ein paar Unterlagen erhalten. Jetzt kam er zu uns herüber und schüttelte mir überschwänglich die Hand.

»Das war ja wirklich unglaublich«, rief er.

»Dein Opa hat es immer noch drauf«, sagte ich grinsend.

»Ja, das hat er wirklich. Hey, du musst mir einen Gefallen tun. Anna hat Opa und mich zu euch eingeladen. Richte ihr doch bitte aus, dass wir es heute nicht einrichten können, ich sie später aber anrufen werde.«

»Klar«, antwortete ich.

»Okay, ich muss mich noch um ein paar Anträge kümmern. Wir sehen uns dann später«, sagte er mit einem breiten Grinsen und verschwand. Ich trottete brav hinter Sherman her, der immer wieder von befreundeten Anwälten aufgehalten wurde, die darauf bestanden, ihm die Hände zu schütteln und ihn zu beglückwünschen. Ich wurde weitestgehend ignoriert, zumindest, bis wir aus dem Vordereingang traten.

Dort hatte sich bereits eine riesige Menge an Journalisten versammelt und jeder einzelne schrie uns seine Fragen entgegen. Sherman hielt vor den Journalisten an und hob die Hand. Das Getöse aus Sprechdurchfall, wie es den Medienleuten nicht selten zu eigen war, erstarb daraufhin fast augenblicklich.

»Meine Damen und Herren«, begann Sherman. »Was Sie heute hier erlebt haben, ist der Höhepunkt einer über zwei Jahre andauernden Verschwörung. Bestimmte Personen innerhalb des Police Departments nahmen die persönliche Tragödie von Thomas Ironcutter zum Anlass, ihn zu schikanieren, seine Karriere als brillanter Polizeibeamter zu ruinieren und seine Grundrechte zu verletzen, indem sie eine fehlgeleitete Frau dazu brachten, eine frei erfundene und abscheuliche Lügengeschichte vorzutragen. Heute jedoch wurde dem Recht endlich Genüge getan.«

»Wird es einen Prozess geben?«, fragte eine der Reporterinnen aus der Menge.

»Gerade in diesem Moment werden die dafür notwendigen Anträge bei Gericht eingereicht«, erwiderte Sherman. *Ah, jetzt wusste ich auch, was William meinte, als er davon sprach, dass er sich noch um ein paar Anträge kümmern musste.*

»Welches Strafmaß werden Sie denn fordern?«, fragte ein anderer Reporter. Ich sah zu Sherman hinüber, denn die Antwort darauf interessierte mich mindestens genauso brennend.

Sherman hob die Arme. »Verraten Sie es mir … was wäre die angemessene Wiedergutmachung für den absichtlichen Angriff auf die Würde und den guten Ruf eines Mannes?«

Sherman sagte noch ein paar andere Dinge, und dann wurde ich mit Fragen bombardiert. Mein erster Gedanke war es, ihnen zu sagen, dass sie mich am Arsch lecken sollten, aber ich biss mir auf die Zunge. Eigentlich wollte ich nur so schnell wie möglich hier weg. Gott musste meine Gedanken gelesen haben, denn in diesem Moment hörte ich eine Autohupe und dann sah ich Annas vertrauten blauen Cube mitten auf der Second Avenue anhalten.

Ich flüsterte Sherman zu, dass ich mich jetzt vom Acker machen würde, sprintete durch eine Lücke in der Menge und stürmte dann zu dem Wagen, bevor die Reporter überhaupt darauf reagieren konnten. Anschließend hechtete ich auf die Rückbank des Wagens und Anna trat aufs Gas.

»Wo soll es denn hingehen, Schätzchen?«, fragte sie fröhlich. Ronald saß neben ihr auf dem Beifahrersitz und grinste wie ein kleines Kind. Ich beugte mich zu ihnen nach vorn, gab ihr einen flüchtigen Kuss auf die Wange und fuhr Ronald lachend durch die Haare. Als wir an einer Ampel anhalten mussten, griff Anna in ihre Handtasche und angelte mein Telefon heraus. Ich musste grinsen. Ich hätte nie gedacht, dass ich dieses verdammte neumodische Ding einmal vermissen würde.

»Zu Hause warten schon ein paar eisgekühlte Flaschen Bier auf dich, und Duke hat bereits ein paar Rippchen auf den Grill gehauen«, erklärte sie.

»Ohm, ich will ja nicht undankbar klingen, aber wie viele Leute werden denn noch auf dieser kleinen Willkommensparty sein?«, fragte ich nervös.

Anna schüttelte den Kopf. »Nur ein paar. Mick, Sammy, Duke, William, Sherman und Onkel Mike.«

Ich lachte still in mich hinein. Allein die Unterhaltung zwischen Onkel Mike und Duke würde interessant werden.

Anna sah mich an. »Ist das okay?«

»Klingt toll«, sagte ich. »Ihr beiden scheint ziemlich zuversichtlich gewesen zu sein, dass ich freigesprochen werde.«

»Mister Goldman versicherte uns, dass es so kommen würde«, sagte sie.

»Oh, William meinte, er und Sherman würden es nicht schaffen, und dass er dich anrufen wird, wenn er wieder Zeit hat.«

Sie sah mich durch den Rückspiegel an und grinste nur.

»Oh Mann, der hat denen da drin aber tüchtig den Arsch aufgerissen«, sagte Ronald. »Das war echt fantastisch.«

Ich nickte zustimmend. Das war es tatsächlich gewesen.

Ich lehnte mich zurück und genoss die Fahrt, während Anna ununterbrochen weiter plapperte, aber ich machte mir nichts daraus. Ich hatte sie irgendwie vermisst. Meine Rippen taten noch immer weh, und der Rücksitz ihres Wagens war nicht wirklich groß genug für meine knapp zwei Meter, aber die Aussicht aus dem Fenster schien plötzlich so viel besser zu sein, als vor ein paar Tagen.

Als wir die Auffahrt hinauffuhren, bewirkte der Anblick meines Hauses etwas in mir, das ich kaum beschreiben konnte. Ich war heilfroh, auf der Rückbank zu sitzen. Der ganze Stress und die Angst der letzten Tage stürmten auf einmal auf mich ein, und ich spürte, wie mir die Tränen in die Augen stiegen. Ich wischte sie schnell weg, während Anna den Wagen anhielt, und stieg bereits aus der Karre, noch bevor sie den Ganghebel auf PARKEN stellen konnte.

Kaum, dass ich dachte, ich hätte mich halbwegs wieder unter Kontrolle, kam Henry, mein adoptierter fieser und hässlicher Köter, auf mich zugerannt und riss mich vor Begeisterung um, was sofort einen stechenden Schmerz durch meinen gesamten Brustkorb jagte. Er rannte um mich herum, sprang auf mich, leckte mir das Gesicht ab und jaulte vor Freude, und das alles gleichzeitig. Da konnte ich die Tränen einfach nicht mehr zurückhalten. Anna kam zu mir und setzte sich neben mich. Sie drückte mich, und dann fing auch sie an zu weinen. Ronald stand unbeholfen daneben und wusste nicht, was er tun sollte. Schließlich setzte er sich einfach neben uns und tätschelte uns aufmunternd den Rücken. Die restlichen Gäste warteten höflich, bis ich mich wieder gefangen hatte und dann wurde ich von ihnen zu Hause willkommen geheißen. Selbst Tommy Boy kam zu mir gelaufen und rieb sich an meinem Bein.

Ich nahm eine sehr, sehr ausgiebige Dusche, denn ich wollte den Gefängnisgeruch loswerden. Nach ein paar Minuten, nachdem das heiße Wasser ausgegangen war, kam ich wie ein neuer Mensch aus dem Badezimmer heraus. Ronald und Anna kochten irgendetwas in der Küche und unterhielten sich dabei. Ich lief zur Hintertür hinaus und sah Duke mit einem Bier in der Hand vor dem Grill sitzen. Mick und Sammy Wu saßen mit ihren eigenen Bierflaschen auf Stühlen neben ihm. Sammy kicherte, als Mick Duke erklärte, wie er das Fleisch zu grillen habe. Dieser legte die Stirn in Falten, sah aber grinsend hoch, als ich auf die Veranda trat.

»Hey, hast du dir im Knast jemanden angelacht?«, fragte er.

Ich kicherte. »Leider immer noch Single. Bin wohl zu alt und zu hässlich. Die Rippchen riechen echt köstlich.«

»Ich würde sagen, in dreißig Minuten sind sie durch, aber nur, wenn Mick vorher sein okay gibt«, verkündete er mit einem vielsagenden Seitenblick. Ich lachte wieder und sah mich um. Duke deutete zu meiner Werkstatt hinüber. Dort fand ich meinen Onkel, der auf einem Stuhl saß und den Buick Wildcat anstarrte, während eines seiner Beine unkontrolliert zuckte.

Irgendwie spürte er meine Anwesenheit und drehte sich zu mir um. »Wo hast du den denn gefunden?«, fragte er leise.

»Er stand in Lester Gwinnettes Hütte.« Ich lief zu ihm und legte ihm eine Hand auf die Schulter. »Was ist los, Onkel Mike?«

Er seufzte und rieb sich mit seiner zitternden Hand über das Gesicht. »Mir bleibt nicht mehr viel Zeit auf dieser Welt, Thomas, und du bist alles, was ich noch habe. Du und dein Vater.«

Onkel Mike hatte keine eigenen Kinder und seine Frau war vor Jahren gestorben. Wäre ich kleinlich gewesen, hätte ich ihn daran erinnert, dass er auch noch eine Nichte hatte, aber das war im Moment nicht wichtig.

»Erzähle mir, was passiert ist«, wiederholte ich. »Ich denke, es ist an der Zeit, die Wahrheit zu erfahren.« Er sah mich einen Moment lang an, nestelte in seiner Hemdtasche nach einem Päckchen Zigaretten und zündete sich dann eine davon an.

»Ich war damals Sergeant und fuhr Streife, als es passierte. Hatte ein leichter Job werden sollen. Ich hatte von einem Lottoschuppen gehört, oben im Norden von Nashville. Freitags sollten in der rattenverseuchten Bruchbude angeblich bis zu einer Million Dollar lagern. Der Plan hatte vorgesehen, dass ich alle meine Männer ein paar Meilen entfernt zum Essen einlud. Dein Vater und Lester sollten in der Zeit das Gebäude ausrauben und dafür deinen Wagen benutzen.«

»Wieso?«

»Weil es ein älterer Wagen war, weshalb es den Leuten schwerer gefallen wäre, sich an die genaue Marke oder das Modell zu erinnern. Du hattest ihn schon wieder aufgemöbelt, und dein Vater meinte, er sei schnell wie der Blitz, und außerdem wolltest du ihn am nächsten Wochenende sowieso lackieren. Niemand hätte ihn danach noch identifizieren können.«

Ich schätze mal, das ergab irgendwie Sinn. Ich wartete, während er einen langen Zug von seiner Zigarette nahm, und dann erzählte er weiter.

»Es sollte sich nur eine Person dort aufhalten, ein alter Säufer, der sich bestimmt nicht mit ihnen angelegt hätte. Der Plan war absolut narrensicher. Doch da war dieser eine Rookie.« Reumütig schüttelte Onkel Mike den Kopf. »Der Typ platzte förmlich vor Energie. Er war einer von diesen Kerlen, die am liebsten die ganze Welt aus den Angeln gehoben hätten.«

»Rick Martin«, sagte ich leise.

Onkel Mike nickte. »Ja, er war gerade auf dem Weg zu uns. Er war spät dran, weil er unbedingt noch ein Auto wegen eines abgelaufenen Kennzeichens oder so einem Schwachsinn hatte anhalten müssen. Da sah er plötzlich, wie zwei Weiße im Schwarzen-Viertel in eine Sackgasse liefen. Er hielt in der Nähe an und beobachtete, wie sich die beiden Skimasken über die Köpfe zogen, bevor sie in das Haus eindrangen. Er meldete den Vorfall, wartete aber nicht auf Verstärkung. Als Lester und dein Vater das Haus wieder verließen, versuchte er sie zu stellen. Dein Vater entschied sich daraufhin, sich den Weg frei zu schießen. Als sie davonfuhren, feuerte Rick ihnen ebenfalls ein paar Schüsse hinterher.«

Er deutete auf die Einschusslöcher. »Wie es aussieht, war es mit seiner Zielgenauigkeit nicht weit her. Dem ersten Officer, der am Tatort eintraf, und der zufällig ich war, konnte er den Wagen noch beschreiben, dann starb er.« Jetzt sah Onkel Mike mich endlich an. Es war der Blick eines Mannes, der seit Jahren eine ganze Wagenladung Schuld mit sich herumschleppte.

»Sie gerieten daraufhin in Panik. Eigentlich hatten sie zurück zu eurer Garage fahren wollen, aber stattdessen rasten sie zu Lesters Haus. Nachdem sich alles ein wenig beruhigt hatte, entschieden sie, den Wagen vorerst in seiner Hütte zu lassen, bis Gras über die ganze Sache gewachsen war. Dein Vater hatte ihn sich eines Tages zurückholen wollen, aber du weißt ja, wie das Ganze ausgegangen ist.«

Onkel Mike, ein Mann, den ich bewunderte, liebte und immer vertraut hatte, seufzte schwer. »Willst du wissen, wie viel sie erbeutet haben? Lausige zweihundert Dollar.« Er griff in seine Gesäßtasche und zog ein Taschentuch hervor, mit dem er sich den Schweiß vom Gesicht wischte.

»Ich habe dich hängenlassen. Ich weiß nicht, was ich sonst noch dazu sagen soll.«

Ich wusste keine Antwort. Also saßen für ein paar Minuten einfach nur schweigend in der Garage beieinander.

Dann riss Duke uns aus unseren Gedanken, als er den Kopf zur Tür hereinsteckte. »Essen ist fertig«, sagte er, verzog sich aber sogleich wieder.

»Also, Neffe, was jetzt?«, fragte mich Onkel Mike.

Ich klopfte ihm auf die Schulter. »Lass uns erst einmal etwas essen. Wir reden später darüber.«

Onkel Mike nickte kurz und trat dann seinen Zigarettenstummel aus, bevor er sich erhob. Er wusste so gut wie ich, dass wir beide nie wieder ein Wort darüber verlieren würden.

Die Rippchen waren einfach wundervoll. Anna hatte eine ganze Reihe von Beilagen dazu gezaubert und für Ronald sogar noch etwas Tomatensuppe gekocht. Eine Menge Bier wurde konsumiert und jeder hatte eine richtig gute Zeit. Nachdem wir alle pappsatt waren, saßen wir im Hof um den Picknicktisch herum verteilt. Duke, Mick und ich genossen ein paar gute Zigarren. Anna und Onkel Mike rauchten Zigaretten und Ronald trieb irgendetwas an seinen Laptop. Nach dem Abendessen gab Sammy mir dann noch eine Umarmung und machte sich auf den Nachhauseweg. Ein paar Minuten lang herrschte zufriedenes Schweigen, dann räusperte sich Onkel Mike.

»Ich müsste da etwas loswerden«, sagte er. Alle Blicke waren nun auf ihn gerichtet. Ich war mir sicher, dass alle dachten, Onkel Mike würde nun eine kleine Ansprache halten, und mich wieder daheim willkommen heißen, aber ein Blick in sein ernstes Gesicht verriet mir, dass es nichts dergleichen sein würde.

»Das ist doch nicht nötig, Onkel Mike«, erklärte ich schnell.

»Ich denke, das ist es doch, und jetzt habe für eine Minute Respekt vor dem Alter und sei still.« Er starrte mich an und schien dabei meine Zustimmung zu erflehen. Ich nickte zögerlich. Ich wollte nicht, dass er vor all den Leuten zugab, Komplize in einem Mordfall gewesen zu sein, aber dann erzählte er etwas, womit ich überhaupt nicht gerechnet hatte.

»Ich habe in meinem Leben viele Fehler gemacht. Als ich noch ein junger Mann war, habe ich meine Highschool-Liebe geheiratet. Es war eine gute Ehe, bis sie eine Fehlgeburt gehabt hat und man ihr die Gebärmutter entfernen musste. Ich liebte sie noch immer, aber von da an änderten sich die Dinge zwischen uns. Wir teilten nicht mehr länger das Bett miteinander. Wäre ich ein ehrbarerer Mann gewesen, wäre ich damit klargekommen, aber meine Seele und vor allem mein Körper waren leider zu schwach.« Er zögerte für einen Moment. Alle Anwesenden schwiegen und lauschten gebannt seinen Worten. Sogar Roland hörte ihm zu.

»Ich begann daraufhin eine Affäre mit einer verheirateten Frau, die zufällig die Frau eines anderen Police Officers war.«

Anna schnappte nach Luft. »Die Frau des stellvertretenden Polizeichefs«, sprudelte es aus ihr heraus.

Onkel Mike nickte. »Ja. Die Sache lief ein oder zwei Jahre lang. Eines Nachts trafen wir uns in einem abgelegenen, verschwiegenen Motel. Dort trafen wir uns öfter, was ein weiterer Fehler war. Zwei bewaffnete Männer überfielen uns in jener Nacht. Sie bedrohten mich mit einer Waffe, raubten uns aus und vergingen sich an ihr, während ich ihnen tatenlos dabei zusehen musste.«

»Oh mein Gott«, keuchte Anna.

Onkel Mike nickte erneut. Er starrte ins Leere. Sein Gesicht war eine dunkle Maske aus traurigen Erinnerungen geworden.

»Als sie fertig waren, nahmen sie uns alle Kleidungsstücke, unser Geld und mein Auto ab. Es gab nur eine einzige Person, der ich mich damals anvertrauen konnte – meinem Neffen. Ich schätze, ihr könnt euch alle denken, was als Nächstes passierte. Thomas kam mir zu Hilfe und behielt mein Geheimnis von da an für sich.«

Jetzt sahen mich alle an. Ich vermutete, sie erwarteten eine Antwort von mir, aber ich hatte nichts hinzuzufügen.

»Wie ihr seht, haben meine Handlungen und mein Eigennutz mehr Schaden angerichtet, als ich es mir hätte ausmalen können.«

Eine ganze Weile lang herrschte Stille, dann fragte Duke: »Was wurde denn aus den beiden Kerlen?« Ich sah ihn scharf an. »Na ja, ich meine, hat man sie geschnappt?«

»Ich habe sie schließlich aufgespürt und mich um sie *gekümmert*«, antwortete Mike, bevor ich etwas dazu sagen konnte. »Jetzt kennt ihr alle die Wahrheit. Thomas war in jener Nacht bei mir. Es ist deshalb unmöglich, dass er seine Frau umgebracht haben könnte. Doch Thomas warf seine Karriere weg, um mein Geheimnis zu bewahren, und ich habe ihn einfach hängenlassen.«

Bestürztes Schweigen hing in der Luft. Ich sah auf den Boden hinunter, spürte aber, dass mich alle ansahen, als könnte ich dieser Unterhaltung noch etwas Tiefgreifendes hinzufügen.

Aber das konnte ich nicht.

Onkel Mike schnippte seine Zigarettenkippe über den Hof und stand auf. »Ich bin sehr müde. Ich denke, ich werde nach Hause fahren.«

Auch ich erhob mich, begleitete ihn zu seinem Wagen und half ihm beim Einsteigen. »Wieso bleibst du die Nacht über denn nicht einfach hier?«, fragte ich ihn.

Onkel Mike schüttelte den Kopf. »Ist schon in Ordnung, ich will einfach nur noch nach Hause und mich ausruhen.« Dann setzte er sich ins Auto und starrte ins Leere. »Ich habe mich oft gefragt, ob die Dinge anders gelaufen wären, wenn ich einen Sohn gehabt hätte«, sagte er schließlich. »Vielleicht einen Sohn wie dich.«

»Du warst mir immer mehr Vater, als es dein Bruder je war«, antwortete ich ihm.

Doch der alte Mann schüttelte den Kopf. »Nein. Ich hätte es vielleicht sein können, aber ich war zu egoistisch.« Er drehte sich auf seinem Sitz herum und sah mich an. »Komm her«, sagte er. Ich beugte mich zu ihm hinunter und er drückte mich fest an sich.

»Es tut mir so leid, Sohn«, sagte er bedauernd.

»Ist schon gut, Onkel Mike. Hey, wie wäre es, wenn du morgen vorbeikommst? Wir könnten Angeln gehen.« Mein Onkel antwortete nichts darauf. Er nickte nur ernst, schlug die Tür zu, und fuhr davon.

Es war schon spät. Ich hatte einige Biere getrunken und fühlte mich ein wenig beschwipst. Das ging offenbar allen so, außer Ronald. Ich saß mit Anna zusammen auf der Couch und konnte mich kaum noch bewegen. Sie lehnte an meiner Schulter und hatte ihre Arme zwischen meine geschlungen.

»Oh, das hatte ich ja ganz vergessen. Simone hatte schon eine Verabredung mit ihrer Tochter, deswegen konnte sie leider nicht kommen, aber sie bestand darauf, dass du sie anrufst, sobald dir danach ist.«

»Ich denke, das werde ich machen«, sagte ich.

Anna drückte meinen Arm. »Ich habe dich vermisst, Thomas. Ich habe mir solche Sorgen um dich gemacht, als sie dich festgenommen haben. Mein Magen war ein einziger Knoten.«

»Es ist ja alles gut gegangen. Ich muss zugeben, ich habe dich auch vermisst.« Ich küsste sie auf die Stirn und sah zu Ronald hinüber. Er saß am Küchentisch und war noch immer in seinen Laptop vertieft.

»Dich habe ich auch vermisst, Ronald«, rief ich ihm über die Schulter hinweg zu. Ronald hob kurz verwirrt den Kopf und nickte dann. Ich kicherte.

»Dann erzählt mal, was ihr beiden so getrieben habt, während ich im Knast saß«, sagte ich.

»Ronald hat sich in deine Datenbank gehackt und wir haben uns mal deine offenen Fälle angesehen.« Ich sah zu Ronald hinüber. Er blickte erneut kurz auf, zuckte mit den Schultern und widmete sich dann wieder der Sache, die ihn auf seinem Laptop gefangen hielt. »Außerdem haben wir dein Rolodex durchsucht, die Firma gefunden, die deine DNS-Tests macht und dort die Beweismittel hingeschickt. Die Ergebnisse sollten jeden Tag hier sein«, sagte sie lächelnd. Sie konnte nicht aufhören, mich zu umarmen, so als würde ich jeden Moment wieder verschwinden.

KAPITEL 26

Ich saß schon eine ganze Weile in meinem Auto auf dem Parkplatz des *Good Samaritan Home*, widerstand dem Drang, mir aus meinem Flachmann Mut anzutrinken, beruhigte meine Nerven stattdessen mit ein paar tiefen Atemzügen und kontrollierte im Rückspiegel noch einmal mein Äußeres. Dann stieg ich zufrieden aus und lief zum Haupteingang. Die Empfangsdame war eine über siebzigjährige alte Frau, die jeden Besucher mit einem überschwänglichen Lächeln begrüßte.

»Hallo, ich bin hier, um meinen Vater zu besuchen, Thomas Ironcutter Senior.«

Sie wirkte ein wenig erstaunt, als ich ihr sagte, wer mein Vater war. Wahrscheinlich hatte er niemandem erzählt, dass er Kinder hatte. Sie erholte sich jedoch recht schnell von der Neuigkeit und führte mich daraufhin in den Tagesraum. Ich sah ihn schon, noch bevor sie auf ihn zeigte. Er saß in einem Rollstuhl, ziemlich am Rand und weitab von den anderen Bewohnern. Diese hatten sich in der Mitte vor einem großen TV-Bildschirm versammelt und schauten Ellen DeGeneres. Er selbst starrte einfach nur ins Leere.

Er war nur noch eine Hülle des Mannes in meiner Erinnerung, bestimmt fünfzig oder sechzig Pfund leichter als an jenem verhängnisvollen Tag vor so vielen Jahren, und seine einstmals kräftigen und breiten Schultern waren nun eingesunken, als hätte man die Luft aus ihm herausgelassen. Seine Wangen hingen schlaff an ihm herunter und auf seinem sonnenverbrannten Kopf waren nur noch ein paar wenige zerzauste Haare zu erahnen. Seine tiefbraunen Augen, die ich von ihm geerbt hatte, waren nun trübe und abwesend. Er trug einen alten Schlafanzug, Slipper und einen abgewetzten Bademantel. Es hatte den Anschein, als würde er auch eine Windel tragen, aber ich wollte nicht genauer nachschauen, als ich unbedingt musste. Ich lief zu ihm hinüber, zog mir einen Stuhl heran, und setzte mich. Die Dame sah uns beiden schweigend zu.

»Hallo«, sagte ich nur. Er sah langsam auf. Es dauerte einen Moment, bis ich einen schwachen Funken des Wiedererkennens in seinen Augen sah. Ein Teil seiner Oberlippe zuckte ein wenig, aber er brachte keinen Ton heraus.

»Mister Ironcutter hatte bereits einige Schlaganfälle. Es fällt ihm deshalb schwer, zu sprechen«, erklärte die Dame. Mein Vater starrte sie an und murmelte etwas, das sich wie *Verpiss dich* anhörte.

»Ich lasse Sie dann mal allein«, sagte sie und lächelte höflich. Ich wartete, bis sie weit genug entfernt war, bevor ich weiterredete.

»Ist schon ein paar Jahre her, Paps«, sagte ich. Er antwortete mit einem leisen Grunzen. »Onkel Mike hat mir erzählt, dass er dich über die Jahre hinweg auf dem Laufenden gehalten hat, was mich angeht, also will ich dich damit nicht langweilen.« Ich sah mich um, um mich zu vergewissern, dass uns niemand zuhörte, und dann beugte ich mich so weit zu ihm hinüber, bis mich nur noch wenige Zentimeter von seinem Gesicht trennten und sagte leise: »Er hat mir letzten Endes gestanden, was ihr drei getan habt. Du, er und Lester Gwinnette.«

Paps antwortete nichts darauf. Vielmehr starrte er mich nur mit undurchdringlicher, beinahe ausdrucksloser Miene an. Nur seine Oberlippe zitterte kaum wahrnehmbar, als Zeichen, dass er mich verstanden hatte.

»Du hast einen Cop umgebracht«, sagte ich und starrte ihn noch einen Moment länger an. Sein Atem roch ranzig, aber das einzige Geräusch, das aus ihm herausdrang, war sein leicht rasselnder Atem. Ich lehnte mich wieder in meinem Stuhl zurück und sehnte mich einmal mehr nach einer Zigarre und einem Drink.

»Ich habe mich all die Jahre oft gefragt, was aus meinem Auto geworden ist. Du weißt schon, der Wildcat. Ich ging davon aus, dass du ihn verkauft hast. Schließlich warst du ein gemeiner Bastard, der nie auch nur eine nette Sache für seinen Sohn getan hat.« In einer spontanen Geste zeigte ich mit dem Finger auf ihn. »Du warst und bist, ein egoistischer, böser kleiner Mann. Du hast jeden, der dich je geliebt hat, schlecht behandelt. Kein Wunder, dass Mom dir irgendwann weggelaufen ist.«

Paps bewegte die Lippen. »Miststück«, stieß er mit einem leisen Krächzen hervor.

»Oh, *sie* war also das Miststück, ja?« Wieder zeigte ich mit dem Finger auf ihn. »Ich kann nur ahnen, durch welche Hölle sie gegangen sein muss, bevor sie sich schließlich dazu überwinden konnte, dich endlich zu verlassen.« Ich sah ihn an. In seinem Mundwinkel sammelte sich etwas Speichel.

»Hast du gewusst, dass der Cop, den du umgebracht hast, eine Familie besaß? Er war verheiratet und sie erwarteten gerade ihr erstes Kind«, ließ ich ihn voller Abscheu wissen. »Natürlich hast du das nicht gewusst, aber was soll's, es hätte dich ja sowieso nicht interessiert.«

Voller Verachtung schüttelte ich den Kopf und sah mich in dem Raum um. Ein paar andere jüngere Leute besuchten ebenfalls ihre Verwandten. Sie lächelten und brachten ihren älteren Angehörigen viel Liebe entgegen und das machte mich traurig.

Ich atmete einmal tief durch und konzentrierte mich dann wieder auf meinen Vater. »Und jetzt muss ich dir mal etwas erzählen, denn das ist überhaupt der einzige Grund, weshalb ich zu dir gekommen bin. Onkel Mike, dein Bruder, hat sich letzte Nacht erschossen.«

Mein Vater sah mich verwirrt an.

Ich versuchte, es ihm zu erklären. »Diese verdammte Krankheit machte ihn kaputt, also war es vielleicht besser so für ihn. Er hinterließ eine Nachricht mit spezifischen Anweisungen, dass man ihn ohne eine Gedenkfeier verbrennen soll. Ich werde seinem letzten Wunsch nachkommen.«

Es gab noch ein paar mehr Dinge, die mir auf dem Herzen lagen. Ich wollte mir endlich Luft machen. Am liebsten hätte ich jetzt all die unzähligen Gemeinheiten aufgezählt, denen mich dieser Mann ausgesetzt hatte, und wie ich sie all die Jahre in mir verborgen hatte, wie eine böse, schwärende Krankheit, die ich einfach nicht hatte loswerden können. Er hatte zu reden begonnen, aber es war nur Kauderwelsch. Ich hörte ihm dennoch schweigend zu.

Manchmal musste ich tagelang nicht an ihn oder meine Kindheit und die Scheiße denken, die er einen durchleiden lassen hatte, aber dann passierte immer irgendetwas ... ein unvorsichtiger Kommentar von jemandem oder irgendein Schwachkopf, der mir die Vorfahrt nahm ... kleine Auslöser, die die Erinnerungen sofort wieder zurückbrachten.

Das alles hätte ich ihm gern erzählt. Ich wollte ihm all seine Fehler aufzählen und all die miesen Dinge, die er denen angetan hatte, die er angeblich geliebt hatte, aber während ich so dasaß und diesen jämmerlichen Mann betrachtete, wurde mir klar, dass ich damit nur meine Zeit verschwendete. Ich stand deshalb auf und lief hinaus, ohne mich noch einmal umzusehen.

Anschließend saß ich mit einer Zigarre zwischen meinen zusammengebissenen Zähnen in meinem Cadillac. Die Flasche ließ ich unangetastet und sicher verwahrt in meinem Handschuhfach und schwor mir, dass ich frühestens nach Sonnenuntergang daraus trinken würde.

Ich dachte nun an meine Mutter und meine Schwester. Beide hatte ich seit über dreißig Jahren nicht mehr gesehen. Nachdem ich ein Detektiv geworden war, hatte ich überlegt, sie ausfindig zu machen, doch letzten Endes hatte ich mich dagegen entschieden. Ja, meine Mutter hatte uns wegen meines gewalttätigen Vaters verlassen, aber sie hatte mich dort zurückgelassen, und was das anging, war ich nachtragend. Ich vermutete, damit hatte ich wohl Vater- und Mutterkomplexe gleichermaßen.

Onkel Mike hatte in einem reizenden Häuschen in einer altehrwürdigen Gegend jenseits der White Bridge Road gewohnt. In sein Haus zu gehen fühlte sich so an, als würde man in der Zeit zurückreisen. Er und seine Frau hatten das Haus eingerichtet, als sie eingezogen waren, irgendwann Ende der sechziger Jahre, und seither war es nicht wieder renoviert worden. Als seine Frau gestorben war, hatte er keinen Sinn mehr darin gesehen, es sauber zu halten, und deshalb stank es jetzt, hauptsächlich nach abgestandenem Zigarettenrauch.

Er hatte einen Polstersessel in seinem Wohnzimmer stehen, so ähnlich wie meiner. Seiner war jedoch an vielen Stellen mit Isolierband geflickt, und daneben stand ein kleiner verzinkter Mülleimer. Ein Blick hinein offenbarte mir die gesammelten

Zigarettenkippen der letzten fünf Jahre. Sein Fernseher stammte noch aus den Achtzigern.

In der Küche sah es ähnlich aus ... schmutziges Geschirr im Waschbecken, stapelweise alte Zeitungen auf dem Tisch, und daneben ein voller Aschenbecher.

Ich stieg die Treppenstufen in den Keller hinunter. Dort lag ein Haufen Klamotten neben der Waschmaschine und dem Trockner, und ein paar Anzüge, die immer noch in ihren Plastikhüllen aus der Reinigung steckten, hingen an einer behelfsmäßigen Wäscheleine. Da das Haus auf einem kleinen Hügel stand, öffnete sich die Kellertür zu einer kleinen Terrasse.

Dort hatte er es getan.

Er hatte sich in seinen Gartenstuhl auf die Terrasse gesetzt und sich mit seiner Dienstwaffe, einer Smith&Wesson Model 10 das Hirn rausgeblasen. Nachdem man den Tatort aufgenommen hatte, hatte ein aufmerksamer Officer die Terrasse mit einem Gartenschlauch abgespritzt, aber hier und da waren immer noch ein paar verräterische Flecken zurückgeblieben.

Ich blickte auf den Hof hinaus. Seine Frau, meine Tante, hatte dort immer einen kleinen Garten gehabt. Jetzt war er komplett überwuchert, überall nur Unkraut.

Ich kehrte nach oben zurück, wusch mir eine Kaffeetasse ab und warf die alte Percolator-Kaffeemaschine an. Dann setzte ich mich an den Küchentisch, sah der Percolator bei der Arbeit zu und dachte über das Leben im Allgemeinen und über Onkel Mike nach.

Über die Jahre hinweg war ich nur selten in seinem Haus gewesen. Tante Sharon war nie jemand gewesen, der gern Gäste bewirtete, und als sie starb, wurde Onkel Mike auch nicht viel geselliger. Wenn ihm der Sinn nach Gesellschaft gestanden hatte, war er immer zu meinem Haus gekommen.

»Hallo?« Die Stimme kam von der Haustür. Ich lief hinaus und sah dort einen Hispano, der unentschlossen vor der Tür stand. Er stellte sich als Nachbar vor, Roberto Ramirez. Onkel Mike hatte ihn offenbar dafür bezahlt, ihm den Rasen zu mähen, und er war es auch gewesen, der ihn gefunden hatte.

»Er war ein sehr netter Mann«, sagte Roberto traurig.

»Danke, Roberto. Kann ich irgendetwas für Sie tun?«, fragte ich ihn. Er zuckte mit den Schultern.

»Er schuldete mir noch Geld für das Rasenmähen letzte Woche, und ich hatte gehofft …«, setzte er an, beendete den Satz jedoch nicht. Ich nickte verstehend und fischte ein paar Zwanziger aus meiner Geldbörse.

»Danke, Sir.«

Da kam mir plötzlich ein Gedanke. »Wohnen Sie in der Nähe?«

»Ja, Sir, ich lebe ein paar Häuser weiter die Straße runter, zusammen mit meiner Frau und der Familie.«

Ich dachte kurz nach. »Ich hätte etwas Arbeit für Sie, falls Sie interessiert wären.«

Roberto willigte ein, und wir einigten uns darauf, dass er so lange das Haus in Schuss halten und den Rasen mähen würde, bis der Makler es verkauft hatte. Außerdem erklärte er sich bereit dazu, mir dabei zu helfen, das Haus einer Grundreinigung zu unterziehen.

KAPITEL 27

Doktor Holly Gross hinterließ mir eine eher förmliche Nachricht, um mich wissen zu lassen, dass die Autopsie beendet war. Sie erklärte mir, dass Onkel Mike an einer selbst zugefügten Schusswunde gestorben war, also keine große Überraschung, und man seine Leiche nun abholen könne. Ich machte mir nicht die Mühe, sie zurückzurufen. Stattdessen rief ich ein Bestattungsunternehmen an, welches Freunde der Familie führten, und traf die notwendigen Vorbereitungen. Es war sein Wunsch gewesen, sofort eingeäschert zu werden, und anstelle von Blumen sollten die Trauergäste Geld an die *Parkinson Disease Foundation* spenden.

»Ich stelle Ihnen einen Scheck aus«, sagte ich zu einem der Inhaber, der zufällig auch der Ortsrichter war. Zum Glück hatte Onkel Mike eine stattliche Summe Geld auf dem Konto, welche er mir vermacht hatte. Denn andernfalls hätte ich die Rechnung unmöglich in der nächsten Zeit bezahlen können.

Wir saßen in einem der hinteren Büros. Das Dekor, die Farben und alles andere waren überaus dezent gehalten, denn das Ganze war immerhin ein Bestattungsunternehmen. Im Hintergrund konnte ich ganz schwach eine Orgel spielen hören. Ich hoffte, dass der Mann nicht auf meinen jüngsten Zusammenstoß mit dem Rechtssystem zu sprechen kommen würde.

»Mein Vater und ihr Onkel waren früher gute Freunde«, erklärte er, als ich ihm den Scheck überreichte.

»Oh, wirklich? Das wusste ich gar nicht.«

»Ja, sie waren Saufkumpane. Sie waren eine kleine Gruppe damals und standen sich eine Zeit lang recht nahe. Hin und wieder kamen sie und hingen bei uns herum. Ich nannte ihn immer Mister Mike. Er war ein unglaublich lustiger Mann.« Ich nickte verstehend.

Eine Erinnerung ließ den Richter auflachen. »Einmal hatte er mich zu einem Streich überredet. Da muss ich acht gewesen sein, oder neun. Wie auch immer, die Erwachsenen hatten jedenfalls ein großes Essen gekocht, und meine Mutter hatte ihren berüchtigten Brokkoli-Auflauf zubereitet. Ich verriet Mister Mike, dass er wirklich lecker war, ich ihn aber nicht essen wollte, weil ich immer die ganze Nacht davon furzen musste. Nun, er überredete mich dazu, mir einen Fingerhut zu suchen, ihn mit Erdnussbutter zu füllen und ihn in meinen Schlüpfer zu stecken.«

»Oh-oh«, sagte ich. Der Richter nickte grinsend.

»Genau. Dann sollte ich mir extra noch einmal Nachschlag von dem Auflauf holen. Nach dem Essen saßen die Erwachsenen dann im Wohnzimmer, tranken noch etwas und unterhielten sich. Wir Kinder sollten im Kinderzimmer bleiben, aber als der Moment gekommen war, lief ich wie beiläufig ins Wohnzimmer und ließ einen monströsen Furz los.«

Er lachte wieder. »Nun, wie vorher abgesprochen, rief Ihr Onkel *Donnerwetter, ich wette, da hast du dir gerade in die Hose geschissen*. Ich setzte ein besorgtes Gesicht auf, griff in meine Unterhose und steckte meinen Finger in den Fingerhut voll Erdnussbutter.«

»Haben Sie dann echt gemacht, was ich gerade denke?«, fragte ich fassungslos. Er nickte.

»Yep. Ich zog meinen Finger wieder heraus, leckte ihn fein säuberlich ab und sagte: *Ich glaube, Sie haben recht, Mister Mike, ich habe mir wohl in die Hose gemacht.* Die Männer brüllten daraufhin vor Lachen laut los, aber meine Mutter musste sich übergeben.« Wir beide brachen in Gelächter aus. »Daddy hat mir hinterher tüchtig den Hintern versohlt.«

Und dann, dieses Mal sehr viel leiser, fügte er noch hinzu: »Ich mochte Mister Mike wirklich.«

Ich saß in einem Gartenstuhl, einem ohne Blutflecken, trank Kaffee und rauchte eine Zigarre, während ich Roberto beim Rasenmähen zusah. Eine Million Dinge gingen mir gerade durch den Kopf. Nach einigem inneren Abwägen zog ich mein Telefon hervor und scrollte durch die Kontaktliste. Ich hatte seine Nummer noch immer gespeichert, obwohl es schon einige Zeit her war, seit ich das letzte Mal mit ihm gesprochen hatte. Wer weiß, vielleicht hatte er seine Nummer seitdem auch schon zwei oder drei Mal geändert, aber tatsächlich ging er nach ein paarmal Klingeln dran.

»Wenn das nicht mein alter Freund ist«, sagte er mit großem Tamtam.

»Hallo Percy«, erwiderte ich. »Ist schon eine ganze Weile her. Wie geht es dir?« Meine Frage wurde mit einem plötzlichen lauten Knall beantwortet.

»Gottverdammt, ich habe gerade eine Kakerlake erschlagen. Dieses verdammte Büro ist voller Ungeziefer.«

Obwohl wir schon ein paar Jahre lang nicht mehr miteinander gesprochen hatten, verstand ich ihn sofort. Percy Trotter und ich waren schon lange befreundet. Wir waren auf der Akademie in derselben Klasse gewesen und hatten zusammen im Morddezernat gearbeitet, bevor ich gekündigt hatte. Ich kannte ihn deshalb gut genug, um zu wissen, dass er mir auf diese Weise hatte mitteilen wollen, dass sein Büro verwanzt war. Ich fragte mich, ob das auch für sein Telefon galt.

»Das muss ja echt unangenehm sein«, antwortete ich. »Man sollte meinen, dass die Metro genügend Geld hätte, um wenigstens mal einen Kammerjäger vorbeizuschicken. Na ja, du scheinst gerade sehr beschäftigt zu sein. Lass doch mal von dir hören, und dann gebe ich dir eine Zigarre aus. Ich bin im Übrigen gerade auf dem Weg zu meinem Lieblingszigarrenladen.«

»Alles klar.« Er legte ohne ein weiteres Wort auf. Er kannte Micks Laden und hatte verstanden, was ich ihm vorgeschlagen hatte, doch ich hatte keine Ahnung, ob er sich dort tatsächlich mit mir treffen würde. Aber er schlug keine zehn Minuten nach mir im Laden auf. Ich sah zu Mick hinüber.

»Das ist ein früherer Kollege von mir. Er könnte es mir übel nehmen, wenn du unserem Gespräch zuhörst.« Mick bedachte meine Bemerkung mit einem empörten Blick.

»Ich belausche meine Gäste niemals«, stellte er mit gespielter Entrüstung klar. Ich sah ihn zweifelnd an. »Okay, in Ordnung. Setzt euch da drüben hin. Ich lasse euch auch in Ruhe.« Er deutete zum hinteren Ende des Ladens, wo ein hoher Tisch mit zwei Stühlen stand. Ich nickte in dessen Richtung, als Percy hereinkam.

Er hatte sich über die Jahre kaum verändert. Seine Haare waren ein wenig ergraut und die Falten in seinem Gesicht vielleicht ein wenig tiefer, aber seine saphirblauen Augen waren immer noch stechend und durchdringend, als könnte er mit ihnen durch einen hindurchsehen, und er bewegte sich noch immer wie ein Löwe, der durch die Savanne streift. Selbstsicher, und ohne jede Angst. Mit über einem Meter neunzig war er einen guten Kopf größer als ich. Ein locker sitzendes Sportjackett verbarg seinen muskulösen Oberkörper. Wir gaben uns die Hände, denn keiner von uns beiden war je ein großer Freund von Umarmungen gewesen. Ich bot ihm eine Zigarre an.

»Du siehst gut aus. Bist immer noch im Training, wie ich sehe«, sagte ich. Er nickte unverbindlich.

»Die Arbeit als Privatdetektiv scheint dir zu liegen«, erwiderte er. »Die Sache mit deinem Onkel tut mir echt leid. Er war ein guter Mann.« Ich nickte in stummer Dankbarkeit.

»Ich hasse Beerdigungen eigentlich, aber auf diese werde ich gehen.«

»Es gibt leider keine Beerdigung«, sagte ich. »Er wollte keine.« Percy schien nicht überrascht darüber zu sein.

»Du wolltest mit mir über etwas reden«, sagte er und wechselte das Thema, um direkt auf den Punkt zu kommen.

»Ich war dumm«, erklärte ich. Percy grunzte und wickelte seine Zigarre aus dem Zellophanpapier.

»Du bist also endlich auf den Trichter gekommen, dass deine Frau ermordet wurde«, sagte er beinahe beiläufig.

Ich glaube, mir muss die Kinnlade heruntergefallen sein. »Woher weißt du das?«

»Ich habe mir den Fall ein paar Tage nach ihrem Tod sehr genau angesehen. Mir wurde sofort klar, dass du sie entweder selbst umgebracht hast, oder die Augen vor der Wahrheit verschließen wolltest. Wenn du sie nicht umgebracht hast, würdest du früher oder später dahinterkommen. Die Haft wird dich wohl wachgerüttelt haben.«

Percy klippte das Ende seiner Zigarre ab, zündete sie an und paffte ein paar Mal an ihr. »Das ist eine echt gute Zigarre. Ich freue mich schon den ganzen Tag auf eine. Wir dürfen im Dienst nämlich nicht mehr rauchen.«

Ich starrte Percy bestimmt zwei oder drei Minuten lang nur an. Ich erinnerte mich, wie wir zusammen trainiert hatten, als wir beide noch jünger gewesen waren. Im Kraftraum war er das reinste Tier und außerdem ein sehr geschickter Kampfsportler. Viele Leute unterschätzten ihn. Das galt auch für mich, zumindest für ein oder zwei Male. Er merkte, dass ich ihn anstarrte, ignorierte mich aber.

»Dann wusstest du also die ganze Zeit über, dass es Mord war?«, fragte ich ihn fassungslos. Percy bestätigte dies mit einem kurzen Nicken. »Wieso hast du dann nichts gesagt?«

Percy blickte mich mit seinem alles durchdringenden Augen an. »Ich sah keinen Grund dafür.« Er blickte sich um, und erspähte dann Mick, der sich hinter der Bar mit irgendetwas beschäftigte, und rief: »Könnte ich vielleicht eine große Tasse Kaffee haben?«

Mick nickte und brachte uns kurz darauf zwei Tassen und eine Kanne an den Tisch. Anschließend deutete er auf Percy. »Hast du aufgepasst, wie freundlich er ist? Davon könntest du dir mal eine Scheibe abschneiden.« Mit einem Grunzen meine mangelhaften sozialen Umgangsformen betreffend, ließ er uns wieder allein.

Percy genoss seinen Kaffee und seine Zigarre und ich dachte in der Zeit über seine Worte nach und musterte ihn weiter. Seine Anwesenheit brachte Erinnerungen zurück, manche davon gut, manche weniger gut, und manche regelrecht verstörend.

»Du hast immer schon den Eindruck gemacht, als wüsstest du Dinge, die sonst keiner weiß … so als wärest du ein Hellseher«, sagte ich. Er zuckte nur mit den Schultern.

»Würdest du noch einmal einen Blick auf den Fall werfen?«, fragte ich.

»Für dich? Na klar. Willst du, dass ich die Sache offiziell laufen lasse, oder soll ich es eher geheim halten?«

»Ich würde gern vermeiden, dass etwas von der Scheiße an dir kleben bleibt, also wäre es wohl besser, du machst es im Verborgenen, zumindest fürs Erste«, antwortete ich. Percy nickte zustimmend. »Ich werde es vielleicht mit Jay Sansing besprechen«, sagte ich vorsichtig.

Percy warf mir einen scharfen Blick zu. »Der ist bei der OPA«, sagte er nachdrücklich.

»Ja, aber ich denke, er ist kein so übler Kerl. Er scheint das Herz am rechten Fleck zu haben.« Er starrte mich einen Moment lang an, dann nahm er einen weiteren Schluck Kaffee. Wenn er eine Meinung zu meiner Art von Logik auf der Zunge liegen hatte, behielt er diese für sich.

»Ich habe noch eine andere Bitte«, ließ ich ihn zögernd wissen. Percy stellte die Kanne ab, starrte mich fragend an und wartete.

»Ich habe ein junges Mädchen als Assistentin angeheuert. Sie hat eine vermisste Schwester.«

»Wie heißt sie?«

»Alicia Davies«, antwortete ich. Percy grunzte. Er schien sich an den Fall zu erinnern.

»Einer deiner früheren Kollegen hat den Fall von Anfang an verkackt. Du erinnerst dich doch noch an Daugherty, oder?«

»Oh Mann, und ob ich das tue. Daugherty wurde in die Mordkommission versetzt, weil er ein Freund des Chiefs war. Er war ein aufgeblasenes, wichtigtuerisches Stück Riesenscheiße, und das beschrieb seinen Charakter mehr als treffend. Er sprach am liebsten über sich selbst, keine Ahnung warum, aber als Detective taugte er überhaupt nichts. Schließlich wurde er dabei erwischt, wie er einen gefälschten Überstundenbeleg zu viel abgab. Das kostete ihn seinen Job und seine Pension gleich mit.«

»Der Name der Schwester ist Anna, oder?«, fragte Percy nun. Ich nickte. »Ja, den Fall hatte ich mir angesehen. Gibt derzeit leider nicht viel, dem man nachgehen könnte. Hast du neue Informationen?« Ich schüttelte den Kopf.

»Ich besorge dir mal eine Kopie der Akte. Ein unverbrauchter Blick kann sicher nicht schaden.«

»Ich weiß das wirklich zu schätzen. Wie läuft es denn sonst so?«, erkundigte ich mich.

Percy warf mir einen flüchtigen Blick zu und atmete tief durch. »Ich habe meinen eigenen Sack voller Probleme. Vielleicht hole ich mir ja irgendwann mal deinen Rat dazu ein.« Er leerte seinen Kaffee und stand dann unverhofft auf. »Wir sehen uns.« Er steckte sich seine Zigarre in den Mundwinkel und lief hinaus. Ich stand auf und sah ihm durch das Schaufenster hindurch dabei zu, wie er neben seinem Auto stehen blieb und sein Handy hervorkramte.

Wie auf Kommando steuerten im gleichen Moment Dick und Doof, auch bekannt als die Detectives Sansing und Marson, ihren

Wagen in eine der Parklücken. Percy sah mich durch das Schaufenster an, bis mir bewusst wurde, dass er gleichzeitig auch die beiden durch die Spiegelungen des Glases beobachtete. Er suchte meinen Blick, und dann formte er mit seinen Lippen das Wort *Wanzen*. Die Jungs von der Rattentruppe hatten also selbst die Mordkommission verkabelt. Ich fragte mich, was dort vor sich ging, und was das für deine Sache war, in die Percy hineingeraten war.

Ich sah zu, wie die beiden ausstiegen und sich Percy näherten. Percy beendete sein Telefonat, musterte die beiden, und stieg dann ohne ein weiteres Wort in seinen Wagen. Beim Ausparken hätte er beinahe Oscar über den Haufen gefahren.

Oscar nahm sich immer noch ungeheuer wichtig, rief irgendetwas Unverständliches und starrte Percys davonfahrendem Wagen unheilvoll hinterher. Jay war das genaue Gegenteil von ihm. Er wirkte besorgt, sah sich um, und bemerkte, dass ich sie beobachtete. Er sagte etwas zu seinem Partner, der seine Aufmerksamkeit nun ebenfalls mir zuwendete, und gemeinsam kamen sie dann hinein.

Jay hob sofort entschuldigend die Hände, als sie den Laden betreten hatten. »Das war nicht meine Idee. Man hat uns befohlen, hierher zu fahren«. Sansing sah zu seinem Partner hinüber, der ihn böse anfunkelte, weil er so etwas zugegeben hatte.

»Wieso?«, fragte ich.

»Warum fragen Sie?«, gab Oscar die Frage zurück. »Haben Sie vielleicht etwas zu verbergen?«

Ich sah ihn angewidert an und schüttelte den Kopf. »Sie sind wirklich ein Idiot, wissen Sie das?« Ich bezahlte meine Rechnung und lief hinaus.

Jay folgte mir. »Ich will keinen Ärger machen. Man gab uns den Befehl, hierher zu fahren und nachzusehen, wieso sie beide sich treffen wollten.« Bevor ich etwas darauf antworten konnte, fügte Jay noch hinzu: »Ich weiß, es war dumm, aber wie gesagt, so lauteten unsere Befehle.«

Ich blieb stehen und sah ihn von oben bis unten an. Er trug eine hellgraue Hose, ein gestärktes weißes Hemd und einen marineblauen Blazer. Seine schwarzen Schuhe waren blitzblank geputzt. Er war ein gut aussehender junger Mann und ich fragte mich, was ihn wohl zur Rattentruppe verschlagen hatte. Er bemerkte den geringschätzigen Blick, den ich Oscar zuwarf, der noch immer im Laden war und uns durch das Schaufenster beobachtete.

»Ich habe ihm gesagt, er soll lieber drinbleiben, während ich mich mit Ihnen unterhalte. Ich weiß, dass Sie ihn nicht leiden können.«

»Er ist ein schmutziger Cop, Jay. Er ist gerade dabei, seine Karriere zu ruinieren, und Sie wird er mit in den Dreck ziehen.«

Jay starrte mich verwirrt an. »Wovon reden Sie? Sie behaupten, Oscar hätte Dreck am Stecken, treffen sich selbst aber mit Percy Trotter? Oscar ist kein schmutziger Cop. Er hat seine Macken, aber er ist definitiv nicht schmutzig. Percy Trotter hingegen ist da eine ganz andere Geschichte.«

Ich begann zu meinem Wagen zu laufen, blieb aber noch einmal stehen und starrte ihn an. »Sie haben nicht den blassesten Schimmer«, sagte ich.

»Dann erleuchten Sie mich doch!«

Zuerst wollte ich ihn einfach ignorieren und davonfahren, aber dann änderte ich meine Meinung. »Percy ist wahrscheinlich der beste Detective, den ich je kennengelernt habe. Wussten Sie, dass er als Rookie einen Mann gestellt hat, der drauf und dran war, seine Frau zu erschießen, und sich dabei in Ausübung seiner Pflicht selbst eine Kugel einfing?«

»Sie wurden ebenfalls im Dienst angeschossen«, meinte Jay.

Ich nickte. »Ja, genau wie ich. Wenn man damals im Dienst angeschossen wurde, konnte man daraufhin wählen, wo man arbeiten wollte. Wir beiden entschieden uns für die Mordkommission, aber zu unterschiedlichen Zeiten. In Percys erster Nacht im Dienst löste er auf Anhieb zwei Mordfälle. Ein Mann tötete seine Frau und gestand Percy, vor ein paar Jahren bereits seine erste Frau umgebracht und im Garten verscharrt zu haben. Es gibt noch viele weitere Beispiele. Der Mann ist geradezu unheimlich, was das Lösen von Mordfällen angeht.«

Ich deutete auf Jays Partner. »Ganz im Gegensatz zu Ihrem Kumpel, der nichts weiter als ein egoistischer Idiot ist.«

»Ich denke, Sie vergessen da ein paar Dinge«, sagte Jay. »Zum Beispiel, dass Trotter vor ein paar Jahren etwas mit zwei Mädchen gleichzeitig am Laufen hatte. Eine von ihnen brachte sich daraufhin in seinem Apartment um, indem sie sich mit einer Glasscherbe aus einem zerbrochenen Spiegel die Kehle durchschnitt, und die andere verschwand einfach. Bis heute weiß niemand, was aus ihr geworden ist.«

Er wartete, dass ich das kommentierte. Was er da erzählte, entsprach durchaus der Wahrheit, aber ich hatte dazu nichts zu sagen. Also fuhr er fort.

»Erinnern Sie sich noch daran, als Captain Cheek Detective im Morddezernat war?«

Ich sah ihn an, als hätte er mir gerade ein Scheiße-Sandwich angeboten. »Ja, daran erinnere ich mich. Er war nicht sonderlich gut darin. Tatsächlich war er schlichtweg inkompetent. Ich vermute, deshalb hat man ihn auch befördert.« Cheek war mindestens so schlimm wie Daugherty gewesen, aber ihn hatte man natürlich nicht gefeuert. Er war einfach immer weiter die Ränge hinaufgeklettert, bis zu seiner jetzigen Position als Captain.

Jay nickte. »Dazu kann ich nicht viel sagen, aber vor ein paar Jahren reichte er Beschwerde bei der OPA ein und beschuldigte Percy, einen Mann umgebracht zu haben.«

»Ja, das weiß ich noch. Wie ich schon sagte, Cheek war damals absolut inkompetent, und er ist es noch immer.« Ich sah zu Oscar hinüber, der jetzt einen Kaffee trank und sich mit Mick unterhielt. Mick sah ihn dabei an, als hätte er einen besonders schlimmen Fall von Körpergeruch vor sich.

Auch Jay sah zum Fenster hinein. »Nun, ich bin nicht befugt, über diverse Fälle mit Ihnen zu sprechen, aber ich kann Ihnen sagen, dass Percy schon des Öfteren überprüft wurde.«

»Und ihr habt nie etwas finden können, weshalb ich nicht so sicher bin, wieso Sie ihn jetzt schmutzig nennen.«

»Er hat über die Jahre einige Fälle gelöst«, gab Jay zu. »Aber wenn ich dürfte, könnte ich Ihnen viele Fälle von ihm vorlegen, bei denen es einfach unmöglich ist, dass er von bestimmten Dingen in diesem Fall wusste … es sei denn, er wäre darin verwickelt gewesen. Wenn man ihn dazu befragte, stritt er das natürlich ab, aber er konnte genauso wenig plausible Antworten darauf geben, wie er bestimmte Dinge wissen konnte.«

»Und genau das ist es, was ihn so gut macht. Er hat hellseherische Fähigkeiten, und es kümmert ihn nicht, wenn einige Kollegen, so wie ihr Vollpfosten von einem Assistant Chief, wie Don Quijote gegen Windmühlen kämpfen wollen.«

Jay sah mich eine Weile lang entgeistert an. »Tja, er ist wirklich ein Rätsel«, sagte er schließlich. Das konnte eines der ersten Dinge sein, bei dem ich mit ihm einer Meinung war.

»Sie sollten ihn aber mal von einem anderen Blickwinkel aus sehen. Er ist ein Außenseiter. Wenn Sie sich einmal den Kommandostab im Department ansehen, werden Sie schnell feststellen, dass alle von denen, Männer wie Frauen, mit ihrem Job verheiratet sind. Das Problem bei Leuten mit einer solchen Einstellung ist allerdings, dass sie schnell glauben, dass man automatisch der Feind ist, wenn man nicht so tickt wie sie. Der Chief denkt genauso, und es gibt nur wenige Ausnahmen.«

»Wie Percy«, sagte er. Ich nickte.

»Er wird niemals befördert werden, aber er ist der Beste, den sie haben. Nun, und was Ihren Kumpel angeht, der da drinnen steht und uns durch das Fenster anstarrt, gebe ich Ihnen einen guten Rat«, sagte ich. »Halten Sie sich von ihm fern. Oh, und ich habe noch etwas für Sie.« Jay sah mich erwartungsvoll an. »Dieser Hinweis, der vor ein paar Jahren über die *Crime Stoppers* Hotline hereinkam … wissen Sie, welchen ich meine?«

»Ich schätze schon.«

»Das war Perry. Denken Sie mal darüber nach.«

Dann ließ ich ihn stehen und fuhr davon.

KAPITEL 28

Ich verbrachte den größten Teil des nächsten Tages damit, Onkel Mikes Haus sauber zu machen. Die Klamotten gingen alle an die Kleiderspende. Außerdem hatte ich schnell eine ganze Wagenladung an Müll zusammengetragen. Den ließ ich in einer Mülltonne neben einem Geschäft auf der White Bridge Road verschwinden. Als ich das letzte Stück hineingeworfen hatte, erschien aus der Hintertür des Ladens eine Koreanerin und machte sich in einem Kauderwelsch aus Englisch und ihrer Muttersprache über mich her. Ich nahm an, dass sie nicht sonderlich erfreut darüber war, dass ich meinen Müll in ihrer Tonne versenkte, aber ihr Geschäft nicht besuchte, eine Expresswäsche. Ich tat so, als würde ich sie nicht verstehen, worüber sie sich noch mehr beschwerte und fuhr hastig davon, bevor sie auf den Trichter kam, die Polizei zu rufen.

Nach meinem Treffen mit Percy und dem Zusammenstoß mit den beiden Schwachköpfen hatte ich viel nachgedacht. Beim Einkaufen traf ich dann eine Entscheidung, die darin bestand, dass ich wohl ein langes Gespräch mit Jay Sansing würde führen müssen. Während ich in meinem Truck saß, zog ich seine Visitenkarte hervor und wählte seine Handynummer.

»Wie sieht es aus, womit haben Sie und Ihre idiotischen Freunde es denn jetzt zu tun?«, fragte ich.

Seine Antwort bestand aus einem schwachen Kichern. »Das Übliche, denke ich. Der aktuelle Fall dreht sich um einen jungen Officer, der beschuldigt wird, einer Frau auf die Brüste gestarrt zu haben, nachdem er sie angehalten hatte, weil sie über eine rote Ampel gefahren war, und sie danach noch als überhebliche Schlampe beschimpft hatte, bevor er ihr einen Strafzettel ausstellte.«

»Wow, das klingt ja wirklich ernst. Könnte sich schnell als Verletzung der Grundrechte herausstellen«, sagte ich und hantierte mit dem Telefon herum, während ich gleichzeitig versuchte, mir eine Zigarre anzuzünden. Sansing bedachte meinen kleinen Scherz mit einem weiteren Kichern.

»Also, Thomas, weshalb rufen Sie mich an? Von Ihnen hätte ich am wenigsten erwartet, einen Anruf zu erhalten. Immerhin verklagen Sie uns jetzt auf Millionen, nicht wahr?«

»Oh ja, und ob ich das werde. Aber bevor ich Ihre Frage beantworte, habe ich selbst eine an Sie: Sind Sie ein genauso schmutziger Bulle wie Ihr Partner?«

Er schwieg einen Moment lang. »Ich halte mich selbst für einen guten Cop«, erwiderte er ruhig. »Mit der Sache vor Gericht hatte ich nichts zu tun. Tatsächlich habe ich ihm noch gesagt, dass ich das für eine äußerst schlechte Idee halte. Aber ich sage Ihnen etwas: Ich glaube immer noch, dass Ihre Frau ermordet worden ist.«

»Das ist okay«, antwortete ich, »denn da bin ich ganz Ihrer Meinung.« Am anderen Ende der Leitung erwartete mich erstauntes Schweigen, bevor Jay etwas erwiderte.

»Ich schätze, ich höre in letzter Zeit nicht mehr so gut. Können Sie das noch einmal wiederholen?«

»Oh, Sie haben mich schon verstanden. Wenn Sie mir gern mehr über Ihre Theorie erzählen wollen, dann kommen Sie doch zu mir nach Hause und bringen die Akte mit. Wie wäre es in einer Stunde?«

»Wieso kommen Sie nicht ins Büro?«, lautete sein Gegenvorschlag. Er hörte, wie ich deswegen kichern musste. »Okay, dumme Idee. Ich werde da sein.«

»Aber lassen Sie diesen Schlappschwanz von Oscar Marson in der Wache. Es würde ihm nicht sonderlich gut bekommen, wenn er bei mir zu Hause aufkreuzen würde.« Ich tippte auf das entsprechende Icon, um das Gespräch zu beenden, und ließ das Telefon dann in meinen Schoß fallen, um mir meine Zigarre anständig anzuzünden. Als ich das geschafft hatte, startete ich meinen Truck und machte mich auf den Weg nach Hause. Mein Flachmann rief schon sehnsüchtig nach mir, aber ich ignorierte ihn. Ich brauchte einen klaren Kopf.

Jay tauchte pünktlich auf. Ich saß auf der Veranda und wartete mit einer Tasse Kaffee und einer frischen *Ashton* auf ihn. Er stieg mit einer dicken Akte unter dem Arm aus seinem Wagen und sah sich vorsichtig um, bevor er zu mir hinaufgelaufen kam.

»Sie scheinen diese Zigarren ja wirklich zu genießen«, rief er mir zu.

»Seit ich aus dem Gefängnis draußen bin, schmecken sie aus irgendeinem Grund noch besser. Wollen Sie da den ganzen Tag lang stehen bleiben oder sich einen Stuhl nehmen?«

»Sie sollten noch wissen, dass ich meinen Vorgesetzten darüber informiert habe, dass ich mich mit Ihnen treffe«, sagte er, während er die Veranda betrat und sich vor einen der Schaukelstühle stellte. Ich nickte verstehend.

»Sie haben nichts zu befürchten, Jay. Das ist keine Falle, und ich werde Ihnen auch nichts tun. Ich will mich eigentlich nur mit Ihnen über den Mord an meiner Frau unterhalten.« Ich deutete auf den Schaukelstuhl. »Bitte, setzen Sie sich doch. Ich habe eine frische Kanne Kaffee hier. Koffeinfrei. Hätten Sie gern einen?«

»Klar.«

Jay setzte sich und sah mir dabei zu, wie ich zwei Tassen einschenkte. Danach schaufelte Jay mehrere Löffel Zucker hinein, bevor er kostete. Ich sah ihm missbilligend dabei zu, sagte aber nichts weiter dazu. Dann tranken wir schweigend unseren Kaffee. Es war ein angenehmer Tag für August. Es war um die fünfundzwanzig Grad, und die Bäume, die das Haus säumten, hielten die Sonne fern. Schließlich brach Jay das Schweigen.

»Sie wollen sich sicher die Akte ansehen. Ich bin mir nur nicht sicher, ob ich Sie das tun lassen sollte«, meinte er.

»Dazu kommen wir noch, aber zuerst muss ich Ihnen eine Geschichte erzählen.« Er sah mich an und nickte.

»Wie Sie wissen, wurde ich direkt nach der Army von der Polizei angeheuert, so wie Percy. Wir besuchten gemeinsam die Akademie.« Jay nickte bestätigend. Er hatte darüber bestimmt schon in meiner Personalakte gelesen.

»Wie auch immer, schließlich fand ich mich als Detective beim Morddezernat wieder, und dort konnte ich wirklich zeigen, was ich draufhatte. Ich war gut in meinem Job, sehr gut sogar. Irgendwann hielt ich mich für einen der Besten, für den absoluten King. Der Einzige, der es meiner Meinung nach mit meinen Fähigkeiten aufnehmen konnte, war Percy Trotter. Ich versuchte deshalb die ganze Zeit, ihn zu übertrumpfen.«

Ich musste deswegen ein wenig kichern und nahm einen Schluck Kaffee. »Percy hingegen war nie auf einen Wettstreit aus gewesen. Ihm flog das alles einfach so zu. Er hatte sich über mein Verhalten amüsiert, und tatsächlich hat es unsere Freundschaft sogar gestärkt.« Ich überlegte. »Ich kann mich nicht mehr an das genaue Jahr erinnern, aber er heiratete diese wirklich sehr gut aussehende Frau, die bei einem der regionalen Fernsehsender arbeitete.«

»Das war, kurz nachdem sich das eine Mädchen umgebracht hatte und das andere verschwunden war«, bemerkte Jay. »Was wissen Sie darüber?«

Ich nahm noch einen Schluck Kaffee. Ich wusste, dass Jay diese Information Percys Akte hinzufügen würde, und war deshalb sehr vorsichtig, was meine Antwort anbelangte.

»Wie alt sind Sie?«, fragte ich.

»Dreiunddreißig.«

»Mal sehen, Percy war zweiundzwanzig, glaube ich, als er dem Department beitrat. Er platzte förmlich vor Tatendrang, so wie alle jungen Männer. Er begann als Rookie-Officer. Er und sein Ausbilder …«

»John King«, warf Jay ein.

»Ja, John King. Es gab da diesen notorischen Taschendieb, der in den Parkhäusern in der Innenstadt sein Unwesen trieb. John und Percy beobachteten daher die Parkhäuser.«

»Dabei wurde er angeschossen, nicht wahr?«

»Genau. In dem Parkhaus, das sie gerade überprüften, überfiel ein verärgerter Mann plötzlich seine Ehefrau. Percy ging dazwischen und fing sich dabei eine Kugel ein, die ihn am Ohr traf.«

»Ja, darüber habe ich gelesen. Er hat den Mann danach umgebracht.«

»Ja, aber was nicht in der Akte steht, ist, was in dieser Nacht noch geschah. King nahm Percy mit in eine Tittenbar und füllte ihn anständig ab. In jener Nacht traf er auch die beiden Stripperinnen.«

»Ah.«

»Er nahm beide mit nach Hause. Ich weiß nicht, wie er das geschafft hat, aber er hatte tatsächlich mit beiden gleichzeitig was am Laufen.«

»Was ist anschließend passiert?«

Ich runzelte die Stirn. »Ich kenne die genauen Details leider nicht, aber es stellte sich heraus, dass eine von ihnen ein ernsthaftes Drogenproblem gehabt hatte. Percy stellte sie daraufhin zur Rede und ließ sie sausen.«

»Hat sie sich vielleicht deshalb umgebracht?«, fragte Jay.

»Möglicherweise, da bin ich nicht sicher.«

»Was ist mit der anderen, die verschwand?«

»Laut Percy nahm sie der Selbstmord des anderen Mädchens ziemlich mit. Sie verließ deshalb die Stadt, mit der Absicht, irgendwo ganz neu anzufangen.«

»Wussten Sie, dass sie danach nirgendwo mehr gemeldet war? Sie wollten sie wegen des Selbstmordes ihrer Freundin befragen, konnten sie aber nicht mehr finden.« Jay starrte mich an, in der Hoffnung, durch mich ein paar Einblicke gewinnen zu können.

Ich zuckte mit den Schultern. »Percy hat sie nicht umgebracht!« *Da, jetzt hatte ich es gesagt!* Ich war mir nicht sicher, ob ich es wirklich glaubte, aber diese Zweifel behielt ich lieber für mich.

»Egal, jedenfalls begann er kurz darauf, sich mit Chelsea zu treffen, und die beiden heirateten schließlich.«

»Sie hat ihn verlassen, nicht wahr?«, erkundigte er sich.

Ich nickte. »Ich kenne die Gründe dafür nicht, denn er sprach nicht darüber, aber irgendwann in dieser Zeit hatte Percy sich verändert. Sie werden es mir sicher nicht glauben, aber er war früher ein wirklich freundlicher und geselliger Typ.« Jay warf mir einen skeptischen Blick zu. Ich lächelte. »Kaum zu glauben, was? Aber irgendetwas hatte ihn verändert. Ich habe ihn eines Abends bei Grillsteaks und Bier mal darauf angesprochen.«

»Und was hat er gesagt?«, fragte Jay.

»Er gab mir keine Antwort. Wir genossen unser Dinner, aber als ich ihm diese scheinbar harmlose Frage stellte, änderte sich seine Stimmung schlagartig. Ich entschuldigte mich sofort dafür und erklärte ihm, dass ich nur deshalb gefragt hatte, weil ich mir Sorgen um ihn machte. Er tat die Sache daraufhin einfach ab und wechselte das Thema, aber da war das Kind wohl schon in den Brunnen gefallen.« Ich nahm mir einen Moment, um noch einen Schluck von meinem Kaffee zu trinken.

»Kurz darauf verließ ihn seine Frau und unsere Freundschaft brach langsam aber sicher auseinander. Tatsächlich entfernte er sich von all seinen Freunden, nicht nur von mir.« Ich seufzte und gab schließlich auf. Ich kramte meinen Flachmann hervor und verfeinerte damit meinen Kaffee. Meinem Gegenüber bot ich jedoch nichts davon an.

»Erzählen Sie mir von der Schlägerei«, bat mich Jay.

»Ah ja, die Schlägerei. Um die ranken sich eine Menge Gerüchte. Die meisten Leute haben fast alles darüber vergessen, denn eigentlich waren es sogar zwei Schlägereien.«

»Zwei?«

»Oh ja. Sehen Sie, die Leute, die diese Geschichte ständig wieder zum Besten geben, scheinen dieses kleine Detail gern zu vergessen.«

»Ich würde gern mehr darüber hören.«

»Nun, die Sache lief so: Wir waren bei einer von diesen After-Hour-Partys in einer Bar. Die Leute amüsierten sich, vielleicht wurde etwas zu viel Alkohol konsumiert, was aber nicht unüblich ist für ein paar Cops, die gerade nicht im Dienst sind. Aber dieser eine Officer verlor ein wenig die Kontrolle in Bezug auf eine der Bedienungen.«

»*Animal*«, warf Jay ein. Ich nickte.

»Genau. Alan »The Animal« Hayes. Die Bedienung flirtete tüchtig, tat aber eben nur das, was Bedienungen in so einem Laden eben tun. Sie versuchte einfach, noch ein wenig mehr Trinkgeld abzustauben, aber *Animal* war betrunken und glaubte irgendwie, dass sie ihn anmachte. Also fing er an, ihr Avancen zu machen. Sie tat das zuerst lachend ab, aber er wurde zunehmend aggressiver. Ich denke, sie ließ ihn daraufhin wissen, dass er sich zurückhalten sollte, daran kann ich mich leider nicht mehr genau erinnern, aber ich denke, Sie verstehen, wie das Ganze ablief. *Animal* wurde immer wütender und schlug ihr irgendwann ins Gesicht. Percy ging dazwischen.« Ich nahm wieder einen Schluck von meinem Kaffee, dann fuhr ich fort: »*Animal* war ein Mann mit fünfzehnjähriger Berufserfahrung und außerdem bekannt dafür, ein knallharter Karatekämpfer zu sein. Er war einer von denen, die gern mal vorführen, dass sie Ziegelsteine und Bretter mit ihren bloßen Händen zertrümmern konnten.«

»Aber Percy hatte er damit offenbar nicht eingeschüchtert.«

»Nope«, erwiderte ich. »Kein bisschen. Percy versuchte es zuerst auf die diplomatische Tour, aber *Animal* ging sofort auf ihn los und landete einen Schwinger. Na ja, an dem Punkt hätte *Animal* eigentlich stutzig werden sollen, denn jeden anderen Gegner hätte der Schlag k.o. gehauen, aber nicht Percy.«

»Nicht? Was ist dann passiert?«

»Percy stand einfach nur da und rieb sich seinen Kiefer. Ich denke, er war hauptsächlich sprachlos darüber, dass einer seiner Kollegen ihm grundlos eine verpasst hatte. Dann versuchte *Animal* erneut, ihn zu schlagen, und das war ein großer Fehler. Percy duckte sich unter dem Schlag weg und ließ im Bruchteil einer Sekunde einen ganzen Hagel von Schlägen auf ihn niederprasseln. Ich denke, dass *Animal* bereits nach dem ersten Treffer die Lichter ausgingen, aber Percy traf ihn bestimmt noch vier oder fünf weitere Male, bevor er schließlich zusammensackte.«

Ich kicherte. »Sie hätten dabei sein müssen, um das vor sich sehen zu können. Percys Schläge waren wirklich blitzschnell. *Animal* hatte keine Chance gegen ihn.«

»Das war also die erste Schlägerei«, überlegte Jay.

»Yep, das war die Erste.«

»Aber es gab noch eine weitere?«, fragte er.

Ich nickte erneut. »*Animal* war ein riesiger Kerl mit einem fragilen Ego. Die anderen Officer fingen an, ihn mit der Sache aufzuziehen. Natürlich sagten sie ihm das nicht ins Gesicht, aber hinten herum, mit einem bissigen Kommentar an der Klotür oder Ähnlichem. Er war natürlich außer sich deswegen. Deshalb begann er, herumzuerzählen, dass Percy ihn mit seiner Attacke überrumpelt hatte, was natürlich Quatsch war, aber ein paar Leute glaubten es tatsächlich. Danach ließ er jedermann wissen, dass er mit Percy den Boden aufwischen würde, wenn er diesem noch einmal in einem fairen Kampf gegenüberstehen würde.« Ich schüttelte den Kopf. »Was für ein dummer, eingebildeter Kerl.«

»War das die Schlägerei auf der Akademie?«, fragte Jay.

»Yep. Sie fand an einem Sonntagabend statt. Es war rappelvoll und selbst die Lehrkräfte waren da. Sie priesen die Schlägerei sogar als Martial-Arts-Wettkampf an.«

»Und was ist dann passiert?«

»Es wussten nur die wenigsten Leute davon, aber Percy war und ist immer noch ein sehr geübter Kampfsportler. Er trainierte gewissenhaft in einem Dojo, das von einem alten Japaner geleitet wurde, der niemandem ein Begriff war. Percy beteiligte sich nie an irgendwelchen Wettkämpfen, und deshalb wusste auch niemand, wie gut seine Fähigkeiten in Wirklichkeit waren. *Animal* hatte hingegen schon einige professionelle Kämpfe gewonnen und prahlte nicht selten damit herum. Er war ziemlich arrogant, genau wie seine Freunde.«

»Es heißt, Percy hätte unter seinen Boxhandschuhen Schlagringe getragen«, sagte Jay.

Ich schüttelte den Kopf. »Das habe ich auch gehört, aber es stimmt nicht. Ich war derjenige, der Percy die Hände bandagiert und ihm die Handschuhe angezogen hat.«

»Und wie hat er dann gewonnen?«

»Percy brachte damals sicher über hundert Kilo auf die Waage, aber er bewegte sich wie Bruce Lee. Ich habe noch nie einen so großen Mann gesehen, der sich so schnell bewegen konnte. Der Kampf begann schnell. *Animal*, der bestimmt noch einmal zwanzig Pfund schwerer war als Percy, ging sofort auf ihn los und versuchte, ihn mit einem heftigen Schwinger umzuhauen. Aber dieses Mal fiel Percy nicht darauf herein. Der Kampf ging nur über eine Runde – eben so lange, bis nur noch einer von beiden stand. Percy vernichtete ihn beinahe systematisch. Als alles vorbei war, mussten sie einen Krankenwagen rufen. *Animal* lag danach drei Tage im Koma.«

»Ich hörte, er sei gestorben.«

»Nein, er ist nicht gestorben«, sagte ich, »aber er erlitt schwere Hirnschäden. Danach konnte er nicht mehr arbeiten. Das Letzte, was ich von ihm gehört habe, war, dass er in einer Pflegeeinrichtung lebt. Er kann wohl nicht einmal mehr seinen Namen sagen, ohne zu sabbern.«

»Heilige Scheiße.«

»Kann man wohl sagen. Tja, Sie wissen ja, wie es von da an weiterging. Ein paar Leute waren auf Percy Seite, andere wiederum waren der Meinung, dass er viel zu weit gegangen war. Aber egal, genug von Percy Trotter, kommen wir zurück zu meiner Geschichte.«

»In Ordnung.«

»In einer kalten Februarnacht bekam ich einen Anruf. Die Person, deren Namen ich nicht nennen will, steckte in der Klemme und brauchte meine Hilfe. Ich sagte zu, küsste meine Frau und verließ mein Heim. Die Sache, um die ich mich kümmern musste, nahm einige Stunden in Anspruch. Außerdem nahm sie mich ziemlich mit, deshalb war ich nicht ganz bei mir, als ich wieder nach Hause kam. Ich ging hinein und fand meine Frau tot vor, mit meiner Dienstwaffe neben sich.« Jetzt musste ich einen Schluck aus meinem Flachmann nehmen. »Ihr Anblick, das ganze Blut und Gehirn überall, ich denke, Sie verstehen …« Ich schwieg eine Weile und sammelte mich. Jay sah zu Boden und wartete.

»Nun, das Ganze war extrem niederschmetternd für mich, wie Sie sich vielleicht vorstellen können. Wenn ich daran zurückdenke, verstehe ich nicht, wieso ich nicht sofort in den Detective-Modus umschaltete und die Beweise vor mir untersuchte.

Doch wahrscheinlich stand ich einfach unter Schock. Ich taumelte hinaus und rief die 911. Meine Kollegen waren garantiert ein wenig befangen, als sie die Todesursache untersuchten. Innerhalb weniger Minuten kamen sie zu dem Schluss, dass es Selbstmord gewesen sein musste, und wickelten alles gewohnheitsgemäß ab.«

Ich sah Jay an. »Ich habe mir die Akte niemals angesehen. Nie die Fotografien studiert. Ich habe nie nach der kleinen Anomalie gesucht, die vielleicht einen Hinweis darauf gegeben hätte, was wirklich vorgefallen ist.«

Ich schwieg für eine Weile, trank etwas von meinem Kaffee und räusperte mich. »Spulen wir vor, zu meiner Festnahme und der Anhörung. Da sitze ich also und sehe mir den ganzen Zirkus an, als eine der Tatortfotografien auf diesen verdammten Projektor gelegt wird. Jeder im Gerichtssaal konnte meine Frau begaffen, wie sie ihr Leben gelassen hatte. Doch dann sah ich es plötzlich.«

»Sie sahen was, Thomas?«

»Die Anomalie«, erklärte ich.

»Welche Anomalie?«

»Haben Sie Erfahrungen mit Schusswunden?«, fragte ich ihn. Wie ich es mir bereits gedacht hatte, schüttelte Jay den Kopf. *Na ja, was hatte ich auch anderes erwartet?* Er war bei der OPA, nicht bei der Mordkommission. Ich bin mir sicher, dass er jede Menge Lehrgänge absolviert hatte, wie man einen Police Officer in die Pfanne haut, aber keinen, der sich mit der Untersuchung von Mordfällen beschäftigte.

»Ich denke, ich kann Ihnen einen schnellen Einführungskurs geben. Holen Sie doch mal bitte die Fotografie aus der Akte und sehen Sie sie sich genauer an.« Das tat er und wartete dann darauf, dass ich es ihm erklärte. »Vielleicht ist Ihnen ja aufgefallen, dass das Foto, das Sie in der Hand halten, einige petechiale Blutungen um ihre Augen herum zeigt.«

»Kann so etwas nicht von Schüssen aus nächster Nähe stammen?«, fragte er.

»Klar, aber das Einschussloch ist außerdem keine Kontaktwunde. Sehen Sie genau hin.«

Jay blickte mich verwirrt an. Dann öffnete er die Akte wieder und begann, sich die Fotografien genauer anzusehen. Während er die Bilder studierte, kam Henry herangetrottet und schnüffelte an ihm herum.

»Wissen Sie, ich bin gerade an dem Fall eines Mannes namens Lester Gwinnette dran.« Ich gab Jay einen kurzen Abriss über Lesters Tod.

»Diese Fotos erinnern mich an die von Lester«, sagte ich. »Die Unstimmigkeiten gleichen sich. Ich glaube, jemand hat sie erwürgt und danach versucht, es wie einen Selbstmord aussehen zu lassen. Wenn Sie sich die Schusswunde genau ansehen, werden Sie erkennen, dass das Einschussloch oval geformt ist, und nicht rund. Ich glaube, sie war nicht komplett bewusstlos, oder hatte das Bewusstsein gerade ein wenig zurückerlangt, und versuchte deshalb, zurückzuweichen, unmittelbar bevor sie erschossen wurde. Oder der Schütze hat aus irgendeinem Grund gezuckt, als er abdrückte. Die genaue Ursache kenne ich nicht, aber ich bin mir sicher, dass sie es nicht selbst getan hat.«

»Heilige Scheiße!«, rief er aus. »Das ist der Beweis, nach dem wir gesucht haben, und er war er die ganze Zeit direkt vor unserer

Nase. Ich meine, wenn wir das gewusst hätten, dann hätten wir …« Er schnitt sich selbst das Wort ab.

»Sie hätten mich trotzdem angeklagt und ich säße wahrscheinlich immer noch im Knast und müsste mir ständig über die Schulter sehen.«

»Darf ich fragen, wieso Sie es abgelehnt haben, einen Lügendetektortest zu absolvieren und sich stattdessen sofort aus dem Polizeidienst zurückzogen?«

»Weil ich zu jenem Zeitpunkt dummerweise davon ausging, dass meine Frau sich selbst umgebracht hatte. Sie konnte streckenweise recht launig sein, und ich nahm daher das Schlimmste an. Ich steckte in einer Zwickmühle. Wenn ich die Wahrheit gesagt hätte, wäre auch noch das Leben anderer Menschen ruiniert worden, und meine Frau wäre trotzdem nicht wieder lebendig geworden. Also wählte ich den Weg, der mir damals am vernünftigsten erschien. Wenn ich gewusst hätte, dass man sie ermordet hatte? Vielleicht hätte ich mich dann anders verhalten, aber ich bezweifle es ehrlich gesagt.«

Jay versuchte, die Informationen zu verdauen. Nach einer Minute streckte er seinen Zeigefinger in die Höhe und wackelte mahnend damit hin und her.

»Wir können beweisen, dass der tödliche Schuss aus ihrer Dienstwaffe abgefeuert wurde«, sagte er. »Wieso haben Sie sie nicht mitgenommen, als Sie das Haus verließen.«

»Ich hatte eine … andere Waffe dabei.«

»Etwa eine nicht registrierte Waffe?«, fragte er. Ich antwortete nicht. »Werden Sie jemals damit herausrücken, wo Sie in jener Nacht waren?«, wollte Jay wissen.

»Nein«, erwiderte ich.

Jay schnaubte. »Ihre Loyalität ist ja ganz löblich, Thomas, aber ich fürchte, sie hat Sie letzten Endes ruiniert.«

Ich schüttelte den Kopf. »Ich komme schon klar, Jay. Ohne meine Frau und mein Kind sind mir nur noch mein Wort, meine Ehre und meine Integrität geblieben. Das ist das Einzige, was ich noch habe.« Ich spürte, wie meine Stimme am Ende ein wenig brüchig wurde. Der Flachmann machte nun wieder lautstark auf sich aufmerksam. Ich fischte ihn aus meiner Hosentasche und belohnte meine Geschmacksnerven mit einem langen Schluck. Jay beobachtete mich dabei.

»Thomas, wenn Sie es nicht getan haben … wer hat Ihre Frau dann umgebracht?«, fragte er mich. Ich steckte die Flasche zurück und machte mich eine Weile an einer Zigarre zu schaffen, bevor ich antwortete.

»Ich habe keine Ahnung.« Er schien mir nicht zu glauben. Ich zuckte mit den Achseln. Es war die Wahrheit.

»Noch etwas Kaffee?«, fragte ich, griff nach der Kanne und goss ihm und mir ohne auf seine Antwort zu warten nach. Meine Hände zitterten ein bisschen, weshalb ich ein wenig davon verschüttete. Jay zog einen Notizblock aus dem Aktenordner und verbrachte die nächsten zehn Minuten damit, sich hastig Notizen zu machen. Ich wartete ruhig, bis er damit fertig war.

»Detective Sansing«, sagte ich dann leise. »Ich muss mich in dieser Sache auf Ihr Vertrauen und Ihre Diskretion verlassen können.«

Er sah mir offen und direkt in die Augen. »Ich bin jemand, der genau nach Vorschrift vorgeht, Thomas.«

»Ich verstehe. Aber vielleicht sehen Sie es mal so: Sie können vorschriftsmäßig vorgehen und trotzdem Ihre Berichte an Ihre Vorgesetzten ein wenig hinauszögern.«

Er nahm seinen Kaffee und blies hinein. »Was schwebt Ihnen vor?«, fragte er misstrauisch.

»Ich habe Percy gebeten, sich des Falles anzunehmen. Aber er wird Einblick in die Akte benötigen.« Jay fiel die Kinnlade hinunter und sie wäre um ein Haar in seinem Kaffee gelandet. »Ich habe alles bis auf das, was Ihre Leute in letzter Zeit ausgegraben haben, also wird er Kopien davon benötigen.«

»Ich bin mir nicht sicher, ob das funktionieren wird, Thomas«, sagte er schließlich und trommelte eine Weile nervös mit den Fingern auf seiner hölzernen Armlehne herum, bis er schließlich erklärte: »Sie haben das nicht von mir gehört … aber es gibt da eine Liste, eine geheime Liste, und …«

Ich hob die Hand. »Ich weiß alles darüber. Eine schwarze Liste. Auf der stehen bestimmte Leute und die Ratten bei der OPA, haben die Aufgabe, irgendetwas auszugraben, um diese Leute daran aufhängen zu können.«

Jay war fassungslos. »Es wissen nur eine Handvoll Leute von dieser Liste«, rief er. »Wie haben Sie davon erfahren?«

»Das werde ich Ihnen nicht verraten. Also steht Percy auf dieser Liste. Das dachte ich mir schon.«

»Okay«, gab Jay zu. »Wenn Sie von der Liste wissen, verstehen Sie sicher auch, warum ich nichts mit ihm zu tun haben darf. Sonst haben die mich sofort am Arsch.« Er zappelte nervös herum. »Wieso lassen Sie nicht einfach jemand anderen diesen Fall untersuchen? Mich zum Beispiel?«

Ich sah ihn an. »Ich will wissen, wer meine Frau ermordet hat. Percy Trotter kann es herausfinden. Dazu braucht er noch nicht einmal die Akte, aber es würde ihm eine Menge Zeit ersparen, wenn er Zugang dazu hätte.«

Jay begann, besorgt den Kopf zu schütteln. Ich hieb ein paar Mal auf meine Armlehne, um seine Aufmerksamkeit zu erlangen. »Dann lassen Sie es mich anders ausdrücken. Wieso, glauben Sie, ist Percy immer noch Detective und wurde noch nicht in irgendeinen Scheißjob wie den Abschlepphof strafversetzt? Weil selbst die Schlappschwänze ganz oben, wenn auch nur widerwillig, zugeben müssen, dass er der Beste ist, den das Department zu bieten hat. Der Chief würde es niemals zugeben, aber wann immer es einen harten Fall gibt, der das Potenzial hat, das Department in Verlegenheit zu bringen, und daher so schnell wie möglich gelöst werden muss, sorgt er dafür, dass Percy diesen Fall bekommt.«

Jay nickte langsam. »Ich habe das Gleiche gehört, aber ich darf nun einmal nicht mit ihm zusammen gesehen werden, es sei denn, ich ermittle gegen ihn, und auch dann kann ich ihm nicht einfach so die Akte zustecken.«

»Na ja, wieso sehen Sie sich dann nicht einfach mal ein wenig in der Garage den Wagen an, an dem ich gerade arbeite«, schlug ich vor. »Ich denke, den werden Sie so interessant finden, dass Sie damit sicher eine Stunde oder so zubringen könnten.«

Zuerst war Jay verwirrt, aber nach ein paar Sekunden dämmerte ihm, was ich ihm damit sagen wollte. »Klar, das könnte ich tun.« Er stand auf, goss sich noch einmal Kaffee nach und lief hinter das Haus. Die Akte ließ er dabei auf der Veranda zurück.

Tatsächlich brauchte ich nicht mehr als dreißig Minuten. Jemand hatte Sicherheitskopien auf CD angefertigt, weshalb ich einfach nur die CDs kopieren musste, deren Inhalt mir noch fehlte, anstatt unzählige Berichte durch den Kopierer jagen zu müssen.

Danach fand ich Jay auf dem Fahrersitz meines Cadillacs.

»Das ist ein wirklich fantastischer Wagen«, rief er. »Haben Sie den selbst hergerichtet?«

»Ja. Ich habe eine Weile dafür gebraucht, aber es war jede einzelne Minute davon wert.«

»Der ist wirklich schön«, erklärte er noch einmal, dann sah er auf die Akte. »Oh, habe ich die liegenlassen? Wie dumm von mir.«

»Ich bin mir sicher, sie ist noch genauso, wie Sie sie zurückgelassen haben«, sagte ich und gab sie ihm zurück.

»Okay, und was nun?«, fragte er.

»Ich werde mich mit Percy treffen und dann wieder auf Sie zukommen. Tun Sie mir einen Gefallen und besprechen Sie die Sache bitte mit niemandem, ganz besonders nicht mit Marson. Vielmehr wäre es mir sogar lieb, wenn Sie Bartlett davon überzeugen könnten, Marson von dem Fall abzuziehen.«

Jay nickte wieder. »Das sollte nicht allzu schwer sein. Ich fürchte, Oscar hat im Moment keinen besonders guten Stand beim Führungsstab.« Dann musterte er mich kurz. »Was ist das eigentlich zwischen Ihnen und Perry?«, fragte er.

»Ah, richtig. Assistant Chief Raymond Perry. Er und mein Onkel waren erbitterte Feinde. Ich bin ehrlich gesagt überrascht, dass die beiden sich nicht schon vor Jahren gegenseitig umgebracht haben.«

Er schnippte mit den Fingern. Plötzlich fiel es ihm wie Schuppen von den Augen. »Er war es, der Sie in dieser Nacht anrief, als Ihre Frau ermordet wurde«, sagte er und nickte, als wäre er gerade auf einen ungeheuer wichtigen Hinweis gestoßen. »Ihr Onkel brauchte Ihre Hilfe.«

Ich ignorierte seine Bemerkung und lief zur Veranda zurück. Er und Henry folgten mir.

»Ihre Ehre ist Ihnen wichtig, also wette ich, dass Sie mindestens genauso loyal sind. Es war Ihr Onkel. Er muss es gewesen sein.«

Er sah mich erwartungsvoll an, hoffte auf eine Antwort, aber das war dumm von ihm.

»Ich würde es vorziehen, wenn wir nicht weiter über meinen Onkel reden könnten.«

»Oh, ja natürlich, ich verstehe. Tut mir leid.«

Jay legte die Stirn in Falten. »Okay, ich schätze, ich werde ganz bei null anfangen müssen. Aber Sie sollten wissen, dass Commander Bartlett einen vollständigen Bericht erwartet, wenn ich wieder im Büro bin.«

»Da bin ich mir sicher. Werden Sie ihm von der Schusswunde erzählen?«

Jay dachte kurz darüber nach und schüttelte dann resigniert den Kopf. »Das werde ich wohl müssen. Daran führt kein Weg herum, wenn ich ihn nicht rundheraus anlügen will. Aber dann wird die Information automatisch auch bei Perry landen.« Er blickte mich an. »Er wird wahrscheinlich darauf bestehen, es dem Gericht vorzulegen.«

»Das wird er ganz sicher, aber Sie sollten die Stimme der Vernunft sein. Überreden Sie ihn, dass Sie den Fall zuerst absolut wasserdicht machen wollen, ohne die Aussage dieser Irren. Wenn sie sich nicht darauf einlassen wollen, dann erinnern Sie sie an den anstehenden Prozess.«

»Ach ja, wegen dieser Sache: Wieso werde ich dabei auch genannt?«, fragte er mich.

»Einmaleins des Zivilrechts – man verklagt einfach jeden, der in der Sache drinsteckte. Aber machen Sie sich keine Sorgen, wir hauen Sie da wieder raus. Okay, natürlich nur unter einer Bedingung: Sie sollten besser keinen Meineid ablegen.«

»Darüber brauchen Sie sich keine Sorgen zu machen«, sagte Jay nachdrücklich.

»Marson hat vor Gericht gelogen, und ich bin mir ziemlich sicher, dass er auch bei seiner Aussage lügen wird. Er sägt an seinem eigenen Ast, und Sie können mir glauben, dass ich über seinen Arsch Perry dafür bezahlen lasse.«

Unsere Unterhaltung wurde nun von Anna unterbrochen, die die Auffahrt hinaufgefahren kam. Sie lief zur Veranda und blieb überrascht stehen.

»Sie sind eines von diesen Arschlöchern, das Thomas eingebuchtet hat«, stellte sie böse fest. Dann sah sie zu mir. »Wieso ist der hier?«, wollte sie wissen. Dann wanderte ihr Blick wieder zu ihm zurück. »Und wieso hast du ihm noch nicht den Arsch aufgerissen?« Henry starrte sie gleichgültig an.

»Anna, das ist Detective Jay Sansing. Er wird mir bei der Untersuchung des Mordes an meiner Frau helfen.« Sie riss überrascht die Augen auf und ließ ihre Handtasche fallen.

»Moment mal, *was*?«

Ich erklärte es ihr.

KAPITEL 29

Ich hatte das Bremssystem des alten Wildcats endlich komplett erneuert und zog gerade den letzten Reifen auf, als mein Telefon Besucher ankündigte. Ich runzelte die Stirn und sah Henry an.

»Ich erwarte keine Gäste. Du etwa?« Da von ihm keine befriedigende Antwort kam, tippte ich auf das Icon und aktivierte die Kamera. Es dauerte einen Moment, bis ich den Wagen erkannte. Ich schnappte mir einen Lappen und wischte mir die Hände ab, während ich hinaus auf den Hof lief.

»Sieh an, sieh an«, sagte ich, als William seinen Wagen anhielt und sich kurz im Rückspiegel musterte, bevor er ausstieg.

»Guten Morgen«, begrüßte ich ihn, als er zu mir hinaufgelaufen kam.

»Du bist nicht ans Telefon gegangen, also dachte ich mir, dass du wahrscheinlich hier bist, und bin kurzerhand rausgefahren.« Er sah sich um.

»Wie geht es dir, Thomas?«

Gute Frage. Das Leben war in den letzten Wochen nicht leicht gewesen, aber ich wollte mich auch nicht beklagen.

»Wieder besser, und dir?«

Er blickte sich noch einmal um, bevor er mir antwortete: »Ganz gut. Ist Anna da?«

Ich musterte ihn eindringlich. »Bist du deswegen hier?«

»Oh, nein«, antwortete er eilig und hob seinen Koffer in die Höhe. »Ich habe die Fragebögen für die Zeugenaussagen hier. Ich dachte, wir könnten sie vielleicht zusammen durchgehen.«

Ich nickte, auch wenn ich natürlich seine Hintergedanken kannte, und deutete zu einem Picknicktisch unter einem Hickorybaum. »Setzen wir uns doch dort hin.«

William runzelte die Stirn. »Ist ein wenig heiß hier draußen«, beschwerte er sich. »Können wir uns nicht lieber reinsetzen, wo die Klimaanlage an ist?« William trug einen marineblauen Anzug, und ich konnte bereits die Schweißperlen auf seiner Stirn sehen. Ich war schon durchgeschwitzt und dreckig von der Arbeit an dem

Auto. Außerdem würde er, wenn wir hineingingen, wahrscheinlich eine Möglichkeit finden, um heimlich in Annas Schlüpfern herumwühlen zu können.

»Ach was, die frische Luft wird dir guttun. Außerdem will ich eine rauchen.« Ich kicherte, als William aufseufzte. Er lief zu dem Tisch hinüber, ließ seinen Koffer darauf fallen und zog sein Jackett aus. Ich zündete mir eine Zigarre an und öffnete seinen Koffer.

»Sind die Vorladungen schon raus?«, fragte ich.

»Yep, jede Einzelne.«

»Auch die an diese Brittany?«

»Ja, die habe ich sogar höchstpersönlich überbracht, aber ich würde nicht darauf wetten, dass sie tatsächlich erscheint«, sagte er. Ich nickte zustimmend. »Spielt aber keine Rolle. Wir haben ihren Quatsch aus der Anhörung, ja auf Band. Das wird reichen.«

»Wo ist denn der alte Herr gerade?«, fragte ich ihn. William warf einen Blick auf die Uhr.

»Ich schätze mal, dass er in diesem Moment im Golfklub mit den hinteren neun Löchern beginnt.«

»Ah, hätte ich mir denken können. Spielst du auch?«, fragte ich. William schüttelte den Kopf.

»War nie so mein Ding. Aber Opa meint, dass du ziemlich gut darin bist.«

»Bin leider komplett aus der Übung und meine Rippen werden mich wohl noch eine ganze Weile davon abhalten«, sagte ich, und rieb mir gedankenverloren die Seite.

»Tut es immer noch weh?«, fragte er besorgt.

»Ja, ein wenig, aber es wird zum Glück jeden Tag besser.«

William schnippte mit den Fingern. »Das hätte ich ja beinahe vergessen. Sherman hat mit dem Bürgermeister gesprochen, der gerade im Urlaub auf Aruba ist, aber er hat versprochen, sich direkt nach seiner Rückkehr persönlich mit dem Chief zu unterhalten.«

Ich nickte. »Ist zumindest ein Anfang.«

»Okay«, begann William und sortierte seine Unterlagen. »Ich bin mir sicher, dass alles seine Richtigkeit hat, aber Opa bestand darauf, dass ich sie mit dir noch einmal durchgehe.«

»Ich weiß das wirklich zu schätzen«, sagte ich, setzte meine Lesebrille auf und fing an zu lesen. In der Stunde, die ich dafür benötigte, machte ich ein paar Anmerkungen, aber alles in allem hatte William einen wirklich guten Job gemacht. Das sagte ich ihm auch.

»Findest du?«, fragte er.

»Oh ja.«

Er grinste. »Wir reißen denen ein zweites Arschloch.«

»Definitiv.«

Er blätterte durch die Dokumente und reichte mir dann eines davon. »Du wirst als Letzter aussagen, Thomas. Der Prozess wird garantiert den ganzen Tag dauern, vielleicht auch zwei.« Ich nickte. »Ich könnte mir vorstellen, dass die ziemlich hart mit dir umspringen werden. Die werden bestimmt alles versuchen, damit du die Beherrschung verlierst.«

»Ich kriege das schon hin.«

William sah mich einen Moment lang an. Ich schätzte, er fragte sich, ob ich es wirklich hinkriegen würde.

»Ich habe eine Liste mit potenziellen Fragen zusammengestellt, die man dir stellen könnte«, sagte er und tippte mit seinem Kugelschreiber auf einen Bereich, den er hervorgehoben hatte. »Du kannst darauf wetten, dass sie dich allein wegen deines Alibi-Problems massiv löchern werden.«

»Und ich werde es einfach ablehnen, darauf zu antworten«, verkündete ich, obwohl es sich eher so anhörte, als hätte ich eigentlich keine Ahnung, was ich da überhaupt tat.

»Korrekt«, bestätigte William. »Paragraf 15 der Prozessordnung wird mir Gelegenheit geben, Einspruch einzulegen.«

»Wie werden sie darauf reagieren?«, fragte ich.

William zuckte mit den Schultern. »Sie werden wahrscheinlich das Gleiche wie wir tun, wenn sie nicht auf unsere Fragen antworten wollen. Wir werden den Richter kontaktieren und einen Antrag stellen, dich nicht zu einer Aussage zwingen zu können. Aber du solltest trotzdem wissen, dass das nicht ohne Tücken ist. Sie werden bestimmt versuchen, das gegen uns zu verwenden, und die Klageabweisung beantragen.«

Darüber musste man erst einmal nachdenken. Onkel Mike war tot, und wenn ich jetzt darüber aussagte, was in jener Nacht passierte, würde ihm das auch nicht mehr schaden können. Zu gern hätte ich das zuerst mit Sherman besprochen, aber der hatte ja offenbar Besseres zu tun. Hoffentlich lief seine Golfrunde so richtig schlecht für ihn.

William lachte urplötzlich auf und riss mich damit aus meinen Gedanken. »Willst du das Allerneuste hören, was sie versucht haben?«

»Ich bin ganz Ohr«, sagte ich und fragte mich insgeheim, wie lange die ihre Mätzchen wohl noch treiben wollten.

»Gestern Morgen schickten sie eine frisch vereidigte Anwältin zu uns ins Büro, um uns einen lächerlichen Vergleich anzubieten«, sagte er. »Ich war nicht da, aber Opa hat mir davon erzählt.«

»Ist das falsch?«, fragte ich, einigermaßen verwirrt.

»Nicht zwingend falsch, aber es eine Art, die Gegenseite wissen zu lassen, dass einem der Fall nicht wichtig genug ist.«

»Und wie hat Sherman reagiert?«

»Oh, du kennst ja Opa. Er hat den Spieß einfach umgedreht«, erzählte er mit einem breiten Grinsen. »Er hat sie wie eine Königin behandelt und während ihrer Unterhaltung fragte er sie unauffällig ein wenig aus. Du weißt schon, über ihre Familie, wie sie begonnen hat, sich für die Juristerei zu interessieren, yada yada yada. Tja, wie sich herausstellte, kannte Opa sogar ihre Großeltern.«

»Wirklich?«

»Ja. Sie gehen in die gleiche Synagoge. Er bot ihr daraufhin vom Fleck weg einen Job an, mit bedeutend höherem Gehalt, aber nur unter der Bedingung, dass sie sofort bei der Metro kündigt.«

»Im Ernst? Und dann?«

»Na ja, nachdem, was Opa mir erzählt hat, rief sie ihre Eltern an, um sich mit ihnen zu beraten, und nahm danach das Angebot an.« Verächtlich schüttelte er den Kopf. »Sie lebt noch immer zu Hause bei Mama und Papa.«

»Wie sieht sie denn aus?«, fragte ich neugierig.

»Ich habe sie noch nicht kennengelernt«, antwortete er. Ich kicherte wissend.

»Was ist?«, fragte mich William stirnrunzelnd.

»Dein Großvater schmiedet offenbar Pläne.«

Er kniff die Augen zusammen. »Wie meinst du das?«

»Oh, klar, er hat es der Metro damit gezeigt, aber gleichzeitig versucht er auch, seinen Lieblingsenkelsohn dazu zu bekommen, sesshaft zu werden und zu heiraten.«

William starrte mich verblüfft an. »Du meinst, er hat das Mädchen angeheuert, um mich mit ihr zu verkuppeln?«

Ich zuckte mit den Achseln. »Ein nettes jüdisches Mädchen, das zufällig auch noch Anwältin ist … ich denke, er will ein paar Urenkel haben, bevor er stirbt.«

William grunzte. »Dafür ist meine Schwester zuständig.«

»Komm schon, du bist sein Liebling.«

Er sah mich missbilligend an, sagte aber nichts weiter dazu. Stattdessen packte er die Fragebögen weg und zauberte einen neuen Stoß Dokumente aus seinem Koffer.

»Was hast du denn da, einen neuen Fall?«

»Den *Robard*-Fall«, erklärte er.

»Ich dachte, damit wären wir fertig«, sagte ich. »Sherman, oder du, oder wer auch immer, hat die Bankkonten, die wir gefunden haben, doch konfisziert. Der Rest ist jetzt Sache der Feds.« William antwortete mit einem Kopfschütteln.

»Ich weiß nicht, ob du es gehört hast, aber als das FBI die Razzia bei jener Bank in Detroit durchgeführt hat, machte *Robard* dicht. Sherman ist gerade dabei, den Papierkram für die Geschäftsauflösung zusammenzustellen.«

»Ah, dann ist die Firma also erledigt?«, fragte ich. »Ich dachte mir schon, dass das nur noch eine Frage der Zeit ist.«

»Ich fürchte, jetzt liegt es nur noch an uns, so viel wie möglich von den Vermögenswerten aufzutreiben.«

»Ist das nicht auch Sache des FBI?«, fragte ich.

»Opa hat Sorge, dass sie die Gelder für sich behalten wollen und deshalb einen Einziehungsbeschluss beantragen. Die Gläubiger sind denen ja scheißegal.«

»Okay, ich verstehe.«

»Also will er versuchen, dass wir so viel wie möglich retten und sichern können. Wenn das Vermögen erst einmal unter seiner Kontrolle als Treuhänder des Konkursgerichts steht, kommt das FBI nicht mehr ran.«

»Das kann er tun?«, fragte ich verblüfft.

»Er glaubt schon, und sagt, dass es im Prinzip nur darum geht, wer das Vermögen zuerst in die Hände bekommt. Er nimmt sein Amt als Treuhänder sehr ernst.«

»Deshalb will er, dass ich die Gelder für ihn finde.«

William nickte. »Es müssen dort draußen buchstäblich noch Hunderttausende von Dollar an Lastwagen, Anhängern und anderem Equipment unterwegs sein. Ich habe hier eine Inventarliste.« Er übergab mir einige Dokumente in Tabellenform und grinste mich selbstgefällig an. »Meinst du, du kriegst das hin?«

Ich schaute auf den Stoß frischer Ausdrucke hinunter, der aus verschiedenen Zulassungsnummern von LKWs und Anhängern bestand, zusammen mit weiteren Tabellen, die das gesamte Inventar der Firma auflisteten. »Na ja, das ist eine ganz schöne Menge, durch die ich mich durcharbeiten muss.«

Er deutete auf eine Anmerkung. »Das hier wäre deine Vergütung«, sagte er und erhob sich. »Ich habe Anna wohl verpasst. Grüße doch bitte von mir.«

Ich murmelte eine Antwort und dann schüttelten wir uns die Hände.

Nachdem William davongefahren war, setzte ich mich an den Picknicktisch zurück und begann, mir den Papierkram anzusehen. Etwa eine Stunde lang machte ich mir Notizen auf der Rückseite von einem der Ausdrucke, und dann kam mir plötzlich eine brillante Idee. Na ja, vielleicht nicht gerade brillant, aber ich war mir ziemlich sicher, dass es funktionieren würde. Ich rief sofort Sherman an.

»Wie lief dein Spiel?«, fragte ich ihn.

»So la-la«, antwortete er. Für gewöhnlich hieß das, dass er hier und da mehrere Versuche benötigt hatte. »Hast du mit William gesprochen?«

»Das habe ich, deswegen rufe ich an.« Ich begann, ihm meinen Plan zu erläutern. Nach einer kurzen Diskussion willigte Sherman ein und gab mir grünes Licht. Ich legte auf und rief direkt danach Duke an.

KAPITEL 30

»Wie geht's, Herr Detektiv?«, meldete sich Duke übertrieben affektiert am anderen Ende.

»Besser als je zuvor«, antwortete ich. »Ich muss dich was fragen.«

»Was hast du auf dem Herzen?«

»Hat irgendwer aus deiner Crew Erfahrung im Fahren von großen Sattelschleppern?«, fragte ich ihn. Duke dachte kurz darüber nach.

»Ich schätze schon. Wieso?« Ich erklärte ihm relativ knapp die ganze Situation.

»Klingt nach einem guten alten Repogeschäft«, sagte er.

»Das stimmt.«

»Ja, klar. Ich rede mal mit ein paar von meinen Jungs und schaue, ob sie interessiert sind. Wo bist du denn gerade?«

»Momentan bin ich zu Hause.«

»Hast du Lust, später noch im Klub vorbeizukommen?«, fragte er.

»Das ist wirklich verlockend, aber jungen nackten Mädchen dabei zuzusehen, wie sie sich um eine Stange rekeln, macht mich irgendwie immer ganz depressiv. Ich werde gegen drei bei Mick sein. Komm doch vorbei, wenn du nichts anderes vorhast. Ich gebe dir auch ein Bier aus.«

Ich hatte meinen Hintern kaum auf einem der Barhocker geparkt, als das kehlige Dröhnen von ein paar schweren Maschinen ihre Ankunft ankündigte.

»Es wäre schön, wenn du mal was sagen könntest«, meinte Mick mit leiser Stimme, als er ein Bier vor mir abstellte. »Duke ist ja ganz in Ordnung, aber wenn die alle anfangen, hier rumzuhängen, wird das garantiert schlecht für das Geschäft werden.« Dabei deutete er auf zwei Männer, die ihre Unterhaltung unterbrochen hatten und zu den anrückenden Bikern hinausstarrten.

Wahrscheinlich hatte er damit recht. Vielleicht hätte ich doch besser in den Stripklub fahren sollen, anstatt mich hier mit ihm zu treffen. Ich drehte mich um und sah dabei zu, wie sie hereinmarschierten. Duke hatte Bull und Flaky dabei. Ich freute mich wirklich, Flaky wiederzusehen, für Bull galt das jedoch weniger. Auch wenn Flaky ganz nach seinem Spitznamen wie ein verschrobener Kerl aussah, hatte ich ihn während meiner Zeit im Knast doch ganz gut kennengelernt und angefangen, ihn zu mögen.

Er war schon ein echt seltsamer Bursche. Wenn er mit einem sprach, sah er einen immer mit einem halbirren Blick an, der einen glauben ließ, er würde gerade abschätzen, welchen Wert man als Menschenopfer hätte. Aber wenn man ihn erst einmal besser kennengelernt hatte, stellte er sich als wortgewandter, und nachdenklicher Mann heraus, der außerdem noch ein begeisterter Leser und in philosophischen Fragen ziemlich bewandert war.

»Wann bist du rausgekommen?«, fragte ich ihn grinsend, als ich ihm die Hand schüttelte.

»Vor zwei Tagen«, antwortete er. »Ich wurde begnadigt. Die abgesessene Zeit plus drei Jahre auf Bewährung.« Er warf Bull einen Blick zu, der gerade in dem Humidor herumschnüffelte, dann sah er zögernd zu mir zurück. »Ich könnte für eine Weile einen ehrlichen Job gebrauchen. Duke meinte, du hättest vielleicht etwas für mich.«

Ich nickte. »Hast du einen Lasterführerschein?«, fragte ich ihn.

Flaky zog unverzüglich seine Geldbörse aus seiner Arschtasche und kramte seinen Führerschein hervor. Bull trat mit einer schönen dicken *La Gloria Cubana* aus dem Humidor und riss mir Flakys Führerschein aus der Hand.

»Ich habe auch so einen«, sagte er, warf ihn auf den Tisch und hieb Flaky mit seiner riesigen fleischigen Pranke kumpelhaft auf die Schulter. Flaky zuckte ein wenig zusammen. »Flaky und ich arbeiten immer als Team«, verkündete er. »Hast du damit ein Problem?« Ich sah zu Duke hinüber. Der zuckte nur mit den Schultern. Also blickte ich Flaky fragend an.

»Wir waren schon immer ein Team«, erklärte dieser nach einem schiefen Seitenblick auf Bull. »Ich habe sogar mal für ihn gesessen.« Bull sah ihn lange und hart an, während er seine Zigarre anzündete. Flaky starrte für ein oder zwei Sekunden zurück, bevor er den Augenkontakt mit ihm unterbrach. Das schien ein schwieriges Thema zwischen den beiden zu sein und ich hatte keinerlei Interesse, weiter nachzubohren.

»Klar, meinetwegen. Das mag jetzt vielleicht eine dumme Frage sein, aber kann einer von euch auch einen Sattelschlepper kurzschließen?« Bull und Duke beantworteten meine Frage mit einem spöttischen Glucksen. Okay, ich schätze mal, es war wirklich dumm gewesen, ein paar Typen einer Motorradbande zu fragen, ob sie etwas klauen konnten.

»In Ordnung«, sagte ich. »Schnappen wir uns einen Tisch und dann erkläre ich euch alles.«

»Und du bist dir sicher, dass wir diese Lastwagen legal mitgehen lassen dürfen?«, hakte Bull noch einmal misstrauisch nach, während er ein Bier trank.

Ich nickte. »Sherman wird für jedes einzelne Stück Firmenausstattung eine gerichtliche Anordnung ausstellen lassen. Die Schriftstücke habt ihr die ganze Zeit über bei euch. Wenn die Cops euch anhalten sollten, zeigt ihr denen einfach die Verfügungen.«

»Und die werden uns nicht einbuchten?«, fragte Flaky unsicher.

»Nope. Es ist alles absolut legal. Falls euch aber doch irgendein Cop festnehmen sollte, werdet ihr von dem besten Anwalt in diesem Bundesstaat vertreten.«

»Das ist der Gleiche, der dich in dem Mordfall vertreten hat, nicht wahr?«, erkundigte sich Duke. Ich nickte wieder. Er kicherte. »Dann muss er ziemlich gut sein.«

»Wie viel werden wir an der Sache denn verdienen?«, wollte Bull wissen. Er war anfänglich eher skeptisch gewesen, wurde aber mit der Zeit immer aufgeschlossener, was die Idee anbelangte.

»Zwei Prozent«, antwortete ich.

Bull knurrte. »Hört sich nicht gerade nach viel an.«

»Ein Sattelschlepper mit Anhänger ist ungefähr hunderttausend Dollar wert. Wenn ihr einen zurückbringt, sind das um die …«

»Zweitausend Dollar«, beendete Flaky meinen Satz. »Das ist nicht übel.«

»Yep«, bekräftige ich. »Von den Dingern fahren im Moment noch siebzehn da draußen herum.« Flaky pfiff anerkennend durch die Zähne und sah zu Bull.

»Wir könnten eine anständige Stange Geld verdienen, Kumpel«, sagte er. Bull schien interessiert, aber immer noch nicht hundertprozentig überzeugt zu sein.

»Und was kommt für dich dabei herum?«, fragte er mich.

»Ich werde unabhängig von eurem Auftrag bezahlt. Es existiert bereits ein Treuhandfond und ihr werdet direkt bei Lieferung mit einem sauberen Scheck belohnt.« Darauf hatte ich bei Sherman bestanden. Die Jungs waren nicht die Sorte von Männern, die sich damit zufriedengeben würden, sechs Monate lang auf ihr Geld zu warten.

»Noch weitere Fragen?«

»Ja«, sagte Flaky. »Ich bin dabei, aber wie sollen wir das ganze Zeug finden?«

»Da komme ich ins Spiel«, antwortete ich. »Ich werde eine Liste mit allen ehemaligen Fahrern von *Robard* zusammenstellen, zusammen mit ihren Wohnadressen. Ich möchte wetten, dass ein paar von denen die Sattelschlepper einfach behalten haben. Außerdem verfügen die Lastwagen über ein GPS-System. Die meisten wurden zwar mittlerweile deaktiviert, aber ...« Ich holte einen Ausdruck hervor und reichte ihn Flaky. »Dieser hier funkt immer noch. Ich habe die Koordinaten bei Google Earth herausgesucht. Es ist ein Truck Stop in Birmingham, Alabama.«

Ich wartete so lange, bis die beiden einen Blick auf den Google-Ausdruck geworfen hatten. »Sind etwa acht Stunden Fahrt. Bringt den Laster anschließend zu dieser Adresse.« Ich öffnete den Ordner und deutete auf eine Adresse. Es handelte sich dabei um einen LKW-Händler am Ende der Hermitage Avenue. »Sie werden die Ausrüstung untersuchen, ihn auf ihrem Hof sicher unterbringen und dann eines dieser Formulare ausfüllen.« Ich zeigte ihnen ein gutes Dutzend Vordrucke. »Lasst euch die Formulare ausfüllen und unterschreiben, dann bringt sie Simone Carson in Shermans Kanzlei, und sie wird euch sofort einen Scheck ausstellen.«

»Tja, worauf warten wir dann noch?«, sagte Bull. Sein Argwohn schien nun von Gier getriebenem Enthusiasmus verdrängt worden zu sein. »Wir könnten heute Nacht noch losfahren und morgen schon zurück sein.«

Ich hob eine Hand. »Die gerichtlichen Anordnungen sind noch nicht durch.« Bull grunzte nur verächtlich und stand auf. Flaky ebenfalls.

»Darum kümmern wir uns später.« Er griff nach dem Papierkram, aber ich riss ihm die Blätter wieder aus der Hand. Er warf mir einen herausfordernden Blick zu.

»Ich habe noch eine Bedingung«, sagte ich und sah die beiden Männer an. »Tut keinem weh.« Bull grunzte wieder.

»Hört mir zu, das ist wichtig. Wenn euch irgendjemand dumm kommen sollte, dann lasst denjenigen in Ruhe und zieht einfach ab. Wir kümmern uns dann später darum.« Bull stemmte seine Hände in die Hüften, und ich machte mir bereits Sorgen, dass sein Temperament mit ihm durchgehen könnte. Flaky sah ihn warnend an und hielt ihn mit der Hand zurück.

»Niemand wird verletzt werden, Thomas«, versprach er mir. Ich übergab ihm den Papierkram. Die beiden starteten ihre Motorräder und verschwanden, ohne zu bezahlen.

»Dann geht die Rechnung wohl auf dich«, sagte Duke grinsend.

KAPITEL 31

Mein Telefon gab ein kurzes Signal von sich, welches anzeigte, dass ich eine Textnachricht erhalten hatte. Ich rieb mir den Schlaf aus den Augen und las.

Bist du wach? Wir haben etwas Wichtiges herausgefunden!

Die Nachricht stammte von Flaky. Nachdem ich sie gelesen hatte, sah ich auf die Uhrzeit. Zwei Uhr morgens. *Oh, sicher, Flaky, ich bin immer wach.* Anstatt ihm etwas zurück zu tippen, rief ich ihn direkt an.

»Was gibt es?«, fragte ich.

»Wir haben den Truck und einen Anhänger«, sagte Flaky. Er klang nervös, aber vielleicht lag das auch nur daran, dass ich noch nicht richtig wach war.

»Das ist toll, Flaky. Bringt den Truck wie besprochen auf den Autohof und wir kümmern uns morgen sofort um den Papierkram.«

»Es gibt da aber vielleicht ein kleines Problem«, sagte er, immer noch mit der gleichen Nervosität in der Stimme. *Oh-oh*, dachte ich mir, und war sofort hellwach.

»Was denn für ein Problem?«, fragte ich argwöhnisch.

»Wir sind irgendwie dem Typen in die Arme gelaufen, der den Truck hatte.«

»Und?« Ich hatte plötzlich ein ganz schlechtes Gefühl.

»Und … na ja, Bull dachte, es wäre eine gute Idee, ihn mitzunehmen.«

Ich schoss in die Höhe. »Ihr habt ihn entführt?«

»Ahm, na ja, irgendwie schon, schätze ich.«

»Wo seid ihr gerade?«, wollte ich wissen.

»Auf dem Autohof.«

»Ich bin sofort da. Bleibt, wo ihr seid.«

Das Gute an meinem Cadillac war, dass er wirklich schnell sein konnte. Ich raste zur Interstate und drehte ihn im Nullkommanichts auf einhundertzwanzig hoch. In der Innenstadt angekommen, fuhr ich von der Interstate wieder herunter, manövrierte mich durch die Seitenstraßen und war keine zehn Minuten später bei dem LKW-Händler angekommen.

Vor dem Eingang zu dem Autohof parkte ein roter Peterbilt mit dem Logo von *Robard Trucking* auf den Seitentüren. Vor dem zurückgewonnenen Sattelschlepper standen Flaky und Bull. Bull starrte mich mit vor der Brust verschränkten fleischigen Armen an, als rechnete er förmlich mit einer Konfrontation. Ich wusste, dass ich mit meinen Worten vorsichtig umgehen musste, denn Bull schien zu aggressiven Gewaltausbrüchen zu neigen, und davon hatte ich derzeit schon genug gehabt.

»Okay, wo ist er?«, fragte ich. Bull deutete mit dem Daumen hinter sich auf den Sattelschlepper.

»Wir haben ihn hinten im Schlafraum gefesselt.« Verzweifelt sah ich die beiden an.

»Jungs«, stieß ich seufzend hervor. »Das könnt ihr nicht machen. Holt ihn sofort daraus, und zwar auf der Stelle!« Bull musterte mich eine Sekunde lang, dann sah er seinen Kumpel an und nickte mit dem Kopf zu dem Truck hinüber. Flaky stieg eilig hinein und kam wenig später mit einem schwergewichtigen schwarzen Mann zurück, der etwa zehn Jahre älter war als ich. Er hatte kurz geschorene, grau melierte Haare und ein dazu passendes Ziegenbärtchen. Ich wartete, während Flaky ihm die Handschellen abnahm, bevor ich ihm die Hand entgegenstreckte.

»Hallo, Sir. Mein Name ist Thomas. Ich fürchte, hier liegt ein furchtbares Missverständnis vor.«

»Was Sie nicht sagen«, erwiderte er und musterte mich misstrauisch. »Sind Sie ein Cop?«

»Heute Abend, Sir, bin ich Ihr persönlicher Chauffeur für Ihre Fahrt zurück nach Hause.« Ich deutete auf meinen Wagen. »Sind Sie bereit?« Er rieb sich die Handgelenke und starrte uns drei weiterhin ängstlich an.

»Woher soll ich denn wissen, dass Sie mich nicht einfach irgendwohin kutschieren und mich dann umbringen?«

»Darf ich fragen, wie Sie heißen?«

Er starrte mich mehrere Sekunden lang weiter argwöhnisch an, bevor er antwortete: »Herman. Herman Alsup.«

»Herman, ich gebe Ihnen mein Ehrenwort, dass ich nicht zulassen werde, dass Ihnen etwas zustößt, und ich Sie sicher nach Hause bringen werde.«

Er war nervös, das konnte man sehen. Kunststück! Ich meine, wenn man mich entführt, gefesselt und dann Hunderte von Kilometern verschleppt hätte, wäre ich wohl auch nervös gewesen.

Also versuchte ich etwas anderes. »Rauchen Sie Zigarren, Herman?«

»Hin und wieder. Wieso?«

»Ich habe einen kleinen Reise-Humidor in meinem Handschuhfach. Da sind ein paar Zigarren drin. Bedienen Sie sich ruhig.« Er starrte mich noch eine Weile lang an, aber dann lief er zu meinem Wagen hinüber. Als er außer Hörweite war, widmete ich mich den beiden Bikern.

»Was zur Hölle sollte das Ganze, Jungs?«

»Er hat Informationen über *Robard*«, erklärte Bull. »Wir dachten, du würdest vielleicht gern mit ihm reden wollen. Also entschuldige bitte, dass wir versucht haben, dir zu helfen.«

Ich atmete tief durch, bevor ich darauf antwortete, um möglichst jeden verächtlichen Tonfall aus der Stimme zu bekommen. »Okay, ich weiß eure Bemühungen durchaus zu schätzen, aber wir müssen uns hier im Rahmen der Gesetze bewegen, wenn wir das durchziehen. Verstanden?« Bull funkelte mich finster an, gab aber schließlich nach.

»Sicher doch«, antwortete er. »Ich bringe diesen gottverdammten Truck zurück. Ihr beiden Ladys könnt machen, was ihr wollt.« Dann stürmte er davon, wie ein beleidigtes Kind, das seinen Dickkopf nicht hatte durchsetzen können.

»Der kriegt sich schon wieder ein«, sagte Flaky. »Ich habe ihm gesagt, dass er das nicht machen kann.«

»Und wieso hat er es dann doch durchgezogen?«

»Als wir den Lastwagen wegfahren wollten, stürmte Herman plötzlich aus dem Haus und behauptete, dass die Spieths ihm den Laster persönlich überlassen hätten. Als wir ihn daraufhin fragten, wieso, setzte er ein breites Grinsen auf und meinte, weil er belastende Informationen über sie hätte. Bull wollte wissen, welche Informationen das seien, aber er weigerte sich, damit herauszurücken und begann ein Riesentheater zu machen. Ehe ich mich versah, hatte Bull ihn schon auf den Boden geworfen, ihm Handschellen angelegt, und da sind wir nun.«

»Gottverdammt«, murmelte ich. »Okay, ich bringe ihn wieder nach Hause und versuche, ihn davon abzuhalten, uns zu verklagen. Liefert den Truck ab, und dann schaff deinen Kumpel nach Hause. Habt ihr eine Karre?«

Flaky nickte und deutete auf den Wagen, der hinter dem Sattelschlepper parkte, einen mitgenommen aussehenden Toyota, der mehr als einen Blechschaden hinter sich hatte. »Wir fahren mit meinem Auto.«

Ich stieg mit Herman in meinen Wagen, der mich nervös ansah, als rechnete er jeden Moment damit, dass ich eine Pistole mit Schalldämpfer hervorzog. Wenn die Situation nicht so ernst gewesen wäre, hätte ich ihn bestimmt deswegen aufgezogen, aber das war nicht der Zeitpunkt für dumme Späße.

»Herman, ich tanke noch schnell voll, besorge uns Kaffee, und dann geht's los, okay?«

»Dieser Riesenkerl hat mich angegriffen und bedroht«, sagte er.

»Ja, so ist er. Es tut mir wirklich leid, dass das passiert ist.«

»Es gab überhaupt keinen Anlass dafür. Ich sollte die Polizei rufen. Ich wette, meine Frau hat sie bereits angerufen.«

»Das wäre Ihr gutes Recht«, erwiderte ich beiläufig, aber innerlich verkrampft.

»Das scheint Sie gar nicht sonderlich zu beunruhigen«, stellte Herman fest.

In Wirklichkeit war ich beunruhigt. Denn die beiden konnten ohne Weiteres wegen eines Bundesvergehens verhaftet werden. Sie hatten diesen Mann entführt und über die Staatsgrenze verschleppt, und ich steckte ebenfalls mit drin. Ich seufzte.

»Die beiden meinten es nur gut, haben aber eine saudumme Nummer abgezogen. Wäre ich dabei gewesen, wäre das Ganze nie passiert, das kann ich Ihnen versichern.«

Er verdaute, was ich gesagt hatte und fragte sich offenbar, ob ich die Wahrheit gesagt hatte oder nicht, dann deutete er schließlich auf das Handschuhfach. »Sie sagten, ich könnte eine Zigarre haben?«

Ich nickte. »Nur zu.«

Er öffnete das Fach und zog eine lederne Reisekiste heraus, in der vier Zigarren lagen. Er ließ seinen Blick darüber schweifen, erspähte eine *Monte Christo*, nahm sie heraus und roch anerkennend an ihr, dann fiel sein Blick auf meinen Flachmann. Er hielt ihn sich ans Ohr und schüttelte ihn leicht.

»Das ist Scotch«, erklärte ich. »Wollen Sie einen Schluck?«

»Trinken Sie auch was?«, fragte er mich, während ich in einen Delta Express einbog und vor den Zapfsäulen anhielt.

»Ich kippe mir meistens was in meinen Kaffee.«

»Sie holen Kaffee?«

»Ja. Ich mag meinen stark und schwarz. Wollen Sie auch einen?«

»Sie zahlen?«, fragte er. Ich nickte. »Ja, dann nehme ich auch einen.«

Das Schlechte an meinem Cadillac war, dass er besonders dann, wenn man mit über hundert Sachen die Interstate entlang bretterte, Benzin schluckte wie ein durstiger Matrose, und dann auch noch Super. Sofort machte ich mir wegen zwei Dingen Sorgen. Zum einen, dass meine Kreditkarte gesperrt sein könnte, und zum anderen, dass Herman die Beine in die Hand nehmen würde. Zum Glück ging beides gut für mich aus – meine Karte wurde akzeptiert, und Herman saß bei meiner Rückkehr immer noch im Auto und paffte genüsslich vor sich hin.

»Schöner Wagen«, kommentierte er, als ich einstieg. »Ich wollte schon verduften, aber ein paar Dinge hielten mich dann doch davon ab.«

»Und welche?«

»Ich wollte unbedingt einmal mit diesem Baby fahren, und außerdem bin ich zu alt und zu fett, um mit einer Zigarre im Mund wegzulaufen.« Er deutete auf seine Belohnung. »Kubanisch, oder?« Ich nickte. »Ja, das dachte ich mir schon. Es wäre ein Sakrileg gewesen, dieses Prachtstück wegzuwerfen, ohne sie aufgeraucht zu haben.« Er wedelte mit seiner Zigarre hin und her. »In Ordnung, fahren wir.«

»Wie lange arbeiten Sie schon als Lastwagenfahrer?«, fragte ich ihn, nachdem wir die ersten zehn Meilen hinter uns gebracht hatten. Herman mochte meinen Scotch offenbar sehr, denn er nahm immer wieder große Schlucke, wenn er nicht an seinem Kaffee nippte.

»Seit fast dreißig Jahren. Ich fahre, seit ich aus der Army raus bin.«

»Oh, wirklich? Ich war auch bei der Army.« Das war genau die Gelegenheit, auf die ich gehofft hatte. Ein gemeinsamer Nenner. Die nächste Stunde verbrachten wir damit, uns über unseren Dienst zu unterhalten und Geschichten auszutauschen. Die Zigarren und der Scotch trugen zweifellos dazu bei, sein Gemüt zu beruhigen.

»Wissen Sie was, Thomas, Sie sind gar kein so übler Kerl«, sagte Herman nach etwa einer Stunde Fahrt.

»Danke, Herman. Sie scheinen mir auch ganz anständig zu sein.«

»Aber eines sage ich Ihnen: Wenn ich noch einmal diesen bekloppten Biker oder diesen Charles-Manson-Doppelgänger sehe, knalle ich sie ab.«

Jetzt musste ich unwillkürlich lachen. »Das kann ich Ihnen nicht übel nehmen, mein Freund.« *Verdammt noch mal, ich hörte mich schon wie Enrique an.*

»Wollen Sie mir vielleicht verraten, wieso die Typen das mit mir gemacht haben?«

»Das sollten sie gar nicht«, antwortete ich und versuchte, es ihm zu erklären, während ich ihm gleichzeitig zu verstehen gab, mir eine Zigarre zu reichen. »Sie hatten eindeutige Anweisungen, nur den Sattelschlepper wiederzubeschaffen.« Herman nahm eine heraus und schnitt sogar das Ende für mich ab, bevor er sie mir reichte. Ich nickte anerkennend und zündete sie mir an, bevor ich weitersprach.

»Ich gab ihnen klare Anweisungen, aber der Größere von beiden war offenbar der Überzeugung, Sie würden über wertvolle Informationen verfügen.«

Herman schwieg eine Weile, bevor er antwortete: »Tja, ich habe so eine Ahnung, wie er darauf gekommen sein könnte.«

»Sie sagten, die Spieths hätten Ihnen den Sattelschlepper überlassen«, warf ich ein, mit einem leichten Zweifeln in der Stimme.

»Die Frau, Leona, hat ihn mir gegeben.«

»Wieso um alles in der Welt hätte sie das tun sollen?«, fragte ich.

Herman kicherte laut. »Weil ich sie in *flagrante delicto* erwischt habe, aber nicht mit ihrem Mann, wenn Sie verstehen ...«

»Heilige Scheiße«, entfuhr es mir, und musste ebenfalls lachen. Nach einer kurzen Pause fragte ich ihn: »Mit wem hat sie es denn getrieben?«

»Mit einem Kerl namens Javier.«

»Wer ist das?«, fragte ich.

»Er arbeitet im Hauptbüro. Er ist der Logistikmanager oder irgendetwas in der Art.« Ein Gedanke schoss mir plötzlich durch den Kopf. Ich rammte mir die Zigarre in den Mundwinkel und kramte mein Telefon hervor. Ich versuchte, den Wagen in der Spur zu halten, während ich auf dem Display herumtippte und scrollte, bis ich das Foto meiner Überwachungskamera von Enrique fand, das mir Ronald geschickt hatte. Ich reichte Herman das Telefon.

»Ist das Javier?« Herman sah sich stirnrunzelnd das Foto an, dann nickte er.

»Ja, das ist er. Am nächsten Tag kamen die beiden dann plötzlich auf dem Hof zu mir und boten mir den Sattelschlepper an, wenn ich dafür vergessen würde, was ich gesehen hatte.«

»Wow.«

»Noch viel mehr als wow. Bevor sie gingen, ließ Javier mich wissen, dass es besser für mich wäre, wenn ich die Klappe hielte, sonst ...« Er nahm einen tiefen Schluck aus der Flasche. »Wissen Sie, während die Frau mir den Truck anbot, stand dieser Typ die ganze Zeit nur da und starrte entweder mich an oder sah sich um, ob irgendwer uns beobachtete.« Er nahm einen weiteren Schluck. »Ich hatte schon mit einigen Gestalten zu tun, die einen umgebracht hätten, wenn man sie nur falsch ansieht, und wissen Sie was? Ich denke, dieser Typ dachte in der Tat daran, mich umzulegen.«

Ich warf ihm einen Seitenblick zu. »Wirklich?« Er nickte. »Was glauben Sie, hat ihn davon abgehalten?«

»Zwei Dinge«, erklärte Herman. »Zum einen glaube ich, dass er nicht wollte, dass die Spieth-Frau Zeuge davon wurde.«

»Und was ist der andere Grund?«, fragte ich.

Herman kicherte. »Er hat die Glock gesehen, die in meinem Hosenbund steckte.« Er dachte kurz darüber nach und dann grunzte er. »Ich sage Ihnen noch etwas. Wenn ich heute Abend mein Baby dabeigehabt hätte, würden jetzt zwei tote Kerle auf dem Parkplatz von diesem Truck Stop liegen.«

Ich hatte über eine Menge nachzudenken. Enrique war ein Fall für sich. Sein Würstchen in Leona Spieth zu stecken, gefährdete den ganzen Fall, und damit riskierte er sogar seine Karriere. Ich hätte ihn für schlauer gehalten.

»Kriege ich meinen Sattelschlepper wieder?«, fragte Herman schließlich.

»Tut mir leid, Herman. Leona war überhaupt nicht in der Position, ihn Ihnen überhaupt zu überlassen.«

Er seufzte tief. »Ja, das dachte ich mir schon.« Er nahm noch einen tiefen Schluck und dann kicherte er wieder.

»Sie hat mich vielleicht reingelegt«, sagte er mit einem breiten Grinsen, »aber ich werde zuletzt lachen.« Ich sah ihn an. »Sie wissen es nicht, aber ich habe damals ein Video von den beiden gemacht.«

Als wir in seine Einfahrt einbogen, war Herman schon reichlich betrunken. Das war gut, denn die Cops waren bereits da, und es war außerdem gut, dass Herman ein gut gelaunter Betrunkener war. Eine meiner Lügengeschichten ließ ihn sogar in schallendes Gelächter ausbrechen und ich musste ihm aus dem Auto heraushelfen.

»Ist alles nur ein Missverständnis gewesen«, lallte er in Richtung seiner Frau und den Cops.

Seine Frau war mehr als nur angepisst und die Cops skeptisch, aber ohne ein Opfer, das einen anzeigte, konnten sie nur wenig ausrichten. Sie nahmen deshalb meine Daten auf und verschwanden wieder. Von Herman bekam ich das Video und eine unerwartet fette Umarmung, während seine Frau uns böse anfunkelte.

»Wenn ich noch irgendwelche *Robard*-Trucks finde, gebe ich Ihnen sofort Bescheid«, sagte er.

»Sie haben ja meine Visitenkarte«, antwortete ich. »Rufen Sie mich einfach an.«

Alles in allem war es weitaus besser gelaufen, als ich es erwartet hatte.

KAPITEL 32

Als ich aus Hermans Einfahrt zurücksetzte, rief mich Ronald an. »Ich bin auf ein paar gute Sachen gestoßen«, sagte er, kaum dass ich dran ging.

»Okay, ich habe angebissen. Was konntest du herausfinden?«

»Die Spieth-Frau hatte einen geheimen E-Mail-Account, den sie auch rege benutzt hat, hat aber niemals auch nur eine E-Mail darüber abgeschickt.«

»Das ist ein wenig verwirrend, Kumpel. Was meinst du damit, sie hat ihn oft benutzt, aber nie E-Mails abgeschickt?«

»Er wurde von zwei Leuten benutzt, von Leona und von einem Angestellten der Firma. Sie kommunizierten, indem sie etwas schrieben und es dann als Entwurf speicherten. Die andere Person loggte sich danach ein, las den Entwurf, und antwortete mit einem eigenen Entwurf. Leona hatte offenbar eine Affäre!«

»Okay«, sagte ich.

»Jede Menge anschaulicher Beschreibungen ihres Sexlebens, aber die beiden schrieben außerdem auch im Detail über die Drogenschmuggel-Operation.«

»Ah, na das ist doch was. Wie heißt er denn?«

»Javier«, antwortete er. *Bingo*, dachte ich, während Ronald weitersprach. »Gehe mal auf *Duck-Duck*. Benutze das *Robard*-Passwort. Damit solltest du an ein PDF gelangen. Wenn du es ausgedruckt hast, lösche die Datei und benutze den Schredder.«

»Das werde ich machen.«

»Okay, ich habe wieder zu tun.« Ronald legte auf, bevor ich mich bei ihm bedanken konnte.

Die Sonne schien bereits hell von dem morgendlichen Himmel herab, als ich Richtung Norden fuhr und sich die Interstate zusehends mit Verkehr füllte. Obwohl ich kaum Schlaf abbekommen hatte, fand ich es an der Zeit, den Spieths einen Besuch abzustatten. Ich hielt an einem *Waffle House*, genehmigte mir ein schnelles Frühstück und nahm mir einen großen Kaffee für unterwegs mit. Dann gab ich meinem iPhone die Zieladresse, fuhr auf die Interstate zurück und erreichte noch vor Mittag das Spieth-Anwesen.

Ich muss zugeben, als Leona Spieth die Tür öffnete, war sie alles andere, als ich erwartet hätte. Sie war eine tief gebräunte Schönheit mit rotbraunen Haaren und wundervoll akzentuierten Kurven, trug einen Hauch von Nichts als Bikini, dessen Stoff von ihrem erstklassigen Fahrgestell bis an seine Grenzen gedehnt wurde, und darüber einen schwarzen Seidensarong, den sie sicherlich nicht ganz unabsichtlich offengelassen hatte. Ich schätzte sie auf etwa vierzig, auch wenn es schwierig war, es genau zu sagen. In ihrem Gesicht zeigten sich zwar die ersten Anzeichen des Alters, aber es waren keine Falten zu sehen, wahrscheinlich dank Botox, und ihr Körper war so straff wie der einer Zwanzigjährigen.

Sie sah mich unterkühlt an. »Ja bitte?«

»Hallo, ich bin Thomas Ironcutter. Ich arbeite für die Kanzlei Goldman in der *Robard-Trucking*-Angelegenheit. Sind Sie Leona?«

Sie musterte mich einmal von Kopf bis Fuß, bevor sie sich umdrehte und ins Haus zurücklief. Die Tür ließ sie offen und gestattete mir so einen ausgedehnten Blick auf ihren Hintern. Ich zögerte kurz, dann trat ich ein und schloss die Tür hinter mir. Ich fand sie in ihrer Küche, wo sie einer Latina dabei zusah, wie diese Orangen in Scheiben schnitt und in einen Krug warf.

»Ich wollte mir gerade einen Mimosa machen. Wollen Sie auch einen?«

»Sehr gern«, antwortete ich.

Leona entkorkte eine Flasche Champagner und verschüttete dabei etwas von seinem Inhalt auf dem Küchentresen. Sie ignorierte es und goss den Champagner in den Krug, der bereits frisch gepressten Orangensaft und als Dreingabe noch ein paar Orangenscheiben enthielt. Das Ganze rundete sie mit ein paar kräftigen Schüssen Triple sec ab, rührte es mit einem dieser langstieligen Löffel um, reichte mir den Krug und schob sich an mir vorbei.

Ich schnappte mir zwei Sektgläser und folgte ihr unterwürfig durch eine Glastür, die hinausführte. An der Tür angekommen hielt ich kurz inne und sah mich dann um. Das Haus war hübsch eingerichtet, mit lauter teurem Zeug. Ich erhaschte einen Blick auf das Dienstmädchen, die nun Leonas Chaos beseitigte. Ihrem Gesichtsausdruck nach zu urteilen kam so etwas wohl öfter vor.

Der im Boden eingelassene Pool, war genauso, wie ich ihn mir vorgestellt hatte – voll kristallklarem blauen Wasser und umgeben von einer Steinterrasse und einem schmiedeeisernen Zaun. Am hinteren Ende befand sich ein Springbrunnen mit der Statue eines nackten Engelskindes, aus dessen winzigem Penis das Wasser rann. Wirklich sehr stilvoll.

Leona machte es sich auf der Chaiselongue bequem. Ich setzte mich in einen Stuhl neben sie und goss uns zwei Drinks ein. Sie setzte sich eine dieser übergroßen Sonnenbrillen auf, trank die Hälfte ihres Sektglases in einem Zug aus und musterte mich dann noch einmal, bevor sie sich zurücklehnte und die Augen schloss.

»Wie lautete noch mal Ihr Name?«, fragte sie beiläufig.

»Ironcutter. Thomas Ironcutter.«

»Was haben Sie auf dem Herzen, Thomas?«, fragte sie mich. Das war eine gute Frage. Es gab so einiges, das ich auf dem Herzen hatte, und mir ging noch einiges mehr durch den Kopf, während ich sie ansah, und ich denke, das wusste sie ganz genau. Ich dachte über sie und ihre Vorgeschichte nach. Sie war definitiv nicht schüchtern, sie wusste, dass sie einen schönen Körper besaß, und schämte sich auch nicht, ihn zu zeigen. Ich fragte mich, ob sie Kinder hatte, wie sie tickte und wieso sie scheinbar vollkommen unbeeindruckt davon war, dass ihr Unternehmen gerade den Bach runterging. Ich konzentrierte mich auf das Geschäftliche.

»Ich wurde damit betraut, Vermögenswerte von *Robard Trucking* sicherzustellen.«

»Wieso?«, fragte sie. Hätte sie ihre Augen geöffnet, hätte sie unweigerlich einen Ausdruck von Ungläubigkeit auf meinem Gesicht sehen können. Ich nahm einen kleinen Schluck von meinem Mimosa.

»Wie Sie sicherlich wissen, hat die Firma Bankrott angemeldet.«

»Damit habe ich nichts zu tun. Das ist die Aufgabe meines Mannes.«

»Sie werden aber als Vizepräsidentin aufgeführt«, erklärte ich. Sie beantwortete meinen Einwand mit einer knappen abweisenden Geste.

»Nur dem Namen nach. Mein Mann kümmert sich um alle Geschäfte.«

»Ist er zu Hause?«, erkundigte ich mich.

»Nein, er ist momentan verreist«, sagte sie, dann rekelte sie sich provokativ. »Ich bin ganz allein hier.« Ihre Stimme hatte sich verändert und einen sexuellen Unterton angenommen. Ich zwang mich, mich zu konzentrieren.

»Sie waren niemals in den täglichen Geschäftsablauf verwickelt?«, bohrte ich nach, obwohl ich natürlich ganz genau wusste, dass sie es gewesen war.

»Das sagte ich Ihnen doch bereits, Thomas. Nein. Mein Mann kümmerte sich um alles.« Sie betrachtete mich, während sie einen weiteren großen Schluck aus ihrem Glas nahm und bedeutete mir dann, ihr nachzuschenken. Ich wusste, was sie da versuchte. Die Kacke war bereits am Dampfen und sie legte den Grundstein für das, was man als *glaubhafte Bestreitbarkeit* bezeichnete.

»Erzählen Sie mir von Javier.«

»Wer ist das?«, fragte sie mit gespielter Ignoranz.

»Der Mann, mit dem Sie eine Affäre haben«, erwiderte ich.

Leona rührte mit ihrem Finger in ihrem Drink und machte eine Riesenshow daraus, ihn sich danach in den Mund zu stecken und den Saft abzulecken. »Ich habe keine Ahnung, wovon Sie reden.«

»Ich habe mit Herman Alsup gesprochen«, sagte ich.

»Wer ist das?«

»Er ist der Mann, der Sie beide eines Abends beim Sex erwischt hat und dem Sie daraufhin einen Truck schenkten, damit er darüber Stillschweigen bewahrt«, sagte ich.

»Und sie haben ihm geglaubt?«

»Ja, das habe ich. Oh, und natürlich dem Video, welches er von Ihnen beiden in Aktion aufgenommen hat«, antwortete ich. Ihr Gesicht schien sich eine Spur zu verhärten, aber sie war gut, das musste man ihr lassen.

»Ich denke eher, dass Sie einen Haufen Scheiße erzählen.« Sie versuchte, sich schnippisch anzuhören, aber in ihrer Stimme lag jetzt ein Hauch von Angespanntheit. Ich zog meinen Stuhl näher zu ihr heran und schirmte das Display solange ab, bis ich das Video geöffnet hatte. Als ich es dann zu ihr drehte, sah sie mich für einen Moment ernst an, bevor sie auf das Display hinuntersah.

»Dieser verdammte Nigger«, fluchte sie. *Wow, was für eine Verwandlung. Jetzt konnte ich ihr wahres Gesicht sehen.*

»Das ist aber nicht besonders nett«, sagte ich.

»Oh, versuchen Sie bloß nicht, mir jetzt eine Political-Correctness-Predigt zu halten. Dieser Dreckskerl hat mich erpresst.«

Damit hatte sie natürlich recht, der gute alte Herman hatte sie tatsächlich erpresst, wenn auch aus einem bestimmten Grund, aber ich nahm an, dass sie dieses spezielle abwertende Wort auch sonst oft und gern bemühte.

»Erzählen Sie mir von Javier«, wiederholte ich noch einmal. Sie griff zu dem Tisch, auf dem eine Packung Zigaretten lag, und zündete sich eine davon an. Dann inhalierte sie tief den Rauch, bevor sie antwortete.

»Er fing vor drei Jahren bei uns an, zu arbeiten.«

»Was war sein Job?«

»Das weiß ich nicht.«

»Bullshit, Sie hatten immerhin eine Affäre mit ihm.«

»Vielleicht habe ich das ja noch immer«, antwortete sie.

»Wieso sollten Sie?«

»Vielleicht, weil er einen großen Schwanz hat und weiß, wie man ihn benutzt«, erwiderte sie schlagfertig. Sie nahm einen weiteren Zug von ihrer Zigarette. »Bevor Sie damit anfangen wollen, ersparen Sie mir Ihre abwertende Meinung dazu.«

»Ich bewerte es gar nicht«, sagte ich. Dieses Mal lachte sie kurz auf.

»Und ob Sie das tun. Außerdem fragen Sie sich, wie es wohl wäre, wenn Sie mich gleich jetzt und hier nehmen würden, direkt am Pool.« Sie starrte mich unverwandt an, während sie nach ihrem Drink griff und absichtlich ihre Zunge tief in das Glas hineinsteckte und darin herumleckte. Ich nahm einen kleinen Schluck aus meinem eigenen Glas und zwang mich, nicht auf ihre Brüste zu starren.

»Ich denke, Sie wissen sehr viel mehr über Javier, als Sie zugeben wollen«, sagte ich.

»Wie wäre es, wenn Sie damit anfangen, das Video zu löschen. Dann verrate ich Ihnen vielleicht mehr. Möglicherweise können wir uns beide sogar ein wenig besser kennenlernen«, schlug sie vor.

Zu schade, dass sie meinen Freund Ronald nicht kannte. Er hatte mein Telefon nämlich so eingerichtet, dass es automatisch alles, was ich herunterlud, aufnahm oder fotografierte, an einen bestimmten Cloud-Server übermittelte. Selbst, wenn mein Telefon also gestohlen, zerstört oder alles darauf gelöscht wurde, würde das keinen Unterschied machen. Ich bezweifelte, dass sie davon etwas ahnte, oder davon, dass ich auch dieses Gespräch mitschnitt.

Ich nickte in scheinbarer Übereinkunft, rutschte noch etwas näher an sie heran und vergrößerte dann das Video. Wir sahen es uns zusammen an. Der Winkel der Aufnahme ließ den Schluss zu, dass Herman durch eine geöffnete Tür hindurch gefilmt hatte. Es begann damit, dass die beiden sich wild umarmten. Dann stieg das sexuelle Level immer weiter an, bis Enrique aka Javier sie über einen Konferenztisch beugte und wild von hinten in sie hineinrammte, bis sie in einem Moment wilder orgasmischer Wonne laut aufschrie.

Als es vorbei war, löschte ich pflichtschuldig das Video.

»Jetzt verstehe ich, wieso sich Javier von Ihnen so angezogen gefühlt hat«, merkte ich an, in der Hoffnung, dass das Kompliment sie etwas entgegenkommender werden ließ.

»Sind Sie schon ein wenig geil?«, fragte sie, während sie mit ihren Fingernägeln spielerisch über meinen Schritt fuhr. Ich warf ihr ein Lächeln zu und versuchte meine beste James-Bond-Frauentyp-Imitation.

»Ist schwer, es nicht zu sein. Also, Sie wollten mir von ihm erzählen.«

»Sie sind aber wirklich neugierig, was Javier angeht. Sind Sie etwa schwul?«

Ich war nicht sicher, was ich darauf antworten sollte. Ich war natürlich nicht schwul, aber wenn sie das glaubte, würde sie das vielleicht zum Reden bringen. Ich zuckte mit den Schultern und setzte mein bestmögliches verlegenes Grinsen auf. Sie lachte.

»Was wollen Sie wissen?«

»Wie um alles in der Welt ist er bei *Robard Trucking* gelandet?«, fragte ich. Sie grunzte und lehnte sich zurück.

»Einmal waren Bill und ich abends im *Swingers*. Schon einmal davon gehört?«, fragte sie mit einem neckischen Lächeln. Und ob ich davon gehört hatte. Das war ein Nachtklub für Swinger … für Pärchen, die gerne teilten … auch ihre Partner.

»Der Name ist dort Programm«, antwortete ich. Sie lächelte weiter.

»Er kam zu uns herüber und stellte sich uns vor. Wir hatten eine interessante Unterhaltung. Er erzählte uns, dass er als Transportlogistiker arbeitete, und Bill erzählte ihm daraufhin, dass uns ein Fuhrunternehmen gehörte. Von da an nahmen die Dinge ihren Lauf.«

»Sie haben ihn also angestellt.«

»Ja. Er hatte Bill davon überzeugen können, dass er *Robard* ausbauen könnte und wir Millionen verdienen würden.«

»Wie denn?«, fragte ich.

»Indem wir Heroin transportieren«, sagte sie frei heraus und hob ihr Glas. Es war schon wieder leer. Ich verstand den Wink mit dem Zaunpfahl und füllte es sofort auf. Sie hielt es nicht für nötig, sich zu bedanken, und nippte daran.

»Hat er das von Anfang an vorgeschlagen?«, fragte ich.

»Nicht sofort. Vielleicht ein oder zwei Wochen, nachdem er bei uns angefangen hat.«

»Ich bin mir nicht sicher, ob ich das verstehe … ging es *Robard* finanziell nicht eigentlich ganz gut?«

Leona grunzte verächtlich. »Wir konnten uns gerade mal um die hunderttausend pro Jahr ausbezahlen. Wer kann denn davon leben?« Ich versuchte, meine Verachtung so gut es ging zu verbergen. Diese Frau war echt eine Nummer für sich.

»Und wie hat er sich das Ganze vorgestellt?«

Sie zündete sich eine Zigarette an. »Kennen Sie sich im Fuhrgeschäft aus?«

»Ein wenig.«

Sie atmete den Rauch aus und wedelte ihn mit der Hand davon. »Eine große Firma wie *United Steel* sucht sich nicht einfach ein Transportunternehmen, indem es sich durch die Gelben Seiten blättert. Sie wickeln das über Vermittlungsunternehmen ab. So haben wir auch unsere Geschäfte gemacht.«

Das wusste ich längst, aber so konnte ich zumindest feststellen, dass sie mich nicht belog. »Hat Javier das geändert?«

»Ja«, antwortete sie. »Na ja, zumindest hat er es modifiziert. Er entwickelte ein fingiertes Trip Lease System für Rücklieferungen aus Detroit.«

»Und diese Rücktransporte bestanden dann aus den Heroin-Ladungen?«

»Sie haben es kapiert«, sagte sie anerkennend.

»Wie lange ging das so?«

»Die Affäre oder die Transporte?«

»Beides, schätze ich.«

»Etwa seit dem ersten oder zweiten Monat, nachdem er bei uns angefangen hat«, antwortete sie. Demnach hatte Enrique also schon eine ganze Weile eine Affäre mit ihr laufen. Ich fragte mich, was er sich dabei gedacht hatte. Die ganze Sache musste doch irgendwann auffliegen. *Wie würden seine Vorgesetzten reagieren, wenn sie herausfanden, dass er mit einer Hauptverdächtigen eines Drogenrings schlief?* Ich wusste ziemlich genau, wie das ausgegangen wäre, wenn ich das getan hätte, als ich noch Police Detective gewesen war. Die hätten mich ruckzuck gefeuert.

»Wussten Sie, dass die Feds die Bank in Detroit durchsucht haben?«

Falls diese Nachricht für sie neu war, ließ sie es sich nicht anmerken. »Ist nicht mein Problem«, sagte sie unbeeindruckt.

»Die Konten von Ihnen und Ihrem Ehemann wurden allesamt eingefroren«, sagte ich. Dieses Mal entwich ihr ein dünnes Lächeln.

»Nicht alle«, antwortete sie.

Dieses pikante Detail speicherte ich mir sofort für eine spätere Untersuchung ab. »Das scheint ihnen aber nicht wirklich Sorgen zu bereiten«, erwiderte ich.

Sie beendete ihre Zigarette, warf den Stummel auf den Boden und leerte ihren zweiten Mimosa.

»Die Feds werden mit einiger Sicherheit Anklage gegen Sie und Ihren Mann erheben.«

Sie zündete sich eine weitere Zigarette an und blies den Rauch in meine Richtung. »Unwahrscheinlich, zumindest was mich betrifft«, erklärte sie nüchtern.

»Sie scheinen sich dessen aber ziemlich sicher zu sein«, sagte ich. Sie hielt mir ihr Glas hin, aber ich sah, dass die Kanne bereits leer war, mein Glas aber immer noch halb voll. Sie hatte ein deutlich höheres Tempo als ich vorgelegt. Ich bot ihr deshalb meinen Drink an. Sie nahm ihn und kippte sich den Inhalt hinunter, bevor sie mir das Sektglas zurückgab.

»Ich habe einen sehr guten Anwalt. Er hat den Plan, mich als Kronzeugin durchzuboxen.« Dann lächelte sie selbstzufrieden. »Bill und Javier wandern vielleicht ins Gefängnis, aber ich nicht. Sagen Sie Rosita, dass sie uns noch eine Kanne machen soll.«

»Nur noch eine Sache«, meinte ich. Sie sah mich irritiert an. »Was wissen Sie über Lester Gwinnette?«

»Wen?«

»Über den Fahrer, der das mit dem Heroin herausbekommen hat.«

»Ach, der. Was ist das nur mit diesen Lastwagenfahrern und den Erpressungen?«, fragte sie rhetorisch. »Dieser Idiot hat tatsächlich geglaubt, er könnte uns eine Million aus dem Kreuz leiern.«

»Er ist tot.«

»Ja, das habe ich gehört.« Sie kicherte, wie über einen Insiderwitz. In meinem Kopf gingen sofort die Alarmglocken los. *War es möglich, dass …?*

»Hatte Javier irgendetwas damit zu tun?«, fragte ich so beiläufig, wie es mir nur möglich war. Sie blickte mich unschuldig an.

»Wieso fragen Sie ihn das nicht selbst? Holen Sie uns noch eine Kanne«, sagte sie und rutschte auf dem Lehnstuhl herum.

Ich lief durch die Glastür und entdeckte das Dienstmädchen. Sie sah mir kurz in die Augen und verließ dann den Raum wieder. Deshalb folgte ich ihr in einen Waschraum, wo sie gerade nasse Kleidungsstücke in einen Trockner stopfte.

»Hallo«, sagte ich freundlich. »Ich bin Thomas.« Sie antwortete nicht. Sie war eine ältere Frau, vielleicht Mitte Fünfzig, und sah genau wie die Art von Person aus, die ihr ganzes Leben lang anderen Menschen hinterher geputzt hatte.

»Dürfte ich Ihnen eine Frage stellen?«

Sie musterte mich argwöhnisch. »No se«, antwortete sie mit einem Kopfschütteln. Das bezweifelte ich. Ich wettete, dass sie unsere Sprache sehr gut beherrschte.

»Ich könnte mir vorstellen, dass Sie schon seit einiger Zeit kein Geld mehr gesehen haben.« Sie starrte mich weiter an. »Wie es aussieht, werden Sie das auch nicht mehr. Ich wünsche Ihnen viel Glück«, sagte ich und reichte ihr die leere Mimosa-Kanne.

Ich verabschiedete mich nicht von Leona. Als ich die Straße hinunterfuhr, dachte ich über all das nach, was sie mir erzählt hatte. Ich nahm mein Telefon zur Hand und aktivierte die Sprache-in-Text-Funktion.

»Hast du Zeit zum Angeln?« Ich wartete etwa eine Minute, bis ich eine Antwort bekam.

In einer Stunde.

Ich nickte und fuhr zu einem Friedhof, der sich am westlichen Ende des Countys befand.

Die Geschichte von Davidson County, Tennessee, reichte viele, viele Jahre zurück. Die ersten Menschen, die dieses Gebiet besiedelt hatten, lebten hier schon über tausend Jahre vor der Geburt von Jesus Christus. Danach kamen die Ureinwohner der Mississippi-Kultur. Beide Gruppen hatten Siedlungen an den Ufern des Big Harpeth River besessen, genau dort, wo ich gerade saß.

Jetzt war das Gelände ein großer Friedhof des Zentrums für Kriegsveteranen. Ich saß auf einer Parkbank, genoss die Aussicht, rauchte eine Zigarre und wartete auf Percy. Er traf exakt sechzig Minuten nach seiner Nachricht ein, stieg aus seinem Wagen, ließ kurz seinen Blick über das Gelände schweifen und kam dann zu mir herüber.

»Zigarre?«, fragte ich ihn, während er auf mich zulief.

»Vielleicht später«, antwortete er. *Komm zum Punkt* war unausgesprochen das, was er eigentlich damit meinte.

»Ich habe eine Hypothese, die ich gern mit dir durchgehen würde.«

»Und darüber wolltest du nicht am Telefon sprechen«, stellte er fest. Ich nickte. »Okay, dann gib mir doch eine Zigarre.«

Ich lächelte, denn dass er nach einer Zigarre fragte, war ein Zeichen dafür, dass er gewillt war, sich zu mir zu setzen und mir zuzuhören, wenigstens so lange, bis er seine Zigarre aufgeraucht hatte, was durchaus eine Stunde dauern konnte.

»Ich glaube, ich bin über einen schmutzigen Fibby gestolpert«, sagte ich. Percy quittierte das mit einem leichten Nicken. Ich kann gar nicht sagen, wer als Erstes damit anfing, FBI-Agenten Fibbys zu nennen, aber es schien irgendwie zu passen. Jeder Agent, mit dem ich je zu tun gehabt hatte, schien herablassend auf die örtliche Polizei hinunterzublicken, und sie logen einem im Handumdrehen die Taschen voll, wenn sie etwas von einem wollten.

»Er arbeitet gerade verdeckt in einer Firma namens *Robard Trucking*.«

»Ist das nicht dieser Konkursfall, an dem du arbeitest?«, fragte Percy. Ich hatte keine Ahnung, woher er das wusste, aber so war Percy eben. Ich fragte ihn nicht danach.

»Das stimmt. Er hat in einem Fall von Drogenschmuggel ermittelt, in dem man *Robard* dazu benutzte, um Heroin von Kanada nach Tennessee zu transportieren.«

»Okay«, sagte Percy unverbindlich.

»Die Sache ist aber die ... ich glaube, er ist derjenige, der die ganze Operation überhaupt erst ins Rollen gebracht hat.« Ich erzählte ihm daraufhin von meinem Treffen mit Leona Spieth und erklärte ihm, wie es dazu gekommen war, dass er für sie arbeitete.

»Also war es nach Aussage dieser Frau überhaupt erst die Idee des Agenten, die Trucks zu benutzen, um damit Heroin herüberzuschaffen und zu verteilen.«

»Ja, so reime ich es mir zumindest zusammen«, sagte ich.

»Und er schläft mit ihr?«

»So ist es.« Ich schwieg für einen kurzen Moment. »Sie ist eine gut aussehende Frau und geht damit offen hausieren, also kann man es ihm nicht verdenken. Aber da ist noch etwas anderes. Seit ich mich mit ihr unterhalten habe, werde ich das Gefühl nicht mehr los, dass er derjenige ist, der Lester Gwinnette ermordet hat.«

Percy nickte still vor sich hin, bevor er antwortete: »Was für Beweise hast du?«

»Ein paar Zufälle und mein Bauchgefühl«, antwortete ich.

Percy nickte noch einmal.

»Ja, ich weiß, das ist nicht gerade viel, um einen Fall daraus zu stricken. Ich habe darüber nachgedacht, mich an seinen Vorgesetzten zu wenden. Sie sollten von den Eigentümlichkeiten bei *Robards* erfahren.«

»Es ist gut möglich, dass sie das bereits wissen«, überlegte Percy. »Und wenn sie es wissen, stecken sie entweder genauso mit drin wie er, oder stellen ihm bereits eine Falle.« Das war ein wirklich guter Einwand.

»Hast du irgendwelche Vorschläge?«, fragte ich ihn. Percy schnippte etwas Asche von seiner Zigarre.

»Halt dich an den Konkursfall. Lass die Feds die Sache mit dem Drogenring regeln.«

»Und der Mord an Lester?«

Percy sah mich einen Moment lang an. Einen sehr langen Moment. »Ich kenne dich gut genug, um zu wissen, dass du für Gerechtigkeit sorgen willst, was ihn angeht, aber wenn ich du wäre, würde ich mir darüber nicht allzu sehr den Kopf zerbrechen.« Dann wandte er sich ab und fixierte einen Punkt auf dem Fluss. »Manche Dinge lösen sich irgendwann von ganz allein.«

Wir redeten noch eine Weile weiter, bis Percys Telefon auf einmal klingelte. Er telefonierte etwa eine Minute und erklärte danach, dass er losmusste.

»Ich muss zurück an die Arbeit. Lass mich darüber nachdenken, dann fällt uns schon was ein.«

»Ich weiß das sehr zu schätzen«, sagte ich.

»In der Zwischenzeit solltest du vorsichtig sein«, riet er und zwinkerte mir zu.

KAPITEL 33

Detective Jay Sansing traf unangekündigt etwa dreißig Minuten, nachdem ich wieder zu Hause angekommen war, bei mir ein. Ich empfing ihn an der Tür und begrüßte ihn. Seine Krawatte saß locker und er wirkte müde. Ich schätze mal, er hatte eine harte Woche, und das tat mir wirklich leid. Ja, ich mochte auch Sackratten.

»Also, der Bürgermeister ist heute Morgen wieder aus dem Urlaub zurückgekommen, und eines der ersten Dinge, die er erledigt hat, war offenbar, den Chief anzurufen«, erklärte er. »Plötzlich hat Ihr Fall von Polizeibrutalität oberste Priorität.«

»Wirklich?«

Er nickte. »Acevedo und Trent wurden augenblicklich beurlaubt und wir sind damit beauftragt worden, die Untersuchung bis morgen abzuschließen.«

»Sie hätten auch einfach anrufen können«, sagte ich.

Jay schüttelte frustriert den Kopf. »Ich wünschte, es wäre so einfach. Mir wurde gesagt, dass ich offizielle Aussagen ihrer beiden Freunde einholen muss, bevor ich nach Hause gehen kann«, sagte er und unterdrückte ein Gähnen. »Vielen Dank, Kumpel. Eigentlich hatte ich ein schönes Abendessen mit meiner Familie geplant.«

Ich zuckte mit den Schultern. »Danken Sie nicht mir. Ihr hättet die Sache schon vor einer Woche angehen können, als das Video publik geworden ist.«

»Ja, wahrscheinlich«, antwortete Jay zustimmend und mit gerunzelter Stirn. »Ist Anna da?«

Ich nickte und gab ihm mit einer Geste zu verstehen, mir ins Haus zu folgen.

Anna war in der Küche und deckte gerade den Tisch fürs Abendessen. Überrascht sah sie auf. »Ich wusste gar nicht, dass wir Gesellschaft haben«, sagte sie mit einer deutlichen Spur Argwohn in der Stimme.

Ich zuckte mit den Achseln und erklärte ihr alles. Anna musterte Jay mit einem durchtriebenen Blick.

»Wird das nur eine Luftnummer oder wollt ihr Typen wirklich etwas in der Sache unternehmen?«, wollte sie wissen. Jay räusperte sich.

»Die betreffenden Personen wurden bereits beurlaubt. Meinem Kenntnisstand zufolge werden gleich morgen früh Haftbefehle für Officer Acevedo und Sergeant Trent ausgestellt werden. Außerdem wird man sie feuern«, erklärte Jay. »Der Bürgermeister plant für die Mittagszeit eine Pressekonferenz. Als Teil dieser Untersuchung muss ich nun Ihre Aussage einholen.«

»Wir sind aber gerade beschäftigt«, erwiderte Anna. »Wir wollten jetzt essen. Sie müssen wohl warten.«

Jay sah aus wie ein begossener Pudel, nickte jedoch. Irgendwie tat er mir leid.

»Jay, wieso leisten Sie uns nicht Gesellschaft?«, schlug ich vor. »Es gibt Caesar Salad, eine köstliche Drei-Käse-Lasagne und Knoblauchbrot. Als Dessert werden wir wohl irgendetwas mit Alkohol reichen. Danach können Sie gern Ihre Befragung machen.«

»Das klingt verlockend«, sagte er hoffnungsfroh.

Anna legte wegen meiner Einladung die Stirn in Falten, nahm sie aber hin und holte daraufhin einen weiteren Teller aus dem Schrank. Jay setzte sich zögernd an den Tisch.

»Ich muss zugeben, dass mir schon das Wasser im Mund zusammengelaufen ist, als ich hereingekommen bin«, meinte er mit einem verlegenen Grinsen.

»Also wird Trent auch belangt?«, fragte ich. Jay nickte. Ich seufzte. Trent und ich waren einmal Freunde gewesen, aber er war nicht eingeschritten, als einer seiner Männer mich angegriffen hatte, also tat er mir jetzt auch nicht wirklich leid.

»Sie haben das nicht von mir, aber Trent und der Chief sind Freimaurer-Kumpel. Das ist der Grund für die Tatenlosigkeit. Man hat einfach gehofft, dass Sie die Sache irgendwann fallen lassen würden und sich dann alles in Wohlgefallen auflöst.«

»Wohl kaum«, antwortete ich.

»Ja, das haben sie auch gemerkt, als der Bürgermeister anrief.«

Die Befragung dauerte nicht allzu lang. Jeder von uns machte seine Aussage, und das einzige Mal, als Jay das Wort ergriff, stellte er nur ein paar klärende Fragen. Er schien überrascht zu sein, als

Anna ihm erzählte, wie ich mich für die Verhaftung vorbereitet hatte. Nachdem er seinen Digitalrekorder abgeschaltet hatte, sah er mich lange an.

»Sie wussten, was passieren würde, wenn man Sie verhaftet«, stellte er fest. Ich nickte und leerte meinen Teller. »Darf ich fragen, woher?«

»Die Verhaftung hätte genau nach Lehrbuch ablaufen können, aber Sie müssen ein paar Dinge verstehen. Zunächst einmal: Leute, die sich zum SWAT-Dienst berufen fühlen, sind meist von Natur aus hart gesottene Kerle. Wenn man ihnen einen Auftrag erteilt, sehen sie diesen als militärische Mission an und bringen sich daher kollektiv in eine gewisse Stimmung.«

»Ja, das verstehe ich«, sagte Jay.

»Nun, das ist nicht unbedingt eine schlechte Sache, aber in jeder Gruppe gibt es immer mindestens einen Armleuchter, der es übertreiben muss. So wie Acevedo. Wenn er erst einmal entsprechend aufgeputscht ist, glaubt er, er verrichtet Gottes Werk, weil er ein absoluter Blödmann ist. Wie Sie mittlerweile bestimmt wissen, sind er und Doug Eastlin befreundet. Er weiß also über Annas Situation und meine offensichtliche Mitwirkung bei der ganzen Sache Bescheid.«

»Ich verstehe«, wiederholte Jay.

»Er ist ein Schwachkopf, ein Blödmann. Er glaubt, es sei seine gottgegebene Pflicht, auf der Straße für ein wenig Gerechtigkeit zu sorgen. Ich kann Ihnen versichern, dass er wirklich glaubt, das Richtige getan zu haben. Jetzt ist aber nicht nur seine Karriere ruiniert, sondern er zieht auch noch Trent mit rein.« Ich schwieg einen Moment, um das sacken zu lassen.

»Ich hoffe, Sie sind mittlerweile dahintergekommen, dass Ihr Kumpel Oscar sich auf dem gleichen Level arroganter Dummheit bewegt wie Acevedo und sein genauso dummer Freund Doug Eastlin. Wenn Sie sein Partner bleiben, laufen Sie zwangsläufig Gefahr, irgendwann so zu enden wie Sergeant Trent.«

Jay blickte mich nachdenklich an und fragte dann: »Was schlagen Sie vor?«

»Halten Sie sich, so weit wie möglich, von ihm fern«, riet ich ihm, ohne zu zögern.

Jay runzelte die Stirn. »Wir sind aber Freunde«, sagte er. »Ich kann ihm nicht einfach den Rücken zukehren.«

»Lassen Sie mich Ihnen eine Frage stellen: Als dieses ganze Brittany-Long-Fiasko inszeniert wurde, haben Sie da irgendwelche Einwände erhoben oder Bedenken geäußert?«

»Na ja, ich hatte schon meine Ansichten dazu«; meinte Jay.

»Und er hat sie einfach ignoriert, nicht wahr?«, fragte ich ihn. Jay schwieg.

»Genau das hat er getan, denn der kleine Oscar glaubt, er wäre schlauer als Sie, und gibt deshalb nichts auf Ihre Meinung.«

»Ich bin mir nicht sicher, ob ich diese Ansicht teile.«

»Oh, glauben Sie mir, wenn er in den Spiegel sieht, hält er sich für den Klügsten im ganzen Raum. Es ist deshalb nur eine Frage der Zeit, bis er so richtig über seine Pissrakete stolpern wird, und wenn das passiert, und ich versichere Ihnen, dass das früher oder später der Fall sein wird, dann werden alle um ihn herum darunter zu leiden haben.

Für Leute wie Marson gibt es einen Ausdruck. Man nennt es den *Dunning-Kruger-Effekt*«, sagte ich, nahm einen Schluck Wasser und wartete auf eine Antwort.

»Ich glaube nicht, dass ich diese Bezeichnung schon einmal gehört habe«, sagte er.

»Welche, Pissrakete?«

Anna kicherte, und Jay lächelte. »Ich glaube, die kenne ich schon. Aber von dem *Dunning-Kruger-Effekt* habe ich noch nie etwas gehört.«

»Schlagen Sie es mal nach, ich bin mir sicher, Sie werden feststellen, dass es eine treffende Beschreibung Ihres Partners ist.«

Jay nickte, schien das ernsthaft zu erwägen, und schwieg eine Weile. Schließlich wischte er sich mit einer Serviette den Mund ab und stand auf.

»Das war ein wundervolles Essen«, sagte er mit einem Blick zu Anna. »Ich danke Ihnen für Ihre Gastfreundlichkeit und Ihre Kooperation. Ich werde mich jetzt noch zu diesem Ronald begeben müssen und auch seine Aussage einholen.«

Ich stand mit ihm auf. »Ich rufe ihn an und warne ihn vor, dass Sie kommen, sonst macht er Ihnen die Tür nicht auf.« Ich hatte den Satz kaum zu Ende gesprochen, als mein Telefon klingelte.

»Wenn man vom Teufel spricht«, kommentierte ich nach einem Blick auf das Display. Eilig nahm ich das Gespräch entgegen und fuhr ihn an: »Was habe ich dir über das Abhören einer Unterhaltung in der Privatsphäre meines Hauses gesagt?«

»Ohm, na ja, ich dachte, es wäre wichtig«, antwortete er. Ich sah zu einer der Überwachungskameras hinauf und starrte ihn durch sie hindurch böse an. »Darüber unterhalten wir uns später noch. In der Zwischenzeit wird Detective Sansing zu dir rüberfahren. Er wird deine Aussage aufnehmen, wie du meine Verhaftung aufgenommen hast. Ich erwarte, dass du mit ihm kooperierst.«

»An meine Computer lasse ich ihn aber nicht ran«, antwortete er hastig und legte auf.

»Ronald ist ein wenig exzentrisch«, erklärte ich.

»Wie konnte er von unserer Unterhaltung wissen?«, fragte Jay. Ich deutete auf die Überwachungskamera, die an der Küchendecke montiert war.

»Oh«, sagte er verstehend, und dann schnippte er mit den Fingern. »Deshalb konnten Sie auch mit einem so guten Video der Verhaftung aufwarten.«

»Yep. Ronald kann sie von sich zu Hause aus überwachen. Tun Sie mir einen Gefallen und nehmen Sie ihn nicht so hart ran. Er ist einer von der nervösen Sorte, und er weiß jetzt, dass ich sauer auf ihn bin, also wird er noch ein wenig nervöser sein, als er es ohnehin schon ist.«

Nachdem Jay gegangen war, räumten wir beide zusammen die Küche auf und setzten uns danach auf die Couch, um uns einen Film anzusehen. Ich tätschelte mir zufrieden den Bauch. »Das Essen hat wirklich gut geschmeckt.«

»Es war wundervoll«, bestätigte Anna.

»Wieso gehen wir am Freitag nicht in einem netten Restaurant essen, was meinst du? Oder hast du schon andere Pläne?«

»Ich habe gehört, dass viele Leute von einem neuen Restaurant auf der Music Row schwärmen. Ich reserviere uns dort einen Tisch. Vielleicht kann ich ja auch Ronald dazu überreden, uns zu begleiten.«

Eine Weile sahen wir uns schweigend den Film an, eine eher seichte romantische Komödie, die einen oder zwei Preise gewonnen hatte. Ich hatte mir nie viel aus diesem speziellen Genre gemacht, denn die Filme waren immer vorhersehbar und voll mit kitschigem Humor, aber Anna schien er zu gefallen, also hielt ich meine Klappe und tat so, als fände ich ihn ebenfalls gut.

An einem Punkt gab es eine Szene, in der der unbeholfene Alpha-Männchen-Hauptcharakter einen ungeschickten Annäherungsversuch bei dem sexy Mädchen-von-nebenan unternahm, die sich selten die Mühe machte, einen BH zu tragen. Sie ließ ihn mit seiner plumpen Anmache abblitzen. Wenig überraschend. Der Rest des Films bestand aus geistlosen Witzeleien, in denen das besagte Alpha-Männchen alles daran setzte, das Mädchen seiner Träume für sich zu gewinnen, auch wenn sie ihn immer wieder zurückwies. Am Ende stellte sie dann aber urplötzlich fest, dass er eigentlich genau der Richtige für sie war.

Was für eine gequirlte Scheiße! Aber irgendwann während des Films rutschte Anna auf der Couch herum und stieß mich sanft am Knie an.

»Thomas«, sagte sie. Ich sah sie an. »Wieso hast du nie etwas bei mir versucht?«

Ich wollte schon anfangen zu kichern, aber dann merkte ich, dass sie es ernst meinte. Die Frage war nicht leicht zu beantworten.

»Na ja, zum einen, weil ich ein klein wenig älter bin als du.« *Verdammt, wem wollte ich denn hier etwas vormachen? Ich war alt genug, um ihr Vater sein zu können. Wenn auch knapp, vielleicht um zwei oder drei Wochen.* Sie sah mich regungslos an, was mir den Eindruck vermittelte, es vielleicht noch etwas näher erläutern zu müssen.

»Du wirst irgendwann einmal heiraten und Kinder bekommen wollen. Ich bin zu alt, um noch eine Familie zu gründen, also würde eine längere Beziehung sowieso nicht funktionieren, denke ich.« Ich räusperte mich und zuckte dann mit den Schultern. »Ich weiß nicht, wie ich es erklären soll. Es ist nicht so, dass ich dich nicht anziehend finden würde, du bist eine wunderschöne und temperamentvolle Frau, aber es scheint mir einfach nicht richtig zu sein. Macht das Sinn?«

Sie starrte mich noch etwas länger an und lächelte dann. »Ich bin froh, dass du es so siehst. Ich hatte mich schon gefragt, wie ich reagieren soll, falls du es je versuchen solltest.«

Ich antwortete mit einem Schulterzucken. Ich wusste wirklich nicht, was ich dazu sagen sollte. Ich meine, im Prinzip hatte sie mir gerade erklärt, dass sie mich nicht anziehend fand, wenn auch auf eine nette Art. Na toll.

»Du bist ein guter Mann, Thomas, weißt du das?«

»Es gibt eine Menge Leute, die dem energisch widersprechen würden.«

»Ich glaube, dir ist ziemlich egal, was andere Leute über dich denken.«

»Ja, das stimmt wohl«, sagte ich.

Sie lächelte wieder, streckte sich auf der Couch aus und legte ihre Füße in meinen Schoß. »Wirst du diese Frau vom FBI abschleppen?«, fragte sie scherzhaft, aber auch mit einer gewissen Schärfe in der Stimme.

»Ich bin mir ziemlich sicher, dass das gar nicht zur Debatte steht, aber selbst, wenn es so wäre, habe ich so eine Ahnung, was du gleich über sie sagen wirst.«

»Sie ist eine Manipulatorin«, erwiderte sie rundheraus.

Ich widersprach ihr nicht, denn ich hatte auch ein komisches Gefühl bei ihr. Anders als bei Anna. In der kurzen Zeit, in der Anna und ich uns jetzt kannten, waren wir verdammt gute Freunde geworden. Irgendetwas verriet mir, dass Teresa und ich nie richtige Freunde sein könnten. Mein Telefon summte, und zeigte mir an, dass ich eine Textnachricht bekommen hatte. Die Nummer des Absenders war unbekannt.

Stell morgen früh eine Tasse Kaffee bereit, dann können wir über die Toten und die Vermissten sprechen.

»Wer ruft dich denn so spät in der Nacht noch an? Teresa?«, scherzte Anna.

»Das war Percy«, erklärte ich. Anna richtete sich kerzengerade auf und wartete darauf, dass ich es ihr erklärte. »Er sagt, dass er morgen früh vorbeikommt, und so wie ich Percy kenne, wird er schon gegen sechs Uhr die Auffahrt hinauffahren.«

»Wieso denn so früh?«, fragte sie.

»So ist er eben«, antwortete ich. Anna schnappte sich mein Telefon und las die Nachricht selbst.

»Komische Nachricht. Woher weißt du denn, dass sie von Percy stammt?« Ich antwortete mit dem, was Sie wohl ein Wiehern, oder vielleicht auch ein Glucksen nennen würde. Ach was, ich habe eigentlich keine Ahnung, wie Sie es nennen würden. Eben irgendetwas zwischen einem kurzen Kichern und einem Schnauben.

»Oh, vertrau mir, das ist Percy.« Anna sah mich verwundert an. »Er ist etwas paranoid, daher neigt er dazu, kryptisch zu werden, wenn er Textnachrichten verfasst.« Ich sah auf die Uhr und stand auf. »Ich haue mich jetzt aufs Ohr. Morgen wird wahrscheinlich ein langer Tag werden.«

»Ich muss dir noch etwas sagen, bevor du ins Bett gehst«, sprudelte es plötzlich aus ihr hervor. Ich sah sie fragend an.

»William hat mich um ein Date gebeten.«

Ich stöhnte nur kurz auf und verschwand dann wortlos in meinem Schlafzimmer.

KAPITEL 34

Ich sah dabei zu, wie Percy um Punkt sechs Uhr in die Auffahrt einbog.

»Ein paar von deinen Angewohnheiten sind immer noch vorhersehbar«, meinte ich, während er zu dem Haus hinauflief. Percy antwortete nicht sofort, sondern sah sich erst einmal gründlich um. Henry musterte ihn argwöhnisch und zog sich dann zurück.

Er war einfach gekleidet, eine kakifarbene Hose und ein gestärktes, dunkelblaues Hemd, das er sich straff in die Hose gesteckt hatte. Unverfängliche Bekleidung, und doch verströmte er eine Aura der Gefahr. Kluge Männer spürten das und reagierten entsprechend darauf. Andere werteten es automatisch als Angriff auf ihre Männlichkeit und konnten ihn vom ersten Augenblick an nicht leiden. Percys Auftreten entsprach dem, was man Leck-mich-am-Arsch-Einstellung nannte.

»Wo ist der Kaffee?«, fragte er. Ich führte ihn hinein. Anna trug eine Yogahose und ein übergroßes T-Shirt. Sie hatte gehört, wie Percy hinaufgefahren kam, und goss uns gerade Kaffee ein, als wir hereinkamen, dann hielt sie inne und sah Percy neugierig an. Percy tat das Gleiche mit ihr.

»Anna, das ist Percy Trotter. Percy, Anna.«

»Guten Morgen«, begrüßte sie ihn und reichte ihm die Tasse.

Percy nahm sie ihr ab und nickte dankbar. »Guten Morgen, Anna. Es ist mir eine Ehre, Sie kennenzulernen.«

»Wir haben ein großes Frühstück gemacht«, sagte sie. »Ich hoffe, Sie sind hungrig.«

»Ich bin immer hungrig«, erklärte er und setzte sich. Das Essen stand schon auf dem Tisch, bestehend aus einer großen Pfanne Rührei, einer Platte mit Schinken und dazu Toast, Butter und Traubengelee. Anna hatte sich ein großes Glas Orangensaft eingegossen, während Percy und ich uns an unseren Kaffee hielten. Jeder von uns begann, sich vollzustopfen.

»Ich habe ein paar Informationen«, sagte er zwischen seinen Bissen. Er deutete auf Anna. »Einiges davon betrifft Ihre Schwester und«, dabei deutete er zu mir, »ein paar andere Sachen haben mit deiner Frau zu tun.« Dann hielt er kurz inne. »Die Informationen über deine Frau könnten allerdings etwas delikat sein.«

Ich verstand die unausgesprochene Warnung. »Anna und ich sind Geschäftspartner, und außerdem ist sie eine Freundin. Du kannst also offen vor ihr reden.«

Percy nickte. »Okay, dann fangen wir mit deiner Frau an.« Er legte seine Hände auf den Tisch und sah mich an. »Marcia war zweiundzwanzig, als du sie kennengelernt hast.«

»Das stimmt, wir gingen etwa ein Jahr lang miteinander aus, dann heirateten wir.«

»Sie stammte aus Kanada, wenn ich mich recht entsinne.«

»Sie zog etwa ein halbes Jahr, bevor ich sie kennenlernte, herüber.«

»Aus einem bestimmten Grund?«, fragte Percy.

»Sie war eine aufstrebende Country-Musikerin, aber daraus wurde dann nichts.« Den Teil, dass sie mit ihrem sogenannten Manager geschlafen hatte, ließ ich allerdings aus. Er hatte ihr Ruhm und Reichtum versprochen, dann aber eine andere Frau vermarktet, mit der er auch geschlafen hatte. Das Letzte, was ich von dieser gehört hatte, war, dass sie ein Dutzend Platinalben herausgebracht und die beiden später geheiratet hatten.

»Hast du noch Kontakt zu ihrer Familie?«, fragte er. Ich schüttelte den Kopf.

»Ihre Eltern hatten sie adoptiert, als beide schon in den Fünfzigern waren. Sie sind bereits verstorben. Sie hatte einen älteren Halbbruder, den es irgendwann in die weite Welt hinausgezogen hat. Niemand weiß, wo er jetzt steckt.«

»Okay, nach ihrem kurzen Abstecher ins Country-Musik-Business ...«

»Das muss die Zeit gewesen sein, als wir uns kennengelernt und sie den Job bei der Versicherungsgesellschaft bekommen hat. Sie fing als Empfangsdame an, wurde aber sehr schnell damit betraut, Policen zu verkaufen.«

»Genau, und die Firma, für die sie gearbeitet hat, führte unter anderem die Policen für *Robard Trucking*. Das ist die Firma, gegen die du derzeit ermittelst, nicht wahr?«

Ich nickte überrascht.

»Ja, das dachte ich mir schon. Marcia war diejenige, die diese speziellen Kunden persönlich betreut hat.« Er nahm einen weiteren Bissen, während ich die Informationen verdaute. »Wusstest du das?«

»Nein«, sagte ich verblüfft. »Ich meine, sie hat mir eines Tages erzählt, dass sie einen dicken Kunden an Land gezogen hatte, aber nicht, wer es war. Damals schien das unerheblich zu sein. Das Einzige, was für mich zählte, war, dass sie eine hübsche Provision dafür bekam.«

»Hatte sie einen Computer?«, fragte Anna. Percy sah auf und blickte dann mich fragend an.

»Ja, sie hatte einen firmeneigenen Laptop«, antwortete ich. »Ich konnte ihn später allerdings nirgendwo finden und ging deshalb davon aus, dass sie ihn auf der Arbeit gelassen hatte. Da er der Firma gehörte, nahm ich an, dass sie ihn behalten hatten.«

Percy nickte, beendete sein Frühstück und tupfte sich dann hastig sein Gesicht mit einer Serviette ab. »Ich werde mich dort erkundigen, ob sie ihn wieder zurückbekommen haben.«

Danach saß er für eine Minute einfach nur da und sah aus dem Fenster, bevor er fortfuhr: »Eine Dame, die mit ihr zusammengearbeitet hat, vermutete, dass sie eine Affäre hatte.«

Trotz eines gewissen Argwohns traf mich Percys Enthüllung wie eine Tonne Ziegelsteine und ich ließ meine Kaffeetasse fallen. Anna stand auf und holte hastig ein Küchentuch. Während sie meine Unordnung aufwischte, funkelte sie Percy böse an.

»Das war nicht sehr nett von Ihnen, Percy«, sagte sie.

Percy hob die Schultern. »Nein, Ma'am, das war es wohl nicht, aber Thomas ist ein großer Junge und er verdient es, die Wahrheit zu kennen.«

»Weißt du, mit wem?«, fragte ich ihn nach einer Weile leise. Percy schüttelte seinen Kopf.

»Die Frau, welche die Wichtigtuerin des gesamten Büros gewesen ist, sagte, sie sei eines Tages an Marcias Telefon gegangen. Marcia wäre nicht an ihrem Platz gewesen und sie hatte nur helfen wollen. Wahrscheinlich war sie vielmehr neugierig gewesen, aber egal … Sie sagte, ein Mann mit einer markanten Stimme hätte sie fälschlich für Marcia gehalten und angefangen, über ein späteres Treffen mit ihr zu plaudern, bevor sie ihn auf seinen Irrtum hinweisen konnte. Als sie ihn fragte, ob er eine Nachricht hinterlassen wollte, hätte der Mann das verneint und aufgelegt.« Er zögerte kurz, dann fügte er noch hinzu: »Sie sprach außerdem mit einem anderen Kollegen, welcher gesehen hatte, wie sie einen oder zwei Tage vor ihrem Tod auf dem Parkplatz aus einem seltsamen Wagen gestiegen ist.«

Ich nickte. »Und es ist mittlerweile zu viel Zeit vergangen, um an die Telefonaufnahmen kommen zu können«, meinte ich bedauernd. Percy nickte zustimmend, sah zu, wie Anna seinen Teller abräumte, und schaute sich um.

»Ein schönes Haus«, stellte er fest.

Ich hatte ihn nie zuvor zu mir eingeladen. Als ich hierher zog, war es mit unserer Freundschaft schon bergab gegangen.

Er deutete auf eine der Kameras. »Nettes Überwachungssystem. Hattest du auch eines in deinem alten Haus?« Ich schüttelte den Kopf. »Zu dumm«, murmelte er und schenkte sich Kaffee nach. Er nahm ein paar Schlucke davon und starrte in seine Tasse, während er die nächste Bombe platzen ließ.

»Ich denke, dass wir uns eine DNS-Analyse von dem Fötus holen sollten.«

Anna schnappte nach Luft, als ihr klar wurde, was er damit andeuten wollte, und starrte Percy entrüstet an. »In weniger als dreißig Minuten haben Sie jetzt Thomas Frau beschuldigt, eine Affäre gehabt zu haben und angedeutet, dass sie von jemand anderem schwanger gewesen ist«, rief sie fassungslos.

Percy sah sie unbeeindruckt an. »Ich gebe zu, dass ich manchmal keine sehr taktvolle Person bin, aber ich glaube nicht, dass Thomas Wert darauflegt, dass ich irgendetwas beschönige.« Er sah mich an. »Wenn ich einen entsprechenden Antrag stelle, würde das allerdings Misstrauen erregen.«

»Ich werde mit Sansing telefonieren«, sagte ich leise.

»Das ist alles, was ich im Moment in Bezug auf deine Frau habe. Ich habe da ein paar Ideen, an denen ich dranbleiben werde, und werde dir Bescheid geben, wenn sich etwas ergibt.«

Ich nickte zustimmend.

Dann wandte sich Percy an Anna. »Ich habe ein paar Informationen über Ihre Schwester, die Sie vielleicht unangenehm finden könnten, und muss Sie deshalb fragen, ob ich offen sprechen kann.«

»Nur zu, ich kann das vertragen«, sagte Anna trotzig.

»In Ordnung. Der Name Ihrer Schwester lautet Alicia Davies, korrekt?«

»Ja, Alicia Grace Davies«, antwortete sie.

Percy nickte leicht, als sie den Namen bestätigte. »Ihr Bühnenname war Ecstasy, was zufälligerweise auch ihre Lieblingsdroge war. Ich konnte ein paar Frauen auftreiben, die mit ihr zusammen getanzt haben, und hatte gute und lange Gespräche mit ihnen. Sie erzählten mir, dass die meisten von ihnen damals ein Drogenproblem hatten, darunter auch ihre Schwester. Sie hatte außerdem einen Freund, der gleichzeitig ihr Dealer war. Er nannte sich Ray-Ray. Ray-Ray war ein mieser kleiner Drogendealer und Autodieb, der eigentlich Rashawn Sumners hieß. In der Nacht, als sie verschwand, arbeitete Alicia nur ein paar Stunden und verließ das Lokal etwa gegen neun Uhr. Das war etwa einen Monat, bevor Duke Holland das Lokal kaufte. Eine ihrer Mittänzerinnen erzählte mir, dass sie zuvor eine Menge Textnachrichten geschrieben und empfangen hatte, bevor sie schließlich dem Manager erklärte, dass sie früher Schluss machen müsse. Das war das letzte Mal, dass sie jemand gesehen hat.«

»Ich kannte keinen Ray-Ray. Hat irgendjemand schon mit ihm gesprochen?«, fragte sie.

Percy schüttelte den Kopf. »Er wurde leider ein paar Tage nach Alicias Verschwinden erschossen, als er *Woo* in der Napier-Wohnsiedlung vertickt hat.«

»*Woo*?«, fragte Anna.

»Das ist Slang für falsches Dope«, erklärte Percy. »Der Mordfall blieb ungelöst. Ich habe ein wenig herumgefragt, aber offenbar war Ray-Ray nicht sonderlich beliebt. Jeder, mit dem ich gesprochen habe, gab mir die gleiche Antwort: Ein Glück, dass wir den los sind.« Percy sah uns beide nacheinander an, bevor er fortfuhr: »Ihr Wagen stand verlassen auf dem Parkplatz. Offenbar ist niemand auf die Idee gekommen, dass er ermittlungstechnisch vielleicht von Wert sein könnte. Ein privates Abschleppunternehmen nahm ihn schließlich mit. Da niemand den Wagen für sich beanspruchte, verkaufte das Abschleppunternehmen ihn schließlich während einer Auktion.«

Anna runzelte die Stirn und biss sich auf die Lippe. »Stimmt, meine Mutter sollte ihn eigentlich abholen, hat das aber nie getan.«

Percy bestätigte ihren Einwurf mit einem weiteren Nicken. »Wie dem auch sei, wenn der Wagen irgendwelche Hinweise enthalten hat, sind diese nun verloren. Von dem Parkplatz gibt es auch ein Überwachungsvideo.« Er deutete erneut auf die Kamera in meiner Küche. »Aber längst nicht so etwas wie du hier hast. Die Aufnahme war schwarz-weiß und sehr grobkörnig. Alles, was man in dem Video sehen konnte, war, wie sie in einen hellen, viertürigen Sedan stieg, der neben ihrem Wagen geparkt hat. Die beiden saßen regungslos für mehrere Minuten in dem Auto, bevor sie davonfuhren. Rashawn besaß ein ähnliches Auto, aber es ist unmöglich zu sagen, ob es der gleiche Wagen war.«

»Konnte man sehen, wer noch in dem Wagen saß?«, fragte ich ihn.

Percy schüttelte den Kopf. Für eine Weile starrte er in seine Tasse, als würde er über etwas Wichtiges nachdenken, bevor er Anna ansah. »Ich denke, es war Ray-Ray. Sie hatten einen Streit, das Ganze eskalierte, und er brachte sie um. Wahrscheinlich hat er ihre Leiche irgendwo abgeladen und man hat sie bislang einfach nur noch nicht gefunden. Aber das ist nur meine Meinung. Ich kann damit auch falsch liegen.«

Anna nickte scheinbar teilnahmslos. Mit zitternder Hand füllte sie unsere Tassen auf. Dabei verschüttete sie etwas und setzte die Kaffeekanne schließlich ab. »Bitte entschuldigt mich«, sagte sie und stürmte in ihr Schlafzimmer.

Percy sah ihr hinterher, bis sie die Tür hinter sich geschlossen hatte, und drehte sich dann zu mir um. »Tut mir leid«, sagte er leise.

»Hast du nachgesehen, ob sie irgendwelche Bankkonten besaß?«, fragte ich, »denn wenn nicht, kann ich Roland das überprüfen lassen. Er ist gut in so was.«

»Ich habe das überprüft und keines auf ihren Namen gefunden, aber er kann das gern noch einmal überprüfen. Vielleicht habe ich ja etwas übersehen. Um genau zu sein, habe ich gar nichts unter ihrem Namen gefunden, weder eine Kreditkarte noch einen Autokredit, nichts dergleichen. Sie hatte keinerlei Bonität.« Er senkte seine Stimme, bis sie kaum mehr als ein Flüstern war. »Das ist bei Mädchen in diesem Gewerbe allerdings nicht unüblich. Glaube mir, ich spreche da aus Erfahrung.«

»Bis vor Kurzem arbeitete Anna auch noch als Tänzerin«, verriet ich ihm in dem gleichen gedämpften Ton.

»Das habe ich schon gehört. Hatte sie auch nebenbei noch was laufen?«, fragte er. Ich sah Percy erstaunt an.

Er hob die Hand. »Verstehe mich nicht falsch, das soll keine Wertung sein.«

»Ich denke, ich kann mit einiger Sicherheit sagen, dass sie damit nichts zu tun hatte.«

Percy nickte und nippte an seinem Kaffee. »Gut. Es ist gut, dass du sie da rausgeholt hast. Strippen ist kein Beruf, schon gar nicht für ein süßes Ding wie sie.«

Ich schwieg, teilte seine Meinung aber. Auf meinen Vorschlag hingingen wir beide auf die Veranda hinaus, um unseren Kaffee dort zu trinken und eine Morgenzigarre zu genießen. Es war ein angenehmer Morgen, um die zwanzig Grad, mit einem leichten Nebelschleier in der Luft, von dem Tau, der langsam verdunstete.

»Ich hab da, na ja, nennen wir es so ein Gefühl«, erklärte Percy.

»Schieß los«, ermutigte ich ihn.

»Es war jemand bei *Robard*, vielleicht sogar dieser Fibby, von dem du mir erzählt hast.«

Ich sah ihn erstaunt an. »Du meinst die Person, mit der Marcia eine Affäre hatte?«, fragte ich.

Percy nickte. »Frag mich nicht, wie ich darauf komme. Ist einfach so.«

Das musste ich erst einmal in Ruhe verdauen. Ich wollte noch weitere Fragen stellen, konnte es aber irgendwie nicht.

»Tja, er hat eine Affäre mit Leona Spieth, also schätze ich mal, dass er auch eine mir ihr gehabt haben könnte, auch wenn ich nicht weiß, wie er Zeit für beide gefunden haben soll«, sagte ich.

»Lass uns kurz das Thema wechseln«, meinte Percy plötzlich. »Ich wollte mich schon die ganze Zeit bei dir entschuldigen.«

»Wofür?«, fragte ich verwundert.

»Dass unsere Freundschaft auf diese Art auseinandergegangen ist.«

»Tja, ich habe mich immer gefragt, was wohl passiert ist.«

»Es lag nicht an dir. Ich hatte ein paar persönliche Probleme.« Er zögerte ein paar Sekunden. »Ich kann leider nicht zu sehr ins Detail gehen, denn ich will vermeiden, dass noch jemand anderes mit hineingezogen wird.«

»Willst du darüber reden?«, fragte ich ihn. »Es bleibt auch zwischen uns.«

»Thomas, du bist wahrscheinlich der ehrenhafteste Mensch, den ich kenne, und dein Wort ist Gold wert, aber wenn ich dir etwas davon erzählen würde, würde ich dich damit in eine Position bringen, in der ich dich nicht sehen möchte.«

»Das klingt aber ziemlich ernst, Kumpel.«

Percys Stimme war nun kaum noch ein Flüstern. »Ja, das kannst du wohl laut sagen.« Plötzlich stand er auf. Ich schätzte mal, das war so eine Angewohnheit von ihm, wenn er bereit war, aufzubrechen.

»Ich muss jetzt los. Aber ich lasse es dich wissen, wenn ich herausgefunden habe, wer sie umgebracht hat. Sie beide.« Er sagte das mit absoluter Gewissheit. Es war nicht sein Ego, das da aus ihm sprach, sondern seine Art, zu versprechen, dass er beide Fälle lösen würde. Ich nickte dankbar. Er streckte mir die Hand entgegen und ich schüttelte sie.

»Du bist hier immer willkommen, Percy.«

»Danke, Kumpel. Sag Anna Auf Wiedersehen von mir.« Er drehte sich um und ging.

Anna kam aus dem Haus, als Percy gerade davonfuhr. Sie hatte sich umgezogen und trug nun eine Jogginghose und Turnschuhe. Sie versuchte, es zu verbergen, aber ich konnte sehen, dass sie geweint hatte.

»Macht es dir etwas aus, die Küche allein aufzuräumen? Ich würde jetzt gern ein wenig spazieren gehen und nachdenken.«

»Kein Problem, Kleine«, sagte ich und umarmte sie. Sie lächelte mich dankbar an und steckte sich dann ihre Kopfhörer in die

Ohren, während sie die Einfahrt hinunterlief. Henry trottete ihr treu hinterher.

Bevor ich aufräumte, musste ich aber noch ein paar Telefonate führen. Von meinem Schaukelstuhl aus rief ich Detective Sansing an. Nach dem vierten Klingeln meldete er sich.

»Hallo?«

»Können Sie gerade frei reden, ohne dass jemand Ihrer Unterhaltung zuhört?«, fragte ich ihn. Es war kurz still am anderen Ende, dann hörte ich Bewegungen und wie eine Tür geschlossen wurde.

»Okay, schießen Sie los.«

»Sie müssten für mich eine DNS-Probe von Marcias Fötus besorgen und sie mit meiner DNS vergleichen.« Daraufhin herrschte Schweigen in der Leitung. »Jay, sind Sie noch dran?«

»Heilige Scheiße, Thomas, glauben Sie, dass das Kind nicht von Ihnen war?«

»Die Möglichkeit besteht offenbar.« Ich erläuterte ihm kurz, was Percy herausgefunden hatte. »Sie sollten keine Probleme bekommen, eine entsprechende Anfrage beim Gerichtsmediziner durchzusetzen. Geben Sie mir Bescheid, wenn Sie sich mit mir treffen wollen, dann bekommen Sie einen Abstrich von mir.«

»Ich muss dem Boss aber darüber Bericht erstatten«, sagte er.

»Das verstehe ich. Ich denke nicht, dass sie Ihre Handlungen infrage stellen werden, aber falls doch, dann erklären Sie ihnen einfach, dass Sie einer neuen Spur in dem Fall folgen wollen. Das stimmt ja auch.«

»Aber sie werden es garantiert anders auslegen. Sie werden denken, dass Sie sie umgebracht haben, weil sie eine Affäre gehabt hat.«

»Ja, das werden sie ganz sicher.«

»Und das macht Ihnen nichts aus?«, fragte Jay.

»Es wird sich schon alles irgendwie finden.«

KAPITEL 35

»Du wirst es nicht glauben«, sagte Anna, als ich aus der Garage zurückkam.

»Was denn?«, fragte ich. Sie hielt einen großen Aktenordner in die Höhe.

»Das sind die Ergebnisse der DNS-Tests von Theo dem Perversen.«

»Kein Scheiß? Und was steht drin?«

»Theopolis Braxton der Dritte ist tatsächlich der Vater des Kindes seiner Schwiegertochter«, sagte sie mit einem triumphierenden Grinsen. Es war schön, sie in guter Stimmung zu sehen. Nach unserer Unterhaltung mit Percy vor ein paar Tagen war sie sehr traurig gewesen, aber jetzt ging es ihr wieder etwas besser.

»Wow«, rief ich. »Gute Arbeit, Partner.« Ich reckte meine schmutzige Hand für ein High-Five in die Höhe und sie klatschte mich freudig ab.

»Okay, Boss, was soll ich jetzt machen?«, fragte sie.

»Bereite eine Kopie der Fallakte für Mrs. Braxton vor, zusammen mit der Rechnung, und vereinbare ein Treffen. Erinnere sie noch einmal daran, dass sie uns in bar bezahlen wollte, aber auf höfliche Art.«

»Okay, heute ist übrigens Freitag. Du hast mir ein Abendessen versprochen.«

»Klar, lass mich nur schnell unter die Dusche springen. Begleitet Ronald uns?« Anna verdrehte die Augen und schüttelte den Kopf.

»Er erzählte irgendetwas von einer riesigen Schlacht, die seine Allianz für heute plant, und dass es die ganze Nacht über dauern könnte.«

»Tja, so ist Ronald eben. Ich bin in dreißig oder vierzig Minuten startklar.«

Offenbar war ich aber nicht schnell genug. Sie wartete nämlich bereits ungeduldig auf mich, als ich das Wasser abdrehte und aus der Dusche stieg. Eilig schnappte ich mir ein Handtuch.

»Ich wünschte, du würdest damit aufhören«, sagte ich. »Ich schätze meine Privatsphäre, weißt du?«

Anna ignorierte meinen Protest. »Wir treffen uns mit ihr in einer Stunde an dem gleichen Platz im Park wie beim ersten Mal.«

»Okay, prima. Jetzt warte im Wohnzimmer auf mich, während ich mich anziehe.« Anna verzog das Gesicht und verschwand aus meinem Schlafzimmer. Fünfzehn Minuten später waren wir auch schon unterwegs.

»Wie wird sie es wohl aufnehmen?«, fragte Anna.

»Nach außen hin wird sie bestimmt die Ruhe selbst sein, aber innerlich wird es sie zerreißen.«

»Also wird sie sich von ihm scheiden lassen und ihm sein Geld abknöpfen?«, überlegte sie.

Ich lachte.

»Was denn?«

»Ich verwette meinen Kopf darauf, dass sie sich nicht scheiden lassen wird.«

Anna sah mich irritiert an. »Und wieso nicht?«

Ich zuckte mit den Schultern. »Alte reiche Leute und ganz besonders extrem reiche alte Leute, packen die Dinge etwas anders an als andere.«

Sie blinzelte verwirrt.

»Wir werden abwarten, aber das soll nicht unser Problem sein. Hauptsache, wir bekommen unser Geld.«

Mrs. Esther Braxton wartete bereits auf uns, als wir eintrafen. Anna erklärte ihr alles und überreichte ihr am Ende eine Kopie der Akte, zusammen mit dem beglaubigten Schreiben, welches die DNS-Übereinstimmung bestätigte, und unserer Rechnung. Mrs. Braxton schwieg während der gesamten Erklärung, warf einen Blick auf die Rechnung, und kramte daraufhin in ihrer Handtasche herum. Anschließend zog sie einen Umschlag mit fünfzig Hundert-Dollar-Scheinen heraus und reichte ihn Anna, während sie mich ansah.

»Ihr Protegé hat außergewöhnlich gute Arbeit geleistet«, sagte sie, stand auf und lief ohne ein weiteres Wort zu ihrem Rolls-Royce zurück. Ihr Chauffeur hielt ihr unterwürfig die Wagentür auf, und keine Minute später fuhren die beiden auch schon davon.

»Wow«, sagte Anna. »Das war nicht gerade die Reaktion, die ich erwartet hätte.« Sie seufzte ungläubig, strich sich eine Haarsträhne aus dem Gesicht, und widmete sich dann mir. »Okay, ich habe für fünf Uhr reservieren lassen, und wenn du nett bist, spendiere ich dir hinterher noch eine Zigarre.«

»Ich bin immer nett«, sagte ich grinsend. Sie rief Ronald an und versuchte noch einmal, ihn zu überreden, uns zu begleiten, aber er lehnte erwartungsgemäß ab und sagte, er könne unmöglich seine nerdigen Online-Freunde im Stich lassen.

Ich zog es vor, den Wagen selbst einzuparken, anstatt ihn dem Parkservice zu überlassen, denn ich wollte nicht, dass sich ein vollkommen Fremder hinter das Steuer meines Babys setzte. Anna stellte ein kleines, wissendes Lächeln zur Schau, während wir über den Fußweg schlenderten.

»Was ist los?«, fragte ich.

»Wir haben vielleicht Gesellschaft. Ich hoffe, es macht dir nichts aus.« Ich wollte sie schon fragen, um wen es sich handelte, sah die Antwort auf diese Frage aber bereits, als wir durch die Tür traten. Simone und eine jüngere Ausgabe von ihr standen bereits in der Lobby. Sie trug eines dieser sexy Sommerkleider mit einem abstrakten Muster aus verschiedenen Malventönen, welches über ihren Knien endete, und dazu hochhackige Schuhe. Ihre Tochter war mit einem *Nashville Predators* Polo-Shirt und Shorts bekleidet. Anna winkte und lief zu ihnen hinüber. Da ich keine Alternative sah, folgte ich ihr kurzerhand.

»Hi«, sagte Simone zuckersüß und gab mir einen Kuss auf die Wange. Dann deutete sie auf das Mädchen neben sich. »Das ist meine Tochter, Madison.« Madison war ein süßes Teenager-Mädchen, das ganz ein Ebenbild ihrer Mutter war. Sie grinste mich an und begrüßte uns. Wenn mich meine mathematischen Fähigkeiten nicht trogen, musste Simone ihre Tochter irgendwann während ihrer College-Zeit bekommen haben. Ich fragte mich, was der Samenspender heute so trieb.

»Wir haben schon einen Tisch«, sagte sie und lief voraus. Anna zwinkerte mir zu.

Sie bestellte Wein, ich aber mied Alkohol und bestellte mir lieber Wasser.

»Mom sagte, Sie waren einmal Detective bei der Mordkommission?«, begann Madison die Unterhaltung.

»Das war ich mal«, erwiderte ich. »Aber jetzt bin ich Privatdetektiv.«

»Klingt nach einem richtig coolen Job«, meinte sie. Ich kommentierte das mit einem Achselzucken. »Haben Sie schon einmal gegen einen Serienkiller ermittelt?«

»Von denen gab es in den vergangenen Jahren ein paar in Nashville.«

»Was war der interessanteste Fall, den Sie je hatten?«, fragte sie. Das wurde ich öfter gefragt. Einer meiner früheren Kollegen liebte diese Frage richtiggehend, denn das gab ihm die Gelegenheit, seine ganzen Räuberpistolen zu erzählen, die meisten davon aufs Wildeste aufgebauscht. Ich war das genaue Gegenteil. Es erschien mir falsch, Geschichten über brutal ermordete Menschen beim Essen zum Besten zu geben.

»Ist gar nicht so leicht, einen besonderen Fall herauszupicken«, sagte ich. »Jeder von ihnen hatte interessante Aspekte.« Die Kellnerin brachte unsere Getränke und ich griff nach meinem Wasser.

»Geben Sie uns doch ein Beispiel«, bohrte Madison weiter. Alle drei sahen mich erwartungsvoll an.

»Hmm, okay. Einer meiner Kollegen namens Percy Trotter hatte mal einen guten Fall. In seiner ersten Nacht bei der Mordkommission rief ein Mann bei der Polizei an und gab an, seine Frau umgebracht zu haben. Percy fuhr zum Tatort und fand die Frau daraufhin auf dem Küchenboden liegend vor.«

»Oh mein Gott, was ist passiert?«, fragte Madison.

»Er hat seine Frau erstochen. Wahrscheinlich hat sie schlecht gekocht oder etwas in der Art.«

»Wow.«

»Nun, Percy nahm den Mann mit auf das Revier. Während des darauffolgenden Verhörs legte der Mann freimütig ein Geständnis ab und beschrieb, wie er seine Frau erstochen hat. Dann gestand er sogar noch einen weiteren Mord. Offenbar hatte er Jahre zuvor bereits seine erste Frau umgebracht und im Garten hinter seinem Haus vergraben.« Alle drei Damen starrten mich mit weit aufgerissenen Augen an. Ich nahm einen Schluck Wasser.

»Tja, die Moral von der Geschichte lautet wohl: Sei vorsichtig, wen du heiratest, vor allem dann, wenn du nicht besonders gut kochen kannst. Ich bin am Verhungern, was kann man hier empfehlen?«

Simone warf mir einen seltsamen Blick zu, Anna verdrehte die Augen, und Madison prustete vor Lachen los.

»Der war gut«, sagte sie, und dann musterte sie mich. »Wie alt sind Sie?«

»Vierundvierzig«, sagte ich. »Und du?«

»Vierzehn«, antwortete sie grinsend. »Sind Sie verheiratet?«

»Nope. Du etwa?« Jetzt kicherte sie noch lauter. Es war ein harmloses Geplänkel mit einem Teenager und es machte mir nichts aus. Ich hätte den ganzen Abend so weitermachen können.

»Okay, genug mit den persönlichen Fragen«, wies Simone Madison zurecht, dann lächelte sie mich an. »Wir sind Veganer, aber so wie ich es verstanden habe, ist der Küchenchef hier auf Rostbraten spezialisiert.«

Eine Frau ganz nach meinem Geschmack, dachte ich und lächelte.

»Das war schön«, sagte Anna, nachdem wir das Restaurant verlassen und uns verabschiedet hatten.

»Ja, das war es.« Simone hatte sich von mir mit einem einfachen Handschlag verabschiedet, mir dabei aber tief in die Augen gesehen. Das war äußerst verwirrend.

»Simone war nervös«, meinte Anna.

»War sie das?«

»Ich denke, sie hat sich Sorgen darüber gemacht, was Madison über dich denkt.«

»Oh«. Nun, das erklärte den flüchtigen Kuss auf die Wange. Eine eingehende Textnachricht riss mich aus meinen Gedanken.

Das Abendessen war wundervoll. Vielleicht könnten wir das mal wiederholen? Bald schon?

Hmm. Ich dachte kurz nach, dann tippte ich eine wohlüberlegte Antwort.

Für dich habe ich jeden Abend Zeit. Sag einfach, wann.

Es dauerte keine zwei Minuten, bis mein Telefon erneut summte.

Sonntag. Ich hole dich um sechs Uhr ab.

Ich begann zu lächeln, aber dann bemerkte ich, dass Anna mich beobachtete und wie ein kleines Baby grinste, das gerade ein großes Kacka in die Windeln gemacht hatte.

»Was?«, fragte ich.

»Nichts«, entgegnete sie, grinste aber weiter.

»Wann werden du und William denn ausgehen?«, fragte ich, um das Thema zu wechseln.

»Morgen Abend. Wieso, wollen wir zu viert ausgehen?«

Ich sah sie von der Seite an. Immer noch das gleiche schelmische Grinsen.

»Ahm, nein.«

»Wie du willst«, sagte sie. »Könnte aber lustig werden.«

»Vielleicht ein anderes Mal. Hoffentlich ist es bei Mick nicht so voll.«

»Ich mag es, wenn es voll ist. Du weißt schon, dass die Stammgäste dort denken, dass wir miteinander schlafen?«

»Die Leute tratschen eben gern«, antwortete ich. »Wenn es keine Leute dort gäbe, würde auch keiner tratschen können.«

»Stimmte diese Sache mit Percy?«

»Yep, er löste in seiner ersten Nacht als Detective direkt zwei Mordfälle.«

»Wow, alle müssen mächtig stolz auf ihn gewesen sein.«

»Ein paar, aber viele andere waren neidisch«, erwiderte ich. Wir stiegen in den Wagen.

»Wieso sollten Detectives denn auf einen Kollegen neidisch sein, wenn dieser zwei Mordfälle löst? Das ergibt doch keinen Sinn!«

Ich grunzte zustimmend und fädelte mich in den Verkehr ein. »Der Polizeidienst zieht leider wie ein Magnet Leute an, die nach Aufmerksamkeit und Ruhm gieren. Wenn jemand anderes im Rampenlicht steht als sie selbst, werden diese Leute schnell missgünstig.«

»Warst du auch so?«, fragte Anna mit einem herausfordernden Grinsen.

»Ich glaube nicht«, antwortete ich. »Und Percy ganz sicher nicht. Er hasst das Rampenlicht. Aber mit seinem Erfolg schuf er sich einige Feinde.« Das Gleiche galt auch für mich. Als ich das erste Mal als Detective des Monats ausgezeichnet worden war, hatte ich die Plakette auf meinen Schreibtisch gelegt und war zur Arbeit gegangen. Als ich nach der Schicht zurückgekommen war, hatte sie jemand gestohlen. Ich hatte nie herausbekommen, wer es gewesen war.

»Okay«, sagte ich und wechselte das Thema. »Rauchen wir noch eine Zigarre.«

»Du hast also deinen ersten Fall geknackt?«, fragte Mick. Anna nickte stolz. »Das ist gut, Schätzchen«, kommentierte er grinsend und sah mich an. Ich paffte gerade genüsslich eine *Rocky Patel*. »Da hast du dir ja eine kleine Miss Nancy Drew angelacht, du Itaker.«

»Ja, das habe ich wohl«, antwortete ich freundlich.

Sie beugte sich zu mir hinüber und flüsterte mir ins Ohr: »Wer ist denn Nancy Drew?«

Ich schluckte ein hämisches Lachen hinunter. »Das ist eine erfundene junge Hobbydetektivin. Es gibt eine Menge Bücher über sie.«

»Oh«, antwortete sie, schaute mich aber immer noch ein wenig verwundert an.

»Und was steht für das dynamische Duo als Nächstes auf dem Programm?«, fragte Mick. Ich stippte die Asche von meiner Zigarre.

»Uns haben in dieser Woche ein paar potenzielle Kunden kontaktiert, aber wir haben noch keine Verträge gemacht. In der Zwischenzeit«, sagte ich und deutete mit meiner Zigarre auf Anna, »wirst du für deine Privatermittler-Lizenz pauken müssen.«

»Ich brauche eine Lizenz?«, fragte sie verblüfft. Ich nickte.

»In Tennessee braucht man eine Lizenz, um als Privatdetektiv arbeiten zu dürfen. Sonst gilt es als Vergehen.«

Sie sah mich zweifelnd an. »Ich habe also gegen das Gesetz verstoßen?«, fragte sie mich erstaunt. Ich nickte knapp. »Wieso hast du das zugelassen?«, jammerte sie. »Die hätten mich einbuchten können!«

Ich schnaubte abfällig. »Ach Quatsch, das hätte ich schon verhindert. Außerdem musste ich doch sehen, ob du gut in dem Job bist, bevor ich meine Zeit investiere und dich ausbilde.«

»Oh.« Sie wirkte verdutzt. »Was muss man denn da tun?«

»Es ist nicht weiter schwer. Du füllst einen Antrag aus, gibst deine Fingerabdrücke ab, dann machen die eine kurze Hintergrundüberprüfung, du schreibst einen Test, und dann bezahlst du eine übertrieben hohe Summe für eine billige laminierte Plastiklizenz.«

»Hat Ronald auch eine?« Ich schüttelte den Kopf, was sie zum Lachen brachte. »Gut, dann können wir das zusammen machen.« Ich lachte ebenfalls, und sie zog ihr Handy hervor und begann zu tippen.

»Viel Glück, ich versuche schon seit einiger Zeit, ihn dazu zu überreden.«

»Was ist denn aus all den verschwundenen Lastwagen geworden?«, erkundigte sich Mick.

»Und mit dem Mord an Lester?«, fügte Anna hinzu.

Ich schüttelte den Kopf. »An der Sache mit den Lastern arbeiten wir noch, aber unsere Mitwirkung in Lesters Mordfall ist nun beendet. Das liegt jetzt in den fähigen Händen der Detectives des Rutherford Sheriffs Department.«

»Du meinst diesen arroganten Saftsack von einem Detective?«, fragte Anna. Ich nickte. »Der Kerl kriegt doch nicht einmal ein Sudoku gelöst«, sagte sie verächtlich. Ich zuckte mit den Schultern.

»Nur weil er inkompetent ist, muss das nicht auch für die restliche Einheit gelten. Ein paar von denen sind bestimmt ziemlich gut, wette ich. Die kommen schon noch dahinter.«

»Das halte ich für höchst fragwürdig«, sagte sie. Ich sah sie irritiert an. »*Was denn*?«

»*Fragwürdig*?«

»Ich arbeite gerade daran, mein Vokabular zu vergrößern. Hier, sieh mal«, sagte sie und zeigte mir ihr Handy. »Es gibt da so eine App, die einem jeden Tag ein neues Wort schickt.«

»Ah.« Ich hatte keine Ahnung, wann sie sich dazu entschlossen hatte, wollte sie aber deswegen nicht aufziehen.

»Ich kann sie dir auch runterladen, wenn du willst.«

»Vielleicht später«, antwortete ich. *Viel, viel später.*

»Hast du noch mal mit Percy gesprochen?«

»Seit ein paar Tagen schon nicht mehr.« Ich sah auf meine Uhr und entschloss mich, ihn anzurufen. Er meldete sich nach dem vierten Klingeln.

»Wie geht es dir?«, fragte ich.

»Ich bin gerade mit der Arbeit fertig«, antwortete er. »Ich wollte dich schon anrufen. Also, eigentlich wollte ich Anna anrufen. Seit ihr beiden zu Hause?«

»Wir sind an dem anderen Ort«, erwiderte ich. Ich hatte keine Ahnung, ob sie sein Telefon abhörten, deshalb blieb ich bewusst etwas vage.

»Dann bleibt da«, sagte er und legte auf. Anna sah mich an.

»Worum ging es?«, fragte sie.

»Entweder trifft sich Percy gleich mit uns oder er bricht in mein Haus ein. Ich bin mir nicht sicher.« Sie sah mich fragend an, aber ich zuckte nur mit den Schultern und bestellte mir noch ein Bier. Fünfzehn Minuten später schlug Percy bei uns auf. Er war frisch geduscht, trug Jeans und ein locker sitzendes hellblaues Polo-Shirt. Damit verdeckte er geschickt seine Statur und seine Dienstwaffe an der Hüfte. Er orderte bei Mick ein Bier und dann deutete er auf seinen Wagen, der draußen stand.

»Diese Ratten haben einen GPS-Tracker in meinen Wagen eingebaut. Zum Glück arbeitet von denen keiner mehr nach fünf, also dürften wir keine Besucher erwarten. Trotzdem sollten wir lieber mit deinem Wagen fahren.« Er leerte zügig sein Bier.

Ich sah zu Anna hinüber. »So wie es aussieht, unternehmen wir eine kleine Spritztour.«

Percy wollte fahren. Obwohl ich meinen Cadillac über alles liebte, ließ ich ihn ans Steuer.

»Das ist ein echt schöner Wagen«, kommentierte er, schwieg ansonsten aber bis zu unserem Zielort. Wir landeten schnell auf einer einsamen Straße in dem als Joelton bekannten nördlichen Teil von Nashville. Ich merkte, wie Anna mich während der Fahrt immer wieder ansah, als wollte sie sagen: *Frag deinen Freund, wo wir hinfahren.*

Als wir schließlich am Straßenrand anhielten, war es bereits dunkel geworden. Hier gab es keine Häuser und auch keine

Straßenlaternen, nur Bäume und Unkraut. Er stieg aus und zog eine Taschenlampe aus seiner Tasche.

»Hast du auch eine dabei?«, fragte er mich. »Das könnte helfen.« Ich kramte eine aus meinem Kofferraum. Percy warf einen Blick darauf.

»Meine ist aber größer«, witzelte ich. Falls Percy den Wortwitz verstanden hatte, ließ er es sich nicht anmerken, sondern begann, in den Wald zu laufen.

»Wo gehen wir denn hin?«, fragte Anna schließlich.

»Zu Ihrer Schwester«, rief Percy über die Schulter zurück, ohne langsamer zu werden, oder auf eine Antwort zu warten. Wir folgten ihm gehorsam und liefen noch ein paar Meter weiter, bevor wir plötzlich anhielten. Percy leuchtete mit seiner Taschenlampe hin und her, bis er einen Stock fand, den er dazu benutzte, um etwas Laub beiseitezuschieben. Ich benutzte meine eigene Taschenlampe und richtete den Lichtkegel im gleichen Moment auf den Boden, als Percy einen Schädel zutage förderte. Anna hielt die Luft an.

»Ich werde morgen die Forensik hier rausschicken und die Überreste bergen lassen.«

»Ist das sicher meine Schwester?«, fragte Anna. Sie klang ungläubig, als ob sich Percy einen üblen Scherz mit ihr erlaubt hätte. Percy antwortete ihr nicht. »Aber, wie?«, flehte sie ihn an.

»Dieser Dreckskerl von Freund hat sie umgebracht und hier abgeladen. Ich bin mir ziemlich sicher, dass er sie auf dem Parkplatz vor dem Striplokal erschossen hat. In seinem Wagen fanden wir Blut, aber jeder ging davon aus, dass es sein eigenes war, als man ihn ermordet vorfand.« Er sah zu mir. »Man hat Blutproben genommen, also werde ich ein paar DNS-Tests machen lassen. Dafür bräuchte ich Vergleichsproben von ihrer Mutter.«

»Aber woher wollen Sie denn wissen, dass sie es ist?«, fragte Anna fassungslos.

»Sie ist es«, erwiderte Percy ohne eine weitere Erklärung.

Ich schluckte den Kloß in meinem Hals hinunter. »Wenn Percy sagt, dass sie es ist, dann ist das so. Weißt du, er verrät einem nicht immer, wieso er solche Dinge weiß.«

Anna nahm Percy die Taschenlampe aus der Hand und hockte sich vor den Schädel. Es war offensichtlich, dass es ihr schwerfiel, diesen Fund zu verdauen, und starrte weiterhin ungläubig den Schädel an.

»Es tut mir leid, wenn ich das so hart sagen muss, aber der Rest ihres Skeletts wird der Tiere wegen sicherlich hier im Umkreis verteilt liegen«, erklärte Percy. »Ich werde aber mein Möglichstes tun, es morgen früh zu bergen.«

»Dann ist sie also wirklich tot«, sagte Anna leise.

»Ja«, erwiderte Percy überzeugt. »Ich weiß, dass es hart für Sie sein muss, aber ich wollte, dass Sie es als Erste sehen.«

»Und Sie sind sich sicher, dass ihr Freund sie umgebracht hat?«, fragte sie.

»Ja«, antwortete er. Dann starrten wir für weitere lange, unangenehme fünf Minuten auf den Schädel hinunter.

Anna schaltete schließlich die Taschenlampe aus und stand auf. »Ich will nach Hause.«

KAPITEL 36

»Wieso hat er das getan?«, fragte Anna. Nachdem wir Percy abgesetzt hatten, hatte sich Anna an die Tür der Beifahrerseite geschmiegt und den Rest der Heimfahrt leise vor sich hingeweint. Sie sprach kein Wort, bis ich den Wagen anhielt und den Motor ausschaltete. »Ich meine, wieso hat er es auf diese Weise getan?«

»Er wollte, dass du es als Erste siehst, anstatt es aus den Abendnachrichten im Fernsehen zu erfahren.«

»Aber wie konnte er das wissen?«, hakte sie nach.

»Ich habe keine Ahnung.« Als wir ins Haus kamen, begrüßte uns Henry. Anna lief zur Couch und Henry sprang hinauf und setzte sich neben sie, bevor ich mir überhaupt eine Sitzgelegenheit aussuchen konnte. Ich entschied mich für meinen gemütlichen Sessel.

»Was soll ich jetzt tun, Thomas?«

»Der morgige Tag wird eine Tortur werden. Die Medien werden da sein und das Department wird keine weitere Stellungnahme abgeben, als dass man ein unidentifiziertes menschliches Skelett gefunden hat. Der DNS-Test dauert für gewöhnlich zwischen ein und zwei Monate, aber er wird bestätigen, dass es sich um deine Schwester handelt. Doch bis dahin ist die Sache nur noch zu einer Randnotiz verkommen.«

»Und dann?«

»Percy wird seine Vorgesetzten über seine Ermittlung in Kenntnis setzen. Es wird Fragen und Verdächtigungen geben, aber am Ende werden sie seine Erklärung akzeptieren und den Fall zu den Akten legen.« Ich schwieg für einen Moment.

»In der Zwischenzeit solltest du dir über Bestattungsvorkehrungen Gedanken machen. Ich kann dir dabei helfen, wenn du möchtest.«

»Das weiß ich zu schätzen. Ich wäre jetzt aber gern etwas allein, Thomas, wenn es dir nichts ausmacht.«

»Überhaupt nicht«, sagte ich, stand auf, küsste sie auf die Stirn, und ging zu Bett.

Die Schlagzeilen am nächsten Morgen entsprachen in etwa dem, was ich vorhergesagt hatte. Jeder Sender hatte ein Team vor Ort. Der Straßenrand war mit Absperrband abgeriegelt und im Hintergrund sah man die Mitarbeiter der Spurensicherung. Anna war eine Zeit lang in das Fernsehprogramm versunken, bevor sie überhaupt bemerkte, dass ich sie ansah. Mit einem Papiertaschentuch wischte sie sich über die Augen.

»Wie geht es dir?«, fragte ich.

»Ich bin okay«, antwortete sie. Sie sah aber nicht okay aus, sondern eher so, als hätte sie die ganze Nacht über nicht geschlafen. Ihre Augen waren rot und angeschwollen und ihre Haare das reinste Chaos.

»Okay, geh da rein«, sagte ich und deutete auf ihr Schlafzimmer, »und nimm eine lange, heiße Dusche. Das ist ein Befehl. Ich mache uns in Zwischenzeit Frühstück.«

»Ich glaube nicht, dass ich etwas essen kann«, sagte sie leise.

»Und nachdem du aus der Dusche gekommen bist und einen Happen gegessen hast, legst du dich hin und machst ein Nickerchen.«

»Es ist sieben Uhr morgens, es ist zu früh für ein Nickerchen.«

»Irgendetwas sagt mir, dass du heute Nacht kaum geschlafen hast.« Sie antwortete mir nicht, sondern schaute mich stattdessen nur traurig an.

»Ich denke, ich sollte diejenige sein, die es meiner Mutter sagt«, erklärte sie. Ich nickte zustimmend.

»Willst du sie anrufen oder es ihr persönlich sagen?«, fragte ich. Darüber dachte sie eine Weile nach.

»Ich schätze mal, es ist besser, wenn ich es ihr persönlich sage.« Dann schaute sie mich mit ihren traurigen blauen Augen an. »Kommst du mit?«

»Klar«, sagte ich. Sie seufzte und stand auf.

»Okay, eine heiße Dusche klingt ganz gut, aber sorge dafür, dass Henry etwas zu essen bekommt«, sagte sie. Ich nickte. Henry sah mich erwartungsvoll an.

Während wir auf sie warteten, setzte ich mich vor meinen Computer, ging meine Notizen durch und dachte über Enrique nach. So langsam bekam ich ein mieses Gefühl, ein ganz mieses Gefühl.

Nicht nur, weil er möglicherweise mit Lesters Tod zu tun hatte, sondern auch noch wegen etwas anderem. Ich durchsuchte die Visitenkarten, die ich auf meinem Schreibtisch aufgetürmt hatte, und fand schließlich seine.

Nachdem es ein paar Mal geklingelt hatte, nahm er ab.

»Hi, Enrique, hier ist Thomas.«

»Thomas?«

»Ironcutter, Thomas Ironcutter.«

»Ah. Wie geht es Ihnen, Thomas?«

»Mir geht es bestens. Habe ich Sie gerade auf dem falschen Fuß erwischt?«

»Überhaupt nicht, Thomas. Was kann ich für Sie tun?«

»Ich hätte eine schnelle Frage die Versicherungspolicen von *Robard* betreffend.« Ich beließ es bei dieser Andeutung und wartete. Enrique schwieg … und auch ich schwieg mehrere Sekunden lang.

»Hallo? Sind Sie noch dran?«, fragte ich.

»Ja, ich bin noch hier, Thomas.«

»*Robards* Versicherungsträger war *Tri-State*. Die haben ihren Sitz hier in Nashville, wussten Sie das?«

»Das war mir nicht bekannt«, erwiderte er kurz angebunden. »Wieso fragen Sie?«

»Wer bei *Robards* kümmerte sich um die Versicherungen?«

»Der Präsident von *Robards*, würde ich mal annehmen, oder einer seiner Angestellten.« Danach folgte wieder eine lange Pause. »Wieso fragen Sie, Thomas?«

»Ich kann noch nicht ins Detail gehen, aber es scheint eine Verbindung zwischen *Robard Trucking* und dem Tod meiner Frau zu existieren.« Dann klopfte ich mit den Fingerknöcheln auf den Schreibtisch. »Oh, das ist jemand an der Tür. Ich erkläre Ihnen den Rest später.« Ich legte auf, bevor Enrique die Chance bekam, mir zu antworten, und schaltete die Aufnahmefunktion ab. Dann rief ich Percy an.

»Wir werden uns in Kürze mit Annas Mutter treffen.«

»Soll ich mitkommen?«

»Hast du gerade keine anderen Pläne?«, fragte ich.

»Nichts, was nicht auch noch etwas warten könnte.«

»Okay, denn wenn wir die Nachricht überbracht haben, will ich mich mit der Kollegin von Marcia treffen, die den Anruf von diesem mysteriösen Mann entgegengenommen hat.«

Heather Piper Davies war eine ältere Ausgabe von Anna. Sie besaß noch immer ihre jugendliche Figur, aber ihr Teint hatte schon bessere Tage gesehen, ihr Haar war kaputt, und ihre Zähne gelb von zu vielen Zigaretten und zu wenig Besuchen beim Zahnarzt. Sie mochte vierzig, vielleicht aber auch schon sechzig sein, das konnte ich nicht sagen. Sie stand im Türrahmen ihres Appartements und sah uns drei an, als wären wir klingelputzende Mormonen.

»Hi, Mom«, sagte Anna.

»Selber Hi. Wo hast du dich denn die letzte Zeit über herumgetrieben?«

Anna ignorierte die Frage und drehte sich zu mir um. »Das ist Thomas. Ich arbeite jetzt mit ihm zusammen. Und das ist Detective Trotter von der Mordkommission.«

»Mordkommission?«, fragte sie und starrte Percy und mich an, bevor ihr Blick wieder zu Anna wanderte.

»In was für Schwierigkeiten hast du dich denn dieses Mal schon wieder gebracht?«

Annas Gesichtsausdruck wechselte zu dem eines kleinen Kindes, welches zu Unrecht ausgeschimpft wurde. Ich wollte schon für sie in die Bresche springen, aber Percy kam mir zuvor.

»Ms. Davies, es gab Entwicklungen bezüglich Ihrer anderen Tochter Alicia«, sagte Percy. Sie starrte ihn an und wartete. »Man hat die Überreste eines Skeletts im Norden des Countys gefunden. Obwohl die Tests noch nicht vollständig abgeschlossen sind, deutet alles darauf hin, dass es sich dabei um Alicia handelt.«

»Das lief ja besser, als ich dachte«, sagte ich, als wir zu zweit die Straße hinabfuhren, und Percy uns in seinem Wagen folgte. »Meinst du nicht auch?«

»Die Schlampe hat nicht einmal eine Träne vergossen«, erwiderte Anna leise und frostig.

»Die Leute gehen unterschiedlich mit Trauer um«, gab ich zu bedenken.

»Genau, sie war von ihrer Trauer derart überwältigt, dass sie Geld brauchte, um sich besser zu fühlen.«

Das stimmte. Annas Mutter hatte uns eine Weile lang emotionslos angestarrt und dann gefragt, wer denn jetzt für das Begräbnis aufkäme. Sie bat uns nicht herein, aber als wir gehen wollten, nahm sie Anna kurz beiseite. Percy und ich warteten am Auto auf sie, konnten die darauffolgende Unterhaltung aber gut hören, in der Annas *trauernde* Mutter versuchte, ihrer Tochter Geld aus dem Kreuz zu leiern.

»Deshalb habe ich mich von ihr zurückgezogen. Als ich den Job als Tänzerin bekam, dachte sie, ich hätte plötzlich Geld wie Heu und bettelte mich ständig um ein Darlehen an, wann immer wir uns sahen.« Bei dem Wort *Darlehen* malte sie Anführungszeichen in die Luft. Ich verstand, was sie damit meinte. Annas Mutter hatte die Großzügigkeit ihrer Tochter ausgenutzt, ohne je zu beabsichtigen, ihr das Geld wieder zurückzuzahlen.

»Aber es war richtig, ihr die Nachricht persönlich zu überbringen«, sagte ich. »Es mag nicht so wirken, aber manchmal ist das Wissen, dass man das Richtige getan hat, das Einzige, was einen abends ruhig schlafen lässt.«

»Kann sein«, sagte sie leise und sah zum Fenster hinaus. »Wo fahren wir jetzt hin?«

»Ich will nur noch schnell eine Sache erledigen, dann bringe ich dich nach Hause. Danach kannst du dich ausruhen.«

»Wie wäre es denn, wenn du einfach meine verdammte Frage beantwortest?«, blaffte sie mich gereizt an, aber dann seufzte sie. »Tut mir leid, Thomas. Mir geht es heute nicht so gut.«

»Kein Problem, Kleines.« Ich warf einen Blick auf sie. Sie sah müde und niedergeschlagen aus. Sie musste sich unbedingt ausruhen. »Um deine Frage zu beantworten: Wir fahren zur ehemaligen Arbeitsstelle meiner Frau und unterhalten uns mit einer ihrer alten Kolleginnen. Das sollte aber nicht länger als eine halbe Stunde dauern, maximal.«

»Oh, okay. Ich bleibe dann im Wagen, wenn es dir nichts ausmacht.«

»Okay«, sagte ich, stieg aus dem Auto und traf mich am Eingang der Versicherungsfirma mit Percy.

Marcie Crownover befand sich hart an der Grenze zur pathologischen Fettleibigkeit. Ich wusste nicht, ob das gesundheitlich bedingt war oder auf mangelnde Selbstkontrolle zurückzuführen war, aber sie sah unfassbar angeschwollen und aufgedunsen aus, in etwa so, wie ein Michelin-Männchen ausgesehen hätte, wenn es große, breiige Brüste gehabt hätte, die aus einem tief ausgeschnittenen Top herausquollen. Sie musterte mich misstrauisch, als Percy uns vorstellte.

»Ich erinnere mich noch an Sie, von der Beerdigung«, sagte sie. Ich nickte, aber ich wollte verdammt sein, wenn ich mich an ihre Anwesenheit erinnerte. Tatsächlich hatte mich Marcia, nachdem sie den Job hier angenommen hatte, nie ihren Kolleginnen vorgestellt.

»Ich habe Thomas von dem Anruf erzählt, den Sie versehentlich entgegengenommen haben«, erklärte Percy. Marcie tat so, als würde es sich dabei um schmerzliche Erinnerungen handeln, aber in Wirklichkeit genoss sie es sichtlich, im Zentrum der Aufmerksamkeit zu stehen. Sie sah sich kurz um, um sich zu vergewissern, dass auch wirklich all ihre Kollegen zu uns sahen und sich fragten, was man wohl von ihr wollte.

»Oh ja. Ich wurde ständig mit Marcia verwechselt müssen Sie wissen. Wahrscheinlich, weil sich unsere Namen ähnlich anhörten und wir beide große Titten hatten«, sagte sie und kicherte dann wie ein Schulmädchen.

Weder Percy noch ich lächelten darüber. Marcie war locker hundertfünfzig Pfund schwerer als meine verstorbene Frau. Niemand, der halbwegs bei Verstand gewesen wäre, hätte die beiden verwechselt.

»Jedenfalls bat sie mich eines Tages, ihr Telefon zu übernehmen, als sie kurz hinausging.« Sie versuchte Blickkontakt zu uns herzustellen, um zu sehen, ob wir ihr die Story abkauften, und entschied dann, das Ganze noch etwas mehr auszuschmücken. »Sie erwartete einen wichtigen Anruf, hatte ihn aber nicht auf ihr Handy umleiten können.«

Viel eher war dieser Fettarsch von Frau einfach nur neugierig gewesen, dachte ich bei mir, hielt aber meinen Mund und ließ sie ausreden.

»Das war so gegen Mittag, ein paar Tage bevor sie, na ja, Sie wissen schon.«

»Wissen Sie, wer sie angerufen hat?«, fragte ich.

»Nein, mit dem Mann hatte ich noch nie zuvor gesprochen. Daran hätte ich mich erinnert.«

»Wieso?«

»Weil er eine sehr markante Stimme hatte. Ich bin sehr gut darin, mir Stimmen zu merken.«

»Marcia hat Ihnen später auch nicht gesagt, wer es war?«

»Oh, nein.« Sie zog die beiden Worte merklich in die Länge, um anzudeuten, dass es einen Grund dafür geben musste, weshalb Marcia nicht gewollt hatte, dass jemand erfuhr, wer der Anrufer gewesen war. Jetzt starrte mich Marcie an und bettelte mit ihren Augen förmlich darum, dass ich weiter nachhakte.

Also gut …

»Percy hat erzählt, dass Sie vermutet haben, dass Marcia eine Affäre hatte««, sagte ich.

Kabumm! Ihre Augen fingen sofort Feuer, aber sie war ganz gut darin, so zu tun, als würde sie diese Art von Tratsch absolut geschmacklos finden.

»Ich gar nicht so sehr«, sagte sie mit gedämpfter Stimme. »Das stammte eher von Scotty.« Sie deutete auf einen Mann, der am anderen Ende des Büros vor seinem Monitor hockte und in irgendein Formular vertieft war. »Er ist ein notorisches Klatschmaul. Sie wissen ja, wie Homosexuelle sein können«, verkündete sie mit einem so leisen Flüstern, dass ich sie kaum verstand. »Er erzählte überall herum, dass sie sich mit jemandem traf.«

»Hat sie denn auch jemand mal dabei beobachtet?«, bohrte ich nach. Marcie sah mich ernst an, bevor sie zum Ende des Büros blickte.

»Wir sollten uns darüber wohl besser mit Scotty unterhalten«, meinte sie und gab uns zu verstehen, ihr zu folgen.

Scotty war ein netter Mann mit einem warmen Lächeln und lichter werdendem Haar. Er wirkte auf mich nicht gerade wie eine typische Klatschtante. »Schön, Sie kennenzulernen«, sagte er und schüttelte uns beiden die Hand. Percy erklärte ihm, weshalb wir hier waren.

»Ich möchte nicht schlecht über Tote sprechen«, sagte er. Er wollte noch etwas hinzufügen, aber ich schnitt ihm das Wort ab.

»Okay, Sie beide«, sagte ich. »Tanzen wir nicht länger um den heißen Brei herum. Sie wissen, dass ich erst kürzlich wegen des Mordes an meiner Frau eingesperrt worden bin und der Fall dann aus den Fugen geriet.«

»Weil es sich um einen Selbstmord handelte«, sagte Marcie.

»Weil sie den falschen Mann geschnappt haben«, korrigierte Percy sie. Die beiden blickten uns überrascht an und warfen sich dann stumme Blicke zu.

»Also wurde sie ermordet?«, flüsterte Scotty entsetzt.

»Zumindest glauben wir das«, sagte Percy. »Und wir hätten wirklich gern Ihre Hilfe in dieser Sache.« Scotty atmete ein paar Mal tief durch.

»Was ist los, Scotty?«, fragte ich.

»Ich kam eines Morgens zur Arbeit.« Ihm stockte kurz der Atem, doch dann fuhr er fort.

»Das war zwei Tage, bevor sie starb.«

»Der gleiche Tag, an dem dieser Anruf einging«, warf Marcie ein.

Ich nickte verstehend und wandte mich dann wieder Scotty zu. »Erzählen Sie weiter«, forderte ich ihn auf.

»Marcias Auto parkte auf dem gleichen Platz wie immer. Neben ihrem Auto stand einer von diesen schicken schwarzen Sportwagen. Ich dachte mir zuerst nichts dabei, aber als ich ins Büro lief, sah ich plötzlich, wie sie aus dem Wagen ausstieg und hereinkam. Sie schien aufgelöst zu sein, sagte aber nichts, und ich fragte auch nicht nach.«

»Haben Sie sehen können, wer noch in dem Wagen saß?«, fragte Percy.

Scotty schüttelte den Kopf. »Die Scheiben waren getönt, und wer immer darin saß, ist direkt danach davongefahren.«

Ich drehte mich zu Marcie um. »Sie erwähnten vorhin Detective Trotter gegenüber, dass die Person, mit der sie gesprochen haben, eine besonders markante Stimme hatte.«

Sie nickte. »Oh, und ob er das hatte. Er sprach mit einer Art Akzent, italienisch, denke ich. Er hörte sich sehr sexy an.«

»Würden Sie die Stimme wiedererkennen, wenn Sie sie noch einmal hören würden?«, fragte Percy.

»Da können Sie sicher sein«, erklärte sie. Ich zog mein iPhone hervor und spielte die Unterhaltung ab, die ich heute Morgen mit Enrique geführt hatte. Während Marcie dem Gespräch lauschte, wurden ihre Augen immer größer.

»Sie kennen ihn?«, fragte sie ungläubig.

»Ja. Ist es ganz sicher der gleiche Mann?« Sie nickte energisch.

Über den Verbleib von Marcias Firmenlaptop wusste keiner der beiden etwas. Die Büromanagerin ließ mich später wissen, dass sie angenommen hatte, ich hätte ihn behalten, und hatte daher Marcias letzten Gehaltsscheck um seinen Gegenwert gekürzt.

Percy und ich einigten uns darauf, dass wir die Sache erst dann weiter besprachen, wenn wir den Parkplatz erreicht hatten, aber bevor es dazu kam, wurden wir von einer anderen Begebenheit abgelenkt. Anna saß in meinem Auto und bemühte sich redlich, ein paar Halbstarke zu ignorieren, die neben ihrem Wagenfenster standen und sie belästigten. Sie war ohnehin schon ziemlich aufgelöst gewesen, aber nun sah sie aus, als würde sie jeden Moment anfangen zu weinen. Ich war sowieso schon geladen, und dabei zuzusehen, wie die Typen Anna das Leben schwer machten, war dem Ganzen nicht gerade sonderlich zuträglich.

»Kann ich den Herrschaften vielleicht irgendwie behilflich sein?«, fragte ich in einem nicht ganz so freundlichen Tonfall, während ich auf sie zulief. Die drei warfen mir drohende Blicke zu. Wenn sie gewusst hätten, welche Laune ich gerade mit mir herumschleppte, hätten sie wahrscheinlich die Beine in die Hand genommen. Der Größte von ihnen war etwa so groß wie ich, aber jünger, kaum älter als siebzehn. Mit seiner linken Hand hielt er sich die Eier fest, was meiner Einschätzung nach zwei Zwecken diente … seine rutschende Hose festzuhalten und sich selbst immer wieder daran zu erinnern, dass er kein kleines Mädchen war.

»Was willst du denn schon groß machen, alter Mann?«, forderte er mich heraus.

Bei jeder anderen Gelegenheit hätte ich dieses Großmaul einfach ignoriert, wäre zu Anna in den Wagen gestiegen und nach

Hause gefahren, aber in den letzten Minuten hatte sich bestätigt, was ich schon eine Weile befürchtet hatte: Meine Frau hatte eine Affäre gehabt, war möglicherweise von dem Mann schwanger geworden, und ihr Liebhaber hatte sie am Ende sogar noch umgebracht. Ich war innerlich wie zerrissen und am Boden zerstört. Dieser kleine Punk hatte es gerade unwissentlich fertiggebracht, mich wie schon lange nicht mehr auf die Palme zu treiben.

»Du solltest dir besser angewöhnen, älteren Leuten etwas mehr Respekt entgegenzubringen«, sagte ich mit leiser Stimme und machte einen Schritt auf ihn zu. Er antwortete mit einem rechten Schwinger.

Er war schnell, das musste ich ihm lassen. Seine Faust schrammte oben über meinen Kopf, als ich mich unter ihm wegduckte. Ich konterte mit einer Links-Rechts-Kombination. Er taumelte mit erstauntem Gesicht zurück. Der Kampf war bereits in vollem Gange und ich hatte nicht vor, klein beizugeben. Ich lief schnell auf ihn zu und deckte ihm mit einem ganzen Hagel von Schlägen ein. Ein paar Mal erwischte er auch mich, aber seine Schläge waren schwach und uneffektiv.

Er war jetzt schon ziemlich benommen und sah wahrscheinlich einen ganzen Schwarm dieser kleinen gelben Tweety-Vögel um seinen Kopf herumtanzen. Ich verpasste ihm noch einen satten rechten Haken gegen den Kiefer. Seine Knie gaben nach und er sackte in sich zusammen. Ich ließ mich auf seine Brust fallen. Das trieb ihm die Luft endgültig aus den Lungen, und mit einem letzten Schlag schickte ich ihn schließlich ins Land der Träume.

Als ich hochsah, landete Percy gerade einen Seitwärtstritt in das Gesicht von einem der anderen Halbstarken. Eine Pistole fiel ihm aus der Hand, als er auf dem Asphalt aufschlug. Der Dritte rannte, so schnell wie ein Olympia-Läufer, davon. Er war wirklich verdammt schnell. Er sah ein letztes Mal zu uns zurück, bevor er hinter der Ecke eines Fast-Food-Restaurants verschwand. Ich durchsuchte hastig den Typen vor mir und fand tatsächlich eine pummelige .38er in seiner Hose.

Ich nahm sie an mich, während Percy die beiden Männer mit einem Paar Handschellen aneinanderkettete, dann stand er auf und bestätigte mir mit einem Blick, dass er okay war.

»So, wie es aussieht, schulde ich dir etwas«, sagte ich. Percy warf mir ein kurzes, kaum wahrnehmbares Lächeln zu und deutete dann auf Anna.

»Wieso bringst du sie nicht nach Hause? Ich kümmere mich in der Zeit um die beiden hier.« Das Aufheulen einer Sirene unterbrach ihn. Wir drehten uns um und erblickten auf einmal einen Streifenwagen, der zügig auf den Parkplatz einbog. Ein dicker Officer mit den Streifen eines Sergeants hievte sich gerade mühsam aus dem Fahrzeug.

»Na, wenn das nicht die beiden weltberühmten Mordkommissare sind«, rief er freundlich, während er zu uns herüberschlenderte.

»Hallo, Dickie«, begrüßte ich ihn, als er mir die Hand schüttelte.

»Ich habe dich ja seit einer Ewigkeit nicht mehr gesehen, Tommy. Wie geht es dir?«

»Ganz okay, Dickie, und selbst?«

»Kann mich nicht beklagen, und selbst wenn, sagt meine Frau immer, ich soll die Klappe halten.« Er lachte in sich hinein, und dann sah er zu Percy hinüber.

»Also, Detective, was haben die beiden Nichtsnutze denn angestellt, um euren Zorn auf sich zu ziehen?«

»Einer von ihnen wollte Thomas einen Schwinger verpassen«, erklärte Percy und zeigte dem Officer die beiden Pistolen. »Außerdem waren sie bewaffnet.«

Dickie streckte die Hand nach einer der Waffen aus. Percy entlud sie und reichte sie ihm. »Junge, Junge, das ist aber ein schönes Stück«, sagte Dickie und untersuchte die Waffe. »Ich wette, die ist gestohlen.«

»Höchstwahrscheinlich«, stimmte Percy ihm zu.

»Ich fordere mal einen Officer an, der die beiden abholt«, meinte Dickie. »Wer von euch beiden zeigt die Typen an?«

»Das mache ich«, erklärte Percy. »Ich weiß das wirklich zu schätzen, Dickie.«

Dickie nickte und sah sich um. Als er Anna erspähte, grinste er breit und lief zum Auto hinüber. »Hallo, Schätzchen. Ich bin Dick Durbin, aber alle nennen mich Dickie-Do, wegen meines

Bauches, der weiter als mein Pimmel vorsteht.« Jetzt lachte Dickie laut los. Percy und ich hatten diesen Witz schon mehr als einmal über die Jahre hören müssen. »Sie wurden aber nicht verletzt, oder?«

»Nein, mir geht es gut«, antwortete Anna. Dickie deutete zu uns hinüber.

»Wir haben alle zusammen als Rookies angefangen«, erzählte er ihr. »Junge, Junge, ich könnte Ihnen Geschichten über die beiden erzählen ...«

»Das wette ich«, sagte Anna.

»Was wird denn mit den beiden Idioten passieren?«, fragte Anna, als wir die Straße hinunterfuhren.

»Percy wird sie wegen Körperverletzung und unerlaubtem Waffenbesitz anzeigen«, antwortete ich.

Sie dachte kurz darüber nach. »Gut«, sagte sie schließlich.

Die Fahrt nach Hause verlief sehr schweigsam. Es war für uns beide kein guter Tag gewesen, und dabei war es noch nicht einmal Mittag.

KAPITEL 37

»Du siehst gut aus«, sagte Anna. Sie war hereingeplatzt, als ich mich zum x-ten Mal in meinem Badezimmerspiegel begutachtete. Mehrere Male hatte ich bereits die Hemden gewechselt, bis ich mich für ein burgunderrotes Hemd, eine kakifarbene Hose und einfache Slipper entschieden hatte.

»Merke dir, was ich dir gesagt habe. Sie kann Zigarrenrauch nicht leiden«, ermahnte sie mich.

Ich warf ihr mithilfe des Spiegels einen entnervten Blick zu. »Ja, Mama, daran hast du mich jetzt schon ein dutzend Mal erinnert.« Als wir ins Wohnzimmer liefen, gab mein Telefon einen Warnton von sich. »Sie ist da«, sagte ich.

»Wo geht ihr beiden denn hin?«

Ich hob die Schultern. »Irgendwo Abendessen. Sie hat mir nicht verraten, wohin.« Ich lief zur Vordertür und Anna folgte mir. Ich blieb stehen und drehte mich noch einmal um.

»Warte nicht auf mich«, meinte ich mit einem Grinsen, lief hinaus und zog die Tür hinter mir zu, bevor sie mir folgen konnte.

Simone fuhr einen weißen Hyundai Elantra. Er war blitzsauber, fiel ansonsten aber unter die Kategorie langweilig, aber das behielt ich natürlich tunlichst für mich.

»Ein neues Auto?«, fragte ich, als ich einstieg und mich anschnallte.

»Ja. Meine erste Wahl wäre zwar ein Porsche gewesen«, antwortete sie grinsend, »aber der Preis war in Ordnung, und die Garantieleistungen sind irre gut. Ich hoffe, du bist hungrig.«

Sie fuhr zu einem Restaurant in Berry Hill, das auf vegane Gerichte spezialisiert war. Ich nahm einen veganen Barbecue Wrap, der überraschenderweise ziemlich lecker war. Mit einem echten Barbecue hatte er natürlich nichts zu tun.

»Schmeckt es dir?«, fragte Simone.

»Ja, er ist ganz wunderbar«, antwortete ich und sehnte mich nach einem kühlen Bier. »Erzähle mir mehr von dir«, ermunterte ich sie, während ich von meinem Wasser trank.

»Wo kommst du ursprünglich her?«

»Aus einer kleinen Stadt namens Trenton, schon mal davon gehört?«

»Trenton, New Jersey? Die Stadt ist doch alles andere als klein!«

Simone lachte. »Nein, Trenton, Tennessee. Ist in der Nähe von Jackson. Mein Vater ist gestorben, aber meine Mutter lebt immer noch dort.«

»Und lebt Madisons Vater auch da?«, fragte ich vorsichtig, in der Hoffnung, nicht zu neugierig zu wirken.

»Nein, er lebt zurzeit in Chicago. Wir haben uns auf der Middle Tennessee State kennengelernt. Dort sind wir beide zur Schule gegangen.«

»Ich verstehe.«

»Um es kurz zu machen, wir haben in unserem letzten Jahr auf dem College geheiratet. Die Ehe hielt zwölf Jahre, bevor alles in die Brüche ging. Es war keine schöne Trennung.«

»Oh, es tut mir leid, das zu hören.«

Eigentlich interessierte es mich brennend, wieso die Ehe auseinandergegangen war, aber jetzt war kein guter Zeitpunkt, um eine so persönliche Frage zu stellen. »Verstehen er und Madison sich denn noch gut?«

Simone schüttelte den Kopf. »Außer hin und wieder ein paar Telefonate haben die beiden kaum Kontakt zueinander. Wir sind jetzt seit zwei Jahren geschieden und seitdem hat er sie erst einmal gesehen.«

Sie sah mich intensiv an. »Ich habe versucht, eine gute Mutter zu sein, aber es war nicht immer leicht.« Sie aß einen Happen von etwas, das wie Unkraut aussah, und lächelte.

»Weißt du, sie hatte ihre Probleme, damit klarzukommen, dass ihre Mutter jemand neuen kennenlernen will, aber du bist der Erste, den sie zu mögen scheint. Tatsächlich sagte sie sogar, du wärest ziemlich cool für einen alten Knacker.«

»Ich bin mir nicht ganz sicher, wie ich das verstehen soll«, sagte ich lachend.

Auf diese Weise führten wir unsere angenehme Unterhaltung während des Abendessens fort, und ich stellte fest, dass ich mich köstlich amüsierte.

Anschließend liefen wir händchenhaltend zu unserem Parkplatz. Ich wollte sie gerade küssen, als wir plötzlich rüde unterbrochen wurden.

»Hallo, Thomas.«

Ich blickte mich verwirrt um. Es war Enrique. Er lächelte, aber es war kein freundliches Lächeln.

»Was zur Hölle machen Sie denn hier?«, fragte ich ebenso unhöflich.

»Oh, es ist schon erstaunlich, wie schnell man in jemanden hineinrennen kann, wenn man an ihn denkt. Haben Sie beide Ihr Abendessen genossen?«, fragte er und sah zu Simone hinüber. »War Thomas ein Gentleman oder eher der ungehobelte Säufer, der er gewöhnlich ist?«

»Sie vergreifen sich im Ton, Enrique«, sagte ich.

»In der Tat«, bekräftigte Simone.

»Oh, dann entschuldige ich mich«, erwiderte er mit einem arroganten Grinsen. »Ich wollte ohnehin gerade gehen. Haben Sie noch einen schönen Abend, Miss Carson.« Er zwinkerte ihr zu, dann verschwand er.

»Ist das ein Freund von dir?«, fragte Simone, während wir ihm dabei zusahen, wir er in einen schwarzen Dodge Charger stieg und davonfuhr.

»Eher das Gegenteil. Lass uns fahren, dann erzähle ich dir unterwegs alles.«

KAPITEL 38

Ich war abgelenkt. Enrique hatte mich letzte Nacht stinkwütend gemacht, was natürlich genau seine Absicht gewesen war. Ich hatte absolut nichts gegen ihn in der Hand, außer ein paar unwesentlichen Beweisen und meinem Bauchgefühl und das machte mich wahnsinnig.

Er musste mit Leona gesprochen haben, und daher wusste er jetzt, dass ich hinter ihm her war. Ich wollte die Sache weiterverfolgen, aber das musste leider erst einmal warten, denn für diesen Tag waren die eidesstattlichen Aussagen anberaumt.

Sherman hatte dafür sein eigenes Büro angeboten, die Gegenseite hatte das aber abgelehnt, deshalb saßen wir nun in einem Gebäude, das auch als das 2-2-2 bekannt war. Das war ein Kürzel für die Adresse, der 222 2nd Avenue North. Der offizielle Name lautete Washington Square, aber so nannte es hier niemand. In dem Haus waren einige Büros der Stadtverwaltung untergebracht, zusammen mit dem Büro des Bezirksstaatsanwaltes, und außerdem tagte auch das Geschworenengericht hier. Früher war ich oft hier gewesen, aber in letzter Zeit nicht mehr.

Da ich derjenige gewesen war, der die Anklage erhoben hatte, durfte ich jeder Aussage beiwohnen. Die Erfahrung glich irgendwie einer Prostata-Untersuchung: Mir ging das alles ganz furchtbar auf die Eier, aber es war leider notwendig. Das einzig Gute an der Sache war, dass Simone mit anwesend sein würde. Sie musste sich nämlich um das Video-Equipment kümmern und für Sherman Notizen machen. Als sie und Sherman den Raum betraten, lächelten wir uns kurz an.

Der Anwalt der Gegenseite war ein vierzigjähriger Mann namens James Hensley. Er war etwa eins-achtzig groß, hatte schmale Schultern, breite Hüften und einen eigentümlich großen Kopf. Er sah irgendwie seltsam aus. Ihn auf die Welt zu bringen, hatte seiner Mutter garantiert einige Probleme bereitet. Er ignorierte mich geflissentlich, während er Sherman einige Rechtsfragen stellte, deren Antworten er bestimmt längst kannte.

Nachdem er sich irgendetwas notiert hatte, hob er tadelnd den Zeigefinger.

»Das war eine ganz üble Nummer, die Sie letzte Woche abgezogen haben. Sie sollten sich schämen«, sagte er. Sherman runzelte die Stirn. »Uns eine erfolgversprechende junge Anwältin wegzuschnappen, sollte eigentlich unter Ihrer Würde sein.«

»Sie hatten wohl ein Auge auf sie geworfen, was?«, fragte Sherman mit einem schiefen Grinsen. »Vielleicht sogar ein romantisches Interesse?«

James lief augenblicklich rot an und hüstelte. »Machen Sie sich nicht lächerlich«, sagte er entrüstet, aber seine Reaktion signalisierte Sherman, dass er den Nagel offenbar auf den Kopf getroffen hatte.

»Erlauben Sie mir, Ihnen einen kostenlosen Ratschlag zu geben«, fuhr Sherman mit einem unbekümmerten Lächeln fort. »Wenn Sie das nächste Mal versuchen, Ihre Spielchen mit mir zu spielen, wird das den Steuerzahler ein paar mehr Nullen kosten, und dann, mein Freund, werde ich dafür sorgen, dass der Bürgermeister davon erfährt.«

Er sah zu mir hinüber. »Ich habe einiges an Geld in seine Kampagne gesteckt. Er ist ein Idiot, aber er wird auf mich hören, wenn ich ihm erzähle, dass der Chef seiner Rechtsabteilung seinem Job nicht gewachsen ist«, sagte er augenzwinkernd.

Counselor Henson legte die Stirn in Falten, setzte zu einer Antwort an, überlegte es sich dann aber doch anders. Er begrub seine Nase im Papierkram und begann, sich hastig irgendwelche Notizen zu machen.

Fünfzehn Minuten später kam William mit einem Starbucks-Latte in der Hand herein. »Sorry, dass ich zu spät bin. Ich hatte im Büro noch etwas Dringendes zu erledigen.«

Sherman warf ihm einen kurzen unterkühlten Blick zu, während sich William neben ihn setzte. Egal, was ich sonst von meinem Vater hielt, aber ein saftiger Klaps hinter die Ohren, wenn ich zu spät zur Arbeit gekommen war, hatte mir so etwas sofort ausgetrieben. Vielleicht sollte ich Sherman das auch einmal vorschlagen.

Der erste Teil der Vernehmungen war eher eine Formalität. Officer Acevedo und Sergeant Trent betraten zusammen mit ihren Anwälten den Raum. Keiner von beiden sah mich an. Wie vorher mit den Anwälten abgesprochen, gaben beide Männer, unmittelbar, nachdem man ihnen den Eid abgenommen hatte, zu Protokoll, dass sie sich auf den 5. Zusatzartikel beriefen und ihre Aussage somit verweigerten. Ihre Stellungnahme wurde aufgezeichnet, dann verließen beide schweigend den Raum.

Wie besprochen, sagte Jay Sansing als Erster aus. Sherman und ich waren davon überzeugt, dass er am aufrichtigsten sein würde, und außerdem genoss ich es, Perry den ganzen Tag lang draußen auf dem Gang schmoren zu lassen, während alle anderen vor ihm dran waren.

Jay beantwortete tatsächlich jede Frage ehrlich und entgegenkommend. Unglücklicherweise enthüllte seine Aussage aber nichts, was wir nicht schon wussten. Jay sagte aus, dass er nie in direktem Kontakt mit Perry gestanden hatte und dass es Commander Bartlett gewesen war, der den Verlauf der Ermittlungen vorgegeben und sie mit den Informationen über Brittany Long versorgt hatte.

Oscar war als Nächstes dran und ließ uns nicht im Stich. Sein Auftreten war extrem arrogant und herablassend, außerdem versuchte er, bei jeder zweiten Frage seine eigenen Ansichten unterzubringen. Sherman ließ ihn wie einen kompletten Idioten aussehen, aber wie das bei Idioten meistens so ist, merken diese gar nicht, wenn sie sich zum Affen machen.

Dann beging er sogar noch einen Kardinalfehler zu unseren Gunsten. Er gab an, ein Fahrstuhlgespräch mit Perry gehabt zu haben, in dem es um die Untersuchung gegangen war, und dieser hatte Oscar daraufhin versichert, dass Brittany Long unbedenklich sei.

Nach dem Essen wurde der Commander des *Office of Professional Accountability* angehört. Sory Bartlett war ein gut aussehender Schwarzer, der auf dem College offenbar viel Sport getrieben hatte. Er war Cornerback der UT gewesen, wenn mich nicht alles täuschte. Er war Mitte vierzig, sah aber um einiges jünger aus. Er trug einen teuer aussehenden, oxford-grauen Nadelstreifenanzug, bei dem es sich einfach um eine Maßanfertigung für seine athletische Statur handeln musste. Wenn man ihn in diesem Aufzug auf der Straße gesehen hätte, hätte man ihn für einen angesagten Anwalt gehalten, aber sicher nicht für einen Cop.

An dieser Stelle endete seine Professionalität aber auch schon. Er beantwortete Shermans Fragen allesamt ausweichend und mit der Doppelzüngigkeit eines schmierigen Politikers … ein schmieriger Politiker in einem Fünfhundert-Dollar-Anzug.

»Commander Bartlett, wie lange wussten Sie schon von der angeblichen Augenzeugin Brittany Long?«

»Ich glaube, die Detectives Marson und Sansing stießen während ihrer Untersuchung auf sie«, antwortete er mit unbewegter Miene.

»Dann dürfte es Sie bestimmt interessieren, dass beide Detectives unter Eid ausgesagt haben, von Ihnen mit dieser Zeugin versorgt worden zu sein«, konterte Sherman.

»Haben sie das?«

»Weichen Sie etwa gerade der Frage aus?«

»Überhaupt nicht, Counselor«, erwiderte Bartlett.

»Dann werde ich es Ihnen einfacher machen und die Frage so formulieren, dass Sie diese mit einem einfachen Ja oder Nein beantworten können. Haben Sie Detective Marson oder Detective Sansing über eine Frau informiert, die sich selbst als Augenzeugin in dem angeblichen Mordfall an Marcia Ironcutter vorgestellt hat?«

»Möglicherweise, aber ich kann mich nicht mehr daran erinnern«, sagte er. Sherman hielt einen Moment lang inne und versuchte dann eine andere Taktik.

»Gab es jemals eine Diskussion zwischen Assistant Chief Raymond Perry und Ihnen, den angeblichen Mord an Marcia Ironcutter betreffend?«, bedrängte ihn Sherman.

»Natürlich, es gehört schließlich zu meinen Pflichten, meine Befehlskette über den Stand unserer Ermittlungen in Kenntnis zu setzen.«

»Hat er Sie oder Ihr Büro dazu angewiesen, eine Untersuchung durchzuführen?«

»Soweit ich mich erinnere, besprachen wir den Fall und entschieden dann, dass eine Untersuchung angebracht sei.«

»Basierend auf welcher Faktenlage?«, fragte Sherman.

»Ich kann mich leider nicht mehr an Einzelheiten erinnern«, erwiderte Bartlett schlagfertig.

»Haben Sie sich jemals mit dem Polizeichef über die Dame unterhalten, die sich selbst als Brittany Long vorgestellt hat?«

»Ich erinnere mich nicht daran.«

»Sie scheinen offenbar ein Problem mit Ihrem Gedächtnis zu haben, Commander Bartlett«, sagte Sherman. Bartlett grinste, als hätte er einen Zwischensieg errungen.

Sherman seufzte. »In Ordnung«, sagte er und nickte William zu, der daraufhin aufsprang und hinauslief. »Ich beantrage eine kurze Pause.«

»Weshalb?«, fragte James.

»Damit William den Richter kontaktieren kann.«

»Dann kann ich jetzt also gehen?«, fragte Commander Bartlett und wollte sich schon erheben.

»Oh nein, Commander, Sie stehen noch immer unter Strafandrohung, und in etwa einer Stunde werde ich eine Zwangsverfügung für Sie in den Händen halten.« Sherman beugte sich nach vorn. »Wir haben nämlich bereits damit gerechnet, dass Sie sich unehrenhaft verhalten würden, und haben deshalb entsprechend vorausgeplant. Die Verfügung wurde bereits verfasst und wartet auf dem Schreibtisch seines Sachbearbeiters nur noch auf eine Unterschrift. Ich kann Ihnen versichern, dass unserem Antrag entsprochen wird und Sie einer derjenigen sein werden, die die Hauptlast zu tragen haben werden.«

Commander Bartlett sah Sherman einen Moment lang stirnrunzelnd an und blickte dann zu James hinüber. »Kann er das wirklich machen?«

James nickte. »Ich fürchte, das kann er, wenn sein Antrag bewilligt wird.«

Ich fand, dass die Gelegenheit gekommen war, einzuspringen. »James, wieso ziehen Sie und Sorry, Entschuldigung, Sory sich nicht irgendwohin zurück und Sie erklären ihm, dass er nicht halb so clever ist, wie er zu sein glaubt?«

»Das ist ein ganz ausgezeichneter Vorschlag, Thomas«, bekräftigte Sherman. »Vielleicht brauchen wir alle mal eine kleine Pause.«

Das musste man Simone nicht zweimal sagen. Sie eilte zur Tür hinaus und lief dann direkt auf die Damentoilette zu.

James gab Sory ein Zeichen und die beiden begaben sich ebenfalls hinaus. Beim Hinausgehen warf mir Sory allerdings noch einen seiner bösen Blicke zu.

»Okay, dann erkläre mir mal, was das Ganze soll«, sagte ich, als ich sicher war, dass uns niemand belauschen konnte.

Sherman erklärte es mir. »Wenn man unter Eid aussagen soll, wird allgemein erwartet, dass diese Person die Fragen so ehrlich wie nur möglich beantwortet. Nach Paragraf 37 der Zivilprozessordnung gelten ausweichende oder unvollständige Antworten als Aussageverweigerung. Die Zwangsverordnung ist ein Weg, dies darzulegen und den Zeugen letzten Endes zu einer Aussage zu zwingen.«

»Und was ist, wenn er sich einfach weiter auf diese Art benimmt … sich weigert, Antworten zu geben, und weiterhin diesen Eiertanz aufführt?«

»Dann stehen uns einige Optionen zur Verfügung, darunter die Möglichkeit, auf Missachtung des Gerichts zu plädieren«, erwiderte Sherman. »Ich bin mir sicher, dass James das dem Commander jetzt gerade erklärt.«

Überraschenderweise dauerte es keine ganze Stunde. Während William noch die Zwangsverfügung einholte, kehrten James und Sory in den Konferenzraum zurück. Sory setzte sich und starrte dumpf vor sich hin, als wäre er ein VIP-Mitglied einer Geheimgesellschaft; James hingegen ließ sich ächzend auf seinen Stuhl fallen.

»William sollte in wenigen Minuten mit der Verfügung hier sein«, meinte Sherman.

»Ich habe die Problematik mit Commander Bartlett erörtert«, antwortete James.

»Und?«

»Wir warten auf die Verfügung«, erwiderte Sory knapp. Sein Mund war zu einer wütenden Linie zusammengekniffen, und er starrte uns an, als wäre das der Showdown auf dem OK Corral.

Sherman und ich ignorierten ihn einfach und unterhielten uns in den nächsten fünfzehn Minuten über Golf, bis William hereinkam und einen Stapel Papiere vor James auf den Tisch knallte.

»Die Zwangsverfügung ist unterzeichnet und hiermit wirksam«, sagte er triumphierend.

»Ausgezeichnet«, antwortete Sherman und nickte der Stenografin zu. »Für das Protokoll, soeben wurde der Gegenseite eine Zwangsverfügung übergeben. Fahren wir fort.« Er konzentrierte sich nun wieder auf Sory.

»Commander Bartlett, wurden Sie von Ihrem Anwalt über die Einzelheiten der Zwangsverfügung aufgeklärt?«

»Ich denke schon.«

»Gut, beabsichtigen Sie, sich dieser zu fügen, oder werden Sie weiterhin ausweichend auf meine Fragen antworten?«

»Stellen Sie ruhig Ihre Fragen, Herr Anwalt«, antwortete er säuerlich.

»In Ordnung, fangen wir noch einmal ganz von vorn an. Wurden Sie von Assistant Chief of Police Raymond Perry angewiesen, eine Untersuchung im Falle des Todes von Marcia Ironcutter anzustrengen?«

»Ja.«

»Unter welchen Umständen hat sich dies zugetragen?«

»Die Sache kam während eines Treffens zur Sprache«, antwortete er.

»Wann fand dieses Treffen denn genau statt und was wurde dort besprochen?«

»Ich erinnere mich nicht mehr daran, bei welchem Treffen dieser Punkt genau erörtert wurde.« Sherman starrte ihn intensiv an, und ich konnte sehen, wie Sorys Kiefer mahlten. »Sie müssen verstehen, dass wir regelmäßig Treffen abhalten, wirklich viele Treffen, und während dieser Treffen werden eine ganze Reihe von Punkten abgearbeitet«, fügte er hastig hinzu.

»Ah, ich verstehe«, sagte Sherman und nickte scheinbar verständnisvoll. »Und in diesen Treffen werden unübersichtlich viele Angelegenheiten besprochen?«

»Ganz genau«, erwiderte Commander Bartlett.

»Man könnte also sagen, dass in diesen Treffen derart viele wichtige Dinge abgehandelt werden, dass es später schwer ist, sich an alles zu erinnern?«

»Ja, absolut«, bekräftigte Sory hastig.

»Nun, haben Sie sich während dieser Treffen, in denen so viele wichtige Punkte erörtert werden, denn jemals Notizen gemacht?«, fragte Sherman unschuldig. Ich merkte schon jetzt, worauf das hinauslief. Notizen, ganz egal, ob es sich dabei um formelle, maschinengeschriebene Berichte oder um handschriftliche Stichworte handelte, waren feststellbares Material. Commander Bartlett schien das ebenfalls zu verstehen.

»Das ist möglich«, antwortete er vorsichtig.

»Nun kommen Sie schon, Commander Bartlett. Wollen Sie wirklich behaupten, dass Sie sich nicht mehr daran erinnern können, ob Sie sich bei Treffen mit Ihren Vorgesetzten Notizen gemacht haben?«, fragte Sherman. Sory funkelte ihn finster an und überlegte, was er darauf antworten sollte. Sherman half ihm netterweise auf die Sprünge.

»Als Profi, und ich bin mir sicher, dass Sie sich als solchen bezeichnen würden, hätten Sie sich bei einem wichtigen Meeting mit Ihren Vorgesetzten ganz sicher Notizen gemacht, ganz besonders dann, wenn sensible Themen wie das Fehlverhalten bei der Polizei besprochen wurden. Aber vielleicht liege ich da ja auch falsch ... vielleicht liegt Ihnen Ihr Beruf ja auch gar nicht so besonders am Herzen?«

»Mir liegt mein Beruf sogar sehr am Herzen, Herr Anwalt«, gab Sory aufgebracht zurück. »Daran sollten Sie keine Sekunde zweifeln.«

»Das ist wunderbar. Also haben Sie tatsächlich während dieser Treffen Notizen geführt?«

»Hin und wieder«, antwortete er zögernd.

Sherman sah zu seinem Enkel William hinüber, der wie aufs Stichwort einen dicken Stapel Dokumente aus seinem Koffer holte.

»Fürs Protokoll, der Verteidigung wurden soeben Offenlegungsaufforderungen für alle Notizen, Aufnahmen, E-Mails und jegliche weitere Korrespondenz, sowohl geschäftlicher als auch privater Natur, von Commander Sory Bartlett vorgelegt«, sagte William, während er Hensley die Schriftstücke aushändigte.

Sory explodierte daraufhin. »Das können Sie nicht tun!«

»Und ob ich das kann«, erwiderte Sherman gelassen und seufzte. »Commander Bartlett, haben Sie wirklich geglaubt, dass

Sie heute hierherkommen und sich locker aus der ganzen Sache herauswinden können?«

Sory schoss wütend aus seinem Stuhl hoch, so schnell, dass dieser zurückrutschte und gegen die Wand krachte. Er wandte sich Hensley zu und rief: »Sie müssen das aufhalten! Wir haben gerade drei höchst sensible Ermittlungen laufen. Die dürfen auf keinen Fall an die Öffentlichkeit gelangen!« Das war jetzt nicht mehr gespielt, er war jetzt wirklich wütend. Doch James antwortete nicht.

Sherman lehnte sich in seinem Stuhl zurück und starrte den Mann düster an. »Commander, ich mache diesen Job schon länger, als Sie überhaupt auf der Welt sind. Egal, welche Mätzchen Sie auch versuchen, ich habe sie alle schon erlebt.«

Sory sah ihn mit unverhohlener Missachtung an, dann gab er James ein Zeichen. Die beiden Männer liefen daraufhin erneut in den Flur, von wo aus wir sie gedämpft streiten hören konnten. Ein paar Minuten später betraten sie den Konferenzraum wieder.

»Commander Bartlett ist bereit, Ihnen Kopien seiner Notizen und E-Mails Marcia Ironcutter betreffend zu übergeben, aber ich möchte vehement Einspruch gegen die restlichen Forderungen dieses Antrages erheben«, sagte Counselor Hensley, nachdem wir alle wieder Platz genommen hatten.

»Das wäre doch schon einmal ein guter Start, James«, antwortete Sherman. »Ich werde mir in Ruhe ansehen, was uns zur Verfügung gestellt wird, und dann unsere Offenlegungsaufforderungen noch einmal neu bewerten.« Anschließend sah Sherman für einen Moment auf seinen Notizblock hinunter.

»Konzentrieren wir uns nun auf alle Treffen zwischen Assistant Chief Perry und Ihnen, Thomas Ironcutter betreffend.«

»Ja?«

»Haben Sie denn während *dieser* Treffen Notizen angefertigt?«, fragte Sherman.

»Ich wurde von Assistant Chief Perry ausdrücklich dazu aufgefordert, während unserer Treffen Thomas Ironcutter betreffend keine Mitschriften zu tätigen«, antwortete er, und fügte nach einem kurzen Zögern hinzu: »Allerdings ist es möglich, dass ich mir nach diesen Treffen trotzdem etwas notiert habe, nur für alle Fälle.«

Ich sah, wie Shermans Augenbraue nach oben wanderte. »Weiß Assistant Chief Perry davon, dass Sie sich Notizen gemacht haben?«, fragte er.

»Nein, ich glaube nicht, dass er das weiß.«

Das war der Durchbruch, auf den wir gehofft hatten, und von da an begannen die Fragen, erst richtig ans Eingemachte zu gehen. Zu meiner Überraschung begann Sory nun endlich, detaillierte Antworten auf Shermans Fragen zu geben. Die Befragung über Perrys Rolle in diesem Fall dauerte über zwei Stunden. Im Prinzip schob Bartlett den Schwarzen Peter komplett zu Perry und behauptete, nur Befehle befolgt zu haben.

Sein verändertes Verhalten erinnerte mich an einen alten Sergeant, mit dem ich mal Streife gefahren war. Der Mann hatte voller Euphemismen wie die Baseball-Legende Yogi Berra gesteckt, und eine davon hatte gelautet: *Wenn die Ratten das sinkende Schiff verlassen, schwimmt jede Ratte für sich allein.* Der Spruch schien mir hier auch ganz passend zu sein.

»Okay, Commander, ich würde nun gern Ihre Aufmerksamkeit auf den Tag der Verhaftung von Thomas Ironcutter lenken«, sagte Sherman.

»Okay«, antwortete Commander Bartlett argwöhnisch.

»Ich bin mir sicher, dass Ihnen bekannt ist, dass mein Klient während seiner Festnahme durch eine nicht provozierte Gewaltanwendung verletzt wurde, also stellen Sie sich bitte nicht dumm.«

Bartlett rutschte auf seinem Stuhl hin und her. »Ja, das ist mir bekannt«, antwortete er schließlich, und steuerte dann freiwillig etwas zu diesem Thema bei.

»Nachdem das Video der Verhaftung publik geworden ist, wurde sofort eine Untersuchung eingeleitet. Officer Acevedo und Sergeant Trent wurden vom Dienst suspendiert, bis das Ergebnis des Ganzen vorliegt.«

»Wieso dauerte es denn so lange, bis die Untersuchung überhaupt eingeleitet wurde?«, fragte William.

»Es gab keine übermäßige Verzögerung«, antwortete Sory.

»Noch am gleichen Tag seiner Verhaftung wurde Thomas Ironcutter ins Krankenhaus gebracht, als Folge der Verletzungen, die er, während der Prügelattacke erlitt. Die offiziellen Ermittlungen begannen aber erst drei Tage später und nur auf direkten Befehl von Bürgermeister Schoenfeld, ist das korrekt?«

»Der genaue zeitliche Ablauf ist mir nicht bekannt«, antwortete Sory ausweichend.

»Also hat er die Untersuchung nicht erst drei Tage, nachdem das Video bekannt geworden ist, befohlen?«

»Ich bin mir nicht sicher«, antwortete er wieder.

Aber William ließ ihn nicht vom Haken. »Stimmt es, dass Sergeant Trent der gleichen Freimaurerloge angehört wie der Polizeichef?«

»Ich bin nicht sicher, wie ich diese Frage beantworten soll.«

»Rührt daher nicht die Verzögerung in der Untersuchung?«

»Noch einmal, ich weiß nicht, wie ich diese Frage beantworten soll«, sagte Sory nervös.

»Commander Bartlett«, meinte William mit starrem Blick. »Werden Sie jetzt, wo Ihnen diese Informationen bekannt sind … Informationen, die auf ein Fehlverhalten des Polizeichefs schließen lassen, eine diesbezügliche Untersuchung in Betracht ziehen?«

»Wir beginnen bestimmt keine Untersuchung, nur weil ein Anwalt das von uns verlangt«, erwiderte Sory schnippisch.

»Ich bin Bürger der Stadt Nashville, Tennessee, und informiere Sie gerade über ein Fehlverhalten innerhalb der Polizeibehörde«, drängte ihn William.

Sory starrte ihn mit unverhohlener Abscheu an. »Na und?«

»Sehr gut«, sagte William. »Wir haben Sie soeben dabei dokumentiert, wie Sie Hinweise auf ein solches Fehlverhalten missachten. Das dürfte das Justizministerium bestimmt interessieren.«

»Ich habe nie gesagt, dass ich mich weigern würde, zu ermitteln«, antwortete er hastig. Ich schüttelte angewidert den Kopf. Dieser Mann war einfach unglaublich.

»Was wollen Sie denn noch?«, schrie Sory nun beinahe. »Diese beiden Männer, die im Übrigen verdammt gute Officer sind, werden nun aller Wahrscheinlichkeit nach verhaftet und ihre Jobs verlieren. Sie sollten eigentlich glücklich darüber sein.«

»Wieso ist das nicht schon längst passiert?«, feuerte William zurück. Sory starrte ihn wütend an, schwieg aber.

Sherman ergriff daraufhin das Wort. »Commander Bartlett, warten Sie auf das Ergebnis dieser Anhörung, bevor Sie die Untersuchung zu einem Abschluss bringen?«

Sory sah mich durchdringend an. »Ja.«

Ich wusste, was er damit meinte. Er wartete solange, bis ich angehört wurde. Sie hofften fieberhaft darauf, dass während meiner Befragung irgendetwas ans Tageslicht kommen würde, das sie als Aufhänger benutzen konnten, um den ganzen Fall abzuschließen, und mit Abschließen dachten sie daran, etwas zu finden, womit sie mir die ganze Schuld zuschieben und sich selbst entlasten konnten.

Die Anhörung von Commander Bartlett dauerte noch eine weitere Stunde, aber es war nichts Bedeutsames mehr aus ihm herauszuholen. Es lief also darauf hinaus, was seine Notizen enthüllen würden, und auf das, was Raymond Perry zu erzählen hatte. Sherman beendete seine Befragung des geschätzten Vorsitzenden der OPA und lehnte sich zurück. William stieß ihn an und deutete auf seine Uhr.

»Mein Anwaltskollege wies mich soeben daraufhin, dass es bereits nach siebzehn Uhr ist. Ich denke, wir sind mit der Befragung von Commander Bartlett nun fertig.« Er sah zu James hinüber. »Counselor, wollen wir morgen früh um acht Uhr fortfahren?«

Hensley nickte zustimmend, hob dann jedoch den Finger. »Soweit ich weiß, blieben alle Versuche, Miss Long zu kontaktieren, ohne Erfolg. Damit bleiben nun nur noch Assistant Chief Perry und ihr Klient übrig.« Er sah die beiden Anwälte intensiv an. »Es sei denn, sie überraschen mich noch mit weiteren Vorladungen.« Sherman schüttelte mit einem liebenswürdigen, wenn auch müden Lächeln den Kopf. Mir wurde plötzlich klar, dass es für den alten Mann ein langer Tag gewesen sein musste, und ich machte mir unwillkürlich Sorgen um ihn.

William entließ nun die Stenografin. Sie sammelte ihre Ausrüstung zusammen und verschwand dann leise. Commander Bartlett erhob sich ebenfalls zum Gehen, warf mir aber noch einen langen und harten Blick zu, bevor er hinausging.

»Er scheint dich nicht besonders zu mögen«, meinte William.

»Wir haben eine gewisse Vorgeschichte«, deutete ich an, erläuterte es ihm aber nicht genauer. Schweigend deutete ich auf Sherman, der seine Brille abgenommen hatte und sich die Augen rieb.

William nickte verstehend. »Hey, Opa, wieso fährst du nicht schon mal nach Hause? Ich kümmere mich in der Zeit um alles andere.« Danach sah er wieder zu mir. »Morgen wird es ziemlich interessant werden, denke ich.«

Ich unterhielt mich noch für ein paar Minuten mit William und brachte danach Simone zu ihrem Wagen.

»Wie sieht die Sache denn aus den Augen Dritter aus?«, fragte ich.

»Ziemlich gut, aber ich bin ehrlich gesagt doch voreingenommen«, antwortete Simone.

»Oh, und auf welcher Seite stehst du?«

Simone sah mir in die Augen und lächelte. »Wann führst du mich denn wieder aus?«

»Wie wäre es direkt mit heute Abend?«

Sie schüttelte den Kopf. »Madison und ich gehen heute zu unserem Hot-Yoga-Kurs.«

»Und morgen Abend?«

Sie schüttelte erneut den Kopf. »Da trifft sich Madison mit ihrer Tanzklasse.«

Ich rieb mir über das Kinn. »Ich verstehe. Tja, dann ruf mich doch einfach an, wenn du keine Klasse mehr hast.«

Jetzt lachte sie. »Nur dir könnte dazu ein Rodney Dangerfield Zitat einfallen.«

»Ich hätte gedacht, dass Rodney etwas vor deiner Zeit gewesen wäre.«

Sie gab mir einen spielerischen Klaps auf den Arm. »Mein Vater hat ihn geliebt. Ich erinnere mich noch daran, wie ich ihn als Kind immer im Fernsehen gesehen habe.«

»Wann wäre denn ein guter Tag für dich?«, fragte ich.

»Ich rufe dich an, okay?«

»Klar.«

Sie stand jetzt vor ihrer Wagentür. »Komm her«, sagte sie plötzlich leise.

Der Kuss war wundervoll. Etwas von ihrem Parfüm blieb an mir kleben und roch absolut verführerisch. Es roch sogar so gut, dass es mich davon abhielt, eine Zigarre zu rauchen. Ich schwebte so sehr auf Wolke Sieben, dass mir beinahe der schwarze Wagen entgangen wäre, der mir folgte.

Ich fuhr sofort von der Interstate herunter, bog in ein nahegelegenes Einkaufszentrum ein und kurvte dort über den Parkplatz. Das Auto folgte mir tatsächlich brav überall hin.

»Okay, genug mit diesem Unsinn«, murmelte ich, schoss an einem Discounter vorbei und parkte dann neben den Mülltonnen. Als der schwarze Wagen in Sichtweite kam, hatte ich bereits meine .45er aus der Schließkassette unter meinem Sitz gekramt. Die Fenster des Fahrzeugs waren zwar getönt, aber ich wusste dennoch, wer darin saß: Enrique.

KAPITEL 39

Ich hielt meine .45er unterhalb des geöffneten Fensters, bereit, sie extrem schnell nach oben zu ziehen und dann zu feuern, und wartete ab. Enrique fuhr nun langsam an mir vorbei, wendete, als er das Ende des Gebäudes erreicht hatte, und kam wieder zurück. Als seine Fahrerseite auf gleicher Höhe mit meiner war, hielt er an und ließ sein Fenster herunter.

»Was zur Hölle wollen Sie von mir?«, wollte ich von ihm wissen.

Enrique starrte mich einfach nur ein paar Sekunden lang an, dann ließ er das Fenster wieder nach oben fahren. Die dunkle Tönung verbarg seine Gesichtszüge, als er davonfuhr.

Ich schlug schon eine ganze Weile auf den schweren Sandsack ein. Obwohl Enrique kein Wort von sich gegeben hatte, war seine Botschaft eindeutig gewesen. Das war jetzt schon das zweite Mal, dass er einfach aufgetaucht war. Auf diese Art gab er mir zu verstehen, dass er mich finden könnte, wann immer ihm der Sinn danach stand. Ich schaffte es beinahe volle vier Minuten darauf einzuboxen, bis ich aufhören musste, weil mir die Puste ausging. Irgendwann dazwischen musste sich Anna in meine Garage geschlichen haben und sah mir nun zu.

»Trainierst du für die Olympiade, Großer?«, fragte sie mich mit einem Grinsen. Ich zog mir die Boxhandschuhe aus und dehnte mich, während ich langsam wieder zu Atem kam. Danach erzählte ich ihr von Enrique und dem Spielchen, das er gerade trieb.

»Ich denke, du solltest ab sofort ebenfalls eine Waffe tragen«, sagte ich zu ihr.

Anna schüttelte entschieden den Kopf. »Ich mag keine Waffen. Ohne Waffen wäre mein Vater noch am Leben.«

Ich wollte mich darüber nicht mit ihr streiten, zumindest nicht jetzt. Deshalb gingen wir hinein und machten uns ein paar Sandwiches.

»Wir sollten anfangen gesünder essen«, meinte Anna, während ich meinen vollen Mund mit einem Schluck Milch hinunterspülte.

Ich sah sie nur fassungslos an. Ich dachte, ich *würde* mich bereits gesundheitsbewusster ernähren, weil ich einen weiteren Schluck Milch trank. Für gewöhnlich spülte ich mein Essen nämlich mit Bier hinunter.

Die Vernehmung von Assistant Chief of Police Raymond Perry begann am nächsten Morgen. Mit einer Aura von Selbstgefälligkeit betrat er fünfzehn Minuten zu spät den Konferenzraum.

»Lassen Sie uns beginnen, meine Zeit ist begrenzt«, verkündete er hochnäsig. Ich schnaubte verächtlich. Daraufhin funkelte er mich böse an. Mit seinen achtundsechzig Jahren hatte er seine beste Zeit bereits hinter sich. Er hätte schon vor Jahren in den Ruhestand gehen sollen, aber wenn jemand nichts weiter zu tun hatte, als hinter einem Schreibtisch zu sitzen und zu delegieren, konnte man diesen Job wahrscheinlich so lange machen, wie es der Polizeichef erlaubte.

Nachdem man ihn vereidigt hatte, führte William die Befragung durch. »Bitte nennen Sie uns für das Protokoll Ihren vollständigen Namen und Ihre gegenwärtige Beschäftigung.«

»Mein Name ist Raymond Walker Perry. Ich bin der amtierende Assistant Chief of Police des Metropolitan Police Departements.«

»Mister Perry …«, begann William, aber bevor er den Satz auch nur zu Ende bringen konnte, wurde er bereits von ihm unterbrochen.

»Sie werden mich gefälligst mit meinem korrekten Titel ansprechen, junger Mann«, erklärte Perry entrüstet.

Doch William blieb davon unbeeindruckt. »Mister Perry, bitte schildern Sie uns Ihre persönliche Meinung über Thomas Ironcutter.«

Perry starrte mich einen Moment lang mit unverhohlener Abscheu an. »Er ist ein Mörder. Er ist eine Schande für das ganze Department und er hätte es verdient, im Todestrakt zu sitzen.«

Damit war der Ton der restlichen Anhörung festgelegt. Er stritt grundsätzlich alles ab, selbst dann noch, als man ihn mit der Aussage von Commander Bartlett konfrontierte. Seine Lügen waren unverfroren und mehr als offensichtlich. Ich hoffte inständig, dass er sich auf die gleiche Weise auch vor Gericht gebärden würde.

Als die Befragung endlich zu einem Ende kam, durchbohrte er mich förmlich mit seinen Blicken.

Sherman bemerkte es auch. »Gibt es irgendetwas, das Sie meinem Klienten gern sagen würden, Mister Perry?«

Er beugte sich auf seinem Stuhl nach vorn und sah mich mit der gleichen hasserfüllten Miene wie zuvor an. »Das ist alles nur die Schuld Ihres Onkels. Sein Tod ist nur das Sahnehäubchen, genau wie es Ihrer sein wird.«

Ich erwiderte seinen Blick kalt, als er sich wieder zurücklehnte und mich sogar mit seinen wulstigen Lippen angrinste. Dieser Mann litt offenbar an Wahrnehmungsstörungen. Er glaubte tatsächlich, er würde sich auf der Seite der Gewinner befinden. Es war einfach unfassbar.

William wollte etwas entgegnen, aber Sherman klopfte ihm beschwichtigend auf den Arm.

»Ist schon in Ordnung, William«, sagte er. »Wir haben, was wir wollten.«

Sherry Simpson, oder Brittany Long oder wie immer sie sich gerade auch nannte, erschien natürlich nicht zu der Anhörung … was zu erwarten gewesen war. Demnach war ich also als Nächstes an der Reihe.

Counselor Hensley sah zu Perry hinüber. »Ich denke, wir sind soweit fertig«, sagte er. »Sie können jetzt gehen.«

Doch Perry rührte sich nicht. »Oh nein, ich werde hierbleiben und mir anhören, welche Lügengeschichten diese Person ausspuckt.«

Er fixierte mich weiterhin, als wären wir zwei Cage-Fighter, die umeinander herumschlichen. Wie schön wäre es doch gewesen, einmal über den Tisch zu langen und ihm eine deftige Backpfeife zu verpassen, aber aus Rücksicht auf die Etikette ließ ich das lieber bleiben.

James musterte Raymond Perry für eine gefühlte Ewigkeit, bevor er zögernd, aber zustimmend nickte. Ich schätzte, er genoss das Publikum, wegen dem, was er als Nächstes plante. Ich wurde vereidigt, dann sah mich Hensley über den Tisch hinweg an, als wäre er ein riesiger Hai, der langsam seine Beute einkreiste. Ich bin mir sicher, dass er davon ausging, nachher den Boden mit mir aufwischen zu können.

»Nennen Sie uns bitte für das Protokoll Ihren vollen Namen«, begann Hensley.

»Thomas Ironcutter Junior«, antwortete ich. Ich mochte es nicht, mich als Junior auszugeben. Wann immer ich darlegen musste, nach meinem Vater benannt worden zu sein, schämte ich mich unwillkürlich dafür.

Die ersten dreißig Minuten bestanden hauptsächlich aus Fragen über meinen Werdegang. Das war komplette Zeitverschwendung, denn ich konnte meine geöffnete Personalakte deutlich vor ihm liegen sehen. Ich schätzte, er versuchte, mich auf diese Weise einzulullen, bevor er endlich zu den direkteren Fragen überging.

»Nun, kommen wir auf jene Nacht zu sprechen, in der Sie Ihre Frau ermordet haben«, sagte er anklagend und machte eine dramatische Pause, weil er mit einem Wutausbruch rechnete. Doch ich blieb einfach nur stoisch sitzen und starrte ihn an.

»Haben Sie dazu nichts zu sagen, Mister Ironcutter?«

»Wozu?«, konterte ich.

»Über die Nacht, in der Sie Ihre Frau ermordet haben«, wiederholte er die Feststellung mit einem Grinsen.

»Ich warte nur darauf, dass Sie mir endlich eine konkrete Frage stellen, Counselor. Deswegen sind wir doch hier, oder?«

»Ich habe Sie doch nach dem Mord an Ihrer Frau gefragt.«

»Oh, könnten Sie Ihre Frage vielleicht noch einmal wiederholen? Denn ich könnte schwören, dass Sie einfach nur eine törichte Behauptung aufgestellt haben.«

»Also bestreiten Sie es gar nicht, Ihre Frau ermordet zu haben?«

»Ich bestreite selbstverständlich, meine Frau ermordet zu haben«, erwiderte ich ruhig. Natürlich erwartete er nicht, dass ich irgendetwas zugab, es ging ihm vielmehr darum, mich zu reizen, aber seine Masche war offensichtlich nicht aufgegangen. Ich war schließlich kein blutiger Anfänger mehr, und hatte diese Taktik schon viele, viele Male erlebt. Wenn er klug gewesen wäre, hätte er das wissen müssen.

»In Ordnung. Waren Sie in der Nacht des ersten Februars 2014 zugegen, als Ihre Frau ermordet wurde?«

»Nein«, antwortete ich. Er sah mich einen Moment lang verwirrt an.

»Spielen Sie gerade Ihre Spielchen mit uns, Mister Ironcutter?«, fragte er verächtlich.

»Nein.«

Dramatisch reckte er die Arme und lächelte. »Sie waren doch die Person, die die Polizei gerufen hat, ist das korrekt?«

»Ja.«

»Also *waren* Sie zugegen, als sie starb.«

»Ist das eine Frage?«

»Ja, das ist es.«

»Die Antwort auf Ihre Frage lautet: Nein«, erwiderte ich. Natürlich verärgerte ihn meine simple Antwort unfassbar. Er riss sich seine Brille von der Nase und warf sie aufgebracht auf seinen Notizblock. Ich fragte mich, ob er wirklich glaubte, dass mich das einschüchterte. Es hatte da diesen alten Captain bei der OPA gegeben, damals, als diese noch *Internal Affairs* hießen. Dieser hatte oft die gleiche Taktik angewandt.

»Nun, dann erklären Sie uns doch bitte die Diskrepanz zwischen Ihren früheren Aussagen und Ihrer jetzigen Haltung, in der Sie leugnen, anwesend gewesen zu sein.«

»Ich habe niemals behauptet, zum Zeitpunkt des Todes meiner Frau anwesend gewesen zu sein, Counselor.«

»Aber Sie waren es doch, der die Polizei rief, oder nicht?«

»Korrekt«, antwortete ich.

»Also waren Sie zum Zeitpunkt des Todes Ihrer Frau anwesend«, bekräftigte er noch einmal. Ich hätte dieses Spielchen immer weiter treiben können, entschied mich aber, ihm stattdessen auf die Sprünge zu helfen, damit wir vorankamen.

»Als ich nach Hause kam, fand ich meine Frau tot vor, also rief ich die Polizei.«

Ich beugte mich nach vorn. »Damit Sie das richtig verstehen, Counselor – sie lebte noch, als ich das Haus verließ, und war tot, als ich zurückkehrte. Genügt Ihnen das als zufriedenstellende Erklärung?«

Zuerst schien er durcheinander zu sein, aber dann lächelte er, als hätte er mich in die Enge getrieben.

»Ich bin froh, dass Sie diesen Umstand erwähnen, Mister Ironcutter. Wo waren Sie, nachdem Sie in der Nacht des ersten Februars 2014 Ihr Anwesen verließen?«

»Auf Anraten meines Anwaltes hin werde ich diese Frage nicht beantworten.«

»Ihnen bleibt aber keine andere Wahl«, ermahnte er mich eindringlich, als würde er mit einem aufsässigen Teenager sprechen. Er konnte sein Grinsen kaum noch verbergen, als er einige Dokumente aus seiner Akte zog und sie über den Tisch schob. William ergriff und studierte sie.

»Ihre Zwangsverfügung gestern war wirklich eine ganz großartige Idee, Counselor«, sagte James grinsend zu William. »Nachdem wir dem Richter davon berichteten, dass Ihr Klient sich früher immer geweigert hatte, diese einfache Frage zu beantworten, erklärte er sich bereit, diese Anordnung auch für uns zu unterzeichnen.« James bedachte uns mit einem selbstgefälligen Grinsen über seinen errungenen Sieg, während wir die Verfügung genau studierten.

Während seiner Erklärung hatte ich Sherman unauffällig eine kleine Notiz zugeschoben: *Ist das zulässig?* Sherman bestätigte dies mit einem knappen Nicken. Also saß ich stumm da und sah auf den Tisch hinunter. Schließlich räusperte sich James. Ich sah auf und merkte, dass er mich erwartungsvoll ansah.

»Wenn Sie die Frage nun bitte beantworten würden, Mister Ironcutter?«, bat er mich freundlich.

»In Ordnung, Counselor, ich werde Ihre Frage beantworten, aber ich glaube, dazu werde ich ein wenig ausholen müssen, damit Sie wirklich verstehen, was sich in dieser Nacht ereignet hat.«

James sah mich neugierig an, dann nickte er. »Wenn Sie meinen.«

»Alles begann im Jahr 1995, als eine junge Sekretärin des westlichen Reviers eines Morgens plötzlich mit einer großen Sonnenbrille zur Arbeit erschien.«

»Das ist doch irrelevant!«, platzte es aufgebracht aus Raymond heraus. James sah ihn finster an.

»Halten Sie gefälligst die Klappe, Perry, oder verschwinden Sie.«

»Ich bestehe darauf, dass er bleibt und sich alles anhört«, antwortete ich und fixierte Perry mit meinem Blick. »Aber beherzigen

Sie den Rat Ihres Anwalts und halten Sie die Klappe.« Perry starrte mich hasserfüllt an, die Lippen so fest aufeinandergepresst, dass ich dachte, er versuche, einen Nierenstein zu erschaffen, aber er hielt tatsächlich den Mund.

»Also, wie ich bereits angedeutet habe, bevor ich so unhöflich unterbrochen wurde, es begann 1995. Michael Ironcutter war der Lieutenant, der an diesem Tag die Tagesschicht hatte. Er merkte, dass etwas nicht stimmte. Deshalb nahm er sie mit in sein Büro, redete ihr gut zu und überzeugte sie schließlich davon, ihre Sonnenbrille abzusetzen. Daraufhin stellte er fest, dass sie ein blaues Auge hatte, das von ihrem Ehemann, einem erbärmlichen kleinen Wicht namens Raymond Walker Perry stammte.«

»Das ist eine Lüge«, schrie Perry. Ich sah ihn mitleidig an.

»Oh, das ist die Wahrheit und das wissen Sie genau. Sie sind nichts, als ein jämmerlicher, feiger Frauenschläger«, sagte ich, starrte ihn noch etwas länger an, und wandte mich dann wieder an James.

»Onkel Mike … hatte zu dieser Zeit gerade seine eigenen Eheprobleme. Die beiden stellten irgendwann fest, dass sie offenbar viele Gemeinsamkeiten hatten, und freundeten sich an. Daraus entwickelte sich eine Affäre, die mehrere Jahre lang anhielt, bis zu jener fraglichen Nacht.«

»Was ist dann passiert?«, fragte James.

Ich erklärte es ihm. Ich erzählte ihm von Onkel Mikes Anruf … wie ich ihn an dem Hotel getroffen hatte … wie ich alles sauber gemacht und sie nach Hause gebracht hatte, und dann zu mir nach Hause zurückgekehrt war, wo ich meine tote Frau vorfand. Die Schilderungen dauerten bestimmt dreißig Minuten und alle hörten mir gebannt zu.

»Wurde darüber ein Polizeibericht verfasst?«, fragte James schließlich.

»Erst am nächsten Tag«, antwortete ich. »Onkel Mike erklärte darin, dass ihm ein paar Gangster aufgelauert hatten, die ihn ausraubten und anschließend mit seinem Wagen flohen.«

»Hat sich eine der Personen später im Krankenhaus behandeln lassen?«

»Nein. Niemand erlitt schwerere Verletzungen. Onkel Mike hatte ein blaues Auge und ein oder zwei Beulen am Kopf. Mrs.

Perrys Verletzungen waren eher … emotionaler Natur.« Ich zögerte für einen Moment. »Ich versuchte, Sie in ein Krankenhaus zu bringen, aber sie weigerte sich vehement.«

Assistant Chief of Police Raymond Perry stand nun urplötzlich auf. So schnell, dass ihm offenbar schwindlig wurde. Er musste sich einen Moment lang am Tisch festhalten, durchbohrte mich dann aber mit Blicken, als hätte ich eine Todsünde begangen, und stürmte wortlos hinaus. Eine Weile herrschte Schweigen. James machte sich Notizen und überflog sie noch mehrere Male, bevor er wieder hochsah.

»Ich möchte nicht gefühllos erscheinen, aber da Ihr Onkel tot ist, wird es schwierig sein, Ihre Geschichte zu beweisen«, sagte er. Ich sagte nichts dazu. Es gab nämlich genug handfeste Beweise, falls diese tatsächlich benötigt wurden. Es gab den Bericht über das gestohlene Fahrzeug, und außerdem konnte er Raymonds Frau gern dazu befragen. Aber ich hielt es nicht für nötig, ihn darauf hinzuweisen.

»Sie sagten, die Affäre endete in dieser Nacht, ist das richtig?«, fragte James. Ich nickte.

»Nach meinem Kenntnisstand ja. Das Letzte, was ich gehört hatte, war, dass Miss Perry zu ihrer Schwester nach Arizona zog.«

»Wurden die beiden Männer jemals identifiziert?«

Ich sah James intensiv an. »Nicht, dass ich wüsste.«

Er starrte mich ebenso lange an. Er wusste genau, dass ich log, entschied sich jedoch dazu, die Sache auf sich beruhen zu lassen.

So ging es weiter. Eigentlich hatte ich gedacht, dass die Befragung nach meinem Geständnis recht schnell zu Ende sein würde, aber sie dauerte noch über sechs weitere Stunden an. Manchmal stellte er die gleiche Frage drei- oder viermal hintereinander, bevor Sherman ihn ermahnte. Auf die Verhaftung kam er absichtlich nicht zu sprechen. Wahrscheinlich dachte er, dass sie in dem Prozess auch keine Erwähnung finden würde, wenn er sie jetzt einfach ignorierte.

Nach einer besonders langen Pause, in der Counselor Hensley nur mit einem verwirrten Gesichtsausdruck auf seine Notizen hinuntergestarrt hatte, ergriff Sherman schließlich das Wort.

»Counselor? Es ist schon spät. Haben Sie noch weitere Fragen an unseren Klienten?«

James starrte noch etwas länger auf seine Aufzeichnungen und gab sich dann geschlagen. »Ich habe vorerst keine weiteren Fragen, möchte mir aber vorbehalten, Thomas Ironcutter zu einem späteren Zeitpunkt noch einmal anzuhören, falls weitere Beweise auftauchen sollten.«

Sherman gab dazu sein Okay und entließ Simone. Sie packte eilig ihre Sachen zusammen, verabschiedete sich, warf mir einen schnellen Blick zu und eilte, während sie irgendetwas über den Berufsverkehr murmelte, zur Tür hinaus. Ich erhob mich ebenfalls und streckte die Glieder.

»Sherman, ich weiß es wirklich zu schätzen, wie viel Zeit du in diese Sache investierst«, sagte ich.

»Das ist doch nicht der Rede wert«, antwortete er mit einem müden Lächeln.

»Gehe nach Hause, alter Mann«, riet ich ihm. Er nickte und stand auf. William wollte ihm folgen, aber ich gab ihm ein Zeichen, zu warten.

»Wieso spazieren wir beide denn nicht noch die Second Avenue hinunter und nehmen irgendwo einen kleinen Drink?«, fragte ich ihn. Er sah mich an und wollte schon ablehnen, aber dann spürte er wohl, dass ich dringend mit ihm reden musste, was ja auch der Wahrheit entsprach. Wir entschieden uns schließlich für das *Hooters* an der Ecke Second und Union. Ein Mädchen mit einem dicken Grinsen und noch dickeren Titten brachte uns zu unserem Tisch. Wir bestellten uns ein paar Bier.

»Ich muss dir etwas Wichtiges erzählen«, erklärte ich ihm.

»Das dachte ich mir schon«, antwortete William und musterte eine andere süße Bedienung, die gerade an unserem Tisch vorbeilief.

»Ich will den alten Mann nicht unnötig beunruhigen, aber es besteht die Möglichkeit, dass mein Leben in Gefahr ist.«

Als William klar wurde, dass ich es ernst meinte, riss er erschrocken die Augen auf. Ich brauchte drei Biere, um ihm alles zu erklären und noch ein paar weitere, um all seine Fragen zu beantworten.

»So sieht es momentan aus«, meinte ich. »Er weiß jetzt, dass ich ihm auf der Spur bin. Im Moment belässt er es noch bei psychologischer Kriegsführung, aber es ist nur eine Frage der Zeit, bevor er einen Schritt weiter gehen wird.«

»Wir müssen das melden«, dachte William laut.

»Ich habe Reuben Chandler schon ein paar Nachrichten geschickt. Er ist der leitende Special Agent in diesem Fall. Bis jetzt hat er sich aber noch nicht gemeldet.«

»Was ist mit den Cops?«, fragte William.

Ich schüttelte den Kopf. »Im Moment habe ich leider nicht mehr als Spekulationen anzubieten. Der einzige stichhaltige Beweis, den ich habe, ist seine Affäre mit Leona Spieth. Scheiße Mann, wenn der DNS-Test keine Übereinstimmung zeigt, kann ich noch nicht einmal beweisen, dass er etwas mit meiner Frau hatte.«

»Was kann ich tun?«, fragte William hilfsbereit.

»Falls ich plötzlich vermisst oder tot aufgefunden werde, dann kontaktiere bitte Detective Percy Trotter und erzähle ihm alles, was ich dir gerade gesagt habe. Im Moment ist er in Kalifornien und geht dort einem Vermisstenfall nach. In ein paar Tagen sollte er aber wieder zurück sein. Alle Informationen, die ich besitze, sind auf einem von Ronalds Computern gespeichert. Höchstwahrscheinlich sind sie aber verschlüsselt. Das wär's auch schon gewesen.«

William nickte bedächtig. »Ich bin froh, dass du mir das erzählt hast. Wenn tatsächlich etwas passieren sollte, weiß ich zumindest, wie ich reagieren muss.« Nun schwieg er für einen Moment und sah mich besorgt an. »Ansonsten weiß ich aber leider auch nicht weiter.«

»Ich ebenso wenig.« Ich sah auf mein Bier hinunter und wusste, dass alles, was ich über Enrique in der Hand hatte, mehr als dürftig war und noch nicht einmal für einen erhärteten Verdacht ausreichte.

»Okay, verschwinden wir von hier.«

Ich kramte meine Brieftasche hervor, aber William hielt mich auf.

»Das mache ich schon«, sagte er, zückte seine eigene Brieftasche und zog eine goldene American-Express-Karte hervor. Ich nickte dankend.

Als ich zu meinem Truck lief, musterte ich die Straßen und die Leute um mich herum argwöhnisch. Doch Enrique war nirgendwo zu sehen. Ich stieg in meinen Wagen und fuhr nach Hause.

KAPITEL 40

Nachdem die Anhörungen überstanden waren, hatte ich endlich Zeit, in Ruhe über Special Agent Enrique Hernandez, Marcia, Lester, *Robard Trucking*, meine Verhaftung und den ganzen anderen Mist nachzudenken. Ich war mir ziemlich sicher, dass ich erst dann mit allem würde abschließen können, wenn ich die einzelnen Probleme gelöst hatte. Die Frage war nur, wie zum Teufel ich das anstellen sollte. Ich brauchte eine ganze Zigarre und einen Pott Kaffee, bis ich mir einen Plan ausgedacht hatte. Einen absolut brillanten Plan … oder zumindest das, was ich dafür hielt.

Ich nahm mein Telefon zur Hand und nannte einen Namen.

»Hallo?«

»Teresa?«

»Ja, wer ist da?«

»Hi, hier ist Thomas.«

Es dauerte einen kurzen Moment, bevor sie antwortete: »Oh, hi Thomas.« Ich konnte nicht genau sagen, ob sie froh war, von mir zu hören, oder eher besorgt. Trotzdem quasselte ich einfach weiter.

»Hi. Hör mal, ich würde mich gern mit dir treffen, wenn du Zeit hast. Es gibt da etwas, das ich gern persönlich mit dir besprochen hätte, vielleicht bei einem Drink, wenn du interessiert wärst.«

»Fragst du mich hier gerade nach einem Date?«, erkundigte sie sich mit einem leisen Lachen.

Nach ein wenig Small Talk, oder vielleicht auch ein wenig Herumflirten, erklärte sich Teresa schließlich bereit, sich mit mir zu treffen.

Ich hatte mir eine abgelegene Bar auf dem Harding Pike ausgesucht, heruntergekommen und weit genug vom Büro des FBI entfernt, damit wir nicht aus Versehen ein paar von ihren Kollegen in die Arme laufen würden. Die Kundschaft hatte sich seit der Eröffnung stark verändert. Jetzt gab es hier hauptsächlich Hispanier, aber niemand beachtete uns. Ich wählte eine Nische im hinteren Teil des Lokals.

»Was darf es denn sein?«, erkundigte sich eine Kellnerin, als wir uns gesetzt hatten. Sie war eine dralle Blondine mit einem schwabbeligen Hintern, der darauf schließen ließ, dass acht oder neun Kinder zu Hause auf sie warteten.

»Einen Wodka Gimlet«, sagte Teresa. »Aber bitte benutzen Sie einen anständigen Wodka dafür.«

»Ich nehme das Gleiche«, sagte ich. Wir plauderten ein wenig miteinander, bis die Kellnerin zu uns zurückkehrte.

»Der Barkeeper hat *Kettle One* genommen, ist das okay für Sie?«, erkundigte sie sich schnippisch.

»Perfekt«, antwortete ich und lächelte sie liebenswürdig an. Ihre Lippen waren eine dünne, gerade Linie. Vielleicht hatte das ja ein Lächeln werden sollen oder sie hatte einfach nur Blähungen.

»Schön hier«, kommentierte Teresa. Ihr Sarkasmus war nicht zu überhören.

»War es tatsächlich einmal, vor Jahren. Ich habe es aber eher ausgewählt, um zu vermeiden, dass man uns zusammen sieht.«

»Herrgott, du weißt wirklich, wie man Frauen in Stimmung bringt«, kommentierte sie abfällig.

»Oh, so meinte ich das nicht, wirklich. Was ich damit sagen wollte, ist, dass ich mit dir ein paar Dinge im Vertrauen besprechen muss.«

Teresa blickte sich um. »Dann hast du dir dafür mit Sicherheit den richtigen Ort ausgesucht. Sofern nicht irgendwelche Cholos hier hereinkommen und Stunk machen.« Sie nahm einen kleinen Schluck und kostete vorsichtig. Es schien ihr zu schmecken, denn kurz darauf nahm sie einen weiteren, dieses Mal größeren Schluck.

»Enrique hat Dreck am Stecken«, sagte ich geradeheraus. Sie sah mich unterkühlt an.

»Das ist eine ziemlich ernste Unterstellung«, erwiderte sie. »Das solltest du vielleicht genauer erklären.«

»Er hat sich bei *Robard Trucking* eingeschleust und …«

Sie unterbrach mich sofort. »So läuft das eben, Thomas«, sagte sie herablassend. »Wir bekommen Wind von einer Firma, die mit dem organisierten Verbrechen zu tun hat, und dann ermitteln wir. Enrique arbeitet undercover dort. Alles genau nach Vorschrift.«

»Darf ich fragen, woher die belastenden Informationen ursprünglich stammten?«

Sie hatte sich nun wieder etwas beruhigt und sah mich ernst an. »Es ist mir nicht gestattet, darüber zu sprechen.«

»Das ist aber eine ziemlich ausweichende Antwort«, stellte ich fest. Sie reagierte nicht darauf. »Okay, dann sage ich es dir: Alle Beweise und Hinweise auf irgendwelche kriminellen Aktivitäten, stammten von Enrique selbst. Die Spieths schmuggelten gar keine Drogen, bis Enrique plötzlich auf der Bildfläche erschien. Er machte sich ihre Gier zunutze und überzeugte sie davon, dass sie eine Menge Geld verdienen könnten. Das geht ohne Weiteres als Anstiftung zu kriminellen Aktivitäten durch.«

Teresa kicherte. »Tja, dann viel Glück damit.« Sie trank einen großen Schluck. »Wir haben allein bei der Bank von Detroit über eine Million Dollar sichergestellt und arbeiten bereits an weiteren Anklagen. Dank der Hilfe von Enrique haben wir einen echt großen Fisch an Land gezogen.« Sie sah mich durchdringend an. »Es gibt hier keine Anstiftung, Thomas.«

»Na ja, was das angeht … sagt dir der Name *Tag First Distribution* etwas?«

»Natürlich«, erwiderte sie. »Das war die Scheinfirma, die von der Bank in Detroit benutzt wurde, um das Geld zu waschen.«

»Und wer gründete *Tag First*?«, fragte ich.

Sie zuckte mit den Schultern. »Einer von den Mafia-Gangstern nehme ich an.«

»Die Gründungsurkunde weist einen Javier Garcia als Präsident und CEO aus. Das ist doch Enriques Deckname, oder nicht?«

Sie verdrehte die Augen.

»Er dachte sich ein System zur Geldwäsche aus und führte dieses über *Tag First Distribution*, seiner Briefkastenfirma, aus.«

»Das ist bestimmt leicht zu erklären«, antwortete sie.

»Da ist noch mehr«, sagte ich gelassen.

Dieses Mal lachte Teresa laut auf und gab der Bedienung ein Zeichen, ihr noch einen Drink zu bringen. »Sag bloß … ich bin ganz Ohr.«

»Er schläft schon seit ein paar Jahren mit Leona Spieth.« Sie war gerade dabei, einen Schluck von ihrem Wodka zu nehmen, als ich damit herausplatzte. Sie verschluckte sich und begann zu husten.

»Entschuldigung«, murmelte ich, obwohl es mir alles andere als leidtat. Ich wartete darauf, dass sie ihre Fassung zurückgewann.

Anmutig tupfte sie sich mit einer Serviette den Mund ab, dann durchbohrte sie mich mit ihren Blicken. »Wovon zur Hölle redest du da?«

Ich erzählte ihr von Herman Alsup und dem Video, das er aufgenommen hatte. »Als ich Leona damit konfrontiert habe, erzählte sie mir alles.«

»Du hast mit ihr gesprochen?«, fragte sie verblüfft. Ich nickte. »Und es gibt ein Video?«

»Yep. Leona wollte, dass ich es in ihrem Beisein lösche, aber ich habe natürlich eine Kopie davon gemacht«, sagte ich und tätschelte mein iPhone. »Ist alles da, zusammen mit einigen anderen Dingen. Willst du es sehen?«, fragte ich. »Ohne ausfallend sein zu wollen, aber Enrique hat es ihr wirklich besorgt.« Sie antwortete nicht. Ich wartete, bis sie die Enthüllung einigermaßen verdaut hatte, dann kam ich mit der nächsten Sache um die Ecke.

»Außerdem hat er einen Mord begangen. Sogar mehr als einen, um genau zu sein.«

Das gab ihr offenbar langsam zu denken. Die Kellnerin stellte zwei neue Wodka Gimlets vor uns ab und zog wortlos von dannen. Ich hatte gar keinen Zweiten bestellt, schließlich hatte ich den Ersten ja kaum angerührt, aber egal.

»Du beschuldigst gerade einen Bundesagenten des Mordes«, sagte sie sehr langsam.

»Vielleicht nicht beschuldigt, aber ich habe genügend Beweise, die zumindest einen starken Verdacht erhärten.«

»Und das alles ist auf deinem iPhone?«, fragte sie mit hochgezogenen Augenbrauen.

»Einiges davon«, erklärte ich unbestimmt und nippte an meinem ersten Drink.

»Okay, du hast mich am Haken. Wen hat er umgebracht?«, fragte sie. »Oh, warte, lass mich raten, du glaubst, dass er Lester ermordet hat.«

»Yep.«

Sie lachte erneut, aber dieses Mal klang es erzwungen und gekünstelt. Sie nahm noch einen langen Schluck. »Wieso sollte er denn so etwas Absurdes tun?«

»Erinnerst du dich noch daran, als ihr den Durchsuchungsbefehl überbracht habt?«, fragte ich sie. Sie nickte. »Ihr habt damals nicht alles bekommen.« Das war natürlich gelogen, und normalerweise hasste ich es, zu lügen, aber ich hatte es hier immerhin mit dem FBI zu tun. Tatsächlich hatten sie alles bekommen, aber das ahnte sie natürlich nicht.

»Lester wusste über Enrique Bescheid, er wusste, dass er schmutzig war. Er wusste, dass Enrique mit Leona schlief und er wusste auch, dass Enrique meine Frau umgebracht hatte.«

Teresa starrte mich wortlos an. Sie schien sich offenbar gerade zu fragen, ob ich betrunken oder verrückt geworden war, oder vielleicht sogar beides.

»*Deine Frau*, Thomas? Wirklich?« Jetzt waren wir offenbar wieder bei Sarkasmus angekommen. »Und wieso, um alles in der Welt, sollte ein FBI-Agent deine Frau umbringen? Wirklich Thomas, du hast echt den Verstand verloren. Du solltest dir wirklich überlegen, einen Therapeuten aufzusuchen.«

Ich nippte wortlos an meinem ersten Drink. Sie versuchte momentan, mich in Grund und Boden zu starren, wahrscheinlich in der Hoffnung, dass ich einknickte und mich für meine Verfehlungen entschuldigte, oder zumindest einen überzeugenden Grund dafür anbot. Aber ich wartete und sie zwinkerte als Erste.

»Okay, wieso in Gottes Namen glaubst du, dass er deine Frau umgebracht hat?«

»Weil sie von ihm schwanger war.«

Jetzt ließ sie ihr Glas fallen und verschüttete den Inhalt quer über den Tisch. Es stand einer von diesen Serviettenspendern in der Mitte. Sie zog hastig ein paar heraus und unternahm einen halbherzigen Versuch, die Schweinerei aufzuwischen, bevor sie sich den zweiten Drink, der eigentlich für mich gedacht gewesen war, schnappte und beinahe zur Hälfte leerte.

»Du bist ein Lügner, Thomas Ironcutter! Ich weiß nicht, wieso du dir diese lächerlichen Anschuldigungen ausgedacht hast, aber du solltest schleunigst damit aufhören.«

»Du scheinst die Sache ja ziemlich persönlich zu nehmen«, meinte ich. »Wieso?«

Sie starrte mich aufgebracht an. »Weil du damit den Namen eines hochgeschätzten Kollegen in den Dreck ziehst.«

»Aber ich habe Beweise für all das«, erklärte ich rundheraus, aber ein wenig geheimnisvoll, zumindest hoffte ich, dass es sich so anhörte.

»Wenn du wirklich Beweise hast, solltest du schnell damit herausrücken«, sagte sie ein wenig nervös.

»Das habe ich vor, aber noch nicht sofort.«

»Wieso nicht?«

»Ich muss erst noch ein paar lose Enden zusammenführen«, sagte ich.

»Zum Beispiel?«

»Obwohl ich mir ziemlich sicher bin, was das Ergebnis anbelangt, muss ich zuerst noch Enriques DNS für einen Vergleichstest einreichen.«

»Woher hast du denn Enriques DNS?«, fragte sie argwöhnisch. »Du hattest keinen Durchsuchungsbefehl dafür, das wüsste ich.«

»Nein, ich hatte keinen Durchsuchungsbefehl.«

Sie versuchte wieder, zu lachen, aber es hörte sich eher so an, als versuchte sie, den Kloß in ihrem Hals loszuwerden. »Also hast du keinen Beweis. Mein Gott, Thomas, woher willst du dann überhaupt wissen, dass das Kind nicht von dir ist?«

»Oh, das habe ich bereits geklärt.« Nun, nicht wirklich, denn die Ergebnisse waren noch unterwegs, aber das wusste sie ja nicht.

»Einer von meinen Kumpeln bei der Mordkommission hat bereits einen Vergleichstest machen lassen, um herauszufinden, ob das Kind wirklich von mir war. Aber das war es nicht.« In Wirklichkeit kannte ich die genaue Antwort noch gar nicht, denn die Tests würden bestimmt noch ein paar Wochen auf sich warten lassen, aber das brauchte sie ja nicht zu wissen.

»Also glaubst du, sie war von Enrique schwanger.« Sie schnaubte verächtlich. »Du hast echt eine blühende Fantasie.«

»Oh, die Affäre gab es wirklich.« Ich erzählte ihr von der Verbindung zwischen *Robard* und der Versicherungsgesellschaft.

Teresa lachte. »Und deshalb hast du dir diese magische Verbindung zwischen Enrique und deiner Frau zusammengesponnen?«, fragte sie, ohne mich aus den Augen zu lassen. »Das genügt bei Weitem nicht, um einen Durchsuchungsbefehl zu erwirken.«

»Da hast du absolut recht. Ich dachte auch erst, ich hätte eine Sackgasse erreicht. Es war unmöglich, meine Theorie zu beweisen, dass sie tatsächlich ein Kind von ihm erwartet hat. Es gab keinen ausreichenden Grund für einen Durchsuchungsbefehl, und wir beide wissen, dass sich Enrique niemals freiwillig zu einem Test bereit erklären würde. Aber dann fiel mir plötzlich ein, dass Enrique einige Zigaretten in meinem Haus geraucht hatte, und die Zigarettenstummel lagen immer noch in meinem Aschenbecher. Na ja, als mir das wieder einfiel, kannst du dir sicher vorstellen, dass es nur noch eine Frage eines weiteren Tests war. Ich habe ihn noch nicht machen lassen, aber das werde ich bald.«

»Wieso nicht?«, fragte sie.

Ich zuckte mit den Schultern. »Ich hatte leider ein paar Rückschläge, aber jetzt bin ich wieder ganz auf Kurs. Ich muss sie nur noch ans Labor schicken, es sei denn, das FBI will sich lieber selbst mit der Sache befassen.«

Sie sah mich regungslos an.

»Was denkst du gerade?«, fragte ich neugierig.

»Ich denke, dass du den Verstand verloren hast, wenn du glaubst, dass Agent Hernandez zwei Menschen umgebracht hat.« Sie schnaubte so entrüstet, als hätte ich gerade behauptet, Jesus wäre nichts weiter als ein Scharlatan gewesen.

»Eigentlich hat er sogar drei Leute getötet«, korrigierte ich sie. »Er ermordete nämlich auch Rhoda Gwinnette. Bevor du mich fragst, wieso er sie umgebracht hat … ich habe keine Ahnung, außer, dass er einfach nur ein durchgeknallter Psychopath ist. Verdammt, nach allem, was ich weiß, könnten es sogar noch mehr als drei Menschen gewesen sein.« Ich stand auf. »Ich muss leider mal aufs Örtchen. Ich bin gleich wieder zurück.«

Ich lief den kurzen Gang hinunter, wo sich die Toiletten befanden, wartete zehn Sekunden, schlich mich wieder zurück und spähte dann vorsichtig um die Ecke. Auf einem Tisch neben dem Gang stand eine Plastikpflanze. Sie war mit einer dicken

Staubschicht bedeckt, was ziemlich gut den gesamten Zustand dieser Bar beschrieb. Ich kauerte mich dahinter, um mich vor Teresa zu verstecken, obwohl ich dabei wahrscheinlich wie ein besoffener Idiot aussah. Genau, wie ich vermutet hatte, tippte sie wie von Sinnen eine Textnachricht in ihr Handy. Ich wartete eine Minute und sah ihr dann dabei zu, wie sie meinen Drink hinunterstürzte und sich den nächsten bestellte. Nach einer weiteren halben Minute kehrte ich gemächlich zu unserer Sitzecke zurück.

Ich lächelte, als ich mich setzte. »Wo waren wir? Ah ja, Enrique. Was mich interessieren würde: Schläfst du auch mit ihm?«, fragte ich ganz beiläufig. Sie riss die Augen ein wenig auf, aber dann beruhigte sie sich wieder.

»Natürlich nicht«, sagte sie empört. Ihr Handy vibrierte. Sie warf einen kurzen Blick darauf, ignorierte die Antwort aber. »Doch selbst wenn, ginge es dich überhaupt nichts an. Willst du mir etwa unterstellen, dass ich es tue?«

Ich zuckte unschuldig mit den Achseln. »Ich frage mich nur, ob er so etwas schon öfter getan hat. Was meinst du?«

»Woher soll ich das denn wissen?«, fragte sie und ergriff ihren Drink. Da ich ihr zusah, versuchte sie, es so normal wie möglich aussehen zu lassen, als sie davon trank. »Ich bin erst kürzlich nach Nashville versetzt worden.«

»Oh. Von wo denn?«, fragte ich neugierig.

»Tulsa«, antwortete sie.

»Da bin ich mal durchgekommen. Dort ist doch die Oral Roberts Universität, oder nicht?«, fragte ich sie.

»Ja, aber ich bin auf die Oklahoma State gegangen.«

»Ihr müsst unbedingt gegen ihn ermitteln und herausfinden, ob er so etwas schon einmal abgezogen hat. Wie wäre es, wenn ich mal deinen Boss anrufe? Wie hieß er noch gleich? Chandler?«

»Ich rede schon mit ihm«, warf sie eilig ein.

»Gut«, erwiderte ich mit gespielter Begeisterung. »Verabrede ein Treffen, und dann nageln wir diesen Mistkerl fest.«

Bevor Teresa etwas darauf erwidern konnte, klingelte ihr Telefon. Dieses Mal war es keine Textnachricht, sondern ein richtiger Anruf. Sie warf einen Blick auf das Display und runzelte die Stirn.

»Da muss ich leider rangehen«, sagte sie, stand auf und lief ebenfalls in Richtung Toiletten.

Ich hatte so viel Staub aufgewirbelt, wie ich nur konnte, und winkte deshalb die Kellnerin heran. »Tun Sie mir doch bitte einen Gefallen, Schätzchen«, bat ich sie, während ich die Rechnung bezahlte und ihr ein üppiges Trinkgeld spendierte. »Warten Sie noch fünf Minuten oder so und sagen Sie meinem Date dann, dass es mir leidtäte, aber ich leider gehen musste.«

»Das wird ihr aber gar nicht gefallen«, sagte sie und sah mich an, als wäre ich ein mieses kleines Charakterschwein.

Ich beugte mich ein wenig zu ihr. »Können Sie ein Geheimnis für sich behalten?«, fragte ich sie vertraulich. Jetzt schien ihre Neugier geweckt worden zu sein.

Ich deutete mit dem Daumen nach hinten, wo Teresa mit dem Rücken zu uns gewandt vor den Toiletten stand und vornübergebeugt leise telefonierte.

»Wir haben über Heirat gesprochen, aber dann habe ich herausfinden müssen, dass sie eine Affäre hatte und ein Kind von einem anderen Mann bekommt. Wahrscheinlich telefoniert sie sogar gerade mit ihm.«

»Dieses Miststück!«, stieß sie verächtlich hervor. »Mein Ex hat das Gleiche mit mir abgezogen und mich und seine zwei Kinder wegen ihr verlassen. Jetzt muss ich nebenbei hier schuften, um über die Runden kommen zu können.« Sie sah zu den Toiletten hinüber. »Und dann säuft die Schlampe noch wie ein Loch, obwohl sie schwanger ist«, sagte sie empört und schüttelte den Kopf. Ich nickte, steckte ihr noch einen Zehner zu, und lief dann hinaus.

KAPITEL 41

Ich dachte, es wäre schwerer, Teresa zu folgen. Ich meine, sie war schließlich eine FBI-Agentin, ausgebildet in Gegenspionage, Überwachungserkennungstechniken und diesem ganzen neumodischen Schwachsinn. Es dauerte nur wenige Minuten, bis sie, offensichtlich ziemlich aufgewühlt, aus dem Eingang stürmte. Sie warf einen oberflächlichen Blick über den Parkplatz, übersah mich jedoch völlig. Vielleicht, weil ich bewusst Micks Wagen genommen hatte, einen Buick älteren Baujahrs. Vielleicht auch deswegen, weil ihre Denkprozesse durch die vielen Wodka Gimlets gerade ein wenig beeinträchtigt wurden, die ich ihr spendiert hatte. Sie sprang in ihren Wagen und fuhr eilig davon. Ich hatte keine Mühe, während ihrer Fahrt in die Innenstadt an ihr dranzubleiben.

An der Ausfahrt zur Shelby Avenue fuhr sie von der Interstate herunter und hielt schließlich auf einem der Parkplätze neben dem Footballstadion der *Titans*. Ich fuhr weiter und parkte hinter einem Gebäude, wo ich mich verstecken konnte, falls sie sich hier gründlicher umsehen sollte. Bei dem Gebäude handelte es sich um das *Juvenile Justice Center*. Dort wurden die Kids hingebracht, wenn sie verhaftet wurden. Ich stieg aus, lief um das andere Ende des Hauses herum und suchte dort nach einem Aussichtspunkt, von wo aus ich sie ungesehen beobachten konnte. Ich zwängte mich zwischen zwei geparkten Wagen hindurch, aber bevor ich mich hinter eines der Fahrzeuge hocken konnte, bemerkte mich ein Wachmann und kam wütend auf mich zugestürmt.

»Dies hier ist ein gesicherter Bereich. Was zur Hölle machen Sie da?«, wollte er von mir wissen. Als er bei mir angekommen war und mir seine Taschenlampe ins Gesicht hielt, erkannte er mich allerdings, und ich ihn auch.

»Ironcutter?«, fragte er verblüfft.

»Hey, Bernie«, antwortete ich. Bernie Skaggs hatte früher bei der Metro Police gearbeitet. Eine Verurteilung wegen Trunkenheit am Steuer hatte seine Karriere bei der Polizei zwar beendet, aber eine örtliche private Sicherheitsfirma hatte ihn daraufhin eingestellt. Er grinste mich breit an; wahrscheinlich dachte er, wir wären so etwas wie Freunde, da wir beide wegen weniger erfreulichen Umständen das Department hatten verlassen müssen.

»Was machst du denn hier?«, fragte er, als er mir die Hand schüttelte.

»Ich arbeite gerade an einem Fall«, sagte ich, und gab ihm zu verstehen, den Kopf einzuziehen. Dann deutete ich hinüber zu Teresas Auto. Ich hoffte, dass sie mich nicht gesehen hatte.

»Ein Fall?«, fragte er verwirrt.

»Ja, ich arbeite jetzt als Privatschnüffler«, erklärte ich.

»Oh wirklich? Was für ein Fall ist das denn?« Das Ganze schien ihn wirklich zu interessieren.

Ich deutete auf den großen Parkplatz und Teresas dunkelblauen Ford, der knapp hundert Meter von uns entfernt stand. »Das ist einer von diesen Fällen von Untreue. Die Frau in dem Wagen dort drüben wird verdächtigt, ihren Ehemann zu betrügen.«

Bernie riss die Augen auf. »Kein Scheiß?«

»Ich erzähle dir doch keinen Mist«, antwortete ich. Ich konnte wirklich ein überzeugender Lügner sein, wenn es sein musste. Wir beobachteten sie eine Weile, dann kam plötzlich ein schwarzer Wagen angefahren. Teresa stieg aus ihrem Fahrzeug, stampfte zu dem schwarzen Auto hinüber, und stieg ein.

»Wow, sieht aus, als hättest du sie erwischt«, sagte Bernie bewundernd, ohne die Augen von dem Auto zu nehmen.

»Ja, scheint so.«

»Zu dumm nur, dass die Scheiben getönt sind, sonst hättest du Fotos schießen können, wie es die beiden miteinander treiben«, meinte Bernie und sah mich an. Ich schätze, er hatte in diesem Moment bemerkt, dass ich gar keine Kamera bei mir trug. Also machte ich eine Riesenshow daraus, ein paar Fotos mit meinem iPhone zu schießen.

»Stimmt, aber ich denke, das genügt auch so.« Gemeinsam beobachten wir den Wagen schweigend. Ich hätte mir das Kennzeichen notieren können, aber das war gar nicht nötig. Ich wusste auch so, wer diesen schwarzen Dodge Hemi mit den dunkel getönten Scheiben fuhr … mein guter Freund Enrique. Also war meine Vermutung tatsächlich richtig gewesen. Teresa steckte mit ihm unter einer Decke. *Aber wie weit reichte ihre Beziehung zu ihm? War sie ein weiterer schmutziger Cop oder einfach nur hoffnungslos verknallt in den Kerl?* Was soll ich sagen, ich war hoffnungslos in Marcia verknallt gewesen, also konnte ich es durchaus nachempfinden. Ich drehte mich zu Bernie um.

»Ich muss jetzt los und den Ehemann anrufen«, sagte ich. »Es wäre nett, wenn das unter uns bleiben könnte.«

»Klar doch, Partner«, antwortete er. Keine Ahnung, wie wir so schnell Partner hatten werden können, aber wenn es ihm half, sich wichtig zu fühlen, war mir das nur recht. »Hey, brauchst du noch irgendwie Hilfe?«, fragte er. »Ich hatte schon immer eine gute Spürnase und würde bestimmt einen ziemlich guten Privatdetektiv abgeben, wenn ich das so sagen darf.«

»Ist leider ein echt unsicherer Job«, antwortete ich. »Das ist der erste Fall, den ich seit einem Monat habe.«

Bernie wirkte niedergeschlagen. »Oh.«

Ich gab ihm meine Karte. »Aber wir bleiben in Kontakt«, sagte ich lächelnd.

Bernie nickte und gab mir zum Abschied einen freundschaftlichen Klaps auf den Rücken.

»Woher wusstest du denn, dass sie Enrique bumst?«, fragte mich Anna. Sie saß zusammen mit Henry und Tommy Boy auf der Veranda, als ich zu Hause eintraf. Als ich den Wagen geparkt hatte, wartete bereits ein kaltes Bier auf mich.

»Ich hatte irgendwie so einen Riecher«, erklärte ich ihr. »Mir ist aufgefallen, wie sie sich immer wieder Blicke zugeworfen haben, als sie den Durchsuchungsbefehl vorbeigebracht haben, und da dachte ich mir schon, dass da wahrscheinlich mehr ist, als nur eine reine Arbeitsbeziehung.«

»Das ist alles?«

»Ja, irgendwie schon. Als ich sie fragte, ob sie sich mit mir treffen würde, fühlte ich ihr ein wenig auf den Zahn. Ich warf mit ein paar Kommentaren um mich und schaute, wie sie darauf reagierte. Wenn sie nicht mit ihm rummachen würde, hätte sie garantiert sofort diensteifrig ihren Boss angerufen und ein Treffen mit ihm vereinbart.« Ich nahm einen Schluck Bier. »Ihr Verhalten hat sie augenblicklich verraten.«

»Was glaubst du, wird sie jetzt machen?«, fragte Anna.

»Sie hat schon etwas getan. Sie hat Enrique alles gesteckt, was ich ihm anlaste.« Ich erzählte ihr von der Textnachricht und wie ich Teresa danach zu ihrem Rendezvous vor dem *Titans*-Stadion verfolgte hatte.

»Ich wette, er ist so richtig ausgetickt«, sagte sie grinsend.

Ich nickte, hatte aber eigentlich so meine Zweifel. Ich meine, wenn er sich die Zeit nahm und alles durchdachte, würde ihm schnell klar werden, dass ich ihm eigentlich nur nachweisen konnte, dass er gern mit so vielen Frauen wie nur möglich schlief. Was die Anstiftung zum Drogenhandel bei *Robards* anging … tja, viel Glück damit. Von den Morden ganz zu schweigen. Ich hatte nichts weiter in der Hand als ein paar nebensächliche Beweise und mein Bauchgefühl. Das sagte ich Anna auch.

»Alles in allem habe ich nur ein bisschen die Scheiße aufgerührt«, schloss ich meine Überlegungen. »Entweder, er rutscht darauf aus, oder eben nicht. Doch in der Zwischenzeit müssen wir extrem vorsichtig sein. Er ist vielleicht zu etwas wirklich Verrücktem in der Lage.«

Tommy Boy schlängelte sich von irgendwoher heran und sprang dann in Annas Schoß. »Das ist ein echt süßer Kater«, sagte sie und streichelte ihn liebevoll.

Ich verdrehte die Augen.

»Er ist ein süßer Kater«, sagte sie noch einmal und dann grinste sie mich an. »Jetzt haben wir schon zwei Männer im Haus, die Tommy heißen.«

Zuerst wollte ich nichts darauf entgegnen, aber dann konnte ich es einfach nicht mehr zurückhalten. »Damals, als ich noch ein Rookie auf der Akademie war, nannten mich meine Freunde alle Tommy Boy.«

»Wirklich?«

»Ja. Wir hatten Spitznamen für jeden von uns. Lass mich mal überlegen, wir hatten Dickie Do. Oh, und Sammy hast du ja bereits kennengelernt. Wir nannten ihn Saigon Sammy, obwohl er eigentlich Chinese ist. Wir hatten die beiden Jacks, weshalb einer von ihnen Smiling Jack und der andere Cactus Jack genannt wurde. Es gab Barney, kurz für Barney Fife, Tex, Lefty, Rummy und Bulldog.«

Anna lachte. »Gab es denn gar keine Frauen in deiner Klasse?«, fragte sie.

»Wir fingen mit vier an, aber drei von ihnen schmissen vorzeitig hin. Die Einzige, die übrig blieb, war rothaarig, also nannten wir sie Red Robin.«

An Robin erinnerte ich mich gern. Wir waren einmal nach einer Party in die Kiste gestiegen. Am nächsten Morgen hatte sie mich wissen lassen, dass sie mit jemand anderem zusammen war, und damit beschränkte sich unser kleines Intermezzo auf einen One-Night-Stand. Sie war ganze achtzehn Monate lang Cop, dann wechselte sie auf die juristische Fakultät und arbeitete jetzt als erfolgreiche Scheidungsanwältin. Das waren noch schöne Zeiten gewesen damals.

»Wir waren fünfundzwanzig Anfänger, aber nur ein paar von uns wurden anschließend dicke Freunde.«

»Wie lautete denn Percys Spitzname?«, fragte sie neugierig.

»Weißt du, für ihn hatten wir gar keinen festen Spitznamen. Ich nannte ihn immer Big Percy. Dickie Do rief ihn einmal Big Pussy, aber Percy rückte ihm danach schnell den Kopf zurecht.«

Anna lachte. »Das wette ich.« Vorsichtig setzte sie Tommy Boy in meinen Schoß und erhob sich.

»Ich gehe jetzt duschen, und dann werde ich ein wenig lesen. Vergiss nicht deinen Termin beim Tierarzt morgen«, erinnerte sie mich.

»Ja, ich weiß.« Während Henrys jährlicher Untersuchung hatte mich der Tierarzt ermahnt, weil ich Henry immer noch nicht hatte kastrieren lassen. Anna hatte uns damals begleitet und hatte sich natürlich sofort auf die Seite des Tierarztes geschlagen. Ich hatte das dumpfe Gefühl bekommen, dass sie sich gegen mich verschworen hatten, und hatte schließlich zähneknirschend eingewilligt. Danach hatten Henry und ich vielsagende Blicke ausgetauscht.

KAPITEL 42

Mein Telefon klingelte um drei Uhr morgens, was mir einen guten Grund dafür bot, wieder damit anzufangen, es abzuschalten, bevor ich abends zu Bett ging. Das wollte ich auch jetzt schon beinahe tun, als ich doch einen Blick auf die Anruferanzeige warf.

Es war Enrique.

»Das wird bestimmt lustig«, murmelte ich und ging ran. »Hey, Killer«, begrüßte ich ihn.

»Was glauben Sie eigentlich, wer Sie sind?«, knurrte er mich mit seinem unverkennbaren Akzent an. Er lallte ein wenig, also musste er getrunken haben. Das bedeutete, dass ich ihn am Wickel hatte. Gut.

»Rufen Sie mich deshalb an?«, fragte ich. »Um sich zu vergewissern, wer ich bin? Dann müssen Sie echt estúpido sein.«

Zuerst schwieg er ungewöhnlich lang, aber dann hörte ich ein leises Lachen.

»Oh, Thomas, Thomas, Thomas. Haben Sie eigentlich eine Vorstellung davon, wie dünn das Eis ist, auf dem Sie da gerade wandeln?«

»Ich denke schon. Wie steht es mit Ihnen?«

»Sie sind ein Mann mit sehr begrenzten Fähigkeiten, wissen Sie das? Sogar Ihre Frau war dieser Ansicht.«

»Da haben Sie wahrscheinlich sogar recht, Enrique, aber am Ende werden Sie es sein, der den Rest seines Lebens im Knast verbringt, nicht ich.«

»Da wäre ich mir aber nicht so sicher, mein Freund.«

Nachdem Enrique noch schnell ein paar Schimpfworte losgeworden war und dann aufgelegt hatte, schnappte ich mir meine Pistole und durchsuchte das gesamte Haus. Außerdem überprüfte ich jede einzelne Kamera. Ein paar davon waren offen sichtbar, ein paar andere versteckt. Nennen Sie mich paranoid, aber ich habe es noch niemals bereut, Geld dafür ausgegeben zu haben. Als mich auch das nicht zufriedenstellte, lief ich tatsächlich einmal das gesamte Anwesen ab.

Aber es war nichts zu sehen. Alles war ruhig. Selbst Tommy Boy, der die Angewohnheit hatte, nächtliche Wanderungen zu unternehmen, lag zusammengerollt neben Henry. Trotzdem tat ich mich schwer damit, wieder in den Schlaf zurückzufinden.

Den Rest der Nacht schlief ich unruhig und wachte schon zeitig auf. Anna leistete mir am Frühstückstisch Gesellschaft.

»Um wie viel Uhr ist unser Termin?«, fragte sie.

»Um zwei«, sagte ich und sah zu Henry hinunter. Er blickte misstrauisch zu mir auf. »Ich denke, er weiß es.«

Anna lachte. »Ist sicher besser so, Henry«, sagte sie und kraulte ihn hinter den Ohren.

»Was hast du denn heute vor?«, fragte ich.

Anna beschmierte ihren Toast mit Butter. Tommy Boy sprang auf ihren Schoß und schob seine Nase über die Tischkante. Anna riss daraufhin ein kleines Stück von der Toastscheibe ab und fütterte ihn damit. »Ich treffe mich mit ein paar Freunden zu Mittag. Und du?«

»Ich gehe mit Simone Mittagessen.«

Sie grinste.

»Schön für dich.« Dann beugte sie sich nach vorn. »Wenn du nett zu ihr bist, gibt es vielleicht sogar ein Dessert.« Sie kicherte, und ich zog die Stirn in Falten.

Ich traf mich mit Simone in einem Bistro in der angesagten Gegend im Osten von Nashville. Das Bistro hieß *Five Points.* Bevor der Film *Gangs of New York* herausgekommen war, hatte es noch anders geheißen, doch seitdem tat jedermann so, als würde es schon ewig diesen Namen tragen.

Ich hatte uns schon eine schöne Sitzecke reserviert, als Simone das Lokal betrat. Ein paar Köpfe treten sich nach ihr um. Unter ihrem kurzen Sommerkleid schauten zwei schlanke, gebräunte Beine heraus. Ich winkte ihr zu. Sie lächelte und kam herüber. Ein paar Hipster um die zwanzig starrten ihr auf den Hintern, als sie an ihnen vorbeilief, und dann trafen sich unsere Blicke. *Ja, ihr habt richtig gesehen, sie ist wegen mir hier, da könnt ihr euch jetzt schön in den Hintern beißen.*

Ich stand auf und empfing sie lächelnd. Simone lächelte mich ebenfalls an und küsste mich, bevor sie sich setzte. Eine Bedienung kam eilig zu uns.

»Ein Glas von Ihrem Hauswein, bitte«, sagte Simone. Ich wählte ein Bier.

»Ich bin froh, dass dieser Sklaventreiber dir eine Mittagspause gegönnt hat«, sagte ich.

Simone lachte. »Sherman ist wahrscheinlich der beste Chef, den ich je hatte. Er ist ein wirklich guter Mann.«

»Ja, das ist er«, stimmte ich ihr zu. »Wie habt ihr euch eigentlich kennengelernt?«

»Ich habe vor ein paar Jahren in seiner Kanzlei als Anwaltsgehilfin angefangen. Eines Tages sprach er mich an und meinte, dass er eine persönliche Assistentin bräuchte, und fragte mich, ob ich Interesse an dem Job hätte.«

»Und hält er dich sehr auf Trab?«, fragte ich.

»Das Übliche halt. An seinem Punkt der Karriere delegiert er hauptsächlich nur noch.«

»Ja, der alte Mann braucht eigentlich gar nicht mehr zu arbeiten.«

»Das stimmt, aber du kennst ja Sherman. Der wird wahrscheinlich niemals in den Ruhestand gehen. Im Moment bearbeiten wir gerade ein paar Fälle von Urheberrechtsverletzungen. Ich habe ziemlich viel damit zu tun, die Sachverständigen dafür zusammenzusuchen.«

»Klingt interessant.«

Simone nickte. »Ist es auch, aber erst dann, wenn man das ganze Fachchinesisch hinter sich lassen kann.«

Ich kicherte. Unsere Unterhaltung wurde auf einmal vom Klingeln meines Telefons unterbrochen. Stirnrunzelnd sah ich auf das Display. »Ich geh schnell mal ran.«

»Wir haben mehr Glück als ein Hund mit zwei Schwengeln!«, schrie mir Flaky entgegen.

»Ich hoffe, das bedeutet etwas Gutes«, sagte ich und merkte, wie Simone mich misstrauisch ansah.

»Wir fuhren gerade die I-24 entlang und beschlossen, uns mal auf einem der Truck Stops an einer der Ausfahrten hinter

Manchester umzusehen, und dort haben wir tatsächlich gleich zwei *Robard*-Trucks gefunden, die nebeneinander auf dem Parkplatz standen.«

»Das ist ja großartig«, sagte ich. »Gab es Probleme?«

»Überhaupt keine«, verkündete Flaky stolz.

»Ein Hund mit zwei Schwengeln?«, erkundigte sich Simone, nachdem ich aufgelegt hatte.

»Na ja, wenn ein Hund zwei Schwengel hat, hat er doppelt so viel Glück, verstehst du?« Eine ältere Frau am Nachbartisch sah zu uns hinüber und verzog angewidert das Gesicht. Zu meiner Überraschung musste Simone lachen.

»Ah, ich verstehe. Also, den Witz, meine ich.«

Wir genossen unser Mittagessen und unterhielten uns dabei. Ich schlug ihr gerade vor, dass wir beide ja am Samstag ausgehen könnten, als Simone aufhörte zu essen, und mich intensiv ansah.

»Ich muss dir etwas sagen«, begann sie mit einem zurückhaltenden Lächeln. »Madison wird das ganze Wochenende unterwegs sein, denn eine ihrer Freundinnen fährt mit ihren Eltern nach Kings Mountain raus und hat Madison eingeladen, sie zu begleiten.«

Oh mein Gott, das hörte sich ganz danach an, als hätte sich soeben eine Tür für mich geöffnet, Miss Simone Carson an diesem Wochenende ein wenig intensiver kennenzulernen … oder wollte sie mir einfach nur von Madison erzählen? Nein, du Dummkopf, sie war doch wohl sehr eindeutig gewesen. Ich schluckte.

»Wieso fahren wir nicht auch irgendwohin? Wie wäre es mit einem Besuch in Gatlinburg oder etwas Ähnlichem?«

»Oder wie wäre es, wenn du uns ein schönes, abgelegenes Ferienhaus suchst und es schon einmal reservierst?«, schlug sie vielsagend vor. Ich klemmte mich sofort hinter mein iPhone.

KAPITEL 43

Henry war von der Betäubung noch immer so benommen, dass ich ihn zum Wagen tragen musste. Ich legte ihn auf den Beifahrersitz und er bewegte sich während der gesamten Heimfahrt nicht ein Stück, auch dann nicht, als ich das Fenster für ihn hinunterließ. Hin und wieder streckte ich beim Fahren den Arm nach ihm aus und kraulte ihn sanft hinter den Ohren.

»Tut mir leid, dass wir dir die Kronjuwelen entfernen mussten.«

Sein Blick schien mir sagen zu wollen: *Wenn ich gerade nicht so zugedröhnt wäre, dann würde ich* dir *die Kronjuwelen abbeißen, du Arschloch.* Ich musste lachen und kraulte ihm noch einmal den Kopf.

Auf der Heimfahrt machte ich noch ein paar Besorgungen und hielt als Letztes an einem Mini-Markt an, um etwas Bier und Milch einzukaufen. Auf dem Weg zurück zu meinem Wagen stieß ich gegen einen Mann.

»Ich will verdammt sein! Wenn das nicht Thomas Ironcutter ist!« Ich drehte mich zu ihm um und brauchte ein paar Sekunden, bis ich ihn erkannte.

»Rabbit Cooper«, sagte ich überrascht. Franklin »Rabbit« Cooper war wesentlich kräftiger als damals, als ich ihn das letzte Mal gesehen hatte, und er hatte sich den Kopf glattrasiert. Als ich ihn vor fünf Jahren festgenommen hatte, war er ein drahtiger einundzwanzigjähriger Kerl mit dichten schwarzen Haaren gewesen. Er war damals betrunken in eine Kneipenschlägerei geraten, dummerweise war der andere Betrunkene aber mit dem Kopf gegen die Ecke der Bar-Theke geknallt und kurz darauf gestorben. Jetzt hatte er Muskeln bekommen und sich ein flippiges Ziegenbärtchen stehen lassen. Sein sorgloses Dauergrinsen war allerdings verschwunden. Im Gefängnis veränderten sich die Leute, das hatte ich schon oft erlebt.

»Bin auf Bewährung draußen«, erklärte er und schüttelte mir die Hand.

Ich nickte verstehend.

»Das ist gut. Wie ist es dir denn ergangen?«, fragte ich.

»Nicht allzu schlecht, es regelt sich gerade alles.« Er deutete die Straße entlang. »Meine Mutter wohnt in einem Haus da drüben. Ich lebe jetzt erst einmal bei ihr, bis ich wieder Fuß gefasst habe.«

»Arbeitest du?«

»Mal hier, mal da. Ich kriege von der Personalagentur immer wieder etwas als Aushilfskraft vermittelt, aber was Festes scheint nicht in Sicht zu sein. Du weißt ja, wie das ist.«

Ich nickte.

»Bist du immer noch ein Cop?«, erkundigte er sich.

»Nein, ich arbeite mittlerweile als Privatdetektiv.« Wir unterhielten uns noch ein paar Minuten lang, dann stellte ich meine Plastiktüten ab und fischte eine Visitenkarte aus meiner Brieftasche.

»Hör zu, ich muss jetzt wieder nach Hause, aber schreib mir doch morgen mal eine Nachricht mit deiner Adresse. Ich telefoniere dann ein wenig rum und werde mal sehen, ob einer meiner Kumpel, die mir noch einen Gefallen schulden, etwas für dich haben.«

»Das weiß ich wirklich zu schätzen, Thomas. Weißt du, auch wenn du derjenige gewesen bist, der mich damals abgeführt hat, habe ich dich doch immer für einen aufrichtigen Typen gehalten.« Wir gaben uns die Hände, und dann fuhr ich eilig davon und machte mir Sorgen, dass mein Bier mittlerweile warm geworden war.

Es wurde bereits dunkel, als ich in die Einfahrt einbog, und das Erste, was mir auffiel, war, dass im Haus kein Licht brannte. Alle Lampen waren aus, selbst die Sicherheitsbeleuchtung über meiner Garagentür.

Anstatt mit dem Wagen hinter das Haus zu fahren, hielt ich ein paar Meter weiter unten auf der Auffahrt an. Ich kramte mein iPhone heraus und versuchte, Zugang zu meinen Überwachungskameras zu erlangen, aber das System reagierte nicht. Anschließend versuchte ich, Ronald zu erreichen, aber mein Telefon zeigte mir an, dass ich kein Netz hatte.

Sehr seltsam.

Meine Polizeiinstinkte schalteten sich sofort ein, deshalb stieg ich vorsichtig mit meiner .45er Springfield in der Hand aus dem

Wagen. Um keine weiteren Geräusche zu verursachen, ließ ich die Wagentür kurzerhand offen und lief an der Baumreihe entlang, welche meine Auffahrt säumte. Ein wehleidiges Miauen erklang und ich sah nach oben. Tommy Boy saß in einer der Baumkronen. Das war an sich nicht weiter ungewöhnlich, denn die verdammte Katze erkundete gern das Gelände, aber meine Vorahnung bewirkte automatisch, dass sich mir die Nackenhaare aufstellten. Ich arbeitete mich langsam bis zur Rückseite des Hauses vor und lauschte. Alles war ruhig. Ich fragte mich, wo Anna war. Dann stellte ich mich neben die Tür, drückte behutsam die Türklinke hinunter und schob die Tür nach innen.

»Guten Abend, Thomas. Kommen Sie doch bitte herein.« Der markante Akzent war unverkennbar. Es war Enrique! Ich hielt meine Position neben der Tür und befand mich damit aus der Schusslinie.

Ich war überrascht, wie ruhig ich blieb, als ich mein iPhone aktivierte. Ich mochte ja vielleicht kein Netz haben, aber das bedeutete nicht, dass ich nicht die Aufnahme-App benutzen konnte.

»Ich denke, das werde ich ablehnen müssen, Agent Hernandez. Wieso kommen Sie denn einfach nicht heraus?« Meine Frage quittierte er mit einem Zungenschnalzen. »Ich habe bereits die Polizei verständigt«, fügte ich hinzu. Wieder schnalzte er mit der Zunge.

»Thomas, Thomas, Thomas. Halten Sie mich wirklich für so dumm? Ich habe einen Störsender mitgebracht. Deshalb können Sie nicht auf Ihre Kameras zugreifen und auch nicht die 911 erreichen.«

Verdammt. Das erklärte alles. »Was soll ich sagen, ich habe geblufft«, gab ich zu.

Enrique kicherte. »Hier ist jemand, der Ihnen gerne Hallo sagen würde«, rief er.

»Thomas?« Das war Anna. Es war frustrierend, dass ich nicht in mein stockdunkles Haus hineinsehen konnte, aber es hörte sich so an, als würden sie sich im Wohnzimmer befinden. Das ergab durchaus Sinn, denn von dort aus hatte er freies Schussfeld auf jeden, der sich ihm entweder durch die Vorder- oder auch durch die Hintertür näherte.

»Bist du verletzt?«, fragte ich, während ich mich bemühte, meine Stimme unter Kontrolle zu halten.

»Ich kann Ihnen versichern, dass ihr nichts fehlt«, sagte Enrique. »Bis jetzt zumindest. Ob sie jedoch weiterlebt oder sterben muss, liegt ganz allein bei Ihnen, mein Freund.«

»Wieso halten Sie Anna fest, Agent Hernandez?« Ich durfte es nicht übertreiben, sonst würde er noch dahinterkommen, dass ich ihn aufnahm.

»Sie wissen genau, warum«, gab er zurück.

Mein Verstand rotierte. Ich versuchte, mir etwas auszudenken, wie man diese Sache friedlich beilegen konnte, aber mir wollte verdammt noch mal nichts einfallen.

»Thomas, sind Sie noch da?«, fragte Enrique.

»Ich bin noch hier«, antwortete ich. »Aber wenn ich zu Ihnen hereinkomme, werden Sie wahrscheinlich zuerst mich und dann Anna erschießen. Bestimmt halten Sie ihr gerade eine Waffe an den Kopf, genauso, wie Sie es bei meiner Frau getan haben und hoffen, dass die Detectives es wieder für einen Selbstmord halten, nicht wahr?«

Enrique kicherte. »Oh, sehr scharfsinnig, Thomas. Diese kleine Hure, die Sie Ihre Frau nennen, hatte doch tatsächlich die Nerven, von mir schwanger zu werden, obwohl sie immer wieder beteuert hat, sie würde verhüten. Sie hat es verdient, zu sterben. Und jetzt, wo eine junge temperamentvolle Frau in Ihrem Haus lebt, wird es auch nicht schwer werden, diese fetten Donutfresser davon zu überzeugen, dass Sie beide miteinander geschlafen haben und Sie sie irgendwann betrogen haben.« Er ließ seinen Tiraden weiter freien Lauf und ich hinderte ihn nicht daran. Als er endlich eine Pause einlegte, um Luft zu holen, stellte ich noch ein paar weitere Fragen.

»Ich bin neugierig, Enrique. Wieso haben Sie Lester umgebracht? Er hatte doch keine Ahnung, dass Sie mit der Sache zu tun hatten, und hätte Ihnen deshalb auch nichts anhängen können, aus dem Sie sich nicht wieder hätten herausreden können.«

Jetzt lachte Enrique verächtlich. »Lester Gwinnette war nichts weiter als eine lästige Schmeißfliege, die zerquetscht werden musste, genau wie seine Frau.«

»Wo Sie es gerade sagen: Wieso haben Sie die alte Dame umgebracht? Sie war doch nur eine harmlose, traurige Frau.«

»Damit habe ich ihr doch nur einen Gefallen getan«, antwortete er in einem Tonfall, der sich anhörte, als ob er das wirklich glaubte.

Er kicherte erneut. »Die Frau hat sich noch nicht einmal gewehrt, Thomas. Selbst dann nicht, als ich ihr die Schlinge um den Hals gelegt habe.« Er lachte, als würde ihn die Erinnerung daran erheitern. *Was für ein krankes Arschloch.*

»Sie müssen das nicht tun«, sagte ich. »Wieso kommen Sie nicht einfach vor die Tür, steigen in meinen Truck, und verschwinden? Die Schlüssel stecken noch.«

Erneut gab er dieses schnalzende Geräusch von sich, das er offenbar unheimlich gern mochte. »Thomas, Sie wissen genau, wieso ich hier bin. Sie werden mir jetzt alles übergeben, was Sie bezüglich meiner … Aktivitäten besitzen.«

»Ich wette, Sie haben das Haus bereits durchsucht.«

»Das habe ich in der Tat«, erwiderte er.

»Und haben einen Scheißdreck gefunden«, sagte ich lachend. »Denn nichts davon ist hier. Alle Beweise, die ich gegen Sie in der Hand habe, sind im Safe meines Anwalts eingeschlossen. Sobald ich mich mit Chandler treffe, werde ich sie ihm übergeben. Das Einzige, was Sie jetzt noch tun können, ist sich selbst zu stellen und auf mildernde Umstände zu hoffen. Ich werde auch gern ein Wort für Sie einlegen.«

Enrique antwortete mit einem spöttischen Lachen. »Sie sind echt ein lustiger Mann, Thomas, und jetzt kommen Sie herein, und zwar sofort, oder ich sehe mich gezwungen, dieser wunderschönen Frau etwas anzutun.«

»Das glaube ich nicht, Enrique. Sie bringen sie doch sowieso um, ob ich nun zu Ihnen komme oder nicht.«

Plötzlich ertönte ein Schuss und nur wenige Zentimeter von meinem Gesicht entfernt zersplitterte der Türrahmen. Das Mündungsfeuer seiner Pistole gab mir einen Hinweis darauf, wo er sich befand, aber ich wagte es trotzdem nicht, zu schießen. Wenn ich versehentlich Anna treffen würde, würde ich damit nicht leben können.

»Okay, da Sie offenbar nicht beabsichtigen, uns zu verlassen, wieso lassen Sie Anna nicht einfach zur Vordertür hinausgehen und wir klären die Sache von Mann zu Mann?«, bot ich ihm an.

Er antwortete mit einem weiteren Schuss. »Der Nächste geht in Annas Richtung«, knurrte er. »Vielleicht bringe ich sie ja nicht sofort um, sondern schieße ihr stattdessen in die Füße und arbeite mich dann langsam von dort aus nach oben hoch? Was meinen Sie, Thomas?« Um seiner Drohung Nachdruck zu verleihen, tat er irgendetwas, woraufhin Anna vor Schmerzen laut aufschrie.

Ich biss die Zähne so stark aufeinander, dass mir der Kiefer schmerzte. »Eines sollten Sie wissen: Wenn Sie ihr wehtun, werde ich Sie umbringen, und zwar sehr, sehr langsam«, drohte ich ihm.

Enrique schien meine Drohung offenbar sehr zu amüsieren, seinem Gelächter nach zu urteilen. Okay, es hörte sich auch albern an … wie so ein Dialog aus einer dieser idiotischen Fernsehserien.

Ich saß in der Zwickmühle. Ich wusste, dass er uns beide töten würde, und er war zu clever, um auf irgendwelche Hinhaltetaktiken hereinzufallen. Jetzt war er bereits dazu übergegangen, Anna zu traktieren, und noch während ich darüber nachdachte, hörte ich sie erneut wimmern. Ich musste mir also schnell etwas einfallen lassen.

Ich versuchte, abzuschätzen, wie viele Kugeln ich wohl einstecken konnte, bis ich nahe genug bei ihm war, um ihn erledigen zu können, ohne dabei aus Versehen Anna zu treffen. Da ich keine Alternative sah, ging ich in die Hocke und bereitete mich darauf vor, loszurennen, als ich plötzlich Zeuge von etwas ganz und gar Beeindruckendem wurde. Henry kam auf einmal wie eine Kugel aus der Dunkelheit geschossen. Er rannte schneller an mir vorbei und durch die Tür, als ich *heilige Scheiße* hätte rufen können.

Henry fand seine Beute in weniger als einer Sekunde und ich hörte nun eine Mischung aus einem tollwütigen Hund, der jemanden angriff, und Enrique, der vor Schmerzen schrie. Das war der Moment, auf den ich gehofft hatte. Ich stürmte ebenfalls hinein und presste mich sofort links an den Türrahmen. Ein Schuss ertönte, aber ich glaube nicht, dass er mir galt. Ich hörte Henry schmerzerfüllt aufheulen, ohne dass er aber seinen Angriff stoppte. Vorsichtig spähte ich nach vorn und sah die Umrisse von allen dreien, die im Dunkeln miteinander rangen.

Ich rannte los. In meinem Haus war es zwar dunkel, aber meine Augen hatten sich bereits daran gewöhnt, und ich konnte mittlerweile zumindest erkennen, wem welcher Umriss gehörte. Henry hatte sich in einem von Enriques Armen verbissen und zerrte gerade wie ein besessener Dämon an ihm, während Anna seinen anderen Arm gepackt hielt, um ihn davon abzuhalten, erneut zu schießen.

Sie bewegten sich leider zu viel für einen sauberen Schuss, also zielte ich kurzerhand nach unten und traf Enrique ins Bein, was ihn sofort auf den Boden krachen ließ. Er knurrte mich doch tatsächlich an, als ich ihm mit meiner freien Hand einen Schlag versetzte und ihm danach den Lauf meiner Pistole unter das Kinn hielt.

Einen Moment lang blieb die Zeit stehen. Selbst in der Dunkelheit konnte ich sehen, wie er mich mit einem Ausdruck puren Hasses anstarrte.

Er feuerte einen Schuss ab, der durch die Decke schlug, und versuchte verzweifelt, seinen Arm freizubekommen, damit er mich erschießen konnte, aber Anna hielt ihn erbittert fest und schrie ihn dabei unentwegt an. Ich drückte noch einmal ab und er sackte leblos zusammen. Ich betätigte den Abzug erneut, aber ich hatte ihm die Pistole so fest unter das Kinn gedrückt, dass der Schlitten gestoppt wurde und die Waffe sich nicht neu geladen hatte. Ich zog daraufhin den Schlitten zurück und feuerte noch eine Kugel in ihn hinein. Nur, um sicherzugehen. Blut und Gehirnmasse spritzen über mein Gesicht.

Ich hatte jetzt ein Klingeln in den Ohren. Trotzdem konnte ich Anna und Henry schwer atmen hören. Ich stand auf und trat Enriques Pistole von ihm weg. Mit meinem Feuerzeug untersuchte ich ihn aus nächster Nähe. Die Kugeln meiner .45er … ich meine natürlich die Projektile … hatten ihren Job erledigt. Ich hätte es zwar vor niemandem zugegeben, aber das Gefühl war unfassbar befriedigend. Ich drehte mich zu Anna um, die immer noch keuchte.

»Bist du verletzt?«, fragte ich.

»Er hat auf Henry geschossen«, jammerte sie. Ihre Stimme bebte und sie zitterte am ganzen Körper. Alles Anzeichen dafür, dass sie kurz vor einem Schock stand.

Ich nahm sie bei den Schultern und zog sie von Enriques Leichnam fort. »Ist schon okay. Es ist vorbei.« Ich wiederholte es noch ein paar Mal, bis sie schließlich nickte. »Okay, warte hier, ich mache uns etwas Licht.«

Ich tastete mich zu dem Raum mit der Haustechnik vor, wo sich auch der Sicherungskasten befand, und stellte den Hauptschalter wieder auf AN. Als ich ins Wohnzimmer zurückkam, saß Anna auf dem Boden und wiegte Henry in ihrem Schoß. Tränen rannen ihr über das Gesicht.

»Er ist tot«, krächzte sie. Ich schaltete noch ein paar zusätzliche Lampen an und untersuchte sie sorgfältig. Sie hatte eine aufgeplatzte Lippe, eines ihrer Augen war zugeschwollen, und an ihrem Hals konnte ich Abdrücke von Fingern erkennen.

»Hast du noch irgendwo anders Verletzungen?«, fragte ich sie.

Sie deutete auf eine ihrer Brüste. »Ich dachte schon, er würde sie jeden Moment zerquetschen, dieses perverse Schwein.« Doch sie ignorierte ihre eigenen Verletzungen und streichelte weiter über Henrys Kopf. Jetzt schluchzte sie ungehindert.

Der Störsender stand mitten auf meinem Küchentisch. Ein schlicht wirkendes, kastenförmiges Objekt mit vier kurzen Antennen, die daraus hervorragten. Ich fand den Knopf und schaltete das Gerät ab.

Zögerlich wählte ich danach die 911. Eigentlich wollte ich sie gar nicht hier haben. Ich hätte den Mistkerl auch einfach in den Wäldern verbuddeln können und niemand hätte etwas davon mitbekommen.

Die Frau am anderen Ende war so mürrisch, als hätte sie gerade eine Doppelschicht hinter sich. »Nennen Sie mir bitte die korrekte Adresse Ihres Notfalls«, wies sie mich im Befehlston an. Ich gab ihr meine Adresse und wollte noch anmerken, dass an meinem Briefkasten keine Hausnummer klebte, aber sie schnitt mir direkt das Wort ab.

»Halten Sie sich im Moment an dieser Adresse auf?«, fragte sie in dem gleichen mürrischen und herrischen Tonfall. Ich wollte schon mit einer flapsigen Bemerkung antworten, aber dann bestätigte ich ihr einfach, dass ich mich tatsächlich an der Adresse des gemeldeten Notfalls aufhielt. Nach ein paar weiteren dummen Fragen kam sie schließlich auf den Punkt und wollte wissen, wieso ich überhaupt die Polizei angerufen hätte.

Ich lieferte ihr daraufhin eine verständliche Erklärung. »Ein FBI-Agent ist in mein Haus eingebrochen, hat meine Mitbewohnerin als Geisel genommen und versucht, mich umzubringen. Jetzt ist er tot, aufgrund einer Bleivergiftung.«

Verdammt, daraufhin prasselten plötzlich gefühlt eine Million Fragen von ihr auf mich ein. Sie ging sogar soweit, vorzuschlagen, dass ich doch Wiederbelebungsversuche an Special Agent Enrique Hernandez vornehmen sollte. Außerdem bestand sie darauf, dass ich in der Leitung blieb, bis die Polizei bei mir eintraf, aber ihre Einstellung brachte mich irgendwie unglaublich auf die Palme. Ich meine, ich hatte ihr gerade erzählt, dass wir Opfer eines Einbruchs geworden waren und den Eindringling erschossen hatten, und diese Dame saß in ihrem voll klimatisierten Büro, bewacht von bewaffneten Sicherheitskräften, und tat so, als wäre ich ihr etwas schuldig.

Ich legte auf, nahm mein iPhone zur Hand, um das Sicherheitssystem wieder hochzufahren, und rief anschließend Ronald an, um mich zu vergewissern, dass er den Livefeed empfing. Unglücklicherweise ging er nicht ran. Ich hinterließ ihm eine Nachricht, wählte danach Williams Nummer und landete auch bei dessen Mailbox, auf der ich ihm ebenfalls eine Nachricht hinterließ. Nun sah ich auf Anna hinunter, die immer noch auf dem Boden saß und Henry in den Armen wiegte.

Ich warf einen letzten Blick auf Enrique. Zwei Schüsse aus einer .45er aus kürzester Distanz in den Kopf konnten eine Menge Schaden anrichten. Ich legte meine Waffe auf den Wohnzimmertisch und streckte Anna die Hand entgegen.

»Komm«, forderte ich sie auf, und gemeinsam liefen wir auf die Veranda hinaus und warteten dort auf die Polizei.

KAPITEL 44

Der erste Officer traf überraschend schnell ein. Es war ein junger Mann, der aussah, als käme er gerade frisch von der Highschool. Ich erklärte ihm schnell alles Nötige und gab ihm dann vorsichtig ein paar Tipps, was er als Nächstes tun sollte. Er machte das ziemlich gut. Unglücklicherweise trafen kurz darauf weitere Beamte ein, und ziemlich schnell tobte hier der reinste Affenzirkus. Binnen dreißig Minuten tummelten sich mindestens zwanzig Leute am Tatort, und jeder Einzelne von ihnen bestand darauf, dass Anna und ich ihnen alles erzählten. Ich weigerte mich und erklärte ihnen stattdessen, dass der leitende Detective der Einzige wäre, vor dem wir aussagen müssten. Das war natürlich nicht das, was einige von ihnen hatten hören wollen.

Nun, wie Sie sich bestimmt denken können, kam einer von denen schließlich auf die Idee, mir Handschellen anzulegen, und verfrachtete mich in einen Streifenwagen. Dort saß ich dann und sah dem ganzen Treiben neugierig zu. Der ganze Schauplatz wurde von einer Kakofonie flackernder Lichter erhellt. Die Cops taten, was sie für gewöhnlich immer taten: Sie latschten in mein Haus und wieder hinaus, als wäre es eine Peepshow beim Karneval. Nachdem auch wirklich jeder einen guten Blick auf alles hatte erhaschen können, standen sie herum und unterhielten sich über das Gesehene.

Eine ältere Ermittlerin, die ich zwar wiedererkannte, mich aber beim besten Willen nicht mehr an ihren Namen erinnern konnte, kam irgendwann zu dem Streifenwagen, in dem ich saß und öffnete die hintere Wagentür.

»Da liegt ein toter DEA-Agent in Ihrem Wohnzimmer. Sie sagten, Sie hätten ihn umgebracht.« Aber noch bevor ich ihr antworten konnte, tauchte Detective Sansing auf.

»Was ist hier los?«, fragte er aufgeregt. Ich sah zu Jay hinüber.

»Würden es Ihnen etwas ausmachen, nach Anna zu sehen?«, fragte ich ihn.

»Ihr geht es gut«, sagte die Beamtin.

Ich musterte sie und fragte mich, was sie wohl im Schilde führte, bevor ich mich wieder Jay zuwandte.

»Jay, bitte sehen Sie nach Anna.«

»Das mache ich«, sagte er und verschwand.

Die andere Kriminalbeamtin starrte mich weiter unentwegt an, während ich dabei zusah, wie Jay Anna zu seinem Wagen eskortierte. Dann blickte ich die Frau an und fragte mich, was eigentlich ihre Aufgabe hier war. Vielleicht hatte man sie ja abgestellt, um mich zu bewachen, oder vielleicht glaubte sie auch, dass ihre reine Anwesenheit mich so sehr einschüchtern würde, dass ich zusammenbrechen und all meine Sünden gestehen würde.

Ein paar Minuten später war Jay wieder bei uns. »Okay, ich habe sie in meinem Wagen eingeschlossen. Die Bosse wollen, dass ich Sie beide runter in die Stadt bringe, um Sie zu befragen«, sagte er. »Ich nehme mal an, dass Sie die Aussage verweigern wollen?«

»Detective Sansing, würden Sie das Folgende bitte aufzeichnen?«

Jay sah mich misstrauisch an, denn er wusste genau, dass ich irgendetwas ausheckte, zog aber trotzdem sein Handy hervor und tippte auf das Display.

»Die Aufnahme läuft.« Er ratterte zuerst Datum und Uhrzeit herunter, unseren gegenwärtigen Aufenthaltsort, und alle Personen, die gerade anwesend waren. Dabei erwähnte er auch den Namen des weiblichen Detectives … Kettleworth. Ich hatte schon von ihr gehört, aber nie direkt mit ihr zu tun gehabt. Soweit ich mich erinnerte, arbeitete sie als Detective für Fälle häuslicher Gewalt. Ich fragte mich, was sie hier verloren hatte. Ich holte tief Luft, bevor ich anfing: »Anna ist das Opfer einer Entführung, eines tätlichen Angriffs und sexueller Belästigung geworden, und wird trotzdem gerade wie eine Verdächtige behandelt. Sehen Sie beide das genauso?«

»Der einzige Verdächtige hier sind Sie«, erklärte Detective Kettleworth. Jay warf ihr einen scharfen Blick zu.

»Detective Kettleworth vom Metropolitan Nashville Police Department hat mich soeben beschuldigt, als tatverdächtig zu gelten, weshalb ich aus genau diesem Grund meine Rechte einfordere. Was Anna betrifft, wann genau wird man ihr endlich medizinische Hilfe zukommen lassen?«

Jay sah mich einen Moment lang an, bevor er die Aufnahme stoppte. »Gute Arbeit, Sie dumme Kuh«, ließ er Kettleworth wissen. Sie sah ihn giftig an, aber er ignorierte sie und lief zu Anna hinüber.

»Ich kann mich nicht erinnern, dass wir beide je zusammengearbeitet hätten«, sagte ich zu ihr.

»Das haben wir auch nie«, antwortete sie mürrisch.

»Nun, nicht, dass Sie mich falsch verstehen, aber vielleicht wollen Sie ja ein wenig Abstand zu dieser Sache gewinnen und sich vom Acker machen.«

»Wie kommen Sie denn darauf?«, erkundigte sie sich.

»Sie haben mich gerade einen Verdächtigen genannt«, antwortete ich, »und da ich in Handschellen hinten in einem Streifenwagen sitze, dürfte das wohl der gängigen Ansicht hier entsprechen.«

»Ja, und?«

»Nun, wenn Sie sich die Zeit nehmen würden, an Ihre Ausbildung zurückzudenken, wüssten Sie, dass Sie und Ihre Leute sich ohne die Zustimmung des Hauseigentümers, und das bin ich, gerade an einem Tatort befinden, und das ohne einen entsprechenden Durchsuchungsbefehl.« Selbst in dem stroboskopartigen Licht konnte ich sehen, wie sich ihr Gesichtsausdruck verhärtete.

»Das hier ist eine Ausnahme wegen eines Notfalls, also braucht es keinen Durchsuchungsbefehl.«

»Was für ein Notfall soll das denn sein, Detective?« Ich wartete auf eine Antwort, aber die blieb sie mir schuldig. »Das funktioniert vielleicht im Fernsehen, aber nicht im richtigen Leben.«

Kettleworth schwieg. Nach einer Weile schlug sie die Wagentür zu, lief zu den anderen Polizeibeamten hinüber und begann, hektisch und mit gedämpfter Stimme mit ihnen zu diskutieren. Während der Unterhaltung sahen die anderen immer wieder zu mir hinüber. Unter anderen Umständen hätte ich mich köstlich darüber amüsiert.

Tja, da saß ich nun, mit Handschellen und an die Brust gezogenen Knien auf einem viel zu engen Rücksitz. Wenigstens waren meine Rippen bereits einigermaßen ausgeheilt. Schließlich sah ich einen schwarzen Wagen ohne Kennzeichen heranfahren, und Percy stieg aus. Er sah sich um, schritt zu der Gruppe von

Officers, wechselte ein paar Worte mit ihnen und lief danach in mein Haus.

Binnen weniger Sekunden wurden drei andere Officer aus meiner Haustür gescheucht. Das lief nicht ohne Geschrei ab, aber Percy ließ sich davon kein Stück beeindrucken. Ich konnte durch den geschlossenen Wagen hindurch hören, wie er einen Sergeant anschrie, und dann befahl der Sergeant zwei seiner Officer, sich vor meine Haustür zu stellen und dort Wache zu halten, damit der Tatort nicht noch weiter in Unordnung gebracht wurde.

»Wurde auch Zeit, dass hier mal jemand gesunden Menschenverstand zeigt«, murmelte ich, während Kettleworth in meine Richtung zeigte. Percy kam nun zu uns hinüber, riss die Tür auf und zog mich aus dem Fahrzeug. Er nahm mir hastig die Handschellen ab und verstaute sie in seiner Gesäßtasche.

»Wie war es in Kalifornien?«, fragte ich ihn freundschaftlich.

»Beschissen«, antwortete er mürrisch. »Du setzt dich jetzt in meinen Wagen, bis ich hier für Ordnung gesorgt habe.«

»Ich weiß das wirklich zu schätzen.«

»Wo ist Anna?«, fragte er. Ich deutete zu Jays Auto hinüber. Percy gab mir zu verstehen, ihm zu folgen, und lief dann los.

»Bringt sie ins Krankenhaus«, befahl er. Währenddessen hatten sich andere Officer und Detectives vor ihm versammelt und fingen an, murmelnd zu widersprechen.

»Ich habe Anweisungen, sie in die Stadt zu bringen«, erwiderte Jay.

»Vermasseln Sie das nicht, Sansing. Bringen Sie sie ins Krankenhaus, und zwar sofort.«

»Mir geht es gut«, rief Anna.

Percy fuhr zu ihr herum. »Nein, geht es nicht!«, bellte er. »Sie sind verletzt und traumatisiert.« Er wies mit dem Finger auf Jay. »Jetzt bringen Sie sie schon endlich ins Krankenhaus.«

Anna warf mir einen verwirrten Blick zu, und ich nickte leicht, um sie wissen zu lassen, dass ich mit Percy übereinstimmte.

»Ich bin wohl doch traumatisiert«, sagte sie zu Jay, »und muss deshalb ins Krankenhaus.«

Jay sah uns drei nacheinander an. »Werden Sie den Tatort übernehmen?«, fragte er Percy, welcher zustimmend nickte. Jay nickte ebenfalls und startete den Wagen. Ich sah ihm hinterher, wie er sich seinen Weg durch die ganzen anderen Streifenwagen bahnte.

Während des ganzen Durcheinanders war niemand auf die Idee gekommen, mein Telefon zu beschlagnahmen. Nachdem ich in Percys Wagen saß, versuchte ich deshalb noch einmal, William zu erreichen. Dieses Mal ging er ran und ließ mich mürrisch wissen, dass ich ihn gerade beim Abendessen in einem Restaurant in Bellevue gestört hatte. Aber nachdem ich ihm erklärt hatte, was vorgefallen war, zögerte er keine Sekunde.

»Ich bin sofort da«, sagte er. »In der Zwischenzeit sagst du kein Wort, zu niemandem.« Fünfzehn Minuten später sah ich ihn die Auffahrt hinaufeilen. Ich stieg aus Percys Wagen und winkte ihn zu mir hinüber.

»Ich musste am Straßenrand parken«, sagte er. »Hoffentlich schleppt mich keiner ab. Wie geht es dir?«

»Mir geht es gut«, sagte ich und brachte ihn auf den neuesten Stand. Das dauerte etwa eine Viertelstunde. Als ich fertig war, sah er mich finster an.

»Soll ich Opa anrufen?«

Darüber hatte ich auch nachgedacht. Ich hätte ihn nur zu gern hier gehabt, aber ich hatte erlebt, wie sehr ihn die Anhörungen angestrengt hatten. Der alte Mann musste sich diesen ganzen Nonsens hier jetzt nicht auch noch geben. »Du weißt schon, was du tust. Wir rufen ihn morgen früh an, wenn du alles hingebogen hast.«

William grinste mich an. »Ich habe mich schon immer gefragt, ob du mich für gut hältst oder nicht. Ich schätze, das beantwortet meine Frage.« Er sah sich neugierig um. »Jetzt werde ich erst einmal den Auflauf an Cops hier lichten.«

»Percy ist auf unserer Seite«, sagte ich und zeigte auf ihn. »Das ist der Riesenkerl dort drüben. Mit dem solltest du es dir nicht verscherzen.«

»Verstanden«, sagte er. »Ich gehe mal zu ihm rüber und stelle mich vor.«

Das Prozedere dauerte noch die ganze Nacht hindurch und bis in den nächsten Morgen hinein. Bevor alles vorbei war, tauchten neben den Metro-Cops auch noch Angestellte des FBI auf, und selbst das Büro des Bezirksstaatsanwaltes ließ sich am Tatort blicken. Das Gute an der Sache war allerdings, dass die Metro mit ihren eigenen mobilen Kommandoposten vorgefahren war. Darin gab es einen abgetrennten Raum, in dem Leute befragt werden konnten.

William besorgte ihnen einen Durchsuchungsbefehl, untersagte ihnen jedoch, von Anna oder mir eine Aussage zu erzwingen, bevor der Tatort nicht vollständig untersucht worden war.

»Das sollte helfen, damit sie die Abläufe etwas beschleunigen, denn ansonsten werden die hier noch tagelang beschäftigt sein«, erklärte William. Er sah mich grinsend an. »Das habe ich von Opa gelernt.«

»Clever«, sagte ich. Unglücklicherweise waren sie mit ihren neumodischen Untersuchungen erst gegen drei Uhr am nächsten Nachmittag fertig. Irgendwann in dieser Zeit brachte Jay auch Anna mehr oder minder gesund zurück.

»Sie hat ein paar blaue Flecken und ihr Auge wird noch ein paar Tage angeschwollen bleiben«, flüsterte mir Jay zu. »Aber es gab zum Glück keine sexuellen Übergriffe. Allerdings hat er ihre linke Brust ziemlich stark malträtiert, was genau genommen natürlich auch eine sexuelle Misshandlung ist, aber mehr ist nichts passiert.«

Ich nickte dankbar.

Ich war todmüde, und Anna ebenso, aber auf Anraten von William erklärten wir uns dazu bereit, uns befragen zu lassen. Das dauerte dann bis beinahe sechs Uhr. Ich dachte eigentlich, dass sie hocherfreut sein müssten, zu hören, dass ich alles auf meinem iPhone mitgeschnitten hatte, sogar Enriques Geständnis der drei Morde, aber sie nahmen das alles nur mit steinernen Mienen auf.

»Wir kümmern uns schon um die Sache«, sagte der leitende Special Agent Chandler.

Wahrscheinlich hätten sie noch bis spät in die Nacht weitergemacht, aber William unterbrach sie irgendwann und wies sie darauf hin, dass wir bereits seit über dreißig Stunden auf den Beinen waren.

»Außer natürlich, sie wollen diesen Leuten hier etwas zu Essen machen und selber das ganze Blut abwischen.« Dafür erntete

William reihum ein herablassendes Grinsen, aber zumindest einer von ihnen verstand, dass sie hier an die Grenzen des Erlaubten stießen.

Sie führten uns daraufhin aus dem mobilen Kommandoposten und besprachen sich untereinander. Nach etwa zwanzig Minuten kamen sie wieder heraus und verkündeten, dass wir uns ausruhen dürften. Es dauerte allerdings noch dreißig weitere Minuten, bis sie zusammengepackt hatten und verschwunden waren.

William, Jay und Percy waren die Einzigen, die dablieben.

»Wir haben mit dem Chief telefoniert«, sagte Jay. »Für morgen früh um sieben Uhr wurde ein formales Treffen anberaumt.«

»Was ist mit den Feds?«, fragte William.

»Die schicken einen Repräsentanten, aber ich gehe mal davon aus, dass die Metro damit aus der ganzen Sache raus ist«, erklärte Percy.

»In Ordnung«, sagte ich in die Runde. »Dann geht jetzt nach Hause. Ruft mich doch morgen an und lasst mich wissen, wie der aktuelle Stand ist.«

»Ich kann dir beim Aufräumen helfen«, bot sich Percy an.

Ich schüttelte den Kopf. »Das wird leider warten müssen. Ich bin viel zu müde, um mir jetzt darüber den Kopf zu zerbrechen.«

KAPITEL 45

Enrique hatten sie von einem Van der Gerichtsmedizin abholen lassen, Henry aber hatten sie einfach auf dem Boden liegenlassen. Nachdem alle gegangen waren, wickelten Anna und ich ihn sanft in ein paar Decken ein und legten ihn auf einem Tisch in der Garage ab. Wieder im Haus goss Anna uns beiden ein Glas Scotch ein und gemeinsam begutachteten wir die Schäden.

Mein Fußboden bestand aus Terrakottaplatten, also würde dieser zumindest nicht schwer zu säubern sein. Der Türrahmen der Hintertür hingegen war von Enriques Schüssen beschädigt worden und in der Decke klaffte ein weiteres Einschussloch. Ich hoffte, es würde in der nächsten Zeit nicht regnen. Meine früheren Kollegen hatten das Haus gründlich durchwühlt, was immer sie dabei auch zu finden geglaubt hatten.

Kurz gesagt, mein Haus war das reinste Wrack. Wir saßen am Küchentisch, ließen unsere Blicke über die Schäden wandern, und tranken wortlos unseren Scotch.

»Tja, ich habe es getan«, sagte ich schließlich.

»Er hat es verdient!«

»Das auch, aber ich meinte eigentlich, dass ich dich zum Scotchtrinken gebracht habe.« Ich dachte, es wäre witzig, aber Anna lachte nicht darüber.

»Was jetzt?«, fragte sie nur.

Ich gähnte ausgiebig, bevor ich ihr antwortete. Die Ansammlung vieler anstrengender Stunden machte sich jetzt in Form von einer kompletten Erschöpfung bemerkbar. Meine Uhr zeigte mir an, dass es erst sieben Uhr abends war, aber ich war dennoch todmüde.

Ich erhob mich steif. »Ich denke, ich gehe jetzt ins Bett. Das hier kann auch noch bis morgen warten.«

Anna leerte ihren Scotch, stand auf, und folgte mir.

Bei Sonnenaufgang wachte ich wieder auf. Anna lag zusammengerollt neben mir. Ich schätzte, sie wollte einfach nicht allein sein. Verdammt, das wollte ich genauso wenig. Sie war wach, als ich aus dem Badezimmer zurückkam, streckte sich und folgte mir in die Küche. Vorsichtig bahnten wir uns unseren Weg durch das ganze Chaos. Meine Küchenschränke standen offen und alles war durcheinander.

»Da steht mir wohl eine Menge Hausarbeit bevor«, meinte ich angewidert, nachdem ich endlich einen Kaffeebecher gefunden hatte.

»Ich werde dir helfen«, sagte Anna müde. Ich nickte dankbar. Schweigend sahen wir zu, wie der Kaffee aufgebrüht wurde, und dann nahmen wir unsere Tassen mit hinaus zu dem Picknicktisch.

»Wo fangen wir an?«, wollte Anna lustlos wissen.

Die Kriminaltechniker hatten die Kleidungsstücke mitgenommen, die wir am Leib getragen hatten, aber gebadet hatte noch keiner von uns. Ich widerstand dem Drang, mich überall zu kratzen, und deutete mit einem Kopfnicken zur Garage hinüber. »Wir begraben zuallererst Henry. Um den Rest kümmern wir uns später.«

Als wir die Garage betraten, fanden wir Tommy Boy, der ausgestreckt auf Henry lag. Anna musste ein Schluchzen unterdrücken.

»Ich glaube, Henry konnte Tommy Boy gar nicht leiden. Er hat ihn nur unseretwegen geduldet«, sagte sie.

»Ja, wahrscheinlich«, antwortete ich. »Vielleicht ist dieser kleine Bastard ja so etwas wie ein Todesengel.« Anna sah mich fragend an. »Denk mal drüber nach … zuerst Lester, dann Rhoda, und jetzt Henry.« Tommy Boy starrte mich an und gab ein leises Miauen von sich. »Ich wette, er ist die Reinkarnation von Thanatos.«

»Wer ist Thanatos?«, fragte sie.

»Thanatos war der Gott des Todes in der griechischen Mythologie.«

Anna musterte mich mit einem eisigen Blick. »Dein Sinn für Humor ist streckenweise echt unangebracht«, sagte sie. Ich zuckte mit den Achseln. Ich meine, der Witz, eine Verbindung zwischen dem kleinen orangefarbenen Bastard und der griechischen Mythologie herzustellen war doch eigentlich ziemlich genial, hatte meinen vollbusigen Partner aber irgendwie so gar nicht erheitert. Ich machte mir in Gedanken eine Notiz, ihren kulturellen Horizont etwas erweitern zu müssen.

Wir wählten einen Platz im Hinterhof, unter einer Eiche, aus. Ich sagte eine holperige Version des Vaterunsers auf und warf dann ein paar Hundeadjektive dazwischen. Anna schluchzte laut und ich legte tröstend meinen Arm um sie.

»Ich glaube, er war vom ersten Moment an in dich verliebt«, ließ ich sie wissen. »Als er dich schreien hörte, zögerte er keine Sekunde, dir zu Hilfe zu eilen.«

»Er war so ein lieber Hund.«

»Er war ein Held. Sobald ich etwas Geld zusammengespart habe, lasse ich für ihn einen Grabstein anfertigen«, versprach ich ihr. »Ich habe schon darüber nachgedacht, was man als Inschrift gravieren lassen könnte. Wie wäre es mit *Henry, der Glorreiche*? Oder *Henry, der Heldenhafte*?«

Als Zeichen ihrer Zustimmung vergrub Anna ihren Kopf an meiner Brust und weinte noch etwas mehr. Unser Moment der Trauer wurde allerdings jäh von dem vertrauten Geräusch eines Autos unterbrochen, das die Auffahrt hinaufgefahren kam. Ich packte meine Schaufel fester.

»Wenn das einer von diesen Nachrichtenheinis ist, schlage ich ihm den Schädel ein«, knurrte ich.

»Genau«, stimmte Anna zu und griff sich ebenfalls ein Gartenwerkzeug. Zusammen trotteten wir grimmig zur Vorderseite des Hauses. Zu unserer Überraschung war es aber Ronald. Mir wurde plötzlich klar, dass ich ihn gar nicht mehr angerufen hatte, nachdem alles überstanden gewesen war. Zögernd kam er zu uns herauf und starrte uns die ganze Zeit über misstrauisch an. Ich denke, wir mussten wohl ein ziemlich verstörendes Bild abgegeben haben, schwitzend, mit unseren verheulten Augen und den gezückten Schaufeln.

»Seid ihr zwei in Ordnung?«, fragte er nervös.

»Klar.« Ich führte ihn zur Veranda hinauf, wo Anna und ich ihm abwechselnd alles erzählten.

»Tut mir echt leid, Leute«, jammerte er. »Ich war die ganze Nacht am Spielen und habe die Nachricht deshalb erst vor einer Stunde gesehen. Dann habe ich versucht, euch anzurufen, aber das Telefon war ausgeschaltet.«

»Ist schon okay, Kumpel«, sagte ich.

Anschließend saßen wir schweigend ein paar Minuten zusammen, bevor ich mich erhob.

»Ich mache mir noch eine Tasse Kaffee. Will jemand von euch auch etwas?« Sie antworteten mit einem Kopfschütteln.

Während der Kaffee in der Maschine brodelte, sah ich mir das Durcheinander genauer an. Das größte Problem würde das ganze getrocknete Blut werden.

Ich dachte gerade darüber nach, als ich ein weiteres Fahrzeug herauffahren hörte und stapfte wieder nach draußen. Es war Duke, und hinter ihm näherte sich noch ein weiterer Wagen. William und Sherman. Ah, und Simone.

»Du bist nicht ans Telefon gegangen«, meinte Duke, als er mir die Hand schüttelte und dann Anna umarmte.

»Ja, die haben mit dem Durchsuchungsbefehl auch unsere beiden Handys mitgenommen, zusammen mit dem Laptop.«

»Typisch Cops«, knurrte Duke.

»Stimmt. Sie haben sogar die Wäsche, die wir am Leib getragen haben, als Beweismittel beschlagnahmt.«

»Sogar meinen Slip«, fügte Anna leise hinzu. »Ich habe ihnen erklärt, dass ich nicht vergewaltigt wurde, aber sie haben ihn trotzdem mitgenommen.«

»Typisch Cops«, wiederholte Duke grimmig.

Sherman sah William an. »Sieh mal, was wir tun können, damit sie ihre Telefone und den Computer zurückbekommen.«

»Wird gemacht, Opa«, sagte William und notierte sich schnell etwas auf dem Notizblock, den er bei sich trug.

Duke schlenderte nun zu seinem Wagen zurück, kramte etwas darin herum und förderte dann mehrere Tüten von *Burger King* zutage. »Ich habe Frühstück mitgebracht«, verkündete er. Erst jetzt, wo ich das Essen roch, fiel mir auf, wie hungrig ich eigentlich war.

»Wird wohl das Beste sein, wenn wir draußen essen«, sagte ich und gab ihnen ein Zeichen, mir zum Picknicktisch zu folgen. Von dort aus war Henrys Grab gut zu sehen. Ich berichtete ihnen, was sich genau ereignet hatte.

»Dieser potthässliche Hund hat euch gerettet?«, fragte Duke erstaunt.

»Henry war nicht potthässlich«, gab Anna wütend zurück, und ihre Augen füllten sich erneut mit Tränen. Ich warf Duke einen finsteren Blick zu.

»Sorry«, entschuldigte er sich. »Das war nicht so gemeint.«

»Aber es stimmt, Henry hat uns alle gerettet«, sagte ich und deutete auf sein Grab. »Wir werden ihn deshalb niemals vergessen.« Es gelang mir jetzt nicht mehr, den starken Mann zu markieren, während ich über den alten Köter sprach. Ich schnappte mir eine der Servietten und wischte mir die Tränen ab.

»Oh, bevor ich es vergesse«, sagte Ronald und zog einen Datenstick aus seiner Tasche hervor.

»Irgendwie hat der Typ das System lahmlegen können, aber bevor er das getan hat, konnte ich noch ein paar gute Aufnahmen von ihm machen, wie er hier ankam und in dein Haus eingebrochen ist.« Ich nickte dankbar und reichte ihn an William weiter. Dann aßen wir einige Minuten lang schweigend, was mir die Gelegenheit gab, mich wieder zusammenzureißen.

Anschließend leerte ich meine Tasse Kaffee, stand auf und streckte mich. »Okay, wer möchte mir alles dabei helfen, das ganze Blut und Gehirn von meinem Fußboden zu kratzen?«, fragte ich mit einem Hauch von Sarkasmus in der Stimme.

Ronald schoss sofort in die Höhe. »Ich denke, ich sollte jetzt nach Hause gehen.« Ich konnte sehen, dass er nervös wurde und wahrscheinlich befürchtete er, dass ich ihn dazu überreden würde, mir zu helfen. Ich winkte ihn zu mir heran und gemeinsam liefen wir zu seinem Wagen.

»Tut mir leid, Thomas, aber ich kann da nicht reingehen und mir das ganze Zeug ansehen«, sagte er. »Ich würde garantiert eine Panikattacke kriegen.«

»Das ist schon okay, Kumpel, ich habe sowieso nur Spaß gemacht.«

»Du solltest einen von diesen Reinigungsdiensten anheuern«, schlug er vor.

Ich zuckte mit den Schultern. »Ich denke, ich kriege das schon allein hin.«

Ronald deutete zurück zu dem Haus. »Ich habe über dein anderes Problem nachgedacht und eine Idee für eine Back-up-Lösung, falls noch einmal jemand versuchen sollte, das System auszuschalten.«

»Ich sag dir was: Wenn ich das Haus wieder auf Vordermann gebracht habe, kommst du vorbei, und dann sehen wir uns das mal an und essen dabei Suppe und Kräcker.« Jetzt lächelte Ronald und reichte mir vorsichtig die Hand.

Ich umarmte ihn stattdessen und drückte ihn ein paar Sekunden fest an mich. »Du bist ein wirklich guter Freund, Ronald.«

»Du auch«, krächzte er, und versuchte, wieder Luft zu bekommen.

Ich sah ihm hinterher und dann kehrte ich zum Haus zurück. Simone stand etwas abseits. Ich lief zu ihr und umarmte auch sie.

»Es tut mir leid, dass ich mich nicht gemeldet habe«, sagte ich.

»Ich bin nur froh, dass es euch beiden gut geht«, erwiderte sie. »Obwohl ich es lieber von dir selbst erfahren hätte, anstatt aus den Nachrichten.«

»Das tut mir leid. Irgendwann haben sie uns die Telefone abgenommen und uns ziemlich auf Trab gehalten. Als sie schließlich fertig waren, war ich wie erschlagen und habe die ganze Nacht geschlafen.« Dass Anna irgendwann zu mir ins Bett gekrochen war, erwähnte ich nicht. Es war zwar nichts passiert, aber ich war mir nicht sicher, ob sie das verstanden hätte.

Dann umarmten wir uns einfach weiter.

»Heute Nacht kommst du zu mir«, murmelte sie. »Anna bringen wir in Madisons Zimmer unter.«

»Das klingt wundervoll«, sagte ich ein wenig benommen.

KAPITEL 46

»Gestern habe ich Neuigkeiten von Doug erfahren«, sagte Anna, als wir in unserem Wagen auf dem Parkplatz des FBI-Hauptquartiers am Elm Hill Pike saßen.

»Oh, wirklich?«

»Ja, die Sekretärin von Diff, erinnerst du dich? Sie rief mich an und ließ mich wissen, dass sich Doug wegen mutwilliger Sachbeschädigung schuldig erklärt hat. Der Verstoß gegen das Kontaktverbot wurde allerdings abgewiesen, nachdem er die Gerichtskosten bezahlt hat.«

Ich grunzte. »Verständigung im Strafverfahren vom Feinsten. Lass mich raten, er hat Bewährung bekommen?«

»Ja. Er muss für den Schaden aufkommen. Sie sagte, dass sie dem ihm zugestellten Bewährungshelfer eine Kopie der Rechnung zusenden wird.«

»Machen wir doch fünftausend glatt«, sagte ich lachend. »Jay hat mir erzählt, dass er gekündigt hat, also ist er wenigstens kein Cop mehr. Die Polizei hat schon genug Probleme, auch ohne Hitzköpfe wie ihn, finde ich.«

Ich sah auf die Uhr, und im gleichen Moment bog William auf den Parkplatz neben uns ein. »Wie immer zu spät«, murmelte ich.

»Oh, und übrigens, William und ich haben heute Abend ein Date. Es wäre also nett, wenn du dir jegliche Anspielungen verkneifen könntest.«

»Wann immer er dich abholen will, schlag noch eine Stunde drauf«, meinte ich, während wir aus dem Wagen stiegen. William begrüßte uns mit einem breiten Lächeln und einem Starbucks-Kaffee für jeden von uns. Er gab Anna einen Kuss auf die Wange, stellte seinen Koffer ab, und schüttelte mir die Hand. Der Kaffee schmeckte köstlich, das musste ich ihm lassen, und vielleicht tat er Anna ja ganz gut.

»Okay, ihr beiden«, begann ich. »Zeit für eine kleine Unterhaltung. Sobald wir uns auf dem Grund und Boden des FBI befinden, müssen wir stets damit rechnen, irgendwie heimlich aufgenommen zu werden, selbst in der Lobby. Also achtet genau darauf, was ihr sagt.«

»Verstanden«, antwortete William. »Bereit, wenn ihr es seid.«

Wir waren so bereit, wie man nur sein konnte, und betraten nun zu dritt das Gebäude. Am Eingang empfing uns ein Wachmann in Uniform, führte uns durch einen Metalldetektor, nahm unsere Daten auf und scannte dann mit einem neumodischen Gerät unsere Führerscheine, welches daraufhin selbstklebende Besucherausweise mit unserem Namen und unserem Foto ausspuckte.

»Tragen Sie diese bitte die ganze Zeit über, solange Sie sich im Gebäude oder auf dem Gelände befinden«, wies er uns an. Ich zog die Schutzfolie von der Klebeschicht ab und klebte mir den Ausweis verkehrt herum auf mein Revers. Falls es ihm aufgefallen war, ignorierte er es, stattdessen deutete er in die Lobby hinein. »Warten Sie bitte dort.«

Nach ein paar Minuten ungeduldigen Wartens trat eine ernst aussehende Frau aus einer Seitentür und ließ ihren Blick durch die Lobby schweifen. Ob sie eine Agentin oder eine Verwaltungsassistentin war, konnte ich nicht genau sagen, aber der Ring an ihrem Finger hielt mich davon ab, sie intensiver anzustarren. Sie rief unfreundlich unsere Namen, überprüfte unsere Ausweise, sah mich finster an, und führte uns dann durch die Sicherheitstüren und einen Korridor mit Büros auf beiden Seiten, in einen Konferenzraum. Auf unserem Weg passierten wir die in beinahe jedem amerikanischen Büro üblichen Bürokabinen. Wenn nicht jeder hier eine Waffe an der Hüfte getragen hätte, hätte man den Laden auch mit irgendeiner anderen gesichtslosen Firma verwechseln können.

Als Special Agent Reuben Chandler den Konferenzraum betrat, wurde er von weiteren Agenten mit dicken Aktenordnern flankiert. Natürlich nahm er am Kopf des Tisches Platz, während sich die anderen Agenten beeilten, einen Sitz in seiner Nähe zu ergattern, wie bei diesem Kinderspiel *Reise nach Jerusalem*. Er nickte mir kurz zu, bevor er sich setzte, bot mir jedoch nicht die Hand an. Als William sein Tablet anschaltete und eine Video-App aktivierte, runzelte er zwar die Stirn, sagte aber nichts weiter dazu, und das war auch gut so. Er wusste ohnehin, dass wir uns im Klaren darüber waren, dass man uns die ganze Zeit über heimlich überwachte.

»Schön, Sie zu sehen, Thomas«, sagte er.

»Ebenso«, erwiderte ich. »Werden die Special Agents Ridgeway und Jeffreys auch noch zu uns stoßen?«

»Äh, nein.« Er führte die Gründe dafür allerdings nicht weiter aus und sah stattdessen zu William hinüber.

»Ist das Ihr Anwalt?«, fragte er mich. Das schien mir eine äußerst dumme Frage zu sein. William war schließlich nach der Schießerei am Tatort und auch bei den Befragungen anwesend gewesen.

Bevor ich eine schnippische Bemerkung machen konnte, ergriff William allerdings das Wort. »Ja. Mein Name ist William Goldman. Ich vertrete Thomas Ironcutter und Anna Davies als Anwalt.«

»Sehr gut. Dann lassen Sie uns beginnen.« Er fing an, alle Anwesenden der Reihe nach vorzustellen, während William das Tablet mit der kleinen Kamera auf sie richtete. Ihre Namen waren nebensächlich, aber es waren ihre Titel, die meine Aufmerksamkeit erregten. Es handelte sich dabei um mehrere FBI-Agenten, von denen jeder für eine spezielle FBI-Ausgabe der OPA arbeitete, und noch dazu um ein paar Anwälte des Justizministeriums. Von meinem alten Polizeirevier hingegen war niemand anwesend. Wie von Percy vorausgesagt, hatte man sie aus der Gleichung entfernt. Eine der Agentinnen schob mir und Anna jetzt einen gebundenen Stapel Dokumente zu.

»Das hier sind die Mitschriften Ihrer Aussagen. Zeichnen Sie bitte jede einzelne Seite ab und unterschreiben Sie am Ende«, wies sie uns an. Anna griff bereits nach einem Stift, aber William hielt sie zurück.

»Meine Klienten lehnen dies höflich ab«, sagte er und lenkte seine Aufmerksamkeit dann auf die beiden Staatsanwälte.

»Lassen Sie uns dieses Treffen doch auf die richtige Art beginnen. Beabsichtigen Sie, meine Klienten irgendeiner Straftat zu beschuldigen?« William sah sie daraufhin weiter unverwandt an. Sie hielten seinem Blick eine Weile stand, bevor sie untereinander kurze Blicke austauschten.

»Zu diesem Zeitpunkt scheint es sich um einen Fall von Notwehr zu handeln. Wir haben noch ein paar ergänzende Fragen, aber falls keine neuen Beweise auftauchen, werden wir keine Anklagen erheben.«

»Ist es beabsichtigt, diesen Fall dem Bundesgericht zu einer Voruntersuchung vorzulegen?«, fragte er. Damit handelte er sich ein paar fragende Blicke ein, doch Reuben beantwortete seine Frage, ohne zu zögern. »Das wäre die Standardvorgehensweise, aber derzeit sehen wir dazu keine Veranlassung.«

»Wie sieht es auf Landesebene aus?«, bohrte William weiter.

»Nein, nicht zum derzeitigen Zeitpunkt«, antwortete Reuben. »Haben wir damit unsere Position klar gemacht?«

William nickte zufrieden. »Eine weitere Frage habe ich aber noch: Beabsichtigt das FBI, gegen das Metropolitan Nashville Police Department wegen diverser Verletzungen der Bürgerrechte an Thomas Ironcutter Junior zu ermitteln?«

»Ja«, antwortete Reuben knapp. »Aber ich werde zu diesem Zeitpunkt nicht auf die Details der Untersuchung eingehen.«

Innerlich atmete ich erleichtert auf. Ich war mir sicher, dass die einzigen neuen Beweise, die sie ausgraben könnten, weitere Belege für Enriques korruptes Verhalten in anderen Fällen sein würden, und was die Verletzung meiner Rechte anbelangte, war ich nicht sonderlich an deren Aufarbeitung interessiert, aber William war klug genug, um zu wissen, dass uns das einen ungeheuren Schub für den Ausgang unseres Prozesses verschaffen würde.

Das Treffen dauerte etwas länger als eine Stunde. In der Hauptsache bestand es daraus, dass sie Fragen stellten und wir sie beantworteten. Reuben Chandler war während der Befragung die meiste Zeit über ruhig geblieben, aber ich bemerkte, dass er mich aufmerksam musterte.

»Gibt es noch irgendwelche Fragen?«, erkundigte sich einer der Staatsanwälte schließlich.

»Ich würde gern noch etwas wissen wollen«, sagte Reuben, während er mich weiterhin musterte. »Thomas, eine Sache geht mir nicht aus dem Kopf … was glauben Sie, woher Special Agent Hernandez wusste, dass Sie in der Nacht, in der er Ihre Frau getötet hat, das Haus verlassen würden?«

»Ich glaube, dass er eigentlich beabsichtigt hat, uns beide umzubringen und es hinterher so aussehen zu lassen, als hätte sich der Mörder am Ende selbst hingerichtet. Es war wohl eine glückliche Fügung, dass ich weggerufen wurde.«

Die einzige andere Erklärung dafür wäre gewesen, dass er die beiden Gangster irgendwie dazu hatte überreden können, Onkel Mike und seine Affäre zu überfallen. Aber wenn ich damit um die Ecke gekommen wäre, hätte es sie darauf gebracht, dass ich Onkel Mike dabei geholfen hatte, sie ausfindig zu machen, woraufhin er sie umgebracht und in irgendein Dreckloch im ländlichen Teil von Hickman County geworfen hatte. Diese Information würde ich lieber mit ins Grab nehmen.

Reuben sah mich für volle fünf Sekunden feierlich an. »Das dachte ich mir auch«, sagte er schließlich.

Nachdem alles vorüber war, unterschrieben wir dafür, unser Eigentum zurückzuerhalten, und einer der Junior-Agents wurde damit beauftragt, uns bis zu unserem Fahrzeug zu begleiten, um mir dort meine Pistole auszuhändigen, selbstverständlich ungeladen. Wir warteten, bis er wieder in dem Gebäude verschwunden war, bevor wir anfingen, miteinander zu sprechen.

»Das lief ja alles in allem ziemlich gut«, meinte William mit einem stolzen Grinsen.

»Ja, scheint so«, sagte ich vorsichtig.

»Und was jetzt?«, fragte Anna.

»Opa und ich haben heute Vormittag noch eine Telefonkonferenz mit dem Bürgermeister. Ich werde ihn dann über die Entscheidung der Feds in Kenntnis setzen. Ich habe keinerlei Zweifel daran, dass dies zu einem Vergleich zu unseren Gunsten führen wird.«

»Meinst du?«

William nickte zuversichtlich. »Da bin ich mir ganz sicher.«

KAPITEL 47

Es bedurfte noch drei Wochen voller Vorschläge und Gegenvorschläge, bis wir zum Punkt kamen, was für Fälle wie diesen aber sogar ziemlich schnell war. Sherman hatte seinen Konferenzraum als Treffpunkt ausgewählt. Ich war der Letzte, der dort eintraf. Die einzige Person, die für die Gegenseite anwesend war, war James Hensley, der Staatsanwalt. Die ganze Sache schien ihm irgendwie unangenehm zu sein. Simone kam irgendwann herein und begrüßte mich mit einem warmen Lächeln und einer Kanne voll Kaffee.

»Sie sind eine ganz wunderbare Frau«, sagte ich, während sie meine Tasse füllte. Sie ließ ihre Hand ein paar Sekunden auf meiner Schulter liegen, bevor sie wieder hinauslief. Ich hielt Sherman die Kanne hin, doch er lehnte mit einer kurzen Geste ab.

»Ich versuche gerade, es einzuschränken«, erklärte er mir. Ich drehte mich zu Hensley um, um ihm etwas Kaffee anzubieten, doch er ignorierte mich geflissentlich, wie so oft. Von mir aus. Ich stellte die Kanne ab und entschied mich, ihn ein wenig aufzuziehen.

»Stellen Sie sich mal vor, Counselor, wenn dieser Idiot Perry sich einfach im richtigen Moment zurückgehalten hätte, wäre ich immer noch arm und die Metro hätte noch ein paar Millionen mehr auf der hohen Kante.« Hensley warf Sherman einen scharfen Blick zu.

»Die einzelnen Punkte dieses Vergleichs haben vertraulich zu bleiben«, verkündete Hensley. »Vielleicht möchten Sie ja Ihren Klienten an diesen unbedeutenden kleinen Fakt erinnern.«

Sherman kicherte. »Nun kommen Sie schon, James«, antwortete er. »Kein Grund, gleich sauer zu sein.«

Hensley ignorierte ihn, öffnete seinen Aktenkoffer und holte einen Stapel Dokumente hervor. »Ich habe mir die Mühe gemacht, alle Stellen mit Haftmarkern zu versehen, an denen ich Ihre Unterschrift benötige«, sagte er grimmig und sah mich über seine Gleitsichtbrille hinweg an. Ich nickte, woraufhin mir Sherman seinen Kugelschreiber auslieh.

»Ich hätte gerne Kopien davon«, sagte ich, während ich mit meinen Unterschriften begann.

»Natürlich.«

Das Ganze dauerte etwa dreißig Minuten. Als ich fertig war, schenkte ich mir eine frische Tasse Kaffee ein und lehnte mich in meinem Stuhl zurück. Counselor Hensley schloss seinen Koffer nun und stand sofort auf. Sherman erhob sich ebenfalls und reichte ihm die Hand. Hensley schüttelte sie, sah zu mir hinüber, nickte mir zu, und ging. Ich nippte einfach weiter an meinem Kaffee.

»Ich bin mir sicher, dass du dir die Zeit nehmen wirst, alle Einzelheiten dieses Vergleiches in Ruhe durchzugehen, aber leider bin ich dazu verpflichtet, sie trotzdem mit dir zu besprechen.«

»Der Vergleich ist doch vertraulich zu behandeln. Ich darf mit niemandem darüber sprechen. Es ist mir noch nicht einmal gestattet, über die gewaltsame Behandlung zu sprechen, die überhaupt erst zu diesem Prozess geführt hat. Ich werde meine Entschädigung in Form von Einzelzahlungen erhalten, von denen deine Gage bereits abgezogen wurde. Damit sollte sich auch dein Einsatz gelohnt haben.« Sherman antwortete mit einem Lächeln, griff in seine Schublade und zog eine Flasche Scotch heraus. Ich sah auf das Etikett. Es war ein vierzig Jahre alter Single-Malt *Balvenie*. Zufällig wusste ich, dass ein Genuss dieser Art für die Kleinigkeit von fünftausend Dollar gehandelt wurde.

Sherman fiel mein Blick auf. »Den hebe ich mir immer für ganz spezielle Anlässe auf«, erklärte er mit einem warmen Lächeln und goss uns beiden zwei Gläser ein.

»Zu dumm, dass wir nur Perry drangekriegt haben«, sagte ich. Sie hatten eingewilligt, Perry fallenzulassen, aber die einzige andere Konsequenz, die diese Sache nach sich gezogen hatte, war Bartletts Zwangsversetzung aus der OPA. Er arbeitete jetzt als Commander bei der CID, worüber Percy nach eigenen Angaben ziemlich unglücklich war.

Chief Blair hatte den Sturm unbeschadet überstanden, dafür waren seine politischen Verstrickungen leider einfach zu weitreichend. Marson hingegen war zum Streifendienst strafversetzt worden. Eigentlich hätten sie diesen kleinen Scheißer ganz feuern sollen, aber so viel Glück war uns leider nicht beschieden gewesen.

»Wir haben uns in der letzten Zeit gar nicht mehr über *Robard* unterhalten«, sagte ich. William und Leona waren letzte Woche wegen mehrerer Punkte angeklagt worden. Das Ganze war ein riesiges Medienereignis geworden.

»Deine Biker-Kameraden haben sich wirklich bezahlt gemacht«, meinte Sherman. »Sie wären ganz sicher nicht meine erste Wahl gewesen, aber sie haben tatsächlich sechs Lastwagen und Anhänger sicherstellen können. Mehr als ich gehofft hatte. Außerdem haben wir über eine Million Dollar aus Anlagen sicherstellen können. Ein sehr erfolgreicher Einsatz. Richter Conway ist überaus zufrieden damit.«

»Also sind wir fertig?«, fragte ich. Sherman nickte. Wir prosteten uns noch einmal zu. Der Scotch lief wie Öl die Kehle hinunter. Das war zweifellos das beste alkoholische Getränk, das ich je getrunken hatte.

»Okay, eines musst du mir aber noch verraten: Wieso hat Richter Conway dich zu dem Fall berufen?«

»Sagen wir mal so … vor ein paar Jahren hatte Leona Spieth eine Affäre mit einer nicht näher benannten Person. Sie knöpfte ihm daraufhin eine Stange Geld ab und verprasste alles bei ihren zahlreichen vergnügungssüchtigen Unternehmungen.«

»Ich denke, mir ist da gerade ein Licht aufgegangen«, sagte ich grinsend.

Sherman nickte. »Diese Sache kam der nicht näher benannten Person teuer zu stehen, sowohl finanziell als auch emotional. Möglicherweise führte ich daraufhin eine lange und ernsthafte Diskussion mit jemandem, und vielleicht haben wir deshalb einen Schlachtplan ausgearbeitet.«

Wow, die beiden waren wirklich zwei hinterlistige alte Männer. Ich trank den Rest meines Scotchs aus und schob alle weiteren Gedanken beiseite, die mir in dieser Sache noch in den Sinn kamen.

»Ich habe deiner Diskretion immer vertraut, Thomas, und baue darauf, dass die Einzelheiten unserer Unterhaltung diesen Raum nicht verlassen werden.«

»Das versteht sich doch von selbst«, sagte ich.

Sherman nickte und lächelte. »Lass uns am Wochenende doch ein wenig Golf spielen«, schlug er vor. »Ich melde uns für Samstag an, wie wäre das?«

»Solange wir bis vier Uhr fertig sind, ist das in Ordnung, denn ich habe am Samstagabend noch ein Date mit deiner bezaubernden Assistentin.«

Wir unterhielten uns daraufhin noch eine Weile über belanglose Dinge, dann verabschiedete ich mich. Simone war nirgendwo zu sehen, also begab ich mich zurück ins Parkhaus. Als ich an meinem Wagen ankam, blieb ich kurz stehen und musste ihn einfach für eine Weile anstarren. Ich hatte die Lackierung vor einer Woche beendet, aber dies war der erste Tag, an dem ich meine erste große Liebe, auch bekannt als 1967er Buick Wildcat, wieder ausgefahren hatte.

Er war so wunderschön.

Im Wagen sitzend, fischte ich mir eine Zigarre und ein Feuerzeug aus der Tasche. Ich hatte sie schon zwischen den Zähnen klemmen und das Feuerzeug erhoben, doch dann hielt ich inne. Ich brachte es einfach nicht fertig, sie anzuzünden. Die blaue Butangasflamme brannte zischend vor sich hin, während ich das Feuerzeug gedankenverloren in der Hand hielt. Ich hatte endlich meinen Wagen wieder. Verdammt, ich hatte mein ganzes Leben wieder. Der Prozess war unter Dach und Fach und die schwelenden Verdächtigungen über den Tod meiner Frau waren endgültig zum Schweigen gebracht worden.

Es wirkte schon beinahe surreal.

Als ich das Feuerzeug zurück in meine Tasche steckte, gab mein Handy ein seltsames Klingeln von sich. Ich sah auf das Display, und nach einem kurzen Moment dämmerte mir, was das für ein Geräusch gewesen war. Offenbar hatte Anna diese Wort-des-Tages-App doch auf mein Handy geladen. Nachdenklich las ich das neue Wort, dann nahm ich den Akku heraus.

Ich brauchte dringend mal Zeit nur für mich, zumindest für eine Weile. Ich fuhr ziellos durch die Stadt und irgendwann passierte ich das Spieth-Anwesen. Auf dem Rasen stand jetzt ein

ZU-VERKAUFEN-Schild und überall waren die Vorhänge zugezogen. Ich fuhr weiter raus, nach Bellevue, und fand mich schließlich auf meiner alten Straße wieder, der Front Runner Road.

Ich fuhr langsam, erkannte einiges wieder und stellte verwundert fest, was sich alles verändert hatte. Die Porters hatten ein neues Dach auf ihrem Haus, die Simpsons hatten endlich die Dattelpflaume in ihrem Garten gefällt. Mein altes Wohnhaus hatte eine frisch gestrichene Haustür und hinten im Garten konnte ich sogar eine Schaukel erkennen.

Ich versuchte, zu verstehen, wieso meine Frau eine Affäre gehabt hatte. Vielleicht, weil ich jeden Tag zu lange gearbeitet hatte, weil ich sie nicht gut genug behandelt oder weil sie Enrique schlicht und ergreifend charismatischer gefunden hatte als mich. Ich wusste es nicht und ich würde es auch nie erfahren. Ich fuhr einmal um den Block, hielt danach für ein paar Minuten vor meinem alten Haus an und sah einfach nur aus dem Fenster. Ich war tief in Gedanken versunken und tupfte mir mit einem Taschentuch die Augenwinkel ab, als mich plötzlich die Stimme einer Frau aufschreckte.

»Entschuldigen Sie bitte, aber kann ich Ihnen irgendwie helfen?« Eine von diesen Vollblutmüttern stand jetzt neben meinem geöffneten Fenster. Neben ihr befand sich ein kleines Mädchen, das ihre Hand hielt und mich auf eine Weise anstarrte, wie kleine Kinder Erwachsene eben ansehen.

Ich räusperte mich kurz. »Oh, nein, Ma'am. Ich wollte niemanden stören.« Ich deutete auf das Haus. »Ich habe hier mal gewohnt.« Neugierig sah sie mich an. »Sagt Ihnen das Wort Hiraeth etwas?«, fragte ich sie.

Ihr Gesichtsausdruck verwandelte sich daraufhin in ein Stirnrunzeln. »Nie davon gehört.«

»Ich habe es auch gerade erst gelernt. Es ist walisisch und beschreibt eine Art Sehnsucht. Heimweh nach einem Ort, an den man nie wieder zurückkehren kann.«

Sie starrte mich weiterhin skeptisch an, doch dann schien es ihr plötzlich zu dämmern.

»Ich glaube, ich weiß, wer Sie sind.«

»Genau der bin ich«, antwortete ich. »Wohnen Sie jetzt hier?«

LUZIFER
VERLAG

»Ja, das tun wir.«

»Das ist gut. Es ist ein wirklich schönes Haus. Und es hat eine nette Familie verdient.« Ich startete den Wagen und fuhr davon.

Ich fuhr zu Mick und stellte den Wagen vor dem Geschäft ab. Durch die Schaufenster hindurch sah ich zwei unterschiedliche Baseballspiele auf den Flachbildschirmen laufen. Das war sehr gut, denn ich brauchte dringend etwas, um mich abzulenken. Widerwillig schob ich den Akku wieder in mein Handy, bevor ich hineinging.

»Na, Itaker, bist du jetzt ein reicher Mann?«, fragte mich Mick grinsend, als ich mir meine Zigarre anzündete.

Ich schüttelte den Kopf. »Wenn ich auch nur die kleinsten Bestandteile dieses Vergleiches erwähne, verliere ich alles, und weil das so ist, lautet meine Antwort auf deine Frage: das geht dich verdammt noch mal nichts an.«

Mick drückte sein Missfallen über meine Antwort damit aus, dass er sich ausgiebig am Hintern kratzte. »Na, dann verrate mir doch wenigstens, ob du weiterhin als Privatdetektiv arbeiten willst.«

»Das ist etwas, was ich dir beantworten kann: Ja, ich denke, das werde ich.«

»Gut, denn irgendwie musst du ja deine Rechnungen bezahlen, sonst lasse ich dich die Toiletten schrubben.«

Mick hatte so eine ganz bestimmte Art, mich wieder auf den Boden der Tatsachen zurückzubringen.

– ENDE –